Sie möchten keine Neuerscheinung verpassen?
Dann tragen Sie sich jetzt für unseren Newsletter ein!

www.ylva-verlag.de

Von Jae außerdem lieferbar

Tintenträume
Ein Happy End kommt selten allein
Alles nur gespielt
Aus dem Gleichgewicht
Hängematte für zwei
Herzklopfen und Granatäpfel
Vorsicht, Sternschnuppe
Cabernet & Liebe

Die Gestaltwandler-Serie:
Vollmond über Manhattan

Die Hollywood-Serie:
Liebe à la Hollywood
Im Scheinwerferlicht
Affäre bis Drehschluss

Die Portland-Serie:
Auf schmalem Grat
Rosen für die Staatsanwältin

Die Serie mit Biss:
Zum Anbeißen
Coitus Interruptus Dentalis

Fair-Oaks-Serie:
Perfect Rhythm – Herzen im Einklang
Beziehung ausgeschlossen

Oregon-Serie:
Westwärts ins Glück (Band 1)
Westwärts ins Glück (Band 2)
Angekommen im Glück

Beziehung ausgeschlossen

Jae

Danksagung

Wie immer möchte ich meinen fleißigen Betaleserinnen für ihre Vorschläge und Korrekturen danken: Christiane, Gaby, Melanie, Peggy, Sandra, Stephie und Susanne, ihr seid klasse!

Ein besonderes Dankeschön gilt Christiane, Bianca und deren Mutter Elke, die mich mit Informationen darüber versorgt haben, wie man einen Blumenladen führt.

Zu guter Letzt möchte ich auch meinen Leserinnen danken, besonders denjenigen, die jeden meiner Romane verschlingen und eine Rezension hinterlassen.

Kapitel 1

Sasha stieß die Schwingtür auf, die von der Backstube in den Verkaufsraum führte, und schob das Tablett mit den herzförmigen Cupcakes in die Glasauslage der Theke. »Das ist das letzte Tablett. Wer hätte gedacht, dass mein Herz so begehrt sein würde?«

Tante Mae grinste. »Oh, das war mir schon immer klar. Es gibt sicher jede Menge Leute, die an deinem Herz interessiert wären, wenn du es nur zulassen würdest.«

»Ach was.« Sasha schlang einen Arm um ihre Tante und musste sich dabei zu ihr hinabbeugen. »Wer braucht eine Beziehung, wenn man Cupcakes haben kann?«

Tante Mae warf ihr über den Rand ihrer grünlich getönten Brille ihren berühmten Blick zu. Dieser Blick hatte Sasha als Kind immer dazu gebracht, sofort alles zu gestehen, was sie angestellt hatte. »Wer sagt denn, dass du nicht beides haben kannst? Such dir einen stattlichen Kerl oder ein hübsches Mädel und iss Cupcakes mit ihnen.« Sie zwinkerte und fügte hinzu: »Oder macht andere, interessantere Dinge zusammen.«

Sasha musste lachen. »Nein, danke. In dieser Stadt gibt es niemanden, mit dem ich Cupcakes essen möchte, von anderen Dingen ganz zu schweigen.«

Die Glocke über der Tür bimmelte, als Ashley Gaines die Bäckerei betrat.

Sasha trug bei der Arbeit keine Uhr. Sie brauchte auch keine, um zu wissen, dass es drei Uhr war. Ashley kam jeden Tag um Punkt drei im *Ein Stück vom Himmel* vorbei, entweder weil gerade tote Hose im Blumenladen herrschte oder weil sie, so wie heute, dringend eine Pause benötigte. Man konnte fast schon die Uhr nach ihr stellen und sie kaufte auch immer dasselbe. Ashley war ziemlich vorhersehbar.

»Hallo, Ash«, rief Kimberly, die an einem der kleinen Tische mit ihrem Freund Kaffee trank.

Die anderen Kunden grüßten ebenfalls. Ashley winkte, lächelte warm und blieb hin und wieder stehen, um ein paar Worte mit jemandem zu wechseln.

Auch das war jeden Tag dasselbe. Es erinnerte Sasha an ihre Schulzeit, als Ashley zwei Klassen über ihr und bei allen sehr beliebt gewesen war. Damals war sie Klassensprecherin, Chefcheerleaderin und die Freundin des Quarterbacks gewesen.

Jeder hatte geglaubt, die beiden würden gleich nach der Schule heiraten, aber dazu war es nicht gekommen. Vielleicht war Ashley doch nicht so vorhersehbar.

Sasha sah zu, wie Ashley sich endlich von ihrem Fanclub loseiste und ihren Weg zur Theke fortsetzte. Ihr Gang wirkte wie der einer Tänzerin. In der Schule hatte Sasha sie um ihre anmutigen Bewegungen immer beneidet. Ashley war nie ein schlaksiger, ungelenker Teenager gewesen, während Sasha sich, als Größte in der Klasse, immer so elegant wie ein Holzfäller gefühlt hatte.

Selbst jetzt, mit dreiunddreißig, wirkte Ashley in ihrem figurbetonten, lilafarbenen Pulli und einer Jeans mit einigen grünen Flecken noch immer wie das nette Mädchen von nebenan. Sasha entging nicht, wie gut die Jeans Ashleys kurvige Hüften und ihre langen Beine betonte.

Na ja, vielleicht war es nicht nur Neid gewesen, den sie damals für Ashley empfunden hatte. Möglicherweise waren ihre Teenagerhormone ein wenig auf Ashley abgefahren. Aber jetzt würde sie sich lieber einen Monat lang nur von Tankstellendonuts ernähren, als sich mit Ashley Gaines einzulassen, selbst wenn diese nicht die heterosexuellste Frau in ganz Missouri gewesen wäre. Sasha war ohnehin nicht der Beziehungstyp, aber wenn, dann wollte sie mit einer Person zusammen sein, die witzig und spontan war. Ashley hingegen war viel zu sehr auf ihren guten Ruf bedacht und machte immer das, was andere von ihr erwarteten.

»Hallo, Ashley«, sagte Sasha. »Wie kann ich deinen Gaumen heute beglücken?«

Ashley schenkte ihr dasselbe freundliche Lächeln, mit dem sie alle anderen bedacht hatte. Ihre blendend weißen Zähne leuchteten in ihrem Gesicht, das vom Aushelfen auf der Farm ihres Vaters im Sommer noch immer gebräunt war. »Dasselbe wie immer, bitte.«

»Ach, komm schon. Es ist Valentinstag. Hast du nicht Lust, mal etwas anderes zu probieren?«

Ashley zögerte und musterte das Gebäck auf der anderen Seite der Glasscheibe.

Sasha konnte der Versuchung nicht widerstehen, die superbrave Ashley ein wenig zu necken. »Wie wäre es mit einem süßen Kuss?«

Ashley blinzelte. »Äh …«

»Oder hättest du es lieber etwas schärfer?«

»Wie bitte?«

Sasha bedachte sie mit einem unschuldigen Lächeln und deutete auf die herzförmigen Cupcakes, als hätte sie die ganze Zeit von nichts anderem gesprochen.

»Die Sorte, die ich ›süßer Kuss‹ getauft habe, besteht aus einem Schokoladenteig mit einer salzigen Karamell-Creme. Oder wenn dir nicht nach etwas Süßem ist, wie wäre es mit einem herzhaft-scharfen Käsemuffin?«

Ashley schob eine blonde Haarsträhne, die aus ihrem Pferdeschwanz entkommen war, hinter ihr Ohr zurück, aber die Geste konnte nicht verbergen, dass sie rot wurde.

Irgendwie niedlich. Der unwillkommene Gedanke ärgerte Sasha. Zum Teufel mit diesem kindischen Reiz, den Ashley noch immer auf sie ausübte.

»Nein, danke«, sagte Ashley. »Ich bleibe bei meinem Vanillecupcake mit Erdbeerbuttercreme.«

Ja, das war typisch Ashley. Immer schön auf Nummer sicher gehen.

»Und natürlich zwei Espressokekse mit Schokosplittern für Brooke und einen Beagle-Bissen für Casper«, fügte Ashley hinzu.

»Ja, natürlich.« Ashley vergaß niemals, ihrer Angestellten oder ihrem Hund etwas mitzubringen. Sasha nahm eine Schachtel mit dem Logo der Bäckerei und griff mit der Silberzange nach einem Vanillecupcake.

»Weißt du was?«, sagte Ashley.

Sasha sah auf. Würde Ashley sie doch noch überraschen? »Was?«

»Gib mir zwei Vanillecupcakes. Heute brauche ich die Extraportion Zucker.«

Sasha warf ihr einen fragenden Blick zu, aber Ashley erklärte nicht, ob es nur am Valentinstagsstress lag oder mehr dahintersteckte. Nicht, dass Sasha das erwartet hätte. Ashley und sie waren nie so eng befreundet gewesen, dass sie einander ins Vertrauen gezogen hätten. Sie legte einen zweiten Cupcake in die Schachtel und steckte die Kekse und den Beagle-Bissen in zwei getrennte Papiertüten. »Gibt es sonst noch etwas, was ich für dich tun kann?«

Himmel, warum hatte das eben geklungen, als würde sie mit Ashley flirten?

Doch Ashley schien es nicht bemerkt zu haben. »Nein, danke.« Sie legte das passende Geld auf die Theke, ohne erst fragen zu müssen, wie viel sie Sasha schuldete. »Dann bis morgen.«

»Bis morgen.« Sasha griff nach dem Geld, ohne hinzusehen. Ihr Blick folgte Ashley zur Tür.

Auf dem Weg nach draußen prallte Ashley fast mit Leo und Holly zusammen, die gerade die Bäckerei betreten wollten.

»Oh, hallo, Ashley«, sagte Holly. »Wie geht es dir?«

»Äh, gut. Alles prima. Viel zu tun. Du weißt ja, dass im Laden am Valentinstag immer die Hölle los ist.«

»Wäre es okay, wenn wir dir noch ein bisschen mehr Arbeit machen? Könntest du uns zwei Sträuße vorbereiten?«, fragte Holly. »Gerbera für Leos Mutter und Tulpen für meine, wenn's geht. Wir kommen dann nachher vorbei und holen sie ab.«

»Kein Problem. Ich mache mich gleich an die Arbeit. Dann bis später.« Ohne eine Antwort abzuwarten, eilte Ashley die Straße hinunter zu ihrem Blumenladen.

Sasha starrte ihr nach. Eigentlich seltsam. Obwohl Ashley sowohl mit Leo als auch mit Holly früher eng befreundet gewesen war, schien sie immer etwas angespannt, wenn sie mit ihnen redete. Fühlte sie sich etwa nicht wohl mit deren sexueller Orientierung?

»Hallo, ihr beiden«, sagte Sasha, als Holly und Leo auf die Theke zugingen. »Habt ihr einen schönen Valentinstag?«

»Den besten, den man sich vorstellen kann«, sagten beide gleichzeitig.

Sasha verdrehte spielerisch die Augen. »Gott, ihr zwei seid so verdammt süß. Ihr klingt schon wie ein altes Ehepaar.«

Holly und Leo tauschten einen langen Blick.

»Äh, jetzt, wo du's erwähnst …« Holly sah Leo fragend an. »Was meinst du? Sollen wir ihr unsere Neuigkeiten jetzt erzählen oder warten, bis sie nicht mehr so viel um die Ohren hat?«

»Neuigkeiten? Es gibt etwas Neues in dieser Stadt und ich habe noch nichts davon gehört?« Sasha riss theatralisch die Augen auf. »Die Gerüchteküche von Fair Oaks ist auch nicht mehr das, was sie mal war.« Sie schob ein Aprikose-Orange-Teilchen in eine Tüte, ohne nachzufragen, was Holly und Leo haben wollten. Auch die beiden bestellten tagtäglich dasselbe. »Also, was sind das für Neuigkeiten?«

Holly beugte sich vor, als würde sie gleich ein Staatsgeheimnis ausplaudern. Ihr breites Grinsen ließ Sasha vermuten, dass es sich um etwas Erfreuliches handeln musste. »Wir werden heiraten.«

Das zweite süße Teilchen und Sashas Silberzange landeten klirrend auf der Theke, sodass mehrere Kunden zu ihr herübersahen. Sasha scherte sich nicht darum. Sie wischte sich die Hände an ihrer Bäckerschürze ab, eilte um die Theke herum und zog erst Holly, dann Leo in eine herzliche Umarmung. »Das ist großartig. Ich freue mich so für euch!«

Sobald sie die beiden losgelassen hatte, umarmte auch Tante Mae Leo und Holly. »Hat eine von euch der anderen heute einen Antrag gemacht?« Sie sah zwischen Holly und Leo hin und her.

»Das hatte ich vor.« Holly lachte. »Ich hatte alles bis ins letzte Detail geplant. Ein romantischer Spaziergang am Bach entlang, dann ein Abendessen bei Kerzenschein und auf dem Heimweg wollte ich auf der Brücke auf ein Knie sinken und Leo fragen, ob sie mich heiraten will. Aber Leo ist mir gestern Abend zuvorgekommen.« Sie streckte ihre Hand aus und zeigte ihnen den Verlobungsring. Ein einzelner, geschmackvoller Diamant funkelte an ihrem Ringfinger.

»Ich wollte eigentlich auch bis zum Valentinstag warten, aber dann dachte ich mir, das könnte etwas zu schnulzig sein, selbst für eine Frau, die hauptberuflich Liebeslieder schreibt.« Leos Mundwinkel hoben sich zu einem verlegenen Lächeln. An ihrem Finger prangte ein Ring, der beinahe identisch mit Hollys schien. »Außerdem konnte ich einfach nicht länger warten.«

»Wow. Ihr habt beide zeitgleich geplant, der anderen einen Antrag zu machen?« Sasha hatte nie wirklich an all den Happy-End-Kram geglaubt, aber manchmal, wenn sie ihre Freundinnen so offensichtlich glücklich und verliebt sah, kam ihre Überzeugung beinahe ins Wanken. »Wann ist denn der große Tag?«

»Wir dachten uns, wir könnten am ersten Samstag im Mai heiraten«, sagte Holly. »Das ist der Hochzeitstag meiner Eltern. Meine Mutter war gleich Feuer und Flamme, als wir ihr heute Morgen beim Frühstück davon erzählt haben. Außerdem ist es im Mai noch nicht so heiß.«

Sasha nickte zustimmend. Buttercremetorten und Sommerhitze vertrugen sich nicht so gut.

»Wir wollen im ganz kleinen Rahmen heiraten, deshalb wird es auch keine offiziellen Trauzeugen und keine Brautjungfern geben, die alle dieselben Kleider tragen müssen.« Wieder tauschte Holly einen Blick mit Leo, die ihr zunickte. »Aber wir würden dich gern bei unserer Hochzeit dabeihaben.«

Wärme breitete sich in Sashas Innerem aus, so als hätte sie gerade von einer Zimtschnecke abgebissen, die frisch aus dem Ofen kam. »Es wäre mir eine Ehre.«

»Und wir hätten gern, dass du unsere Hochzeitstorte machst«, fügte Leo hinzu.

Sasha nickte sofort, ohne erst ihren Terminkalender zu Rate zu ziehen. »Habt ihr schon eine Vorstellung davon, was für eine Torte ihr möchtet?«

Holly und Leo sahen einander an. »Noch nicht«, sagte Holly. »Aber meine Mutter meint, es wäre gut, wenn die Konditorin und die Floristin eng zusammenarbeiten, damit die Blumen und die Torte farblich und vom Design her zueinanderpassen. Vielleicht können wir uns nächste oder übernächste Woche mal zusammensetzen und die Einzelheiten besprechen.«

»Ja, natürlich. Wer kümmert sich um die Blumen? *Blütenzauber*?« Sie hatte schon mehrfach mit einem der beliebtesten Blumenläden im nahegelegenen Kansas City zusammengearbeitet.

»Ähm, nein«, sagte Holly. »Wir möchten, dass Ash unsere Sträuße und den Rest der Blumendeko macht. Wir haben sie noch nicht gefragt, hoffen aber, dass sie zusagt.«

Ashley. Es hätte Sasha eigentlich nicht überraschen sollen. Erstens war *Das Blumenmädchen* der einzige Blumenladen in ihrem kleinen Städtchen und zweitens war Ashley früher mit beiden zukünftigen Bräuten befreundet gewesen. Dennoch war es irgendwie ein beunruhigender Gedanke, mit Ashley zusammenarbeiten zu müssen, ohne dass sie genau wusste, warum eigentlich.

»Das ist doch kein Problem, oder?«, fragte Holly, als Sasha schwieg.

»Natürlich nicht.« Wenn Miss Etepetete gewillt war, mit ihr an einer lesbischen Hochzeit zu arbeiten, hatte Sasha auch kein Problem damit. Im Laufe der Jahre hatte sie schon mit Dutzenden Floristen und anderen Dienstleistern im Hochzeitsgewerbe zusammengearbeitet und es war immer wie am Schnürchen gelaufen. Warum sollte es diesmal anders sein?

»Wenn noch ein Kunde kommt und ein Dutzend rote Rosen möchte, bekomme ich einen Schreikrampf.« Als der gefühlt hundertste rosenkaufende Kunde des heutigen Tages mit seinem Strauß um die Ecke verschwand, ließ sich Ashley gegen die Theke sinken und rieb sich den schmerzenden Rücken.

Ihre Aushilfe Brooke lachte, was den kleinen Ring in ihrer Nase zum Vibrieren brachte. »Ja, ich auch. Man, das ist so was von spießig. Alle sagen immer, dass sie etwas ganz Besonderes für ihre bessere Hälfte zum Valentinstag wollen, und dann kaufen sie den langweiligsten Strauß der Weltgeschichte.«

»Na ja, wenigstens stimmt die Kasse heute.« Ashs kleiner Laden konnte den Umsatz gut gebrauchen, denn der Januar war wie jedes Jahr kein guter Verkaufsmonat gewesen.

»Ist ja klar«, sagte Brooke. »Ist schließlich der Tag der überteuerten Pralinen und der Blumen, die die Kerle nur kaufen, weil sie sonst ein schlechtes Gewissen hätten.«

Ash umrundete die Theke, um die schönsten Gerbera für einen der Sträuße herauszusuchen, die Holly bestellt hatte. »Für eine Neunzehnjährige klingst du aber ganz schön zynisch. Du klingst fast wie …«

»Wie du?«

»Ich?« Ash schüttelte den Kopf. »So etwas würde ich nie sagen. Ich habe nur mal angemerkt, dass es logischer wäre, den Valentinstag im Sommer zu feiern, wenn die Rosen blühen. Aber von solchen praktischen Überlegungen mal abgesehen, bin ich eine echte Romantikerin.«

»Eine Romantikerin, die schon keine Verabredung mehr hatte, seit ich hier arbeite.«

Ash drehte sich weg und tat so, als wäre sie damit beschäftigt, Eukalyptuszweige und ein wenig Bärengras für den Strauß zu holen. Genau aus diesem Grund war der Valentinstag zwar beruflich ein Segen, privat jedoch ein Fluch für sie. Der romantischste Tag des Jahres erinnerte sie immer daran, dass sie allein war und es vermutlich auch bleiben würde. Sie rang sich ein Lächeln ab, als sie sich wieder ihrem Arbeitsplatz und Brooke zuwandte. »Bezahlt dich meine Mutter dafür, dass du das sagst?«

Brooke grinste und strich ihren langen Seitenpony zurück, der ihr ins Auge hing. »Oh! Meinst du, das würde sie tun? Ich brauche alles Geld, das ich kriegen kann, wenn ich aus diesem Kaff abhauen und zur Uni gehen will.«

Bevor Ash antworten konnte, kündigte die Glocke über der Tür einen weiteren Kunden an.

Barry Clemons, der Getreide- und Futtermittelhändler im Ort, betrat den Laden und schüttelte Regen und Graupel von seinem Mantel. »Brr. Hallo, Ashley. Ich kann es gar nicht abwarten, bis es endlich Frühling wird. Ich wette, deinem Vater geht es genauso.«

»Ja, er sagt das auch. Du kennst ihn ja. Jedes Jahr nach der Ernte schwört er, dass er und Mama endlich verreisen werden, aber kaum hat das neue Jahr begonnen, da kann er es gar nicht abwarten, zurück auf die Felder zu kommen.«

Barry lachte, wurde dann aber ernst. »Wie geht es deinen Eltern? Der Februar ist sicher eine schwere Zeit für sie.«

Ash versuchte, den Stich, den seine Worte ihr versetzten, wegzulächeln und sah zu der Kundin, die hinter Barry den Laden betreten hatte. Zum Glück schien sich Mrs. Mitchell ganz auf die Orchideen und die anderen Topfpflanzen zu konzentrieren, ohne der Unterhaltung zwischen Ash und Barry irgendeine Beachtung zu schenken. »Sie kommen schon zurecht. Kleine Reparaturen auf der Farm halten sie auf Trab. Mein Vater hilft mir heute sogar beim Ausliefern der Blumen, weil wir so viele Bestellungen haben, dass mein Fahrer es nicht allein schafft. Und was kann ich für dich tun?«

»Ich dachte, ich kaufe ein paar Blumen«, sagte Barry.

»Ist ja wohl offensichtlich«, murmelte Brooke leise.

Ash stieß sie hinter dem Verkaufstresen an. Der Kunde war König, auch wenn es tatsächlich offensichtlich war, dass er zum Blumenkaufen hier war.

»Hattest du an etwas Bestimmtes gedacht?«, fragte Ash.

Er sah sich im Laden um, der heute nicht so sauber und ordentlich war wie sonst. Der Boden war schmutzig von den vielen Kunden, die seit heute Morgen um sieben hereingekommen waren, als Ash den Laden zwei Stunden früher als sonst geöffnet hatte. Es war keine Zeit zum Fegen oder Aufräumen geblieben, sodass Grünschnitt und Blätter hinter der Theke kleine Haufen bildeten. Einer der knuddeligen Teddybären war im Regal umgefallen, so als wäre er müde geworden, während er darauf wartete, dass jemand ihn mit nach Hause nahm. Ein herzförmiger Ballon hatte sich von einem der Blumenkörbe gelöst und baumelte nun von der Decke.

Barrys Blick glitt vom Ballon zu den Sträußen, die Ash für die Laufkundschaft vorbereitet hatte. Dann sah er zu Brooke und wirkte dabei so, als hätte er sie noch nie zuvor gesehen, obwohl sie bereits seit letztem Sommer für Ash arbeitete. Eine tiefe Falte grub sich zwischen seinen Brauen ein, als er Brookes Nasenring, ihre dick mit Kajal umrandeten Augen und ihren frechen Kurzhaarschnitt studierte.

Brooke hielt seinem Blick stand, so als wäre ihr völlig egal, was er von ihr hielt.

Ash bewunderte sie insgeheim. In Brookes Alter hätte sie alles getan, um bloß nicht aufzufallen und zum Gespött der Leute zu werden. Um ehrlich zu sein, war das selbst als Erwachsene noch ihr Ziel.

Schließlich wandte Barry sich dem Blumenkühlschrank zu, der eine komplette Wand einnahm. Darin waren Schnittblumen in Blecheimern dicht aneinandergereiht. »Ein Dutzend rote Rosen, bitte.«

Brooke verdrehte die Augen, so wie nur ein Teenager das konnte.

Ash stieß sie erneut an. »Wieso gehst du nicht zu Mrs. Mitchell und fragst, ob du ihr helfen kannst?« Als Brooke davontrottete, wandte Ash sich wieder Barry zu. »Rosen sind ein Klassiker. Ich wette, Heather wird sie mögen. Möchtest du sie in einer Vase oder in Seidenpapier eingewickelt?«

»In Papier, bitte.« Barry sah zu, wie Ash eine Rose aus einem der Eimer zog.

Sie formte einen Kreis mit Daumen und Zeigefinger und schob spiralförmig abwechselnd Stiele und Schleierkraut hinein, wobei sie den Strauß fortwährend drehte, um eine kuppelförmige Kontur zu erhalten. Schließlich fügte sie außen herum ein wenig Lederfarn hinzu und hielt Barry den Strauß zur Betrachtung entgegen.

Er nickte. »Sieht gut aus. Danke.«

Ash wickelte Bast um die Stiele und kürzte diese dann auf die gleiche Länge.

»Könntest du mir einen weiteren Strauß machen?«, fragte Barry.

Ach, wie süß. Die Blumen waren sicher für seine Mutter gedacht. »Ja, natürlich. Sollen es auch für diesen Strauß Rosen sein?«

Barry zuckte mit den Schultern. »Völlig egal. Such was aus.« Er kramte durch seinen Geldbeutel, während er wartete, und legte seine Kreditkarte auf den Tresen. Dann zögerte er und fügte einige Geldscheine hinzu. Nach einem verstohlenen Blick in Richtung Brooke und Mrs. Mitchell flüsterte er: »Ähm, die Rosen bezahle ich in bar, wenn das geht.«

Ash erstarrte, eine Hand schon nach den Pfingstrosen ausgestreckt. Es war ziemlich offensichtlich, dass die Rosen weder für seine Frau noch für seine Mutter gedacht waren. Sie bemühte sich um eine neutrale Miene, auch wenn es ihr nicht leichtfiel.

Sie war weiß Gott keine gute Partnerin gewesen. Ihre einzige Beziehung als Erwachsene hatte sie vollkommen ruiniert, aber es wäre ihr nie in den Sinn gekommen, ihre Freundin zu betrügen.

Ash wandte sich von den Pfingstrosen ab und nahm stattdessen gelbe Nelken und pinkfarbene Löwenmäulchen. Vermutlich würde Heather nicht wissen, dass die Blumen in ihrem Strauß Enttäuschung und Betrug symbolisierten, aber so konnte Ash sich wenigstens vorstellen, dass sie Barrys Ehefrau warnte und ihr im wahrsten Sinne des Wortes durch die Blume sagte, was sie nicht auszusprechen wagte.

Einige Minuten später ging Barry mit seinen beiden Sträußen. Er hielt Mrs. Mitchell und ihrer Topfpflanze die Tür auf.

Brooke starrte ihm nach. »Hat er gerade …?«

Ash seufzte. »Ja, ich glaube schon.«

»Was für ein Arsch. Wer ist es wohl? Die Tussi, mit der er was hat, meine ich.«

»Keine Ahnung. Ich will es auch gar nicht wissen.« Ash mochte Fair Oaks und die Menschen, die in der kleinen Stadt lebten, wenigstens die meisten von ihnen. Nur den ständigen Tratsch und Klatsch konnte sie nicht ausstehen.

»Bestimmt ist es Cora. Ich habe ein paarmal gesehen, dass sie in die Getreidehandlung gegangen ist, und sie war bestimmt nicht da, um Saatgut zu bestellen. Immerhin arbeitet sie bei der Post.«

»Die arme Heather«, sagte Ash. »Vermutlich ahnt sie nicht, dass Barry ihr einen Völlig-egal-Strauß schenkt, während er einer anderen rote Rosen kauft.«

»Ach, bestimmt dauert es nicht lang, bis sie es erfährt. Wir leben schließlich in Fair Oaks. Hier bleibt ein Geheimnis nicht lang geheim.«

Ein Schauder lief Ash den Rücken hinunter, so als wäre es im Laden plötzlich noch kühler als sonst geworden. Vor eineinhalb Jahren war ihr eigenes Geheimnis beinahe ans Tageslicht gekommen, als Travis seinen früheren Klassenkameraden erzählt hatte, dass Ashs Auto einmal die ganze Nacht vor Hollys Haus geparkt hatte. Aber ihre Beziehung war schon seit sieben Jahren vorbei und vermutlich hatten alle Travis' Verdächtigungen als seine schmutzige Fantasie abgetan.

Ihr Geheimnis war sicher, vor allem, da sie beschlossen hatte, dass eine neue Beziehung das Risiko nicht wert war. Sie würde sich von den Frauen in Fair Oaks fernhalten, was nicht weiter schwer war, weil sie alle heterosexuell waren.

Na ja, alle außer den beiden, die jetzt den Blumenladen betraten, um die bestellten Sträuße abzuholen.

Holly kam als Erste herein, während Leo sich ein wenig im Hintergrund hielt. Sie hatte die undurchdringliche Popstar-Miene aufgesetzt, die Ash manchmal im Fernsehen beobachtet hatte. Vorhin in der Bäckerei hatte Leo kein Wort zu ihr gesagt.

War sie immer noch wütend auf Ash? Früher, zu ihrer Schulzeit, hätte Ash ihr sofort am Gesicht ablesen können, was in ihr vorging. Doch jetzt hatten sie kaum miteinander geredet, seit Ash Leo vor eineinhalb Jahren vor einer Beziehung mit Holly gewarnt hatte. Es war eine bescheuerte Aktion gewesen. Sie war eifersüchtig und verletzt gewesen, das konnte sie inzwischen zugeben.

Mittlerweile war sie größtenteils darüber hinweg. Sie schluckte den Kloß in ihrem Hals hinunter, als sie zusah, wie die beiden Hand in Hand auf sie zukamen.

Irgendwie war es immer ein wenig merkwürdig, die beiden miteinander zu sehen. Das erste Mädchen, das Ash je geküsst hatte, war nun mit der einzigen Frau zusammen, mit der Ash je in einer Beziehung gewesen war.

Aber sie musste zugeben, dass sie ein schönes Paar abgaben und glücklich miteinander zu sein schienen.

Brooke sah ihnen grinsend entgegen. »Lassen Sie mich raten. Sie möchten ein Dutzend rote Rosen?«

Ash warf ihr einen warnenden Blick zu. Sie musste wirklich dringend ein ernstes Wörtchen mit Brooke reden. Wenn Brooke weiterhin für sie arbeiten wollte, musste sie lernen, Kunden gegenüber ihre Zunge im Zaum zu halten.

»Äh, nein.« Mit ihrer freien Hand deutete Holly auf den Strauß, an dem Ash gerade arbeitete. »Der hier ist, glaube ich, einer von unseren Sträußen.«

Ein Ring an Hollys Ringfinger glitzerte im Licht über dem Arbeitsbereich.

Ash fiel der Bast aus der Hand, den sie gerade um die Gerberastiele hatte binden wollen. Sie schnappte nach Luft und starrte auf Hollys Finger. Als Krankenschwester hatte Holly nie Schmuck getragen, insbesondere nicht einen teuer wirkenden Diamantring. Ashs Blick huschte zu Leos Hand, die von einem ähnlichen Ring geziert wurde. »Oh mein Gott! Heißt das …? Seid ihr …?«

Holly schloss die Finger um den Ring, als müsste sie ihn beschützen. Ihre Wangen waren freudig gerötet. »Ich weiß, dass heute für dich ein ziemlich stressiger Tag ist, deshalb wollte ich nichts sagen. Aber wenn Brooke hier kurz die Stellung halten kann, könnten wir vielleicht kurz hinten reden.«

»Okay«, war alles, was Ash herausbringen konnte.

Leo hatte noch immer kein Wort gesagt, als Ash sie um den Tresen herum ins Hinterzimmer führte.

Ashs Golden-Retriever-Rüde Casper sprang aus seinem Hundekorb auf und rannte auf die beiden Neuankömmlinge zu, um sie zu begrüßen.

Ash war froh um die Ablenkung, die ihr die Zeit verschaffte, sich zusammenzureißen. Das leise Summen des Kühlerkompressors dröhnte in ihren Ohren. Oder vielleicht brummte ihr der Kopf von all den chaotischen Gedanken, die ihr gerade in den Sinn kamen.

Brooke starrte ihnen nach, tat dann aber schnell, als wäre sie völlig darauf konzentriert, die Grußkarten neben dem Tresen zu ordnen.

Ash nahm ihr den gelangweilten Teenagerblick nicht ab. Sie zog den Vorhang zu, der das Hinterzimmer vom Verkaufsraum trennte, was sie sonst eigentlich nie tat. Zum ersten Mal wünschte sie sich, der Raum würde über eine richtige Tür verfügen.

Mit zitternden Händen räumte sie den kleinen, runden Tisch in der Ecke frei und warf die Schleifen, die Düngerstäbchen und die Holzspieße mit den pinkfarbenen Herzen auf ein Regal. Dann schob sie zwei Stühle und einen Hocker an den Tisch. »Bitte, setzt euch doch.« Sie sank auf den Hocker, als hätten ihr die Knie plötzlich den Dienst versagt.

Casper ließ sich zu ihren Füßen nieder, so als wollte er ihr moralische Unterstützung leisten.

Leo und Holly setzten sich ihr gegenüber, ohne die Hand der anderen loszulassen.

Wieder wurde Ashs Aufmerksamkeit auf die Ringe gelenkt. »Ihr … ihr habt vor zu heiraten?«

Ein freudiges Lächeln glitt über Hollys Gesicht. »Ja.«

»Wow. Das ist, ähm, …« Endlich erinnerte sich Ash wieder an ihre guten Manieren und sie sagte automatisch: »Herzlichen Glückwunsch. Ich freue mich sehr für euch.« Das war nicht gelogen. Doch zugleich prasselten so viele widersprüchliche Gedanken und Gefühle auf sie herab, dass sie sich fühlte, als wäre sie in einen Hagelschauer gekommen.

»Danke.« Holly strahlte und selbst Leos reservierte Miene wich einem warmen Lächeln.

Sie strahlten so viel Freude aus, dass Ash den Blick abwenden musste. Wie konnten die beiden nur so glücklich mit ihrer sexuellen Orientierung sein, während Ash noch immer mit ihrer eigenen rang? Sie konnte sich nicht vorstellen, dass sie je an einen Punkt kommen würde, an dem sie ihre Liebe zu einer anderen Frau mit einem großen Fest feiern wollte, zu dem sicher die halbe Stadt eingeladen wäre.

»Wir würden uns sehr freuen, wenn du zu unserer Hochzeit kommen und unsere Blumen übernehmen würdest«, sagte Holly.

Ash schielte unter halb gesenkten Lidern zu ihnen auf. »Seid ihr euch sicher, dass ihr das wollt?«

»Wenn du lieber nicht an einer Hochzeit zwischen zwei Frauen beteiligt sein willst, weil du Angst davor hast, was die Leute oder deine Eltern davon halten könnten …«, sagte Leo.

Der Gedanke war Ash tatsächlich durch den Kopf gegangen. Ihre Eltern und einige ihrer eher konservativen Kunden würden es sicher nicht gern sehen, wenn sie an einer solchen Hochzeit mitarbeiten würde, aber das war nicht der Grund, warum sie zögerte. »Nein, das ist es nicht.« Sie senkte den Blick. »Ich meine, nach allem, was ich über Holly gesagt habe, würde ich es verstehen, wenn ihr lieber eine Floristin aus Kansas City nehmen würdet.«

Einige Sekunden lang herrschte Stille.

Casper winselte leise, als würde er die plötzliche Anspannung spüren.

Ash sah auf. *Oh Scheiße.* Im Gegensatz zu Ash war Holly nie gut darin gewesen, ihre Gefühle zu verbergen. Jetzt stand ihr ins Gesicht geschrieben, dass sie nichts von Ashs unbedachten Worten gewusst hatte.

Leo und Ash öffneten gleichzeitig den Mund, doch bevor eine von beiden etwas sagen konnte, hob Holly die Hand. »Ich will es gar nicht wissen. Es spielt keine Rolle.«

»Natürlich spielt es eine Rolle«, sagte Leo hitzig.

»Leo, es ist so viel passiert in den letzten zwei Jahren. Dein Vater ist gestorben, du hast deinen Manager entlassen und ich habe endlich verstanden, dass ich eine glückliche Beziehung führen kann, obwohl ich asexuell bin. Ich dachte, nach all dem hätten wir beschlossen, die Vergangenheit und all die bitteren Gefühle hinter uns zu lassen. Das ist einer der Gründe, warum wir heiraten wollen, oder nicht? Wir wollen einen Neuanfang und das schließt einen Neuanfang zwischen dir und Ash mit ein.«

Tränen brannten in Ashs Augen. Nie hätte sie damit gerechnet, dass ausgerechnet Holly sie verteidigen würde. Jetzt fühlte sie sich noch schuldiger wegen der Worte, die sie im Zorn über Holly gesagt hatte. »Ich weiß, dass ich mich bei euch entschuldigen muss. Bei euch beiden.« Sie sah von Leo zu Holly und wieder zurück. »Ich war verletzt und verbittert und habe anderen die Schuld dafür gegeben, dass mein Leben nicht so läuft, wie ich es wollte. Aber ich habe meinen Frieden damit gefunden und ich würde mich gern mit euch versöhnen.«

»Das würde ich auch gern«, sagte Holly leise. »Ich habe es immer bedauert, dass wir unsere Freundschaft verloren haben, und würde gern daran arbeiten, sie zurückzubekommen.«

Ash war sprachlos. Sie hatte nicht erwartet, dass Holly sie so bereitwillig zurück in ihr Leben lassen würde. Eigentlich hätte sie es besser wissen müssen. Holly war schon immer die großzügigste Person gewesen, die sie kannte.

Holly drückte Leos Hand. »Was meinst du dazu, Schatz?«

Leo sah auf ihre miteinander verflochtenen Finger hinab. Als sie wieder aufblickte, waren ihre zuvor angespannten Gesichtszüge weicher. »Ich glaube, du hast recht.« Sie atmete aus und sah Ash in die Augen. »Du warst früher eine wichtige Person in meinem Leben und ich weiß, das gilt auch für Holly. Ich will es nicht beschönigen. Es wird eine Weile dauern und einiges an Mühe kosten, unsere Freundschaft zurückzubekommen. Aber irgendwo müssen wir ja anfangen. Möchtest du also zu unserer Hochzeit kommen und unseren Blumenschmuck übernehmen?«

Kurz dachte Ash daran, was ihre Eltern und die konservativen Einwohner von Fair Oaks wohl dazu sagen würden. Doch dann schüttelte sie diese Gedanken ab. Wenn sie sich Hollys und Leos Freundschaft zurückverdienen wollte, musste sie etwas unternehmen. »Es wäre mir eine Ehre.«

Kapitel 2

Als Ash endlich einen Blick auf die Bestellungen für den morgigen Tag geworfen, den Laden gefegt und die übrig gebliebenen Rosen zu Sträußen für das Altersheim verarbeitet hatte, war es draußen längst dunkel geworden. Ihre Hände und ihr Rücken schmerzten und ihre Finger waren von Kratzern und kleinen Schnitten übersät. Bis auf die beiden Cupcakes hatte sie den ganzen Tag nichts gegessen. Alles, was sie wollte, waren eine Pizza mit Extrakäse von Casey's und ein Abend auf der Couch.

Doch bevor sie zulassen konnte, dass die Valentinstagserschöpfung sie übermannte, musste sie erst mit Casper eine Runde drehen. Der Ärmste hatte noch nicht einmal seinen üblichen Spaziergang in der Mittagspause bekommen. Ashs Vater war nur zweimal kurz mit ihm nach draußen gegangen, während Ash die nächste Auslieferung vorbereitet hatte.

Wenigstens hatte der Graupel aufgehört, sodass sie das eingenommene Geld auf dem Weg zum Park beim Nachttresor der Bank vorbeibringen konnte, ohne dabei nass zu werden.

Fair Oaks lag in Schweigen gehüllt, als sie durch das Städtchen ging. Das leise Klirren von Caspers Hundemarke war das einzige Geräusch weit und breit. Alle Geschäfte hatten schon vor Stunden geschlossen. Die Straßenlaternen warfen gelbliche Lichtkegel auf die Schlaglöcher entlang der Hauptstraße und den von Rissen übersäten Gehweg. Ashs Atem kondensierte vor ihrem Gesicht, was das Gefühl verstärkte, in ihrer eigenen kleinen Welt zu sein.

Es hatte immer etwas Magisches, zu dieser Uhrzeit unterwegs zu sein. Als sie sich der Bank näherte, konnte sie förmlich spüren, wie ihr Stresspegel nachließ – und dann schlagartig wieder zunahm.

Vor dem Nachttresor tummelte sich eine hochgewachsene Gestalt. Ein dicker Mantel und eine Wollmütze machten es unmöglich, das Geschlecht der Person zu erraten, doch die einschüchternde Figur ließ Ashs Herz schneller schlagen.

Sie umklammerte den Riemen ihrer Handtasche, in der die heutigen Einnahmen steckten, während sie mit der anderen Hand Caspers Leine fester umfasste. Himmel, jetzt war sie froh, dass sie den Hund dabeihatte. Sicher würde er sie im Notfall beschützen.

Aber Casper knurrte nicht. Mit einem freudigen Bellen lief er auf den Fremden zu – oder vielmehr auf den winzigen Hund zu dessen Füßen.

Die Person drehte sich um. Im Licht der Straßenlaterne neben der Bank erkannte Ash Sasha Petersons ausdrucksstarke Gesichtszüge. Ihre braunen Haare hingen zu einem dicken Zopf geflochten unter ihrer Wollmütze hervor. Die Spitze des Zopfs, der über einer breiten Schulter baumelte, war weiß, so als hätte sie ihre Haare versehentlich in Mehl getaucht. Scheinbar war auch Sasha auf dem Nachhauseweg.

Während die Hunde sich gegenseitig beschnüffelten, starrten Ash und Sasha einander an.

»Himmel«, sagte Sasha. »Ich habe dich nicht kommen hören. Du hast mich zu Tode erschreckt.«

»*Ich* habe *dich* erschreckt?« Ash beäugte Sashas muskulöse eins fünfundachtzig. Sie sah nicht aus, als hätte sie irgendetwas zu befürchten.

Sasha zuckte die Schultern. »Ich verdiene mein Geld mit Cupcakes und Torten, nicht mit Kung Fu.« Sie bückte sich und streichelte Casper, der an ihrer Hand schnüffelte und dann versuchte, sie abzulecken.

»Casper, nein.« Ash zog ihn zurück.

»Bist du ebenfalls hier, um die Einnahmen von heute einzuwerfen?«, fragte Sasha.

Als Ash nickte, zog Sasha für sie an dem Hebel, sodass Ash die Tageseinnahmen einwerfen konnte.

»Danke.« Nun, da das Geld sicher auf der Bank war, ging Ash in Richtung Park.

Sasha folgte ihr.

Ash blickte hinab auf die hellbraune französische Bulldogge, die auf ihren kurzen Beinen hinter Casper hertrippelte. »Ich wusste gar nicht, dass du einen Hund hast. Hast du ihn erst vor Kurzem angeschafft?«

»Ja, Snickerdoodle ist das neueste Familienmitglied. Aber sie gehört meiner Tante.«

»Snickerdoodle?« Ash lachte. »Nach dem Keks?«

Der tiefe, vergnügte Klang von Sashas Lachen drang durch die Dunkelheit. »Meine Tante wollte den Hund eigentlich Schnecke taufen, weil sie es am ersten Tag irgendwie geschafft hat, eine Schneckennudel zu stibitzen, aber ich habe es geschafft, ihr das auszureden.«

Ash kicherte. »So gesehen ist Snickerdoodle vielleicht doch kein so schlechter Name. Nur ein wenig lang für das bisschen Hund.« Sie beobachtete die beiden aus dem Augenwinkel heraus. Der Anblick der großen, stämmigen Frau und der winzigen französischen Bulldogge in dem rosafarbenen Hundepulli brachte Ash zum Grinsen.

»Was ist?« Sasha fuhr mit den Händen suchend über ihren Mantel, als befürchtete sie, dass dort Teigklumpen festklebten.

Ash zügelte ihr Grinsen. »Ach, nichts.«

Schweigen machte sich breit, als sie gemeinsam am Bach entlanggingen. Da der Bach gefroren war, unterbrach nicht einmal ein sanftes Plätschern die Stille.

Zwar hatten die beiden gemeinsame Freunde, aber Ash hatte sich noch nie länger mit Sasha über irgendetwas Wichtiges unterhalten, deshalb wusste sie nicht, was sie sagen sollte. Sie hatte das Gefühl, dass man mit Sasha gut reden konnte, aber Ash ging ihr seit Jahren aus dem Weg.

Außer Holly und Leo war Sasha vermutlich die Einzige, die wusste, dass Ash lesbisch war, oder vielmehr die Einzige, die es nicht nur vermutete. Sie und Holly hatten nie darüber gesprochen, aber Ash war sich ziemlich sicher, dass Holly ihrer engsten Freundin von ihnen erzählt hatte.

Noch schlimmer war, dass Sasha vermutlich all die schmutzigen Details ihrer Trennung kannte.

Ash war nicht stolz darauf, wie sie damals mit ihren Beziehungsproblemen umgegangen war, und sie hasste den Umstand, dass eine dritte Person davon wusste. Es gab ihr das Gefühl, Sasha hilflos ausgeliefert zu sein.

Sie fröstelte und vergrub die Hände in den Manteltaschen. Einen Moment lang überlegte sie, ob sie Sasha sagen sollte, sie brauche einen Moment für sich und würde lieber alleine mit ihrem Hund gehen, aber das wäre unhöflich gewesen und so ging sie weiter, ohne etwas zu sagen.

Zum Glück schien Sasha auch nicht so recht zu wissen, was sie mit ihr reden sollte, oder aber sie hatte nicht das Bedürfnis, das Schweigen zu brechen.

Als sie sich der Brücke näherten, die zu dem Stadtteil führte, in dem Ash lebte, räusperte sich Sasha. »War es ein erfolgreicher Tag für dich?«

Ash nickte. »Ja, aber vor allem ein langer.«

»Das kannst du laut sagen. Ich stand seit drei Uhr früh in der Backstube. Ich glaube, ich brauche ein paar Tage, bis ich wieder genug Energie habe, um mich mit dir zu treffen.«

Wie bitte? Ash rutschte auf einem halb gefrorenen Grasbüschel aus.

»Hoppla!« Sasha hielt sie am Arm fest, bevor sie hinfallen konnte. »Vorsicht.«

Sie roch nach Zimt und etwas anderem, das Ash nicht identifizieren konnte. Ash war sich der starken Finger viel zu bewusst, die sie am Ellbogen festhielten. Es ärgerte sie, dass sie Sashas Duft und das Gefühl ihrer Hand auf ihrem Arm überhaupt registrierte. Rasch zog sie ihren Arm weg. »Was meinst du damit?«

»Na ja, es ist dunkel und das Gras ist nass, deshalb solltest du lieber auf dem Weg bleiben, bevor du noch hinfällst.«

Ash winkte ab. »Das meine ich nicht.« Dann begann sie zu ahnen, was Sasha gemeint haben könnte, und spürte, wie sie rot wurde. »Oh. Du redest davon, dass wir uns am Samstag wie immer mit dem Rest der Clique in der Bar treffen, oder?« *Mensch, was hast du denn gedacht, wovon sie redet? Einem Date?*

Das konnte nicht sein. Soviel sie wusste, war Sasha heterosexuell. Aber selbst wenn sie an Frauen interessiert gewesen wäre, würde Sasha nach allem, was Holly ihr vermutlich über Ash erzählt hatte, sicherlich lieber das Gras auf dem Footballfeld der Schulmannschaft mit einer Nagelschere schneiden, als mit ihr auszugehen.

»Nein, das meine ich nicht«, sagte Sasha. »Klar komme ich am Samstag ins Johnny's, aber ich meinte eigentlich nur uns beide.«

»Nur uns beide?« Ashs Gehirn kam irgendwie nicht mit. Einen Moment lang glaubte sie fast, sie wäre nach der Arbeit auf der Couch eingeschlafen und hätte einen dieser verrückten Träume, in denen sie öffentlich verkündete, dass sie lesbisch war, und die ganze Stadt sich von ihr abwandte.

»Na ja, oder vielmehr wir beide und das glückliche Paar.« Sasha lachte. »Oder meinst du, dass Travis, Jenny und der Rest der Bande irgendwelche wichtigen Beiträge zum Thema Blumen und Torte leisten könnten?«

Ash blieb vor der Brücke stehen. »Blumen und Torte?« Forschend sah sie in Sashas braune Augen, die im Licht des Vollmonds beinahe schwarz wirkten. »Wovon sprichst du?«

Eine kleine Falte entstand zwischen Sashas Augenbrauen. »Ich Torte, du Blumen? Ich dachte, Holly und Leo hätten mit dir gesprochen.«

»Über die Hochzeit? Ja, haben sie. Aber was hat das mit …?« Dann begriff sie endlich. »Oh. Die beiden möchten, dass du die Hochzeitstorte backst.« Eigentlich nicht weiter erstaunlich, schließlich war Sasha eine von Hollys engsten Freundinnen.

»Ja. Und sie möchten, dass wir zusammenarbeiten, um die Farben und das Design abzusprechen. Sie haben vorgeschlagen, dass wir uns nächste oder übernächste Woche treffen, um über alles zu reden.«

»Oh.«

»Haben sie dir nichts davon gesagt?«, fragte Sasha.

Ash kratzte sich am Kopf. Nach dem heutigen Tag wusste sie kaum noch, wo ihr der Kopf stand. Zu erfahren, dass ihre Ex-Freundin die erste Frau heiraten würde, die Ash je geküsst hatte, war ein ziemlicher Schock gewesen. Trotzdem hätte sie sich vermutlich daran erinnert, wenn eine von beiden das erwähnt hätte. »Äh, nein, ich glaube nicht.«

Sasha neigte den Kopf und musterte sie. »Ist das ein Problem für dich?«

»Nein«, sagte Ash schnell. Vielleicht ein wenig zu schnell. »Es ist überhaupt kein Problem. Warum sollte es ein Problem sein?«

Sasha betrachtete sie noch immer. Sie verschränkte die Arme vor der Brust. »Weiß ich nicht. Sag du's mir.«

»Es gibt kein Problem«, sagte Ash so laut, dass Snickerdoodles Fledermausohren sich in ihre Richtung drehten.

»Gut.« Es klang nicht versöhnlich, sondern eher wie eine Herausforderung.

»Ja. Gut«, wiederholte Ash.

Sie standen vor der Brücke und offenbar wollte keine zuerst den Blick abwenden. Schließlich begann Snickerdoodle zu winseln.

Sasha bückte sich, nahm die Bulldogge auf den Arm und drückte sie gegen ihre Brust. »Ich bringe sie besser nach Hause. Bullys sind ziemlich kälteempfindlich. Wir sehen uns dann morgen, wenn du dir deine Cupcakes holst.«

Ash nickte nur. Casper lehnte sich gegen ihr Bein, als sie zusah, wie Sashas hochgewachsene Gestalt in der Dunkelheit verschwand.

Sasha und sie würden also zusammenarbeiten, um dafür zu sorgen, dass Holly und Leo eine Traumhochzeit bekamen. Da war eigentlich nichts dabei, oder? Es hatte sie nur einen Moment lang überrascht.

Sie würden sich ein paarmal treffen, damit Sasha die Glasur der Hochzeitstorte auf die Farben von Ashs Tischgestecken abstimmen konnte. Als Sashas Tante die Bäckerei geleitet hatte, war das mehr als einmal vorgekommen. Alles würde seinen gewohnten Gang gehen. Wenn sie sich mit Sasha traf, um die Einzelheiten zu besprechen, würde sie vollkommen gefasst und professionell sein.

Ash nickte entschlossen, wandte den Blick von der Stelle ab, wo Sasha verschwunden war, und überquerte die Brücke, um endlich nach Hause zu gehen.

Am Freitagabend der nächsten Woche klemmte sich Sasha ihre Mappe unter den Arm, nahm das Tablett mit den Tortenpröbchen vom Beifahrersitz und schloss die Tür ihres Geländewagens mit einem gekonnten Hüftschwung.

Als sie mit dem Tablett auf das Haus zuging, standen nur Hollys Jeep und Leos BMW in der Auffahrt. Von Ashleys zehn Jahre altem, silberfarbenem Geländewagen gab es weit und breit keine Spur.

Sie war letzten Samstag auch nicht in der Bar aufgetaucht und Sasha war diese Woche fast ausschließlich in der Backstube gewesen, während Tante Mae und ihre Angestellte den Verkauf übernommen hatten, deshalb hatte sie Ashley seit der seltsamen Unterhaltung am Valentinstag nicht mehr gesehen.

Sasha war noch immer nicht klar, warum Ashley ein Problem damit hatte, mit ihr zusammenzuarbeiten. Ganz offenbar hatte sie eines, egal, was sie behauptete.

Auch wenn Sasha nicht wie Ashley das allseits beliebte Mädchen von nebenan war, so kam sie doch mit den meisten ihrer Mitmenschen gut zurecht und ihre Freunde sagten ihr ständig, wie viel Spaß es machte, Zeit mit ihr zu verbringen. Warum stellte Ashley sich also an, als wäre es eine Unannehmlichkeit, mit ihr arbeiten zu müssen?

Sasha zerbrach sich den Kopf darüber, konnte aber keinen Grund finden.

Es sei denn ... Sie blieb auf der Veranda stehen. Hatte Ashley irgendwie davon erfahren, dass Sasha als Jugendliche für sie geschwärmt hatte? Benahm sie sich deswegen so, als wäre ihr jeder Kontakt mit Sasha unangenehm?

Ach was. Daran konnte es nicht liegen. Das war fünfzehn Jahre her. Sie war längst nicht mehr die verschossene Sechzehnjährige, die Ashley aus der Ferne angehimmelt hatte. Vermutlich ahnte Ashley nichts davon. Sie war damals nur mit Leo und den beliebten Leuten befreundet gewesen und hatte Sasha keinerlei Beachtung geschenkt.

Aber wenn es nicht daran lag, was machte Ashley dann so nervös in ihrer Gegenwart?

Noch bevor Sasha eine Antwort auf ihre Frage finden oder klingeln konnte, schwang die Haustür auf.

Holly stand mit einem amüsierten Grinsen vor ihr. »Halten wir unser Testessen auf der Veranda ab?«

»Haha.« Sasha umarmte sie mit einem Arm und trug dann das Tablett an ihr vorbei ins Haus.

Seit Holly und Leo eingezogen waren, war Sasha oft zu Besuch gewesen, aber das Haus verschlug ihr jedes Mal die Sprache, sobald sie es betrat. Sie mochte vor allem das Wohnzimmer, in das Holly sie nun führte. Durch die hohe Decke und den Kamin wirkte es weitläufig und gemütlich zugleich. Zwei Sessel und die cremefarbene Couch luden zum Entspannen ein und genau das tat Chance gerade. Der rote Kater, der das Haus regierte, hob kaum den Kopf, als Sasha eintrat.

»Wo ist deine Zukünftige?«, fragte Sasha, als sie das mit Alufolie bedeckte Tablett auf dem Couchtisch abstellte.

Ein liebevolles Lächeln umspielte Hollys Mundwinkel. Sie zeigte auf die Glasschiebetür, die hinaus auf die Terrasse und zum großen, von Bäumen gesäumten Garten führte.

Ein Bewegungsmelder ließ das Licht auf der Terrasse angehen, als Leo aus dem früheren Gästehaus trat, das sie zu einem Musikstudio umgebaut hatten. Sie durchquerte den Garten, schob die Glastür auf und schlang sofort einen Arm um Holly, als hätte sie diese wochenlang nicht gesehen. »Hallo, Sasha. Tut mir leid, ich verliere manchmal die Zeit aus dem Auge, wenn ich komponiere. Bin ich zu spät dran?«

»Nur ein paar Minuten«, sagte Sasha. »Genau wie Ashley. Oder kommt sie doch nicht?«

Ein Klingeln an der Tür unterbrach sie, bevor jemand antworten konnte.

»Wenn man vom Teufel spricht«, murmelte Leo.

Holly gab ihr einen Stups mit dem Ellbogen und flüsterte ihr etwas zu, das klang wie »Neuanfang, schon vergessen?«, bevor sie die Tür öffnen ging.

Kurz darauf stürmte Ashley ins Wohnzimmer. Sie hielt eine Mappe in die Höhe, als wäre es eine Opfergabe, die ihr Vergebung einbringen sollte. »Es tut mir so leid. Ich schwöre, ich bin rechtzeitig von zu Hause weg, aber mein Auto wollte nicht anspringen und ich musste den ganzen Weg laufen.«

Sie sah eher aus, als wäre sie den ganzen Weg gerannt. Ihre Wangen waren gerötet. Sie hatte ihre Haarspange entweder vergessen oder verloren, sodass ihr blondes, fast hüftlanges Haar ihr offen auf den Rücken fiel.

Verdammt. Es ließ sie noch attraktiver wirken. Sasha verfluchte ihre Libido.

»Mach dir nichts draus.« Holly tätschelte Ashleys Arm. »Wir haben noch nicht angefangen. Sasha ist auch eben erst gekommen. Setzt euch.«

Leo und Holly nahmen nebeneinander in den beiden Sesseln Platz, sodass für Sasha und Ashley nur die Couch übrig blieb.

Sasha quetschte sich zwischen Ashley und die Katze. Da Chance es irgendwie schaffte, die halbe Couch in Anspruch zu nehmen, waren sie gezwungen, dicht beieinander zu sitzen. Sasha konnte Ashleys Wärme an ihrem Oberschenkel und an ihrer Schulter spüren.

Unter dem Vorwand, ihre Mappe auf dem Couchtisch abzulegen, rutschte Ashley ein Stück zur Seite und saß dann stocksteif da.

Himmel. Glaubt sie, ich habe Ebola oder dass meine sexuelle Orientierung ansteckend ist?

Falls Ashley überhaupt wusste, dass Sasha nicht heterosexuell war. Zwar war Sashas sexuelle Orientierung kein Geheimnis, aber da sie seit Jahren in keiner Beziehung gewesen war, wusste nicht jeder im Ort davon. Doch als Besitzerin des einzigen Blumenladens in Fair Oaks bekam Ashley sicher eine Menge Klatsch und Tratsch mit. Vielleicht hatte jemand ihr erzählt, dass Sasha eine gut aussehende Frau genauso wie einen attraktiven Mann zu schätzen wusste. Das mochte der Grund sein, warum sie sich in ihrer Anwesenheit nicht so recht wohlzufühlen schien.

Sasha beschloss, sie zu ignorieren und sich stattdessen auf die zukünftigen Bräute zu konzentrieren. »Wisst ihr schon, wo die Trauung und die Feier stattfinden werden?«

»Was werdet ihr tragen?«, fragte Ashley gleichzeitig.

Sie sahen einander an und blickten dann beiseite.

»Auf keinen Fall werde ich ein Kleid tragen«, verkündete Leo. »Mein Manager hat mich in so viele sexy Kleider und unbequeme Schuhe gesteckt, dass mir das bis zum Ende meiner Tage reicht. Es ist eine lesbische Hochzeit und das werde ich voll ausnutzen, indem ich etwas Bequemes anziehe.«

Sasha grinste. »Puh. Heißt das, ich muss auch kein hässliches Kleid in rosafarbener Seide tragen?«

»Na ja«, sagte Leo, »das kommt ganz darauf an, wie nett du zu uns bist.«

»Ich bin äußerst nett. Ich mache euch sogar die schönste Hochzeitstorte, die ihr je gesehen habt. Habt ihr schon irgendeine Vorstellung davon, was ihr haben wollt?« Sie schob ihre Mappe mit den Fotos von früheren Hochzeiten über den Couchtisch. »Drei Schichten oder vier? Oder wollt ihr etwas ganz anderes? Viele Paare möchten im Moment lieber Cupcakes statt einer traditionellen Hochzeitstorte haben.«

Holly betrachtete ein Foto, das eine dreistöckige Hochzeitstorte zeigte. »Nein, ich hätte lieber eine Torte.« Sie blickte zu Leo, die sofort nickte. »Sie soll eher traditionell sein, zugleich aber auch zu uns passen.«

Sasha kam die zündende Idee. »Wie wäre es mit drei Schichten Vanillebiskuit, einer Aprikosen-Orangen-Füllung und entweder Vanillebuttercreme oder weißes Fondant zur Verzierung? Das wäre dann praktisch die Hochzeitstortenversion von eurem Lieblingsgebäck.«

»Klingt perfekt«, sagten Leo und Holly gleichzeitig.

»Das ging aber schnell. Sieht so aus, als bräuchten wir das Testessen gar nicht. Dann nehme ich meine Probiertörtchen eben wieder mit.« Sasha tat, als nähme sie das Tablett wieder an sich.

Knurrend riss Leo es ihr aus der Hand und drückte es beschützend an ihre Brust. »Wage es bloß nicht.«

Sasha lachte und selbst Ashley musste grinsen.

»Ich hole uns Teller, dann könnt ihr solange schon mal Ashleys Blumenauswahl ansehen.« Sasha schob sich an Ashley vorbei und ging in die Küche, die nur durch einen hufeisenförmigen Tresen vom Wohnzimmer getrennt war. Sie wusste, wo sich die Teller befanden, musste aber einen Moment lang nach den Kuchengabeln suchen, was ihr Gelegenheit gab, ihre Freundinnen und Ashley zu beobachten.

»Wo findet die Feier denn statt?«, fragte Ashley, während Leo und Holly durch ihre Mappe blätterten.

»Wir haben den Ballsaal des Country Clubs gemietet«, sagte Holly. »Unsere Mütter stecken schon bis zum Hals in Vorbereitungen und schauen sich mit Begeisterung Hochzeitszeitschriften an. Vermutlich können wir euch in Kürze mehr über das Dekor verraten.«

»Und die Trauung?«, fragte Ashley. »Brauchen wir Bankschmuck und Altargestecke für die Kirche?«

»Nein«, antwortete Leo. »Selbst wenn der Pastor bereit wäre, uns zu trauen, wir sind beide nicht religiös. Vielleicht gehen wir einfach nur zum Standesamt.«

»Du weißt aber schon, dass dann die Gerüchteküche brodeln wird«, sagte Ashley leise.

Leo grinste. »Was sollen sie denn sagen? Dass eine von uns beiden vermutlich schwanger ist und wir deshalb so schnell und heimlich heiraten?«

»Nein, aber jemand könnte sagen, dass …«

»Wieso interessiert es dich, was die Leute womöglich sagen?« Sasha stellte die Teller und Gabeln auf den Tisch und ließ sich auf die Couch fallen.

Da sie mehr wog, katapultierte ihr Schwung Ashley nach oben, sodass sie auf der Couch auf und ab hüpfte.

Sasha verkniff sich ein Grinsen. Vielleicht würde das Ashley aus ihrem ständigen Grübeln darüber reißen, was die Leute wohl denken könnten. »Es ist Leos und Hollys Hochzeit. Da ist es doch egal, was die anderen denken.«

Ashley betrachtete ihre Hände, die sie auf dem Schoß gefaltet hatte.

»Wisst ihr, wo ich wirklich gern getraut werden würde?«, fragte Holly, als die Stille unangenehm wurde.

Leo lächelte ihr liebevoll zu. »Ich glaube nicht, dass wir die Trauung auf dem Dach meines Elternhauses abhalten können, Schatz.«

Die beiden lachten.

»Nein, das meinte ich auch nicht. Ich habe eher an unseren Lieblingsplatz am Bach gedacht.« Holly sah zu Sasha und Ashley herüber. »An der Stelle, an der Leo mich zum ersten Mal gefragt hat, ob ich mit ihr ausgehe, wo ich ihr dann gesagt habe, dass ich asexuell bin, und wo wir unsere erste Verabredung hatten.«

»Und unseren ersten Streit als Paar«, fügte Leo hinzu, aber sie lächelte und nahm Hollys Hand. »Der Bach wäre der perfekte Ort für die Trauung.«

»Ich könnte das Brückengeländer mit Blumen eurer Wahl schmücken. Der Klassiker wären natürlich weiße Rosen, aber wenn ihr es moderner haben wollt, gingen auch Callalilien oder …« Ashley zählte weitere Optionen auf.

Sasha hörte nicht weiter zu, denn Blumen waren nicht so ihr Ding. Sie nahm die Alufolie vom Tablett und verteilte Minitörtchen auf die Teller.

Als sie Ashley ihren Teller gab, streiften sich ihre Finger.

Es überraschte sie, wie rau Ashleys Finger waren. Noch mehr aber wurde sie von dem Kribbeln überrumpelt, das die Berührung auslöste. Vermutlich lag es nur daran, dass Ashleys Hände durch die Arbeit mit dornigen Blumenstielen rau waren und ihre Fingerkuppen sie deshalb gekitzelt hatten, sagte sich Sasha. Oder vielleicht brachte all das Hochzeitsgerede ihre Hormone in Wallung. Vermutlich hätte sie auf jede halbwegs gut aussehende Person so reagiert und Ashley war zugegebenermaßen ziemlich hübsch, auch wenn sie einen Stock im Arsch hatte.

Sasha zog ihre Hand zurück und konzentrierte sich auf ihren eigenen Teller.

Ashley stach mit der Kuchengabel in den ersten Minicupcake und nahm einen Bissen. Ihre Augen fielen zu und ihr Gesichtsausdruck wirkte so ekstatisch, dass Sasha sich fragte, ob sie so auch aussah, wenn sie ganz andere sinnliche Freuden genoss.

Sie verdrängte den Gedanken rasch.

Dann nahm Ashley einen Bissen von einem anderen Törtchen und ein leises, beinahe erotisches Stöhnen entfuhr ihr.

Himmel, Ashley! Das hilft nun wirklich nicht. Wie sollte sie ihre dämliche Jugendschwärmerei jemals vergessen, wenn Ashley solche Geräusche von sich gab? Abrupt stopfte sich Sasha ein ganzes Minitörtchen in den Mund.

Leo stöhnte ebenfalls genießerisch. »Mmm. Gut, dass wir uns bereits für eine Hochzeitstorte entschieden haben. Ich könnte unmöglich eine auswählen. Die schmecken alle herrlich.«

»Definitiv besser als Sex«, murmelte Holly mit vollem Mund.

Ashley erstarrte, die Gabel bereits zum Mund gehoben, und sah Holly an, als hätte diese ihr ins Gesicht geschlagen.

Und das alles nur, weil Holly eine witzige Bemerkung über Sex gemacht hatte?

Viele Leute in Fair Oaks waren so. Sie hatten nichts gegen ihre lesbischen Nachbarn, solange sie nicht mit deren sexueller Orientierung konfrontiert wurden. Doch Sasha hatte gehofft, dass Ashley nicht zu dieser Sorte gehören würde. Es würde die Zusammenarbeit mit ihr erschweren.

Schließlich war das letzte Törtchen gegessen und weitere Hochzeitspläne geschmiedet. Sasha und Ashley packten ihre Mustermappen und Notizen ein und gingen zur Tür. Sasha umarmte ihre Freundinnen zum Abschied und Ashley tat es ihr gleich, auch wenn sie nicht gerade entspannt dabei aussah.

Mann, komm endlich darüber hinweg, Ashley. Kopfschüttelnd stapfte Sasha zu ihrem Wagen.

Als Ashley die Straße entlangging, fiel Sasha wieder ein, dass ihr Auto nicht angesprungen war. Es war dunkel und kalt draußen und obwohl das gefährlichste Verbrechen in Fair Oaks ein paar Jugendliche waren, die Bier aus dem Laden um die Ecke stahlen, wäre sich Sasha gemein vorgekommen, wenn sie Ashley nicht angeboten hätte, sie zu fahren.

Sie warf das leere Tablett auf den Rücksitz und öffnete die Beifahrertür. »Soll ich dich mitnehmen?«

Ash drehte sich um und sah Sasha über das Autodach hinweg an.

Sasha hielt ihr die Beifahrertür auf, doch ihre Körpersprache und ihr Tonfall waren weniger einladend. Es war offensichtlich, dass sie Ash eigentlich nicht mitnehmen wollte. Nicht, dass Ash scharf darauf gewesen wäre, mit ihr ins Auto zu steigen. Die Besprechung eben war schon unbehaglich genug gewesen, während sie praktisch an Sasha gedrückt auf der Couch hatte sitzen müssen.

Sasha hatte ebenfalls nicht sonderlich entspannt gewirkt. Bei der ersten Gelegenheit war sie aufgesprungen und hatte die Teller aus der Küche geholt, nur um von Ash wegzukommen. Einige Male hatte sie barsche Antworten gegeben, aber nur dann, wenn sie mit Ash redete. Wer von ihnen hatte jetzt das Problem mit ihrer Zusammenarbeit?

Ash schüttelte den Kopf. »Nein, danke«, rief sie Sasha zu. »Es ist nicht weit. Ich kann zu Fuß gehen.«

»Sei nicht albern. Du wohnst auf der anderen Seite der Stadt.«

Sasha hielt sie für albern? Ash knirschte mit den Zähnen.

Leos und Hollys Nachbar ging mit seinem Hund an ihnen vorbei. »Hallo, Ash. Hi, Sasha.«

»Hallo, Joe.« Ash winkte ihm zu, bevor sie sich wieder Sasha zuwandte, die noch immer wartend dastand und ihr die Beifahrertür aufhielt. Wenn das so weiterging, würden sie länger hier stehen, als sie für den Heimweg brauchen würde, und die Leute würden sich langsam wundern, was da eigentlich los war. »Na schön. Ich fahre bei dir mit. Danke.«

Sie ging um das Auto herum und stieg ein.

Sasha schloss die Beifahrertür, setzte sich hinter das Steuer und fuhr los.

Eine Weile herrschte Schweigen.

Als Sasha an der einzigen Ampel des Orts anhielt, sah sie zu Ash herüber. »Es ist wirklich toll, dass die beiden heiraten, oder?«

Ash nickte.

»Ich bin froh, dass Holly jemanden gefunden hat, der sie versteht und sie akzeptiert, so wie sie ist. Nicht wie die Arschlöcher, mit denen sie früher zusammen war.«

Hitze stieg Ashs Brust hinauf und brachte ihre Wangen zum Brennen. Sie umklammerte den Türgriff so fest, dass ihre Finger schmerzten. Hatte Sasha ihr deswegen angeboten, sie nach Hause zu fahren? Damit sie ihr endlich einmal die Meinung sagen und ihr vorwerfen konnte, wie schlecht sie Holly behandelt hatte? »Hör zu.« Sie versuchte, ganz ruhig zu sprechen, aber ihre Stimme klang wie knirschende Kieselsteine. »Mir ist klar, dass du mich nicht magst, weil du denkst, ich wäre eines dieser Arschlöcher. Aber was zwischen Holly und mir vorgefallen ist, ist kompliziert und geht dich auch überhaupt nichts an. Können wir es also bitte vergessen und einfach ganz professionell zusammenarbeiten?«

Sasha starrte sie an. Ihre Kinnlade klappte auf, aber sie brauchte einige Sekunden, bis sie etwas sagte. »Du … Holly … ihr wart … ihr wart mal zusammen? Heißt das, du stehst auf Frauen?«

Jetzt war Ash diejenige, die sie anstarrte. Sie griff sich mit einer zitternden Hand an den Magen. Plötzlich war ihr übel. »Oh Gott. Hast du das etwa nicht gewusst?«

Sasha schlug mit beiden Händen aufs Lenkrad. »Nein! Ich hatte keinen blassen Schimmer!«

Beide ließen sich gegen die Rückenlehnen sinken. »Heilige Scheiße«, murmelten sie gleichzeitig.

Kapitel 3

Sasha konnte es nicht fassen. Ashley Gaines, der Liebling von Fair Oaks und der feuchte Traum jedes Jungen in ihrer Schulklasse, war lesbisch oder bisexuell. Und das war noch nicht alles. Sie und Holly waren ein Paar gewesen.

Heiliger Bimbam! Warum hatte ihr niemand davon erzählt? Sie starrte zu Ashley hinüber und versuchte, im Schein einer Straßenlaterne neben dem Auto ihren Gesichtsausdruck zu erkennen.

Aber Ashley hatte die Ellbogen auf die Knie gestützt, das Gesicht in den Händen vergraben und stöhnte leise.

Lautes Hupen hinter ihnen ließ beide zusammenzucken.

Sasha sah in den Rückspiegel.

Brandon Eads, der frühere Quarterback der Schulmannschaft und Ashleys Ex-Freund, hatte seinen Wagen hinter ihnen angehalten und zeigte auf die Ampel, die längst grün geworden war.

Sasha kam sich vor, als wäre sie in irgendeiner bizarren Seifenoper gefangen. Sie trat aufs Gas und überquerte die Kreuzung ein wenig zu schnell.

Bevor sie ihre chaotischen Gedanken ordnen und eine Frage stellen konnte, waren sie an Ashleys hübschem, kleinem Haus am Stadtrand angekommen.

»Bitte erzähl es keinem«, sagte Ashley eindringlich. Ihre Augen flehten förmlich, so als läge ihr Leben nun in Sashas Händen.

»Das werde ich nicht, aber …«

»Danke.« Ashley löste ihren Sicherheitsgurt und öffnete die Beifahrertür. »Und danke fürs Mitnehmen.«

»Warte!« Sasha hielt sie am Arm fest. »Du kannst mich nicht einfach mit so etwas überrumpeln und dann davonlaufen.«

Sehnsüchtig warf Ashley einen Blick zu ihrem Haus, bevor sie sich langsam zu Sasha umdrehte. Selbst im fahlen Licht war zu erkennen, dass ihre Wangen die Farbe von Himbeercreme angenommen hatten. Panik flackerte in ihren Augen. Ihr Blick huschte zu Sashas Hand, die auf ihrem Arm lag.

Schnell ließ Sasha los und bemühte sich, sanfter zu sprechen, denn sie wollte Ashley nicht einschüchtern. »Holly und du wart also …?« Sie konnte es noch immer nicht fassen.

Ashley schloss die Beifahrertür und nickte.

»Himmel!«

Ashley schielte aus dem Augenwinkel zu ihr herüber. »Du wusstest es also wirklich nicht?«

»Wie zum Teufel hätte ich davon wissen sollen?«

»Ich … ich dachte …« Ashley zog den Kopf ein. »Ich dachte, Holly hätte es dir gesagt. Ich dachte, ihr seid beste Freundinnen.«

»Das dachte ich auch«, murmelte Sasha. Es tat weh, dass Holly ihr nicht vertraut hatte. Sie hatten gemeinsam viel durchgemacht: den Tod von Hollys Vater, die zweite Heirat von Sashas Vater und Hollys Entscheidung, ihren Job im Krankenhaus aufzugeben, um in der häuslichen Pflege zu arbeiten. Warum hatte Holly ihr nichts von ihrer Beziehung erzählt?

»Ich habe angenommen, du weißt davon«, sagte Ashley. »Ich dachte, das wäre der Grund, warum du …«

Sasha warf ihr einen finsteren Blick zu. »Warum ich was?«

»Ach, nichts. Es ist nur … Nichts.« Ashley fröstelte.

Nun, da Sasha den Motor abgestellt hatte, wurde es im Auto langsam kalt.

»Kann ich kurz mit reinkommen?«, fragte Sasha. »Es wird kalt hier draußen und um ehrlich zu sein, könnte ich einen Drink gebrauchen.«

Ashley sah sich um, bevor sie nickte, so als wollte sie nicht, dass ihre Nachbarn sie des Nachts mit einer anderen Frau im Auto sitzen sahen. Sie stieg aus und ging auf ihr Haus zu.

Sasha folgte ihr und versuchte, ihr nicht auf die Pelle zu rücken, als Ashley versuchte, die Tür aufzuschließen. Ihre Hände zitterten so stark, dass die Schlüssel am Bund klirrten, und Sasha ahnte, dass es nicht nur die Kälte war, die sie zum Zittern brachte. »Lass mich mal.« Sie griff um Ashley herum und nahm ihr den Schlüsselbund aus der Hand.

Ihre Finger streiften sich und Ashley zog ihre Hand weg, als hätte sie sich verbrannt.

Mann, sie war total durcheinander. Zum ersten Mal verstand Sasha, dass der Anschein von Perfektion, den Ashley erweckte, tatsächlich nur eine mühsam konstruierte Illusion war.

Sasha schloss die Tür auf und gab ihr die Schlüssel zurück, wobei sie diesmal darauf achtete, dass ihre Finger sich nicht berührten.

Casper wartete schon an der Tür. Er bellte kurz, wedelte mit dem Schwanz und versuchte, an Ashley hochzuspringen und ihr das Gesicht zu lecken.

Ashley beugte sich hinab, um ihn zu streicheln. Einen Moment lang vergrub sie das Gesicht in seinem Fell, straffte sich dann aber wieder, so als wäre ihr bewusst geworden, dass Sasha sie beobachtete. »Komm rein.« Sie führte sie ins Haus.

Der Hund beschnüffelte Sasha kurz, bevor er seiner Herrin folgte.

Der Flur ging in ein Wohnzimmer über, das kaum halb so groß wie das von Leo und Holly war. Es war sauber und aufgeräumt und hätte fast wie eine Theaterkulisse gewirkt, wenn da nicht einige kleine, persönliche Details gewesen wären. Ein Strauß irgendwelcher orangefarbener Blumen zierte den Couchtisch, ein Taschenbuch mit einem Lesezeichen lag daneben. Ein Tennisball und mehrere zerkaute Quietschtiere formten eine Spur, die zum Hundekorb führte.

»Was kann ich dir anbieten?«, fragte Ashley. Nun, da sie sich in die Rolle der Gastgeberin flüchten konnte, klang sie weniger nervös.

»Was immer du auch trinkst.«

»Außer am Samstag bei Johnny's trinke ich kaum Alkohol. Aber irgendwo habe ich noch eine Flasche Wein.«

Sasha seufzte. »Vergiss den Drink. Mir geht es hauptsächlich um ein paar Antworten. Was du da eben gesagt hast, hat mich vollkommen umgehauen.«

Ashley sank in einen Sessel und wirkte wie ein in die Ecke getriebenes Tier. Sie bedeutete Sasha, sich ebenfalls zu setzen.

Sasha nahm auf der Couch Platz. Sie wartete darauf, dass Ashley etwas sagte, aber diese saß nur da und sah überall hin, nur nicht zu ihr. Sasha stützte die Unterarme auf die Schenkel und beugte sich vor. »Also bist du bisexuell oder was zum Teufel ist hier los?«

»Nein«, sagte Ashley so leise, dass Sasha sie kaum verstehen konnte. »Ich … ich bin lesbisch.«

Sasha hob eine Augenbraue. Ashley hatte kein bisschen lesbisch gewirkt, als sie mit Brandon auf der Tribüne des Footballstadiums geknutscht hatte. *Ach, komm schon. Sei nicht so gemein. Manche Leute brauchen eben etwas länger, um sich über ihre sexuelle Orientierung klarzuwerden.* Sie ließ sich gegen die Rückenlehne sinken. »Wie lange weißt du es schon?«

Ashley sah sie noch immer nicht an. Sie zog die Beine auf den Sessel und drückte ihre Knie an die Brust. »Seit ich achtzehn war.«

»Achtzehn?«, wiederholte Sasha verblüfft.

Ashley zuckte mit den Schultern. Sie zog mit den Fingernägeln unsichtbare Muster in den Stoff ihrer Jeans. »Es wurde mir langsam klar, als Leo …«

»Als Leo was getan hat?«

»Vergiss es.«

»Als sie sich geoutet hat?«, fragte Sasha.

»Ich sagte, vergiss es.«

Also konnte das nette Mädchen von nebenan auch anders. Sasha respektierte das, obwohl es sie frustrierte, nicht die Antworten zu bekommen, die sie haben wollte. »Und du und Holly? Wie und wann ist das passiert?«

»Als sie von der Uni zurückkam, haben wir begonnen, mehr Zeit miteinander zu verbringen.«

Sasha kam da noch immer nicht mit. »Ja, aber wie seid ihr ein Paar geworden? Du verheimlichst deine sexuelle Orientierung und Holly ist nicht gerade dafür bekannt, dass sie Frauen hinterherjagt.«

Ein tiefes Rot überzog Ashleys Wangen. »Erinnerst du dich noch an die Feier zur Eröffnung meines Ladens?«

Sasha starrte sie mit offenem Mund an. Das war vor sieben Jahren gewesen! Sie nickte und wartete darauf, dass Ashley fortfuhr.

»Ähm, na ja, ich war an dem Abend ein wenig beschwipst und als Holly mich nach Hause fuhr, habe ich ihr ein Kompliment über ihre Augen gemacht, auf eine Weise, wie eine heterosexuelle Freundin es wohl nicht tun würde. So hat sie es dann herausgefunden.«

War das der Grund, warum Ashley kaum Alkohol trank und es selbst im Johnny's bei einem einzigen Bier beließ? War sie im Laufe der Jahre noch vorsichtiger geworden, um sich bloß nicht zu verraten?

»Von da an sind wir uns Stück für Stück nähergekommen.« Ashley seufzte. »Ich schätze, wir haben damals beide jemanden gebraucht, der uns Halt gibt.«

Sasha konnte es noch immer nicht fassen. »Wie lange wart ihr zusammen?«

»Nicht lange«, sagte Ashley.

Sasha sah sie weiterhin an.

»Drei Monate, zwei Wochen und einen Tag.«

Das war wirklich nicht lange, aber dennoch war Holly über drei Monate lang mit Ashley zusammen gewesen, ohne irgendjemandem etwas davon zu erzählen. Oder hatte sie es jemandem gesagt, nur ihr nicht? »Dann hat also niemand davon gewusst?«

Ashley schüttelte vehement den Kopf. »Nein. Keine Menschenseele. Na ja, Travis hat es erraten, aber …«

»Ach ja. Ich habe mitbekommen, wie er den Jungs davon erzählt hat, dass dein Auto einmal bis zum Morgen vor Hollys Haus stand und was ihr seiner Meinung nach die ganze Nacht gemacht habt, aber das habe ich immer auf seine blühende Fantasie geschoben. Aber scheinbar habt ihr doch nicht nur einen *The-Walking-Dead*-Marathon veranstaltet, oder?«

Ashley antwortete nicht. Sie knetete ihre miteinander verflochtenen Finger so heftig, dass Sasha fast befürchtete, sie würde sich jeden Moment einen Knöchel brechen. »Sasha, ich … Bitte …« Sie hob den Kopf und sah Sasha endlich in die Augen. »Bitte erzähl es niemandem.«

Zum ersten Mal stellte Sasha fest, dass Ashleys Augen die Farbe der Nougatcreme hatten, die Sasha für ihren berühmten Haselnusskuchen benutzte. »Es steht mir nicht zu, es jemandem zu sagen, aber willst du wirklich dein ganzes Leben so verbringen? Dich immer verstecken und lügen müssen?«

»Ob ich es will?« Ashley schüttelte den Kopf. »Ich will es nicht, aber in einer Stadt wie Fair Oaks habe ich keine andere Wahl. Ich muss an meinen Laden denken.«

»Das muss ich auch«, sagte Sasha.

»Ja, aber du bist nicht lesbisch.«

»Ähm, na ja, eigentlich …«

Es klingelte an der Tür.

Casper sprang von seinem Platz neben dem Sessel auf und raste laut bellend in den Flur.

Ashley ließ ihre Knie los und sprang auf, als wäre sie froh, weiteren Fragen zu entkommen. Sie eilte zur Tür, blieb dann aber nach ein paar Schritten stehen und sah über die Schulter zurück. »Bitte versprich mir, dass du niemandem etwas sagen wirst.«

»Meine Güte, Ashley! Ich habe es doch schon zweimal versprochen. Denkst du wirklich so schlecht von mir? Glaubst du im Ernst, ich würde dich gegen deinen Willen outen?«

Ashley sah zu Boden. »Nein. Es ist nur …«

»Ich verspreche es. Hörst du?«

»Danke.« Ashley fuhr sich mit den Händen über ihre Arme und Seiten, so als könnte sie damit alle Spuren ihrer Unterhaltung fortwischen, ehe sie die Tür öffnete.

»Hallo, Schatz«, hörte Sasha eine tiefe, männliche Stimme im Flur sagen.

War das Ashleys Vater? Nach allem, was Sasha jetzt wusste, konnte es nicht ihr neuer Freund sein.

»Ich habe dein Auto zurückgebracht«, sagte er. »Funktioniert wieder einwandfrei. Es war die Wasserpumpe, wie ich es mir schon gedacht hatte. Ich habe den Zahnriemen vorsichtshalber auch gleich ausgetauscht.«

»Danke, Papa. Wie viel schulde ich dir für die Ersatzteile?«

»Nichts.«

»Papa …«

»Nichts«, wiederholte er. »Bring deiner Mutter einfach Blumen mit, wenn du am Sonntag zum Essen kommst, dann sind wir quitt. Du kommst doch zum Essen, oder?«

Ashley seufzte. »Natürlich komme ich.«

»Wie bist du denn von deiner Besprechung nach Hause gekommen?«, fragte ihr Vater. »Du bist doch nicht den ganzen Weg gelaufen, oder?«

»Äh, nein.« Ashley zögerte. »Sasha hat mich nach Hause gefahren.«

Sasha nahm das als ihr Stichwort, auf sich aufmerksam zu machen. Es genügte, dass eine von ihnen beiden sich ständig versteckte. »Hallo, Mr. Gaines.«

»Oh, ich wusste nicht, dass du Besuch hast, Schatz.« Ein paar Sekunden später tauchte Tom Gaines im Türrahmen auf. Mit seinen eins neunzig war er einer von wenigen Leuten in der Stadt, zu denen Sasha aufsehen musste. »Hallo, Sasha. Wie läuft das Brot-und-Muffins-Geschäft?«

Sasha lachte. »Kann mich nicht beklagen. Aber ich sollte jetzt besser gehen. Der Arbeitstag einer Bäckerin beginnt schon früh.« Sie deutete auf die Auffahrt. »Wenn Sie Ashleys Auto zurückgebracht haben, haben Sie sicher keinen Wagen dabei. Soll ich Sie zu Hause absetzen?«

Ashley schob sich an ihrem Vater vorbei zurück ins Wohnzimmer. »Ist nicht nötig. Ich kann ihn heimfahren.«

Sasha musterte sie. Hatte Ashley Angst, dass Sasha sich verplappern würde, wenn sie allein mit ihrem Vater war, obwohl sie versprochen hatte, nichts zu sagen? So wie sie Ashley kannte, hatte sie auch ihrer Familie ihre sexuelle Orientierung verheimlicht. Oder wollte sie Sasha nur keinen Gefallen schuldig sein? »Es wäre wirklich kein Problem.«

»Nein, schon okay.« Ashley nahm die Autoschlüssel von ihrem Vater entgegen.

Das war eindeutig ein Rauswurf. Sasha folgte den beiden zur Tür. »Dann sehe ich dich morgen im Johnny's.«

»Ach, ich weiß noch nicht, ob ich Zeit habe. Im Laden gibt es viel zu tun.«

Ihr Vater winkte ab. »Samstags schließt du doch schon um zwölf und alles andere kann bis Montag warten. Geh und triff dich mit deinen Freunden.«

»Aber ich muss Rechnungen und Kostenvoranschläge schreiben und die Vasen abholen, die ich …«

»Geh und hab einen schönen Abend.« Der Bariton ihres Vaters drang durch die Dunkelheit. »Du willst doch nicht, dass deine Mutter und ich uns Sorgen machen, oder?«

Sasha verlagerte ihr Gewicht von einem Bein aufs andere und sah zu ihrem Wagen.

Ashley seufzte. »Schätze, ich komme doch.«

Dann würde Sasha sie also morgen in der Bar sehen. Sie und Holly. Sie wusste noch nicht, wie sie mit den beiden umgehen sollte, nach allem, was sie heute herausgefunden hatte.

Kapitel 4

Diesmal war nicht Ashs Auto schuld an ihrer Verspätung. Sie hatte überlegt, ob sie zu Hause bleiben und vorgeben sollte, krank zu sein, aber dann würden ihre Eltern das früher oder später herausfinden und sich Sorgen machen. Das wollte Ash auf keinen Fall.

Manchmal war es wirklich nicht einfach, eine gute Tochter zu sein.

Ihre Beine fühlten sich bleischwer an, als sie die Straße überquerte und auf die einzige Bar in Fair Oaks zuging, wo sich ihre Freunde jeden Samstagabend trafen. Sofern man die Gruppe überhaupt als ihre Freunde bezeichnen konnte.

Zwar wussten sie, welchen Snack sie sich fast jeden Samstag bestellte, was ihre Lieblingsblumen waren und wie sie als Jugendliche gewesen war, aber es gab vieles über Ash, wovon sie keine Ahnung hatten. Ash wollte es so. Nachdem Travis sie fast geoutet hatte, ließ sie sich noch weniger gern in die Karten schauen.

Als sie die Bar betrat, saßen ihre Freunde bereits wie üblich am Ecktisch ganz hinten im Raum. Ihr Blick fiel sofort auf Sasha, die alle anderen überragte. Eigentlich hatte sie gehofft, dass Sasha doch nicht ins Johnny's kommen würde.

Aber natürlich war sie hier, so wie sie es gesagt hatte. Sasha schien eine Frau zu sein, die Wort hielt. Ash hoffte nur, dass das auch für Sashas Versprechen galt, ihr Geheimnis nicht weiterzuerzählen.

»Hey, Ash!« Jenny winkte ihr zu. »Da bist du ja. Ich dachte schon, wir müssen zum Blumenladen kommen und dich von der Arbeit wegzerren.«

Ash lächelte nur und ließ sie in dem Glauben, ihre Verspätung hätte mit der Arbeit zu tun.

Sie setzte sich an ein Ende der hufeisenförmigen Bank. Zacks Frau, Lisa, war heute mit dabei, sodass es etwas eng am Tisch war. Erneut fand sich Ash gegen Sashas Seite gepresst wieder. Ihre Körperwärme umgab Ash wie eine Wolldecke und der Duft von Zimt stieg ihr in die Nase.

»Hi«, sagte Sasha. Ihr Tonfall war etwas zu leise und zu vertraulich, fand Ash. »Ist dein Vater gestern Abend gut nach Hause gekommen?«

Ash rutschte unruhig auf der Bank hin und her. Die Frage schien auf mehr abzuzielen als nur auf ihren Vater und sie fragte sich, was die anderen wohl dachten. »Äh, ja. Alles bestens. Danke.«

»Was wollt ihr trinken?«, fragte Leo. »Holly und ich laden euch ein. Wir haben etwas zu feiern.«

»Zu kostenlosem Bier sage ich nie Nein.« Travis winkte die Kellnerin heran und alle bestellten ihre Getränke und Chips mit Salsadip, die sie sich teilen würden.

»Was gibt es denn zu feiern?«, fragte Chris. »Ist wieder mal einem deiner Alben eine Platinschallplatte verliehen worden?«

»Viel besser.« Leo tauschte einen liebevollen Blick mit Holly aus. »Wir wollten es euch eigentlich schon letzte Woche erzählen, aber da waren Ash und Chris nicht hier, deshalb haben wir beschlossen, noch zu warten.«

»Jetzt sind sie ja hier, also heraus mit der Sprache. Was gibt's zu feiern?« Travis grinste. »Ist eine von euch beiden schwanger?«

Jenny versetzte ihrem Ehemann einen Klaps und Sasha warf ihren Bierdeckel in seine Richtung. Er prallte von seiner Stirn ab, kullerte über den Tisch und blieb vor Ash liegen.

Sie hob ihn auf und reichte ihn Sasha, wobei sie sorgfältig darauf achtete, nicht ihre Hand zu berühren.

Travis rieb sich die Stirn. »Hey, ich wiederhole nur, was mir erzählt wurde. Laut Marvin hat Izzy gesagt, dass Jess letzte Woche in der Bäckerei gehört habe, wie Holly und Leo einen Kuchen für die Taufe bei Sasha bestellt hätten.«

Oh Mann. Ash schüttelte den Kopf. Wie bei dem Kinderspiel Stille Post hatte wohl jeder etwas hinzugedichtet, bis die Geschichte nichts mehr mit der Wahrheit gemein hatte.

»Du solltest doch wissen, dass man nicht alles glauben kann, was die Leute erzählen, Schatz«, sagte Jenny.

»Na ja, völlig falsch liegen sie diesmal nicht«, sagte Leo. »Wir waren letzte Woche tatsächlich in der Bäckerei, um bei Sasha …«

Jenny begann zu jubeln und schlug sich dann die Hand vor den Mund. Ihr Blick hetzte zwischen Leo und Holly hin und her. »Oh mein Gott, eine von euch ist wirklich schwanger?«

»Nein.« Leo holte tief Luft. »Wir werden heiraten.«

Einige Sekunden lang wurde selbst Travis ganz still.

Ash erstarrte. Bisher schienen ihre Freunde sehr tolerant und offen zu sein, was Leos und Hollys Beziehung anging, aber sie hatte selbst oft genug erlebt, wie heterosexuelle Leute reagierten, wenn es um die Ehe für alle ging, so als würde eine Hochzeit zwischen zwei Männern oder zwei Frauen die Qualität ihrer eigenen Ehe mindern. Würde jemand in der Runde eine blöde Bemerkung machen? Wenn das passieren sollte, so hoffte Ash, dass sie den Mut haben würde, für ihre Freundinnen einzustehen.

Dann redeten alle plötzlich wild durcheinander und riefen Holly und Leo ihre Glückwünsche zu.

»Wow, das ist wunderbar!« Jenny umarmte Holly, die neben ihr saß, und griff dann um sie herum und tätschelte Leos Schulter. »Ich freue mich so für euch beide.«

Ihr Ehemann nickte. »Ja, tolle Sache. Wird's denn auf der Hochzeitsfeier unbegrenzte Freigetränke geben?«

Ash starrte ihn an. Zwei Frauen hatten eben verkündet, dass sie heiraten würden, und alles, woran Travis dachte, war kostenloser Alkohol? Vielleicht hatte sie ihre Freunde doch falsch eingeschätzt und die Leute in Fair Oaks waren toleranter, als sie erwartet hatte.

Die Kellnerin kam mit den Getränken. »Gibt es etwas zu feiern?«

»Die beiden werden heiraten.« Travis griff nach seinem Bier.

»Welche beiden?« Die Kellnerin sah zu Ash, dann zu Chris.

Travis schüttelte den Kopf. »Nein, nicht die. Ich glaube kaum, dass einer von den beiden bald heiraten wird. Die weinen beide immer noch einer der Bräute hinterher.«

Ash wurde vor Schreck ganz warm. Sie versuchte, ihr rotes Gesicht hinter ihrem Bier zu verstecken, aber sie spürte Sashas Blick auf sich ruhen.

»Würdest du endlich diesen Unsinn über Ash und Holly lassen?« Jenny funkelte ihren Ehemann auf eine Weise an, die ihm verhieß, dass er heute Nacht auf der Couch schlafen würde, wenn er nicht aufhörte.

»Moment mal. Habt ihr eben gesagt … eine der Bräute? Soll das heißen …?« Die Kellnerin starrte Holly und Leo an.

Leo nickte. »Holly und ich werden heiraten.«

»Oh.« Die Kellnerin runzelte die Stirn. »Na ja, das ist mal etwas ganz anderes.«

Ashs Hoffnung, die Menschen in Fair Oaks könnten doch weltoffener als erwartet sein, erlosch wie eine Kerze in einem Orkan. Anders zu sein, war nichts Gutes in Fair Oaks, das hatte sie am eigenen Leib erfahren müssen.

»Nein, ist es nicht«, sagte Sasha mit Bestimmtheit. »Wie bei jeder anderen Ehe geht es um zwei Menschen, die sich lieben und den Rest ihres Lebens miteinander verbringen möchten.« Sie sah der Kellnerin in die Augen, bis diese den Blick abwandte und sich hinter die Bar flüchtete.

Ash bewunderte Sasha für ihre offenen Worte.

»Ach, beachtet sie gar nicht«, sagte Jenny. »Sie wird ihre Meinung schon ändern, wenn sie erst sieht, wie eine Promihochzeit das Geschäft beleben wird.«

Leo verschluckte sich an ihrem Bier. »Es ist keine Promihochzeit. Wir werden ganz ohne Öffentlichkeit heiraten, nur mit Freunden und Familie.«

Ash musste lächeln, als sie Leos empörten Gesichtsausdruck sah. »Ich sage es dir ja nur ungern, aber du bist ein Promi.«

»Bin ich nicht«, grummelte Leo.

»Bist du doch.«

Sie grinsten einander an und einen Augenblick lang war es fast, als hätten die fünfzehn Jahre seit dem Abschlussball nie existiert und sie hätten ihre Freundschaft wieder.

Jenny unterbrach den Blickkontakt, als sie ihre Bierflasche hob. »Auf Holly und Leo und die Freuden der Ehe!«

Alle stießen mit ihren Gläsern und Flaschen an.

»Jetzt müssen wir nur noch jemanden für Ashley finden, dann sind alle aus unserem Jahrgang glücklich verheiratet«, fügte Jenny hinzu.

Diesmal verschluckte sich Ash. Sie hustete und wehrte Sashas Hand ab, als diese ihr auf den Rücken klopfen wollte. »Danke. Geht schon. Ähm, ich weiß nicht, ob ich überhaupt heiraten will. Ich bin ganz glücklich als Single. Der Laden hält mich ohnehin zu sehr auf Trab, als dass ich Zeit für eine Beziehung hätte. Ihr wisst doch, wie das ist.« Sie warf Sasha einen Hilfe suchenden Blick zu.

»Sie hat recht«, sagte Sasha. »Als Selbstständige hat man kaum Privatleben, deshalb ist für mich im Moment eine Beziehung auch ausgeschlossen. Sicher hätten nicht viele Leute Verständnis dafür, wenn ich von einer Verabredung früh nach Hause muss, weil um drei mein Wecker klingelt.«

Ash nickte ihr dankend zu.

»Ach, stimmt. Bei dir ist es, was Beziehungen angeht, in letzter Zeit auch sehr ruhig geworden, nicht, Sasha? Ich habe dich mit keinem Mann mehr gesehen, seit …« Lisa verstummte und schien darüber nachzudenken. »Seit du mit Ethan ausgegangen bist. Und das ist schon Jahre her, bevor er Cait kennengelernt hat.«

Zack grinste Holly an. »Unser Bruderherz hat sie so beeindruckt, dass jetzt kein anderer Mann mehr gut genug für sie ist.«

Sasha schnaubte. »Ethan ist ein netter Kerl. Versteht mich nicht falsch. Aber wir haben schon beim ersten Date gemerkt, dass wir lieber Freunde bleiben sollten, mehr nicht.«

Ash musste ihr zustimmen. Sie konnte sich nicht vorstellen, dass Sasha mit Ethan glücklich werden würde, denn er hatte die Angewohnheit, einfach nur zuzusehen, wie andere sich um seine Probleme kümmerten. Er wäre einer selbstbewussten Frau wie Sasha niemals ein gleichwertiger Partner.

»Außerdem funkt es nicht so rasch zwischen zwei Leuten, die einander schon im Kindergarten kannten. Ich musste zusehen, wie Ethan einen Regenwurm gegessen hat. Da vergeht einem die Lust aufs Küssen«, fügte Sasha lachend hinzu.

Jenny kreischte, während alle anderen lachten.

»Ja, gar nicht so einfach, in einer Kleinstadt die Frau fürs Leben zu finden.« Chris seufzte und nahm einen großen Schluck Bier. »Wenn man zusammen aufgewachsen ist, kommt man wohl nicht mehr so cool und mysteriös rüber.«

»Oh, das würde ich nicht sagen.« Holly nahm Leos Hand. »Ich musste mir ungefähr tausendmal die Geschichte anhören, wie Leo sich mit drei einen Kieselstein in die Nase geschoben hat, und ich habe mich trotzdem in sie verliebt.«

»Mich und Travis oder Lisa und Zack hat es auch nicht davon abgehalten, uns ineinander zu verlieben«, sagte Jenny. »Daran kann es also nicht liegen. Ich glaube auch nicht, dass dein Job schuld ist. Sieh dich doch nur an.« Sie zeigte mit der Bierflasche auf Sasha. »Du bist durchtrainiert und sehr unabhängig und ich wette, du kannst immer noch jeden Kerl in der Stadt verhauen, so wie damals, als du zehn warst und Joey eine dumme Bemerkung darüber gemacht hat, dass deine Mutter durchgebrannt ist, um …«

»Herzlichen Dank, Jenny«, brummte Sasha. »Ich glaube, wir wissen alle, was er damals gesagt hat.«

»Entschuldige.« Jenny streckte die Hand über den Tisch und drückte Sashas Arm. »Ich wollte damit nur sagen, dass eine Frau wie du auf manche Männer vielleicht etwas einschüchternd wirken könnte.«

»Vielleicht solltest du es mal mit einer Frau probieren«, witzelte Leo.

Sasha sah sie an. Ein Lächeln schlich sich auf ihr Gesicht. »Wer sagt denn, dass ich das nicht längst habe? Ist auch nicht so gut gelaufen.«

»Wie bitte?« Hollys Bierflasche rutschte aus ihrer Hand und fiel klirrend auf den Tisch. Schnell stellte sie die Flasche wieder hin, bevor mehr als ein paar Tropfen Bier herauslaufen konnten. »Du hattest mal etwas mit einer Frau?«

»Mit mehr als einer«, murmelte Sasha.

Alle starrten sie an.

Ash konnte es nicht fassen. Es erstaunte sie nicht nur, dass Sasha auf Frauen stand, sondern auch, wie lässig sie darüber sprach. Als wäre es keine große Sache.

Als Ashs Gehirn endlich wieder funktionierte, kochte Ärger in ihr hoch. Erst gestern hatte Sasha ihr vorgeworfen, sie würde lügen und sich verstecken, weil sie sich nicht vor der ganzen Stadt outen wollte, und jetzt stellte sich heraus, dass sie selbst ihre sexuelle Orientierung verheimlicht hatte. Was für eine Heuchlerin!

»Das hast du mir noch nie erzählt!« Holly starrte ihre beste Freundin über den Tisch hinweg an.

Sasha hielt ihrem Blick stand, ohne mit der Wimper zu zucken. Ein stummer Vorwurf stand ihr ins Gesicht geschrieben. »Ist ja nicht so, als hättest du mit mir über die Beziehungen gesprochen, die du vor Leo hattest.«

Holly sah beiseite und kratzte mit dem Fingernagel am Etikett ihrer Bierflasche herum.

Oh, bitte, sei endlich still. Ash bohrte Sasha unter dem Tisch ihre Fingernägel in den Arm. Kräftige Muskeln zuckten unter ihren Fingern.

Ihre Blicke trafen sich. Sashas braune Augen, die normalerweise humorvoll funkelten, waren nun voller Schmerz.

Ash lockerte ihren Griff.

»Jetzt hör aber auf!« Travis knallte seine Bierflasche auf den Tisch. »Du erwartest doch nicht im Ernst, dass ich glaube, du wärst auch lesbisch. Es kann doch nicht die ganze Welt homosexuell sein.«

»Ich habe nie behauptet, ich wäre lesbisch.«

»Du hast gesagt, du warst schon mit Frauen zusammen.«

»Na und?« Sasha sah ihm in die Augen. »Das macht mich noch lange nicht lesbisch. Wenn du schon unbedingt einen Begriff dafür haben musst, dann passt pansexuell besser, aber ich persönlich finde, dass solche Etiketten eher etwas für Brot und Cupcakes sind. Menschen müssen nicht etikettiert werden. Wenn jemand attraktiv ist, ein gutes Herz hat und es Spaß macht, mit dieser Person zusammen zu sein, dann schert es mich nicht, was die- oder derjenige in der Hose hat.«

Ach ja? Für jemanden, der sich nichts aus Etiketten machte, hatte Sasha aber ziemlich nachdrücklich wissen wollen, ob Ash denn nun lesbisch oder bisexuell war. Aber das konnte Ash natürlich nicht sagen, ohne sich selbst zu outen.

»Pansexuell. Mann, ich brauche noch ein Bier.« Travis winkte der Kellnerin zu und bestellte noch eine Runde Bier für alle.

»Für mich bitte nicht«, sagte Sasha. »Ich muss morgen früh raus, um die Torte für Mr. Gillespies Geburtstag zu machen. Ich sollte jetzt besser gehen.«

Jenny griff über den Tisch hinweg nach ihrer Hand.

Die beiläufige Berührung erstaunte Ash. Sie selbst hatte sich nie gestattet, andere Frauen einfach zu berühren, nicht einmal auf diese vollkommen harmlose Art.

»Tut mir leid, Sasha«, sagte Jenny. »Ich wollte dich nicht bloßstellen oder dich davonjagen.«

»Hast du nicht. Ich bin längst im Reinen mit mir und meiner sexuellen Orientierung.« Sasha drückte Jennys Hand, winkte den anderen zu und wandte sich dann an Ash. »Würdest du mich bitte durchlassen?«

Ash stand auf. »Ich sollte mich ohnehin auch auf den Heimweg machen. Ich muss ebenfalls früh raus. Rechnungen schreiben und so, wisst ihr?« Es war nicht gelogen, aber es war auch nicht die volle Wahrheit. Im Grunde wollte sie nur nicht zurückbleiben, weil sie Angst hatte, dass die Aufmerksamkeit aller sich wieder ihr und ihrem Liebesleben zuwenden würde, sobald Sasha gegangen war.

Holly erhob sich ebenfalls. »Ich komme mit und begleite dich nach Hause, Sasha.«

Sasha schüttelte den Kopf. »Das hier ist praktisch deine Verlobungsfeier. Du solltest bleiben und noch ein Glas auf euer Eheglück trinken. Wir reden ein anderes Mal, okay?«

Holly sank auf die Bank zurück und lehnte sich gegen Leos Schulter. »Okay.«

Ash wollte einen Geldschein auf den Tisch legen, aber Leo winkte ab. »Das geht heute auf uns.«

»Danke.« Dann ging Ash zur Tür, ohne die geringste Ahnung, was sie zu Sasha sagen sollte, sobald sie draußen waren.

Sasha zog die Tür hinter ihnen zu und sah sich suchend nach Ashleys Geländewagen um. Schließlich entdeckte sie das Auto, das ein Stück die Straße hinab geparkt war. »Komm, ich begleite dich noch zu deinem Wagen.«

Während sie die Straße entlanggingen, schielte Ashley mehrfach zu ihr herüber. Zweimal öffnete sie den Mund, als wollte sie etwas sagen, aber beide Male blieb sie stumm. Ihr grimmiger Gesichtsausdruck sprach hingegen Bände.

Ein leises Seufzen entfuhr Sasha. *Okay, dann werde ich es eben ansprechen.* Sie hatte keine Zeit für Spielchen. Zwar vermutete sie, dass die Rechnungen, die Ashley angeblich schreiben musste, nur ein Vorwand gewesen waren, doch Sasha musste morgen wirklich früh raus.

Sie drehte sich zu Ashley um. »Willst du mit zu mir kommen?«

Ashley stolperte über eine Unebenheit, weil sie Sasha anstarrte, statt darauf zu achten, wo sie hinging.

»So habe ich es nicht gemeint«, sagte Sasha. »Ich wollte nur wissen, ob du noch mit zu mir kommen willst, damit wir reden können. Offenbar gibt es etwas, das du mir sagen willst, und wir wollen ja nicht, dass die braven Bürger von Fair Oaks sehen, wie du mit einer queeren Frau sprichst.«

Ihr Tonfall klang barscher, als sie beabsichtigt hatte. Ihr Zorn – oder vielleicht war es auch mehr Gekränktheit als Zorn – galt in Wirklichkeit Holly, weil diese ihr nichts von ihrer Beziehung mit Ashley erzählt hatte. Es war nicht fair, es an Ashley auszulassen, deshalb versuchte Sasha, sich zu zügeln.

Aber diesmal wich Ashley einer Konfrontation nicht aus. Sie stützte die Hände in ihre kurvigen Hüften und hielt zum ersten Mal Sashas Blick stand. »Oh, das wäre nur ein Problem, wenn irgendjemand wüsste, dass du …« Sie unterbrach sich und fuhr im Flüsterton fort: »… dass du nicht heterosexuell bist.«

»Na gut, wenn du das hier draußen ausdiskutieren möchtest, das kannst du haben.«

»Äh, nein, lieber nicht. Können wir vielleicht …?« Ashley zeigte in Richtung der Bäckerei.

Wortlos ging Sasha voraus zu ihrer Wohnung über der Backstube. Sie drehte den Schlüssel im Schloss, öffnete die Tür und hielt sie Ashley auf.

Im Vergleich zu Ashleys aufgeräumtem Haus sah ihr Zuhause wie eine typische Junggesellenbude aus. Die Möbel passten nicht zueinander, die Kaffeetasse von heute Morgen stand noch in der Spüle in der winzigen Küchenzeile und ihr Bett war nicht gemacht. Aber Ashley würde ihr Schlafzimmer nie zu Gesicht bekommen und Sasha beschloss, dass sie sich nicht darum scherte, was Ashley vom Rest ihrer Wohnung hielt.

Sie zog ihre Stiefel und ihren Mantel aus, stapfte über ihren weinrot-beige-gemusterten Läufer und ließ sich auf die Couch fallen. »Willst du dich setzen?«

Ashley ging im Wohnzimmer auf und ab, bevor sie sich endlich auf das andere Ende des Sofas setzte. Sie hatte ihren Mantel nicht ausgezogen, entweder weil sie nicht vorhatte, lange zu bleiben, oder weil sie eine Schutzschicht benötigte.

Sasha beobachtete sie schweigend. Mit ihren geröteten Wangen und den blitzenden Augen wirkte sie irgendwie noch attraktiver. *Ja, genau, ungefähr so attraktiv wie ein Dobermann, der jeden Moment nach dir schnappt.*

»Ich kann wirklich nicht fassen, was du da vorhin gesagt hast«, platzte es schließlich aus Ashley heraus. »Du bist pansexuell?«

»Sag nicht, ausgerechnet du hast damit ein Problem. Das wäre ziemlich heuchlerisch, meinst du nicht?«

»Gerade du solltest das Wort heuchlerisch lieber nicht in den Mund nehmen!« Ashley funkelte sie an. »Ich habe kein Problem damit, dass du pansexuell bist.

Aber ich habe ein Problem damit, dass du mich deswegen verurteilst, weil ich nicht jedem stolz meine sexuelle Orientierung auf die Nase binde – und dabei mit deiner eigenen Orientierung hinter dem Berg hältst!«

Sasha schüttelte entschieden den Kopf. »Das tue ich nicht. Habe ich noch nie.«

»Jetzt hör aber auf! Nicht mal deine beste Freundin wusste davon!«

»Das heißt nicht, dass ich etwas verheimliche. Ich habe meine sexuelle Orientierung nie bewusst geheim gehalten. Ich hatte nur nie einen Grund, darüber zu sprechen. Warum auch? Ich habe schon seit der Kochschule niemanden mehr kennengelernt, mit dem die Chemie gestimmt hätte. Ich bin nicht diejenige, die in einer Beziehung war und sie versteckt hat wie ein schmutziges Geheimnis.«

»Das habe ich nicht. Sie war nicht … Ich wollte nur … Ich konnte nicht damit umgehen. Mit den Blicken, dem Gerede der Leute. Das kann ich einfach nicht.« Ashley sank gegen die Couchlehne und schob ihre Hände unter ihre Schenkel, doch Sasha hatte bereits gesehen, dass sie zitterten.

Bei diesem Anblick fiel Sashas Ärger in sich zusammen wie ein Windbeutel, in den man mit einer Gabel hineinstach. Sie massierte sich die Nasenwurzel. »Okay, hör zu. Das bringt uns alles nicht weiter. Wir werden irgendwie zusammenarbeiten müssen. Können wir versuchen, uns zu vertragen?«

»Wenn du versprichst, dass du mich nicht die ganze Zeit verurteilst. Das machst du nämlich schon seit Jahren und ich bin es leid, ständig …« Ashley schloss abrupt den Mund und verengte die Augen. »Moment mal. Ich habe immer gedacht, dass du mich dafür verurteilst, wie es zwischen mir und Holly gelaufen ist, aber wenn du gar nichts davon wusstest, warum kannst du mich dann nicht leiden?«

»Ich kann dich sehr wohl leiden«, murmelte Sasha. Es hatte Zeiten gegeben, in denen sie Ashley ein wenig zu sehr gemocht hatte. Sie war nicht wirklich in Ashley verliebt gewesen, aber ihre Libido hatte irgendwie noch nicht mitbekommen, dass sie längst kein Teenie mehr war. Aber wer konnte ihr das schon verübeln? So gut wie jeder in ihrer Klasse war ein wenig in Ashley verschossen gewesen, selbst einige der heterosexuellen Mädchen. Obwohl es Sasha ärgerte, hatte es nichts weiter zu bedeuten.

»Hätte man aber meinen können.«

»Nein, im Ernst.« Mist. Sie konnte Ashley schlecht erzählen, dass sie gar nicht auf sie wütend war, sondern vielmehr auf sich selbst und ihre Schwärmerei für eine Frau, die von der Persönlichkeit her eigentlich so gar nicht ihr Typ war. »Ich mag dich. Na ja, meistens jedenfalls. Diese Nette-Frau-Saubermann-Masche nervt manchmal ein bisschen.«

Ashley saß so kerzengerade da, dass man eine Wasserwaage hätte anlegen können und diese perfekt ausbalanciert gewesen wäre. »Das ist keine Masche«, sagte sie leise, aber bestimmt. »Mir liegt wirklich etwas daran, immer das Richtige zu tun.«

»Ja, das Richtige für die Leute, aber nicht für dich oder für Holly.«

Ashleys nougatfarbene Augen blitzten auf. »Soll das etwa dein Bemühen sein, mich nicht zu verurteilen?«

Sasha musste zugeben, dass sie recht hatte. Sie hob die Hände. »Okay, okay, ich werde mich mehr anstrengen.«

»Gut«, sagte Ashley. »Und kannst du bitte versuchen, es nicht Holly anzukreiden? Sie wollte dir von uns erzählen, aber ich habe sie gebeten, es nicht zu tun. Ich hätte nur nicht geglaubt, dass sie ihr Versprechen halten würde, selbst nachdem wir Schluss gemacht hatten.« Sie klang in Gedanken vertieft, so als spräche sie mehr mit sich selbst als mit Sasha. »Ich dachte wirklich, sie hätte es dir erzählt.«

»Dann kennst du Holly nicht so gut, wie du dachtest.« Sasha begann langsam zu ahnen, dass Ashley niemanden richtig gut kannte – und dass sie niemanden nahe genug an sich heranließ, um sie richtig kennenzulernen.

Ashley seufzte, antwortete aber nicht. Sie zog ihre Hände unter ihren Schenkeln hervor und stand auf. »Ich sollte besser gehen. Du musst morgen früh raus.«

Sasha begleitete sie zur Tür und öffnete sie für Ashley.

Ashley trat nach draußen, hielt dann aber inne und drehte sich noch einmal um. »Denkst du, wir schaffen das? Können wir zusammenarbeiten, ohne dass die ganze Zeit eine angespannte Atmosphäre zwischen uns herrscht?«

»Ja, klar. Kein Problem.« Sie war kein Kind mehr. Es sollte ihr eigentlich ein Leichtes sein, diese kurzen Momente zu ignorieren, in denen sie sich zu Ashley hingezogen fühlte. »Wir sind schließlich beide erwachsen. Das wird ein Klacks.«

»Ein Klacks Buttercreme?« Zum ersten Mal an diesem Abend kräuselte ein aufrichtiges Lächeln Ashleys Mundwinkel, was Sashas Blick auf ihre vollen Lippen zog.

Sie räusperte sich und zwang sich, wegzusehen. »Ja. Das wird ein Klacks Buttercreme für die Hochzeitstorte.«

Kapitel 5

Dienstags war im Blumenladen gewöhnlich nicht viel los. Es kamen weniger Kunden und es wurden keine frischen Schnittblumen geliefert. Aber aus irgendeinem Grund war dieser Dienstag doch ziemlich hektisch und auch ein wenig unangenehm gewesen. Gerade als Ash eine trauernde Witwe bezüglich eines Kranzes beraten hatte, war ein strahlendes, frisch verlobtes Paar hereingekommen, um Blumen für die Hochzeit zu bestellen.

Erst als der Laden endlich geschlossen war, hatte sie Zeit, den kleinen Probestrauß, den sie heute Morgen gebunden hatte, zur Bäckerei zu bringen. Zuerst hatte sie überlegt, den Strauß einfach von ihrem Fahrer ausliefern zu lassen, aber dann hatte sie die Idee rasch verworfen.

Sasha und sie hatten beschlossen, professionell zusammenzuarbeiten, deshalb konnte sie ihr nicht aus dem Weg gehen.

Ihre Finger, die das eingewickelte Sträußchen hielten, waren schweißfeucht, als sie die Hand nach der Tür der Bäckerei ausstreckte. Es war albern, aber irgendwie fühlte sich Ash wie ein Ritter ohne Schild, seit Sasha wusste, dass sie lesbisch war. Seltsamerweise machte es sie nur noch nervöser zu wissen, dass auch Sasha nicht heterosexuell war.

Aber sie war entschlossen, darüber hinwegzukommen. Sie zog kräftig an der Tür, die aber nicht nachgab. Stirnrunzelnd beugte sie sich vor und spähte durch das Glas.

Das *Geschlossen*-Schild hing auf Augenhöhe, aber es brannte noch Licht in der Bäckerei. Ash konnte das fuchsrote Haar von Mae Peterson, Sashas Tante, erkennen, die gerade den Tresen mit einem Tuch abwischte.

Als Ash an die Scheibe klopfte, sah Mae auf. Ein Lächeln glitt über ihr runzeliges Gesicht. Sie winkte Ash zu, umrundete den Tresen und schloss die Tür auf. »Guten Abend, Ashley. Du hast heute deinen Drei-Uhr-Cupcake verpasst, nicht?«

»Ja, hab ich. Brooke arbeitet dienstags nicht und im Laden war unerwartet viel los, deshalb hatte ich keine Zeit für eine Pause.«

»Wir haben eigentlich schon geschlossen, aber lass mich mal sehen, ob wir für dich noch ein paar Cupcakes übrig haben.«

»Oh, nein, nicht nötig. Sie sind unglaublich lecker, aber ich bin nicht wegen der Cupcakes vorbeigekommen. Ist Sasha noch hier?«

Mae hob ihre grün getönte Brille, die an einer bunten Perlenkette um ihren Hals hing, und betrachtete die Blumen in Ashs Hand, so als würde sie diese erst jetzt bemerken. »Oh, wie hübsch! Blumen für Sasha? Da wird sie sich aber freuen.«

Ashs Wangen begannen zu glühen. »Äh, nein, die sind nicht für Sasha.« Sie sprach so schnell, dass sie fast zu stottern begann. »Ich meine, sie sind schon für sie, aber nur beruflich, damit sie die Hochzeitstorte auf die Blumen abstimmen kann.«

»Ach, wie schade. Es ist viel zu lange her, seit meine Kleine Blumen bekommen hat.« Mae marschierte zurück in den Laden und bedeutete Ash, ihr zu folgen. »Komm mit. Sie ist noch hier, hat aber einen Braten – oder vielmehr ein Brot – in der Röhre, deshalb musst du in der Backstube mit ihr reden.«

Ash verschluckte sich fast an ihrer eigenen Spucke. Himmel, Sashas Tante war ganz schön unkonventionell.

Mae stieß die Schwingtür auf, die vom Verkaufsraum in die Backstube führte. »Sasha, du hast Besuch.«

Ash spähte in die Backstube. Der Duft von Hefe und Rosmarin stieg ihr in die Nase. »Äh, hallo. Tut mir leid, dass ich außerhalb der Öffnungszeiten vorbeikomme. Ich habe Blumen mitgebracht. Um dir zu zeigen, wie Hollys und Leos Brautsträuße aussehen werden«, fügte sie rasch hinzu.

Sasha sah von dem Teig auf, den sie gerade auf einem riesigen Arbeitstisch knetete. Ihre sanft gebräunte Haut war von der Hitze in der Backstube gerötet. Mehl rieselte herab, als sie die Hand hob und Ash zuwinkte. »Hallo. Komm rein.«

»Ich gehe dann nach Hause«, sagte Mae. »Es sei denn, ihr Mädchen braucht mich als Anstandsdame.«

Ash blieb wie erstarrt im Türrahmen stehen.

»Beachte sie gar nicht. Danke, Tante Mae. Ich glaube, wir kommen auch allein zurecht.«

Mit einem vergnügten Grinsen ließ Mae die Tür hinter sich zuschwingen, sodass Ash gezwungen war, einen Schritt in die Backstube zu machen, um nicht im Rücken getroffen zu werden. »Du hast ihr doch nichts von … du weißt schon erzählt, oder?«

»Ich habe kein Wort gesagt«, antwortete Sasha. »Aber selbst wenn, Tante Mae wäre das egal.«

Das mochte vielleicht auf Mae zutreffen, aber nicht auf den Rest der Stadt.

Ash wickelte den Strauß aus und hielt ihn in die Höhe, als bräuchte sie ihn als Schutzschild. »Ich habe einen kleinen Strauß zusammengestellt, als Probe, die dir zeigen soll, wie Holly und Leo sich ihre Brautsträuße vorstellen. Ich dachte, vielleicht willst du dir das ja mal anschauen, damit du frühzeitig weißt, mit welchem Design und welchen Farben ich arbeiten werde.«

»Gute Idee. Lass mich das hier kurz fertig machen, dann können wir reden.« Sasha nickte auf den Teig hinab. »Ich probiere ein neues Rezept für Rosmarin-Käse-Brot aus. Wenn ich jetzt aufhöre, muss ich noch mal von vorn anfangen.«

»Kein Problem. Mach das Brot ruhig fertig.« Ash stellte sich in eine Ecke, wo sie nicht im Weg sein würde, und sah sich um. Seit Jahren besuchte sie *Ein Stück vom Himmel* jeden Tag, aber in der Backstube war sie noch nie gewesen.

Eine Brotmaschine lief brummend auf der gegenüberliegenden Seite des Raums. An zwei Wänden standen Regale, die gefüllt waren mit Cupcakeblechen, Rührschüsseln, Plastikbehältern und Backausrüstung, deren Namen Ash nicht einmal kannte. Eine übergroße Geschirrspülmaschine, eine Edelstahlspüle und mehrere Heißluftöfen füllten den Rest des Raums. Der Hitze nach zu schließen, liefen die Öfen noch immer.

Zwei Tische mit hölzernen Arbeitsflächen bildeten das Herzstück der Backstube. Sasha stand über einen gebeugt. Das schwarze Halstuch, mit dem sie ihre Haare zurückhielt, ließ sie wie eine verwegene Piratin wirken. Eine mehlbestäubte Schürze bedeckte ihre Jeans und ein graues T-Shirt. Sie hob den Teig in die Höhe, streute etwas Mehl auf den Tisch und knallte den Klumpen dann wieder auf die Arbeitsfläche zurück.

Wow. Kein Wunder, dass Sasha so durchtrainiert war. Jahrelanges Teigkneten hatte ihr starke Hände verliehen und die Muskeln in ihren Armen traten hervor, als sie ihre Handballen rhythmisch in den Teig drückte. Wie Ash selbst trug sie keinerlei Ringe.

Nun, da sie wusste, dass Sasha pansexuell war, sah Ash sie irgendwie mit anderen Augen. Oder vielleicht lag es daran, dass sie Sasha noch nie in der Backstube erlebt hatte. Zwar schien sich Sasha immer wohl in ihrer Haut zu fühlen, aber hier war sie ganz klar in ihrem Element.

»Darf ich mal? Ich brauche diese Schüssel.« Sashas Stimme, die plötzlich direkt neben ihr erklang, erschreckte Ash.

Himmel, sie musste wirklich müde sein, dass sie nicht bemerkt hatte, wie Sasha auf sie zugekommen war. »Oh. Entschuldige.« Sie trat schnell beiseite, damit Sasha sich die riesige Schüssel von der Ablage hinter ihr nehmen konnte.

»Kein Problem.« Mit geschickten Fingern formte Sasha den Teig zu einer Kugel, ließ ihn in die eingefettete Schüssel sinken und wendete ihn dann einmal. Dann stellte sie die Schüssel auf einen der Öfen und bedeckte diese mit einem Geschirrtuch, vermutlich, damit der Teig gehen konnte.

»Du bist ziemlich gut in all dem hier.« Ash wedelte mit der Hand.

Sasha sah von der Spüle auf, wo sie gerade ihre Hände gewaschen hatte. Einen Moment lang sah sie so überrascht aus, wie Ash sich fühlte. Sie hatte nicht vorgehabt, so etwas zu sagen.

Dann lachte Sasha. »Na, das will ich doch hoffen. Immerhin bin ich Bäckerin. Ich habe schon immer gern Dinge mit meinen Händen gemacht. Ich vermute, dir geht es genauso.«

Die Bemerkung brachte Ash zum Erröten, obwohl sie wusste, dass sie ganz harmlos gemeint war. Sie tat so, als wäre es nur die Hitze der Öfen, die ihre Wangen zum Glühen brachte. »Ja, ich schätze, das haben unsere Jobs gemeinsam.«

»Das und die beschissenen Arbeitszeiten und dass wir nicht viel Geld verdienen.« Sasha lachte.

»Ja, das auch. Aber wenigstens können wir unsere Kunden mit Blumen und süßen Köstlichkeiten fröhlich stimmen.«

»Das stimmt. Und wo wir gerade über Blumen sprechen …« Sasha zeigte auf den Strauß, den Ash sich unter den Arm geklemmt hatte. »Sind das die Sorten, die unsere Bräute sich ausgesucht haben? Rosen und … wie heißen die anderen?«

»Alstroemerien. Sie sind das Symbol für Freundschaft und Hingabe, während Rosen reine Liebe und Treue symbolisieren.«

Sasha betrachtete die filigranen, weiß-pinkfarbenen Blüten, die einen netten Kontrast zu den weißen Rosen und den kleineren, aprikosenfarbenen Zwergrosen bildeten. »Sie sind wirklich hübsch, aber sie sehen ein wenig zerbrechlich aus. Bist du sicher, dass die der Sommerhitze standhalten, da die Trauung ja draußen stattfinden wird?«

Ash streichelte einen der Stiele. »Ganz sicher. Sie sehen vielleicht zerbrechlich aus, sind aber ziemlich robust.«

Ein Grinsen huschte über Sashas Gesicht. »Ein bisschen wie du.«

»Ich?« Ash richtete sich zu ihren vollen eins dreiundsiebzig auf. »Ich bin nicht zerbrechlich.«

»Na ja, im Vergleich zu mir schon.«

Das konnte Ash nicht bestreiten. Sasha war mindestens zehn Zentimeter größer. Ashs Mutter hatte Frauen wie sie immer als kräftig gebaut bezeichnet. Das hatte sie nicht als Kompliment gemeint, aber Ash fand Sashas breite Schultern und ihre stämmige Figur durchaus attraktiv. Schnell lenkte sie das Thema wieder auf die Arbeit. »Also, was meinst du?« Sie hielt den Blumenstrauß in die Höhe. »Ich dachte, Zwergrosen in Apricot würden gut passen, weil die Torte ja eine Aprikosen-Orangen-Creme-Füllung haben wird.«

»Super Idee. Wir könnten die Torte mit echten Rosen und Alstro…«

»Alstroemerien«, sagte Ash. »Man nennt sie auch Inkalilien.«

Sasha nickte. »Wir könnten die Torte mit echten Blumen dekorieren, aber ehrlich gesagt bin ich kein großer Fan davon. Gäste, die allergisch sind, könnten Probleme bekommen, mal ganz zu schweigen davon, dass manche Blumen giftig sind. Außerdem kann ich etwas Hübsches zaubern, wenn wir uns gegen echte Blumen für die Tortendeko entscheiden.« Sie wackelte mit den Fingern, was Ashs Aufmerksamkeit auf ihre starken Hände lenkte.

Rasch wandte sie den Blick ab. »Was denn?«

»Ich könnte ein paar Blumenelemente in das Design der Torte einfließen lassen«, sagte Sasha. »Ich hatte an Rosen und Lilien aus Zuckerpaste gedacht. Was meinst du?«

»Ich mag essbare Blumen, aber ich bin nicht diejenige, die du überzeugen musst.«

»Oh, ich werde Holly und Leo natürlich fragen, aber sie sind beide ziemliche Naschkatzen, da sehe ich deshalb kein Problem. Lass mich ein paar Fotos von den Blumen machen, damit ich eine Vorlage habe, wenn ich dann anfange, die Zuckerblumen zu machen.« Sasha trocknete ihre Hände an der Schürze ab, nahm ihr Handy von einem der Regale und drückte zweimal kurz auf den Bildschirm, bevor sie es auf Augenhöhe hielt. »Bitte lächeln.«

Ash lächelte reflexartig, selbst als sie bereits sagte: »Du musst sie nicht hier fotografieren. Warum nimmst du die Blumen nicht mit nach Hause? Ich habe den Strauß extra für dich gemacht. Äh, ich meine, damit du ihn mit nach Hause nehmen und in besserem Licht fotografieren kannst.«

Sasha neigte den Kopf und grinste sie an. »Ach du meine Güte! Ashley Gaines schenkt einer anderen Frau Blumen! Was sollen die Leute bloß dazu sagen?«

Ash hob den Strauß, als wäre er ein Schwert, mit dem sie einen Angriff abwehren wollte. Doch dann sah sie in Sashas Augen, die in den Winkeln kleine Fältchen bildeten, als sie ohne jede Spur von Häme auf Ash herablächelte.

»Hey, entspann dich.« Sasha trat näher und stupste sie an. »Ich necke dich nur. Das heißt nicht, dass ich dich verurteile.«

Ash zwang sich, ihre Abwehrhaltung aufzugeben. Sie würde sich an Sashas Necken gewöhnen müssen. Für sie war ihre sexuelle Orientierung nie etwas gewesen, über das sie lachen konnte.

»Okay, du hast gewonnen«, sagte Sasha. »Ich nehme sie mit nach Hause. Aber sag später nicht, ich hätte dich nicht gewarnt. Ich kann nicht mit Blumen umgehen. Ich habe so etwas wie einen schwarzen Daumen oder was auch immer das Gegenteil von einem grünen Daumen ist. Die einzige Pflanze, die ich je hatte, ist leider eingegangen. Und es war ein Kaktus.«

Ash musste lachen und ihre Anspannung ließ nach. »Wie zum Teufel hast du das denn geschafft?«

Sasha zuckte mit den Schultern. »Ich vermute, ich habe ihm zu viel Wasser gegeben.«

»Das kann dir bei diesem Strauß nicht passieren.« Ash hielt die Blumen in die Höhe. »Du gibst einfach ein wenig Blumennahrung ins Wasser, wechselst es jeden Tag, schneidest die Stiele neu an und achtest darauf, dass sich keine Blätter unterhalb der Wasseroberfläche befinden. Dann halten sie dir mindestens bis Anfang März, mal vorausgesetzt, wir sorgen dafür, dass sie jetzt aus dieser Hitze und ins Wasser kommen.«

»Oh, klar.« Sasha nahm einen riesigen Messbecher vom Regal, füllte ihn mit Wasser und trug ihn in den Verkaufsraum, wo sie die behelfsmäßige Vase auf einen der kleinen Cafétische stellte.

Ash folgte ihr mit dem Strauß und drückte ihn ihr in die Hand.

Sasha hob die Blumen an ihre Nase. Erwartungsvoll schloss sie die Augen und atmete tief ein.

Einen Moment lang sah die große, starke Sasha Peterson seltsam verletzlich aus, sodass Ash nicht anders konnte, als sie anzustarren.

Dann sah Sasha mit gerunzelter Stirn auf. »Die duften ja gar nicht.«

»Tut mir leid. Die meisten Rosen werden heutzutage auf Langlebigkeit gezüchtet und haben dabei ihren Duft verloren. Bei den Alstroemerien ist es genauso.«

Sasha rümpfte die Nase. »Und da heißt es, man soll sich auch mal die Zeit nehmen, an einer Rose zu riechen.«

Für jemanden, der eben noch behauptet hatte, sich nichts aus Blumen zu machen, sah sie überraschend enttäuscht aus.

Ash musste lächeln. »Na ja, nicht alle Blumen haben ihren Duft verloren. Wenn du dir eine Auszeit nehmen und an einer Blume riechen möchtest, könntest du …« Sie unterbrach sich, bevor sie Sasha einladen konnte, jederzeit im Laden vorbeizusehen. Wenn sie zu viel Zeit mit Sasha verbrachte, würden die Leute anfangen, darüber zu reden, insbesondere falls sich Sashas sexuelle Orientierung herumsprach. Eigentlich seltsam, dass Ash bisher keinen Klatsch darüber gehört hatte.

»Was könnte ich?«, hakte Sasha nach.

»Ähm …«

Ein Klopfen an der Glastür ersparte ihr eine Antwort.

Ash zuckte zusammen und sah auf.

Holly starrte sie durch die Scheibe hindurch an. Ganz offenbar war sie überrascht, Ash hier vorzufinden.

Wann war ihr Leben bloß so kompliziert geworden? Jetzt fühlte sie sich schon, als müsste sie all ihre Handlungen rechtfertigen, obwohl zwischen Sasha und ihr absolut nichts lief. Ash zupfte am Ende ihres Pferdeschwanzes. Vielleicht war es ein Fehler gewesen, Holly und Leo eine Zusage für die Blumendeko zu geben. Aber nun gab es kein Zurück mehr.

Einen Moment lang wirkte Sasha, als würde sie Holly am liebsten nicht hereinlassen, aber dann lächelte sie warm und schloss die Tür auf. »Hallo, Holly. Komm doch rein.« Sie breitete die Arme aus und nach einem kurzen Zögern ließ sich Holly bereitwillig umarmen.

Es war nur eine Umarmung zwischen zwei Freundinnen, aber aus irgendeinem Grund war es Ash dennoch unangenehm, sie zu beobachten. *Ach, jetzt hör aber auf. Du bist doch schon seit Jahren über Holly hinweg.*

Schließlich wichen die beiden voneinander zurück und Holly überraschte Ash, indem sie auch sie mit einer kurzen Umarmung begrüßte.

Es war schon Jahre her, seit Ash zuletzt von jemandem so herzlich umarmt worden war, der nicht zur Familie gehörte. Hollys Wärme fühlte sich gut an, aber Ash konnte sich nicht so recht entspannen. Nicht hier, in der Öffentlichkeit, und während Sasha ihnen zusah.

Sie trat zurück. »Ich habe Sasha eine Miniaturversion eurer Brautsträuße gebracht.« Sie deutete auf die Blumen. »Keine Sorge. Das hier dient nur als Beispiel. Die richtigen Sträuße werden viel größer und schöner sein.«

»Ich mache mir keine Sorgen.« Holly sah mit einem erfreuten Lächeln auf die Blumen hinab. »Sie sehen wunderschön aus. Außerdem habe ich mir geschworen, dass ich mein Umfeld nicht in den Wahnsinn treiben werde, indem ich mich in die Hochzeitsvorbereitungen hineinsteigere. Natürlich will ich eine schöne Feier mit all den Menschen, die ich liebe, und ich freue mich auf herrliche Blumen und eine leckere Torte, aber was wirklich zählt, ist, dass ich den Rest meines Lebens mit Leo verbringen darf.«

Gemischte Gefühle durchrieselten Ash. Einerseits freute sie sich für Holly, aber andererseits stimmte es sie traurig, dass sie selbst eine derartige Beziehung nie erleben würde. Sie rang sich ein Lächeln ab. »Freut mich zu hören, dass du dich nicht in ein Brautmonster verwandeln wirst.«

»Das habe ich nicht vor.« Holly wandte sich Sasha zu. »Habt ihr noch etwas wegen der Hochzeit zu besprechen oder hast du Zeit, um zu reden?«

Sashas unbekümmertes Lächeln kam ins Wanken. Falls Ash sich nicht täuschte, wurde sie sogar blass unter ihrer Bräune.

Sie tat Ash ein wenig leid, obwohl sie selbst vor drei Tagen noch diejenige gewesen war, die Sasha zur Rede gestellt hatte, weil sie ihre sexuelle Orientierung verheimlicht hatte.

»Ich habe Zeit«, sagte Sasha.

Erneut fiel Ash auf, dass Sasha Konfrontationen oder unangenehmen Unterhaltungen niemals auswich. *Na, wenigstens eine von uns.*

»Dann lass ich euch mal allein.« Hastig ging Ash zur Tür. »Casper wartet ohnehin schon auf sein Abendessen.«

Sasha blieb neben Holly stehen, doch ihr Blick folgte Ash. »Ich komme bei dir im Laden vorbei, um dir ein paar Entwürfe vom Tortendesign zu zeigen, sobald ich sie habe.«

»Einverstanden. Gute Nacht, ihr beiden.« Ash trat nach draußen und schloss die Glastür. Obwohl sie froh war, dieser Situation entkommen zu können, hätte sie doch gern bei der kommenden Unterhaltung Mäuschen gespielt.

Ein Kloß, der die ungefähre Größe ihres Brotteigs hatte, setzte sich in Sashas Hals fest, als sie sich Holly zuwandte, obwohl sie wusste, dass sie nichts Falsches getan hatte.

Holly legte ihr eine Hand auf die Schulter. »Keine Sorge. Ich bin nicht wütend.«

Sasha hob die Brauen.

»Wirklich nicht«, sagte Holly. »Ich bin hauptsächlich verletzt.«

Na toll. Das war sogar noch schlimmer. Sasha war nicht der Beziehungstyp, aber sie war stolz darauf, eine gute Freundin zu sein. Der Gedanke daran, Holly verletzt zu haben, ließ Übelkeit in ihr aufsteigen.

»Setz dich und lass uns reden.« Sasha nahm den Behälter mit den Keksen hinter dem Verkaufstresen hervor, wo sie ihn heute Mittag versteckt hatte, und stellte ihn auf einen der kleinen Tische. Ihre Tante hatte ihr beigebracht, schwierige Unterhaltungen mit kulinarischen Köstlichkeiten zu versüßen. »Greif zu.«

Holly setzte sich und nahm sich einen Keks, hielt dann aber inne. »Das sind doch keine Hundekekse, die du an mir ausprobieren willst, oder?«

Sasha lachte und setzte sich ihr gegenüber. »Nein. Das sind Macadamia-Schoko-Kekse. Ich habe sie für dich beiseitegelegt, weil ich so das Gefühl hatte, dass du vorbeikommst.«

»Danke.« Noch immer hielt Holly den Keks in der Hand, ohne davon abzubeißen.

Sie sahen sich über den Tisch hinweg an.

»Warum hast du mir nichts davon erzählt?«, fragten sie beide gleichzeitig.

Sie lächelten, was die angespannte Atmosphäre etwas auflockerte.

Sasha beschloss, den Anfang zu machen. Es war immer ihre Art gewesen, unangenehme Dinge schnell hinter sich zu bringen. »Weil es nichts zu erzählen gab. Mal von ein oder zwei Verabredungen abgesehen, von denen ich dir immer erzählt habe, bin ich seit der Kochschule single. Scheinbar bin ich nicht der Beziehungstyp, warum sollte ich also jedem von etwas erzählen, was in meinem Leben ohnehin keine große Rolle spielt?«

»Das verstehe ich. Aber früher, als du mit einer Frau zusammen warst, warum hast du es nie erwähnt? Es sieht dir gar nicht ähnlich, so etwas vor mir zu verheimlichen.«

»Ich habe es nicht verheimlicht. Jedenfalls nicht bewusst. Ich war ja ohnehin nur in den Semesterferien zu Hause und da kam das Thema einfach nicht zur Sprache. Du hast selbst kaum über deine Beziehungen geredet, warum sollte ich es dann tun?«

»Ich habe dir von Dana erzählt.«

»Weil du dich mal auskotzen musstest. Und das ist total okay«, fügte Sasha rasch hinzu, weil sie nicht wollte, dass Holly es als Anschuldigung auffasste. »Du kannst mit mir über alles reden, das weißt du. Aber mir wurde nie derart das Herz gebrochen und mir einzugestehen, dass ich nicht hetero bin, war für mich keine große Sache.«

»Du hättest es mir trotzdem erzählen können.«

»Das weiß ich. Aber ich fand es immer toll, dass wir über so viele andere Themen reden. Nicht wie einige der anderen Frauen hier im Ort, die über nichts anderes als ihre Beziehungen reden, wenn sie sich mit ihren Freundinnen treffen.«

Holly nickte. »Das fand ich auch immer das Tolle an unserer Freundschaft. Besonders, als alle anderen mich immer dazu gedrängt haben, wieder mit jemandem auszugehen, und ich mir sicher war, dass ich nie eine Frau finden würde, die mich so akzeptiert, wie ich bin. Zeit mit dir zu verbringen, war immer eine willkommene Auszeit von all dem Druck.«

Sasha hatte gespürt, dass Holly so empfand, aber es ausgesprochen zu hören, tat dennoch gut.

»Hast du mir deswegen nie etwas davon erzählt?« Holly neigte den Kopf zur Seite. »Weil du geglaubt hast, ich will nicht über Beziehungen reden?«

»Das ist es ja gerade, Holly. Das, was ich mit meinen Freundinnen von der Kochschule hatte, das kann man nicht Beziehung nennen. Es war allen Beteiligten klar, dass es nicht für die Ewigkeit bestimmt war. Wir hatten unseren Spaß zusammen und jede Menge Sex, das war alles. Ich war mir nicht sicher, ob du das hättest hören wollen.«

Holly rümpfte spielerisch die Nase. »Nein, danke. Zumindest keine Einzelheiten über den Sex. Aber ich hätte trotzdem gern gewusst, was im Leben meiner besten Freundin vorgeht.«

»Na schön. Dann verspreche ich hiermit, dass ich es dir sagen werde, wenn in meinem Liebesleben je wieder etwas Aufregendes passiert. Wenn du mir dasselbe versprichst.«

»Willst du das wirklich? Ich rede vermutlich ohnehin schon zu viel über Leo.«

Zu viel war es nicht, aber Holly redete tatsächlich oft über Leo. »Warum hast du mir nie von dir und Ashley erzählt?«

Holly wandte den Blick ab. »Dann habe ich mir das am Samstag im Johnny's doch nicht nur eingebildet. Du weißt von unserer Beziehung, oder?«

»Ja. Ich kann es immer noch kaum glauben. Nicht nur, dass ihr ein Paar wart, sondern vor allem, dass du mir nichts davon gesagt hast. Ich hätte es nicht weitererzählt, falls es das ist, wovor du Angst hattest.«

»Das weiß ich«, sagte Holly sofort. »Und das war ein Teil des Grundes. Ashley wollte es unbedingt geheim halten.«

»Aber das ist noch nicht alles, oder?«

Holly biss von ihrem Keks ab und kaute gründlich, als wollte sie sich etwas Zeit erkaufen. »Ich schätze, es war mir irgendwie peinlich.«

»Peinlich?«, wiederholte Sasha. Was genau war ihr peinlich? Doch sicher nicht die Tatsache, dass sie mit einer Frau zusammen war, oder? Holly hatte schon damals gewusst, dass Sasha damit kein Problem haben würde. Und obwohl Ashley ziemlich kompliziert war, sah sie doch gut aus und war nett. Sasha hatte das Gefühl, dass es Spaß machen würde, mit ihr Zeit zu verbringen, wenn Ashley es sich gestattete, ganz sie selbst zu sein, ohne ständig Angst zu haben, deshalb verurteilt zu werden. Warum war Holly die Beziehung also peinlich?

»Es war einfach kein guter Zeitpunkt, um sich auf eine Beziehung einzulassen.« Holly seufzte. »Dana hatte gerade mit mir Schluss gemacht, was meinem Selbstwertgefühl einen ziemlichen Knacks versetzt hat, und dann kam ich von der Uni zurück und habe mich sofort mit der erstbesten lesbischen Frau eingelassen. Na ja, eigentlich der *einzigen* lesbischen Frau weit und breit. Ich wollte nicht, dass jemand denkt, sie wäre nur ein Lückenbüßer.«

»War sie es denn?«, fragte Sasha.

Holly pulte eine Nuss aus ihrem Keks und aß sie. »Vielleicht ein bisschen. Natürlich war mir das damals nicht klar. Du kennst ja Ash. Sie ist hübsch und wenn sie ihre Zurückhaltung aufgibt und einen an sich ranlässt, dann ist sie unglaublich aufmerksam und fürsorglich. Genau so jemanden habe ich damals gebraucht. Jemanden, der mich nicht wie Dana behandelt und mir das Gefühl gibt, dass mit mir etwas nicht stimmt, nur weil ich sie nicht, ähm, sexuell begehre.«

»Und hast du diesen Jemand in Ashley gefunden?«, fragte Sasha.

»Ich dachte es zunächst. Sie hat nie verlangt, dass ich bei ihr übernachte. Das hatte natürlich andere Gründe, aber für mich war das gut.«

»Warum habt ihr dann Schluss gemacht?«

Holly seufzte. »Weil wir festgestellt haben, dass wir einander nicht geben können, was wir brauchen. Ich hätte mir eine Partnerin gewünscht, die stolz darauf ist, in der Öffentlichkeit meine Hand zu halten, und Ash wollte jemanden, den sie in den eigenen vier Wänden ohne Vorbehalte lieben kann, auch im Schlafzimmer.«

»Das muss schwer gewesen sein«, murmelte Sasha.

»Ja, vor allem, weil es das zweite Beziehungsaus innerhalb von sechs Monaten bei mir war.« Holly rieb ihren halb gegessenen Keks, als wäre er ein Glücksbringer, der Schmerz von ihr fernhalten würde. »Ich wollte einfach alles hinter mir lassen, deshalb habe ich nie mit jemandem darüber gesprochen. Erst, als ich dann Leo kennengelernt habe.«

Sasha griff über den Tisch und drückte Hollys Hand. »Ich kann dich gut verstehen. Ich finde es immer noch nicht toll, dass du mir nichts davon erzählt hast, aber ich verstehe deine Gründe.«

»Danke«, sagte Holly leise.

Eine Weile aßen sie schweigend Kekse.

»Wie hast du von Ash und mir erfahren?«, fragte Holly schließlich. »Bisher hast du es scheinbar immer als Wunschdenken abgetan, wenn Travis mal wieder über uns geredet hat.«

Sasha winkte ab. »Vergiss Travis. Er hätte sicher gedacht, dass ihr den Horizontaltango miteinander tanzt, selbst wenn ihr euch in Wahrheit nur gegenseitig die Zehennägel lackiert hättet.«

Holly lachte und spuckte dabei Kekskrümel quer über den Tisch. »Oh. Entschuldige.« Sie wischte die Krümel mit ihrem Ärmel weg. »Wenn du es nicht von Travis erfahren hast, von wem dann?«

»Von Ashley«, sagte Sasha.

Holly starrte sie an, als hätte sie eben gesagt, dass die Stadt von bunt gestreiften Marsmenschen überrannt worden wäre. »Ash hat dir von uns erzählt? Einfach so?«

Sasha grinste. »Nein, nicht einfach so. Irgendwie hat sie wohl gedacht, ich wüsste es bereits, deshalb hat sie sich mir gegenüber versehentlich geoutet.«

»Heilige Scheiße.«

»Das habe ich auch gesagt – und Ashley auch, als sie herausgefunden hat, dass ich gar nichts von euch wusste.«

»Kann ich mir vorstellen. Ich wette, es macht sie total nervös, dass du davon weißt.« Jetzt war Holly diejenige, die Sashas Hand drückte. »Tut mir leid. Vermutlich wird das eure Zusammenarbeit erschweren. Wenn es dir lieber wäre, wir suchen uns …«

»Denk nicht mal dran«, sagte Sasha mit Bestimmtheit. »Wir sind beide erwachsen. Wir kommen schon zurecht. Und wer weiß? Vielleicht lernt Ashley, sich selbst zu akzeptieren, wenn sie mehr Zeit mit mir verbringt. Womöglich beschließt sie sogar, sich zu outen.«

»Das habe ich früher auch gedacht, aber glaub mir, das wird nicht passieren. Wenn überhaupt, dann hat unsere Trennung sie nur noch entschlossener gemacht, sich von Frauen fernzuhalten. Eher friert die Hölle zu und unsere Schulmannschaft gewinnt den Super Bowl, als dass Ashley sich je outen wird.«

Sasha zuckte mit den Schultern. »Tja, vielleicht solltest du für deinen Junggesellinnenabend eine lesbische Stripperin engagieren. Vielleicht ermutigt sie das, zu ihrer sexuellen Orientierung zu stehen.«

Holly warf das letzte Stück Keks nach ihr.

Kapitel 6

Ben, der Besitzer der einzigen Autowerkstatt im Ort, sah von dem Reifen auf, den er im Hof wechselte. »Hey, Sasha! Hast du einen Lieferservice eingerichtet?« Lachend deutete er auf die Bäckerei-Schachtel in ihren Händen.

»Nein.« Sasha grinste neckisch. »Deine Frau würde mir nie vergeben, wenn ich das täte.«

»Willst du damit etwa sagen, dass ich fett bin?« Er tätschelte seinen Bauch.

»Nein, das wäre schlecht fürs Geschäft.«

Er warf der Schachtel einen sehnsüchtigen Blick zu. »Für wen sind die Leckereien denn?«

Gott, die Bürger von Fair Oaks waren unglaublich neugierig. Der Satz *das geht mich nichts an* schien niemals jemandem in den Sinn zu kommen. Sasha wählte ihre Worte sorgfältig, um Ashley nicht in Schwierigkeiten zu bringen. »Ich treffe mich mit Ashley, um eine Hochzeit zu planen, an der wir beide mitarbeiten, und ich dachte mir, ich könnte ihr ein paar Cupcakes mitbringen.«

Sein Grinsen erstarb. »Ach ja. Davon hab ich gehört. Holly und Leo wollen heiraten. Oder wie auch immer man das nennt, wenn zwei Frauen beteiligt sind.«

»Hochzeit, Ben. Es ist genau dasselbe wie damals, als du Amber geheiratet hast.« *Nur dass keine der beiden heiraten muss, weil sie schwanger ist.* Sie hätte es gern hinzugefügt, hielt sich aber zurück. Es ergab keinen Sinn, ihn unnötig zu verärgern.

»Schätze, du hast recht.« Doch er sah nicht sonderlich überzeugt aus. »Bist du sicher, dass ich dir die Schachtel nicht abnehmen soll? Dann musst du sie nicht den ganzen Weg bis zu Ashs Laden schleppen.«

Eben hatte Sasha noch überlegt, ob sie ihm nicht einen der Cupcakes überlassen sollte, aber für seine wenig tolerante Einstellung hatte er keine kostenlosen Backwaren verdient. »Keine Sorge. Die paar Meter schaffe ich es schon. Schönes Wochenende und grüß Amber von mir.«

Sie ging weiter, ohne zurückzusehen.

Offenbar bereitete Ashley sich schon auf den Frühling vor. Eigentlich kein Wunder, denn der März hatte mit ungewöhnlich warmen Temperaturen begonnen. Die blau-weiß gestreifte Markise über dem Laden wirkte, als wäre sie erst vor Kurzem erneuert worden. Die Farben des Schildes über der Tür, auf dem *Das Blumenmädchen* geschrieben stand, leuchteten farbenfroh. Gelbe Narzissen in kleinen Körben verliehen den beiden Schaufenstern ein freundliches Aussehen.

Sasha wechselte die Schachtel in die linke Hand und zog die Ladentür auf. Feuchte Luft und der Geruch von Erde und blühenden Blumen kamen ihr entgegen. Da sie schon seit Langem nicht mehr in einer romantischen Beziehung gewesen war, keinen Kontakt mit ihrer Mutter hatte und ihre Tante Geschenke der essbaren Art bevorzugte, hatte Sasha bisher keinen Grund gehabt, den Blumenladen zu betreten. Nun sah sie sich neugierig um.

In gewisser Hinsicht ähnelte der Laden Ashleys Haus. Er war genauso aufgeräumt und einladend. Die Wände waren in einem hellen Apricot gestrichen und geschmückt mit Aquarellbildern, die Sonnenblumen und lilafarbene Blüten zeigten, deren Namen Sasha nicht kannte. Ein gläserner Kühlraum nahm die gesamte Länge einer Wand ein. Vasen, Übertöpfe und Geschenkartikel füllten ein hohes Regal. Topfpflanzen und Blumen in kleinen Körben waren ordentlich auf einem langen Präsentationsständer aufgereiht.

Ashley stand hinter dem Verkaufstresen und schob Schnittblumen in ein grünes, schaumartiges Material, das in einem großen Topf befestigt war. Als die Türglocke läutete, sah sie auf und schenkte Sasha ein freundliches Lächeln. »Hallo, Sasha. Bist du hier, um dich am Duft meiner Blumen zu erfreuen?«

Sasha lachte. Der neckische Tonfall überraschte sie, aber sie stellte fest, dass sie ihn mochte. Es freute sie, dass Ashley ihr gegenüber nicht auf Distanz ging. »Ja, das auch. Ich dachte, ich komme vorbei und zeige dir meine Entwürfe für die Hochzeitstorte, falls du kurz Zeit hast. Und ich komme nicht mit leeren Händen.« Sie hob die Schachtel in die Höhe.

Wie auf dieses Stichwort hin kam Casper mit erhobener Nase aus dem Hinterzimmer gelaufen. Er schnüffelte, als wollte er am liebsten die gesamte Schachtel durch die Nase einsaugen.

Sasha zog die Papiertüte mit dem Beagle-Bissen aus der Manteltasche und sah Ashley fragend an. »Ihm habe ich auch etwas Leckeres mitgebracht. Darf ich ihm einen Hundekeks geben?«

»Klar. Aber stell dich darauf ein, dass du dir damit einen Freund fürs Leben machst.«

Sasha grinste. »Man kann nie genug Freunde haben, oder?«

Ashley verharrte mit einer orangefarbenen Gerbera in der Hand.

Erst jetzt fiel Sasha auf, dass man ihre Worte auch anders interpretieren konnte. Hatte Ashley es als Freundschaftsangebot an sie aufgefasst? *Na und?* Zwar war Ashley ziemlich kompliziert, aber sie war ein guter Mensch. Warum also nicht? Sasha sah ihr in die Augen, bis Ashley nickte.

Casper sprang um sie herum und versuchte, den Leckerbissen zu fassen zu bekommen, sobald sie ihn aus der Tüte zog. Trotz seines Übereifers war er sanft, als er ihr den Beagle-Bissen aus der Hand nahm. Innerhalb von zwei Sekunden war der Hundekeks verschwunden.

»Hab ich da eben das Wort *Keks* gehört?« Brooke schob den Kopf aus dem Hinterzimmer. »Oh, hallo, Ms. Peterson. Haben Sie mir auch etwas mitgebracht?«

Das grelle Pink vom Vorjahr war aus ihren Haaren herausgewachsen, aber sie trug noch immer ihren Nasenring.

Gut so. Lass dir nicht von dieser Stadt vorschreiben, was du mit deinem Körper tun kannst. »Sag doch einfach Sasha, sonst komme ich mir alt vor.« Sie grinste Brooke an und öffnete die Schachtel mit den Backwaren. »Mal sehen. Hier haben wir zwei Espressokekse mit Schokosplittern.«

»Meine Lieblingskekse!«

»Ich weiß. Ich kenne die geheimen Gelüste von jedem in der Stadt.«

Der Blumendraht fiel Ashley aus der Hand.

Sasha verkniff sich ein Grinsen. So hatte sie ihre Bemerkung nicht gemeint, aber es machte Spaß, Ashley zu necken.

Brooke kicherte.

Nicht zum ersten Mal fragte sich Sasha, warum Ashley, die so viel Wert auf die Meinung der Leute legte, jemanden wie Brooke eingestellt hatte. Vielleicht gab es ja doch Dinge, die Ashley wichtiger waren als ihr Ansehen im Ort.

»Warum gehen wir nicht nach hinten, damit ich mir in Ruhe deine Entwürfe ansehen kann?«, schlug Ashley vor.

»Lass uns zuerst essen.« Sasha stellte die Schachtel auf den Tresen, sodass Ashley und Brooke sich bedienen konnten. »Mein Motto ist: erst das Vergnügen, dann die Arbeit.«

Das ließ sich Brooke nicht zweimal sagen. »Die sind echt lecker«, sagte sie mit vollem Mund. Ihre Leckerbissen waren schneller verschwunden als Caspers Hundekeks.

Ashley hingegen zögerte. Sie umwickelte den Stiel einer Gerbera mit grünem Draht und schob die Blume in den Schaumstoff, bevor sie auch nur einen Blick in die Schachtel warf.

Sasha betrachtete das Gesteck, das langsam Form annahm. Sie kannte sich mit Pflanzen nicht aus, doch selbst sie musste zugeben, dass Ashleys Kreation wunderschön aussah. Die orangefarbenen Gerbera hoben sich in einem reizvollen Kontrast von den weißen Blüten und dem grünen Farn ab. Ashley hatte wirklich einen guten Blick für Farben. »Du bist ziemlich gut in all dem hier.«

Sie sagte es, weil es stimmte, aber auch, weil Ashley vor ein paar Tagen in der Backstube dasselbe zu ihr gesagt hatte und sie sehen wollte, ob sie mit demselben Witz antworten würde, den Sasha über das Arbeiten mit ihren Händen gemacht hatte.

Ashley warf ihr einen Blick zu, der klarmachte, dass sie genau wusste, was Sasha vorhatte. »Danke. Ich mag meine Arbeit.«

»Weil du dabei deine Hände gebrauchen kannst?«, fragte Sasha grinsend.

Ashley sah sie an wie eine Bibliothekarin, die jemanden ermahnte, der in der Bücherei zu laut gesprochen hatte. »Ich mag es, meinen Kunden dabei zu helfen, genau die richtigen Blumen zu finden, die ihre Gefühle ausdrücken.«

Das konnte Sasha gut verstehen. Zugleich fand sie es aber auch ziemlich ironisch. Ashley half ihren Kunden dabei, ihre Gefühle mithilfe von Blumen auszudrücken, während in ihrem eigenen Leben so vieles unausgesprochen blieb.

Schließlich trocknete sich Ashley die Hände an ihrer grünen Gärtnerinnenschürze ab und griff in die Schachtel.

Sasha hatte zwei Kekse für Brooke und drei verschiedene Cupcakes mitgebracht, doch Ashley nahm sich natürlich einen mit Vanillegeschmack und Erdbeercreme. Sie nahm einen Bissen und kaute, während sie leise, sinnliche Seufzer von sich gab. Ihre Zunge glitt aus ihrem Mund, um einen Krümel von ihrer Unterlippe zu lecken.

Hitze durchströmte Sashas Bauch. Was zum Teufel war das denn? Vielleicht war sie schon zu lange single und sollte endlich wieder mit jemandem ausgehen. Nur nicht mit Ashley, natürlich.

»Was ist?« Ashley rieb sich den Mund. »Ich mache wohl eine ziemliche Sauerei, oder?«

»Oh, nein, nein, überhaupt nicht. Es ist nur … Du hast ein Blatt im Haar.« Das stimmte zum Glück. Sasha zeigte auf eine Stelle oberhalb von Ashleys Ohr. »Da.«

Ashley löste ihren Pferdeschwanz und fuhr mit den Fingern durch ihre Haare, um das Blatt zu entfernen. »Das passiert, wenn man in einem Blumenladen arbeitet. Manchmal sehe ich abends wie eine Komparsin aus *The Walking Dead* aus.«

»Du kennst *The Walking Dead*?«

»Klar. Warum auch nicht?«

Brooke nahm sich einen Ananas-Kokos-Cupcake. »Ich habe sie damit angefixt.«

Ashley zog ihren Pferdeschwanz stramm und schloss schnell die Schachtel, bevor das Mädchen auch den letzten Cupcake essen konnte. »Lass uns die Entwürfe anschauen, bevor meine Kunden Feierabend haben und auf dem Weg ins Wochenende hier vorbeikommen, um Blumen zu kaufen.«

Sasha zog ihren Mantel aus und folgte ihr ins Hinterzimmer, das voller Eimer, Töpfe und Grünzeug war. Ein großer Arbeitstisch erinnerte sie an die Einrichtung der Backstube. Nicht zum ersten Mal fiel ihr auf, wie viel ihre Jobs gemeinsam hatten.

Ashley führte sie zu einem kleinen Tisch ganz hinten im Raum.

Beide sanken mit einem erleichterten Seufzen auf einen Stuhl.

Sasha grinste. Das hatten ihre Jobs wohl auch gemeinsam: Beide waren den ganzen Tag lang auf den Beinen. »War wohl ein langer Tag, oder?«

»Eine lange Woche. Und bei dir?« Ashley beugte sich vor und ihr Blick wanderte zu Brooke, die vor der Schachtel mit dem Backwerk lauerte. »Wie ist deine Unterhaltung mit Holly gelaufen?« Sie sprach so leise, dass selbst Sasha sie kaum verstehen konnte. »War sie wütend auf dich?«

»Nein, eigentlich nicht. Sie kann mir wohl kaum vorwerfen, dass ich ihr nicht von dem einen oder anderen Techtelmechtel erzählt habe, denn immerhin hat sie mir auch nichts von ...«

Ashley räusperte sich laut. Ihr Blick war noch immer auf Brooke gerichtet und ihre Schultern waren so angespannt, als würde sie gleich einen Bungeesprung in einen mit Krokodilen gefüllten See machen. »Äh, ja, ich schätze, da hast du recht. Also ist zwischen euch wieder alles in Ordnung?«

»Ja. Wir haben uns ausgesprochen.«

»Gut. Das freut mich zu hören.« Endlich sah Ashley weg von Brooke und in Sashas Augen. Ihr Blick war aufrichtig. »Magst du mir die Entwürfe zeigen? Wenn wir Brooke zu lange mit meinem Cupcake allein lassen, isst sie ihn auch noch. Sie ist schlimmer als ein Golden Retriever und das will etwas heißen!«

»Hey, das hab ich gehört, Chefin!« Brooke schaffte es irgendwie, empört zu klingen. »Es ist nicht meine Schuld, dass die Cupcakes so verdammt ... ähm, so wahnsinnig lecker sind.«

Ashleys Lächeln war voller Zuneigung und ihre Anspannung ließ sichtlich nach. »Du kannst meinen haben.«

»Im Ernst?« Brooke quiekte begeistert. Ein Papierförmchen raschelte, noch ehe Ashley antworten konnte.

Sasha schüttelte ungläubig den Kopf. Scheinbar musste erst ein Wunder passieren, damit Ashley einen ihrer anderen Cupcakes probierte. Nächstes Mal würde sie ein ganzes Dutzend mitbringen.

»Ja, iss ruhig«, sagte Ashley zu Brooke. »Im Grunde tust du mir damit einen Gefallen. In meinem Alter gehen diese teuflischen kleinen Dinger sofort auf die Hüften.«

»Ach, jetzt hör aber auf.« Sasha biss sich auf die Lippe, bevor sie noch mehr sagen und Ashley versichern konnte, wie wunderschön sie war und dass sie keinen Grund hatte, auf ihre Figur zu achten. Rasch öffnete sie ihr Skizzenbuch und blätterte darin herum, bis sie die richtige Seite fand.

Statt zu warten, bis Sasha ihr das Skizzenbuch gab, rückte Ashley mit ihrem Stuhl um den runden Tisch herum, bis sie neben Sasha saß.

Die unerwartete Nähe war ungeheuer ablenkend. Sasha blätterte zu weit und musste dann wieder einige Seiten zurückschlagen, bis sie das Gesuchte fand. »So hatte ich mir die Torte vorgestellt.«

Ashley beugte sich noch näher zu ihr. »Oh wow. Das sieht unglaublich gut aus. Darf ich mal?«

»Na klar.«

Ashley streckte die Hand aus und berührte das Papier. Mit einem Finger fuhr sie die Blüten nach, die spiralförmig an der Seite der dreistöckigen Hochzeitstorte nach unten verliefen. Sasha hatte oben mit der größten Blume, einer voll erblühten Rose, angefangen und dann jede Blüte ein wenig kleiner gezeichnet, sodass ein dreidimensionaler Effekt entstand.

Zwei Bräute, eine in einem traditionellen Brautkleid und die andere in einem eleganten, weißen Hosenanzug, hielten sich in der Mitte der Torte an den Händen. Ihre Gesichter waren nicht die nichtssagenden Antlitze der meisten Tortenaufsätze, sondern sahen tatsächlich wie Miniaturversionen von Holly und Leo aus.

»Wow«, sagte Ashley erneut. »Wenn die Torte auch nur halb so gut aussieht wie deine Zeichnung, wird niemand davon essen wollen, weil sie viel zu schön dazu ist.«

Im Laufe der Jahre hatte Sasha jede Menge Komplimente bezüglich ihrer Zeichnungen erhalten. Normalerweise mochte sie es nicht, wenn jemand so ein Aufheben von ihren künstlerischen Fähigkeiten machte, aber Ashleys Lob schmeichelte ihr. »Es gefällt dir also?«

»Gefallen ist gar kein Ausdruck. Das ist richtig gut, Sasha.« Ashley tippte mit dem Finger auf die Seite. »Wenn du das Bäckerinnendasein je satt hast, könntest du dein Geld mit dem Zeichnen verdienen. Du bist unglaublich talentiert. Das hast du vermutlich von deiner Mutter geerbt.«

Der Stolz, der Sasha noch vor einer Sekunde von innen heraus gewärmt hatte, erlosch sofort. »Ich ziehe es vor, anzunehmen, dass es ein Talent ist, das ich ganz alleine entwickelt habe. Meine Mutter war schließlich nicht da, um es zu fördern.«

Ashley nahm ihre Hand vom Skizzenbuch. »Es tut mir leid, dass sie nicht für dich da war, und auch, dass ich es angesprochen habe. Ich wollte keine unangenehmen Erinnerungen wachrufen.«

»Ist schon okay«, sagte Sasha. Doch selbst nach so vielen Jahren war es ganz und gar nicht okay. Es tat noch immer weh, dass ihre Mutter die Familie verlassen hatte, als Sasha sechs Jahre alt gewesen war. Der mitleidige Ausdruck in Ashleys Augen verriet, dass sie Sashas wahre Gefühle erahnte.

Ashley zog den Kopf ein. Ihr Blick huschte zwischen dem Tisch und Sashas Gesicht hin und her. »Hast du …?« Sie bremste sich. »Tut mir leid. Das geht mich nichts an.«

Sasha wusste, dass sie es dabei belassen sollte, doch stattdessen hörte sie sich sagen: »Stell deine Frage. Es macht mir nichts aus.«

Ashley zögerte. Sie rieb an einem kleinen, grünen Fleck auf der Tischplatte herum, doch er ließ sich nicht entfernen. »Hast du noch mal etwas von ihr gehört?«

»Sie schickt mir jedes Jahr zum Geburtstag eine obligatorische Karte und ruft hin und wieder an, aber wir haben uns kaum etwas zu sagen. Sie kann sich nicht in mein Leben einfühlen. Das konnte sie noch nie. Sie versteht nicht, warum ich immer noch in Fair Oaks lebe. Scheinbar hat sie jede Minute hier gehasst. Darum ist sie gegangen. Sie sagt, das Leben in Fair Oaks hat ihre Kreativität im Keim erstickt.« Sasha schloss hastig den Mund. So viel hatte sie eigentlich nicht sagen wollen, aber irgendwie waren die Worte nur so aus ihr herausgeströmt.

»Ach, das war also der Grund, warum sie weggegangen ist? Ich habe gehört …« Ashley wurde rot. »Vergiss es. Ich sollte es eigentlich besser wissen und nicht auf das Gerede der Leute hören.«

Sasha wusste nur allzu genau, was die Leute sagten. Die Geschichten darüber, wie ihre Mutter ihren Vater wegen eines anderen Mannes verlassen hatte, waren nicht totzukriegen, egal wie oft ihr Vater versuchte, sie richtigzustellen. Vielleicht war er deshalb schon vor Jahren weggezogen.

»Da muss ich dich leider enttäuschen. Es gab keinen feurigen französischen Liebhaber, mit dem sie nach Paris gegangen ist. Das ist wenigstens eine Sache, die man ihr zugutehalten muss. Die einzige Person, für die sie uns verlassen hat, war sie selbst. Scheinbar kann man wahre Kunst nur dann kreieren, wenn man einsam und allein in einem Haus am Strand wohnt, ohne Ehemann und Kind.« Sanft schloss Sasha das Skizzenbuch, um zu betonen, dass sie mit diesem Kapitel ihres Lebens abgeschlossen hatte.

»Aber du hast das Gegenteil bewiesen.« Ashleys Stimme war leise, aber voller Bestimmtheit. Sie zog das Skizzenbuch unter Sashas größerer Hand hervor und schlug es auf. »Denn das hier …« Sie streichelte die Blütenspirale mit einer zärtlichen Geste, die Sashas Körper zum Kribbeln brachte. »… das ist Kunst.«

Sasha schluckte gegen den Kloß in ihrem Hals an. Wo kamen all diese Gefühle denn plötzlich her? Sie hatte schon seit Jahren nicht mehr so emotional reagiert, wenn sie an ihre Mutter dachte. Sie rang sich ein Lächeln ab. »Wenn du das für Kunst hältst, dann warte, bis du die Torte siehst.«

»Ich kann es kaum erwarten.« Ashleys Augen blickten wissend, so als verstände sie nur zu genau, warum Sasha lieber das Thema wechseln wollte. »Eine kleine Korrektur habe ich aber, bevor du die Zuckerblumen machst. Die Staubfäden der Sorte Alstroemerien, wie ich sie für die Brautsträuße benutzen werde, sind rosafarben, nicht weiß.«

»Staubfäden?«, wiederholte Sasha.

»Der Penis der Blume«, rief Brooke aus dem Verkaufsraum.

»Himmel, Brooke!« Ashley rümpfte die Nase. Eine leichte Röte überzog ihre Wangen.

Sasha hatte bemerkt, dass sie häufig errötete. War es falsch von ihr, das irgendwie niedlich zu finden?

»Was denn?«, antwortete Brooke. »Stimmt doch, oder?«

»Die Staubblätter sind der Teil der Pflanze, die den Pollen bildet.« Ashley sah sich um, als würde sie nach einer Pflanze suchen, anhand derer sie Sasha den Aufbau der Blüte demonstrieren konnte. »Siehst du die Lilie da drüben? Die dünnen, fühlerartigen Gebilde, die aus der Mitte der Blüte ragen, sind die Staubfäden. Darauf sitzen die Staubbeutel, in denen der Pollen gebildet wird.«

Sasha erhob sich, um sich die großen, pinkfarbenen Blüten genauer anzusehen.

»Geh nicht zu nahe ran«, sagte Ashley, gerade als Sasha sich über die Pflanze beugte. »Sie sieht aus, als könnte sie jeden Augenbli…«

Eine orangefarbene Pulverwolke barst aus einer der Blüten.

»Ups.« Sasha sah mit einem schiefen Grinsen auf den Fleck auf ihrem Oberteil hinab. »Ich glaube, deine Blume hat mich gerade angespuckt.«

»Oh mein Gott!« Ashley sprang auf. »Es tut mir furchtbar leid. Genau aus diesem Grund hatte ich die Lilie ja hier hinten. Ich entferne die Staubblätter immer, sobald die Blüten sich öffnen, vor allem, weil die Pollen für Tiere giftig sind und ich wegen Casper aufpassen muss.«

»Ist doch nicht schlimm.« Sasha hob die Hand, um den Blütenstaub wegzuwischen.

»Nein!« Ashley eilte auf sie zu und packte ihre Hand. Ihre Finger waren warm und unerwartet stark. Dann schien ihr bewusst zu werden, was sie eben getan hatte, und sie ließ rasch los. »Auf keinen Fall berühren. Blütenstaub lässt sich nicht so einfach wegwischen. Wenn du ihn berührst, werden deine Finger tagelang orange sein.«

»Ja«, rief Brooke vom Türrahmen aus. »Das Zeug ist übel. Damit siehst du tagelang aus, als hättest du Cheetos gegessen. Gut, dass menschlicher Samen nicht …«

»Brooke!« Ashley wirbelte zu ihr herum. »Weißt du was? Es scheint heute nicht viel los zu sein. Warum gehst du nicht schon jetzt nach Hause?«

»Echt jetzt? Wow, danke. Dann bis Montag!« Ohne zu zögern, stürzte Brooke davon. Innerhalb von Sekunden fiel die Ladentür hinter ihr zu.

Ashley stöhnte. »Entschuldige bitte. Das habe ich nun davon, dass ich eine Neunzehnjährige eingestellt habe. Normalerweise ist sie ziemlich reif für ihr Alter, aber manchmal …«

»Kein Ding. Sie ist genau richtig, so wie sie ist.« Außerdem fand Sasha es ziemlich witzig, zuzusehen, wie Ashley und Brooke miteinander umgingen. Sasha sah auf den orangefarbenen Staub auf ihrem Oberteil hinab. »Bekommen wir das irgendwie weg? Oder muss ich so nach Hause gehen und versuchen, es über Nacht einzuweichen?«

»Das würde nicht helfen. Es gibt nur einen Weg, die Pollen zu entfernen.« Ashley streckte den Arm aus und zog einen schweren Klebebandabroller zu sich heran.

»Mit Klebeband?«

»Ja.« Ashley riss ein langes Stück ab, hielt es zwischen beiden Händen und trat dicht an Sasha heran. »Nämlich so.« Sanft drückte sie das Klebeband auf den Ansatz von Sashas linker Brust, wo sich der Blütenstaub befand. Dann wurde ihr offenbar klar, wo sie gerade ihre Hand hatte, und sie erstarrte.

Sashas Herz trommelte hektisch unter Ashleys Handfläche und ein Kribbeln durchlief ihren Körper bis hinab in die Zehen, doch ihre Füße schienen wie festgenagelt, sodass sie nicht zurückweichen konnte.

»Oh Gott!« Ashley riss ihre Hand weg und sprang zurück. »Ich wollte nicht …«

Sasha räusperte sich. »Tja, es hat funktioniert.«

»Äh, wie bitte?«

»Der Trick mit dem Klebeband. Er hat funktioniert.« Sasha nickte hinab auf ihr Oberteil und hätte sich dann am liebsten geohrfeigt. *Ja, klar, lenk ihre Aufmerksamkeit auch noch auf deine Brüste, du Idiot.*

Ashley starrte auf ihre Brust, doch Sasha war sich nicht sicher, ob sie auf den Streifen Stoff sah, wo das Klebeband die Pollen entfernt hatte, oder auf ihre harten Nippel, die sich deutlich durch das Oberteil hindurch abzeichneten.

»Oh. Sieht gut aus«, murmelte Ashley. »Ich meine, gut, dass es funktioniert hat. Wäre ja schade, wenn du das Oberteil wegwerfen müsstest. Hier.« Sie schob den Abroller in Sashas Richtung.

Sasha riss ein Stück Klebeband ab und entfernte damit die restlichen Pollen. Ihre Brüste fühlten sich schwer an und die steifen Nippel rieben bei jeder Bewegung gegen den Stoff. Wie konnte eine flüchtige Berührung nur eine derartige Wirkung auf sie haben? Vermutlich PMS oder etwas in der Art.

Ashley wandte sich ab und ging zum Tisch zurück, wo sie mit dem Rücken zu Sasha stehen blieb. »Ich habe über deine Knospen nachgedacht.«

Mit dem Klebeband in der Hand stand Sasha da und sah auf ihre Nippel hinab, die durch Ashleys Worte nur noch härter zu werden schienen. »Ähm, ach ja?«

»Ja. Die sehen einfach zu gut aus. Am liebsten würde ich gleich eine in den Mund nehmen.«

Sasha wurde heiß. Sie schluckte, aber ihre Stimmbänder versagten ihr den Dienst. Schließlich gelang es ihr, krächzend hervorzuwürgen: »Findest du?«

»Natürlich! Du etwa nicht?«

Ashleys Stimme klang so beiläufig, dass Sasha endlich klar wurde, dass sie unmöglich von ihren Nippeln sprechen konnte. Ashley war nicht der Typ, der auf diese Weise über die Brüste einer Frau sprechen würde. »Oh. Du meinst die Zuckerblumen.«

»Ja. Was denn sonst?«

»Ach, nichts. Absolut gar nichts.« Sasha befahl ihren Brüsten, sich zu benehmen, warf das Klebeband in den Müll und ließ sich auf ihren Stuhl fallen. »Was ist denn nun mit meinen, ähm, den Zuckerblumen?«

»Ich dachte mir, den Hochzeitsgästen gefallen sie sicher genauso gut wie mir. Könntest du ein paar kleine Rosenblüten machen? Dann können wir damit den Tortentisch dekorieren, anstatt echte Blumen zu nehmen. Vielleicht könnten wir sogar ein paar auf jeden Tisch bei der Hochzeitsfeier streuen.«

Langsam näherte sich Sashas Körpertemperatur wieder dem Normalzustand, als sie sich auf die Arbeit konzentrierte. »Ja, sicher. Soll ich auch ein paar von den Inkalilien machen?«

»Wenn es nicht zu viel Arbeit macht.«

»Hängt davon ab, wie viele Gäste kommen«, antwortete Sasha. »Ich habe so das Gefühl, dass es nicht die kleine, intime Feier werden wird, die sich Holly und Leo vorgestellt haben. Leos Mutter hat gestern bei mir Gebäck gekauft und die Gästeliste, von der sie mir erzählt hat, ist ungefähr so lang wie das Telefonbuch von Fair Oaks.«

Ashley lachte.

Die Türglocke im Verkaufsraum kündigte einen neuen Kunden an.

»Ich komme sofort«, rief Ashley nach draußen. Sie stand auf und stieß einen leisen Pfiff aus, der Casper sofort an ihre Seite holte.

»Lass dir ruhig Zeit«, antwortete die Kundin. Es klang nach Regina Beasley, deren Ehemann das einzige Bestattungsunternehmen der Stadt betrieb. »Ich sehe mich schon mal um. Heute möchte ich etwas ganz Spezielles.«

Sasha erhob sich ebenfalls. »Oh, da fällt mir ein … Hast du am Wochenende schon was vor? Ich brauche jemanden, der sich mit mir auf ein kleines Abenteuer einlassen würde.« Sie konnte der Versuchung nicht widerstehen, Ashley etwas zu necken, sprach aber leise, damit Mrs. Beasley sie nicht hörte. »Interessiert?«

Ashley sah fast so verblüfft aus wie in dem Moment, in dem ihr klar geworden war, dass sie Sashas Brust berührt hatte. »Ähm …«

Sasha lachte los. »Ich rede davon, dass ich am Sonntagmorgen ein paar neue Rezepte für Hundeleckerlis ausprobieren möchte. Meine Tante hat Snickerdoodle auf Diät gesetzt, deshalb dachte ich, Casper will vielleicht den Testesser spielen.«

»Hunde in der Backstube sind aber nicht erlaubt, oder?«

»Nein. Ich dachte mir, du könntest mir Gesellschaft leisten und vielleicht ein paar der Leckereien probieren, die nicht für Hunde gedacht sind, und dann die Hundeleckerlis für Casper mit nach Hause nehmen.« Sasha nahm ihren Mantel. »Es macht Spaß, neue Rezepte auszuprobieren, aber allein herumzusitzen und zu warten, bis die Ofenuhr klingelt, kann ziemlich langweilig sein.«

»Und du meinst wirklich, Casper wäre der richtige Hund für den Job? Er ist nicht sehr wählerisch. Er isst praktisch alles.«

»Solche Kunden sind mir am liebsten«, antwortete Sasha. »Vielleicht inspiriert er dich ja dazu, mal einen anderen Cupcake als nur den mit Vanillegeschmack zu probieren.«

»Ich kann nichts versprechen«, sagte Ashley, aber Sasha fiel auf, dass sie die Einladung nicht abgelehnt hatte.

»Dann kommst du also? Sonntag um zehn?«

Ashley ging zum Durchgang. »Ich komme«, sagte sie, bevor sie in den Verkaufsraum trat.

Sasha sah zu, wie sie Mrs. Beasley begrüßte, und versuchte, ihr breites Grinsen zu zügeln. Sie wusste nicht einmal, warum sie Ashley spontan zum Backen eingeladen hatte, und schon gar nicht, warum ihre Zusage sie so glücklich machte. Sie würden lediglich Hundeleckerlis backen. Es würde keinerlei Berührungen ihrer Brüste mehr geben, nicht versehentlich und schon gar nicht absichtlich.

Kapitel 7

»Was um Himmels willen machst du denn?«, murmelte Ash, als sie am Sonntagmorgen ans andere Ende der Stadt fuhr. Die Bäckerei aufzusuchen, um beruflich einige Details für die Hochzeit zu besprechen, war eine Sache, aber Sasha beim Backen Gesellschaft zu leisten, war etwas ganz anderes.

Aber um ehrlich zu sein, hatte sie nichts anderes vor. Natürlich hätte sie genügend Optionen gehabt. Der Bibelkreis hatte sie mehr als einmal eingeladen, genauso wie der Literaturzirkel der Bücherei, der Kegelverein und selbst die Strickgruppe ihrer Mutter. Aber keine dieser Aktivitäten sagte ihr zu. Sie hatte es ausprobiert, aber es kostete sie zu viel Mühe, so zu tun, als wäre sie genau wie die anderen, deshalb war sie im Laufe der Zeit immer seltener hingegangen und schließlich ganz weggeblieben.

Außer den Treffen im Johnny's am Samstagabend und dem Mittagessen bei ihren Eltern am Sonntag hatte sie kein Sozialleben. Am Wochenende kam sie sich manchmal etwas einsam vor. Ohne ihre Arbeit als Ablenkung blieben ihr nur Netflixabende und lange Spaziergänge mit Casper.

»Und das genügt mir auch völlig«, sagte sie laut.

Sie parkte auf der anderen Straßenseite, gegenüber der Bäckerei, stieg aber nicht aus, sondern ließ den Motor laufen. Mit beiden Händen umklammerte sie das Lenkrad, während sie überlegte, ob sie wirklich hineingehen oder lieber Sasha anrufen und sich eine Ausrede überlegen sollte, warum sie nicht kommen konnte. *Ja, so was wie ein plötzlicher Anfall von Blödheit.*

Eine Bewegung von der anderen Straßenseite ließ sie den Kopf drehen.

Sasha saß auf den Stufen der Bäckerei und winkte ihr zu.

Mist. Jetzt konnte sie nicht mehr einfach wegfahren. Seufzend stellte sie den Motor ab und kletterte aus dem Wagen.

»Guten Morgen«, rief Sasha ihr zu. »Sag nicht, du bist kein Frühaufsteher.«

»Oh doch, ich bin daran gewöhnt, vor Sonnenaufgang aufzustehen.«

Sasha nickte und stand auf. »Noch etwas, das unsere Jobs gemeinsam haben. Komm rein, dann mache ich dir einen Kaffee.«

Als sie die Bäckerei betraten, lag der Geruch von Zimt in der Luft.

Ash lief das Wasser im Mund zusammen. »Das sind doch nicht die Hundekekse, die ich rieche, oder?«

»Nein, das ist dein Frühstück.« Sasha umrundete den Verkaufstresen und drückte ein paar Knöpfe einer glänzenden Espressomaschine, die daraufhin zischend zum Leben erwachte. »Ich habe Zimtschnecken als Belohnung für deine Hilfe gemacht.«

»Hilfe? Ich dachte, ich soll dir nur Gesellschaft leisten.« Ash kicherte nervös. »Glaub mir, du willst nicht, dass ich beim Backen helfe. Meine Backkünste beschränken sich auf das Anrühren einer Fertigmischung.«

»Einmal ist immer das erste Mal.« Sasha drückte ihr einen Pappbecher mit Kaffee in die Hand, ohne erst zu fragen, ob sie Milch und Zucker wollte. Vermutlich wusste sie, wie Ash ihren Kaffee trank, weil sie ab und zu einen in der Bäckerei bestellte.

»Danke.« Ash atmete gierig das Aroma von frisch aufgebrühtem Kaffee ein. »Aber ich glaube, ich belasse es lieber dabei, dir Gesellschaft zu leisten. Ich habe das Bäckeräquivalent eines schwarzen Daumens.«

Sasha zuckte mit den Schultern. »Gut, wenn du lieber der passive Part sein willst …«

Der erste Schluck Kaffee, den Ash genommen hatte, schoss aus ihrer Nase heraus. »Himmel, Sasha! So etwas kannst du doch nicht zu mir sagen!« Sie wischte sich Nase und Kinn ab und sah dann automatisch über die Schulter, aber natürlich waren sie nach wie vor allein in der Bäckerei, sodass niemand außer ihr den zweideutigen Scherz gehört hatte.

Sasha grinste ohne Reue. »Doch, kann ich. Es ist meine Bäckerei, da mache ich die Regeln. Komm.« Mit einer Hand auf Ashs Rücken führte Sasha sie in die Backstube.

Die große, warme Hand ruhte auf ihrem Rücken, als wäre es die normalste Sache der Welt. Aber für Ash war es alles andere als normal. Dennoch war ihr die Berührung nicht unangenehm. Als Sasha ihre Hand zurückzog, fühlte sich ihr Rücken seltsam kalt an. Sie fröstelte.

»Ist dir kalt? Keine Sorge. Das ändert sich gleich.« Sasha heizte einen der Öfen vor und schlang sich mit geübten Bewegungen eine Schürze um die Hüften.

»Was genau backen wir denn?«, fragte Ash, als beide sich die Hände an der Spüle wuschen.

»Wir?«

»Du.«

»Ich dachte, wir fangen mit Cupcakes und Muffins für Hunde an.« Sashas Haare verschwanden unter ihrem schwarzen Kopftuch. Ihr piratenhaftes Aussehen brachte Ash zum Schmunzeln. »Wäre das okay?«

»Klar. Solange ich pünktlich um zwölf bei meinen Eltern bin, ist alles bestens.«

»Dann lass uns anfangen.« Sasha gab Ash eine Schürze, stellte ein Cupcakeblech auf den Arbeitstisch und drückte Papierförmchen in die Vertiefungen. »Könntest du mir zwei Eier aus dem Kühlschrank und zwei Bananen aus der Schüssel da drüben bringen?«

»Ähm, hatten wir uns nicht darauf geeinigt, dass ich nicht helfe?«

»Wir haben uns darauf geeinigt, dass du nicht backen musst. Und das tust du auch nicht. Du reichst mir nur die Zutaten. Streng genommen ist das kein Backen.«

Ash sah sie kopfschüttelnd an. »Hat dir schon mal jemand gesagt, dass du Anwältin hättest werden sollen?«

»Ja, mein Vater. Er wollte immer, dass ich in seine Fußstapfen trete.«

Ash band sich die Schürze um, ging zum riesigen Kühlschrank und nahm zwei Eier heraus, die sie Sasha dann zusammen mit den Bananen brachte. »Aber es hat dich nicht gereizt, Anwältin zu werden, oder?«

Sasha breitete die Arme aus.

Ihre beeindruckende Spannweite brachte Ash dazu, sie einen Moment lang anzustarren. Gott, vermutlich fühlten sich Sashas Umarmungen himmlisch an. Sie schob den albernen Gedanken beiseite.

»Sieh dich um.« Sasha gestikulierte in der Küche umher. »Würdest du das für eine Anwaltskanzlei eintauschen?«

»Nein«, antwortete Ash, ohne erst darüber nachdenken zu müssen. »Es hat etwas unglaublich Befriedigendes …«

»Mit den Händen zu arbeiten«, sagten sie beide gleichzeitig und grinsten einander an.

Sasha nickte. »Genau. Ich wusste, du würdest das verstehen. Im Gegensatz zu meinem Vater, der das nie nachvollziehen konnte. Wie ist das bei deinen Eltern?«

»Doch, die verstehen das. In dieser Hinsicht habe ich Glück. Meine Eltern haben mich von Anfang an unterstützt, als ich die Idee hatte, einen Blumenladen zu eröffnen. Ich schätze, das liegt auch daran, dass mein Vater Landwirt ist.«

»Kann ich mir gut vorstellen.« Sasha zerdrückte die Bananen mit einer Gabel und schlug einhändig die Eier am Rand der Schüssel auf. Ihre Bewegungen waren effizient und elegant zugleich. Es war, als würde man eine Balletttänzerin bei einer gut einstudierten Choreografie beobachten.

Sie fügte Erdnussbutter und ein wenig Milch hinzu und siebte dann Mehl in die Schüssel, wobei Ash ihr jede Zutat reichte.

Die Zusammenarbeit verlief unerwartet reibungslos und zu ihrer Überraschung stellte Ash fest, dass es ihr Spaß machte, Sasha beim Backen zu helfen.

Ehe sie sichs versah, füllte Sasha den Teig in die Papierförmchen, schob das Blech in den Ofen und stellte den Küchenwecker. »Ich brauche noch einen Namen für die Leckerlis. Erdnussbutter-und-Bananen-Cupcakes für Hunde klingt ziemlich langweilig. Hast du irgendwelche Ideen?«

»Oh Gott, da fragst du die falsche Person.« Ash nahm einen Schluck von ihrem Kaffee, der mittlerweile nur noch lauwarm war. »Fast hätte ich meinen Laden *Ashleys Blumenladen* genannt. Meine Mutter hat dann *Das Blumenmädchen* vorgeschlagen. Leider bin ich nicht sehr kreativ.«

Sasha lehnte sich gegen den Arbeitstisch und verschränkte ihre muskulösen Arme vor der Brust. »Das glaube ich nicht. Ich habe die Sträuße und Tischgestecke gesehen, die du kreierst. Du bist sogar sehr kreativ.«

Ash sah auf die schwarz-weißen Fliesen hinab. »Ich weiß nicht so recht.«

»Komm schon. Mach einfach einen Vorschlag. Es muss nichts Spektakuläres sein. Einfach irgendetwas, um das Brainstormen in Gang zu bringen.«

Ein winziges Lächeln schlich sich auf Ashs Lippen. »Weißt du, mein Gehirn funktioniert am besten, wenn ich es mit etwas Zucker füttere.«

Sasha lachte. »Ist das ein Wink mit dem Zaunpfahl, der mir sagen soll, dass du jetzt gern eine der versprochenen Zimtschnecken haben möchtest?« Sie öffnete einen großen Behälter und hielt ihn Ash hin, die sich eines der klebrigen Teilchen nahm.

Die Zimtschnecke war noch warm und der erste Bissen schien fast auf ihrer Zunge zu zergehen. »Mmm, lecker.«

Sasha begann, die Frischkäse-Bananen-Creme für die Cupcakes zuzubereiten, während Ash das Teilchen verschlang. »Na?«, fragte Sasha schließlich. »Läuft dein Gehirn jetzt auf Hochtouren?«

Ash schluckte den letzten Bissen der Zimtschnecke hinunter. »Lass mich mal überlegen. Cupcakes für Hunde. Hmm. Wie wäre es mit Mopscake?«

»Ja!« Sasha ballte die Hand zur Siegerfaust. »Gefällt mir. Wusste ich doch, dass dir was einfallen würde.«

Es war albern, aber Sashas Lob wärmte sie noch mehr als der Heißluftofen. Sie hoffte, dass sie nicht rot wurde. »Ach was. Das liegt nur an deiner Zimtschnecke.«

»Für die Karottenmuffins, die wir als Nächstes machen, brauchen wir auch noch einen Namen. Wie wäre es mit … Hmm. Oh, ich hab's! Wauffins!«

»Oh, das ist gut. Wer ist jetzt die Kreative von uns beiden?« Ash stupste sie mit dem Ellbogen an. »Und dabei hast du noch nicht mal eine Zimtschnecke gegessen.«

Sasha grinste breit. »Tja, was soll ich sagen? Ich bin eben eine Frau mit vielen Talenten.«

»Ja, aber Bescheidenheit gehört nicht dazu.«

»Nö. Hab ich auch nie behauptet.«

»Wenn du noch weitere Produkte für dein Hundeleckerlisortiment brauchst, wie wäre es mit …« Ash leckte sich etwas Zimt und Zucker von den Fingern. »… Windhundbeutel und Kekse mit Pudelzucker?«

»Äh, wie bitte?« Sasha sah sie verdutzt an, so als hätte irgendetwas sie von der Unterhaltung abgelenkt.

»Windhundbeutel und Kekse mit Pudelzucker. So wie Windbeutel und Puderzucker.«

»Oh, verstehe. Das ist genial. Ich sehe schon. Die Hundeleckerlis werden ein voller Erfolg werden.« Sasha tat, als würde sie mit beiden Händen ein Werbebanner ausrollen, von dem sie dann vorlas. »Sashas Hundeleckerlis – zum Jaulen gut.«

Beide lachten los.

»Wir geben ein tolles Team ab.« Sasha hob die Hand zum Abklatschen.

Da Sasha um einiges größer war, musste Ash sich recken, um Sashas Hand zu erreichen. Ohne ihr bewusstes Zutun ruhten ihre Finger etwas länger an Sashas warmer Handfläche.

Sasha wich nicht zurück.

Als die Ofenuhr klingelte, rückten beide abrupt voneinander ab.

Ash flüchtete sich auf die andere Seite des Arbeitstisches. Hier war es sicherer. »Tut mir leid.«

»Wofür entschuldigst du dich?«, fragte Sasha.

Hatte sie diesen Moment zwischen ihnen gar nicht bemerkt? Ash wusste nicht einmal, wie sie es benennen sollte. *Wahnsinn,* sagte eine Stimme in ihrem Kopf. *Blanker Wahnsinn. Du wolltest dich eigentlich von Frauen fernhalten, schon vergessen? Besonders von Frauen, die nicht hetero sind.* Sie räusperte sich. »Äh, dafür, dass meine Finger klebrig sind. Von der Zimtschnecke.«

»Ist nicht schlimm. Ich bin Bäckerin. Mir die Hände schmutzig zu machen, gehört zum Beruf.« Sasha nahm die Cupcakeform aus dem Ofen und stellte sie zum Abkühlen auf ein Kuchengitter.

Ash versuchte, sich ganz auf die Cupcakes zu konzentrieren und nicht darauf zu achten, wie sich Sashas Jeans über ihrem Hintern spannte, als sie sich zum Ofen hinabbückte. »Mmm, die riechen aber gut. Wenn Casper sie nicht will, dann könnte ich sie glatt verputzen.«

»Ja, könntest du«, antwortete Sasha. »Sie sind nicht so süß wie normale Cupcakes, aber die Mopscakes sind auch für Menschen geeignet. Lass uns mit den Muffins … Verzeihung, den Wauffins anfangen, während wir darauf warten, dass die Mopscakes etwas abkühlen, sodass wir sie verzieren können.«

Rasch wusch Ash sich die Hände und spielte dann wieder Bäckereiassistentin, indem sie Sasha alle Zutaten reichte, die diese ihr nannte. Fast hätte sie ein Ei fallen lassen, als ihr Handy einen Glockenton von sich gab. Sie drückte Sasha die Eier in die Hand und zog ihr Handy aus der Tasche. Noch bevor sie einen Blick auf das Display werfen konnte, bekam sie weitere zwei SMS.

Alle hatten denselben Absender: ihre Mutter. Jede Textnachricht enthielt ein Foto, das jeweils dasselbe Baby beim Schlafen, beim Krabbeln über einen Teppich und mit Fuß im Mund zeigte.

Ash machte sich daran, eine witzige Antwort zu schreiben und ihre Mutter neckisch zu fragen, ob sie ein Schwesterchen bekommen hatte, doch dann hielt sie inne und löschte die beiden Wörter wieder, die sie bereits geschrieben hatte. Sie wollte ihre Mutter nicht an Melissa erinnern und traurig machen, indem sie das Wort *Schwester* erwähnte.

Eine weitere SMS ließ das Handy in ihrer Hand vibrieren. Dieses Foto verriet ihr endlich, zu wem das Baby gehörte. Ihre Schulkameradin Vicky hielt das Baby auf dem Arm. Anstelle des mit Babyspucke befleckten Sweatshirts, das Ash erwartet hatte, trug Vicky eine Seidenbluse und eine Perlenkette. Sie präsentierte das Baby wie ein Modeaccessoire, das sie auf Instagram posten wollte.

Das Handy vibrierte erneut.

Ist sie nicht niedlich? Ich habe Vicky gestern beim Friseur getroffen und sie hat mich zum Kaffeetrinken eingeladen. Hat sie nicht ein hübsches kleines Mädchen?

Sasha sah von dem Mehl auf, das sie über die gehäckselten Karotten und das Apfelmus siebte. »Hast du später noch ein heißes Date?«

Ash schnaubte. Sie hatte schon seit Jahren keine Verabredung mehr gehabt und es war noch viel länger her, seit sie ein Date gehabt hatte, das sie als heiß bezeichnet hätte. »Nein.« Sie hielt Sasha das Handy hin und zeigte ihr die Fotos.

»Ähm, ist sie nicht ein wenig zu jung für dich?« Sasha grinste neckisch.

»Ach, du!« Ash streckte die Hand über den Arbeitstisch, um ihr einen spielerischen Klaps auf die Schulter zu geben.

Lachend sprang Sasha zur Seite. Für eine Frau mit eher stabilem Körperbau war sie ziemlich leichtfüßig.

Ja, und für eine Frau, die sich geschworen hat, sich von Frauen fernzuhalten, rückst du ihr ziemlich auf die Pelle. Das sah ihr eigentlich gar nicht ähnlich. Als Kind hatte Ash körperliche Nähe geliebt. Ihre Mutter hatte sie immer ihr kleines Kuschelmonster genannt. Doch als sie älter geworden war und verstanden hatte, warum sie einige ihrer Freundinnen so gern umarmte, war Ash vorsichtiger geworden, was Berührungen anging. Obwohl sie Umarmungen noch immer liebte, vermied sie es meist, die Initiative zu ergreifen.

»Alles in Ordnung?« Sasha sah sie mit einem Ausdruck an, der fast besorgt wirkte.

»Ja, natürlich«, sagte Ash rasch. »Ich bin nur nicht gerade begeistert von all den SMS.«

»Magst du keine Kinder?«

»Nein, daran liegt es nicht. Ich mag Kinder. Was ich nicht mag, ist der subtile Wink mit dem Zaunpfahl, der mir sagen soll, dass ich nicht jünger werde und meine biologische Uhr tickt.«

Sasha stöhnte. »Deshalb schickt sie dir das gesamte Fotoalbum der Kleinen?«

»Ja. Warte eine Sekunde, dann fängt sie sicher an, über mein nicht existentes Liebesleben zu reden.«

Wie auf dieses Stichwort hin kündigte das Handy eine neue SMS an.

Ash las sie laut vor. »Habe ich dir schon erzählt, dass Sheryls ältester Sohn wieder im Lande ist? Er übernimmt die Leitung der Bankfiliale hier im Ort und Sheryl sagt, er ist geschieden.«

»Wow.« Sasha verteilte den Wauffinteig auf die Papierförmchen und schob das Blech in den Ofen, bevor sie sich Ash zuwandte. »Was wirst du darauf antworten?«

»Dasselbe, das ich ihr immer sage. Dass ich zu viel zu tun habe, um mit ihm auszugehen, und dass er zwar nett, aber nicht mein Typ ist.« Sie tippte genau das in ihr Handy ein und schickte die SMS an ihre Mutter.

Die Antwort ließ nicht lange auf sich warten.

Ach, Schatz. Ich verstehe dich wirklich nicht. Seit wann sind gut aussehende und gut verdienende Männer nicht dein Typ?

Ash seufzte und rieb sich mit der freien Hand das Gesicht.

»Ich nehme an, sie weiß nicht, dass Männer im Allgemeinen nicht dein Typ sind?« Sashas Ton war sanft, ohne jegliche Wertung.

»Um Gottes willen, nein! Das könnte ich ihr nie sagen.«

»Aber wäre es langfristig gesehen nicht einfacher?«, frage Sasha. »Sonst wird sie weiterhin versuchen, dich mit jedem unverheirateten, geschiedenen oder verwitweten Mann im Umkreis von dreihundert Kilometern zu verkuppeln.«

Ash umklammerte ihr Handy, bis ihre Finger schmerzten. »Einfacher? Nein. Nichts daran wäre einfach, glaub mir.« Egal, wie sehr sie sich auch bemühte, sie konnte sich nicht vorstellen, ihren Eltern jemals zu sagen, dass sie lesbisch war.

»Okay, vielleicht ist *einfach* nicht das richtige Wort, aber zumindest könntest du dein Leben dann leben, ohne dich ständig verstecken und lügen zu müssen.«

»Das muss ich gar nicht.« Ash hatte Mühe, ihre Stimme ruhig zu halten und nicht auf Abwehr zu gehen. »Ich bin nicht in einer Beziehung, also gibt es keine Partnerin, die ich verheimlichen müsste. Das habe ich aus der ganzen Sache mit Holly gelernt.« Der letzte Satz rutschte ihr heraus, bevor sie ihn zurückhalten konnte.

Sasha musterte sie und ihre schokoladenbraunen Augen schienen viel zu tief für Ashs Geschmack zu blicken.

»Wie ist das bei dir? Weiß deine Familie, dass du auch auf Frauen stehst?«, fragte Ash, um von sich abzulenken. »Ich meine, deine Tante weiß offensichtlich Bescheid. Aber was ist mit deinen Eltern?«

»Oh ja, natürlich. Meine gesamte Familie weiß es.«

Wie ruhig sie das sagte! Als wäre es die normalste Sache der Welt. »Und sie haben das einfach so akzeptiert?«

»Mehr oder weniger. Einige meiner Cousins und mein Onkel haben eine Weile nicht mehr mit mir geredet, aber für die meisten meiner Verwandten spielte es keine große Rolle. Der halbe Freundeskreis meiner Mutter besteht aus schwulen Männern. Mein Vater war anfangs nicht gerade glücklich darüber, aber er hat es schließlich akzeptiert. Ich glaube, Tante Mae hat ihn sich vorgeknöpft. Sie war immer diejenige, die sich für mich eingesetzt hat. Um sie jetzt mal zu zitieren: Sie will mir eine bessere Stütze sein als ein BH mit Bügeln.«

Das entlockte Ash trotz ihrer Anspannung ein Lächeln. »Gott, du weißt gar nicht, wie gut du es hast.«

»Doch, das weiß ich, glaub mir«, sagte Sasha leise. »Ich habe früh gelernt, bedingungslose Liebe nicht für selbstverständlich zu halten.«

Ash senkte den Kopf. Es war egoistisch von ihr gewesen, anzunehmen, dass sie die Einzige war, die es nicht einfach im Leben hatte. »Es tut mir leid.«

»Schon okay. Aber glaubst du nicht, dass deine Eltern vielleicht wie mein Vater sind? Vielleicht werden sie es anfangs nicht so gut aufnehmen, aber dann nach einer Weile gewöhnen sie sich daran und ändern ihre Meinung. Möglicherweise überraschen sie dich.«

»Nein.« Ash hielt ihr Handy in die Höhe, das in diesem Moment eine weitere SMS ankündigte. »Sie sind schon alles andere als glücklich darüber, dass ich noch nicht verheiratet bin und Kinder habe. Wenn ich ihnen jetzt auch noch sage, warum das so ist …« Sie schloss die Augen, weil sie es sich nicht einmal vorstellen wollte. »Sie wären am Boden zerstört.«

»Was heißt das für dich?«, fragte Sasha. »Hast du vor, dich mit irgendeinem armen, ahnungslosen Kerl einzulassen, nur um deine Eltern glücklich zu machen?«

»Nein. Damit bin ich durch. Das habe ich früher getan, nur um den Schein zu wahren und vielleicht auch, weil ich gehofft habe, dass mit irgendeinem Mann der Funke überspringt, wenn ich mich genug bemühe.«

»Aber dem war nie so.« Sasha formulierte es als Aussage, nicht als Frage.

Ash seufzte. »Nicht einmal der Ansatz eines Funkens.«

»Aber wenn es diesen Funken zwischen dir und einer Frau geben könnte, willst du dann wirklich nicht …?«

»Nein«, sagte Ash mit Bestimmtheit. »Es macht mir nichts aus, allein zu bleiben. Sollen meine Eltern denken, dass ich zu wählerisch oder zu sehr mit dem Laden beschäftigt bin, um den Richtigen zu finden. Wenn ich Glück habe, hat meine Mutter Vicky und das Baby in ein paar Tagen wieder vergessen und hört für eine Weile auf, mich ständig mit dem Thema zu nerven. Zumindest, bis sie wieder eine frühere Klassenkameradin trifft, die gerade geheiratet oder ein Baby bekommen hat. Jedes Mal, wenn ich die Blumen für eine Hochzeit mache, fragt sie mich, wann ich endlich an der Reihe bin. Immer nur die Floristin, niemals …«

»… die Braut«, beendete Sasha den Satz. »Das hab ich mir auch das eine oder andere Mal von meiner Tante anhören müssen. Nur, dass es ihr egal wäre, ob der Tortenaufsatz auf meiner Hochzeitstorte aus Braut und Bräutigam oder aus zwei Bräuten besteht, solange sie die Torte machen darf.«

Ash konnte sich kaum vorstellen, wie es sein musste, eine Tante wie Mae zu haben. Derart tolerant würde niemand in ihrer Verwandtschaft reagieren. »Würdest du das jemals tun?« Vermutlich wäre es besser gewesen, Sasha keine derart persönlichen Fragen zu stellen, sondern ihre Interaktion auf einer rein geschäftlichen Ebene zu belassen, aber Sasha schien eine interessante Person zu sein und Ash konnte ihre Neugier nicht zügeln.

»Tante Mae meine Hochzeitstorte machen lassen?«, fragte Sasha.

»Nein. Eine Frau heiraten.«

»Nein, das glaube ich kaum.« Sasha hob die Hand, bevor Ash etwas sagen konnte. »Nicht, weil es dann eine gleichgeschlechtliche Ehe wäre. Ich kann mir auch nicht vorstellen, einen Mann oder eine nichtbinäre Person zu heiraten. Ich bin einfach nicht der Typ, der heiratet.«

»Das sagt meine Mutter immer, wenn ihre Freundinnen fragen, warum ich noch single bin – dass ich nicht der heiratswillige Typ bin, weil ich mich zu sehr auf meine Karriere konzentriere.«

Sasha lachte. »Vermutlich hat sie keine Ahnung, dass das früher ein Euphemismus für Schwule und Lesben war. Wenn früher die Rede davon war, jemand sei nicht der Typ für die Ehe, wusste jeder Eingeweihte sofort, was wirklich gemeint war.«

»Himmel, nein. Das ahnt meine Mutter ganz bestimmt nicht.«

»Was hat sie denn dazu gesagt, dass Holly und Leo heiraten werden?«, fragte Sasha. »Hat das dazu geführt, dass sie wieder mit der ›Und wann kommst du endlich unter die Haube?‹ Leier angefangen hat, oder war sie zu entrüstet darüber, dass zwei Frauen einander heiraten?«

»Ich glaube nicht, dass sie schon davon gehört hat.«

Sasha hob beide Augenbrauen. »Im Ernst? Die ganze Stadt spricht doch darüber.«

»Ich bin mir ziemlich sicher, dass meine Mutter mich sofort angerufen hätte, wenn sie davon wüsste. Meine Eltern haben ziemlich viel auf der Farm zu tun. Saatgut und Dünger muss bestellt werden, um alles für die Aussaat vorzubereiten. Da kommen sie nicht so oft in die Stadt. Und beim Friseur waren scheinbar Vickys Baby und Sheryls geschiedener Sohn die aktuellen Gesprächsthemen.«

Ihr Handy gab erneut den Ton von sich, der eine SMS signalisierte. Jetzt warteten bereits drei Nachrichten ihrer Mutter auf eine Antwort.

Ash schrieb ihr eine kurze SMS und versprach, dass sie später über alles reden konnten, wenn sie zum Essen kam.

»Vielleicht weiß deine Mutter längst Bescheid und das ist der Grund, warum sie dir diese ganzen Babyfotos schickt. Vielleicht hofft sie, dass du dann deine biologische Uhr ticken hörst und du dich einem heterosexuellen Lebensstil zuwendest.« Sasha formte Anführungszeichen mit den Fingern.

Ash umklammerte mit beiden Händen die Kante des Arbeitstischs. »Oh Gott. Ich hoffe, du irrst dich. Habe ich schon erwähnt, dass ich gleich im Anschluss mit meinen Eltern zu Mittag esse?«

»Hey, ich wollte nicht, dass du anfängst, dir darüber den Kopf zu zerbrechen.« Sashas Hand verharrte über Ashleys Fingern, doch dann wich sie zurück, ohne sie berührt zu haben. »Vermutlich hast du recht. Deine Eltern sind zu sehr mit der Farm beschäftigt, um den Klatsch und Tratsch in der Stadt zu beachten.«

»Ja, da bin ich mir sicher.«

Aber als eine Stunde später die Hundeleckerlis fertig waren und Ash eine Schachtel mit Mopscakes und Wauffins für Casper entgegennahm, spukte der Gedanke ihr noch immer im Kopf herum. Das würde ein nervenaufreibendes Mittagessen werden.

Sasha nahm eine zweite Schachtel und legte mehrere Zimtschnecken hinein. »Hier. Die kannst du deinen Eltern mitbringen.«

Ash streckte die Hände aus, zog sie dann aber sofort wieder zurück. »Äh, das ist keine gute Idee.«

»Warum nicht? Deine Eltern sind keine Diabetiker, oder? Hat der Arzt ihnen verboten, Süßes zu essen?«

»Nein. Aber sie wissen, dass die Bäckerei am Sonntag geschlossen ist. Wenn ich also mit einer Schachtel frisch gebackener Zimtschnecken bei ihnen auftauche …« Ash beendete den Satz nicht.

Sasha stand einen Moment lang mit der Schachtel in den Händen da. Dann drehte sie sich abrupt um und legte die Schachtel auf die Arbeitsfläche hinter sich. »Dann wüssten sie, dass du Zeit mit mir verbracht hast. Du hast recht. Das wollen wir auf keinen Fall.«

Ash starrte Sashas breiten Rücken an, der sich versteift hatte. Sie trat einen Schritt auf Sasha zu und ihre Hand hob sich ohne ihr bewusstes Zutun, um Sashas angespannten Rücken zu berühren. *Bist du verrückt geworden? Du sollst dich doch von ihr fernhalten!*

Aber sie konnte nicht ignorieren, wie verletzt Sasha geklungen hatte. Es überraschte sie, wie sehr sie sich danach sehnte, diesen Schmerz zu lindern. »Tut mir leid. Vermutlich bin ich total paranoid und mache mir unnötig Sorgen.« Sie holte tief Luft. »Ist doch nichts dabei, wenn sie erfahren, dass ich den Morgen in der Backstube verbracht habe, oder? Schließlich habe ich dir nur dabei geholfen, Leckerlis für Casper zu backen. Das hat nichts zu bedeuten, richtig?«

Die Anspannung in Sashas Schultern ließ sichtlich nach. Sie drehte sich um und musterte Ash mit ernstem Blick. »Du musst die Zimtschnecken nicht mitnehmen. Ich möchte nicht, dass du Schwierigkeiten bekommst.«

»Ist schon okay.« Ash trat um den Arbeitstisch herum und nahm die Schachtel an sich. »Es wird keine Schwierigkeiten geben.« Das hoffte sie zumindest.

»Na gut. Dann hoffe ich, dass sie deinen Eltern schmecken werden.« Als Sasha sie zur Tür brachte, ruhte ihre Hand erneut auf Ashs Rücken.

Machte sie das bei all ihren Freundinnen und Bekannten so?

Was denkst du denn? Dass du etwas Besonderes für sie bist? Bild dir nichts ein! Wenn sie Brooke gewesen wäre, hätte sie nun über sich selbst mit den Augen gerollt. Doch sie musste zugeben, dass dieser kurze, zwischenmenschliche Kontakt ihr guttat.

An der Tür blieben beide stehen und sahen einander an.

»Danke für die Leckerlis und die Zimtschnecken«, sagte Ash. »Das war wirklich nett von dir.« Oje, das klang wie eine reine Höflichkeitsfloskel. Aber was sollte sie denn sonst sagen?

»War mir ein Vergnügen.« Sasha versuchte, ihre Hände in die Hosentaschen zu schieben, schien dann aber zu bemerken, dass sie eine Schürze trug, und schob die Hände stattdessen in die Gesäßtaschen ihrer Jeans. »Hat Spaß gemacht. Wir sollten das irgendwann wiederholen.«

War sie schon wieder paranoid geworden oder klang das wie etwas, das man am Ende eines Dates sagen würde? Vermutlich bildete sie sich das nur ein. Schließlich hatte Sasha ihr eben gesagt, dass auch sie nicht der heiratswillige Typ war, und sie schien auch nicht scharf auf eine Beziehung zu sein.

»Auf jeden Fall«, sagte Ash. Sie sagte das nicht nur, um höflich zu sein, und das überraschte sie. Sasha beim Backen zu helfen, hatte erstaunlich viel Spaß gemacht. Sie sah auf die Uhr. »Oh Mist. Ich muss los, sonst komme ich zu spät. Ich muss Casper noch von zu Hause abholen, bevor ich zu meinen Eltern fahre.«

»Fahr bitte vorsichtig.« Einen Moment lang wirkte Sasha, als zöge sie in Betracht, Ash zum Abschied zu umarmen.

Ashs Puls begann zu rasen. Instinktiv beugte sie sich Sasha entgegen, obwohl sie sich streng ermahnte, sofort zurückzuweichen, sollte Sasha sie wirklich umarmen.

Aber Sasha öffnete ihr nur die Tür.

Ash drückte die beiden Schachteln an ihre Brust und trat an Sasha vorbei nach draußen. »Dann sehen wir uns morgen um drei, wenn ich mir meinen Cupcake hole.«

»Bis dann.«

Ash ging zu ihrem Wagen und legte die Schachteln auf den Beifahrersitz. Sie war nicht enttäuscht, keine Umarmung bekommen zu haben. Kein bisschen. Sie war sogar richtig erleichtert. Oder etwa nicht?

Ja, doch. Auf jeden Fall. Ungeheuer erleichtert.

Genauso erleichtert würde sie sein, wenn sie das Mittagessen mit ihren Eltern hinter sich gebracht hatte, ohne dass ihre Mutter Sheryls Sohn oder Leos und Hollys Hochzeitspläne erwähnt hatte.

Ash hatte kaum Zeit, die beiden Schachteln mit den Backwaren auf dem Tischchen im Flur abzustellen, als ihr Vater sie auch schon herzlich umarmte. Casper sprang aufgeregt um beide herum und wollte auch begrüßt werden. Automatisch musste sie an die Umarmung denken, die Sasha ihr nicht gegeben hatte.

Wie albern! Es sollte ihr völlig egal sein, ob jemand, mit dem sie arbeitete, sie nun umarmte oder nicht.

»Alles in Ordnung, Schatz?« Ihr Vater ließ sie los und hielt sie an den Schultern fest, um sie ausgiebig zu mustern. Sorge spiegelte sich in seinen blauen Augen, die sich von seinem selbst im Winter gebräunten Gesicht und seinem langsam grau werdenden Haar abhoben.

»Alles bestens, Papa.« Sie drückte seine Hand, die auf ihrer Schulter lag.

Noch immer musterte er sie, so als wollte er bloß kein Warnsignal verpassen, das ihm verraten würde, dass mit ihr etwas nicht stimmte.

Ash biss sich auf die Lippe. Bei Melissa hatten sie alle jegliche Warnsignale übersehen und ihr war klar, dass ihre Eltern insgeheim befürchteten, bei ihr eines Tages denselben Fehler zu machen. Das war einer der Gründe, warum sie so gut darin geworden war, ihnen die perfekte Tochter vorzuspielen.

»Wie läuft es im Laden?«, fragte ihr Vater.

»Ganz toll.« Das war ein wenig übertrieben, aber zum Glück lief es wirklich etwas besser als letzten Monat. Frühling lag in der Luft und das brachte die Leute dazu, mehr Blumen zu kaufen.

Endlich schien sie ihren Vater davon überzeugt zu haben, dass alles in Ordnung war. Er nahm die Hände von ihren Schultern und beugte sich zu Casper hinab, um auch ihn zu begrüßen.

Ihre Mutter kam aus der Küche. Wie jeden Sonntag trug sie die hässliche, rot-weiß karierte Schürze, die Ash vor vielen Jahren in der Schule genäht hatte. »Hallo, Schatz.« Sie zog Ash in ihre Arme. »Schön, dich zu sehen.«

Himmel, das klang, als hätte sie Ash seit Monaten nicht gesehen, dabei kam Ash jeden Sonntag zum Essen. Ihre Mutter sagte ihr ständig, dass sie öfter zum Essen kommen sollte, doch Ash nahm das Angebot nur selten an. Jeder Besuch in ihrem Elternhaus löste gemischte Gefühle in ihr aus.

Sie blickte zur Treppe, die in die obere Etage hinaufführte. Sie wusste, was sie dort oben vorfinden würde, wenn sie jemals hinaufgehen würde. Aber das tat sie nur, wenn es sich nicht vermeiden ließ. Ihre Eltern hatten Melissas Zimmer genau so gelassen, wie es am Tag ihres Todes gewesen war, so als würde sie eines Tages nach Hause kommen. Vielleicht fanden ihre Eltern Trost in dem Gedanken, aber für Ash hielt es nur den Schmerz am Leben. Das war einer der Gründe, warum sie schon früh zu Hause ausgezogen war.

Sie umarmte ihre Mutter und atmete tief den vertrauten Duft ihres Lieblingsparfüms ein, das nach Gardenien roch. Ein weiterer Geruch stieg ihr in die Nase: der von Frittierfett. »Mmm.« Ash leckte sich die Lippen. »Machst du Brathähnchen?«

Lachend ließ ihre Mutter sie los. »Riechst du etwa an meinen Haaren, um herauszufinden, was es zum Essen gibt?« Sie musterte Ash mit demselben besorgten Blick wie vorhin ihr Vater. »Isst du auch genug? Ich weiß, dass du manchmal das Mittagessen ausfallen lässt, wenn im Laden viel los ist. Ich könnte dir jeden Tag etwas zu essen vorbeibringen. Wäre das nicht schön?«

»Mama, das brauchst du wirklich nicht. Ich esse genug, versprochen.« Das erinnerte sie an die beiden Schachteln, die sie neben der Tür abgestellt hatte. Sie reichte die obere ihrer Mutter. »Ich habe etwas zum Dessert mitgebracht.«

Ihre Mutter öffnete den Deckel und schnupperte. »Oh, die riechen himmlisch. Wie frisch aus dem Ofen.«

»Das sind sie auch«, sagte Ash, ohne groß darüber nachzudenken. Sofort hätte sie sich ohrfeigen können. Um ihre Eltern abzulenken, ging sie schnell in die Küche und begann, die Schüsseln und Servierplatten, die ihre Mutter schon vorbereitet hatte, ins Esszimmer zu tragen.

Ihre Mutter folgte ihr. Sie stellte die Schachtel auf die Anrichte und tippte mit dem Finger auf das Logo der Bäckerei. »Seit wann hat *Ein Stück vom Himmel* sonntags geöffnet?«

»Haben sie nicht. Sasha wollte neue Hundeleckerlis ausprobieren und Casper hat sich als Testesser freiwillig gemeldet.«

Ihre Mutter lachte und deutete auf Casper, der den Fußboden nach Essensresten absuchte, die möglicherweise beim Kochen hinuntergefallen waren. »Das kann ich mir vorstellen. Er ist genauso verrückt aufs Essen wie du es als kleines Kind warst. Himmel, ich musste dich ständig im Auge behalten, sonst hättest du alles Mögliche in den Mund gesteckt. Einmal hast du in eine Zwiebel samt Schale gebissen.«

Ausnahmsweise machte es Ash nichts aus, sich die peinliche Geschichte aus ihrer Kindheit anzuhören. Wenigstens wurde ihre Mutter so von der Tatsache abgelenkt, dass sie den Vormittag mit Sasha in der Bäckerei verbracht hatte.

Sie schickte Casper in seinen riesigen Hundekorb, den ihre Eltern ihm gekauft hatten. Da er, wie sie sagten, ihr einziges Enkelkind war, verwöhnten sie ihn nach Strich und Faden.

Alle wuschen sich die Hände und setzten sich an den Esstisch. Wie immer saß Ash zwischen ihren Eltern, so wie das schon in ihrer Kindheit gewesen war.

Ihr Vater hielt ihnen seine Hände hin. »Lasst uns das Tischgebet sprechen.«

Ash musste ihre Arme weit von sich strecken, um ihren Eltern die Hände reichen zu können. Nie war die schmerzliche Leere in ihrer Familie offensichtlicher als während des Essens. Sie umklammerte die schwielige Hand ihres Vaters und die zierlicheren Finger ihrer Mutter, während ihre Eltern ihre Hände genauso fest hielten.

Ihr Vater senkte den Kopf. »Lieber Gott, danke für dieses gute Essen, für unsere Familie und für die Liebe, die uns vereint. Amen.«

Wenigstens hielt er seine Tischgebete immer kurz und knapp, so als wollte er nicht länger als unbedingt nötig daran erinnert werden, wie sehr er das Gefühl von Melissas Hand in seiner vermisste.

Ihre Mutter reichte ihr die Schüssel mit dem Kartoffelpüree, dann den Mais und die Erbsen, die sie letzten Sommer von ihren eigenen Feldern geerntet und dann eingemacht hatte. Sie nickte auf die Servierplatte mit dem goldbraun frittierten Hühnchenstücken hinab. »Was hättest du gern, Schatz?«

Ash brauchte nicht erst zu überlegen. »Brust, bitte.«

Ihre Mutter nahm mit der Serviergabel ein Stück Hühnchenbrust und legte es auf Ashs Teller.

Ihr Vater schmunzelte und nahm sich einen Hähnchenschlegel. »Du hast schon immer Brüste am liebsten gemocht.«

Eine Gabel Erbsen blieb Ash fast im Hals stecken. Wild hustend griff sie nach ihrem Wasserglas.

Ihr Vater schien nicht zu bemerken, was er eben gesagt hatte. »Alles okay, Schatz?« Er klopfte ihr auf den Rücken.

Ash nickte, konnte aber noch nicht sprechen.

Ihre Mutter wurde blass um die Nase. »Oh nein. Habe ich etwa zu viel Pfeffer an die Erbsen getan?«

Ash schüttelte den Kopf. »Nein, nein«, sagte sie keuchend. »Die Erbsen sind lecker. Ich habe nur im falschen Moment Luft geholt.« Sie nahm ihr Stück Hühnerbrust vom Teller und biss davon ab, damit die beiden endlich aufhören würden, sie besorgt anzustarren. *Mmm.* Das Brathühnchen ihrer Mutter war einfach das beste. Außen war es knusprig und innen schön zart.

Ein bisschen wie Sasha.

Himmel, wo war der Gedanke denn hergekommen?

Aber irgendwie stimmte es. Mit ihren kräftig gebauten eins fünfundachtzig und ihrem Piratenkopftuch wirkte Sasha wie eine hartgesottene Draufgängerin, aber ihre Reaktion darauf, als Ash ihre Zimtschnecken nicht hatte mitnehmen wollen, verriet, dass sie tief im Inneren sehr verletzlich war.

»Es schmeckt großartig, wie immer.« Ihr Vater wischte sich die Finger an seiner Serviette ab und drückte die Hand seiner Frau.

Ihre Mutter strahlte. »Der Trick besteht darin, das Huhn über Nacht in Buttermilch einzulegen. Dann wird es zarter. Den Tipp habe ich von Karen.« Sie wandte sich an Ash. »Oh, wo wir gerade über Karen sprechen, ist ihre Enkelin nicht süß?«

Ash hatte den Mund voll und nickte nur. Sie hatte sich schon gefragt, wie lange es wohl dauern würde, bis ihre Mutter davon anfing.

»Sie hat nicht einmal geweint, als Vicky sie mich hat halten lassen. So eine süße Kleine. Ich wette, deine Kinder sind mal genauso. Du hast auch kein bisschen gefremdelt, als du klein warst.«

Ash ließ das Babythema über sich ergehen, ohne etwas zu sagen.

Es dauerte erwartungsgemäß nicht lange, bis ihre Mutter auf Sheryls Sohn zu sprechen kam. »Du würdest Derek sicher nicht einmal mehr wiedererkennen, Schatz. Er hat sich unglaublich verändert. Er hat sich die Augen lasern lassen und Sheryl sagt, nach seiner Scheidung hat er mit Krafttraining begonnen.«

Ash seufzte. Sie hatte sich in der Schule nicht zu ihm hingezogen gefühlt und nur weil er jetzt womöglich einen Six-Pack hatte und keine Brille mehr trug, würde sich das nicht ändern. »Wie erfreulich für ihn«, murmelte sie und hoffte, dass ihre Mutter endlich das Thema wechseln würde.

»Ich habe Sheryl gesagt, er soll doch samstags zu eurem Treffen in der Bar kommen.«

Ash ließ ihre halb aufgegessene Hühnchenbrust zurück auf den Teller fallen. »Wie bitte?«

»Ist das ein Problem? Derek ist doch mit euch allen zur Schule gegangen, oder?«

»Ja, schon, aber alle anderen treffen sich nur im Johnny's, um einen entspannten Abend mit Freunden zu haben, nicht um jemanden für ein Date zu finden.«

Ihre Mutter nahm sich einen Hähnchenflügel. »Was wäre denn dabei, wenn er an dir interessiert wäre?«

Ash ballte ihre fettigen Finger um ihre Serviette herum zur Faust. »Nichts, aber …«

»Ich verstehe nicht, warum du so stur bist. Wenn du nicht mit Derek ausgehen möchtest, na schön. Es gibt noch andere Männer. Aber du weigerst dich, mit irgendeinem von ihnen auszugehen. Du bist mittlerweile dreiunddreißig, Schatz.«

Ash stöhnte, doch ihre Mutter kam jetzt erst richtig in Fahrt.

»Ich möchte nicht, dass du allein bleibst. Du solltest wirklich …«

Ihr Vater warf einen abgenagten Knochen auf einen leeren Teller. »Lass das arme Mädchen in Ruhe, Donna. Solche Dinge lassen sich nicht erzwingen. Mach dir keine Sorgen.« Er tätschelte die Hand seiner Frau. »Sie wird jemanden kennenlernen und sich Hals über Kopf verlieben, vermutlich, wenn sie am wenigsten damit rechnet.«

Die Sorgenfalten auf der Stirn ihrer Mutter glätteten sich nicht. »Aber was, wenn das nicht passiert, weil sie nicht bereit ist, sich zu öffnen, sondern sich ständig hinter ihrer Arbeit versteckt?«

»Ich verstecke mich nicht hinter meiner Arbeit«, sagte Ash. »Es ist wirklich so, dass mir der Laden nicht viel Zeit für eine Beziehung lässt.«

»Ach, aber du hast genug Zeit, um dich mit Sasha Peterson zu treffen. Betty aus dem Friseursalon hat gesagt, du verbringst neuerdings viel Zeit mit ihr.«

Wie bitte? Ash starrte sie an. »Das stimmt doch gar nicht! Wenn wir Zeit miteinander verbringen, dann hauptsächlich wegen der Hochzeit, und das kann man wohl kaum viel Zeit nennen.«

Sie bereute es, kaum dass sie es ausgesprochen hatte, erstens weil sie wusste, dass sie ein wenig zu lautstark protestiert hatte, und zweitens weil sie klang, als ob es etwas Schlechtes wäre, Zeit mit Sasha zu verbringen. In Wahrheit hatte sie es genossen. Bei Sasha musste sie sich nicht verstellen und das kam bei Ash nur selten vor. Noch seltener war es, dass sie sich jemandem so öffnete wie heute Morgen Sasha gegenüber. Falls sie den Mut hatte, weiter mit ihr Zeit zu verbringen, dann könnte Sasha sehr gut die erste Freundin werden, die sie seit langer Zeit gefunden hatte.

»Hochzeit?« Ihre Mutter verharrte mit zum Mund erhobener Gabel. »Welche Hochzeit denn?«

Oh verdammt. Jetzt hatte sie das Gespräch ausgerechnet auf das Thema gelenkt, das sie hatte vermeiden wollen. »Ach, weißt du …« Sie wedelte vage mit der Gabel. »Im Grunde genommen sind es sogar mehrere. Jetzt, da ihre Tante Sasha die Bäckerei ganz übergeben hat, werden wir vermutlich öfter zusammenarbeiten, wenn die Hochzeitssaison beginnt. Sasha ist dabei, sich einen Namen als ausgezeichnete Hochzeitstortenbäckerin zu machen. Du solltest mal ihre Zeichnungen sehen. Sie ist wirklich gut.«

»Das ist wundervoll, Schatz«, sagte ihre Mutter. »Vielleicht wird sie eines Tages auch deine Hochzeitstorte backen.«

Jetzt waren sie schon wieder beim Lieblingsthema ihrer Mutter. Wären ihre Finger nicht fettig gewesen, hätte Ash jetzt das Gesicht in den Händen vergraben und hätte gestöhnt.

Zum Glück wechselte ihr Vater das Thema und begann, über seinen neuen Traktor und die beste Zeit für das Anpflanzen von Mais zu sprechen.

Ash atmete auf, doch sie wusste, dass sie sich nur ein wenig mehr Zeit erkauft hatte. Irgendwann würden ihre Eltern von Hollys und Leos Hochzeit erfahren und vermutlich würde das eher früher als später passieren.

Kapitel 8

Die Tür zur Bar schwang auf und ein Schwall frischer Frühlingsluft drang ins Johnny's.

Sasha sah von der Bierflasche auf, die sie umklammert hielt, und reckte den Kopf, um zu sehen, wer hereingekommen war.

Leider waren es nur Phil Eads und sein Sohn.

Sie sank gegen die Rückenlehne der hufeisenförmigen Bank.

Holly beugte sich über den Tisch. »Alles okay? Du denkst doch nicht daran, schon zu gehen, oder? Du bist gerade erst gekommen.«

»Nein, nein, ich bleibe noch ein bisschen.« Erst jetzt wurde Sasha klar, dass sie die ganze Zeit über nach Ashley Ausschau gehalten hatte. Doch jedes Mal, wenn die Tür geöffnet wurde, war es jemand anderes. »Kommt Ashley heute nicht?«

Zack schüttelte den Kopf. »Ich habe sie heute Mittag im Supermarkt getroffen und sie hat gesagt, sie kann nicht kommen. Scheinbar muss sie einen Kranz fertig machen oder so etwas in der Art.«

Ein Hauch von Enttäuschung überkam Sasha. *Ach, kannst du jetzt plötzlich ohne sie keinen schönen Abend mehr haben?*

Früher hatte sie nie großartig darauf geachtet, ob Ashley samstags zu den Treffen kam oder nicht. Aber jetzt, da sie etwas Zeit mit Ashley allein verbracht hatte, ohne den Rest der Gruppe, fiel ihr auf, wie sehr sich Ashley von dem Bild unterschied, das Sasha von ihr gehabt hatte. Zwar legte sie für Sashas Geschmack etwas zu viel Wert auf die Meinung anderer, doch sie war nicht so oberflächlich oder egoistisch, wie Sasha früher angenommen hatte.

Die Tür wurde erneut geöffnet.

Wieder konnte Sasha sich nicht davon abhalten, aufzusehen, obwohl sie nun wusste, dass Ashley nicht kommen würde.

Ein Mann trat ein und kam direkt auf ihren Tisch zu. »Hallo, Leute. Schön, euch zu sehen.«

Sasha starrte ihn an. Kannte sie ihn etwa? Er kam ihr bekannt vor, aber sie konnte ihn nicht einordnen.

Travis sprang auf und umarmte den Fremden, während er ihm kräftig auf den Rücken klopfte. »Derek Hatchfield! Mensch, schön, dich zu sehen! Ich wusste gar nicht, dass du im Land bist. Besuchst du deine Eltern?«

»Nein. Ich wohne wieder hier. Mr. Mitchell geht in Rente und ich übernehme die Leitung der Bankfiliale.«

Travis pfiff durch die Zähne. »Da verdienst du sicher richtig gut.«

Derek zuckte mit den Schultern. »Ich kann mich nicht beschweren.«

Sasha erkannte ihn jetzt. Er war in der Schule eine Klasse über ihr gewesen, aber er hatte sich ziemlich verändert – und zwar zum Besseren.

Derek zeigte auf ein Ende der Bank. »Kann ich mich zu euch setzen? Meine Mutter hat erzählt, dass ihr euch hier am Samstagabend immer trefft. Da hat sich wohl nicht viel verändert, oder?« Er lachte und blickte zu Leo. »Na ja, außer der Tatsache, dass du jetzt berühmt bist.«

»Hier nicht«, sagte Leo mit Nachdruck. »Hier in Fair Oaks bin ich nur die gute, alte, langweilige Leo Blake.«

»Ach, Quatsch.« Holly, die neben ihr saß, stieß sie mit der Schulter an. »Du könntest gar nicht langweilig sein, selbst wenn du es wolltest.«

»Komm, setz dich.« Travis bedeutete Sasha, ein Stück aufzurücken.

Als er neben ihr Platz nahm, streifte Dereks breite Schulter ihre eigene und der Duft seines Rasierwassers oder seines Parfüms stieg ihr in die Nase. Mit seinem athletischen Körperbau, seinen dunklen, welligen Haaren und seinem freundlichen Lächeln wäre er normalerweise genau ihr Typ gewesen, aber im Moment konnte sie nur daran denken, dass es viel netter gewesen wäre, wenn stattdessen Ashley neben ihr gesessen hätte.

Derek bestellte sich ein Bier. Als die Kellnerin es brachte, ließ er den Blick über seine früheren Schulkameraden gleiten. »Wo ist Ashley? Meine Mutter hat erwähnt, dass sie immer noch hier lebt.«

»Ja. Ist nie weggegangen«, sagte Zack. »Aber heute kommt sie nicht. Sie arbeitet noch.«

»Oh.« Derek mochte ein guter Bankangestellter sein, aber er hätte einen schlechten Pokerspieler abgegeben. Seine Enttäuschung war offensichtlich.

Um ehrlich zu sein, war auch Sasha etwas enttäuscht. Sie hatte Ashley diese Woche ein paarmal gesehen, wenn diese für ihren Nachmittagscupcake in die Bäckerei gekommen war, aber da andere Kunden Schlange standen, hatte Sasha nie Zeit für eine Unterhaltung gehabt.

»Na ja, schätze, ich werde sie früher oder später zu Gesicht bekommen.« Derek sah die anderen reihum an. »Also, was gibt es Neues? Hochzeiten, Kinder, Scheidungen?«

»Noch keine Scheidung, aber manchmal ist der Gedanke verlockend«, sagte Jenny mit einem neckischen Grinsen.

Travis runzelte die Stirn. »Hey!«

Jenny lehnte sich gegen seine Schulter. »Ich mach doch nur Spaß, Schatz.« Sie setzte sich wieder aufrecht hin. »Und was die Hochzeiten betrifft … Du hast vermutlich schon gehört, dass die berühmteste Tochter von Fair Oaks heiraten wird, oder?«

Dereks Kopf schnellte herum und er starrte Leo an. »Im Ernst? Du heiratest?«

Ein strahlendes Lächeln erhellte Leos Gesicht von innen heraus, als sie nickte.

»Wow.« Derek schüttelte den Kopf. »Nicht, dass ich die Klatschblätter lesen würde, aber warum habe ich bisher nichts davon gehört?«

»Ach, du weißt doch, wie die Leute in Fair Oaks sind«, sagte Holly. »Untereinander wird schamlos getratscht, aber mit Reportern und Leuten von außerhalb redet niemand, wenn es um einen von uns geht.«

»Oder um zwei von uns«, warf Leo ein.

»Ach, dein Verlobter ist ein Einheimischer?«, fragte Derek. »Wer ist denn der Glückliche?«

Einen Moment lang herrschte Stille.

»Mann, du liest die Klatschblätter wirklich nicht, oder?« Travis schlug ihm auf die Schulter. »Es ist nicht ein Glücklicher, sondern eine Glückliche.«

Derek knallte sein Bier auf den Tisch. »Wusste ich es doch! Es ist Ashley, oder? Deshalb wollte sie während unserer Schulzeit nie mit mir ausgehen!«

»Ach, jetzt hör aber auf.« Hollys Schwägerin Lisa verdrehte die Augen. »Warum denken Männer immer, dass eine Frau, die sich weigert, mit ihnen auszugehen, lesbisch sein muss? Als wäre das der einzige Grund, warum eine Frau eurem Charme widerstehen kann.«

»Ja«, murmelte Sasha in ihr Bier. Hinter ihrem Rücken über Ashley zu sprechen, fühlte sich falsch an. »Ashley ist vermutlich nicht mit dir ausgegangen, weil du dich jedes Mal wie ein Idiot verhalten hast, wenn du in ihre Nähe gekommen bist.«

Derek lachte verlegen und rieb sich den Nacken. »Ja, da magst du recht haben.«

»Nein, es ist nicht Ashley«, sagte Leo. »Ich heirate die wunderschönste, klügste …«

Holly wurde rot und hielt Leo den Mund mit der Hand zu. »Sie wird mich heiraten.«

Leo küsste ihre Hand und verflocht dann ihre Finger mit Hollys. »Sag ich doch.«

Spielerisch hielt sich Zack die Augen zu. »Seht ihr? Das müssen Ethan und ich im Moment jeden Sonntag mit ansehen, wenn wir alle bei Mama zum Essen eingeladen sind. Händchenhalten am Esstisch und es wird dauernd nur über Hochzeitseinladungen, die Gästeliste und die Farben der Servietten bei der Hochzeitsfeier geredet.«

Holly und Leo stöhnten.

»Hey, du könntest ruhig etwas verständnisvoller sein, Bruderherz. Wir sind diejenigen, die darunter am meisten leiden.« Holly sah ihre Freunde an. »Unsere Mütter hat das Hochzeitsfieber gepackt. Sie wollen, dass alles perfekt wird.«

Leo seufzte. »Was die beiden nicht verstehen, ist, dass es perfekt sein wird, weil wir einander heiraten werden. Alles andere ist nur …«

»Das Sahnehäubchen auf der Hochzeitstorte«, beendete Sasha lachend den Satz für sie.

»Genau. Unsere Mütter scheinen ihren Spaß daran zu haben, aber für mich sind all diese Hochzeitsvorbereitungen stressiger als meine letzte Welttournee. Ein Konzert im Madison Square Garden zu buchen, war weniger kompliziert, als den Ballsaal im Country Club für unsere Feier zu reservieren.« Leo warf Holly einen flehenden Blick zu, der nur halb im Scherz gemeint war. »Bist du sicher, dass wir nicht einfach durchbrennen sollen? Stell es dir nur einmal vor. Wir beide auf einer einsamen Insel, wie wir uns im weißen Bikini unter einem strahlend blauen Himmel das Ja-Wort geben …«

»Führe mich bloß nicht in Versuchung«, murmelte Holly.

Lisa warf einen Tortillachip nach den beiden. »Wagt es bloß nicht! Ihr könnt nicht durchbrennen. Ihr könnt den Menschen, die euch lieben, nicht verwehren, euch heiraten zu sehen.«

Sasha nickte zustimmend. »Außerdem wollt ihr all den homophoben Leuten hier im Ort doch sicher zeigen, dass wir heutzutage nicht nur heiraten können, sondern uns auch weigern, es still und heimlich zu tun, nur um ihre kleinbürgerlichen Moralvorstellungen nicht zu stören.«

Niemand reagierte auf ihre Formulierung. Entweder hatten ihre Freunde nicht bemerkt, dass sie *wir* und nicht *ihr* gesagt hatte, oder es war ihnen egal, dass auch Sasha nicht heterosexuell war.

Leo leerte ihr Bier in einem großen Schluck. »Ich will heiraten und keine politische Aussage machen.«

Sasha warf ihr einen mitfühlenden Blick zu. »Tja, wenn man eine der erfolgreichsten Sängerinnen des Jahrzehnts und zufälligerweise lesbisch ist, dann kann man das eine nicht ohne das andere tun.«

Jenny tätschelte Leo die Schulter. »Du wirst schon sehen, das wird der beste Tag deines Lebens. Sobald du Holly in ihrem Kleid siehst, ist der ganze Stress vergessen.«

»Mann, und ich dachte, eine Scheidung wäre schon schlimm«, sagte Derek.

Alle lachten und die Unterhaltung kam auf Dereks gescheiterte Ehe und sein Leben, seitdem er Fair Oaks verlassen hatte.

Sasha hörte kaum hin. Heimlich schielte sie auf ihre Armbanduhr. Es war noch nicht sonderlich spät, aber sie war früh aufgestanden und nach Dereks Bemerkung über Ashley und warum sie früher nicht mit ihm ausgegangen war, hatte sie sämtliches Interesse an seinem Liebesleben verloren. Sie trank ihr Bier aus und schob ein paar Geldscheine unter die leere Flasche. »Okay, Leute. Wir sehen uns dann nächste Woche. Das Sandmännchen wartet auf mich.«

»Ach, heißt so dein neuer Freund?«, fragte Travis.

Sie zeigte ihm den Mittelfinger.

Derek erhob sich, um sie vorbeizulassen, und sie schob sich an ihm vorbei.

»Nacht, Sasha«, riefen alle im Chor, als sie zur Tür ging. Draußen roch es nach Frühling, doch nach Sonnenuntergang war es kühl geworden. Sie blieb auf dem Gehweg stehen, um ihre Jacke zu schließen, und sah die Straße hinab.

Im Blumenladen brannte noch Licht.

Sasha ging die Straße hinab, aber anstatt die Treppe zu ihrer Wohnung hinaufzusteigen, schloss sie die Tür zur Bäckerei auf.

Was machst du denn?

Sie wusste, sie sollte nach Hause und ins Bett gehen. Stattdessen schlenderte sie zum Kühlraum und sah nach, welcher Kuchen übrig geblieben war.

Ein Stück Orangenkäsekuchen mit einer Glasur aus Zartbitterschokolade schien ideal für einen Snack nach einem langen Arbeitstag. Außerdem passten die komplexen, fast widersprüchlichen Geschmacksnoten perfekt zu Ashleys Persönlichkeit.

Ach, betreibst du jetzt schon Kuchenpsychologie? Iss den verdammten Kuchen selbst und geh ins Bett.

Wieder hörte sie nicht auf ihre innere Stimme. Vorsichtig, um die Schokoglasur nicht zu beschädigen, hob sie das Stück Kuchen in eine Schachtel, packte getrennt davon einen Mopscake für Casper ein und schloss die Tür hinter sich ab.

Das Licht im Blumenladen zog sie an wie eine Motte.

Leise Musik drang nach draußen und Sasha erkannte »Crazy in Love« von Beyoncé, ein Lied, das in der Hitparade gewesen war, als Ashley ihren Schulabschluss gemacht hatte. Sasha hatte mehr als einmal gehört, wie Leo und ihre Band mit Ashley am Keyboard das Lied auf Schulfeiern gespielt hatten. Doch seit Leo weggezogen war, hatte Sasha nie wieder gesehen, wie Ashley Keyboard spielte, oder gehört, wie sie sang. Vielleicht hatte sie der Musik ebenso den Rücken gekehrt, wie sie die Frauen aufgegeben hatte.

Vor dem Blumenladen blieb Sasha stehen und spähte durch die Scheibe.

Ashley arbeitete nicht an einem Blumenkranz. Zwar hielt sie eine Nelke in der Hand, aber diese diente ihr als Mikrofon, das sie sich vor den Mund hielt, während sie ausgelassen durch den Laden tanzte.

Gott, das war so ziemlich das Süßeste, das sie je gesehen hatte – und das Heißeste obendrein.

Sasha musste lachen und presste sich schnell die Hand auf den Mund. Auf keinen Fall würde sie riskieren, dass Ashley sie hörte und ihre spontane Tanzeinlage beendete.

Ihr Herzschlag trommelte in ihren Ohren, sodass sie Ashleys Gesang kaum noch hören konnte. Ashleys gekonnter Hüftschwung stellte gefährliche Dinge mit ihrem Puls an.

Ashley tanzte um einen Gummibaum herum, als wäre dieser eine Frau, die es zu verführen galt.

Oh heilige Madonna! Sasha stützte sich mit der freien Hand an der Glastür ab, während sie mit der anderen die beiden Schachteln festhielt. Die Nachtluft erschien ihr nicht länger kühl.

Sie wusste, dass es albern war und außerdem ziemlich unheimlich, aber sie konnte nicht aufhören, Ashley zu beobachten. Die Chance, Ashley so unbekümmert zu sehen, würde so schnell nicht wiederkommen.

Schließlich endete das Lied und Ashley senkte ihr Nelkenmikrofon und hörte auf zu tanzen. Sie ging zurück zu ihrem Arbeitsplatz, kürzte den Stiel der Nelke und schob die Blume dann in den halb fertigen Kranz, so als hätte sie nicht gerade Beyoncé Konkurrenz gemacht.

Sasha ließ ihren angehaltenen Atem entweichen und gab sich einen Ruck. *Hör auf, dich wie ein ekliger Voyeur zu verhalten!* Sie würde Ashley den Kuchen in die Hand drücken, so tun, als hätte sie eben nicht die erotischste Tanzeinlage aller Zeiten beobachtet, und dann nach Hause gehen.

Entschlossen hob sie die Hand und klopfte an die Scheibe.

Ash steckte die Nelke in den Kranz und zwang sich, nicht schon wieder in Richtung der Bar zu blicken. Sie hatte bereits zu viel Zeit darauf verschwendet, aus dem Fenster zu starren und sich von der Musik im Radio zurück in ihre Schulzeit versetzen zu lassen, als sie in Leos Band Keyboard gespielt hatte. Wenn sie sich beeilte, konnte sie ihren Freunden vielleicht doch noch ein wenig im Johnny's Gesellschaft leisten, bevor alle nach Hause gingen.

Aber so, wie sie Sasha kannte, war diese vermutlich schon gegangen. Selbst wenn sie sich ihren Freunden jetzt anschloss, würde sie Sasha nicht mehr sehen.

Tja, es war ihre eigene Schuld. Sie hätte den Kranz nicht unbedingt heute Abend fertig machen müssen. Das hatte sie nur vorgeschoben, um Derek nicht begegnen zu müssen, falls er tatsächlich in die Bar kam.

Eigentlich war es albern. Warum hatte sie sich davon abhalten lassen, ihre Freunde zu sehen, nur weil Derek womöglich auch da sein und sie vielleicht sogar um ein Date bitten würde?

Sie wollte wissen, wie die Hochzeitsvorbereitungen liefen, ob Jenny Travis endlich von der Beule in seinem Auto erzählt hatte und vor allem wie die Wauffins und Mopscakes bei Sashas vierbeinigen Kunden angekommen waren.

Jetzt würde sie eine ganze Woche warten müssen, bis sie es herausfand. Manchmal war es wirklich nervig, seine sexuelle Orientierung geheim zu halten. Wenn jeder gewusst hätte, dass sie lesbisch war, dann hätte Derek sicher nicht versucht, mit ihr anzubandeln.

Sie seufzte, griff nach einer weiteren Nelke und nahm ihr Messer, um das Stielende zu kürzen.

Ein Klopfen an der Glastür ließ sie zusammenzucken.

Sie rutschte mit dem Messer ab. Schmerz schoss durch ihre Hand, sodass sie das Messer fallen ließ. »Autsch! Verdammt!« Fluchend umklammerte sie ihren Finger und sah auf, um nachzusehen, wer so spät noch an ihre Tür geklopft hatte.

Sasha stand mit einem verlegenen Lächeln und zwei Bäckereischachteln auf der anderen Seite der Glastür. Sie winkte und Ash konnte ein »Entschuldigung« von ihren Lippen ablesen. Sie wirkte so sehr wie ein kleines Kind, das versehentlich ein Fenster mit einem Baseball zertrümmert hatte, dass Ash trotz des brennenden Schmerzes in ihrem Finger lächeln musste.

Sie ballte ihre linke Hand zur Faust, um die Blutung zu stillen, durchquerte rasch den Raum und schloss die Tür auf.

»Tut mir leid«, sagte Sasha sofort, als sie eintrat. »Ich wollte dich nicht erschrecken.«

»Schon okay. Ich war nur …«

»Oh Scheiße! Du blutest. Hast du dich geschnitten?«

Ash versteckte ihre Hand hinter dem Rücken. »Nur ein kleiner Kratzer. Das passiert mir fast jeden Tag. Berufsrisiko.«

Sasha marschierte mit der Entschlossenheit einer Superheldin, die die Welt retten musste, auf sie zu. Sie stellte die Schachteln auf dem Verkaufstresen ab und trat näher an Ash heran. Ihre schokoladenfarbenen Augen verdunkelten sich vor Sorge. »Lass mal sehen.«

Langsam zog Ash ihre Hand hinter dem Rücken hervor und hielt sie Sasha hin.

Beide standen dicht beieinander und sahen auf die verletzte Hand hinab.

Blut strömte aus einem Schnitt in der Kuppe ihres Zeigefingers.

Sasha schnappte nach Luft, so als würde sie eine tödliche Wunde betrachten.

Ash musste grinsen. »So schlimm ist es nicht. Das muss nicht einmal genäht werden.«

»Bist du sicher?«

»Hundertprozentig. Vertrau mir. Ich musste schon zweimal genäht werden. Ich wüsste es, wenn das Nummer drei wäre.« Ash ging zur Spüle im Hinterzimmer und ließ eiskaltes Wasser über ihren Finger laufen. Das würde die Wunde auswaschen und hoffentlich auch die Blutung stillen. Sie spürte, wie Sasha ihr folgte und ihr über die Schulter sah. Sashas Präsenz füllte sofort jeden Raum, den sie betrat.

»Wo ist dein Erste-Hilfe-Koffer?«, fragte Sasha.

»Erste-Hilfe-Koffer? Alles, was ich brauche, ist ein Pflaster.« Mit ihrer unverletzten Rechten öffnete Ash die Schublade, in der sie Pflaster in allen Größen und Formen aufbewahrte. Einhändig versuchte sie, die Verpackung um eines der Pflaster zu entfernen, aber das war gar nicht so einfach.

»Lass mich mal.« Sasha trocknete den verletzten Finger vorsichtig mit einem sauberen Taschentuch ab, nahm ihr dann das Pflaster aus der Hand und entfernte die Verpackung. Sanft schlossen sich ihre Finger um Ashs Hand, um sie ein wenig zu drehen, sodass sie die Wunde sehen konnte.

Ash hielt vollkommen still. Nicht, weil es wehtat, das Pflaster aufzukleben, sondern weil die Sanftheit von Sashas starken Händen ihr Herz schneller schlagen ließ. Die Art, wie Sashas Finger über ihre Haut glitten, während sie die Enden des Pflasters glatt strich, versetzte sie beinahe in einen Trancezustand.

»Alles okay?«, fragte Sasha in einem behutsamen Flüsterton. »Du wirst doch nicht ohnmächtig, obwohl du behauptest, es sei nur ein Kratzer, oder?«

Ash schüttelte den Kopf. Falls sie ohnmächtig werden würde, dann hätte das nichts mit diesem kleinen Schnitt zu tun.

»Fertig. Der Finger ist so gut wie …« Sasha sah auf und ihre Blicke trafen sich.

Eine Wärme, die nichts mit dieser harmlosen, kleinen Verletzung zu tun hatte, durchströmte Ash. Sie wusste, dass sie von Kopf bis Fuß errötet war.

»Ähm, so gut wie neu.« Der Ausdruck auf Sashas Gesicht wirkte fast, als würde sie jeden Moment Ashs Hand an ihren Mund führen und ihr einen heilenden Kuss geben. Aber das tat sie natürlich nicht. Sasha trat zurück und erlöste Ash aus ihrem Trancezustand.

Unter dem Vorwand, die Verpackung des Pflasters wegzuwerfen, wandte sich Ash ab, um sich unbeobachtet zusammenreißen zu können. *Was zum Teufel war das denn?* Womöglich konnten Sasha und sie Freundinnen werden, mehr aber auch nicht. Ihre kurze Beziehung mit Holly hätte beinahe die zaghafte Freundschaft zerstört, die sie nach Hollys Rückkehr von der Uni geschlossen hatten. Auf keinen Fall würde sie ihrer verdammten Libido gestatten, so etwas ein zweites Mal zu tun.

Sasha ging in den Verkaufsraum zurück, so als bräuchte auch sie etwas Abstand.

Aber vermutlich war das nur Wunschdenken.

»Ich habe dir ein Stück Kuchen mitgebracht«, rief Sasha. »Ich dachte, nach all den Überstunden brauchst du vielleicht einen Snack.«

Oh Gott. Also war sie nicht nur attraktiv, sondern auch unglaublich aufmerksam und nett. Sasha Peterson war so etwas wie Kryptonit für alle Lesben, die sich noch nicht geoutet hatten.

»Wo ist eigentlich Casper?«, fragte Sasha. »Ich habe ihm auch etwas mitgebracht.«

»Er übernachtet bei meinen Eltern.« Sie hatten Ash angeboten, den Hund über Nacht zu nehmen, damit er nicht allein war, während sie sich mit ihren Freunden in der Bar traf, und Ash hatte ihnen nicht sagen wollen, dass sie nicht vorhatte, hinzugehen.

»Na, dann kann er seinen Mopscake zum Frühstück essen. Aber du kannst deinen Snack jetzt gleich haben.«

Als Ash sich zu ihr in den Verkaufsraum gesellte, schob Sasha ihr eine der beiden Schachteln hin und öffnete den Deckel.

Ash sah hinab auf ein riesiges Stück Kuchen, das von einer dunklen Schokoladenglasur überzogen war. Ihr lief das Wasser im Mund zusammen und ihr Magen knurrte. Erst jetzt fiel ihr auf, dass sie seit heute Mittag nichts mehr gegessen hatte. »Der sieht sündhaft gut aus. Wenn wir weiterhin Zeit miteinander verbringen, muss ich wohl anfangen, ins Fitnessstudio zu gehen.«

»Möchtest du das?«

»Ins Fitnessstudio gehen oder den Kuchen essen?« Ash lachte. »Ersterem kann ich widerstehen, Letzterem aber nicht.« Zumindest nicht dem Kuchen. Der Bäckerin konnte sie sehr wohl widerstehen, sagte sich Ash.

»Nein, ich meine, möchtest du weiterhin Zeit mit mir verbringen?«

Wollte Sasha wissen, ob sie mit ihr befreundet sein wollte? Oder steckte mehr hinter der Frage? Um sich etwas Zeit zu verschaffen, kramte Ash in einer Schublade herum und fand eine Plastikgabel, die von einem Tacosalat stammte, den sie sich letzte Woche bestellt hatte. Als sie sich wieder zu Sasha umdrehte, beobachtete diese sie noch immer, so als wartete sie auf ihre Antwort.

Eigentlich sollte sie sich von Sasha fernhalten. Betty Mullen vom Friseursalon nebenan hatte ihren Eltern bereits erzählt, dass sie viel Zeit mit Sasha verbrachte, obwohl es kaum der Rede wert gewesen war. Wenn sie sich nun öfter trafen, würde die Gerüchteküche brodeln. Nichts von dem, was die Leute sagten, würde der Wahrheit entsprechen, aber das war egal.

Sie öffnete den Mund, um Sasha zu sagen, dass sie keine Zeit hatte, sich öfter mit ihr zu treffen, aber stattdessen hörte sie sich sagen: »Das würde ich sehr gern.«

Das Lächeln, das sich auf Sashas Gesicht ausbreitete, machte es unmöglich, ihre Worte zu bereuen. »Super.«

»Lediglich als rein platonische Freundinnen, versteht sich«, fügte Ash rasch hinzu.

»Klar.« Sasha stupste sie sanft an. »Eine von uns beiden hat aber eine verdammt hohe Meinung von sich. Wie kommst du auf die Idee, dass ich an dir interessiert sein könnte?«

Hitze schoss Ash in die Wangen, sodass selbst ihre Ohrläppchen zu brennen begannen. »D-das glaube ich doch gar nicht. Natürlich nicht. Ich meine, du … ich …«

»Entspann dich.« Ein Lächeln zauberte kleine Fältchen um Sashas Augenwinkel. »Ich necke dich nur. Na ja, dass ich nicht an einer Beziehung mit dir interessiert bin, das habe ich ernst gemeint. Weder mit dir noch mit sonst irgendwem.«

»Ich auch nicht.«

»Dann wollen wir ja dasselbe: Freundschaft.« Sasha streckte ihr die Hand hin, als wollte sie eine geschäftliche Vereinbarung besiegeln.

Ash schüttelte ihr die Hand und spürte, wie Sashas lange Finger ihre Handfläche umfassten. »Freundschaft«, wiederholte sie und ignorierte das Kribbeln, das bis hinab in ihre Zehenspitzen ausstrahlte.

Sie hielten sich für einen Handschlag einige Sekunden zu lange an den Händen.

Schließlich ließ Ash los und nahm stattdessen die Plastikgabel, um den Kuchen zu probieren. Dieser Verlockung durfte sie zumindest nachgeben. Die Zartbitterschokolade schmolz auf ihrer Zunge und bildete einen reizvollen Kontrast zum herb-süßen Geschmack des Orangenkäsekuchens. »Oh mein Gott«, murmelte sie und nahm sofort eine zweite Gabel. »Wieso habe ich den noch nie zuvor probiert?«

Sasha lachte. »Weil du immer dasselbe bestellst. Manchmal solltest du einfach mal ein Risiko eingehen und etwas Neues ausprobieren.«

Ash sah von der Schachtel auf. Redeten sie immer noch über den Kuchen?

Sasha hielt ihrem Blick stand, sagte aber nichts Weiteres, deshalb konzentrierte Ash sich wieder auf den Käsekuchen.

»Wie geht's deinem Finger?«, fragte Sasha, als der letzte Krümel gegessen war.

»Schon viel besser.« Ash lächelte und leckte das letzte bisschen Schokolade von der Plastikgabel. »Muss am Kuchen liegen.«

Sasha räusperte sich. »Ja, die magische Wirkung von Kuchen sollte man nie unterschätzen.« Sie lehnte sich mit der Hüfte gegen den Tresen und schob den Daumen in die Hosentasche ihrer verwaschenen Jeans, die an ihren muskulösen Schenkeln klebte wie eine zweite Haut.

Himmel, warum musste sie bloß so verdammt sexy sein? Ash warf die Gabel mit mehr Nachdruck in den Müll, als nötig gewesen wäre.

»Warum arbeitest du an einem Samstagabend noch so spät?« Sasha deutete auf den fast fertiggestellten Kranz. »Eine Bestellung in letzter Minute?«

»Äh, ja.« Jedem anderen gegenüber hätte es Ash dabei bewenden lassen. Sie war so sehr daran gewöhnt, nur einen Teil der Wahrheit zu sagen, dass es ein Leichtes gewesen wäre, es auch jetzt so zu halten. Doch zu ihrer eigenen Überraschung wollte sie das nicht. »Um ehrlich zu sein, hätte ich den Kranz nicht unbedingt heute Abend machen müssen.«

»Oh.« Sashas Gesicht war so ausdrucksstark, dass sie ihre Enttäuschung nicht verbergen konnte. »Warum hast du Zack dann gesagt, dass du wegen der Arbeit nicht zum Treffen kommen kannst?«

»Wegen Derek«, sagte Ash, als würde das alles erklären. Dabei wusste sie noch nicht einmal, ob er tatsächlich in der Bar aufgetaucht war, deshalb hatte Sasha womöglich keine Ahnung, wovon sie sprach. »Meine Mutter hat ihn ermutigt, sich uns anzuschließen.«

»Ja, er war da.«

Na, wenigstens wusste sie jetzt, dass sie das Treffen mit ihren Freunden nicht umsonst verpasst hatte. »Hat er nach mir gefragt?«

»Hättest du denn gern, dass er nach dir fragt?«

»Himmel, nein. Das ist ja der Grund, warum ich heute Abend weggeblieben bin. Meine Mutter ist überzeugt davon, dass er sich für mich interessiert, und ich wollte den peinlichen Moment vermeiden, in dem ich ihm einen Korb geben muss, ohne erklären zu können, warum ich kein Interesse habe.«

Sasha sah sie so ruhig an, dass Ash sich wünschte, sie hätte denselben inneren Frieden gefunden. »Seit wann bedarf das einer Erklärung? Ein einfaches Nein sollte genügen.«

Ash wischte mit dem Arm ein paar abgeschnittene Stielenden in den Mülleimer. »Eigentlich schon.«

»Er ist nicht nur für einen kurzen Besuch bei seinen Eltern hier, weißt du das eigentlich?«, fragte Sasha. »Er hat vor, in Fair Oaks zu bleiben.«

Ash seufzte. »Ja, ich weiß.«

»Früher oder später musst du dich ihm stellen. Oder hast du vor, der Bar und deinen Freunden für den Rest deines Lebens fernzubleiben?«

»Nein, natürlich nicht.« Ash wusste, dass sie aufhören musste, vor ihren Problemen davonzulaufen. Sie hielt Sashas Blick stand. »Nächste Woche komme ich ganz bestimmt.«

»Gut.« Sasha berührte sie flüchtig an der Schulter, aber Ash spürte es bis in den letzten Winkel ihres Körpers. »Falls er ein Nein nicht akzeptiert, hast du jemanden, der dir den Rücken stärkt.«

Es war schön, sich derart beschützt zu fühlen. »Danke.«

Sasha nickte ihr zu. »Du musst dich nicht bedanken. Du hast Freunde in dieser Stadt, die jederzeit für dich da sind. Wenn du es zulässt.«

Ash wusste nicht, was sie dazu sagen sollte. Das passierte ihr öfter, wenn sie mit Sasha zusammen war.

»Also«, sagte Sasha nach einer Weile, »hat dein kleines Fitnesstraining vorhin ausgereicht, um all die Kalorien vom Kuchen zu verbrennen, oder …«

»Fitnesstraining? Welches Fitnesstraining?« Ash sah sich im Laden um. Was meinte Sasha wohl? Dann fiel ihr ein, was sie getan hatte, kurz bevor Sasha angeklopft hatte. *Oh Mist.* Wieder spürte sie, wie sie rot wurde. Sie bedeckte ihr brennendes Gesicht mit den Händen und spähte durch ihre Finger hindurch. »Bitte sag mir, dass du das nicht gesehen hast.«

Sashas Grinsen reichte von einem Ohr zum anderen. »Ich habe es gesehen.« Sie zog Ashs Hände von ihrem Gesicht, wobei sie darauf achtete, keinen Druck auf ihren verletzten Finger auszuüben. »Hey, komm schon. Es war total süß und …«

»Und was? Peinlich?« Bildete sie sich das nur ein oder war jetzt Sasha diejenige, die rot wurde?

»Nein. Süß und, ähm, ziemlich beeindruckend. Ich meine, du hast ausgesehen und geklungen, als würdest du auf eine Bühne gehören, nicht in einen Blumenladen.«

Ash winkte ab. »Gott, bloß nicht. Leo ist das musikalische Genie im Ort. Ich war immer nur Mittelmaß und jetzt bin ich außerdem total aus der Übung. Heutzutage singe ich nur noch unter der Dusche.«

Sasha musterte sie mit einem ihrer eindringlichen Blicke. »Warum hast du es aufgegeben?«

»Das Duschen?« Ash lachte, aber es klang selbst in ihren eigenen Ohren gekünstelt. »Habe ich nicht.«

»Du weißt, was ich meine. Ich habe dich nicht mehr hinter einem Keyboard gesehen, seit du die Schule abgeschlossen hast. Warum hast du die Musik aufgegeben?«

»Du weißt doch, wie das ist, wenn man selbstständig ist«, sagte Ash so beiläufig wie möglich. »Ich habe einfach nicht die Zeit dafür.«

Sasha verschränkte die Arme vor der Brust. »Das ist deine liebste Ausrede für alles, oder?«

Ärger stieg in Ash auf. »Wie bitte?«

»Du hast mich schon verstanden.« Sasha hielt ihrem Blick stand. »Dieselbe Ausrede benutzt du auch, wenn deine Mutter dich fragt, warum du dich nicht mit Männern verabredest.«

»Es ist keine Ausrede. Na ja, es ist schon eine, wenn es um Männer geht, aber nicht, was die Musik angeht. All die Auftritte und das Üben nehmen eine Menge Zeit in Anspruch. Frag Leo, wenn du mir nicht glaubst.«

»Ich rede nicht davon, auf einem so hohen Niveau spielen zu wollen, dass du es beruflich machen könntest. Ich rede einfach nur davon, ab und zu zum Spaß zu spielen.«

Ash trat nach einem Blumenstiel, der zu Boden gefallen war. »Es hat aufgehört, Spaß zu machen, als Leo weggezogen ist. Ohne sie …« Wie konnte sie Sasha erklären, dass es einfach zu schmerzhaft war, Keyboard zu spielen und nicht zu hören, wie sich ihre Noten mit den Klängen von Leos Gitarre mischten? Das konnte sie ihr unmöglich sagen.

Als Ash nicht weitersprach, streckte Sasha die Hand aus und hob sanft Ashs Kinn an, sodass diese ihr in die Augen sehen musste. Sie musterte sie eine Weile, so als würde sie in Ashs Gesicht nach Antworten suchen. Dann klappte ihr Mund auf. »Heilige …! Warum ist mir das bisher nie aufgefallen? Du und Leo …«

»Psst!« Ashs Blick huschte zum Schaufenster, aber natürlich war weit und breit niemand zu sehen.

»Dann stimmt es also?« Sasha presste eine Hand auf ihren Mund und blies Luft durch ihre Finger. »Was Derek vorhin gesagt hat, war also nicht kompletter Unsinn?«

Ashs Magen begann, den Aufstand zu proben. Sie hielt sich mit beiden Händen den Bauch. »Was hat er gesagt?«

»Nichts, was es wert wäre, wiederholt zu werden. Nur irgendeinen dummen Quatsch darüber, warum du früher nicht mit ihm ausgehen wolltest. Vergiss es einfach.« Sasha schüttelte den Kopf, als könnte sie es noch immer nicht fassen. »Das habe ich wirklich nicht kommen sehen.«

»Ich auch nicht«, murmelte Ash.

Sasha neigte den Kopf zur Seite. »Was meinst du damit?«

Mist. Sie hätte den Mund halten sollen, wie sie das seit fünfzehn Jahren getan hatte. Bisher hatte sie nie jemandem erzählt, was am Abend des Abschlussballs vorgefallen war, nicht einmal Holly, als sie ein Paar gewesen waren. Sie nagte an ihrer Unterlippe und zögerte.

»Wenn du lieber nicht darüber sprechen willst, ist das okay. Ich werde versuchen, es wieder zu vergessen. Aber um ehrlich zu sein, wird das nicht so leicht werden. Himmel! Du und Leo? Wow. Jetzt verstehe ich auch, warum sie dir eine Weile aus dem Weg gegangen ist. Ihr habt euch wohl nicht im Guten getrennt.«

»Nein, nein, so war das nicht. Wir waren nie zusammen.«

»Aber hast du nicht eben gesagt …?«

Ash zögerte erneut. Aber nun, da sie bereits angefangen hatten, darüber zu reden, konnte sie Sasha auch genauso gut den Rest erzählen. Sie stellte fest, dass sie ihr vertraute. Sasha würde Wort halten, wenn Ash ihr das Versprechen abnahm, den

Mund zu halten. »Leo und ich waren am Abend des Abschlussballs ein bisschen beschwipst.«

Sasha zuckte mit den Schultern. »So wie fast alle Schüler der Abschlussklasse. Das gehört dazu.«

»Ja, aber ich habe zu viel getrunken, um mich endlich dazu durchzuringen, mit Brandon zu schlafen.«

»Und? Hast du es getan?« Sasha hob beide Hände. »Entschuldige. Das musst du nicht beantworten. Das ist viel zu privat.«

Ein Seufzen entfuhr Ash. Sie nahm eine Nelke und steckte sie in den Kranz. Wenn sie weiterarbeitete, während sie sich unterhielten, musste sie Sasha wenigstens nicht in die Augen sehen. »Schon okay. Ich habe nicht mit ihm geschlafen. Denn wie sich herausgestellte, hat Leo nur deshalb so viel getrunken, um endlich den Mut aufzubringen, mich zu küssen. Und als sie es getan hat, war jeder Gedanke an Brandon schlagartig verschwunden.«

»Das muss ja ein ziemlich toller Kuss gewesen sein.« Sasha klang amüsiert. »Du wirst jetzt noch rot, fünfzehn Jahre später.«

Ach, tatsächlich? Ash berührte ihre Wange mit dem Handrücken. Ja, sie glühte förmlich. »Na ja, im Nachhinein betrachtet war der Kuss sicherlich ziemlich ungeschickt. Ich glaube, ich war das erste Mädchen – die erste Person überhaupt – die Leo je geküsst hat. Aber … Gott, ihre Lippen waren so weich und …«

»Okay, okay. Keine Einzelheiten, bitte. Holly ist wie eine Schwester für mich und das macht Leo zu so etwas wie meiner Schwägerin. Solche Bilder von ihr brauche ich gewiss nicht in meinem Kopf.«

Ash ganz sicher auch nicht. Sie schob eine weitere Nelke zwischen all das Grünzeug.

»Was ist dann passiert?«, fragte Sasha.

»Nichts.«

»Nichts?« Sashas Tonfall war skeptisch.

Ash nickte. »Nichts ist passiert. Ich, ähm, bin davongelaufen. Ich konnte einfach nicht damit umgehen. Ich habe die ganze Nacht kein Auge zugetan und als Leo am nächsten Morgen zu mir gekommen ist …«

»Folgten noch ein paar heiße Küsse?«, fragte Sasha mit einem Funkeln in den Augen.

»Nein. Ich habe ihr gesagt, dass ich heterosexuell bin, und als sie gefragt hat, warum ich ihren Kuss dann erwidert habe, habe ich es auf den Alkohol geschoben.

Ich habe ihr gesagt, dass der Kuss mir nichts bedeutet hat. Am nächsten Tag ist sie nach New York gegangen.«

»Autsch«, murmelte Sasha.

»Ja, ich weiß. Ich habe mir seither so oft gewünscht, es wiedergutmachen zu können, aber wie hätte ich das tun sollen? Als ich endlich den Mut aufgebracht hatte, mit ihr zu reden, war sie längst ein Superstar und ich hätte wie einer ihrer Groupies gewirkt.«

»Aber jetzt, wo sie wieder in Fair Oaks lebt, da hast du doch mal mit ihr geredet, oder?«

Ash schob einen Holzspieß in den Kranz, an dem eine Schleife befestigt war, und fuhr mit den Fingern über das seidenweiche Material. »Ja, schon.« Auf keinen Fall würde sie Sasha erzählen, dass sie so dämlich gewesen war, Leo um ein Date zu bitten. Für heute hatte sie sich genug blamiert.

»Dann habt ihr also alles zwischen euch geklärt?«, fragte Sasha.

Ash zögerte. Leo hatte zugestimmt, die Vergangenheit ruhen zu lassen, aber vielleicht hatte sie das nur Holly zuliebe getan, nicht weil sie Ash vergeben hatte. »Ich weiß nicht. Ich glaube schon. Ich meine, sie haben mich zu ihrer Hochzeit eingeladen und ich soll sogar die Blumendeko machen, von daher vermute ich …«

»Du vermutest es? Glaubst du nicht, du solltest es mit Sicherheit wissen? Du solltest mit ihr reden, Ash.«

Es war das erste Mal, dass Sasha sie nicht Ashley genannt hatte, und es lenkte sie so sehr ab, dass sie nicht einmal in Abwehrhaltung ging. »Ich weiß. Das werde ich. Irgendwann.«

Sasha betrachtete sie noch einen Moment lang. »Okay.«

Ash atmete auf, als Sasha sie nicht unter Druck setzte, sondern ihre Antwort einfach zu akzeptieren schien.

»Bist du fertig?«, fragte Sasha.

»Mit Leo? Ja, absolut.« Zwar hatte sie Leo um ein Date gebeten, aber um ehrlich zu sein, hatte sie keine Ahnung, was sie getan hätte, wenn Leo Ja gesagt hätte. Sie war nicht bereit, sich zu outen, auch wenn sie das einen verrückten Moment lang angenommen hatte. »Außerdem wird sie Holly heiraten, falls du das vergessen haben solltest.«

Sasha lächelte. »Eigentlich meinte ich nicht Leo. Ich habe von dem Kranz gesprochen.«

»Oh.« Ash zupfte an der Schleife herum. »Äh, ja, damit bin ich fertig.«

»Dann lass uns gehen. Es ist schon spät.«

»Ich muss erst noch den Kranz in die Kühlung bringen und hier klar Schiff machen«, sagte Ash.

Sashas Blick streifte umher. »Du bringst den Kranz in den Kühlraum und machst, was du sonst noch machen musst, während ich hier aufräume.«

»Das brauchst du nicht.«

»Ich weiß.« Sasha richtete sich auf und stieß sich vom Verkaufstresen ab. »Komm. Zeig mir, wo du den Besen aufbewahrst, damit wir beide nach Hause gehen können.«

Ash gab ihren Widerstand auf und drückte ihr den Besen in die Hand. »Danke.«

Sie arbeiteten zusammen, als hätten sie seit Jahren nichts anderes getan. Während Ash den Kranz zum Kühlraum brachte und das Wasser der Schnittblumen erneuerte, fegte Sasha den Laden, wischte den Tresen und den Arbeitstisch mit einem feuchten Tuch ab und desinfizierte sogar das Messer und die anderen Hilfsmittel.

»Wenn du es je satt haben solltest, um vier Uhr früh aufzustehen, lass es mich wissen«, sagte Ash. »Ich würde dich sofort einstellen.«

»Nein, danke.« Sasha wackelte grinsend mit den Fingern. »Deine Arbeitsgeräte sind sogar noch schärfer als meine und mir ist es wichtig, dass alle meine Finger funktionstüchtig sind.«

Nein, nein, nein. Denk nicht darüber nach. Denk an Steuern, Zahnarztbesuche und einen Haufen Hundekacke. Doch selbst das hielt sie nicht davon ab, sich vorzustellen, was Sashas geschickte Finger wohl so alles anstellen konnten. Sie zwang sich, den Blick von Sashas Händen abzuwenden.

Sasha stellte den Besen zurück an seinen Platz. »Bist du so weit?«

»Oh ja. Ich meine, ja. Meine Arbeit ist getan.« Ash nahm die Schlüssel und den Mülleimer, den sie auf dem Weg zum Auto leeren wollte.

Wieder einmal ließ Sasha ihre Hand auf Ashs Rücken ruhen, als sie zur Tür gingen.

Inzwischen war es ein vertrautes Gefühl, aber das änderte nichts daran, dass ihr ganzer Körper jedes Mal zu kribbeln begann, wenn Sasha sie auf diese Weise berührte.

Während Ash die Tür abschloss und den Müll zum Container brachte, wartete Sasha geduldig neben ihr und begleitete sie dann zu ihrem Auto, das wenige Schritte entfernt parkte.

Als Ash den Knopf auf ihrem Schlüssel drückte, leuchteten die Blinker auf und tauchten Sashas große, breitschultrige Gestalt für einen Moment lang in ein gelbliches Licht. Sie sah aus wie ein Bodyguard, der über die Person wachte, die er beschützen sollte.

Ash öffnete die Fahrertür, doch statt einzusteigen, wandte sie sich Sasha zu. »Soll ich dich nach Hause fahren?«

»Ach was.« Sasha winkte ab. »Sind ja nur ein paar Meter. Zu Fuß zu gehen, wird mir guttun. Oh, apropos zu Fuß gehen, genau das wollte ich dich vorhin fragen, bevor du mich mit der Sache zwischen dir und Leo völlig aus dem Konzept gebracht hast. Willst du morgen mit in den Park kommen? Wir beide, Casper und Snickerdoodle könnten einen schönen, langen Spaziergang machen. Oh, warte, Casper ist morgen früh noch bei deinen Eltern, oder?«

Ash zögerte. Sie hätte einfach bestätigen sollen, dass Casper nicht zu Hause sein würde. Wenn sie sich nur alle paar Wochen einmal mit Sasha traf, würden die Leute hoffentlich nicht darüber tratschen, wie viel Zeit sie zusammen verbrachten. Aber der Gedanke daran, Seite an Seite mit Sasha durch den Park zu schlendern und zuzusehen, wie sie mit dem winzigen Hund ihrer Tante umging, war einfach zu verlockend. Heute Abend hatte sie es bereits versäumt, Zeit mit ihren Freunden zu verbringen, da wollte sie nicht auch noch einen angenehmen Sonntagmorgen mit Sasha verpassen. »Meine Eltern bringen ihn mir morgen vorbei, bevor sie in die Kirche gehen. Ein langer Spaziergang ist sicher eine gute Idee. Er muss auch ein paar Kalorien verbrennen, wenn du ihn weiterhin mit Leckerlis versorgst.«

Ein breites Grinsen ließ Sashas Zähne im Licht der Straßenlaterne aufleuchten. »Prima. Sollen wir uns um neun an der Brücke treffen?«

»Lieber um halb zehn. Meine Eltern bringen mir Casper erst um neun vorbei.«

»Klar«, sagte Sasha. »Halb zehn klingt gut.«

Ash verlagerte ihr Gewicht von einem Bein aufs andere. Ihr Blick huschte zwischen ihrem Wagen und Sasha hin und her. *Komm schon. Steig ein. Es wird langsam spät.* Aber stattdessen stand sie da wie angewurzelt.

Sasha rührte sich als Erste. Sie trat näher und beugte sich zu Ash herab.

Ashs Puls trommelte in ihren Ohren. Sie konnte kaum atmen. Würde Sasha etwa …?

Dann legte Sasha ihre langen Arme um sie.

Eine Umarmung. Nur eine Umarmung. Mehr hatte Ash auch nicht erwartet oder erhofft. Nein, keine Sekunde lang hatte sie an mehr gedacht. Ihre Augen fielen zu. Gott, es war unglaublich, welche Wärme von Sasha ausging und wie gut sich ihr hochgewachsener Körper anfühlte. Ab und zu hatte sie sich vorgestellt, wie es wohl sein mochte, von Sasha umarmt zu werden, aber das hier übertraf ihr Vorstellungsvermögen bei weitem.

Sasha drückte sie sanft und ließ dann los.

Rasch öffnete Ash die Augen und setzte einen gleichgültigen Gesichtsausdruck auf, so als würde sie dreimal täglich von attraktiven, frauenliebenden Frauen umarmt.

»Gute Nacht«, sagte Sasha. »Fahr vorsichtig.«

»Mach ich. Dann bis morgen.« Ash stieg ein und schloss die Autotür zwischen ihnen. Nun, da sie hinter dieser Barriere in Sicherheit war, atmete sie auf. Noch vor wenigen Minuten hatte ein Sonntagsspaziergang mit Sasha nach einer guten Idee geklungen, aber jetzt war sie sich nicht mehr so sicher.

Vielleicht sollte sie Sasha morgen anrufen und behaupten, ihr sei etwas dazwischengekommen.

Aber Sasha würde sie durchschauen. Vorhin hatte sie Ash bereits mit ihren Ausreden konfrontiert. Nein, jetzt gab es kein Zurück mehr. Ash wusste nicht, ob sie überhaupt absagen wollte, und das war noch viel beängstigender.

Sie startete den Motor. Ohne sich einen Blick über die Schulter zu gestatten, um zu sehen, ob Sasha noch am Straßenrand stand, gab sie Gas und fuhr ein wenig zu schnell die Straße hinab.

Kapitel 9

Sasha war zu früh dran. Viel zu früh. Obwohl sie ihre langen Schritte an Snickerdoodles kurze Beine anpassen musste, war es noch nicht einmal Viertel nach neun am Sonntagmorgen, als sie sich dem Park näherten.

Zu Hause war ihr langweilig geworden und selbst die sonst so interessanten Fotos anderer Bäcker auf Instagram hatten sie nicht fesseln können.

Ja, klar. Dir ist langweilig. Dabei hast du ungefähr zwei Dutzend ungelesener Bücher auf dem Nachttisch, eine halbe Staffel von Killing Eve, *die du noch nicht gesehen hast, und langsam solltest du dir auch Gedanken darüber machen, wie du die Ostercupcakes dekorieren willst.*

Wenn sie ehrlich war, musste sie zugeben, dass sie sich auf den Spaziergang mit Ashley freute und nur deshalb viel zu früh losgegangen war. Es war doch nichts dabei, sich auf ein Treffen mit einer Freundin zu freuen, oder?

Sasha schmunzelte vor sich hin. Insbesondere, wenn die betreffende Freundin auch was fürs Auge war und es überraschend viel Spaß machte, Zeit mit ihr zu verbringen.

Als der Pfad eine Kurve beschrieb und die Brücke vor ihr auftauchte, konnte Sasha eine einsame Gestalt ausmachen, die gegen das Geländer gelehnt stand.

Ashley. Sasha brauchte ihr Gesicht nicht zu sehen, um sie sofort zu erkennen. Der Hund, der zu ihren Füßen saß, war ebenfalls ein eindeutiges Erkennungszeichen.

Hatte sich Ashley ebenfalls auf das Treffen gefreut und war sie deshalb sofort aufgebrochen, sobald ihre Eltern den Hund bei ihr abgeliefert hatten?

Ashley stand mit dem Rücken zu Sasha. Sie hatte die Ellbogen auf das Geländer gestützt und den Kopf in den Nacken gelegt, sodass die Sonnenstrahlen ihr das Gesicht wärmen konnten. Diesmal waren ihre langen Haare nicht zu einem Pferdeschwanz zusammengebunden. Der Wind wehte durch die blonden Strähnen und verlieh ihr ein unbeschwertes Aussehen. Sasha wusste, dass Ashleys Haar im Sommer die Farbe von Weizen annehmen würde, doch im Moment glänzte es wie feinster Wildblumenhonig.

Oh bitte! Jetzt verglich sie Ashleys Haare schon mit Honig. Das war schnulziger als die Texte von Leos Liebesliedern. So langsam sollte sie diese alberne Schwärmerei aus Teenagertagen doch überwunden haben.

Ihr Blick ging immer wieder zu Ashleys Haaren. Ob diese sich wohl so weich und seidig anfühlen würden, wie sie aussahen, wenn sie ihre Finger darin vergrub und Ashley näher zog, um …?

Das reicht jetzt aber! Sie schob ihre Hände in die Jackentaschen. Eine Beziehung kam für sie im Moment nicht infrage, schon gar nicht mit einer Frau, die nicht zu ihrer sexuellen Orientierung stand. Selbst wenn diese Frau verdammt süß in ihren pinkfarbenen Tennisschuhen und einer hautengen Jeans aussah, die ihre langen Beine und ihre kurvigen Hüften betonte.

Casper war jetzt auf sie aufmerksam geworden. Er bellte und zerrte an der Leine.

Ashley richtete sich auf und drehte sich um. Ein Lächeln huschte über ihr Gesicht und diesmal hatte Sasha das Gefühl, dass es mehr war als nur ihr freundliches Lächeln, das sie aus Gewohnheit jedem schenkte. Dieses Lächeln kam von Herzen.

»Guten Morgen.« Sasha betrat die Brücke und ging auf sie zu.

»Morgen«, antwortete Ashley.

Snickerdoodle und Casper zogen mit aufgeregtem Winseln an ihren Leinen, um schneller zueinander zu gelangen.

Da Sasha wusste, wie empfindlich Hals und Rückgrat einer französischen Bulldogge waren, ließ sie die Leine locker.

Die Hunde begrüßten sich, indem sie einander schwanzwedelnd das Maul leckten und das Hinterteil beschnüffelten.

Wenn es für sie und Ashley doch nur auch so einfach gewesen wäre. Die Vorstellung, wie sie Ashleys Gesicht ableckte und ihren Hintern beschnüffelte, brachte Sasha zum Lachen. Sie blieb vor Ashley stehen, ohne so recht zu wissen, wie sie ihre neue Freundin begrüßen sollte. Die Erinnerung an gestern Abend war in jede Zelle ihres Körpers eingebrannt. Ashleys Körper hatte sich an ihren geschmiegt wie köstliche Schokoglasur an eine Torte.

Doch jetzt verriet Ashleys Körpersprache ihr Zögern. Sie wirkte, als würde sie sich lieber nackt und in Honig getaucht auf einen Ameisenhügel binden lassen, als in aller Öffentlichkeit umarmt zu werden.

Die Worte *nackt* und *in Honig getaucht* lösten in Sashas Kopf eine nicht ganz jugendfreie Diashow aus. Ein Hauch von Opium, Ashleys Parfüm, das der Wind zu ihr herüberwehte, half auch nicht gerade dabei, diese sinnlichen Bilder loszuwerden.

Vielleicht war es gut, dass die Hunde ihr Begrüßungsritual aufführten und eine Barriere zwischen ihnen bildeten.

Ashley kam zögernd näher und streifte Sashas Unterarm mit den Fingerspitzen. »Hey. Du bist früh dran.«

»Du auch.« Sasha bückte sich, um Casper zu streicheln, der sich sofort auf den Rücken rollte und ihr den Bauch darbot, während Ashley sich hinkniete, um Snickerdoodle zu begrüßen.

Da die Hunde sich aufführten wie Geschwister, die sich lange nicht gesehen hatten, waren auch Sasha und Ashley praktisch aneinandergeleint und ihre Gesichter nur eine Handbreit voneinander entfernt.

Rasch sprang Ashley auf. »Ähm, sollen wir losgehen?« Sie deutete auf den Pfad, der am Bach entlangführte.

Sasha nickte und folgte ihr über die Brücke. Okay, sie musste diese jugendliche Schwärmerei für Ashley endlich in den Griff bekommen. Sich mit ihr einzulassen, war keine gute Idee. Beim ersten Anzeichen von Schwierigkeiten würde Ashley tun, was Sashas Mutter getan hatte: Sie würde davonlaufen, so schnell sie nur konnte. Einmal zurückgelassen zu werden, war mehr als genug.

»Ich glaube, das ist die Stelle.« Ashley deutete zu einem großen, flachen Felsen am Rand des Bachs.

»Welche Stelle?« Hatte sie irgendetwas verpasst?

»Leos und Hollys Lieblingsstelle«, sagte Ashley. »Dort, wo sie ihre Trauung abhalten wollen.«

Sasha schloss zu ihr auf, damit sie sich unterhalten konnten. »Ach so. Woher weißt du das?«

Ein zartes Pink überzog Ashleys Gesicht. »Ähm, ich habe sie einmal hier gesehen.«

Was hatten die beiden getan, das Ashley nun derart erröten ließ? Hatten sie sich am Ufer geküsst? »Ist das seltsam für dich? Sie miteinander zu sehen, meine ich.«

»Anfangs schon, aber inzwischen bin ich darüber hinweg. Sie passen so gut zusammen. Viel besser, als ich je zu einer der beiden gepasst hätte.« Eine Spur von Traurigkeit lag in Ashleys Ton. »Aber egal. Hier und dort könnten sie Klappstühle aufstellen, die praktisch einen Gang bilden, der auf den Felsen zuführt, wo sie dann ihr Eheversprechen austauschen.« Sie beschrieb die Form der Stuhlreihen mit den Händen. »Vielleicht sollten sie die Trauung kurz vor Sonnenuntergang durchführen. Die Strahlen der untergehenden Sonne würden sich im Wasser spiegeln und den Fluss wie aus Bronze gegossen aussehen lassen. Wär das nicht nett?«

Sasha musste lächeln. Ashley Gaines war also romantisch. Wer hätte das gedacht?

»Was ist?«, fragte Ashley. »Warum lächelst du?«

»Kann ich nicht einfach einen friedlichen Sonntagmorgenspaziergang mit einer …« Sasha hielt inne, bevor sie *wunderschönen Frau* sagen konnte.

Ashley sah sie fragend an.

»Mit einer Freundin an meiner Seite genießen«, beendete Sasha ihren Satz.

Das brachte ihr nicht das Erröten ein, das ihr ursprünglicher Satz sicher ausgelöst hätte, aber das schüchterne Lächeln auf Ashleys Lippen war sogar noch besser.

Sasha wusste nicht, wie lange sie an Hollys und Leos Lieblingsstelle standen und einander anlächelten.

Das Knirschen von Kies auf dem Pfad unterbrach ihren Blickkontakt.

Als Sasha sich umdrehte, sah sie Holly und Leo auf sie zujoggen. Obwohl Leo längere Beine hatte, waren ihre Schritte völlig im Einklang.

»Guten Morgen«, sagte Holly, als sie vor ihnen stehen blieb. »Ihr klaut doch nicht unsere Lieblingsstelle, oder?«

Jetzt wurde Ashley tatsächlich rot. »Nein, nein, wir wollten nur …«

Holly lachte. »Das war nur ein Witz, Ash.« Sie umarmte Ashley kurz und gab Leo einen auffordernden Stups, damit diese es ihr gleichtat, während sie Sasha umarmte.

Über Hollys Kopf hinweg beobachtete Sasha Leo und Ashley. Nachdem sie nun wusste, dass die beiden sich am Abend des Abschlussballs geküsst hatten, sah sie ihre Interaktion in einem völlig neuen Licht. Sie gaben ein attraktives Paar ab, aber irgendwie konnte sie sich trotzdem nicht vorstellen, dass sie miteinander glücklich geworden wären. Genauso wenig konnte sie sich Ashley mit Holly vorstellen.

Nachdem sich alle begrüßt und auch die Hunde ausgiebig gestreichelt worden waren, deutete Holly zum Bach. »Also, was macht ihr hier? Ihr arbeitet doch nicht etwa an diesem wunderschönen Sonntagmorgen, oder?«

Arbeiten? Wie konnte ihr entspannter Spaziergang für Arbeit gehalten werden? »Wie meinst du das?«, fragte Sasha.

Holly schlang einen Arm um Leo und zog sie näher, bis ihre Körper sich von der Schulter bis zur Hüfte berührten.

Ashley beobachtete die beiden mit ruhiger Miene, doch durch ihre Augen huschte ein schneller Wechsel von Emotionen, wie Wolken, die an einem windigen Tag über den Himmel getrieben wurden. Es war nicht direkt Eifersucht, doch Sasha spürte, dass sie an etwas zu knabbern hatte.

Wow. Wann war sie so gut darin geworden, Ashleys Gemütszustand zu deuten?

»Seht ihr euch die Stelle an, um die Blumendeko und die anderen Details für die Trauung planen zu können?«, fragte Holly.

Bisher hatten sie nicht über Blumen gesprochen, aber Sasha war sich nicht sicher, ob es Ashley etwas ausmachen würde, wenn ihre Freundinnen erführen, dass Ashley und sie begonnen hatten, Zeit miteinander zu verbringen, ohne dass der Rest ihrer Gruppe dabei war. Sie biss sich auf die Lippe und überließ es Ashley zu antworten.

»Äh, ja, das auch«, sagte Ashley schließlich.

Gott, sie hatte wirklich ein Talent dafür, nicht die volle Wahrheit zu sagen, ohne wirklich zu lügen. Auf diese Weise verleugnet zu werden, hinterließ einen bitteren Nachgeschmack in Sashas Mund. Sie konnte sich lebhaft vorstellen, wie Holly sich gefühlt haben musste, als Ashley ihre Beziehung geheim gehalten hatte.

Das Leder von Caspers Leine knarrte, als Ashley sie viel zu fest umklammerte. Dann fügte sie hinzu: »Aber in erster Linie bin ich nur hier, um einen friedlichen Sonntagmorgenspaziergang mit einer Freundin zu genießen.«

Der bittere Geschmack in Sashas Mund verschwand, als hätte er nie existiert. Sie spürte, wie sie viel zu übertrieben grinste für eine so simple Aussage, doch sie wusste, dass es für Ashley weder simpel noch einfach gewesen war.

»Tja, dann …« Holly und Leo tauschten einen Blick. Offenbar wussten sie beide nicht, was sie dazu sagen sollten.

»Wir sollten lieber weiterlaufen, bevor unsere Muskeln auskühlen«, sagte Leo schließlich.

»Bist du später in der Backstube, Sasha?«, fragte Holly. »Wir kommen vielleicht vorbei, wenn das Gerede unserer Mütter über die beste Vorspeise, Hochzeitskleider und Tischkarten uns zu viel wird.«

»Ja, ihr könnt jederzeit vorbeikommen, wenn ihr eine hochzeitsfreie Zone benötigt. Wir sind da.«

Holly warf ihr einen Blick zu, den Sasha nicht deuten konnte. Dann winkte sie und die beiden verschwanden um eine Biegung im Pfad.

»Habe ich etwas Falsches gesagt?«, wunderte sich Sasha.

»Du hast *wir* gesagt«, murmelte Ashley.

Sasha wiederholte in Gedanken ihre Worte. »Oh. Das war keine Absicht. Ich dachte nur, vielleicht willst du noch mit zur Bäckerei kommen und die Kalorien wieder auffüllen, die wir verbraucht haben.«

»Ach, sämtliche zwanzig?« Ashleys nougatfarbene Augen funkelten neckisch.

Nun, da sie wieder allein waren, schien sie viel entspannter zu sein.

Sasha lachte. »Ja. Also, willst du mitkommen?«

»Was ist mit Casper?« Ashley deutete auf den Hund, der gerade an einem Büschel Gras schnüffelte. »Er darf nicht mit in die Backstube.«

»Er kann mit Snickerdoodle bei meiner Tante bleiben, bis du zu deinen Eltern fährst.«

Ashley sah zwischen Sasha und dem Hund hin und her. Eine Falte grub sich zwischen ihren Augenbrauen ein. »Bist du sicher, dass es Mae nichts ausmacht? Casper ist nicht gerade winzig, so wie Snickerdoodle.«

»Es macht ihr garantiert nichts aus.« Sasha lachte. »Allerdings kann es passieren, dass sie Casper nicht mehr herausrücken will.«

»Gut, dann lass uns gehen. Aber eines sage ich dir gleich: Wenn meine Mutter sich beschwert, dass ich beim Mittagessen keinen Appetit mehr habe, dann verweise ich sie an dich.«

Würde sie das wirklich tun, fragte sich Sasha, als sie sich auf den Weg zur Bäckerei machten. Würde sie ihren Eltern erzählen, wo und mit wem sie den Vormittag verbracht hatte, oder würde sie es beim Mittagessen sorgsam vermeiden, Sashas Namen zu erwähnen?

Sasha hatte das Gefühl, dass Letzteres der Fall sein würde. Aber vielleicht würde Ashley sie überraschen, so wie eben, als sie Holly und Leo gesagt hatte, sie sei hier, um einen Spaziergang mit einer Freundin zu genießen.

Sie waren noch keine fünf Schritte weit gekommen, als ihnen schon wieder eine Person entgegenkam, die scheinbar auch einen Sonntagsspaziergang machte.

Es war Regina Beasley, eine von Ashs Stammkundinnen, die ihren kläffenden Chihuahua an der Leine führte.

In ihrem schwarzen Wollmantel und dem langen, schwarzen Rock wirkte die ältere Frau, als wäre sie unterwegs zum Gottesdienst. Aber vielleicht hatte ihre schwarze Kleidung auch eher damit zu tun, dass ihrem Mann das einzige Bestattungsinstitut im Ort gehörte, oder es war einfach nur ein Ausdruck von Mrs. Beasleys Laune. Ihre Mundwinkel deuteten nach unten, als hätte sie gerade in etwas Saures gebissen.

Casper lief schwanzwedelnd auf den Chihuahua zu, doch das Hündchen bellte so heftig, dass die pinkfarbene Schleife in seinem Fell hin und her wippte. Nach kurzem Zögern trat Casper den Rückzug an.

Snickerdoodle ließ sich unbeeindruckt auf einem Grasbüschel nieder und ignorierte das Gekläffe.

»Habt ihr schon das Neueste von den beiden gehört?«, fragte Mrs. Beasley, ohne sich mit einem »guten Morgen« aufzuhalten. Sie deutete den Pfad hinab.

»Ähm, von wem genau?«, fragte Ashley.

»Leontyne Blake und Holly Drummond. Sie haben vor zu heiraten.«

Ash nickte vorsichtig. »Ja, davon habe ich gehört.«

»Ich schätze, inzwischen weiß es jeder.« Mrs. Beasley schnalzte geringschätzig mit der Zunge. »Ich weiß wirklich nicht, warum sie es für nötig halten, jeden mit der Nase auf ihren Lebensstil zu stoßen. Versteh mich nicht falsch. Ich habe nichts gegen Homosexuelle.«

Ash biss sich auf die Innenseite ihrer Wange, um sich eine Antwort zu verkneifen. Sie konnte es sich nicht leisten, die Ehefrau ihres wichtigsten Kunden zu verärgern.

»Oh nein, natürlich nicht.« Sashas Ton triefte vor Sarkasmus.

Ash bewunderte sie dafür, wie furchtlos sie sich mit Mrs. Beasley anlegte, doch gleichzeitig hoffte sie inständig, dass Sasha es sein lassen würde. Sie kämpfte gegen den Drang an, Sashas Arm zu nehmen und sie hinter sich herzuziehen, weg von dieser nutzlosen Diskussion.

Mrs. Beasley bedachte Sasha mit einem eisigen Blick. »Einer meiner Neffen hat diese Neigung und ich habe ihm dennoch mit den Gebühren für sein Studium geholfen. Ich verstehe nur nicht, warum man seine Privatangelegenheiten derart zur Schau stellen muss.«

»Zur Schau stellen?«, wiederholte Sasha. »Wenn für Sie eine Hochzeit eine Zurschaustellung des eigenen Lebensstils ist, warum haben Sie dann geheiratet?«

»Das ist ja wohl kaum dasselbe! Es ist schließlich nicht so, als könnten die beiden eine Familie gründen und Kinder bekommen.«

»Doch, das könnten sie, wenn sie das wollten«, antwortete Sasha ruhig. »Aber vermutlich halten Sie das auch für falsch.«

»Ach, du etwa nicht?« Mrs. Beasley wirkte aufrichtig verblüfft. Sie sah von Sasha zu Ash. »Sagt nicht, ihr helft sogar bei dieser Hochzeit mit!«

Ash nahm all ihren Mut zusammen und zwang sich, ihr in die Augen zu sehen. Sasha an ihrer Seite zu haben, half dabei. »Das ist Teil unseres Berufs, Mrs. Beasley. Wir können nicht einfach zahlende Kundschaft zurückweisen.«

»Dann machst du also die Brautsträuße für diese … diese Hochzeit? Bist du sicher, dass das eine gute Idee ist, meine Liebe?« Mrs. Beasley bedachte sie mit einem besorgten Blick. »Hast du keine Angst, dass es deinem Geschäft schaden könnte?«

»W-warum sollte es meinem Geschäft schaden?« Ash kam ins Stottern. »Ich werde sagen können, dass ich die Blumen für Jenna Blakes Hochzeit gemacht habe. Das wird mir sicher jede Menge Kunden von außerhalb einbringen. Die Leute werden gern von sich behaupten können, sie hätten dieselbe Floristin engagiert wie ein berühmter Popstar.«

»Das mag sein, aber sobald sich das gelegt hat, bist du wieder auf einheimische Kundschaft angewiesen und ich kann mir beim besten Willen nicht vorstellen, dass irgendjemand in Fair Oaks eine solche Feier begrüßen wird. Sie bestellen ihre Blumen sicher lieber bei einer Floristin, die traditionelle Werte unterstützt.«

Ashs Mund war plötzlich staubtrocken. Drohte Mrs. Beasley ihr etwa? Genügend Einfluss, eine Drohung wahr zu machen, hatte sie auf jeden Fall. Ihrem Ehemann gehörte nicht nur das einzige Bestattungsinstitut in Fair Oaks, sondern sie war außerdem die Vorsitzende des Vereins zur Verschönerung des Orts und leitete einen Bibelkreis und eine Handarbeitsgruppe. In Fair Oaks geschah nichts, ohne dass Mrs. Beasley davon erfuhr. Wenn sie ihren Ehemann und ihre Freundinnen dazu brachte, Ashs Blumenladen zu boykottieren, würde Ash in ernsthaften Schwierigkeiten stecken.

»Wir beide sind die eifrigsten Unterstützerinnen traditioneller Werte, die Sie sich nur vorstellen können«, sagte Sasha, noch bevor Ash ihre Stimmbänder dazu bringen konnte, wieder zu funktionieren.

Ash hoffte, sie würde es dabei bewenden lassen, aber inzwischen kannte sie Sasha gut genug, um zu wissen, dass sie weitersprechen würde.

Ein erfreutes Lächeln glitt über Mrs. Beasleys Gesicht.

»Ich meine, zwei Menschen, die sich lieben und den Rest ihres Lebens gemeinsam verbringen möchten«, fuhr Sasha fort. »Viel traditioneller geht es doch nicht, oder?«

Mrs. Beasleys Lächeln verschwand so rasch wie Kreide, die von einer Tafel gewischt wurde. »Nun ja, man kann es dir nicht übelnehmen, dass du so denkst, schließlich bist du ohne Mutter aufgewachsen. Es ist nicht deine Schuld, dass dich niemand mit traditionellen Familienwerten vertraut gemacht hat.«

Sasha taumelte zurück, als hätte Mrs. Beasley sie mit der riesigen Handtasche geschlagen, die über ihrer Schulter hing.

Ashs Mund klappte auf. Sie konnte nicht glauben, dass Mrs. Beasley das wirklich gesagt hatte. Sie hob den Arm und wollte ihn um Sasha legen, doch unter Mrs. Beasleys achtsamem Blick, wagte sie es nicht und senkte ihren Arm wieder.

Sasha richtete sich zu ihren vollen eins fünfundachtzig auf und starrte auf die ältere Frau hinab. »Ich kann Ihnen versichern, dass mein Vater und meine Tante mich sehr wohl mit traditionellen Werten vertraut gemacht haben. Unter anderem haben sie mir beigebracht, niemals gemein zu anderen zu sein oder hinter ihrem Rücken über sie zu tratschen.«

Mrs. Beasleys Mund bewegte sich, aber es kamen keine Worte heraus. Sie sah aus wie ein Fisch, den man aus dem Wasser gezogen hatte. Es hätte womöglich komisch gewirkt, wäre die Situation nicht so angespannt gewesen. »Ich kann nicht glauben, dass ich jemals eine hohe Meinung von dir hatte. Komm, Prinzessin.« Sie zog an der Leine und marschierte mit dem Chihuahua an ihnen vorbei.

Oh Mist. Ash starrte ihr hinterher. Das war nicht gut. Gar nicht gut.

Casper winselte, drückte sich gegen ihr Bein und versuchte, ihre Hand zu lecken.

Sie vergrub die Finger in seinem Fell und wandte sich dann Sasha zu, die Mrs. Beasley ebenfalls nachsah. »Alles in Ordnung bei dir?«

»Ja. Ich nehme mir nicht zu Herzen, was gemeine alte Schachteln wie die über mich sagen. Na ja, ich versuche es zumindest.« Sasha kniff die Augen zusammen und machte einen Schritt auf sie zu. »Aber ist bei dir auch alles in Ordnung? Du zitterst am ganzen Körper.«

Ash schlang die Arme um sich und versuchte, ihre Gefühle in den Griff zu bekommen, aber sie konnte das Zittern nicht unterdrücken.

»Hey.« Sasha schlang einen Arm um sie und zog sie an sich.

Ihre Wärme durchdrang Ashs Mantel und sie lehnte sich gegen Sasha, ohne groß darüber nachzudenken.

»Lass nicht zu, dass sie uns den Tag verdirbt, okay?« Sasha legte auch den anderen Arm um sie. Ihr Atem kräuselte die Haare entlang Ashs Scheitel, was sie erneut zittern ließ, diesmal aus ganz anderem Grund.

Ash seufzte. »Das ist leichter gesagt als getan. Das Bestattungsinstitut ist einer meiner wichtigsten Kunden. Wenn sie ihren Mann überredet, in Zukunft mit einem anderen Blumenladen zusammenzuarbeiten …« Sie sah aus wenigen Zentimetern Entfernung hinauf in Sashas Augen. »Sie könnte meinem Laden wirklich schaden. Und der Bäckerei auch.«

»Mach dir keine Sorgen. Das stehen wir durch.« Sasha ließ die Hände auf Ashs Hüften ruhen und drückte sie sanft. »Die meisten Einheimischen werden ihre Blumen und ihre Backwaren nach wie vor bei uns kaufen, egal, was Mrs. Beasley sagt.«

Trotz der angenehmen Gefühle, die Sashas Nähe auslöste, konnte Ash nicht aufhören, sich zu sorgen. »Woher willst du das wissen? Im Gegensatz zu Mrs. Beasley behalten die meisten Leute ihre Vorurteile für sich. Man weiß also nie so genau, wie viele ihre Meinung teilen. Wie viele von den Leuten, die wir seit unserer Kindheit kennen, würden uns die kalte Schulter zeigen, wenn sie wüssten, dass wir nicht heterosexuell sind?«

»Tja, du wirst es nie herausfinden, wenn du dich nicht outest.«

»Ich will es gar nicht herausfinden.« Ashs Zittern verstärkte sich.

Sasha hielt sie ein wenig fester. »Es geht nicht nur um deinen Laden, oder? Wovor hast du solche Angst?«

Ash ließ die Stirn an Sashas starker Schulter ruhen. Am liebsten wäre sie für den Rest des Tages in Sashas Armen geblieben, aber sie zwang sich, zurückzuweichen, denn sicher würde es nicht lange dauern, bis ein weiterer Einheimischer des Weges kam. »Ich möchte im Moment nicht darüber reden. Können wir einfach gehen und Kuchen essen?«

Sasha schob ihre Hände in ihre Manteltaschen, als würden sich diese viel zu leer anfühlen, nun, da sie Ash nicht mehr berührte. »Dann lass uns Kuchen essen.« Sie führte Ash in Richtung der Bäckerei. »Aber du weißt schon, dass du jederzeit mit mir reden kannst, oder?«

Ash konnte sich nicht vorstellen, dass sie jemals über ihre Ängste vor einem Coming-out würde reden wollen. Dennoch nickte sie. Falls sie je mit jemandem darüber reden würde, dann vermutlich mit Sasha.

Wow. Wie war das plötzlich passiert? Sie wohnten schon ihr ganzes Leben in derselben Kleinstadt und hatten nie wirklich miteinander geredet. Und nun das.

»Komm schon, nicht trödeln.« Sasha war schneller gegangen und hatte nun mehrere Meter Vorsprung. »Wer zuerst an der Bäckerei ist, bekommt das letzte Stück Orangenkäsekuchen.«

Ash rannte los und Casper folgte ihr sofort, weil er das Ganze für ein tolles, neues Spiel hielt.

»Hey, das ist nicht fair«, rief Sasha, als sie an ihr vorbeirannten. »Snickerdoodle ist eine Bulldogge, kein Rennpferd!«

»Im Spiel und in …« Ash unterbrach sich. »Im Kampf um Käsekuchen ist alles erlaubt.«

»Ach ja? Dann pass mal auf!« Sasha nahm Snickerdoodle auf den Arm und rannte mit ihr an Ash vorbei.

Bellend nahm Casper die Verfolgung auf und zog Ash hinter sich her.

Ash lief, so schnell sie konnte, aber sie wusste, egal, wie schnell sie war, sie würde ihren Ängsten dennoch nicht entkommen können.

Nach der Auseinandersetzung mit Mrs. Beasley hatte Ash eigentlich gedacht, ihr Tag könnte nicht mehr schlimmer werden. Diese Theorie wurde widerlegt, als ihre Mutter ihren Schweinebraten auf dem Teller herumschob, ohne auch nur einen Bissen davon zu essen.

Schließlich legte sie die Gabel beiseite und sah zu Ash, die mühsam schluckte, weil sie spürte, dass etwas Unangenehmes im Anmarsch war. »Wir haben uns heute Morgen nach dem Gottesdienst noch mit Sheryl und ihrem Sohn unterhalten.«

Ash gab ein neutrales Brummen von sich und umklammerte ihre Gabel fester.

»Er hat erwähnt, wie enttäuscht er war, dich gestern Abend nicht im Johnny's getroffen zu haben.«

Ashs Magen schien auf die Größe der Maiskörner auf ihrem Teller zusammenzuschrumpfen. »Äh, ja, mir ist in letzter Minute etwas dazwischen gekommen. Ich musste den Kranz für Mr. Millers Beerdigung fertig machen. Ihr wisst ja, wie das ist.«

Jetzt war ihre Mutter diejenige, die ein nichtssagendes Brummen von sich gab.

»Als der Kranz fertig war, war ich schlicht zu müde, um noch rüber zur Bar zu gehen«, fügte Ash hinzu.

»Derek hat auch erzählt, dass deine Freundinnen Leontyne und Holly heiraten werden. Und zwar einander.«

Oh Scheiße. Ash tat, als müsste sie einen Bissen Schweinefleisch besonders gründlich kauen, um sich Zeit zu verschaffen. »Ähm, ja.«

»Wusstest du davon?« Ihre Mutter winkte ab, noch bevor Ash den Mund öffnen konnte. »Ja, natürlich hast du es gewusst. Die beiden sind deine besten Freundinnen.«

»Sie *waren* meine besten Freundinnen«, sagte Ash leise. »Wir sind schon seit Jahren nicht mehr so eng befreundet.«

»Daran erinnere ich mich. Du hast mir nie erzählt, was eigentlich vorgefallen ist. Liegt es daran, dass die beiden … dass sie lesbisch sind?«

»Nein, Mama.« Ash schob sich eine Gabel Maisauflauf in den Mund, obwohl dieser plötzlich wie Sägespäne schmeckte. »Im Laden ist einfach zu viel zu tun, sodass ich nicht mehr so viel Zeit habe, um mich mit Holly zu treffen. Und was Leo betrifft, das ist lange her. Ich erinnere mich kaum noch daran, warum wir aufgehört haben, miteinander zu reden. Irgendeine Teeniesache, die mir jetzt vermutlich total dumm vorkommen würde.«

»Ich hoffe nur, du machst jetzt nichts Dummes«, sagte ihre Mutter.

Alarmiert starrte Ash sie an. »Äh, was meinst du damit?«

»Na ja, indem du dich zu sehr damit einlässt.«

Ashs Gabel fiel klappernd auf ihren Teller. »E-einlassen? Ich habe nicht vor, mich mit irgendjemandem einzulassen.«

»Ich meine mit dieser Hochzeit. Die Leute reden darüber und ich möchte nicht, dass du damit in Verbindung gebracht wirst.«

Ein Teil von Ashs Anspannung fiel von ihr ab. Ihre Mutter sprach von der Hochzeit, nicht davon, dass sie sich nicht mit Holly oder Leo – oder Sasha – einlassen sollte. Sie griff wieder nach ihrer Gabel. »Ich kann nicht einfach Kundschaft ablehnen, die bei mir Blumen für ihre Hochzeit bestellen möchten.« Dann ließ sie sich von Sashas Mut inspirieren, als sie sich heute Morgen mit Mrs. Beasley angelegt hatte, und fügte hinzu: »Und ich möchte es auch nicht. Zwar stehen wir uns nicht mehr so nahe wie früher, aber sie sind immer noch meine Freundinnen und ich möchte, dass sie eine wunderschöne Hochzeit haben.«

»Das ist nett von dir, Schatz, aber …« Ihre Mutter rümpfte die Nase. »Meinst du nicht auch, dass es irgendwie seltsam ist, wenn zwei Frauen einander heiraten?«

Bevor Ash antworten konnte, sagte ihr Vater: »Kann ich bitte den Krautsalat haben?«

Dankbar für die Ablenkung reichte Ash ihm das Gewünschte.

»Danke.« Er häufte Krautsalat auf seinen Teller.

»Findest du nicht auch?« Ihre Mutter sah ihn fragend an.

»Ich finde, dass der Krautsalat mal wieder großartig schmeckt«, sagte ihr Vater. »Die Vorlieben anderer Leute gehen uns nichts an.«

Ash starrte ihn an. Sie hatte ihn nie irgendetwas sagen hören, was darauf schließen ließ, dass er homosexuellen Menschen gegenüber aufgeschlossen war. Ein Gefühl überkam sie, als wäre sie jahrelang unter einer Felslawine begraben gewesen und würde nun von einem Suchtrupp befreit werden. Eine Last schien sich von ihrer Brust zu heben und sie konnte zum ersten Mal seit Langem frei atmen.

»Die beiden sind ja nicht unsere Töchter«, fügte ihr Vater hinzu.

Die tonnenschweren Felsen senkten sich wieder auf Ashs Brust herab. Für die Kinder anderer Leute war es also okay, homosexuell zu sein, aber wenn es um seine eigene Tochter ging, sah die Sache anders aus.

»Aber wenn sie deine Töchter wären, würdest du das dann alles mitmachen, so wie Beth und Sharon? Irgendjemand hat sogar davon gesprochen, dass Beth und Sharon womöglich die Braut zum Traualtar führen werden. Oder vielmehr die Bräute. Herr im Himmel, das ist alles so verwirrend.« Ihre Mutter schüttelte den Kopf. »Könntest du das?«

Ihr Vater zuckte zwischen zwei Bissen Krautsalat mit den Schultern. »Zum Teufel, nein. Das wäre doch irgendwie seltsam. Aber zum Glück müssen wir uns darum keine Sorgen machen. Nur weil unsere Ashley ungefähr so wählerisch ist wie ein Kleinkind, das vor einem Teller Gemüse sitzt, heißt das noch lange nicht, dass sie, na ja, dass sie so wie Leontyne und Holly ist.« Er lachte und aß weiter.

»Nein, natürlich nicht«, sagte ihre Mutter. »Ich möchte nur nicht, dass die Leute das womöglich glauben.«

»Ach was. Sie tut nur ihren Job, indem sie die schönsten Blumengestecke weit und breit anfertigt. Stimmt's, Schatz?«

Ash nickte nur, denn sie wusste, dass ihre Stimme zittern und sie verraten würde. Sie traute sich nicht, ihnen zu sagen, dass sie nicht nur die Blumendeko übernommen hatte, sondern auch zur Hochzeit eingeladen war. Während ihre Eltern weiteraßen, schob Ash ihren Teller von sich. Ihr war der Appetit vergangen und diesmal lag es nicht an dem Stück Kuchen, das Sasha ihr vorhin vorgesetzt hatte.

Kapitel 10

Brooke sah von den Teehybridrosen auf, die sie gerade putzte, und seufzte genervt. »Soll ich rüber zur Bäckerei gehen und dir ein paar Cupcakes holen?«

»Nein, danke.« Ash nahm sich den nächsten Blecheimer und schrubbte ihn gründlich mit Desinfektionsmittel. Schon die ganze Woche hatte sie sich von *Ein Stück vom Himmel* ferngehalten, deshalb schien es nicht richtig, stattdessen Brooke vorzuschicken.

»Ach, komm schon. Du weißt, dass du es willst.«

Ash warf ihr einen scharfen Blick zu. »Wie bitte?«

Brooke legte die Gartenschere weg. »Du bist schon seit Montag total unruhig und putzt wie eine Irre. Wenn du so weitermachst, geht uns das Desinfektionsmittel aus.«

»Du weißt genau, wie wichtig Hygiene in einem Blumenladen ist. Bakterien im Wasser können dazu führen …«

»Dass die Blumen sich nicht so lange halten. Ich weiß«, sagte Brooke. »Aber du stellst gerade einen Weltrekord im Putzen auf. Gib doch einfach zu, dass du auf Diät bist und der Zuckerentzug eingesetzt hat.«

Brookes Schlussfolgerung entlockte Ash ein müdes Lächeln. Es war nicht Zucker, den sie vermisste. Es war die Tatsache, dass sie Sasha aus dem Weg ging, die sie unruhig machte, und diese Feststellung machte alles nur noch schlimmer, denn das zeigte ihr, dass Sasha ihr bereits viel zu wichtig geworden war. Vielleicht war es gar keine so schlechte Idee, eine Weile auf Abstand zu gehen.

Das Gespräch mit ihren Eltern hatte ihr wieder einmal vor Augen geführt, dass es das Beste war, ihre sexuelle Orientierung weiterhin geheim zu halten, und wenn sie mehr Zeit mit Sasha verbrachte, würde das nicht unbedingt einfacher werden.

Mit einem Seufzen strich sie sich eine Haarsträhne aus dem Gesicht, die aus ihrem Pferdeschwanz entkommen war. Gerade wollte sie den nächsten Eimer putzen, als eine Bewegung von jenseits des Schaufensters ihre Aufmerksamkeit auf sich zog.

Ihr Herzschlag schien kurz auszusetzen und trommelte dann in einem hektischen Rhythmus gegen ihre Rippen.

Sasha überquerte gerade die Straße und hielt genau auf den Blumenladen zu.

Ash ließ die Bürste in den Eimer fallen und hob die Hände, um ihre Frisur zu ordnen, stoppte sich aber dann. *Was machst du da? Du musst dich nicht für sie hübsch machen.*

Bevor Sasha den Laden erreichte, fing Barry Clemons sie ab und verwickelte sie in ein Gespräch.

Ash verengte die Augen. Worüber sprachen die beiden? Versuchte der alte Casanova etwa, mit Sasha zu flirten?

Brookes Stimme drang wie aus weiter Entfernung zu ihr herüber. »Sieht sie nicht hübsch aus?«

»Ja«, murmelte Ash, den Blick immer noch auf Sasha gerichtet. Obwohl *hübsch* nicht der richtige Ausdruck war, um Sasha zu beschreiben. Es war eine zu weiche und schwache Bezeichnung für eine starke Frau wie sie. Ash hatte sich nie gestattet, einen Typ zu entwickeln, auf den sie stand. Vielleicht hatte sie auch tatsächlich keine Vorliebe. Die beiden einzigen Frauen, die sie je geküsst hatte, ähnelten Sasha kein bisschen, doch nun fand sie Sashas großen, kräftigen Körper und ihre starken Hände genauso anziehend wie ihre selbstbewusste, lockere Art.

Brooke nickte bestätigend. »Die Farbkombination hat's mir angetan.«

Sprach sie von Sashas braunen Haaren und ihren schokoladenfarbenen Augen? Ash warf ihr einen verwirrten Blick zu. »Äh, welche Farbkombination?«

Brooke fuhr mit dem Finger leicht über ein Blütenblatt. »Na ja, das zarte Gelb innen und das helle Rosa außen.«

»Oh. Du meinst die Teehybriden.«

»Klar. Was denn sonst?«

Hitze stieg Ash in die Wangen. »Nein, nein, natürlich. Genau davon spreche ich auch. Sehen sie nicht toll aus? Es hat mir schon immer gefallen, wie das Gelb der inneren Blütenblätter dann ins Rosafarbene übergeht. Kein Wunder, dass die Gloria Dei zur ersten Weltrose gekürt wurde.« Sie wusste, dass sie Unsinn daherplapperte, aber sie konnte nicht anders. Hoffentlich würde Brooke es auf ihren Zuckerentzug schieben.

»Aha. Okay, ich bin fertig mit dem Putzen der Rosen. Soll ich sie in den Kühlraum zurückstellen oder willst du sie gleich für ein Gesteck verwenden?« Brookes Blick ging zur Tür und sie ballte die Hand zur Siegerfaust. »Der Cupcakelieferservice ist da! Super! Dann stell ich die mal in die Kühlung.« Ohne eine Antwort abzuwarten, trug sie die Rosen an Ash vorbei, die erstarrt dastand, als die Eingangstür geöffnet wurde.

»Hi, Brooke. Hübsche Blumen.« Sasha blieb stehen, um an den Teehybriden zu riechen. »Und sie duften sogar!«

Für eine Frau, die von sich behauptete, sie könnte nicht einmal eine Lilie von einem Löwenzahn unterscheiden, schien sie Blumen wirklich sehr zu genießen. Das war eine von vielen Eigenschaften, die Ash an ihr mochte.

Sasha kam auf sie zu. Als sie vor Ash stehen blieb, scharrte sie kurz mit den Füßen und offenbarte damit eine untypische Unsicherheit. »Hallo.«

Beim Klang ihrer Stimme kam Casper aus dem Hinterzimmer gelaufen. Er winselte und sprang um sie herum, als hätte er sie jahrelang nicht gesehen.

Ja, Kumpel, ich kenne das Gefühl. Ash sah zu, wie Sashas Gesicht sich erhellte und ihre langen Finger Casper hinter den Ohren kraulten.

Schließlich richtete Sasha sich auf und hielt ihr die Schachtel hin, die sie mitgebracht hatte. »Wenn der Berg nicht zum Propheten kommt … Du warst die ganze Woche noch nicht in der Bäckerei. Alles in Ordnung?«

Es war verlockend, einfach zu nicken und zu behaupten, dass sie viel zu tun hatte, weil sie schon jetzt alles für Ostern nächsten Monat vorbereitete und danach auch schon der Muttertag und der Beginn der Hochzeitssaison vor der Tür standen. Aber als sie in Sashas warme, braune Augen sah, konnte sie einfach nicht lügen.

»Es war viel los.« Leiser fügte sie hinzu: »Nicht nur hier im Laden.« Sie sah vielsagend in Brookes Richtung, denn sie wusste, dass diese jedes Wort mithöre.

»Oh. Kann ich dir irgendwie helfen?«, fragte Sasha mit gesenkter Stimme.

»Im Moment nicht. Aber das wird sicher helfen.« Ash legte die Hand auf die Schachtel mit dem Backwerk.

»Verstehe.« Sashas Blick zeigte, dass sie Ash tatsächlich verstand. Sie würde keine weiteren Fragen stellen, zumindest nicht hier und jetzt. »Gut, dass ich vier verschiedene Sorten mitgebracht habe.« Sie öffnete den Deckel und deutete reihum auf die Cupcakes. »Der hier hat Schokostückchen und eine Espressobuttercreme …«

Brooke stieß einen Begeisterungsschrei aus, der Ash durch Mark und Bein ging.

Sasha lachte. »Ich dachte mir schon, dass dir das gefällt. Ich habe außerdem einen Banane-Walnuss-Cupcake mit Ahornsirupcreme und einen Schoko-Cupcake mit salziger Karamellcreme mitgebracht.«

Ash warf einen Blick in die Schachtel. »Keinen mit Vanille?«

»Woher wusste ich bloß, dass du das fragen würdest? Doch, da ist auch ein Vanillecupcake mit Erdbeerbuttercreme.« Sasha zeigte auf den vierten Cupcake und hielt dann eine Papiertüte in die Höhe. »Und ein Wauffin.«

Casper und Brooke warfen ihr flehende Blicke zu und warteten ungeduldig auf ihre Leckereien. Brookes Cupcake verschwand innerhalb von Sekunden und Casper hatte seinen Snack so schnell im Maul, dass Ash kaum Zeit hatte, das Papierförmchen zu entfernen, bevor er dieses mitfressen konnte.

Sashas Blick blieb auf Ash gerichtet. »Möchtest du deinen nicht auch essen?«

»Ich muss mir erst die Hände waschen.« Ash ging zum Waschbecken im Hinterzimmer und spürte, dass Sasha ihr folgte.

»Geht's dir gut?«, fragte Sasha leise, während das plätschernde Wasser ihre Stimme fast übertönte. Ihre Hand kam kurz auf Ashs Hüfte zu ruhen, dann zog Sasha sie sofort wieder zurück, noch bevor Ash etwas sagen konnte.

Sie war sich nicht sicher, ob sie es überhaupt getan hätte. Die warme Berührung war tröstlich gewesen und Brooke war zweifellos gerade dabei, sich über die restlichen Cupcakes herzumachen, anstatt sie zu beobachten.

Ash wollte nicken, hielt sich dann aber zurück und zwang sich, ehrlich zu sein. »Ehrlich gesagt, nein. Können wir später darüber reden?«

»Natürlich. Wie wär's mit heute Abend? Ich muss bis morgen zweihundert Cupcakes für das fünfzigjährige Jubiläum von Mr. Eads' Klempnerei fertig machen. Aber du kannst mir in der Backstube Gesellschaft leisten, wenn du magst.«

Irgendwie war der Gedanke daran tröstlich, in der Backstube zu reden, umgeben von angenehmen Düften und der Hitze der Öfen. »Wir schließen um halb sechs.«

»Ich weiß«, sagte Sasha.

Woher kannte Sasha ihre Öffnungszeiten so genau? Na ja, Ash wusste auch auswendig, wann die Bäckerei öffnete und schloss. Eigentlich wusste das jeder in der Stadt, oder nicht?

Ash trocknete sich die Hände ab und drehte sich zu Sasha um.

Ihre Blicke trafen sich.

»Kann ich den mit Schokolade haben?«, rief Brooke aus dem Verkaufsraum.

Erst jetzt erinnerte sich Ash wieder daran, dass sie nicht allein waren. »Ja«, rief sie zurück. »Aber wehe, du rührst den Vanillecupcake an.«

»Nö, keine Sorge, Chefin. Vanille ist mir viel zu brav und langweilig. Praktisch die Cupcakeversion von Blümchensex.«

Sasha lachte. »So hab ich das noch nie gesehen, aber ich schätze, sie hat recht.«

Ash musste grinsen. Sie hatte noch nicht einmal einen Bissen von ihrem Cupcake genommen, aber dennoch fühlte sie sich bereits besser. »Ach was. Brooke ist einfach noch zu jung, um zu verstehen«, sie senkte die Stimme zu einem intimen Raunen, »dass selbst Blümchensex manchmal äußerst befriedigend sein kann.«

Sasha riss die Augen auf und schluckte hörbar. »Erklärt mir Ashley Gaines etwa gerade die Freuden der Missionarsstellung?«

Ash konnte selbst nicht glauben, dass sie das eben gesagt hatte. »Nein, das war nur eine Analogie. Im Grunde verteidige ich nur meine geliebten Vanillecupcakes.«

»Ja, klar. Du hast nur von Cupcakes gesprochen.«

Die Glocke über der Tür kündigte einen eintretenden Kunden an.

»Schätze, die langweiligen Freuden im Leben müssen warten«, sagte Sasha. »Womit ich natürlich deinen Cupcake meine.« Sie drückte Ashs Arm. »Pass auf dich auf, okay?«

Ash nickte.

Dann ging Sasha, doch Ash blieb ihr Cupcake und die Vorfreude auf einen Abend in der Backstube. So viel zu ihrem Plan, sich eine Weile von Sasha fernzuhalten.

Sasha setzte den Spritzbeutel an und krönte die Cupcakes mit einem Buttercremehäubchen. Dann trat sie zurück und wischte sich die schweißfeuchte Stirn. Die Öfen liefen bereits seit heute Morgen, sodass es in der Küche heiß und stickig geworden war. Obwohl sie unter der Schürze nur ein ärmelloses T-Shirt trug und sie die Tür zum Hof geöffnet hatte, schwitzte sie noch immer.

Aber zumindest war sie jetzt fast fertig. Da sie ohne Unterbrechung gearbeitet hatte, fehlten nur noch die letzten zwanzig Zitronencupcakes und die Bestellung für Mr. Eads' Klempnerei wäre komplett. Vielleicht schaffte sie es sogar, fertig zu werden, bevor Ashley vorbeikam. Dann konnten sie zu Hause in Ruhe bei einem Bier reden.

So wie Ashley vorhin ausgesehen hatte, konnte sie den einen oder anderen Drink vertragen, bevor sie so weit war, darüber zu reden, was mit ihr los war.

Sasha legte die vier verschiedenen Sorten Cupcakes, die sie bereits dekoriert hatte, in luftdichte Behälter und brachte diese dann in den Kühlraum. Als sie zurück in die Backstube trat, schien es dort nach Käse zu riechen.

Ihr Magen knurrte.

Scheinbar war sie so hungrig, dass sie bereits halluzinierte. Mit der Nase in der Luft umrundete sie die Brotmaschine und wäre fast mit Ashley zusammengeprallt, die mit zwei Pizzaschachteln in der Backstube stand.

Sasha presste sich eine Hand auf die Brust. »Himmel! Du hast mich zu Tode erschreckt.«

»Entschuldige.« Ashley trat einen Schritt zurück. »Ich habe hinter dem Haus geparkt und dabei gesehen, dass die Tür offen ist, deshalb dachte ich, ich kann einfach hier hereinkommen.«

Sashas Herzschlag beruhigte sich langsam wieder. »Schon okay. Ich habe dich nur nicht kommen hören.« Warum hatte Ashley überhaupt hinter dem Haus geparkt? War es einfach bequemer gewesen, weil sie wusste, dass die Vordertür abgeschlossen sein würde, oder hatte sie vermeiden wollen, dass jemand ihr Auto vor der Bäckerei stehen sah?

Ashley hielt ihr die Pizzaschachteln wie ein Friedensangebot entgegen. »Ich dachte, zur Abwechslung bringe ich dir mal etwas zu essen. Vielleicht steht dir ja der Sinn mehr nach etwas Herzhaftem, nachdem du den ganzen Tag lang Kuchen, Torten und süße Teilchen gemacht hast.«

Der Gedanke an ein Stück Pizza ließ Sasha das Wasser im Mund zusammenlaufen. »Da hast du richtig geraten. Nach einem Tag wie heute habe ich manchmal schon ein Glas Gurken zum Abendessen verputzt. Einmal hat Jenny mich gefragt, ob ich schwanger bin, weil ich ständig saure Gurken kaufe.«

Ashley lachte. Es klang so unbeschwert, dass Sasha ebenfalls lächeln musste. Ashley zum Lachen zu bringen, war ein ganz besonderes Gefühl – so besonders wie eine Freundin, die nach einem harten Arbeitstag mit Pizza vorbeikam. »Komm, wir setzen uns und genießen die Pizza.« Sasha holte Teller aus einem der Schränke und führte sie in den Verkaufsraum. »Was für eine Pizza hast du ausgesucht?«

Ashley stellte die Schachteln auf einem der kleinen, runden Tische ab. »Ich wusste nicht, was du magst, deshalb habe ich eine nur mit Käse genommen. Die andere ist eine Tacopizza.«

»Oh, lecker. Das sind beides meine Lieblingspizzen. Ich könnte dich küssen.«

Ashley, die gerade dabei war, den Deckel der obersten Schachtel zu öffnen, erstarrte.

Sashas Blick huschte zu Ashleys vollen Lippen. Ihre schön geschwungene Oberlippe war praktisch ein Kunstwerk und sie fragte sich, wie es sich wohl anfühlen würde, die Kontur mit der Zunge nachzufahren. Sofort schob sie den Gedanken beiseite. »Nur keine Panik. Das habe ich nicht wörtlich gemeint. Die Einzige, die heute in den Genuss kommt, Bekanntschaft mit meinen unglaublich talentierten Lippen zu schließen, ist diese Pizza.«

Ashley lachte. »Na, dann will ich dich mal nicht weiter von der Liebe deines Lebens fernhalten.« Sie legte je ein Stück Pizza auf zwei Teller und gab Sasha einen.

»Nein, meine wahre Liebe ist Apfelstrudel. Die Pizza ist nur eine heiße Affäre.« Sasha nahm einen großen Bissen von der Tacopizza und verbrannte sich prompt die Zunge. »Autsch. Eine wirklich heiße Affäre«, murmelte sie mit vollem Mund. Sie eilte hinter die Theke, holte zwei Flaschen aus dem Kühlschrank und nahm einen Schluck von ihrem Wasser. Bevor sie sich wieder an den Tisch setzte, zog sie ihre buttercremeverschmierte Schürze aus und hängte sie hinter sich an die Stuhllehne.

»Danke.« Ashley nahm ihr Wasser entgegen und trank davon. Durch das durchsichtige Plastik der Flasche hindurch beobachtete sie Sasha mit der Intensität eines Eisbären, der eine Robbe gesichtet hatte.

In ihrem Blick lag etwas, das Sashas Mund trocken werden ließ, obwohl sie eben erst einen Schluck Wasser genommen hatte. »Ähm, was ist?« Sie folgte Ashleys Blick und sah hinab auf ihr ärmelloses T-Shirt. Hatte es etwa auch Mehl oder Buttercreme abbekommen?

Nein. Das T-Shirt war sauber, klebte aber an ihrem schweißfeuchten Körper.

Oh. Starrte Ashley sie deshalb so an? Ein Grinsen schlich sich auf Sashas Lippen. Obwohl zwischen ihnen nie etwas passieren würde, war es doch schön zu wissen, dass sie Ashley nicht ganz kalt ließ.

»Handhabst du so dein Liebesleben?« Ashley schraubte den Deckel auf die Flasche und hielt ihren Blick darauf gerichtet, als würde dieser einfache Handgriff ihre komplette Aufmerksamkeit erfordern. »Du hast gesagt, dass du ebenfalls nicht der heiratswillige Typ bist und seit Jahren in keiner Beziehung mehr warst. Heißt das, dass du …?«

»Dass ich ab und zu Pizza bestelle?«, beendete Sasha mit einem Grinsen den Satz. Es beeindruckte sie, dass Ashley sich getraut hatte, eine derart persönliche Frage zu stellen.

Ashley schielte zu ihr herüber. »Äh, ja, so was in der Art.«

»Eigentlich nicht. Versteh mich nicht falsch. Während meiner Zeit an der Kochschule habe ich öfter mal eine Pizza gegessen. Damals hat das meinen, ähm, Nahrungsbedarf voll und ganz abgedeckt.« Sasha grinste sie an.

»Aber?« Ashley griff nach einem Stück Käsepizza, hielt es jedoch in der Hand, ohne abzubeißen.

»Bisher hat sich die Situation in Fair Oaks einfach nicht ergeben, aber wenn ich Lust auf eine Pizza hätte, würde ich mir jederzeit wieder eine bestellen.« Sasha nahm ein Stück Tortillachip von ihrer Tacopizza, schob es in den Mund und kaute genüsslich. Dann erstarrte sie. »Äh, fragst du nur danach, weil du neugierig bist oder weil du mich auf eine Pizza zu dir einladen willst?« Sie hielt den Atem an, während sie auf Ashleys Antwort wartete. Dabei wusste sie nicht, was sie antworten würde, falls Ashley wirklich einen One-Night-Stand oder eine kurze Affäre mit ihr wollte.

Ashley ließ ihr Stück Pizza zurück auf den Teller fallen und hielt beide Hände in die Höhe. »Oh, nein, nein, ich wollte nur … Ich weiß auch nicht. In letzter Zeit denke ich einfach viel darüber nach, welche Form einer Beziehung für mich möglich ist und was nicht, und hier im Ort gibt es nicht viele Menschen, mit denen ich offen darüber reden kann.«

»Heißt das, du stehst nicht auf Pizza?« Sasha ahnte Ashleys Antwort bereits, aber dennoch regte sich Enttäuschung in ihr.

»Nur auf die hier.« Ashley hielt ein Stück Käsepizza in die Höhe. Sie biss davon ab und kaute gründlich, so als bräuchte sie etwas Zeit, um über ihre nächsten Worte nachzudenken. Ein wenig Tomatensoße lief ihren Mundwinkel hinab und Ashley leckte sie mit der Zungenspitze ab.

Sasha kämpfte gegen den Drang an, sich die kalte Wasserflasche an ihr überhitztes Gesicht zu pressen. Wie konnte eine so alltägliche Sache wie Pizzaessen nur so verdammt sexy wirken?

»Vermutlich wäre alles einfacher, wenn ich auf Pizza stehen würde«, sagte Ashley nach einer Weile. »Aber es ist einfach nicht mein Ding. Zu viele leere Kalorien, vermutlich.«

Sasha nickte bedächtig und knabberte an ihrem Pizzarand. »Ich weiß, was du meinst. Ab und zu frage ich mich schon, wie eine etwas gehaltvollere Mahlzeit schmecken würde. Ich meine, das, ähm, Steak von Holly und Leo sieht ziemlich lecker aus, oder?«

»Ja, das tut es.« Ashley seufzte leise.

»Aber dann denke ich wieder, wahrscheinlich würde ich mir eine Lebensmittelvergiftung einhandeln und das ist mir das Risiko nicht wert«, sagte Sasha. »Außerdem gefällt mir keine der Mahlzeiten, die hier in der Gegend angeboten werden.«

Ach ja?, sagte eine Stimme in ihrem Kopf. *Warum schaust du sie dann an, als wäre sie ein Dessert, das du vernaschen möchtest?*

»Hmm.« Ashley aß den Rest ihrer Käsepizza und griff dann nach einem Stück Tacopizza.

Sasha beobachtete sie. Irgendwie wirkte Ashley, als ginge ihr etwas im Kopf herum. »Hat deine Frage bezüglich meiner … Essgewohnheiten etwas damit zu tun, was diese Woche passiert ist?« Sie versuchte sich vorzustellen, was vorgefallen sein mochte. Die erste Idee, die ihr in den Sinn kam, verdarb ihr den Appetit und sie ließ ihr zweites Stück Pizza sinken. »Hast du jemanden kennengelernt, mit dem du Pizza oder Steak essen möchtest?« Okay, so langsam sollten sie wirklich offen sprechen, statt sich hinter dieser Analogie zu verstecken, sonst würde es zu verwirrend werden, vor allem da sie im Moment gerade wirklich Pizza aßen.

»Nein.« Ashley schob ihren Teller zurück. »Meine Eltern haben von der Hochzeit erfahren.«

Es bedarf keiner Erklärung, welche Hochzeit sie meinte. »Oh. Ich nehme mal an, dass sie nicht begeistert sind, oder?«

»Ganz und gar nicht. Meine Mutter möchte nicht einmal, dass ich die Blumendeko mache, weil sie nicht will, dass die Leute mich mit einer solchen Hochzeit in Verbindung bringen.«

War das der Grund, warum Ashley sich ständig darum sorgte, was die Leute denken könnten? Hatte sie das von ihrer Mutter? »Und was ist mit deinem Vater?«, fragte Sasha leise.

Ashley, die normalerweise die kerzengerade Haltung einer Balletttänzerin hatte, zog die Schultern hoch und ließ den Kopf hängen. »Ihm schien es nicht so viel auszumachen.«

»Aber das ist doch gut, oder? Ich meine, es ist schon mal ein Anfang.«

Ashley schüttelte den Kopf. Ihre nougatfarbenen Augen verrieten, wie tief ihr Schmerz ging. »Es macht ihm nichts aus, wenn zwei Frauen heiraten, solange keine von beiden seine Tochter ist. Wenn er herausfinden würde, dass ich lesbisch bin, würde er das nie im Leben akzeptieren. Weder er noch meine Mutter.«

Sasha öffnete den Mund, um ihr zu sagen, dass sie ihr Leben leben und zu sich selbst stehen musste, ganz egal, was ihre Eltern oder die Leute davon hielten. Doch eine Moralpredigt war nicht das, was Ashley im Moment brauchte. Sie brauchte eine Freundin. Sasha griff über den Tisch und nahm Ashleys Hand.

Ashley zuckte zusammen, als hätte sie nicht damit gerechnet, wich aber nicht zurück. Ihre Finger waren kalt, obwohl sie eben noch die Pizza in der Hand gehabt hatte.

»Tut mir leid.« Sasha sah ihr in die Augen. »Du hast etwas Besseres verdient. Sie sollten dich eigentlich bedingungslos lieben und dich unterstützen.«

Ashley sagte nichts, aber sie hielt Sashas Hand so fest umklammert, als wäre diese ein Rettungsring, von dem ihr Überleben abhing.

Instinktiv legte Sasha auch ihre andere Hand auf Ashleys Finger, bis Ashleys kleinere Hand in ihren förmlich verschwand. Wenn sie Ashley doch nur vor ihren Eltern und jeglichen Vorurteilen genauso einfach abschirmen könnte.

Schweigend saßen sie da und hielten einander an den Händen.

»Die Pizza wird kalt«, murmelte Sasha nach einer Weile.

»Egal. Mir ist ohnehin der Appetit vergangen. Aber du solltest weiteressen.« Trotz ihrer Worte ließ Ashley nicht los, sodass Sasha keine Hand zum Essen frei hatte.

»Weißt du was? Ich glaube, ich habe auch genug von Pizza.« Dann fiel ihr ein, dass Ashley womöglich glaubte, sie spräche noch immer über One-Night-Stands, deshalb fügte sie schnell hinzu: »Von der Taco- und der Käsepizza, meine ich. Willst du mir helfen, ein paar der Kalorien zu verbrennen, die wir eben zu uns genommen haben?«

Ashley hob die Brauen.

»Ich rede von Aktivitäten, für die keine von uns sich ausziehen muss. Magst du mir helfen, die letzte Ladung Cupcakes für Mr. Eads zu backen?«

»Klar, ich kann dir zur Hand gehen und dir wieder die Zutaten reichen«, sagte Ashley.

Sasha schüttelte den Kopf. »Nein. Es ist an der Zeit, dich im Backen zu versuchen.«

»Das halte ich für keine gute Idee.«

»Komm schon, Blumenmädchen.« Sasha drückte die Hand, die sie noch immer hielt. »Ich habe dir letztes Wochenende im Blumenladen geholfen, jetzt bist du an der Reihe, Bäckerin zu spielen.«

»Du hast beim Saubermachen geholfen«, sagte Ashley. »Nicht bei der eigentlichen Arbeit mit den Blumen.«

»Okay, dann lass uns eine Vereinbarung treffen. Ich komme irgendwann mal vorbei und spiele Floristin, wenn du mir jetzt beim Backen hilfst.«

Ashley zögerte. »Was ist, wenn ich etwas falsch mache und die bestellten Cupcakes ruiniere?«

»Und wenn schon. Dann würden wir einfach wieder von vorn anfangen. Wir backen Cupcakes. Das ist keine OP am offenen Herzen.«

Das brachte ihr ein Lächeln ein und Ashleys Hand entspannte sich in ihrer. »Okay. Lass uns die Pizza für später wegpacken und backen gehen.«

Als sie aufstanden, trennten sich ihre Hände.

Sashas Hand fühlte sich plötzlich leer an. Rasch zog sie die Schürze über, nahm die beiden Pizzaschachteln und trug sie in die Backstube, um sie dort in den Kühlraum zu stellen.

Da die Hintertür noch immer offen stand und die Öfen aus waren, war es in der Backstube kühl geworden. *Tja, ein wenig Abkühlung ist sicher genau das Richtige für dich.*

Fröstelnd schloss sie die Tür und heizte den Ofen vor.

»Also, wo fangen wir an, Chefin?«, fragte Ashley, als sie sich an der Spüle die Hände wuschen. Der traurige Ausdruck von vorhin war aus ihren Augen verschwunden, so als hätte sie beschlossen, sich ganz auf das Hier und Jetzt zu konzentrieren und die neue Erfahrung zu genießen.

»Erst einmal verpassen wir dir das richtige Outfit.«

Ashley sah hinab auf ihren lilafarbenen, weich wirkenden Pullover mit V-Ausschnitt sowie auf ihre figurbetonte Jeans und die pinkfarbenen Turnschuhe, die ein paar grüne Flecken zierten. »Stimmt etwas nicht mit meiner Kleidung?«

»Oh, damit ist alles in Ordnung.« Ganz im Gegenteil. Ashley sah großartig aus. Sasha gefiel, wie sie sich kleidete: sehr feminin, aber zugleich bodenständig. »Aber dir fehlen eine Schürze und ein Haarnetz.«

»Kann ich ein Kopftuch wie deines haben?«, fragte Ashley. »Die gefallen mir.«

Obwohl es nicht direkt ein Kompliment für Sasha war, wurde ihr dennoch ein wenig warm. »Ach ja?«

Ashley nickte.

»Dann bekommst du auch eines.« Sasha öffnete einen der Schränke und nahm eine saubere Schürze und eines ihrer Kopftücher heraus.

Ashley zog ihren Pullover aus. Darunter kam ein weißes T-Shirt zum Vorschein, das so dünn war, dass Sasha darunter einen schwarzen BH erahnen konnte.

Hör auf, sie anzustarren. Schnell wandte sie den Blick von Ashleys vollen Brüsten ab und konzentrierte sich darauf, die Zutaten bereitzulegen. Erst als Ashley die Schürze übergezogen hatte, sah Sasha sie wieder an.

»Wie funktioniert das?« Ashley deutete auf das Kopftuch.

»Ich zeige es dir.« Sasha faltete das Tuch zu einem Dreieck und klappte dann die unteren fünf Zentimeter einmal um. Ihr Körper kribbelte, als sie nah an Ashley herantrat und das Kopftuch von hinten um ihre Stirn band, sodass das Dreieck ihr Gesicht bedeckte.

Einen Moment lang waren Ashley praktisch die Augen verbunden. Sie erstarrte. »Was …?«

»Vertrau mir und entspann dich«, flüsterte Sasha ihr ins Ohr. »Das ist wirklich die beste Methode, ein Kopftuch zu binden.«

Ashley blies ihren Atem aus und hielt still. »Okay.«

Vorsichtig schlug Sasha die oberste Stoffschicht des Dreiecks zurück und zog den Zipfel durch den Knoten an Ashleys Hinterkopf. Dann ging sie um Ashley herum und schob das Kopftuch ein Stück zurück, sodass es Ashleys Augen freiließ.

Als ihre Blicke sich trafen, vergaß Sasha einen Moment lang den nächsten Schritt.

»Schon fertig?«, fragte Ashley und sah ihr in die Augen.

Sasha schlug die Ecke der zweiten Stoffschicht um und rollte die Kante nach oben, bis sie in der Mitte von Ashleys Stirn ruhte. »Fertig.«

»Sehe ich wie eine Piratin aus?« Ashley griff nach dem Messbecher, hielt ihn in die Höhe wie einen Säbel und senkte die Brauen, vermutlich um bedrohlich auszusehen.

Sasha versuchte, sich ein Lächeln zu verkneifen, aber Ashley war einfach zu süß, um eine glaubhafte Piratin abzugeben. Sasha mochte es, ihre spielerische Seite zu sehen. Sie hatte das Gefühl, dass nur wenige Menschen je diese Seite kennenlernen durften. »Oh ja. Also, ist der Schrecken der sieben Weltmeere bereit, mit dem Backen zu beginnen?«

»Aye, aye, Käpt'n. Was genau backen wir?«

»Zitronencupcakes mit Himbeerbuttercreme.« Sasha warf eine Zitrone in die Luft, fing sie auf und legte sie auf die Arbeitsfläche. »Und nur damit du es gleich weißt: Als Bäckerin bist du dazu verpflichtet, einen der Cupcakes zu probieren.«

»Ach, jetzt verstehe ich! Das gehört alles zu deinem teuflischen Plan, mich dazu zu bekommen, eine andere Sorte Cupcakes zu versuchen.«

Sasha zuckte mit den Schultern. »Glaub mir, es wird kein großes Opfer sein. Sie schmecken fantastisch.«

»Aber vielleicht nicht, wenn ich sie mache«, murmelte Ashley. »Ich bin die Frau, die es schafft, eine Fertigbackmischung zu ruinieren, schon vergessen?«

»Hab Vertrauen. Überlass dich meiner Führung und alles wird großartig klappen.« Sasha schlang einen Arm um Ashleys Schultern und zog sie mit sich, bis sie Seite an Seite am Arbeitstisch standen. Sie legte das laminierte Rezept mit der unleserlichen Schrift ihrer Tante vor Ashley. »Als Erstes nehmen wir die richtige Menge Mehl, Zucker und die anderen trockenen Zutaten.«

Ashley sah zwischen Sasha und dem Rezept hin und her. Als Sasha ihr ermutigend zunickte, tauchte sie den Messbecher in die Mehltüte.

»Halt, nicht so schnell. Benutz einen Löffel. Wenn du den Messbecher in die Tüte tauchst, ist das Mehl nicht locker eingefüllt und am Ende hast du zu viel Mehl im Becher.«

Ashley füllte den Messbecher löffelweise. »Backen ist eher eine Wissenschaft als eine Kunst, oder?«

»Eigentlich ist es ein bisschen von beidem. Genau das mag ich daran. Beim Abmessen einiger Zutaten sollte man lieber genau arbeiten, aber bei anderen kann man dafür dann kreativ werden.«

Als das Mehl abgemessen war, machte Ashley mit der nächsten Zutat weiter und löffelte Zucker in den Messbecher.

Beim Zucker war das eigentlich nicht nötig, weil er nicht festgedrückt werden konnte, aber Sasha sagte nichts. Sie wollte ihr nicht den Spaß verderben, indem sie Ashley ständig zurechtwies. Schweigend sah sie zu, wie Ashley das Backpulver und eine Prise Salz hinzufügte.

Ihr Gesichtsausdruck war vollkommen konzentriert. Sie wirkte, als würde sie gerade den Anflugwinkel einer Rakete berechnen. Nur ein wenig Mehl auf ihrer Wange verriet, dass sie stattdessen backte.

Sasha juckte es in den Fingern, das Mehl wegzuwischen, doch sie beschränkte sich darauf, ihr das erste von vier Eiern zu reichen. »Die Eier kommen in eine separate Schüssel. Die brauchen wir dann gleich. Weißt du, wie man Eier aufschlägt?«

»Man schlägt das Ei auf den Rand der Schüssel, bis die Schale ein Loch hat?«

»So ähnlich. Du schlägst es sanft gegen den Rand, bis sich eine Öffnung bildet. In die legst du deine Daumen und ziehst die Schale auseinander. So vermeidest du, dass Schalenstücke in der Schüssel landen.« Sasha führte es ihr vor. »Siehst du?«

Ashley nahm das nächste Ei und machte es ihr nach. Als das Dotter und das Eiweiß in die Schüssel glitten, strahlte sie.

»Prima.« Sasha gab ihr einen Klaps auf die Schulter. »Wir werden dich im Nu zur Meisterbäckerin ausbilden. Ich verstehe ohnehin nicht, warum deine Mutter dir nie das Backen beigebracht hat. Ich habe mal bei einem Fest, das die Kirche organisiert hat, den Apfelkuchen deiner Mutter probiert, daher weiß ich, dass sie backen kann. Warum hat sie es dir nicht beigebracht?«

»Oh, sie wollte schon.« Ashley stieß ein sarkastisches Lachen aus. »Wie soll ich sonst je einen Ehemann finden, wenn ich nicht backen kann?«

»Aber du hattest kein Interesse, weder an einem Ehemann noch am Backen?«, fragte Sasha.

»An einem Ehemann bestimmt nicht. Als ich klein war, habe ich mich darauf gefreut, zu lernen, wie man backt. Aber …« Ashley schlug die letzten Eier auf und starrte in die Schüssel. »Meine Mutter und Melissa haben ständig gemeinsam gebacken. Um die Weihnachtszeit herum haben sie tagelang in der Küche gestanden und im Haus roch es herrlich.« Sie hielt inne, als verlöre sie sich in den Erinnerungen. Dann schüttelte sie den Kopf. »Aber nachdem Melissa … nachdem sie nicht mehr da war, wollte meine Mutter, dass ich mit ihr backe. Aber ich konnte es nicht. Es fühlte sich falsch an. Als würde ich versuchen, Melissas Platz einzunehmen.«

Oh Mist. Sie hätte Ashley nicht auffordern sollen, mit ihr zu backen. Damit hatte sie alte Wunden wieder geöffnet. Vermutlich war ihre Schwester der Grund, warum Ashley sich bisher immer geweigert hatte, mit ihr zu backen. »Es tut mir leid. Ich hätte dich nicht dazu überreden sollen. Wenn du mir lieber beim Backen zusehen möchtest …«

»Nein«, sagte Ashley, ohne zu zögern. »Hier in der Backstube fühlt es sich nicht an, als würde ich versuchen, Melissas Platz einzunehmen. Bei dir bin ich ganz ich selbst.«

Ein Kloß setzte sich in Sashas Hals fest. Wow. Was für eine bedeutungsschwangere Aussage. Sie schien so vieles mehr zu beinhalten als nur das Backen. Sasha räusperte sich. »Gut. Ich möchte nicht, dass du dich verstellen oder jemand sein musst, der du nicht bist, wenn du mit mir zusammen bist.«

»Das tue ich nicht.«

Sie sahen einander an.

Hey, vergiss das Backen nicht. Die Cupcakes machen sich nicht von allein. Sasha hielt Ashley das Handrührgerät hin. Normalerweise benutzte sie die Standrührmaschine, aber sie wollte, dass Ashley richtig mit anpacken und möglichst viel selbst machen konnte.

Ashley schluckte, nahm das Rührgerät aber entgegen.

Diese simple Geste hatte eine ganz neue Bedeutung, nun, da Sasha wusste, warum Ashley nur zögerlich zugestimmt hatte, beim Backen zu helfen. Sie stellte sich dicht neben Ashley, um Zutaten hinzuzufügen. Das Rührgerät war so laut, dass sie Ashley die Anweisungen ins Ohr schreien und auch Ashley ihre Fragen brüllen musste.

Da Ashley kleiner war, kitzelte ihr Atem Sashas Hals, was ihren gesamten Körper zum Kribbeln brachte. Bildete sie sich das nur ein oder wurde es langsam richtig heiß in der Küche?

Sasha wusste nicht, ob sie erleichtert oder enttäuscht sein sollte, als sie endlich als letzte Zutat den Zitronensaft und ein wenig Schale hinzufügte und der Teig eine schöne, glatte Konsistenz hatte. Als sie die Hand ausstreckte, um den Mixer auszuschalten, streiften ihre Finger Ashleys.

Einen Moment lang vergaß sie zu atmen.

Nun, da das Rührgerät verstummte, schien die Stille die wenigen Zentimeter zwischen ihnen zu füllen.

Ashley hatte Sasha ihr Vertrauen geschenkt, nicht nur indem sie ihr von ihrer Schwester erzählt hatte, sondern auch indem sie den Schritt gewagt hatte, mit ihr zu backen. Deshalb schien nun alles irgendwie intimer zwischen ihnen.

»Was jetzt?«, fragte Ashley.

»Ja, das habe ich mich eben auch gefragt«, murmelte Sasha. Sie hatte keine Ahnung, wie es jetzt weitergehen sollte.

»Wie bitte?«

Sasha rief sich zur Ordnung. »Jetzt füllen wir den Teig in die Cupcakeförmchen.« Sie trug die Schüssel hinüber zu den zwei Backblechen, die sie mit Papierförmchen ausgekleidet hatte. »Aber füll sie nur jeweils bis zur Hälfte, sonst quellen sie über und das ergibt unschöne Röllchen.«

»Bei den Cupcakes oder auf meinen Hüften?« Ashleys Augen funkelten.

Sasha lachte. Sie genoss Ashleys entspannte Laune. »Beides.«

Ashley verteilte den Teig mit einem Löffel auf die Papierförmchen. Wieder hatte sie diesen sehr konzentrierten und äußerst niedlichen Ausdruck auf ihrem Gesicht.

Als sie fertig war, schob Sasha die Backbleche in den Ofen und schloss die Tür.

Sie drehten sich zueinander um.

»Lass uns schon mal die Buttercreme machen, während die Cupcakes im Ofen sind«, sagte Sasha, bevor Ashley wieder »Was jetzt?« fragen konnte. Sie hatte noch immer keine Ahnung, was sie, abgesehen von Backanweisungen, auf diese Frage antworten sollte.

Der Griff des Handrührgeräts vibrierte unter Ashs Fingern. Wenigstens konnte sie so das Kribbeln in ihrem Arm auf den Mixer schieben, obwohl sie genau wusste, dass es immer dann entstand, wenn Sasha eine Zutat hinzufügte und dabei ihre Hand streifte.

Sie musste zugeben, dass es Spaß machte, mit Sasha zu backen. Und das nicht nur wegen dieser zufälligen Berührungen ihrer Finger. Sasha war eine geduldige Lehrerin und dadurch fühlte sich Ash mit jeder Sekunde sicherer. Diesmal brauchte sie kaum noch Anleitung.

Sasha hatte ihr nur zeigen müssen, wie man die pürierten Himbeeren durch ein feines Sieb strich, um die winzigen Kerne zu entfernen, den Rest konnte Ash ohne Hilfe erledigen.

Im Nu hatten sie eine herrliche Himbeerbuttercreme. Normalerweise mochte Ash lieber Erdbeercreme, aber jetzt war sie doch versucht, ihren Finger in die Schüssel zu tauchen und die süße Füllung zu probieren.

Sasha warf einen Blick in die Schüssel. »Oh, das sieht lecker aus.«

Als sie wieder aufsah, stellte Ash fest, dass Sasha es irgendwie geschafft hatte, einen pinkfarbenen Streifen Himbeercreme quer über ihre Wange zu verteilen. In Kombination mit ihrem Piratenkopftuch wirkte es wie eine Narbe, die von einem Säbelzweikampf stammte.

Bevor Ash darüber nachdenken konnte, hatte sie bereits die Hand ausgestreckt, die Creme weggewischt und sich den Finger in den Mund gesteckt. Erst als der fruchtig-süße Geschmack sich auf ihrer Zunge ausbreitete, begriff sie, was sie gerade getan hatte. Ihr Finger glitt aus ihrem Mund.

Sasha starrte sie mit großen Augen an. In ihrem Blick mischten sich Überraschung, Belustigung und etwas anderes – etwas, das Ash ganz warm werden ließ. »Du bist wohl sehr hungrig.« Ihre Stimme war heiser.

Du hast keine Ahnung, wie hungrig ich bin. Ash kam sich vor, als wäre sie schon ihr ganzes Leben lang ausgehungert.

»Wenn das so ist, kannst du ruhig noch mehr davon haben.« Sasha fuhr mit dem Finger über einen der Rührbesen, verteilte den Klecks Himbeerbuttercreme quer über Ashs Gesicht und wischte sich dann den Finger an Ashs Schürze ab.

Ash hob die Hand und berührte die klebrige Substanz auf ihrer Wange. Mit aufgerissenen Augen starrte sie dann auf ihre Fingerkuppen hinab. »Ich kann nicht fassen, dass du das getan hast!«

Sasha grinste. »Neue Bäckerinnen müssen getauft werden. Du und deine strahlend weiße Schürze habt ohnehin viel zu sauber ausgesehen. Das konnte ich nicht zulassen.«

»Hmm. Deiner Schürze fehlt auch noch ein wenig Pink.« Ash fuhr mit dem Finger über den zweiten Quirl und wischte dann quer über Sashas Schürze, sodass sich zusammen mit einem braunen Strich, der sich bereits dort befand, ein X auf ihrer Brust formte. *Auf ihrer wunderbar weichen Brust. Oh Scheiße.* Hitze stieg ihr ins Gesicht. *Was habe ich nur ständig mit ihren Brüsten?*

Sasha starrte auf ihre Schürze hinab. Offensichtlich hatte sie nicht damit gerechnet, dass Ash so etwas tun würde.

Ehrlich gesagt hatte Ash sich selbst überrascht. Wenn sie mit Sasha zusammen war, tat sie öfter Dinge, die sie sich nie hätte vorstellen können. »Tut mir leid. Ich wollte dich nicht …«

Sasha ließ sie nicht aussprechen. Sie schnappte sich beide Rührbesen und wischte sie an Ashs Schürze ab.

Himbeercreme spritzte auf Ashs weißes T-Shirt.

Na warte! Ash tauchte zwei Finger in die Schüssel und nahm sich etwas Creme.

Sasha wich nicht zurück. Mit herausfordernd blitzenden Augen sah sie Ash entgegen. »Das wagst du nicht.«

Damit hatte sie genau das Falsche gesagt. Ash war ihr ganzes Leben lang ständig unterschätzt worden und sie wollte nicht, dass ausgerechnet Sasha sie genauso sah. Sie schleuderte Sasha die Creme mitten ins Gesicht.

Ein überraschtes Keuchen hallte durch die Backstube und Ash war sich nicht sicher, ob es von Sasha oder von ihr selbst gekommen war.

Langsam öffnete Sasha die Augen, die sie reflexartig geschlossen hatte, und wischte sich die Creme aus dem Gesicht. »Oh, dafür wirst du bezahlen!« Sie nahm Ash die Schüssel ab, tauchte ihre gesamte Hand hinein und beförderte drohend eine Handvoll pinkfarbene Masse zutage.

Oh, oh. Ash wich zurück. Nach ein paar Metern prallte sie mit dem Rücken gegen die Arbeitsplatte. Ihr Blick huschte umher, doch sie konnte keinen Fluchtweg entdecken.

Sasha ragte mit einem triumphierenden Grinsen über ihr auf. »Jetzt hab ich dich!« Sie rieb eine Handvoll Buttercreme in Ashs Gesicht, als wäre es Schnee.

Ash versuchte, auszuweichen. Sie leckte sich ein wenig Himbeercreme von der Lippe. Gott, sie war köstlich, vermutlich sogar besser als die Erdbeercreme, aber das würde sie natürlich niemals zugeben. Trotzdem verlangte die Attacke nach Rache. Da Sasha viel stärker war und immer noch die Schüssel mit der Creme in der Hand hatte, brauchte Ash neue Munition.

Auf dem Arbeitstisch stand noch die Mehltüte.

Ash stürzte sich darauf, griff hinein und schleuderte Sasha eine Handvoll Mehl entgegen.

Im Gegenzug warf Sasha Buttercreme nach ihr.

Im Nu entstand ein Handgemenge. Lachend und kreischend bewarfen sie einander mit Mehl, Puderzucker und jeder anderen Zutat, die gerade in Reichweite war.

Sasha schlitterte durch eine Pfütze, die sich auf den Fliesen bildete, kam vor dem riesigen Kühlschrank zu stehen und riss die Tür auf, um dahinter in Deckung zu gehen. Mit einem Triumphschrei entdeckte sie irgendetwas im Kühlschrank.

Oh nein. Es war eine Schachtel Eier. Wenn Sasha die in die Hände bekam, sah es für Ash schlecht aus. Ash nahm Anlauf und stürzte sich auf sie, um sie vom Kühlschrank wegzureißen.

»Uff!« Sasha ließ die Eier fallen.

Beide gingen zu Boden. Sasha lag keuchend auf den Fliesen, während Ash auf ihr zu ruhen kam.

»Gib mir die Eier, sonst …« Ash versuchte, an die Schachtel zu gelangen, aber Sasha hatte sie vor ihr gepackt und hielt sie nun außer Reichweite.

»Sonst?«, fragte Sasha.

»Sonst muss ich mir irgendetwas Drastisches einfallen lassen.«

Sasha warf ihr ein herausforderndes Grinsen zu. »Was denn?«

»Zum Beispiel …« Ash hielt inne. Ihre Rippen und ihre Wangen schmerzten, weil sie schon seit Jahren nicht mehr so viel gelacht hatte. Sie starrte auf Sasha hinab, die noch immer lachte. Der Klang vibrierte durch Ashs Körper hindurch.

Pinkfarbene Creme lief Sashas Nase hinab. Sie hatte ihr Kopftuch verloren und ihre Haare waren weiß vom Mehl. Puderzucker klebte an ihren Wangen und ihren nackten, muskulösen Armen und Ash hatte plötzlich den Drang, ihn abzulecken. Gott, Sasha war wunderschön.

»Zum Beispiel das hier.« Ash beugte sich hinab und küsste sie.

Einen pochenden Herzschlag lang erstarrte Sasha.

Oh Mist.

Bevor Ash zurückweichen konnte, öffnete sich Sashas Mund unter ihrem. Sasha ließ die Schachtel mit den Eiern fallen und schlang die Arme um Ash. Ihre Lippen liebkosten Ashs, zuerst ganz langsam und behutsam.

Ashs Augen fielen zu und alle anderen Sinne erwachten. Sashas Duft, der Himbeergeschmack auf ihren Lippen und die Wärme ihrer Haut raubten ihr den Atem.

Dann berührte Sasha Ashs Zungenspitze mit ihrer eigenen. Sofort durchströmte brennendes Verlangen Ashs Körper und der Kuss wurde leidenschaftlicher.

Ihre Zungen glitten langsam und sinnlich übereinander, streichelten, neckten und erkundeten.

Gott, sie schmeckte so unglaublich gut, nach Himbeeren, einem Hauch Tacogewürz und einfach nur Sasha. Ash konnte nicht genug von ihr bekommen. Sie nahm Sashas Gesicht in beide Hände und hielt sie fest, um den Kuss vertiefen zu können.

Sasha legte eine ihrer starken und doch sanften Hände in Ashs Nacken, während ihre andere Hand auf ihrem Rücken zu ruhen kam.

Oh Gott. Mehr. Ash drückte sich an sie und drängte ihre Hüften zwischen Sashas muskulöse Schenkel.

Sasha bäumte sich auf, ihr entgegen. Ein leises Stöhnen entrang sich ihrer Kehle, als sie sich noch inniger küssten.

Der sinnliche Laut jagte Ash eine Gänsehaut über den Rücken. Sie drückte sich noch enger an Sasha und nahm eine Hand von ihrem Gesicht, um ihre Schulter zu streicheln. Sie wollte … brauchte unbedingt das Gefühl ihrer warmen, weichen …

Ein schrilles Klingeln drang zu ihrem vernebelten Gehirn durch.

Was zum Teufel? Ash unterbrach den Kuss und schnappte keuchend nach Luft. Einige Sekunden lang starrte sie auf Sasha hinab, ohne zu begreifen, was geschehen war und wie sie in diese Position gekommen waren.

Sie lagen auf dem Boden, inmitten einer Mischung aus Mehl, Puderzucker und Buttercreme. Aus der Schachtel neben ihnen tropfte Eigelb auf die Fliesen und die Backofenuhr machte einen ohrenbetäubenden Lärm.

Sasha nahm die Hand von Ashs Nacken, doch die andere blieb, wo sie war, auf ihrem Rücken. Ihre Lippen waren rot von ihren Küssen und ihre Pupillen waren geweitet, sodass ihre Augen so dunkel wie die Schokoglasur auf ihrem Orangenkäsekuchen wirkten.

Sie starrten einander an. Ihre Körper waren noch immer aneinandergepresst und ihre Gesichter nur wenige Zentimeter voneinander entfernt.

»Ashley, ich …«

Im Verkaufsraum nebenan wurde ein Schlüssel ins Schloss geschoben. »Ich bin's nur, Sasha«, rief Mae.

»Scheiße!« Ash sprang auf, rutschte in der Buttercreme aus und wäre beinahe hingefallen.

Sasha setzte sich auf und umklammerte Ashs Beine, um sie vor einem Sturz zu bewahren.

Als Maes Schritte sich der Schwingtür näherten, löste Ash sich aus Sashas sanftem Griff. Ihr Herz trommelte in einem wilden Stakkato gegen ihre Rippen. »Ich muss gehen.«

»Was?« Sasha blinzelte zu ihr auf. Puderzucker klebte an ihren Wimpern. »Jetzt? Ach, komm schon, Ash. Lass uns reden.«

Ash wich zurück. »Nein, Sasha. Ich kann nicht.« Sie wirbelte herum, riss die Hintertür auf und stürzte aus der Backstube.

»Du hast noch nicht einmal die Cupcakes probiert«, rief ihr Sasha hinterher.

Ash blieb nicht stehen. Der Gedanke an Cupcakes war nicht verlockend. Die einzige Verlockung, nach der ihr Körper sich sehnte, waren mehr von Sashas Küssen und das jagte ihr Angst ein. Als sie zu ihrem Auto rannte, berührte sie ihre Lippen, die noch immer kribbelten. *Gütiger Gott.*

Plötzlich schien nichts mehr wie zuvor und sie wusste nur eine einzige Sache mit Gewissheit: So war sie noch nie geküsst worden und sie hatte auch noch niemals jemanden auf diese Weise geküsst.

Wie Szenen aus einem Film schossen ihr Bilder der vergangenen Minuten durch den Kopf. Gott, hatte sie wirklich Buttercreme nach Sasha geworfen und sie zu Boden gerissen? War sie tatsächlich diejenige gewesen, die den Kuss initiiert hatte? Das sah ihr gar nicht ähnlich.

Vielleicht aber doch. Und das jagte ihr noch mehr Angst ein, denn sie hatte keine Ahnung, was sie mit dieser völlig neuen Ashley anfangen sollte.

»Verdammt!« Sasha starrte ihr nach.

Nun, da sie keinen Körperkontakt mit Ashley mehr hatte, spürte sie erst, wie kalt die Fliesen waren und dass eine Mischung aus Ei und Buttercreme durch den Stoff ihres T-Shirts drang.

Sie erhob sich und schüttelte ihre Schürze aus. Eine Wolke aus Mehl und Puderzucker senkte sich auf sie herab.

Die Schwingtür wurde aufgestoßen und ihre Tante blieb im Türrahmen stehen, als wäre sie gegen ein unsichtbares Hindernis geprallt. Mit großen Augen sah sie sich in der Backstube um.

Sasha folgte ihrem Blick. Spritzer von pinkfarbener Buttercreme waren über den Arbeitstisch, die Schränke und den Kühlschrank verteilt. Eine dünne Schicht aus Mehl und Puderzucker bedeckte die Arbeitsflächen und den Boden. Die einzige Stelle, an der die schwarz-weißen Fliesen noch sichtbar waren, war dort, wo Ashley und sie sich geküsst hatten, so als würde es sich bei der weißen Substanz um Schnee handeln, der durch die Hitze ihrer Körper geschmolzen war.

Großer Gott. Sasha wischte sich über ihr klebriges Gesicht.

Ihre Tante presste eine Hand auf ihren Mund. »Grundgütiger! Was ist denn hier passiert?«

Ashley. Ashley ist passiert. Um sich etwas Zeit zu verschaffen, öffnete Sasha den Ofen, nahm die beiden Backbleche heraus und stellte sie zum Abkühlen auf ein Kuchengitter. »Nur ein kleiner Unfall«, sagte sie, während sie Tante Mae den Rücken zuwandte.

War das die Erklärung, auf die Ashley und sie sich einigen würden? Würden sie das, was zwischen ihnen vorgefallen war, als ein einmaliges Versehen bezeichnen, das nur auf einen Augenblick der Verwirrung zurückzuführen war und sich nie wiederholen würde?

Da Ashley aus der Backstube geflohen war, als wäre der Teufel hinter ihr her, würde vermutlich genau das passieren.

Vielleicht war es gut so. Sasha war nicht auf eine Beziehung aus und schon gar nicht mit einer Person, die so kompliziert wie Ashley war.

Aber nach diesem Wahnsinnskuss war ihr Körper anderer Meinung. Gott, es war so unglaublich heiß gewesen, wie Ashley sich zu ihr herabgebeugt und sie einfach geküsst hatte. Ashley hatte sie überrascht, zuerst als sie ihr spielerisch Buttercreme ins Gesicht geschmiert hatte und dann mit ihrer Leidenschaft. Hätte der verflixte Küchenwecker nicht geklingelt und hätte ihre Tante nicht die Bäckerei betreten, lägen Ashley und sie vermutlich noch immer eng aneinandergepresst am Boden und würden sich inmitten von Mehl und Puderzucker küssen.

»Ein Unfall?«, wiederholte ihre Tante. »Mit einem Elefanten? Genau so sieht meine Backstube nämlich aus. Als wäre eine Herde Elefanten hier durchgetrampelt.«

»Deine Backstube?« Sasha zog es vor, sich auf diesen Teil der Unterhaltung zu konzentrieren, da sie keine Ahnung hatte, was sie zum Rest sagen sollte. »Ich dachte, du wolltest dir einen Schaukelstuhl kaufen und deine wohlverdiente Rente genießen?«

»Von Schaukelstühlen wird mir übel und Rente ist was für alte Leute. Ich dachte, ich komme vorbei, um zu sehen, ob du Hilfe brauchst.« Tante Mae sah hinüber zu den Eiern, die eine Pfütze auf dem Fußboden bildeten. »Und scheinbar ist das der Fall.«

»Nein, Tante Mae. Du musst mir nicht helfen. Ich habe das Chaos angerichtet, deshalb muss ich es auch beseitigen.«

»Tja, wenn du meinst.« Tante Mae rührte sich nicht aus dem Türrahmen weg.

Seufzend ließ Sasha heißes Wasser in die Spüle laufen und begann, die klebrigen Arbeitsflächen abzuwischen.

»Willst du darüber reden?«, fragte ihre Tante nach einer Weile. »Über die Elefanten, die hier durchgetrampelt sind. Oder vielmehr eine ganz bestimmte Elefantendame.«

Der Putzlappen landete platschend in der Spüle. Sasha starrte sie an. »Woher weißt du das?«

Ihre Falten gruben sich tiefer ins Gesicht ihrer Tante ein, als sie lächelte. »Fußspuren verlaufen quer durch die Küche und sie sind viel kleiner als deine Latschen der Größe 43.«

Sasha blickte zu Boden. Tatsächlich führte eine Spur aus dotter-gelben und pinkfarbenen Fußabdrücken zur Hintertür. *Mist.* Einen Moment lang fühlte sich Sasha wieder wie damals, als sie dabei erwischt worden war, wie sie Travis' Cousine Kristi geküsst hatte, die aus New York zu Besuch war. Aber sie war längst nicht mehr vierzehn und Ashley würde die Stadt nicht am Ende der Sommerferien verlassen. Sie würden irgendwie mit dem, was zwischen ihnen passiert war, umgehen müssen.

»Lass mich raten.« Tante Mae deutete auf die Fußabdrücke. »Die stammen von Ashley Gaines' niedlichen, pinkfarbenen Turnschuhen.«

»Äh …« Sasha hatte nie Geheimnisse vor ihrer Tante gehabt. Tante Mae hatte sie praktisch großgezogen. Sie hatte es nicht verdient, belogen zu werden. »Ja.«

Die Augen ihrer Tante funkelten hinter ihren grün getönten Brillengläsern. »Bedeutet das hier«, sie wedelte mit dem Finger durch die Luft in einer Geste, die das gesamte Chaos in der Backstube einschloss, »dass du sie endlich geküsst hast?«

Sasha, die eben den Putzlappen aus der Spüle gefischt hatte, ließ ihn ein zweites Mal fallen. »Woher weißt du, dass ich …? Also dass sie …? Dass wir …?«

»*Grüne Tomaten*«, sagte ihre Tante, als würde das alles erklären.

Sasha lehnte sich gegen die Spüle und schüttelte langsam den Kopf. Sie fühlte sich, als hätte sie Buttercreme im Kopf, die ihr das Gehirn verklebte und sie daran hinderte, klar zu denken. »Äh, wie bitte?«

»Der Film«, sagte Tante Mae. »Kennst du den denn nicht?«

»Doch, natürlich.« Sasha hatte den Film sicher schon ein Dutzend Mal gesehen, obwohl das Ende sie immer zum Weinen brachte. Doch sie konnte Idgies Hosenträgern und dem süßen Lächeln von Mary-Louise Parker einfach nicht widerstehen. »Aber was hat der Film denn damit zu tun?«

»Wusstest du, dass die Szene, in der Idgie und Ruth sich gegenseitig mit Backzutaten bewerfen, symbolisch für eine Sexszene steht?« Ihre Tante grinste wissend und zwinkerte ihr zu. »Als ich die Backstube gesehen habe, war mir sofort alles klar.«

Sasha starrte sie an. »Aber Ashley und ich … wir haben gar nicht … Wir hatten keinen Sex!«

»Aber du hast sie geküsst«, sagte Tante Mae triumphierend.

»Nein, ich …«

»Komm schon, Liebes! Du erwartest doch nicht im Ernst, dass ich dir glaube, du hättest in den vergangenen vier Wochen praktisch unseren gesamten Backwarenbestand hinüber in den Blumenladen geschleppt, weil die Orchideen plötzlich ihre Vorliebe für Vanillecupcakes entdeckt haben, oder? Du bist total verschossen in sie! Gib's doch einfach zu.«

»Nein, bin ich nicht. Ich …« Sasha schloss den Mund wieder. Wem wollte sie eigentlich etwas vormachen? »Na ja, okay, vielleicht ein klitzekleines bisschen.« Sie hielt Daumen und Zeigefinger ein paar Millimeter auseinander. »Aber um das klarzustellen, ich habe nicht sie geküsst, sondern sie mich.«

Tante Mae pfiff durch ihre dritten Zähne. »Ich hätte nicht gedacht, dass sie sich das trauen würde.«

»Ich auch nicht«, murmelte Sasha. »Sie hat mich total überrascht.«

»Aber du hast den Kuss doch erwidert, oder?«, fragte ihre Tante.

Sasha lachte. »Teufel, ja! Ich bin doch nicht blöd. Ich meine, sie ist wunderschön, richtig süß und wenn man sie erst mal aus der Reserve gelockt hat, ist sie auch ganz schön witzig. Und sie kann verdammt gut küssen.« Sie fuhr sich mit dem Finger über ihre Unterlippe. Noch immer konnte sie Ashleys Mund auf ihrem spüren. Dann hielt sie inne, als ihr bewusst wurde, was sie gerade tat.

»Ja, natürlich, du bist nur ein klitzekleines bisschen verschossen.« Ihre Tante schenkte ihr ein neckisches Grinsen. »Bist du sicher, dass es nicht mehr als das ist?«

»Ziemlich sicher.« Das stimmte doch, oder? Ashleys überstürzte Flucht aus der Backstube bewies, dass sie wie Sashas Mutter war. Eine Frau wie sie würde ihr nur das Herz brechen, wenn Sasha sich auf sie einließ. »Keine von uns ist an einer Beziehung interessiert.«

»Das trifft vielleicht auf Ashley zu, aber ich glaube, du bist im Grunde schon der Beziehungstyp.« Der neckische Tonfall war aus der Stimme ihrer Tante verschwunden. »Ich möchte bloß nicht, dass du eines Tages bereust, dich und andere so vorschnell als nicht an einer Beziehung interessiert abgestempelt zu haben.«

Sasha musterte das vertraute Gesicht ihrer Tante. »Bereust du es, nie eine längere Beziehung gehabt zu haben? Seit ich als Kind praktisch bei dir eingezogen bin, hast du dich völlig auf mich konzentriert. Ich hoffe, du hattest nie das Gefühl, dein eigenes Glück aufgeben zu müssen, um für mich da sein zu können.«

Ihre Tante betrat die Backstube, ohne darauf zu achten, was das Chaos am Boden mit ihren Schuhen anrichten würde, und schlang beide Arme um Sasha. Ihr Kopf ruhte an Sashas Schulter. »Du und die Bäckerei seid mein Glück. Ich hoffe, das weißt du.«

Sasha schluckte gegen den Kloß in ihrem Hals an. Sanft drückte sie ihre Tante. »Das weiß ich. Aber du hättest auch alles drei haben können – mich, die Bäckerei und eine Beziehung.«

»Hey, das kann ich immer noch. Ich bin heißer als ein Apfelstrudel, der frisch aus dem Ofen kommt.« Tante Mae warf ihre gefärbten Haare zurück.

Beide lachten und wurden dann wieder ernst.

»Ich habe nie einen Mann kennengelernt, mit dem ich mir vorstellen konnte, alt zu werden«, sagte ihre Tante. »Aber falls es dir passiert, versprich mir bitte, dass du nicht davonlaufen wirst.«

»Ich?« Sasha sah zur Hintertür. »Ich bin nicht diejenige, die fluchtartig aus der Backstube gerannt ist.«

Ihre Tante tätschelte ihr die Schulter. »Man kann auf unterschiedliche Weise davonlaufen. Manchmal rührt man sich nicht vom Fleck und läuft dennoch davon.« Sie starrte auf ihre Hand und rieb die Finger gegeneinander, die jetzt sicher klebrig waren. »Himmel, was habt ihr beide denn gemacht? Euch durch die Buttercreme gerollt? Bist du sicher, dass ihr keinen Sex auf dem Fußboden hattet?«

»Ich denke, daran könnte ich mich erinnern.« Schon der Kuss würde ihr vermutlich bis ans Ende ihrer Tage ins Gedächtnis gebrannt bleiben.

»Ja, ich vermute es auch. Es sind immer die stillen Wasser wie Ashley, die im Bett – oder auf dem Fußboden – richtige Wildkatzen sind.«

Sasha starrte ihre Tante mit offenem Mund an. Obwohl sie Tante Mae schon ihr ganzes Leben lang kannte, überraschten ihre Sprüche sie manchmal trotzdem. »Na, herzlichen Dank. Bring mich bloß nicht auf dumme Gedanken.« Sie blickte ihre Tante ernst an. »Dir ist sicher klar, dass du niemandem auch nur ein Wort über all das hier verraten kannst, oder?« Sie wedelte mit der Hand durch die Backstube und deutete dann in die Richtung, in die Ashley verschwunden war. »Ashley hat eine Heidenangst davor, geoutet zu werden.«

Ihre Tante gab ihr einen weiteren Klaps auf die Schulter. »Keine Sorge, Liebes. Du weißt, dass ich nie über dein Privatleben mit den anderen Hundebesitzern im Park oder mit den Damen vom Bridgeklub rede. Komm. Meine Schuhe sind ohnehin schon ruiniert, da kann ich dir genauso gut helfen, hier sauberzumachen und neue Buttercreme zu machen, sonst kommst du nicht zu einer vernünftigen Zeit nach Hause. Du musst früh raus und brauchst deinen Schönheitsschlaf.«

Schlaf? Sasha war sich sicher, dass sie heute Nacht kein Auge zumachen würde.

Kapitel 11

Vier Uhr – die Zeit, zu der die Bäckerei zumachte – kam und ging. Nicht, dass Ash etwa die Uhr im Auge behalten hätte.

Na schön, vielleicht doch. Seit zweiundzwanzig Stunden und achtzehn Minuten konnte sie an nichts anderes denken als an diesen total verrückten Kuss. Sie war den ganzen Tag über so abgelenkt gewesen, dass sie zwei Bestellungen durcheinander gebracht hatte. Das war ihr noch nie zuvor passiert. Zum Glück hatte ihr Fahrer sie noch rechtzeitig gefragt, warum das Bestattungsinstitut ein Gesteck mit einem Luftballon bestellt hatte, auf dem *Hurra, es ist ein Mädchen* stand.

Ash wollte sich gar nicht vorstellen, wie Mr. Beasley auf diesen Fehler reagiert hätte.

Selbst Brooke wirkte heute, als wäre sie nicht so ganz bei der Sache. Alle paar Minuten hielt sie inne, stützte sich auf den Besen und sah aus dem Fenster.

Die Glocke über der Tür läutete.

Ash sah auf. Halb hoffte und halb fürchtete sie, es könnte Sasha sein, die ihnen eine Schachtel voller Zitronencupcakes brachte.

Doch es war nur Travis, der in den Laden gelaufen kam, als hätte er es eilig.

»Ist nur Mr. Bonnet.« Brooke klang genauso enttäuscht, wie Ash sich fühlte. »Sieht nicht so aus, als würde Sasha heute Cupcakes vorbeibringen.« Sie schob die Unterlippe vor wie ein schmollendes Kleinkind.

Travis eilte auf den Verkaufstresen zu. »Gott sei Dank. Ich dachte schon, ihr hättet bereits geschlossen.«

Ash sah auf die große Uhr an der Wand. Eigentlich hatte der Laden offiziell seit zwei Minuten geschlossen, aber sie verriegelte die Tür niemals, bevor sie nach Hause ging. So konnte sie noch bis zum Schluss Kunden bedienen, denen in letzter Minute eingefallen war, dass sie noch Blumen brauchten, und konnte noch ein wenig Geld verdienen. »Nein, wir sind noch hier. Was kann ich für dich tun?«

»Du kannst mir das Leben retten.«

»Wenn es um eine lebensbedrohliche Situation geht, solltest du dich vielleicht lieber an die Notaufnahme wenden.« Ash lachte. »Meine Blumen sind zauberhaft, aber Wunder können sie nicht bewirken.«

»Ich glaube kaum, dass die Notaufnahme mir weiterhelfen kann. Es sei denn, sie können mir ein Zweitgehirn implantieren.«

Ash warf ihm einen mitfühlenden Blick zu. »Autsch. Was hast du angestellt?« Sie verkniff sich das *jetzt schon wieder,* das ihr auf der Zunge lag.

Travis seufzte. »Ich habe eine dumme Bemerkung über den Preis der Klamotten gemacht, die Jenny für die Hochzeit gekauft hat. Und die Schuhe. Und die Handtasche.«

»Verstehe. Es ist also ein Blumennotfall.«

Er nickte. »Hast du Blumen, die so etwas ausdrücken wie ›Tut mir leid, dass ich ein Arsch war‹?«

Ash hatte das Gefühl, dass sie selbst ebenfalls eine solche Blume brauchte. »Klar. Soll es ein Strauß oder eine Topfpflanze sein?«

»Eine Topfpflanze bitte«, sagte Travis. »Vermutlich wird es nicht lange dauern, bevor ich wieder Mist baue, und eine Topfpflanze hält länger.«

Ash umrundete den Tresen und ging mit ihm zu dem Regal hinüber, in dem die Topfpflanzen standen. »Wie wäre es mit einer weißen Orchidee? Weiß ist die Farbe des Friedens und der Harmonie.«

»Frieden und Harmonie. Ja, das ist genau das, was ich zu Hause brauche. Gekauft.« Er schnappte sich die größte Orchidee und klemmte sie sich unter den Arm, als wäre sie ein Football.

»Äh, soll ich sie dir vielleicht einpacken?«

»Oh. Ja. Das wäre nett.« Er gab ihr die Pflanze und Ash wickelte sie in Seidenpapier, während Brooke seinen Kauf in die Kasse eingab.

Travis steckte seine Kreditkarte wieder ein und nahm die Orchidee entgegen. »Drück mir die Daumen. Ich kann dir sagen, wie gut deine Blume gewirkt hat, wenn wir uns im Johnny's sehen.«

Ash nickte. »Bis Samstag.« Dann würde sie vermutlich auch Sasha sehen. Aber bis dahin waren es noch zwei Tage. War es fair, so lange zu warten? Ash war klar, dass sie von Sasha nicht erwarten konnte, immer auf sie zuzukommen. Sie war diejenige, die den Kuss initiiert hatte, und sie war diejenige, die weggelaufen war. Deshalb musste sie jetzt auch diejenige sein, die den ersten Schritt machte und sich entschuldigte.

Vielleicht sollte sie sich an Travis ein Beispiel nehmen und Blumen sprechen lassen.

Sobald Travis gegangen war, warf sie einen Blick auf die verbliebenen weißen Orchideen.

Nein, die kamen nicht infrage, denn Orchideen symbolisierten auch Leidenschaft.

Was hast du gegen Leidenschaft?, meldete sich eine Stimme in ihrem Kopf. Sofort sah sie vor ihrem inneren Auge, wie Sasha ihren Kuss erwidert hatte. Sie konnte ihre Zunge auf eine Weise vibrieren lassen, die Ash ganz schwach in den Knien machte. Hätten sie nicht schon auf dem Boden gelegen, wäre sie vermutlich umgekippt. Ohne jeden Zweifel waren das die leidenschaftlichsten Momente ihres Lebens gewesen.

»Nein«, sagte Ash laut, um die Stimme in ihrem Kopf zu übertönen. »Keine Orchideen.«

Brooke sah von der Arbeitsfläche auf, die sie gerade abwischte. »Äh, keine Orchideen wofür?«

»Ach, nichts. Ich denke nur laut. Ich überlege, ob ich einer Freundin Blumen vorbeibringen soll, und frage mich, welche die richtigen für sie wären.« Als sie das Wasser in den Blecheimern austauschte, sah sie sich die Schnittblumen an, die sie auf Vorrat hatten.

Die lavendelfarbenen Rosen waren heute besonders hübsch, aber sie waren ebenfalls keine Option, da sie Liebe auf den ersten Blick repräsentierten. Pinkfarbene Kamelien kamen auch nicht infrage, denn sie sagten der Empfängerin *Ich sehne mich nach dir*. Die Botschaft von Lathyrus – *danke für eine gute Zeit* – schien auch etwas zweideutig, wenn man bedachte, wie die gemeinsam verbrachte Zeit gestern Abend geendet hatte.

Leider hatten sie keine Blume, die so etwas aussagte wie *Tut mir leid, dass ich dich geküsst habe und dann weggelaufen bin.*

»Du lässt die kühle Luft aus dem Kühlraum entweichen«, sagte Brooke. »Das muss ja eine ganz besondere Freundin sein, wenn du so lange brauchst, um dich für eine Blume zu entscheiden.«

»Ja, das ist sie«, sagte Ash im Flüsterton, denn ihre Worte waren nicht für Brookes Ohren bestimmt. Lauter fügte sie hinzu: »Es ist nicht einfach, eine Blume zu finden, die genau das ausdrückt, was ich sagen möchte.«

Brooke zuckte mit den Schultern. »Die meisten Leute haben sowieso keine Ahnung, was die verschiedenen Blumen bedeuten.«

»Ich würde es aber wissen«, sagte Ash leise.

»Mann, du machst es kompliziert. Warum schenkst du ihr nicht einfach etwas ganz anderes?«, schlug Brooke vor. »Vielleicht einen Cupcake oder so.«

Ash lachte nervös. »Das wäre keine gute Idee.« Cupcakes hatten sie überhaupt erst in diese missliche Lage befördert. Sie nahm die übrig gebliebenen

Alstroemerien und schloss die Tür zum Kühlraum. Inkalilien standen für Freundschaft und Sasha schienen die Blumen in Hollys Probestrauß gefallen zu haben. »Du kannst gern Feierabend machen. Ich muss nur noch abrechnen und das Geld zur Bank bringen.«

Brooke nahm ihre Jacke und zog sie an. Doch dann blieb sie mitten im Laden noch einmal stehen. »Äh, könnte ich schon das Geld für diese Woche bekommen? Logan und ich fahren heute Abend nach St. Joe, um uns einen Film anzusehen, und ich bin total pleite.« Sie stülpte ihre Hosentaschen nach außen, als wollte sie es beweisen.

»Logan?« Es war das erste Mal, dass Brooke ihn erwähnte. »Moment mal! Du gehst mit dem Sohn der Beasleys aus?«

»Quatsch!« Aber Brooke wurde puterrot bis zu den Wurzeln ihrer Haare, die sie letzte Woche blau gefärbt hatte. »Wir sind nur Freunde. Deshalb brauche ich ja das Geld. Ich will nicht, dass er für uns beide bezahlt und dann meint, es wäre ein Date.«

Ash wünschte, sie wäre in Brookes Alter schon so weise gewesen und hätte derart genau gewusst, was sie wollte und was nicht. »Das ist eine gute Idee.«

»Dann meinst du also, es wäre keine gute Idee, mit ihm auszugehen? Nicht, dass ich das will. Ich meine, mal ganz allgemein gesprochen.«

Das wissende Grinsen auf Ashs Lippen erstarb. Oh Mann, warum musste Brooke ausgerechnet sie um Rat fragen, wenn es um Beziehungen ging? Das war, als würde man den achtundneunzigjährigen Mr. Gillespie nach Tipps für das Komponieren von Rapmusik fragen. »Ich weiß es nicht, Brooke. Ich kenne nur seine Eltern. Mit Logan habe ich bisher kaum gesprochen.«

Brooke schob die Hände in ihre Jackentaschen. »Ja. Ist auch egal. War ja nur hypothetisch.«

Das nahm Ash ihr nicht ab. Sie versuchte, irgendetwas Hilfreiches zu sagen. Welchen Rat würde Sasha wohl geben, wenn sie jetzt hier wäre? »Wie behandelt er dich denn?«

»Kommt drauf an. Wenn wir allein sind oder mit Freunden abhängen, dann ist er wahnsinnig nett. Er hört mir zu, weißt du? Als ob meine Meinung ihm wichtig ist.«

»Das klingt gut.« Ash wusste, dass Brookes Eltern sie nicht mit so viel Achtung behandelten. Die meiste Zeit über schienen sie es für eine angemessene Form der Kommunikation zu halten, Brooke anzuschreien.

»Ja, aber er will nicht, dass seine Eltern erfahren, dass er mit mir abhängt.« Brooke senkte den Kopf hinter den Kragen ihrer Jacke und zog die Schultern hoch, sodass sie wie eine Schildkröte wirkte, die sich in ihrem Panzer versteckte.

Ashs Magen zog sich zusammen. Fast hätte sie Brooke gesagt, wie dumm Logan doch war, auf eine Freundin wie sie nicht stolz zu sein, aber es stand ihr nicht zu, so etwas zu sagen, insbesondere, nachdem sie Sasha einfach stehengelassen hatte, damit deren Tante sie nicht zusammen sah.

»Tut mir leid, Brooke. Ich wünschte, ich könnte dir einen Rat geben. Das Einzige, das ich dir sagen kann, ist, dass es vermutlich nicht an dir liegt. Es liegt an Logan und seiner eigenen Unsicherheit.«

Brooke sah nicht überzeugt aus. »Wie kannst du das wissen?«

Ash seufzte. »Weil ich schon einmal in derselben Lage war.«

Brooke stieß ein Schnauben aus. »Ja, klar. Jeder weiß, dass du in meinem Alter mit dem beliebtesten Jungen der Schule ausgegangen bist. Ich wette, er hat dich stolz überall herumgezeigt.«

Ash sah zur Tür, um sich zu vergewissern, dass sie nach wie vor allein waren. »Versprich mir, dass du niemandem davon erzählen wirst, was ich dir jetzt sagen werde. Ich möchte niemanden verletzen, indem ich es publik mache.«

»Großes Indianerehrenwort.« Brooke legte sich eine Hand auf die Brust und beugte sich eifrig vor, so als wollte sie bloß kein einziges Wort verpassen.

Mist. Jetzt hatte sie sich in eine Situation manövriert, in der sie aufpassen musste, nicht zu viel zu verraten. Aber es war ihr wichtig, Brooke zu helfen. »Brandon hat mich tatsächlich stolz überall herumgezeigt und ich habe dasselbe mit ihm getan. Aber das war auch schon alles. Wir waren aus dem falschen Grund zusammen, nur weil es von uns als Quarterback und Chefcheerleaderin erwartet wurde, nicht weil wir einander wirklich gern hatten.«

»Habt ihr deshalb Schluss gemacht?«, fragte Brooke.

»Ja, im Grunde schon.« In Wahrheit war es komplizierter, aber das konnte sie Brooke nicht erklären, ohne sich zu outen.

»Willst du damit sagen, dass es eigentlich egal ist, ob Logan mich seinen Eltern verheimlicht, solange wir einander gern haben … ganz hypothetisch gesprochen, meine ich?«

»Nein, das wollte ich damit nicht sagen.« Sie hatte gesehen, was es Holly angetan hatte, ihre Beziehung geheim zu halten. Es hatte Hollys Lebensfreude langsam aber sicher erstickt und das wollte sie Brooke ersparen. »Vielleicht solltest du mit Logan darüber reden und versuchen, gemeinsam eine Lösung zu finden.«

Brooke seufzte. »Was, wenn es keine Lösung gibt? Du kennst doch seine Mutter. Die will, dass er jemanden wie dich mit nach Hause bringt. Nicht eine wie mich.« Sie deutete auf ihre blauen Haare und ihren Nasenring.

Gott, wie ironisch! »Glaub mir, Mrs. Beasley könnte sich glücklich schätzen, jemanden wie dich als Schwiegertochter in spe zu bekommen, und nicht jemanden wie mich.«

Brooke riss ihre mit Kajal umrandeten Augen auf. »Jetzt mal schön langsam. Wir reden hier ganz hypothetisch. Von einer Schwiegertochter war nie die Rede.«

»Ups. Entschuldige. Ganz hypothetisch. Schon klar.« Sie öffnete die Kasse, reichte Brooke ihren Lohn für diese Woche und fügte noch einen Schein mehr hinzu. »Geld fürs Benzin«, sagte sie, als Brooke sie fragend ansah. »Wir wollen ja nicht, dass Logan sich einbildet, es wäre ein Date, weil er der Fahrer ist.«

Brooke lachte. »Stimmt. Danke. Für das Geld und, na ja, den Ratschlag.«

»Gern geschehen.« Ash sah ihr nach. Als die Tür hinter Brooke zufiel, band sie die Alstroemerien zu einem kleinen Strauß. Es war an der Zeit, ihren eigenen Rat zu befolgen und mit Sasha zu reden.

Sasha lag auf der Couch, eine Flasche Bier in den Händen. *The Great British Bake Off* lief im Fernsehen, aber selbst die spannendste Backshow konnte sie heute nicht fesseln.

Reiß dich zusammen. Sie hat dich geküsst und jetzt geht sie dir aus dem Weg. Damit hättest du rechnen müssen. Ashley war heute nicht in die Bäckerei gekommen, aber auch das hätte sie eigentlich nicht überraschen sollen. Vermeidung war Ashleys Art, mit Problemen umzugehen. Schon allein deshalb hätte Sasha ihren Kuss niemals erwidern dürfen.

Sasha schnaubte in ihr Bier. Einem solchen Kuss hätte sie nicht widerstehen können, selbst wenn ihr Leben davon abgehangen hätte. Damals, als sie noch zur Schule gegangen war, hatte sie sich hin und wieder gefragt, wie es sich wohl anfühlen würde, diese weich aussehenden Lippen zu küssen. Doch die Realität übertraf ihre Fantasien noch bei weitem. Niemals hätte sie sich träumen lassen, dass Ashley sie mit einer solchen Intensität küssen würde, so als wollte sie am liebsten in Sashas Körper hineinkriechen, weil sie ihr nicht nah genug sein konnte.

Der bloße Gedanke daran ließ ihr ganz warm werden. Sie nahm einen großen Schluck Bier und verzog dann das Gesicht, weil es lauwarm geworden war.

Als es an der Tür klingelte, hätte sie fast die Flasche fallengelassen.

Ashley! Sie sprang auf, stellte hastig das Bier auf den Couchtisch und hielt sich nur mit Mühe davon ab, zur Tür zu spurten. Vermutlich war es nur Holly oder einer ihrer Nachbarn, nicht Ashley.

Dennoch klopfte ihr Herz schneller, als sie zur Tür ging. *Idiotin.*

Sie warf einen Blick durch den Spion.

Das Erste, was sie sah, war ein Blumenstrauß – Inkalilien, wenn sie sich nicht täuschte. Dann wurden die Blumen etwas zurückgezogen und Ashleys Gesicht erschien in ihrem Blickfeld.

Wow. Sie ist wirklich hergekommen. Das war das dritte Mal in vierundzwanzig Stunden, dass Ashley sie überrascht hatte, erst, indem sie die Cupcakeschlacht initiiert hatte, und dann … Sie schob den Gedanken beiseite. Es war besser, nicht darüber nachzudenken, wie Ashley sie das zweite Mal überrascht hatte.

Doch jetzt hatte sie ihr Blumen mitgebracht. Was hatte das zu bedeuten? War es einfach nur das naheliegende Mitbringsel für eine Floristin oder steckte mehr dahinter?

Ashleys Gesicht kam näher, so als versuchte sie, durch den Türspion zu blicken. Ihre Schultern hoben und senkten sich unter einem lang gezogenen Seufzen, bevor sie sich umdrehte und davonging.

Nein! Sasha riss die Tür auf. »Warte!«

Ashley, die bereits den halben Weg zum Treppenabsatz zurückgelegt hatte, verharrte und drehte sich langsam um. »Oh. Ich dachte, du wärst nicht zu Hause.«

»Ich bin zu Hause.« Sasha verzog innerlich das Gesicht. *Ist ja wohl offensichtlich, sonst könnte ich jetzt nicht mit ihr reden.*

Ashley schabte mit der Sohle ihres pinkfarbenen Turnschuhs über die Treppenstufe, auf der sie stand. »Ähm, hast du kurz Zeit zum Reden?«

Sashas Herzschlag dröhnte in ihren Ohren, als sie nickte und die Tür weiter öffnete. »Klar. Komm rein.«

Die Backshow lief immer noch. Hastig griff Sasha nach der Fernbedienung und drückte den Aus-Knopf.

Stille senkte sich auf das Wohnzimmer herab.

»Oh.« Ashley hielt ihr die Blumen hin, als würde ihr jetzt erst bewusst, dass sie diese immer noch in den Händen hielt. »Für dich.« Ihre Finger zitterten.

Irgendwie war es beruhigend zu wissen, dass auch Ashley den Kuss nicht so einfach beiseiteschieben konnte. »Danke. Ich werde mich bemühen, alles zu tun, damit sie nicht sofort eingehen.« Sie nahm die Blumen entgegen, trug sie in ihre winzige Küchenzeile und kramte auf der Suche nach einer Vase durch ihre Schränke.

»Ich glaube, ich, ähm, sollte mich bei dir entschuldigen«, sagte Ashley, so als fände sie es einfacher, mit Sasha zu reden, während diese ihr den Rücken zuwandte.

Mit einer großen Saftkaraffe in der Hand drehte Sasha sich zu ihr um und musterte Ashleys bleiches Gesicht. Dunkle Schatten unter ihren Augen verrieten, dass auch Ashley kaum geschlafen hatte, doch Sasha fand trotzdem, dass sie wunderschön aussah. »Für was genau willst du dich entschuldigen?«

»Dafür, dass ich dich geküsst habe.« Eine zarte Röte brachte etwas Farbe in Ashleys fahle Wangen. »Das hätte ich nicht tun sollen. Und ich hätte nicht einfach davonlaufen und dich mit dem Chaos zurücklassen sollen, das wir in der Backstube angerichtet haben.«

Sasha sah ihr in die Augen. »Ich will ganz ehrlich sein. Das hat wehgetan.«

Ashley wandte den Blick ab.

»Na ja, der Kuss selbst nicht.« Sasha grinste schief, um die angespannte Atmosphäre etwas aufzulockern. »Das hat kein bisschen wehgetan, obwohl gewisse Teile meines Körpers nicht so ganz glücklich mit dem Ausgang waren.«

Ashleys zartrosa Gesichtsfarbe verdunkelte sich zu einem leuchtenden Pink.

Sasha war sich sicher, dass sie bis zu den Zehenspitzen hinab errötete. Sie versuchte, sich auf die Unterhaltung zu konzentrieren, anstatt sich vorzustellen, wie sich die niedliche Röte über Ashleys Brust und ihren Bauch nach unten ausbreitete. »Was wehgetan hat, war, dass du davongelaufen bist. Genau das hat meine Mutter mir und meinem Vater auch angetan, als ich klein war.«

»Ich weiß. Genau deshalb bin ich hier.« Ashley hielt ihrem Blick stand, obwohl es sie offensichtlich einige Mühe kostete. »Ich möchte dich nicht verletzen, schon gar nicht auf dieselbe Weise, wie sie es getan hat.«

Sasha brauchte einen Moment, um all die Gefühle zu verarbeiten, die diese Aussage in ihr auslöste. In erster Linie war sie dankbar, dass Ashley ihre eigenen Bedürfnisse nicht über Sashas gestellt hatte. Sie wickelte die Blumen aus, füllte den Krug mit Wasser und stellte die Lilien auf den Couchtisch. »Setz dich.«

Ashley folgte ihr zum Sofa. Ohne ihre Jacke auszuziehen, setzte sie sich aufs andere Ende der Couch und begann, die Blumen in der improvisierten Vase vorteilhafter zu arrangieren. Vermutlich beruhigte sie das, deshalb ließ Sasha sie gewähren.

»Freundschaft«, sagte Ashley, als sie von dem Strauß aufsah. »Äh, ich meine, das ist es, was die Inkalilien symbolisieren.«

Die Blumen waren also mehr als eine Entschuldigung. Sie sendeten eine Botschaft – und zwar eine, mit der Sasha nicht so ganz glücklich war.

»Ich kenne dich schon fast mein ganzes Leben lang«, fügte Ashley hinzu. »Seit zehn Jahren komme ich fast jeden Tag in deine Bäckerei, aber richtig *gesehen* habe ich dich bisher nie, wenn du weißt, was ich meine.«

Sasha nickte, obwohl es bei ihr ganz anders gewesen war. In der Schule hatte sie Ashley etwas zu viel Beachtung geschenkt, aber eigentlich hatte sie damals nur Ashleys gutes Aussehen bewundert, sowie ihre Fähigkeit, mit all ihren Mitmenschen zurechtzukommen. Doch jetzt lernte sie die Person hinter dieser Fassade kennen.

»Jetzt, da ich mehr Zeit mit dir verbringe, durfte ich feststellen, was für eine fantastische Freundin du bist. Bei dir kann ich ganz ich selbst sein und das kommt nicht oft vor.« Ein eindringlicher, fast verzweifelter Ausdruck huschte über Ashleys Gesicht. Sasha hatte einen solchen Blick erst einmal bei ihr gesehen – als Ashley sie geküsst hatte. »Ich brauche eine solche Freundschaft in meinem Leben, Sasha. Ich möchte nichts tun, um das zu gefährden.«

»Freundschaft«, wiederholte Sasha. Das Wort hinterließ einen bittersüßen Geschmack in ihrem Mund. »Aber du hast mich geküsst.«

Ashley schluckte. »Ja, habe ich.« Ihre Fingerkuppen tasteten über ihre Lippen, als wäre sie sich dessen nicht bewusst. »Ich gebe zu, dass ich dich attraktiv finde. Ich meine, sieh dich doch an. Wer würde sich nicht zu dir hingezogen fühlen?«

Vielleicht hätte Sasha sich geschmeichelt fühlen sollen, aber im Moment war es ihr völlig egal, ob andere Leute sie attraktiv fanden.

»Aber wir sind zwei erwachsene Frauen«, sagte Ashley. »Es muss nichts bedeuten.«

Der Kuss hatte sich nicht angefühlt, als hätte er nichts zu bedeuten. Aber vielleicht hatte sie das als Einzige so empfunden. »Der Kuss war für dich also nur … was? Eine hormonelle Reaktion ohne jede Bedeutung?«

Ashley sackte gegen die Couchlehne, zog das Gummiband aus ihrem Pferdeschwanz und ließ ihre Haare um ihr Gesicht herum fallen, wie ein Vorhang, der ihre Gefühle verbergen sollte. »Der Kuss«, sagte sie im Flüsterton, »war eines der besten Dinge, die mir je passiert sind.«

Damit hatte Sasha nicht gerechnet. Sofort musste sie gegen den Drang ankämpfen, Ashley in die Arme zu nehmen und ihr noch viel bessere Dinge zu zeigen. Stattdessen flüchtete sie sich in eine scherzhafte Bemerkung. »Ach, nur eines der besten Dinge? Nicht das allerbeste?«

Ashley streckte die Hand aus und kniff sie leicht ins Bein. »Werd bloß nicht übermütig.«

Sie lächelten einander an und Sasha versuchte, das Kribbeln zu ignorieren, das Ashleys Berührung ausgelöst hatte.

Ashley hörte auf zu lächeln, strich ihr Haar hinter ein Ohr zurück und blickte Sasha mit ernster Miene an. »So erstaunlich der Kuss auch war, er ändert nichts daran, dass ich mich nicht auf eine Beziehung mit dir einlassen kann.«

»Beziehung?«, entfuhr es Sasha. »Wer redet denn von einer Beziehung? Ich bin nicht sicher, ob ich für ein Steakessen bereit bin. Aber du hast gesagt, du wärst nicht der Typ für Pizza. Vielleicht könnten wir stattdessen … ich weiß auch nicht, einfach mit der Vorspeise anfangen. Mal zusammen ausgehen und sehen, wohin es führt.«

Ashley wirkte genauso überrascht von diesem Vorschlag, wie Sasha sich fühlte.

Hatte sie das wirklich gerade gesagt? Und hatte sie es ernst gemeint? War sie bereit, mit jemandem auszugehen, insbesondere mit einer Frau, die so kompliziert war wie Ashley? *Es ist erst mal nur eine Vorspeise,* sagte sich Sasha. *Keine ganze Mahlzeit.*

»Sasha.« Ashley seufzte. »Selbst wenn wir das beide wollen würden, wohin sollten wir denn gehen?«

»Gehen?«

»Ja. Wenn wir wirklich auf ein Date gehen. Wir könnten nirgendwo hin, ohne dass die Leute darüber tratschen.«

»Hmm, ich weiß nicht. Wohin bist du denn mit Holly gegangen, als ihr ein Paar wart?«

»Das ist es ja gerade. Wir waren nie auf einem richtigen Date. Ich wusste, dass es sonst nicht lange dauert, bis meine Eltern davon erfahren.« Ashley ließ zittrig ihren Atem entweichen. »Das kann ich nicht. Ich kann sie nicht auch noch verlieren.« Sie zupfte an einer der Lilien herum und entfernte ein Blatt, das sich unterhalb der Wasseroberfläche befunden hatte. »An dem Tag, als Melissa … als sie sich umgebracht hat, da war es meine Mutter, die sie gefunden hat. Es war kurz vor dem Valentinstag und sie war mit mir in die Stadt gefahren, um Bastelkarton und Klebstoff mit Glitzer zu kaufen, damit ich Karten basteln konnte. Als wir zurückkamen, war es merkwürdig still im Haus. Meine Mutter ging nach oben, um nach Melissa zu sehen. Als sie nicht zurückkam, bin ich auch nach oben gegangen.«

Sasha kannte das Ende der Geschichte. Im Laufe der Jahre hatten verschiedene Leute ihr davon erzählt, aber es jetzt von Ashley zu hören, verursachte ihr Magenschmerzen.

»Meine Mutter hat mich aus dem Zimmer gedrängt, bevor ich Melissa sehen konnte. Aber ihr Gesichtsausdruck verriet, dass etwas Furchtbares geschehen sein musste.« Ein Zittern durchlief Ashley. »Manchmal sehe ich diesen

Ausdruck immer noch auf den Gesichtern meiner Eltern, wenn sie glauben, dass ich gerade nicht hinschaue. Nicht zu wissen, warum … warum sie sich das Leben genommen hat, nie irgendwelche Antworten zu erhalten … Das hält den Schmerz am Leben, weißt du? Ich möchte nie etwas tun, was meinen Eltern solche Schmerzen zufügt.«

Wieder hätte Sasha Ashley am liebsten in die Arme genommen und sie vor allen negativen Dingen beschützt, aber sie wusste, dass Ashley das nicht wollte. »Glaubst du …?« Sie musste sich räuspern, bevor sie weitersprechen konnte. »Glaubst du wirklich, dass eine lesbische Tochter für deine Eltern auf derselben Stufe stehen würde wie eine Tochter, die sich umgebracht hat?«

»Auf derselben Stufe?« Ashley schüttelte den Kopf. »Nichts wird jemals so schmerzhaft sein wie das. Aber sie müssten sich trotzdem ständig fragen, was sie wohl falsch gemacht haben, und sie müssten so tun, als würden sie nicht hören, was die Leute hinter ihrem Rücken flüstern. Ein Stigma, das auf der Familie lastet, ist genug. Das kann ich meinen Eltern nicht noch mal antun.«

Sasha fiel nichts ein, was sie darauf entgegnen konnte. Nur zu deutlich spürte sie den Schmerz, der von Ashley ausstrahlte wie eine Welle. »Was bedeutet das für uns?«

Ashley strich mit den Fingerkuppen über eine Blüte der Inkalilien. »Dass wir nur Freundinnen sein können. Gute Freundinnen. Wenn du das möchtest.«

Also würde sie nicht mit Ashley ausgehen. Das hätte ihr eigentlich nichts ausmachen sollen, denn vor etwas mehr als einem Monat hatte sie noch angenommen, dass Ashley heterosexuell war. Aber irgendwie fühlte es sich jetzt so an, als hätte sie die Chance auf etwas verpasst, das das Potenzial hatte, etwas Großartiges zu werden. »Klar«, sagte Sasha und bemühte sich, ganz lässig zu klingen. »Das möchte ich gern.«

Ashley lächelte, aber Traurigkeit umgab sie wie eine Gewitterwolke.

Dachte sie an ihre Eltern und ihre Schwester oder war ein Teil von ihr auch traurig darüber, dass sie nie die Chance haben würden festzustellen, was möglicherweise aus ihnen beiden hätte werden können?

»Was hast du deiner Tante gesagt, als sie die Backstube gesehen hat?«, fragte Ashley nach einer Weile.

Sashas Lächeln wuchs in die Breite und fühlte sich jetzt weniger gekünstelt an. »Dass ein Elefant hindurchgetrampelt ist.«

»Wie bitte?« Ashley klopfte sich auf ihre kurvigen Hüften. »Hast du mich einen Elefanten genannt?«

»Eigentlich haben wir eher von einer ganzen Herde Elefanten gesprochen, denn danach hat die Backstube ausgesehen, nachdem du gegangen warst.«

Ashley wurde rot. »Tja, ich schätze, das ist immer noch besser, als ihr zu sagen, was wirklich passiert ist.«

Sasha zögerte, doch sie wollte Ashley nicht anlügen. »Ich glaube, sie weiß genau, was vorgefallen ist.«

»Du hast es ihr erzählt?«

»Sie hat es sich gedacht, ohne dass ich ein Wort gesagt habe.«

Ashleys Gesichtsfarbe wechselte von leuchtend rot zu kreidebleich. »Sie hat sich gedacht, dass ich lesbisch bin? Dass wir beide …« Sie gestikulierte zwischen ihnen hin und her. »Glaubst du, andere können mir das auch ansehen?«

»Nein«, sagte Sasha rasch. »Tante Mae hat dafür ein besonderes Gespür. Sie wusste schon, dass ich mich für Mädchen und Jungs interessiere, lange bevor es mir selbst klar wurde. Mach dir keinen Kopf. Sie wird es nicht weitererzählen oder dich dafür verurteilen. Ihr ist völlig egal, mit wem du ins Bett gehst.«

»Das ist es ja gerade. Ich gehe mit gar niemandem ins Bett.«

»Ja, da verpasst du so einiges.« Sasha zwinkerte ihr zu. »Nur damit du's weißt, ich hatte noch nie irgendwelche Beschwerden.«

Ashleys Gesichtsfarbe wechselte zurück zu der Farbe eines Feuerhydranten. Schließlich hoben sich ihre Mundwinkel zu einem angedeuteten Lächeln. »Du bist unmöglich.«

»Das ist ein Teil meines Charmes«, sagte Sasha.

Sie grinsten einander an, auch wenn dieses Lächeln ein wenig zaghaft war.

»Ist zwischen uns alles okay?«, fragte Ashley leise.

Sasha unterdrückte ein Seufzen. »Ja.« Vielleicht noch nicht im Moment, aber irgendwann würde sie aufhören, jedes Mal an diesen unglaublich heißen Kuss zu denken, wenn sie Buttercreme machte. Die Erinnerung daran würde im Laufe der Zeit verblassen. Zumindest hoffte sie das.

Kapitel 12

Ash hatte vorgehabt, sich eine Weile von Sasha fernzuhalten, zumindest bis sie Sasha ansehen konnte, ohne sofort an den Kuss zu denken und daran, wie es sich angefühlt hatte, Sashas Körper unter ihrem zu spüren. Doch am Samstagmorgen saß sie in Beths großem Geländewagen, auf dem Weg zu einem Laden für Brautmode in Kansas City.

Sie hatte nicht damit gerechnet, dass Holly sie dabeihaben wollte, doch scheinbar war es ihr und Leo ernst damit, sie an ihrer Hochzeit teilhaben und ihre alte Freundschaft wieder aufleben zu lassen.

Auch Sasha war mitgekommen. Als größte Person im Auto saß sie auf dem Beifahrersitz neben Holly, während Ash auf dem Rücksitz zwischen Beth und Sharon, den Müttern der Bräute, ausharren musste. Die beiden redeten über nichts anderes als Brautkleider, Schuhe und darüber, ob Holly einen Schleier tragen sollte oder nicht.

Sasha drehte den Kopf und schenkte Ash ein mitleidiges Lächeln.

Jetzt verstand Ash, warum Holly sie und Sasha praktisch angefleht hatte, mitzukommen. Sie wollte nicht mit den beiden Müttern allein sein, die nichts anders als die Hochzeitsvorbereitungen im Kopf hatten. Leo hatte angeboten, mitzukommen, aber diesen Vorschlag hatten Beth und Sharon entsetzt abgelehnt. Scheinbar brachte es Unglück, seine Zukünftige schon vor dem großen Tag in ihrem Hochzeitsoutfit zu sehen.

Ash konnte kaum glauben, wie sehr Sharon und Beth ihre Töchter unterstützten. Sie stürzten sich mit einem solchen Eifer in die Hochzeitsvorbereitungen, als hätten sie ihr ganzes Leben lang nur darauf gewartet, dass ihre Töchter einander heiraten würden. Falls Ash jemals eine andere Frau heiraten würde, dann würde ihre Mutter ganz anders reagieren, so viel stand fest.

»… Hochzeit an, Ashley?« Beths Stimme riss sie aus ihren Gedanken.

Ash wandte den Blick von dem Seitenfenster ab, aus dem sie gestarrt hatte. »Wie bitte?«

»Ich habe dich gefragt, was du am Tag der Hochzeit anziehen wirst«, sagte Beth.

»Vermutlich eines meiner Sommerkleider, weil die Trauung im Freien stattfinden wird.«

Beth schüttelte den Kopf. »Ich kann es noch immer nicht fassen, dass Holly und Leo nicht möchten, dass alle Brautjungfern identische Kleider tragen. Ihr Mädchen hättet sicher niedlich darin ausgesehen.«

»Frauen, Mama, nicht Mädchen«, sagte Holly vom Fahrersitz aus. »Und wir haben keine Brautjungfern. Jeder Gast kann anziehen, was er will. Wir möchten, dass unsere Hochzeit ein entspannter Tag mit Freunden und Familie wird, kein Schönheitswettbewerb, für den sich jeder auftakelt und es dann kaum erwarten kann, aus den unbequemen Schuhen und den kneifenden Kleidern herauszukommen.«

»Und außerdem«, fügte Sasha lachend hinzu, »könnt ihr euch mich in einem dieser hübschen, kleinen Brautjungfernkleider vorstellen?«

Beth kicherte. »Oh, das muss ich mir nicht vorstellen. Ich habe noch ein Foto zu Hause, das dich auf Travis' und Jennys Hochzeit zeigt.«

Sasha stöhnte.

War Sasha bei Jennys und Travis' Hochzeit Brautjungfer gewesen? Ash konnte sich nicht daran erinnern und schon gar nicht konnte sie sich Sasha in einem Brautjungfernkleid vorstellen. Sasha in einem maßgeschneiderten Anzug hingegen, wie der, den Leos Kostümdesigner für sie anfertigen würde …

Ash fuhr sich über ihr Kinn, um auszuschließen, dass sie sabberte. Prompt verpasste sie erneut eine Frage, die an sie gerichtet war. Diesmal kam sie von Leos Mutter.

»Tut mir leid, Sharon.« Sie hoffte, dass sie nicht rot wurde. »Kannst du das bitte wiederholen?«

Sasha drehte sich um und blickte durch die Lücke zwischen den beiden Vordersitzen hindurch. »Alles okay?«, fragte sie leise.

Ash nickte. Jetzt wurde sie definitiv rot. »Ich hatte nur noch keinen Kaffee heute Morgen.«

»Oh, Kaffee.« Holly fuhr ein wenig schneller. »Lasst uns beim nächsten Starbucks anhalten.«

Sharon tätschelte Ashs Knie. »Ich wollte wissen, ob du jemanden mit zur Hochzeit bringst.«

Im Auto wurde es still, als alle auf Ashs Antwort warteten.

Ash spürte Sashas Blick auf sich ruhen, deshalb vermied sie es, in diese Richtung zu blicken. »Ihr wisst doch, dass ich single bin. Glücklicher Single. Ich komme allein zur Hochzeit.«

»Warum fragst du nicht Derek?«, wollte Sharon wissen. »Er begleitet dich sicher gern.«

»Oh ja, bestimmt«, murmelte Ash. »Na ja, ich, ähm …« Sie gestikulierte hilflos.

»Es ist völlig okay, allein zu kommen.« Holly nickte ihr im Rückspiegel zu. »Ich bin jahrelang allein auf Hochzeiten gegangen.«

»Das stimmt leider«, sagte ihre Mutter. »Ich hatte die Hoffnung fast schon aufgegeben, dass sie je selbst unter die Haube kommen würde.«

Holly stöhnte. »Mama, bitte!«

»Okay, okay.« Beth wandte sich an Sasha. »Was ist mit dir? Bringst du jemanden mit?«

Ash stellte fest, dass sie die Luft anhielt. Das war doch albern. Es sollte ihr egal sein, ob Sasha jemanden mitbrachte, ob nun einen Mann oder eine Frau.

»Nö«, sagte Sasha. »Ich muss ohnehin die Caterer im Auge behalten, damit sie meine Torte nicht ruinieren. Da hätte meine Begleitung nicht viel Spaß mit mir.«

Das bezweifelte Ash stark. Mit Sasha Zeit zu verbringen, machte immer Spaß, selbst wenn es bei der Arbeit war. Sie biss sich auf die Unterlippe.

»Ich glaube, ihr beide seid so ziemlich die einzigen Gäste, die single sind«, sagte Beth. »Warum geht ihr nicht einfach gemeinsam hin?«

Vor ihrem inneren Auge sah Ash, wie sie an Sashas Arm den Ballsaal des Country Clubs betrat. Eine Mischung aus Panik und Hochgefühl raubte ihr den Atem.

»Die beiden müssen nicht mit irgendjemandem kommen, Mama«, kam Holly ihr zu Hilfe. »Wie ich eben schon sagte, es ist völlig okay, allein zu kommen. Ich habe nie verstanden, warum man unbedingt als Paar gehen muss, nur weil es eine Hochzeit ist.«

»Da vorn ist ein Starbucks.« Sasha tippte an die Windschutzscheibe.

Ash fiel auf, dass Sasha nichts zu Beths Vorschlag, sie sollten zusammen zur Hochzeit gehen, gesagt hatte. Wäre Sasha gern mit Ash zur Feier gegangen, einfach nur als Freundinnen, wenn das für Ash infrage gekommen wäre?

Holly nahm die nächste Ausfahrt und hielt direkt vor der Starbucksfiliale, weil sich vor dem Drive-in eine lange Schlange gebildet hatte.

»Ich hole den Kaffee für alle.« Sasha öffnete die Beifahrertür und bedeutete den anderen, im Wagen zu bleiben. »Ich weiß, was jede will.«

Wusste sie das tatsächlich? Ash ließ den Kopf gegen die Rückenlehne sinken. Im Moment wusste sie nicht einmal selbst, was sie wollte.

Einige Minuten später setzten sie ihren Weg fort und es dauerte nicht lange, bis sie das Brautmodengeschäft erreicht hatten.

»Oh, die Boutique ist kleiner, als ich dachte«, sagte Beth, als sie aus dem Auto stiegen. »Meinst du wirklich, du findest hier etwas? Vielleicht hättest du Leos Angebot annehmen und nach New York fliegen sollen, um bei Kleinfeld einzukaufen.«

Ash verschluckte sich fast an ihrem letzten Schluck Kaffee. Die meiste Zeit über war Leo nur ihre ehemalige beste Freundin für sie. Sie war so bodenständig, dass man leicht vergessen konnte, wer sie wirklich war – ein Superstar, der es sich leisten konnte, seiner Verlobten eine Reise nach New York und ein maßgeschneidertes Kleid von der teuersten Brautmodenboutique im Land zu spendieren.

Plötzlich kamen Ash Zweifel. Konnte ihr bescheidener, kleiner Blumenladen mit den berühmten Floristen mithalten, die Leo hätte engagieren können, oder würde ihre Deko eine Enttäuschung für ihre Freundinnen sein?

Eine warme Berührung am Rücken riss sie aus ihren panischen Gedanken.

Sasha war neben ihr stehen geblieben, um ihr die Tür aufzuhalten. Sie schien nicht einmal zu bemerken, dass sie Ash berührt hatte.

»Danke.« Ash dankte ihr vor allem für die beruhigende Berührung, doch sie wusste, dass Sasha annehmen würde, dass sie das Aufhalten der Tür meinte.

»Bitte.«

»Das passt schon, Mama«, sagte Holly. »Der Laden mag klein sein, aber ihre Kleider sind einzigartig, nicht nur von der Stange. Ich bin sicher, ich werde ein schönes Kleid finden.«

Ash folgte Holly und den beiden Müttern in den Laden und war sich dabei Sashas Präsenz hinter ihr allzu bewusst.

Die Boutique war zwar klein, doch dafür war sie bis zum hintersten Winkel gefüllt mit Brautkleidern aus Brüsseler Spitze, Tüll, Satin und Taft. Schaufensterpuppen führten weitere Kleider in allen möglichen Stilformen vor.

»Oh, sind die nicht wunderschön?« Sharon blieb mitten im Laden stehen, um die Kleider zu bewundern. »Wollt ihr bei dem Anblick nicht auch sofort heiraten?«

Ash und Sasha sahen einander an. »Nein«, antworteten sie gleichzeitig und grinsten sich dann an.

Eine Verkäuferin um die fünfzig, mit Pausbacken und einem freundlichen Lächeln, kam mit Champagnergläsern auf sie zu.

Ash lehnte ab. Sasha so dicht neben sich zu haben, stieg ihr schon genug zu Kopf, da brauchte sie nicht noch Alkohol.

»Wissen Sie schon, welche Art von Kleid Sie haben möchten?« Die Verkäuferin deutete auf verschiedene Kleider. »Etwas Modernes, Sinnliches oder lieber ein charmantes, traditionelles Kleid?«

»Etwas Traditionelles«, sagte Holly. »Ich hätte gern ein Kleid, das einfach und doch elegant ist.«

»Wie wäre es mit etwas in der Art?« Die Verkäuferin nahm ein Kleid von einem Ständer und hielt es in die Höhe.

Holly rümpfte die Nase. »Nein, eher nicht. Bitte keine riesigen Schleifen, keine Rüschen und keine Schleppe. Ach, und wenn es geht auch kein Kleid, bei dem ich die ganze Trauung über an nichts anderes denken kann, als zu beten, dass meine Brüste nicht oben rausrutschen.«

Die Verkäuferin lachte und führte sie in den hinteren Bereich des Ladens. »Eine Braut, die weiß, was sie will – und was sie nicht möchte. Das gefällt mir. Was wird denn der Bräutigam tragen?«

Scheinbar hatte Holly versäumt zu erwähnen, wen sie heiraten würde, als sie den Termin vereinbart hatte. Das war typisch Holly. Vermutlich hatte sie die Sonderbehandlung vermeiden wollen, die ihr zuteil geworden wäre, wenn sie verkündet hätte, dass Jenna Blake ihre Zukünftige war.

Ash stand stocksteif da. Würde das freundliche Lächeln der Verkäuferin sich gleich in ein abfälliges Stirnrunzeln verwandeln, sobald sie herausfand, dass es bei dieser Hochzeit keinen Bräutigam geben würde?

»Oh, habe ich das am Telefon nicht erwähnt? Die andere Braut wird einen wunderschönen, cremefarbenen Hosenanzug mit Weste tragen.« Ein verträumtes Lächeln erhellte Hollys Gesicht, doch ein stählerner Ausdruck in ihren Augen warnte jeden, ihrer Beziehung den Respekt zu zollen, den sie verdiente.

Die Verkäuferin hielt kurz inne und nickte dann. »Sollen wir dann nach einem cremefarbenen Kleid für Sie Ausschau halten?«

Ash starrte sie an. Das war die einzige Reaktion auf Hollys Offenbarung, dass sie eine Frau heiraten würde?

Sasha stieß sie sanft an. »Du solltest wirklich aufhören, ständig zu erwarten, dass die Leute dir ihre Bibel überbraten oder dir homophobe Beschimpfungen an den Kopf werfen«, flüsterte sie ihr zu.

War das so offensichtlich gewesen? Ash zog den Kopf ein. »Ja, aber manchmal reagieren die Leute wirklich so.«

Sasha neigte zustimmend den Kopf. »Ja, aber nur manchmal. Meistens richten sich die Reaktionen ganz nach dir. Wenn du so tust, als wäre es die normalste Sache der Welt, dass zwei Frauen heiraten, dann werden die Leute dasselbe tun.«

Ash glaubte nicht, dass es immer so einfach sein würde, doch zum Glück für Holly war es diesmal so gewesen.

Die Verkäuferin nahm mehrere Brautkleider, um ein Gefühl für Hollys Präferenzen zu bekommen, und führte sie in den Anprobebereich. Hollys Begleitung nahm auf zwei kurzen Sofas links und rechts der Umkleidekabinen Platz, um zu warten, während Holly ein Kleid nach dem anderen anprobieren würde. Da die beiden Brautmütter nebeneinandersaßen, wählten Sasha und Ash die Couch auf der anderen Seite.

Das Sofa senkte sich unter Sashas Gewicht, sodass Ash in ihre Richtung rutschte. Ihre Schultern berührten sich und der Geruch nach Zimt stieg Ash in die Nase. Sie zwang sich, von Sashas Wärme wegzurutschen. »Entschuldige«, murmelte sie.

Sasha drehte sich ein wenig auf der Couch, um sie anzusehen. »Das macht mir nichts aus.«

Ashs Körper hatte ebenfalls nichts gegen diese Berührung einzuwenden – ganz im Gegenteil – und das war ein Teil des Problems. Sie war sich sehr bewusst, dass Sharon und Beth ganz in der Nähe saßen und sie beobachten konnten.

»Gott, Ash, entspann dich. Sonst verstauchst du dir noch einen Wirbel, wenn du weiterhin so stocksteif dasitzt.« Sasha hüpfte auf dem Sofa auf und ab, was Ash gegen sie warf.

»Sasha! Hör auf damit!« Ash warf ihr einen tadelnden Blick zu, aber sie konnte nicht verhindern, dass ihr ein leises Kichern entschlüpfte. Sashas unbekümmertes Grinsen und ihre lebenslustige Art waren einfach unwiderstehlich.

Zum Glück schenkten Sharon und Beth ihnen keinerlei Beachtung, denn in diesem Moment trat Holly mit unsicherer Miene aus der Umkleidekabine. Sie fuhr mit den Händen über ihre Hüften und musterte sich in einem der riesigen Spiegel. »Was meint ihr?«

Das cremefarbene Kleid bildete einen reizvollen Kontrast zu Hollys rotbraunen Haaren. Ein herzförmiger Ausschnitt mit Nackenträgern brachte ihre üppigen Kurven zur Geltung, ohne sie zu sehr zur Schau zu stellen. Der spitzenbesetzte Stoff lag an der Hüfte eng an, verbreiterte sich dann und reichte bis zum Boden.

»Wow.« Ash war die Erste, die ihre Sprache wiederfand. »Du siehst wunderschön aus.«

»Ja. Ich werde Leo festhalten müssen, damit sie nicht das Gleichgewicht verliert und in den Bach fällt, wenn sie dich sieht«, fügte Sasha hinzu.

Beth und Sharon kramten auf der Suche nach Taschentüchern durch ihre Handtaschen.

Die Verkäuferin lachte. »Wenn man seine Mutter und Schwiegermutter zum Weinen bringt, weiß man, dass man das richtige Kleid gefunden hat.«

Holly strahlte und sah erneut in den Spiegel.

»Aber die wichtigste Frage muss lauten: Wie gefällt dir das Kleid?«, fragte Sasha.

Ash war nicht überrascht. Eine solche Frage war typisch Sasha.

»Ich liebe es«, sagte Holly leise. Sie streichelte den Stoff über ihren Hüften, als könnte sie nicht fassen, wie schön das Kleid war. »Aber ich kann doch nicht das erste Kleid kaufen, das ich anprobiere, oder?«

Sasha zuckte mit den Schultern. Dabei streifte ihr Arm Ashs. »Klar kannst du. Manchmal musst du einfach auf dein Herz hören, wenn es dir sagt, dass es sich richtig anfühlt.«

Holly sah sie mit einem herzlichen Lächeln an. »Du bist eine Romantikerin. Wieso bist du eigentlich noch single?«

»Schätze, mein Herz hat mich noch nicht zur richtigen Person geführt.«

Ash sah auf ihre Schuhe hinab und versuchte, nicht daran zu denken, dass Sasha irgendwann die Richtige oder den Richtigen finden würde.

Holly wandte sich an die Verkäuferin. »Ich nehme das Kleid.«

Die Dame blinzelte. »Einfach so, ohne weitere Anproben?«

Holly deutete auf den Saum des Kleides. »Ich denke, es muss umgenäht werden, aber ansonsten könnte ich mir kein perfekteres Kleid vorstellen.«

»Na, dann will ich Ihnen das Kleid auf keinen Fall ausreden.« Die Verkäuferin steckte den Saum des Kleides ab und vereinbarte mit Holly einen Termin für die letzte Anprobe. Innerhalb von zwanzig Minuten waren sie bereits auf dem Rückweg.

»Das ging schnell«, sagte Sasha, als sie auf dem Beifahrersitz Platz nahm. »Ich wünschte, es wäre genauso einfach, etwas für mich zu finden.«

Ash hatte bisher nie darüber nachgedacht, weil Sasha immer großartig aussah, egal, was sie anhatte, aber sie konnte sich gut vorstellen, dass es für Sasha aufgrund ihrer Größe nicht einfach war, etwas zum Anziehen zu finden.

Holly streckte den Arm über die Mittelkonsole und tätschelte Sashas Schulter. »Soll ich nächstes Wochenende mit dir Klamottenshoppen gehen?«

»Ach was. Nicht nötig. Ich weiß doch, dass du und Leo mit den Hochzeitsvorbereitungen alle Hände voll zu tun habt.«

Ash konnte den Gedanken daran nicht ertragen, wie Sasha allein nach einem Outfit suchte und mit jedem Laden mehr die Hoffnung verlor, etwas Nettes zu finden. »Ich könnte mitgehen, wenn du willst.« Es war ihr herausgerutscht, noch bevor sie darüber nachdenken konnte.

Sasha drehte sich um und musterte sie. »Bist du sicher?«

»Ja. Ich meine, es wird sicher lustig, meinst du nicht?«

»So weit würde ich jetzt nicht gehen«, murmelte Sasha. »Aber wenn du mir hilfst, etwas zum Anziehen zu finden, dann lade ich dich hinterher zum Essen ein.«

»Einverstanden.«

Sasha streckte die Hand durch die Lücke zwischen den Sitzen und sie schüttelten einander die Hände.

Nur ein kleiner Einkaufsbummel, sagte sich Ash. *Völlig harmlos.* Alles, was sie tun musste, war das Kribbeln in ihrem Arm und die fast magnetische Anziehung zu ignorieren, die sie jedes Mal empfand, wenn Sasha in der Nähe war.

Viel früher als erwartet lenkte Holly den großen Geländewagen in die Auffahrt ihrer Mutter.

»Wollt ihr noch auf einen Kaffee hereinkommen?«, fragte Beth, als alle ausstiegen.

Ash hatte das untrügliche Gefühl, dass dieses Angebot eigentlich nichts anderes hieß, als stundenlang Hochzeitsmagazine durchzublättern, im Internet nach den hübschesten Tischkarten zu suchen und eine Tabelle für Zu- und Absagen auf die Einladungsschreiben zu erstellen. Die beiden Brautmütter hatten auf dem gesamten Heimweg über nichts anderes gesprochen.

»Ja, gern«, sagte Sharon sofort.

»Ähm.« Ash warf Sasha einen Blick zu und musste lächeln, als sie merkte, dass Sasha scheinbar auch nach einer höflichen Ausrede suchte.

»Nein, danke«, sagte Ash. »Wenn ich nach zwei noch Kaffee trinke, liege ich die ganze Nacht wach.«

»Ach, ich habe auch koffeinfreien Tee«, sagte Beth.

»Tut mir leid, Mama. Ich muss nach Hause, um nach Leo und der Kostümdesignerin zu sehen. Sie ist extra von New York eingeflogen, um zu prüfen, ob Leos Maße noch dieselben wie beim letzten Konzert sind. Wenn du Sharon später nach Hause fahren könntest, nehme ich die beiden mit.« Ohne auf eine Antwort zu warten, führte Holly Sasha und Ash hinüber zu ihrem Jeep, der neben dem Geländewagen ihrer Mutter parkte.

Mit der Geschwindigkeit von Bankräubern, die ins Fluchtfahrzeug kletterten, stiegen alle ein.

Als Holly zurücksetzte, wischte sich Sasha über die Stirn und lachte. »Puh. Danke für die beherzte Rettung, Holly.«

»Tut mir leid, Leute. Ich hoffe, dass die beiden nach der Hochzeit wieder normal werden.«

Ash lachte. »Sobald ihr euch das Jawort gegeben habt, werden sie vermutlich anfangen, die Taufe ihres ersten Enkelkinds zu planen.«

»Vergisst du da nicht eine Kleinigkeit?«, fragte Holly. »Selbst wenn wir in der Hochzeitsnacht Sex haben sollten, kann keine von uns davon schwanger werden.«

Ihre Worte trafen Ash wie ein Stromschlag. Es erstaunte sie jedes Mal, wenn Holly so offen über Sex sprach oder eben auch über die Option, selbst in der Hochzeitsnacht keinen Sex zu haben. Das war einer von vielen Gründen, warum ihre Beziehung nicht funktioniert hatte. Sie und Holly hatten nie so offen über ihr Liebesleben gesprochen.

»Ach, das ist kein Problem«, sagte Sasha. »Wie ich eure Mütter kenne, finden sie auch dafür eine Lösung.«

Holly hielt den Jeep vor der Bäckerei.

Sasha löste ihren Sicherheitsgurt und drehte sich zu Ash um. »Du und ich haben also nächstes Wochenende ein heißes Date.«

»Äh, wie bitte?«

Sasha lachte. »All das Gerede übers Kinder zeugen hat wohl dazu geführt, dass du nur noch obszöne Gedanken im Kopf hast. Ich rede von unserem Ausflug nach Kansas City, um ein Hochzeitsoutfit für mich zu finden.«

Hitze kroch Ashs Hals hinauf. Zum tausendsten Mal in ihrem Leben verfluchte sie die Tatsache, dass sie ständig errötete. »Ich wusste natürlich, was du meinst. Ja, wir sehen uns dann nächstes Wochenende.«

»Super.« Sashas neckisches Grinsen wurde zu einem warmen Lächeln. »Danke.« Sie verabschiedete sich von Holly und stieg aus. Als sie die Treppe zu ihrer Wohnung hinaufging, erhaschte Ash einen Blick auf Sashas knackigen Hintern.

Holly räusperte sich.

Ash riss den Blick von Sasha los.

Holly musterte sie im Rückspiegel. »Willst du nicht nach vorn kommen?«

»Oh, ja, klar.« Rasch stieg Ash aus und machte es sich auf dem Beifahrersitz bequem, der von Sashas Körper noch ganz warm war.

Als Holly losfuhr, wurde es still im Wagen. Nur Jenna Blakes neues Album, das leise im Hintergrund lief, durchbrach die Stille.

Ash musste lächeln. Ach, wie süß. »Sie bringt dich dazu, dir ihre Lieder anzuhören?«

Holly schüttelte den Kopf und wandte den Blick kurz von der Straße ab, um Ash anzusehen. »Leo bringt mich zu gar nichts, was ich nicht selbst auch will. Ich liebe ihre Musik, vor allem seit sie wieder zu ihren musikalischen Wurzeln zurückgekehrt ist.«

Ash biss sich auf die Lippe, bis es schmerzte. »Tut mir leid. So habe ich es nicht gemeint.«

»Schon okay«, sagte Holly und Ash wurde klar, dass sie Holly nicht mehr gut genug kannte, um sagen zu können, ob sie ihr ihre unbedachten Worte wirklich nicht krumm nahm. Vielleicht hatte sie Holly auch nie wirklich gut gekannt.

Holly hielt den Wagen vor Ashs Haus.

»Ich hoffe, du hattest nie das Gefühl, dass ich dich zu etwas zwinge, was du nicht willst«, platzte es aus Ash heraus. Wow. Wo war das denn hergekommen? Sie hatte nicht vorgehabt, das zu sagen. Aber jetzt merkte sie, dass es sie schon seit einer ganzen Weile beschäftigt haben musste.

Holly schnappte nach Luft. Sie stellte den Motor ab und deutete auf Ashs Haus. »Willst du reingehen und in Ruhe darüber reden? Ich glaube, es ist an der Zeit, dass wir ein paar Dinge klären.«

Ash schluckte gegen den Kloß in ihrem Hals an. »Bist du sicher?«

»Natürlich. Oder hast du Angst, dass die Leute darüber tratschen könnten, wenn mein Auto zu lange vor deinem Haus geparkt ist?«

Bitterkeit schwang in ihrer Stimme mit und das bewies, dass es in der Tat eine Menge zu klären gab.

»Nein, das ist es nicht. Ich meinte nur, du hast gesagt, du müsstest nach Hause, um nach Leo und der Kostümdesignerin zu sehen.«

»Ach was. Leo kommt ganz gut allein klar. Ich habe das nur gesagt, um zu vermeiden, dass meine Mutter mich ins Haus schleppt und mich zwingt, mir tausend verschiedene Optionen für die Sitzordnung während der Hochzeitsfeier anzusehen.«

»Oh.« Sie würden also wirklich endlich offen reden. Ashs Finger zitterten, als sie den Sicherheitsgurt löste und die Tür öffnete.

»Wo ist Casper?«, fragte Holly, als sie das Haus betraten und kein aufgeregtes Bellen sie begrüßte. »Lässt er sich von seinen Großeltern verwöhnen?«

»Ja.« Ash ging in die Küche, um Tee zu machen, hauptsächlich, um ihre Hände zu beschäftigen. Außerdem beruhigte der Zimtduft ihre angespannten Nerven ein wenig.

Als sie mit dem Tee ins Wohnzimmer kam, war Holly gerade dabei, sich umzusehen. Es war schon eine Weile her, seit sie zuletzt hier gewesen war. Sie betrachtete die Fotos auf Ashs Bücherregel und studierte das Bild von Ashs Eltern, Melissa beim Auspacken der Geschenke an ihrem letzten Weihnachtsfest und Casper, wie er als Welpe durch den Schnee tobte.

Selbst während der Monate, als sie ein Paar gewesen waren, hatte Ash nie ein Bild von sich und Holly aufgestellt. Die Fotos von ihnen beiden waren sicher in einem Album verstaut, wo niemand sie sehen konnte.

Als Ash die Tassen auf dem Couchtisch abstellte, setzte sich Holly neben sie auf das Sofa und nahm einen Schluck Tee. »Oh, der ist gut.« Sie warf einen Blick auf das Etikett, das aus der Tasse baumelte. »Zimt-Orange. Hast du einen neuen Lieblingstee für dich entdeckt?«

Ash nickte und hielt die Tasse mit beiden Händen, weil diese noch immer zitterten. Sie blies auf den heißen Tee, um Holly nicht ansehen zu müssen. »Ich wollte schon seit langer Zeit mit dir reden, habe mich aber nie getraut.«

»Ja, das wollte ich auch, aber dann dachte ich immer, vielleicht spielt es ohnehin keine Rolle mehr.«

»Ich weiß nicht, ob es für dich noch eine Rolle spielt, aber ich muss es trotzdem sagen«, murmelte Ash.

Holly nickte und bedeutete ihr, fortzufahren.

»Ich …« Ash zwang sich, Holly in die Augen zu sehen. »Es tut mir leid, wie alles zwischen uns endete. Ich hätte verständnisvoller sein sollen.«

»Ich habe es damals selbst nicht so richtig verstanden, wie hättest du es da verstehen sollen?«

Ash war dankbar für Hollys Worte, aber so einfach war es nicht für sie. »Es waren nicht nur du und deine Asexualität, die ich nicht verstanden habe. Es hat auch eine Weile gedauert, bis ich mich selbst verstanden habe.«

»Und jetzt ist dir das gelungen?«, fragte Holly.

Ash nickte. »Mir ist klar geworden, dass es mir nicht nur um den Sex ging oder darum, dass wir eben keinen hatten.«

Über den Rand ihrer Tasse hinweg warf Holly ihr einen ungläubigen Blick zu.

»Nein, ganz im Ernst. Ja, klar, Sex war mir wichtig. Aber nicht um seiner selbst willen, sondern weil das die einzige Art von Intimität war, die ich mir erlauben konnte. Mein Zuhause … mein Schlafzimmer war der einzige Platz, wo ich ganz ich selbst sein konnte, ohne dafür verurteilt zu werden.«

Holly starrte in ihren Tee. »Und ich habe dir das genommen.«

»Ich weiß, dass du es nicht absichtlich getan hast. Das war mein Problem, nicht deins. Aber …« Ash hob die Hand und ließ sie in ihren Schoß fallen. »Dass ich dir meine Gefühle nicht zeigen konnte und immer einen Teil von mir zurückhalten musste, das hat dazu geführt, dass ich mich ziemlich einsam und verspottet gefühlt habe.«

»Verspottet?« Holly presste sich eine Hand auf die Brust. »Von mir?«

Ash umklammerte ihre Tasse, als könnte sie so all den alten Schmerz zurückhalten, der plötzlich in ihr hochkochte. »Du hast mich so selten berührt. Und damit meine ich nicht sexuelle Berührungen, sondern einfach einen Kuss auf die Wange oder ein Streicheln am Arm. Irgendwann wurde es so schlimm, dass du mir gegenüber nur dann liebevoll warst, wenn wir in der Öffentlichkeit waren, weil du wusstest, dass ich deine Zärtlichkeiten dort nicht genießen oder erwidern konnte. Manchmal kam es mir vor, als würdest du das absichtlich tun, um dich dafür zu rächen, dass ich mich nicht outen wollte.«

»Was? Nein! Ich habe nicht einmal bemerkt, dass ich das getan habe.«

Jetzt war es an Ash, sie ungläubig anzusehen.

»Ich schwöre dir, ich wollte dir gegenüber liebevoll sein, nicht nur in der Öffentlichkeit. Aber irgendwie hatte ich wohl Angst, dich zu berühren, wenn wir allein waren, weil ich dachte, dass du dann …«

»Angst? Du hattest Angst vor mir?« Alles Blut wich Ash aus dem Gesicht, sodass ihr schwindelig wurde. Sie stellte die Tasse ab, bevor sie ihr entgleiten konnte. »Ich hätte dich nie im Leben zu irgendetwas gezwungen!«

»Das weiß ich.« Auch Holly stellte ihre Tasse beiseite und nahm Ashs Hand.

Ashs starrte die Finger an, die sich fest um ihre gelegt hatten. »Das«, flüsterte sie. »Das ist es, was ich am meisten vermisst habe.«

Holly nickte. »Ich habe es auch vermisst, aber ich hatte Angst, dass jede zärtliche Berührung dazu führen würde, dass du Sex haben willst.«

»Himmel, Holly! Du tust ja gerade so, als wäre ich eine Sexsüchtige!« Ash wollte ihre Hand wegziehen, aber Holly ließ nicht los. »Ich habe die letzten sieben Jahre keinen Sex gehabt, ohne es zu vermissen.« Okay, das war gelogen. Sie hatte es vermisst, aber mittlerweile hatte sie sich daran gewöhnt.

Holly riss die Augen auf. »Soll das heißen, du warst mit niemandem mehr zusammen, seit wir uns getrennt haben? Ich dachte, du und Sasha hättet vielleicht …«

»Nein!« Ash befreite endlich ihre Hand. »Wie kommst du denn auf die Idee?«

»Durch den Rückspiegel«, sagte Holly grinsend.

»Wie bitte?«

»Als wir Sasha vorhin zu Hause abgesetzt haben, habe ich im Rückspiegel beobachtet, wie du ihr nachgesehen hast. Normalerweise fallen mir solche Dinge nicht auf, aber selbst ich konnte den hungrigen Ausdruck in deinen Augen nicht übersehen.«

Ashs Ohrläppchen begannen zu brennen. Gott, sie musste wirklich vorsichtiger sein. Wenn irgendjemand außer Holly das gesehen hätte, würde sich ihre sexuelle Orientierung schnell im Ort herumsprechen. Sie wollte das Gesicht in den Händen verbergen, aber sie wusste, dass sie jetzt tun musste, als wäre alles ganz harmlos. »Na ja, du musst zugeben, dass Sasha ziemlich attraktiv ist. Und, ähm, wie ich eben schon sagte, sieben Jahre sind eine lange Zeit. Aber wir sind nur befreundet. Ich suche nicht nach einer Partnerin. Wenn ich eine Sache aus uns beiden gelernt habe, dann dass es unmöglich ist, eine glückliche Beziehung zu führen, solange ich mich nicht oute.«

»Willst du wirklich so weiterleben?«, fragte Holly leise. »Nur weil es zwischen uns nicht funktioniert hat, heißt das noch lange nicht, dass du es nicht verdient hast, glücklich zu sein. Ich wünsche dir, dass du jemanden findest, der dir genauso viel bedeutet wie Leo mir.«

»Ich habe sie gefragt, ob sie mit mir ausgeht.« Oh Gott! Ash schlug sich beide Hände auf den Mund. Was war heute nur mit ihr los? Das hatte sie nicht sagen wollen. Sie schielte zum Tee, so als hätte jemand Wahrheitsserum daruntergemischt.

»Sasha?«, fragte Holly. »Sag nicht, sie hat dir einen Korb gegeben. Ich bin nicht gut darin, solche Dinge zu beurteilen, aber selbst mir ist aufgefallen, dass sie dich genauso ansieht wie du sie.«

Ash versuchte, nicht hinzuhören oder darüber nachzudenken, wie Sasha sie wohl ansah und was es zu bedeuten hatte. »Nein, ich meine nicht Sasha. Ich rede von Leo.«

»Oh.« Holly griff nach ihrer Tasse und leerte sie zur Hälfte, so als enthielte sie nicht Tee, sondern Schnaps. Dann sah sie Ash in die Augen. »Ich weiß.«

Gut, dass Ash ihre eigene Tasse nicht zur Hand genommen hatte, denn nun wäre sie sicher zu Boden gefallen. Sie starrte Holly mit offenem Mund an. »Sie hat dir davon erzählt?«

Holly nickte ruhig. »Wir versuchen, aus Fehlern in früheren Beziehungen zu lernen. Deshalb erzählen wir einander alles.«

Alles, außer der Tatsache, dass Ash Hollys sexuelle Orientierung als Problem bezeichnet hatte. Leo hatte es Holly verheimlicht, um sie zu beschützen, aber vermutlich war Holly dennoch klar, was Ash gesagt haben musste. Ash wollte sich hinter der Couch verkriechen und nie wieder hervorkommen. »Es ist nicht etwa so, dass ich immer noch in sie verliebt bin.« Oh Scheiße. Jetzt hatte sie praktisch zugegeben, dass sie einst in Leo verliebt gewesen war.

Doch Holly zeigte keinerlei Reaktion auf ihr Geständnis, so als hätte sie auch das längst gewusst. Sie nickte nur ruhig und bedeutete Ash, fortzufahren.

»Es war nicht wirklich Leo, die ich wollte. Ich wollte, was sie hatte: eine glückliche Beziehung und Fans, die zu ihr aufsehen. Niemand scheint sich darum zu scheren, dass sie lesbisch ist.«

»Aber das war nicht immer so, Ash. Anfangs war es schwer.«

»Das weiß ich inzwischen«, sagte Ash. »Ich wollte mich nur bei dir entschuldigen, falls es zwischen dir und Leo meinetwegen irgendwelche Probleme gegeben hat.«

Holly tätschelte Ashs Arm. »Nein, keine Sorge. Hat es nicht.«

»Gut. Denn ich möchte, dass ihr glücklich seid.«

»Danke. Wir sind sehr glücklich miteinander.« Das Strahlen, das von Holly ausging, bestätigte ihre Worte. »Ich möchte, dass du genauso glücklich bist.«

Ash winkte ab. »Ich bin zufrieden mit meinem Leben.«

»Das ist nicht dasselbe«, sagte Holly.

Ash seufzte. »Vielleicht nicht, aber es wird ausreichen müssen. Solange ich meinen Laden, meine Familie, meine Freunde und Casper habe, reicht mir das.«

»Hast du keine Angst davor, was die Leute sagen könnten, wenn du mit den einzigen zwei Lesben im Ort befreundet bist? Und vergessen wir nicht die einzige Pansexuelle.«

Ash beschloss, ganz ehrlich zu sein. »Ich kann mich kaum an eine Zeit erinnern, als ich keine Angst vor dem Gerede der Leute hatte. Aber ich habe schon so viel deswegen aufgegeben. Ich habe nicht vor, auch noch meine Freundschaften zu opfern, deshalb werde ich wohl mit dieser Angst leben müssen.«

Holly drückte sanft ihren Arm.

Eine Weile saßen sie da und tranken in einvernehmlicher Stille ihren Tee. Ashs Körper fühlte sich unglaublich leicht an, so als hätten die Dinge, die sie niemals ausgesprochen hatten, jahrelang schwer auf ihr gelastet.

»Ich bin froh, dass wir endlich miteinander geredet haben«, sagte Holly.

»Ich habe eben dasselbe gedacht.«

Sie lächelten einander an.

»Oh, eine Sache gibt es noch, worüber ich mit dir reden wollte«, fügte Holly hinzu.

Ein Teil von Ashs Anspannung kehrte zurück. »Was denn?«

»Es geht um unseren Junggesellinnenabschied«, sagte Holly. »Wir werden am Montag die Einladungen mit den Einzelheiten verschicken, aber jetzt, wo wir allein sind, sollte ich vielleicht die Gelegenheit nutzen, um sicherzugehen, dass unsere Pläne für dich in Ordnung gehen.«

»Das klingt aber ominös.« Ash kicherte nervös. »Du hast sicher nicht vor, uns in einen lesbischen Stripclub zu schleppen, oder?«

Holly schnaubte. »Wohl kaum. Leo und ich haben darüber geredet, was wir zum Junggesellinnenabschied machen wollen, und wir haben beschlossen, keine getrennten Feiern zu machen. Zuerst wollte ich überhaupt keine Feier haben. Ich fühle mich nicht, als müsste ich noch mal einen draufmachen und die letzten Stunden Freiheit genießen, bevor ich heirate. Ich möchte all meine Freiheiten in Zukunft mit Leo genießen.«

»Oh, das ist so süß. Woran habt ihr denn gedacht?«

»Wir möchten gern ein ganzes Wochenende daraus machen und unseren Freundinnen Gelegenheit geben, einander kennenzulernen«, sagte Holly. »Deshalb haben wir für das Wochenende einen Monat vor der Hochzeit ein Strandhaus in Key West gemietet.«

»Das ist in drei Wochen!«

»Ja.« Holly grinste verlegen. »Ich weiß, das ist ein bisschen kurzfristig, aber wir wollten es nicht zu dicht vor der Hochzeit machen, sonst müssen diejenigen, die nicht in Fair Oaks wohnen, innerhalb kürzester Zeit ziemlich viel herumreisen. Natürlich bezahlen wir das Haus und die Flüge für alle.«

»Das müsst ihr nicht«, sagte Ash. »Ich komme gern, selbst wenn ich meine Flüge selbst bezahlen muss.«

Holly schüttelte den Kopf. »Nein. Ich bin Krankenschwester, schon vergessen? Ich weiß, wie es ist, finanziell keine großen Sprünge machen zu können. Unsere

Gäste bezahlen zu lassen, obwohl Leo Millionen auf dem Konto hat, wäre einfach nicht richtig.«

Ash schluckte ihren Stolz hinunter. »Dann sage ich danke. Ich nehme die Einladung an.«

»Ähm, vielleicht wartest du damit, bis du hörst, was der Haken an der Sache ist.«

»Ein Strandhaus in Key West nur für uns.« Ash lachte. »Wie schlimm kann der Haken schon sein?«

»Schlimm nicht, aber … Wir haben meine Schwägerinnen eingeladen, außerdem Jenny und meine Cousine Nicole, meine Freundinnen Jo und Meg, Leos Freundin Lauren und ihre Frau und natürlich dich und Sasha.«

»Klingt doch gut. Ich freue mich darauf, eure Freundinnen kennenzulernen.«

»Ähm, der Haken ist, dass es im Strandhaus nur sechs Schlafzimmer gibt.«

Ash zählte rasch nach. Langsam wurde ihr klar, worauf Holly hinauswollte. »Du meinst …?«

Holly nickte. »Du müsstest dir ein Zimmer mit Sasha teilen.«

Ashs Mund war plötzlich trocken wie die Sahara. Sie schluckte mühsam.

»Als wir das Haus gemietet haben, ahnte ich nicht, dass das für euch ein Problem sein könnte«, fügte Holly hinzu.

»Ist es nicht«, sagte Ash. »Kein Problem. Wieso sollte es ein Problem sein?«

»Ähm, weil du sie eben angesehen hast, als wäre sie ein Stück Schokotorte und du eine Frau auf Diät, die drauf und dran ist, alle guten Vorsätze über Bord zu werfen.«

»Nein, nein, das stimmt nicht. Ich habe nicht … Ich werfe meine Vorsätze nicht über Bord. Ganz im Ernst. Es ist kein Problem.«

Holly lachte. »So wie du herumstammelst, klingt das nicht eben sehr glaubhaft.«

»Nein, wirklich. Das ist völlig in Ordnung.« Ash gelang es endlich, so überzeugend zu wirken, dass sie es beinahe selbst geglaubt hätte.

»Bist du sicher? Ich möchte nicht, dass du dich unwohl fühlst.«

»Tue ich nicht. Wie ich vorhin gesagt habe, Sasha und ich sind Freundinnen.« Freundinnen, die vor nicht einmal einer Woche den leidenschaftlichsten Kuss ihres Lebens geteilt hatten. Aber darüber wollte sie lieber nicht nachdenken.

Holly erhob sich. »Na schön. Ich freue mich wirklich auf das Wochenende in Florida.«

»Ja«, sagte Ash und hoffte, dass sie überzeugend klang, »ich mich auch.« Sie brachte Holly zur Tür.

»Danke, dass du so offen warst. Das Gespräch hat mir gutgetan.« Holly öffnete die Arme.

Nach kurzem Zögern erlaubte sich Ash, in ihre Arme zu sinken. Es sprang keinerlei Funke über. Nicht die geringste Anziehung herrschte zwischen ihnen und sie verspürte nicht den Wunsch, mit Holly zu Boden zu sinken und sie zu küssen. So wie jetzt hätte es eigentlich immer zwischen ihnen sein sollen. Sie hätten Freundinnen bleiben sollen, statt zu versuchen, ein Liebespaar zu werden.

Ash sah Holly hinterher. Als die Tür sich zwischen ihnen schloss, lehnte sie sich von der anderen Seite dagegen und rieb sich mit beiden Händen das Gesicht. Sie hatte drei Wochen Zeit, um sich zusammenzureißen, bevor sie ein ganzes Wochenende mit Sasha im Strandhaus verbringen würde. Nun ja, vielmehr mit Sasha und zehn anderen Frauen.

Was ist schon dabei?, sagte sich Ash. Sie waren beide erwachsen. Es sollte kein Problem sein, sich ein Zimmer zu teilen. In einem romantischen Strandhaus. Im Rahmen einer Feier, bei der vermutlich Alkohol fließen würde. Zwei Nächte lang. *Oh Gott.*

Kapitel 13

Am darauffolgenden Samstag waren Sasha und Ashley wieder in Kansas City. Brooke hielt im Blumenladen die Stellung, während Tante Mae und Tammy, Sashas Teilzeitkraft, in der Bäckerei aushalfen, sodass Ashley und Sasha sich auf die Suche nach einem Hochzeitsoutfit machen konnten. Nur leider waren ihre Bemühungen bisher nicht von Erfolg gekrönt.

Sasha sah auf die zu kurze Anzughose hinab, warf dann im Spiegel einen Blick auf den Blazer, den sie gerade anprobierte, und schaute schließlich zu Ashley.

»Nein«, sagten sie beide gleichzeitig.

Sasha versetzte den Schulterpolstern einen spielerischen Hieb. »Mit den Dingern sehe ich aus wie ein Footballspieler.«

»Quatsch. Aber du hast recht. Du hast solche schönen, starken … Ich meine, du hast so starke Schultern, dass du die Schulterpolster nicht brauchst.«

Ein Lächeln schlich sich auf Sashas Lippen. Ashley gefielen ihre Schultern also. Das machte all den Einkaufsstress fast wieder wett. Sie schlüpfte aus dem Blazer und gab ihn Ashley, während sie in der Umkleidekabine verschwand, wo sie bereits mehrere Outfits anprobiert hatte. Keines davon kam für die Hochzeit infrage.

Alles hatte entweder zu geschäftsmäßig ausgesehen und sie wie eine Managerin wirken lassen, die zu einem Meeting unterwegs war, oder aber das Outfit war nicht in ihrer Größe verfügbar. In dem einzigen Kleid, das sie anprobiert hatte, hatte sie sich nicht wohlgefühlt.

»Warum fahren wir nicht einfach jetzt schon zum Restaurant?«, sagte Sasha durch den Vorhang hindurch, der sie voneinander trennte. »Ich habe zu Hause noch eine elegante Hose und eine Bluse, die ich zur Hochzeit anziehen kann.«

»Oh, nein. So war das nicht abgemacht. Wir hatten vereinbart, dass wir etwas essen gehen, nachdem wir ein Outfit für dich gefunden haben.«

Sasha seufzte. »Das könnte so lange dauern, dass Leo und Holly bis dahin schon ihren einjährigen Hochzeitstag feiern.«

»Lass uns noch einen Laden versuchen, okay? Ich möchte, dass du gut aussiehst. Ähm, nicht, dass du für gewöhnlich nicht gut aussiehst, selbst in deiner buttercremeverschmierten Schürze, aber …« Ashley brach ab.

Selbst ohne sie sehen zu können, wusste Sasha, dass sie jetzt rot wurde. Dachte sie gerade an das letzte Mal, als sie Sasha in einer buttercremeverschmierten Schürze gesehen hatte?

»Wenn du im nächsten Laden nichts findest, kannst du immer noch die Sachen tragen, die du zu Hause hast«, sagte Ashley.

Nun wieder in ihrer bequemen Jeans trat Sasha aus der Umkleide. Um ehrlich zu sein, war das Klamottenshoppen mit Ashley an ihrer Seite halbwegs erträglich, deshalb nickte sie und hielt auf die Rolltreppe zu.

Ashley wollte bis zum Erdgeschoss auf der Rolltreppe bleiben, doch Sasha zog sie schon in der nächsten Etage hinter sich her. »Ich denke, wir sollten unseren letzten Versuch hier starten.«

»Aber das ist die Herrenabteilung.«

Sasha zuckte mit den Schultern. »Und wenn schon. Mein halber Kleiderschrank stammt aus der Herrenabteilung.«

»Im Ernst?«

»Ja, warum auch nicht? Kleider haben kein Geschlecht. Wenn ich in beiden Abteilungen einkaufe, verdoppeln sich meine Chancen, etwas zu finden, das mir passt und gefällt. Außerdem sind die Klamotten in der Herrenabteilung günstiger.«

»Das ist so unfair! Wenn Kleider kein Geschlecht haben, sollten die Preisschilder es auch nicht.«

»Wem sagst du das.« Sasha deutete in Richtung der Herrenabteilung. »Also? Sollen wir uns mal umsehen?«

Ashley blickte zu dem einzigen Verkäufer und zu einigen Kunden, die entlang der Kleiderständer schlenderten. Die meisten davon waren Männer. Sie atmete tief durch, nickte dann und marschierte in die Abteilung, als ob diese ihr gehörte.

Sasha starrte ihr nach. *Verdammt.* Ein solches Selbstvertrauen stand ihr gut und ließ sie noch sexyer wirken. Sie eilte ihr hinterher.

Niemand sah sie merkwürdig an. Vermutlich nahmen alle an, sie wären auf der Suche nach Kleidung für einen Ehemann oder einen männlichen Verwandten. Sasha war es ohnehin egal, was die Leute dachten, aber sie wusste, dass es Ashley wichtig war. Es bedeutete Sasha viel, dass Ashley bereit war, sich für sie in die Herrenabteilung zu wagen.

Ashley hielt auf die Reihe mit Anzügen ganz hinten im Laden zu, zog einen davon heraus, schüttelte den Kopf, hängte ihn wieder auf den Ständer zurück und wiederholte das Ganze. Da sie genau zu wissen schien, wonach sie suchte, ließ Sasha sie gewähren und sah ihr lächelnd zu.

Es dauerte nicht lange, bis der Verkäufer zu ihnen herüberkam. »Wie kann ich Ihnen helfen, meine Damen?«

Ashley drehte sich um. »Wir sind auf der Suche nach einem Anzug für eine Hochzeit.«

»Welche Größe trägt Ihr Freund oder Ehemann denn?«, fragte der Verkäufer.

Sasha öffnete den Mund, um einzuschreiten.

Doch bevor sie etwas sagen konnte, antwortete Ashley: »Der Anzug ist für sie gedacht.« Sie legte ihre Hand auf Sashas Schulter.

Die kurze Berührung war eine Geste der Unterstützung und fühlte sich besser an als alles, was Sasha seit … okay, seit dem Kuss in der Backstube erlebt hatte.

»Die Damenabteilung befindet sich in der zweiten Etage.« Der Verkäufer deutete zur Rolltreppe.

»Das wissen wir.« Ashley hielt seinem Blick stand, obwohl Sasha wusste, wie schwer es ihr fallen musste. »Von dort kommen wir gerade, aber nichts hat ihr gepasst, deshalb möchten wir unser Glück jetzt hier versuchen.«

Der Verkäufer wandte sich Sasha zu und ließ seinen Blick von Kopf bis Fuß über sie gleiten.

Ashleys Hand umklammerte Sashas Schulter.

Endlich nickte der Verkäufer bedächtig. »Dann lassen Sie uns mal zusehen, dass wir einen Anzug für Sie finden.«

Sasha atmete auf, nicht so sehr ihretwegen, sondern wegen Ashley. Sie war an alle möglichen Reaktionen gewöhnt, an gute und an ablehnende, doch sie wollte nicht, dass Ashleys Mut mit einer abfälligen Bemerkung belohnt wurde.

»Woran hatten Sie gedacht?« Aus irgendeinem Grund sah der Verkäufer Ashley an.

Ashley ließ ihren Blick über Sashas Körper wandern, als versuchte sie, sich vorzustellen, was am besten aussehen würde.

Unter ihrer intensiven Musterung wurde Sasha ganz warm.

»Eine weißes Hemd und eine anthrazitfarbene Anzughose und Weste, aber keine Jacke.« Ashleys Ton war so bestimmt, als hätte sie Wochen und nicht nur wenige Sekunden gehabt, um über das perfekte Outfit für Sasha nachzudenken.

»Ich bin gleich wieder da.« Der Verkäufer ging davon, um ihren Auftrag auszuführen.

Sasha starrte ihm hinterher, bevor sie sich an Ashley wandte. »Wow. Was war das denn? Du hast einfach das Heft in die Hand genommen.«

Ashleys Wangen färbten sich rötlich. »Entschuldige.«

»Nein, nein, du musst dich nicht entschuldigen. Es war richtig hei… Ähm, ich meine, es war großartig. Ich hätte nur nicht damit gerechnet, dass du auch nur ein Wort herausbekommst.«

»Ich versuche, deinen Rat zu beherzigen, indem ich so tue, als wäre es die normalste Sache der Welt, und hoffe, dass er sich dann danach richtet«, sagte Ashley mit einem schwachen Lächeln.

Sasha deutete zu dem Verkäufer, der mit mehreren Anzügen und Hemden für sie zurückkam. »Scheint zu funktionieren.«

»Ich hätte es nicht gedacht, aber vielleicht hast du recht. Zumindest manchmal scheint es zu klappen.«

Der Verkäufer blieb vor ihnen stehen. »Die Anprobe ist dort drüben, aber, ähm, es ist die Herrenumkleide.«

Sasha nahm den Kleiderstapel von ihm entgegen. »Geht schon in Ordnung. Schließlich hat die Kabine einen Vorhang, es ist also nicht so, als würde ich mitten im Laden einen Striptease hinlegen.«

Diesmal war schwer zu sagen, wer röter wurde: Ashley oder der Verkäufer.

Schmunzelnd ging Sasha zur Ankleide hinüber.

Ein älterer Mann warf ihr einen überraschten Blick zu, aber niemand sagte etwas.

Sasha zog den Vorhang hinter sich zu und probierte das erste Outfit an. Die Hose passte ihr erstaunlich gut und selbst das Hemd war ausnahmsweise nicht zu eng an den Hüften. Doch als sie versuchte, die Knöpfe der Weste zu schließen, spannte sich der Stoff um die obersten beiden Knöpfe. Sie trat aus der Umkleide, um Ashley den Anzug vorzuführen.

Ashley sprang von der gepolsterten Bank neben der Anprobe auf. Sie starrte Sasha mit offenem Mund an.

Sasha schielte auf die zu enge Weste hinab. »Sieht es so schlimm aus?«

»Schlimm? Nein, du siehst großartig aus. Umwerfend. Du hattest recht. Wir hätten von Anfang an in die Herrenabteilung gehen sollen.« Ashleys bewundernder Blick ließ keinen Zweifel daran, dass sie es ernst meinte und nicht nur höflich sein wollte.

Sasha reckte stolz die Brust, was den Druck auf die beiden obersten Knöpfe noch verstärkte. Rasch öffnete sie die Knöpfe, bevor die Fäden reißen konnten. »Ja, aber die Weste ich nicht für die Brüste einer Frau gedacht. Das ist meistens mein Problem, wenn ich Anzüge für Männer anprobiere.«

»Kannst du sie mal kurz ausziehen?«

Sasha schlüpfte aus der Weste und ließ sie von ihrem Zeigefinger baumeln.

Ashley musterte sie, trat näher und krempelte Sashas Hemdsärmel um.

Ihre Finger streiften Sashas Unterarme und lösten eine Gänsehaut aus.

»Ich glaube, du brauchst gar keine Weste. Könnten Sie uns eine Fliege und ein Paar Hosenträger bringen?«, bat Ashley den Verkäufer, ohne den Blick von Sasha abzuwenden.

Er eilte davon.

»Eine Fliege?«, fragte Sasha. »Ist das nicht ein wenig zu formell für die Sorte Hochzeit, die Leo und Holly im Sinn haben?«

»Ich denke nicht, besonders, wenn du dazu keine Weste oder Anzugjacke tragen wirst. Ich bin sicher, dass einige der Gäste sich herausputzen werden, egal, was Holly und Leo sagen. Und außerdem …« Ashley unterbrach sich und wandte sich ab, um die Weste zurück auf den Bügel zu hängen.

Sasha stupste sie sanft an. »Und außerdem?«

»Außerdem ist eine Frau mit Fliege ziemlich …« Ashley senkte die Stimme mit jedem Wort ein wenig mehr, bis sie schließlich flüsterte: »Sexy.«

Sasha grinste. Sie hatte angenommen, dass Ashley nur daran denken würde, was die Leute wohl sagen würden, wenn eine Frau in traditionell für Männer gedachter Kleidung zur Hochzeit kam. Sasha beschloss, auf jeden Fall die Fliege zu tragen, selbst falls sie damit etwas zu fein angezogen sein würde. »Ach, tatsächlich? Das findest du sexy, hmm?«

Der Verkäufer kam mit einem Paar Hosenträgern und mehreren Fliegen zurück und bewahrte Ashley davor, antworten zu müssen.

Ashley wurde sofort zur Modeberaterin. Sie nahm die Hosenträger, befestigte sie an Sashas Hosenbund und streifte sie über Sashas Schultern.

Sasha wusste nicht, warum Ashley ihr die Hosenträger nicht einfach in die Hand gedrückt hatte, aber um ehrlich zu sein, war ihr der Grund egal. Falls sie je etwas Erotischeres erlebt hatte, als sich von Ashley Gaines anziehen zu lassen, so war es ihr in dem Moment entfallen, in dem Ashley ihr die Ärmel hochgekrempelt hatte. Ashley durfte sie jederzeit wie ihre persönliche Puppe behandeln.

Sie hielt die Luft an, als Ashley den obersten Knopf ihres Hemds schloss, den Kragen aufstellte und die Fliege um ihren Hals legte. Vor ihrem inneren Auge sah Sasha, wie Ashley die beiden Enden umfasste und sie daran zu sich hinabzog, sich auf die Zehenspitzen stellte und sie küsste.

Aber stattdessen hob Ashley mit einem Finger Sashas Kinn an und band mit geübten Bewegungen eine Schleife.

»Das hast du eindeutig schon mal gemacht.« Sasha hoffte, dass sie nicht eifersüchtig klang, aber sie mochte sich nicht vorstellen, wie Ashley für jemand anderen die Fliege band.

»Mehrfach sogar.« Ashley schlug den Kragen um und zupfte die Kragenenden zurecht. »Mein Vater sagt immer, meine Mutter bindet die Fliege zu eng, deshalb lässt er es lieber mich machen.«

»Ach so.« Die stählernen Klauen, die sich um Sashas Magen gelegt hatten, gaben sie wieder frei.

Ashley drehte die Fliege ein wenig und strich den Stoff von Sashas Smokinghemd mit beiden Händen glatt. »Fertig.«

Kleine Stromstöße schienen von Ashleys Händen auszugehen. Sie liefen durch Sashas Körper hindurch, selbst als Ashley längst zurückgetreten war. Mit Ashley einkaufen zu gehen, war entweder die genialste Idee aller Zeiten oder aber die masochistischste gewesen.

»Gefällt es dir nicht?«, fragte Ashley, als Sasha nur erstarrt vor dem Spiegel stand.

Sasha hatte noch nicht einmal einen Blick auf ihr Outfit geworfen. Ashleys sanfte Berührungen, als sie ihr beim Anziehen geholfen hatte, waren zu ablenkend gewesen. Rasch sah sie in den Spiegel. *Wow.* Sie hakte die Daumen hinter die Hosenträger und ließ diese dann gegen ihre Schultern zurückschnappen. Zusammen mit der lilafarbenen Fliege, die Ashley ausgesucht hatte, sahen sie richtig klasse aus.

»Du siehst großartig aus«, sagte Ashley, als müsste sie Sasha davon überzeugen.

»Ja«, fügte der Verkäufer hinzu. »Ich hätte es nicht gedacht, aber die Hosenträger waren tatsächlich eine gute Idee. Sie stehen Ihrer Partnerin wirklich vorzüglich.«

Oh Mist. Sashas Blick huschte zu Ashley. Bisher war alles prima gelaufen, aber jetzt würde Ashley vermutlich in Panik ausbrechen.

»Ich … sie …«

Sasha legte eine Hand auf Ashleys Rücken, um ihre gestammelte Erklärung zu unterbrechen. »Nur weil zwei Frauen in der Herrenabteilung einkaufen, muss das nicht unbedingt bedeuten, dass sie lesbisch oder ein Paar sind«, erklärte sie dem Verkäufer freundlich, aber bestimmt.

Sein Adamsapfel hüpfte auf und ab, als er schluckte. »Oh. Es tut mir leid. Ich wollte Sie nicht beleidigen.«

»Ich bin ganz und gar nicht beleidigt«, sagte Sasha. Ganz im Gegenteil. Es schmeichelte ihr, dass er angenommen hatte, eine so attraktive Frau wie Ashley könnte ihre Partnerin sein. »Danke für die freundliche Bedienung. Sie waren wirklich sehr hilfreich.«

Er lächelte ein wenig verkrampft und eilte davon.

Sasha zupfte an den Enden ihrer Fliege. »Ich nehme an, dass ich dieses Outfit kaufe?«

»Du kaufst es«, sagte Ashley mit einem entschiedenen Nicken.

Sasha öffnete die Fliege und trat zurück in die Umkleide, um sich umzuziehen.

»Du hättest ihm nicht sagen müssen, dass wir nicht lesbisch sind.« Ashleys leise Stimme drang durch den Vorhang. »Ich erwarte nicht von dir, dass du meinetwegen lügst.«

»Das habe ich nicht«, sagte Sasha. »Ich habe ihm nur gesagt, dass zwei Frauen, die in der Herrenabteilung einkaufen, nicht automatisch lesbisch sind. Erstens bin ich pansexuell und zweitens gibt es reichlich heterosexuelle Frauen, die androgynere Kleidung bevorzugen.«

»Hmm, schätze, du hast recht.« Ashley schwieg eine Zeitlang. Vermutlich hatte sie eine Menge zu verarbeiten.

Sasha zog das Smokinghemd aus und schlüpfte zurück in ihre Hemdbluse. »Bist du hungrig? Das Restaurant hält uns den Tisch den ganzen Abend lang frei, wir können also hingehen, wann immer du willst.«

»Nein«, sagte Ashley.

Sasha hielt mit der Anzughose auf Kniehöhe inne. »Nein?« Wollte Ashley doch nicht mit ihr essen gehen? Hatte sie Angst, es könnte zu sehr wie ein Date wirken?

»Nein«, wiederholte Ashley. »Wir können noch nicht zum Restaurant fahren. Zuerst müssen wir noch die passenden Schuhe zu deinem neuen Outfit finden. Oder hast du schon welche zu Hause?«

Sasha seufzte. »Schätze, wir gehen Schuhe kaufen.«

»Komm schon. Das wird sicher lustig.«

Vielleicht würde es in der Tat Spaß machen, aber nicht so viel wie das Anprobieren des Anzugs, denn Ashley würde ihr sicher nicht beim Anziehen der Schuhe helfen. Grinsend schlüpfte Sasha in ihre Jeans und sammelte die neuen Kleider ein. Ein letztes Mal strich sie mit der Hand über die Fliege, die Ashley als sexy bezeichnet hatte, dann zog sie den Vorhang auf und ging mit Ashley zur Kasse.

Ash hatte angenommen, dass Sasha sie zu einem der vielen Restaurants in Kansas City einladen würde, die für ihre Grillspezialitäten bekannt waren. Doch stattdessen parkte Sasha ihren Wagen in der Nähe des River Market und sie schlenderten durch das historische Viertel, vorbei an einem niedlichen Buchladen mit Bar und anderen kleinen, malerischen Geschäften.

Eine Straßenbahn fuhr ratternd an ihnen vorbei und Sasha hielt Ash am Ellbogen fest, um sie davor zu bewahren, im falschen Moment die Straße zu überqueren.

Wenn die Männer, mit denen sie früher ausgegangen war, etwas Ähnliches getan hatten, war sich Ash oft bevormundet vorgekommen, doch nun fühlte sie sich eher beschützt.

Du gehst aber nicht mit Sasha aus, sagte sie sich streng.

Als die Straßenbahn an ihnen vorbeigerattert war, führte Sasha sie über die Straße, zu einem Gebäude aus dem späten neunzehnten Jahrhundert. Ihre Hand ruhte dabei auf Ashs Rücken und wärmte sie von Kopf bis Fuß.

»Gehen wir etwa ins Meadow?«, fragte Ash. Es war eines der angesagtesten Restaurants der Stadt.

Sasha nickte und hielt ihr die Tür auf. Als sie ihren Namen nannte, wurden sie sofort zu einem Ecktisch im kleinen Nebenraum geführt. Das Restaurant war elegant und doch gemütlich, mit gedämpftem Licht und Kerzen auf den Tischen. Gemälde hingen an den Backsteinwänden und eine riesige Tafel führte die Bauernhöfe auf, von denen die Zutaten kamen. Eine offene Küche nahm die Hälfte des Raums ein. Hinter einem breiten Arbeitstisch erhaschte Ash einen Blick auf zwei Köchinnen, die Gemüse putzten, Fleisch anbrieten und mit effizienten Bewegungen Dessertteller anrichteten. Der Geruch von geröstetem Knoblauch, Tomaten und Salbei ließ Ashley das Wasser im Mund zusammenlaufen und leise Livemusik drang aus dem Nebenraum, wo ein Pianist Jazz spielte.

»Wow«, murmelte Ash, als die Kellnerin sie mit den Speisekarten allein ließ. »Es ist wunderbar hier. Wie ist es dir gelungen, einen Tisch zu bekommen und ihn sogar den ganzen Abend lang freihalten zu lassen? Ich habe gehört, dass man mindestens einen Monat im Voraus reservieren muss.«

Sasha schenkte ihr ein geheimnisvolles Lächeln. »Ich habe da so meine Mittel und Wege. Warst du schon mal hier?«

Ash lachte. »Nein. Das Restaurant ist ein wenig außerhalb meiner Preisklasse.« Sie wurde ernst und sah Sasha über den kleinen Tisch hinweg an. »Du hättest mich nicht in ein so teures Restaurant einladen müssen. Mit einer Pizza oder einem Burger wäre ich genauso zufrieden gewesen.«

»Nein. Du hast es dir verdient, so richtig verwöhnt zu werden. Eigentlich hast du einen ganzen Monat solcher Einladungen verdient, weil du mir geholfen hast, ein Outfit für die Hochzeit zu finden. Himmel, du hattest die Geduld einer Heiligen.«

Geduldig hatte sich Ash ganz sicher nicht gefühlt, als sie Sasha in ihrem Anzug gesehen hatte. Wer hätte gedacht, dass Frauen mit Hosenträgern und Fliege so heiß aussehen würden? Na ja, vielleicht nicht jede Frau, aber Sasha hatte unglaublich heiß ausgesehen. Am liebsten hätte Ash die Hosenträger über Sashas breite Schultern gestreift, das Hemd aufgeknöpft und die Haut geküsst, die darunter zum Vorschein gekommen wäre.

»Alles in Ordnung?« Sasha beugte sich vor und musterte sie im Kerzenschein. »Du warst gerade kurz weggetreten.«

Ash war dankbar für das gedämpfte Licht, das hoffentlich ihr Erröten verbarg. Sie schüttelte den Kopf, um ihre anzüglichen Gedanken loszuwerden. »Oh, ja, alles in Ordnung. Ich habe nur gerade dem Pianisten zugehört. Er oder sie ist wirklich gut.«

»Die haben jeden Abend Livemusik hier, meistens vielversprechende Jazzmusiker aus der Gegend«, sagte Sasha. »Ich dachte, als frühere Musikerin wüsstest du das sicher zu schätzen.«

»Das tue ich.« Sasha war so unglaublich aufmerksam, dass Ash sich immer wieder daran erinnern musste, dass sie nicht auf einem Date waren. Die romantische Atmosphäre im Restaurant half dabei nicht.

Sasha schlug die Speisekarte auf. »Bitte bestell, was immer du möchtest. Wenn du auf die Preise achtest, werde ich sauer.«

Ash las sich die verschiedenen Speisen durch. Egal, was Sasha sagte, sie hatte bereits beschlossen, eines der weniger teuren Gerichte zu wählen. Das würde nicht weiter schwer sein, denn alles auf der Karte klang fantastisch.

»Sie bereiten alles mit frischen Zutaten direkt aus der Region zu und das Fleisch stammt von glücklichen Kühen und Schweinen«, sagte Sasha.

Ash sah von der Speisekarte auf. »Woher weißt du so viel über das Restaurant? Hast du Nachforschungen angestellt, bevor du dich entschieden hast, wohin wir heute gehen?« Sie konnte sich gut vorstellen, dass Sasha so etwas tun würde, damit sie einen schönen Abend haben würden.

»Ja, das auch.« Sasha verschwand hinter der Speisekarte, als wollte sie ihr Erröten verbergen. »Aber hauptsächlich weiß ich über das Restaurant so gut Bescheid, weil ich mit einer der Besitzerinnen zur Kochschule gegangen bin. Sie kümmert sich als Konditorin um die leckeren Brote und die Desserts, während ihre Geschäftspartnerin die Chefköchin ist.«

»Hast du je darüber nachgedacht, in einem Restaurant wie diesem zu arbeiten?«, fragte Ash.

Sofort schüttelte Sasha den Kopf. »Nicht eine Sekunde lang. Es ist nicht etwa so, dass ich nicht teamfähig bin, aber ich ziehe gern mein eigenes Ding durch.«

»Ich weiß, was du meinst. Das gefällt mir daran, mein eigenes Geschäft zu haben.« Ash wandte ihre Aufmerksamkeit wieder der Speisekarte zu. »Gott, die Auswahl ist wirklich schwer. Alles hört sich gut an. Weißt du schon, was du nimmst?«

»Auf jeden Fall den Salat nach Art des Hauses«, sagte Sasha. »Dazu servieren sie Walnussbrot frisch aus dem Ofen. Es ist unglaublich gut.«

Ash lachte. »Du bist süchtig nach Brot.«

»Jetzt lachst du noch, aber wenn du es versuchst, wirst du auch sofort süchtig danach werden.«

Ash sah in Sashas funkelnde, braune Augen. Nur zu leicht könnte sie süchtig danach werden, in diese dunklen Augen zu sehen. *Hör auf damit. Ihr seid nicht auf einem Date. Sie hat dich nur aus Dankbarkeit eingeladen.* Sie blickte wieder in die Speisekarte. »Und als Hauptspeise?«

»Das Rindersteak ist zum Niederknien.« Sasha stieß ein Stöhnen aus, das Ash beinahe dazu brachte, auch das Steak zu nehmen. »Es ist so zart, dass es praktisch auf der Zunge zergeht.«

Ash zerrte an ihrem Kragen, als die Temperatur im Restaurant plötzlich in die Höhe zu schießen schien. »Steak?« Ihr Lachen klang heiser. »Ich dachte, du wärst nicht an Steaks interessiert?«

»An dem Steak hier schon.« Sasha senkte die Stimme zu einem verführerischen Raunen, das bei Ash sofort eine Gänsehaut auslöste.

Zum Glück trat die Kellnerin jetzt an ihren Tisch und nahm die Bestellung auf.

Noch immer abgelenkt von dem Effekt, den Sashas Stimme auf sie hatte, bestellte Ash einfach das nächstbeste, das ihr in den Sinn kam: den Salat, den Sasha empfohlen hatte, und glasierte Ente mit Stachelbeer-Chutney, Süßkartoffelpüree und in Sherry eingelegte rote Beete.

Die Kellnerin brachte die Bestellung direkt zu den Köchinnen, die in der offenen Küche arbeiteten. Eine von ihnen sah auf und ein breites Grinsen zauberte Grübchen in ihre Wangen. Sie winkte und kam quer durch das Restaurant auf sie zu. Im Gehen nahm sie ihre weiße Kochmütze ab, sodass ihre chaotisch aufgesteckten, schwarzen Locken sichtbar wurden.

Wow. Sie war atemberaubend schön. Ash bemühte sich, sie nicht anzustarren. War das Sashas Freundin aus der Kochschule?

Die Frau schenkte weder Ash noch einem der anderen Gäste auch nur einen Blick. Sie kam auf Sasha zu, als wären sie ganz allein im Raum. »Hallo, Fremde.« Ein fast unmerklicher französischer Akzent ließ sie noch attraktiver erschienen. »Lange nicht gesehen.«

Sasha erhob sich und schlang die Arme um die Köchin, wobei sie die kleinere Frau praktisch von den Füßen hob.

Die Köchin lachte laut auf. Scheinbar war es ihr völlig egal, dass nun jeder im Raum sie beobachtete. Sie schlang die Arme um Sashas Nacken.

Eine plötzliche Kälte überkam Ash. Sie ballte unter dem weißen Tischtuch die Hände zu Fäusten. Die herrlichen Düfte, die den Raum durchdrangen, schienen nicht länger verlockend. War die Fremde wirklich nur eine Freundin, mit der Sasha zur Kochschule gegangen war, oder lief da etwas zwischen ihnen? War Sasha deshalb so vertraut mit der Speisekarte? Kam sie öfter hierher, um sich mit ihrer Freundin zu treffen – und vielleicht »Pizza« mit ihr zu essen?

»Okay, das reicht jetzt aber.« Die Frau klopfte Sasha auf die Schulter. »Lass mich runter, bevor deine Begleitung noch denkt, ich wäre eine schlechte Gastgeberin, weil ich ihr nicht einmal Hallo sage.«

Sanft stellte Sasha sie wieder auf die Füße.

Die Frau schlang einen Arm um Sashas Taille, während sie sich Ash zuwandte.

Ash hatte ihr ganzes Leben lang in einem kleinen Ort verbracht, in dem jeder jeden zu beobachten schien. Dadurch fiel ihr es jetzt nicht weiter schwer, eine höfliche Miene aufzusetzen. »Hallo«, sagte sie, als sie sich mit einem freundlichen Lächeln erhob und ihr die Hand hinstreckte.

»Ash, das ist Nadia Jamison, eine der Besitzerinnen dieses kulinarischen Nirwanas. Nadia, darf ich dir Ashley Gaines vorstellen?«

Ash fiel auf, dass Sasha nicht erklärt hatte, wer sie war. Sie war sich nicht sicher, ob ihr das gefiel oder nicht. Im Grunde war sie neugierig darauf gewesen, wie Sasha sie wohl vorstellen würde. Als eine Freundin? Oder vielleicht jemanden, mit dem sie arbeitete? Was soll sie denn sonst sagen? *Dass du die Frau bist, die sie mitten in einer Tortenschlacht geküsst hat?* Nun ja, zumindest würde das Nadia sicherlich dazu bringen, Sasha nicht derart auf die Pelle zu rücken.

Nadia schüttelte ihr die Hand. Ihr Handschlag war fest und selbstbewusst, doch sie versuchte nicht, die Begrüßung in ein übertriebenes Kräftemessen zu verwandeln, und Ash musste zugeben, dass sie das beeindruckte. »Schön, Sie kennenzulernen.« Nadia gab Sasha einen Klaps auf die Schulter. »Ich sage Sasha schon seit Jahren, dass sie gern ein Date mitbringen kann, aber bisher hat sie es nie getan.«

Sasha verlagerte ihr Gewicht von einem Bein auf das andere. »Ähm, wir sind nicht auf einem Date, Nadia.«

»Oh. Ich dachte …« Nadia sah zwischen ihnen hin und her. Dann grinste sie. »Tja, wenn das so ist …« Sie hob Ashs Finger an ihre Lippen und deutete einen Handkuss an. »Dann geht das Dessert auf mich. Ich komme später noch mal vorbei, um mit euch zu quatschen, aber jetzt muss ich mich um euer Essen kümmern.« Sie zwinkerte Ash zu, winkte kurz und ging zu ihrem Arbeitsplatz zurück.

Ash sank zurück auf ihren Stuhl und starrte ihr nach. »Hat sie eben mit mir geflirtet?«

Sasha runzelte die Stirn. »Ja, hat sie. Falls es dir unangenehm ist, kann ich ihr gern sagen, dass sie damit aufhören soll.«

»Nein, das macht mir nichts aus.« Zu ihrer eigenen Überraschung musste Ash feststellen, dass es der Wahrheit entsprach. Kansas City war viel größer und anonymer als Fair Oaks. Hier kannte sie niemand und wenn Nadia mit ihr flirtete, dann hieß das, dass sie kein Interesse an Sasha hatte.

»Oh.« Die Falte zwischen Sashas Augenbrauen vertiefte sich.

War sie an Nadia interessiert? Den meisten Menschen gegenüber hielt Ash sich mit Fragen zu deren Privatleben zurück, denn sonst hatte das unweigerlich zur Folge, dass ihr Gegenüber auch ihr persönliche Fragen stellte, aber bei Sasha war sie bereits über diesen Punkt hinaus. »Du und Nadia … als ihr zusammen zur Kochschule gegangen seid, wart ihr ein Paar?«

»Ja.« Sasha lachte. »Ich wäre beinahe durch den Ernährungslehrekurs gefallen, weil wir zu sehr damit beschäftigt waren, uns gegenseitig zu vernaschen.«

Ash hatte bereits geahnt, dass sie nicht nur befreundet gewesen waren, aber ihre Vermutung bestätigt zu bekommen, versetzte ihr dennoch einen Stich in die Magengegend. »Sie wirkt nett«, sagte sie, doch es hörte sich irgendwie gezwungen an.

Sasha nickte. »Oh ja, das ist sie.« Irgendetwas schien auch ihr gegen den Strich zu gehen, denn von ihrem unbeschwerten Lächeln war nichts zu sehen.

Es dauerte nicht lange, bis die Salate gebracht wurden. Entweder wurden sie bevorzugt behandelt oder die Küche hier war immer so schnell.

Eine Weile aßen sie schweigend. Erst jetzt wurde Ash klar, dass sie sich bisher noch nie angeschwiegen hatten. Es schien immer genug interessante Gesprächsthemen zwischen ihnen zu geben.

»Zwischen mir und Nadia ist es schon seit Jahren aus«, sagte Sasha nach einer Weile. »Sollte sie dich also um eine Verabredung bitten – und das wird sie sicher tun – musst du meinetwegen nicht ablehnen.«

Ash starrte sie an. »D-du meinst, sie will sich mit mir verabreden?«

»Ja. Ich kenne Nadia«, murmelte Sasha. »Sie wird dich mit ihren Dessertkreationen betören und statt der Rechnung wird sie die Kellnerin bitten, dir ihre Telefonnummer zu bringen.«

Ash sah hinüber zur offenen Küche.

Nadia sah von ihrer Arbeit auf und lächelte sie an.

Ash zog rasch den Kopf ein. Himmel. Wie hatte sie sich nur in diese Lage gebracht? »Sie ist wirklich hübsch und sicher auch sehr nett.«

Sashas Augenbrauen senkten sich. »Ja.«

»Aber ich möchte nicht von ihren Dessertkreationen oder von sonst etwas betört werden«, fügte Ashley hinzu.

»Ach nein?«, fragte Sasha.

»Nein. Du kennst meine Situation. Ich mache mir nichts aus, ähm, Pizza und heimlich Steak zu essen, kommt auch nicht infrage.«

Sasha nickte bedächtig. »Also wirst du Nadia sagen, dass du auf Diät bist?«

»Wenn sie mich wirklich nach einer Verabredung fragt, dann werde ich das.«

Sasha wirkte erleichtert. War sie doch noch nicht über ihre Ex hinweg und wollte nicht, dass Ash ihr Konkurrenz machte, oder interessierte sie sich etwa für …?

Stopp. Es würde nichts bringen, darüber nachzugrübeln.

Ash nahm einen Bissen Walnussbrot, das noch warm war, und stöhnte genießerisch auf. »Oh mein Gott«, murmelte sie mit vollem Mund. »Das schmeckt fantastisch.«

Sasha lachte. »Habe ich dir doch gleich gesagt. Nur solltest du vielleicht nicht ganz so laut stöhnen.«

»Ach, magst du denn kein Stöhnen?« Ash konnte es sich nicht verkneifen, ein winziges bisschen zu flirten.

»Oh, ich habe nicht das Geringste gegen Stöhnen, solange ich oder vielmehr meine Backwaren das Stöhnen auslösen.«

»Bist du etwa eifersüchtig?«, fragte Ash grinsend.

»Nicht die Bohne. Ich weiß ja, dass ich besser bin.« Sasha zwinkerte ihr zu. »Was das Backen angeht, natürlich.«

Gott, es machte Spaß, ein wenig zu flirten, doch Ash wusste, dass sie damit aufhören musste, bevor sie es übertrieb. »Da wir gerade über Ex-Freundinnen sprechen«, sagte sie leise. »Ich habe letztes Wochenende mit Holly geredet. Über uns … sie und mich … und wie es zwischen uns endete. Als ich mit dir darüber geredet habe, ist mir klar geworden, dass eine Aussprache zwischen mir und Holly längst überfällig war.«

Sashas Gabel verharrte über ihrem Salat. »Wie ist es gelaufen?«

»Sehr gut. Ich glaube, wir haben jetzt wirklich die Chance, wieder Freundinnen zu werden.«

»Das freut mich.« Sasha griff mit der freien Hand über den Tisch und drückte Ashs Finger.

Wärme durchströmte Ashs Arm und den Rest ihres Körpers. Sie starrte auf ihre Hand hinab und staunte darüber, wie stark ihre Reaktion auf eine so simple Berührung war.

Sasha folgte ihrem Blick und zog rasch ihre Hand zurück, als wäre ihr nicht bewusst gewesen, dass sie Ash berührt hatte. Doch sie lächelte Ash weiterhin an.

Sie strahlte eine solche herzliche Freude aus, dass Ash nicht anders konnte, als ihr Lächeln zu erwidern. »Ich freue mich auch.« Dann fiel ihr wieder ein, worüber Holly und sie außerdem gesprochen hatten. »Ähm, hast du die Einladung zum Junggesellinnenabschied bekommen?«

»Ja. Ein Wochenende in Florida, in einem Strandhaus nur für uns. Ist das nicht toll?« Sasha grinste und nahm eine Gabel voll Salat.

Hatte ihr denn niemand erzählt, dass sie sich ein Zimmer teilen mussten?

Ashs Anspannung nahm zu und sie rutschte auf der Stuhlkante herum. »Äh, ja, natürlich ist es toll, aber …«

»Vermutlich wirst du auf mich aufpassen müssen, damit ich mich nicht total zum Narren mache.« Spielerisch drückte sich Sasha ihr Wasserglas gegen die Stirn. »Wir werden Grace Durand vermutlich in einem Bikini sehen! Stell dir das mal vor!«

»Grace Durand?« Ash starrte sie an. »Wovon redest du da?«

»Hat dir Holly nicht erzählt, dass Leo mit ihrer Frau befreundet ist und die beiden auch nach Florida kommen werden?«

»Grace Durand kommt zum Junggesellinnenabschied? *Die* Grace Durand?«

Sasha nickte und fächelte sich Luft zu. »Vierfache Gewinnerin des Golden Globe, die Frau, die von zahlreichen Zeitschriften zur heißesten Frau des Jahres gewählt wurde, und der Schwarm meiner Jugend.«

»Vielleicht willst du ja lieber mit ihr statt mit mir ein Zimmer teilen«, brummte Ash und stocherte in ihrem Salat herum.

Sasha lachte. »Oh, ich glaube kaum, dass das ihrer Frau gefall…« Sie brach ab und starrte Ash an. »Moment mal. Hast du eben gesagt, dass wir uns ein Zimmer teilen werden?«

»Ja. Das wollte ich dir schon die ganze Zeit sagen, bevor du angefangen hast, von Grace Durand zu schwärmen. Es gibt nur sechs Schlafzimmer im Strandhaus, deshalb müssen sich jeweils zwei ein Zimmer teilen. Und du hast das Vergnügen mit mir.«

Sasha murmelte etwas vor sich hin.

»Wie bitte?«

»Ach, ich habe nur gefragt, ob du damit einverstanden bist.«

»Ja, natürlich. Warum sollte ich nicht einverstanden sein?« Ash musterte sie über den Tisch hinweg. »Bist du damit einverstanden?«

»Klar, kein Problem.« Sasha leerte ihr Glas in großen Schlucken und bedeutete einem Kellner, ihr nachzuschenken.

Ash sah zu, wie die Muskeln in ihrem Hals sich bewegten, als sie schluckte. Wie war es nur möglich, beim Trinken so sexy auszusehen? Sie nahm einen großen Schluck von ihrem eigenen Wasser und war froh, als die Kellnerin ihr Essen brachte.

Die glasierte Ente und Sashas Steak sahen fantastisch aus.

Sasha schloss die Augen, als sie den ersten Bissen nahm. »Unglaublich lecker. Möchtest du davon probieren?« Ohne eine Antwort abzuwarten, schnitt sie ein Stück Steak ab, verteilte ein wenig Kräuterbutter mit Edelpilzkäse darauf und hielt Ash die Gabel in Mundhöhe hin, als erwartete sie, dass Ash sich füttern lassen würde.

Doch Ash war sich viel zu sehr bewusst, dass Nadia und die anderen Gäste sie beobachten konnten, deshalb griff sie nach der Gabel. Ihre Finger streiften Sashas, als diese die Gabel losließ. Ein Schauder durchrieselte Ash. Ihre Haut fühlte sich an, als wollte sie jede noch so flüchtige Berührung gierig aufsaugen.

»Schmeckt es dir nicht?«, fragte Sasha.

»Oh doch, es schmeckt vorzüglich.« Rasch kaute Ash und schluckte den Bissen Fleisch hinunter. Es war wirklich zart und saftig und schmeckte dezent nach Dijonsenf, Rosmarin und Knoblauch. »Das ist vermutlich das beste Steak, das ich je gegessen habe. Und das will etwas heißen, denn mein Vater grillt für sein Leben gern.«

Sasha grinste. »Dann solltest du ihm lieber nicht sagen, dass du hier ein besseres Steak bekommen hast.«

Nein, das würde Ash lieber für sich behalten. Wenn sie ihren Eltern erzählen würde, dass sie im Meadow gewesen war, würde das nur zu neugierigen Fragen darüber führen, mit wem sie da gewesen war und warum sie so viel Zeit mit Sasha verbrachte, statt mit Derek oder anderen Männern auszugehen.

»Möchtest du von meinem Essen probieren? Es schmeckt genauso fantastisch.« Sie hielt Sasha ihre Gabel mit einem Stück Entenbrust entgegen.

Doch statt ihr die Gabel aus der Hand zu nehmen, beugte Sasha sich vor und zog den Bissen mit den Lippen von der Gabel.

Der Kellner hätte den Krug mit dem Wasser gleich auf ihrem Tisch stehenlassen sollen, denn Ashs Hals wurde schlagartig trocken.

»Genießt ihr euer Essen?« Als Nadia neben dem Tisch auftauchte, riss Ash den Blick von Sasha los.

»Oh, ja, sogar sehr«, sagte Ash. »Alles schmeckt wundervoll.«

»Das höre ich gern.« Ein erfreutes Lächeln zauberte charmante Grübchen in Nadias Wangen. »Bestellt bitte kein Dessert. Ich stelle etwas für euch zusammen.«

Sie sah dabei nur Ash an und diese war sich nicht sicher, wie sie mit all der Aufmerksamkeit umgehen sollte. Höflich zu sein, konnte hoffentlich nicht schaden. Sie lächelte zu Nadia empor. »Herzlichen Dank. Das ist wirklich nett.«

Nadia tippte sich an ihre Kochmütze und schlenderte an ihren Arbeitsplatz zurück.

Sasha legte ihre Gabel beiseite. Mit finsterem Blick sah sie ihrer Ex nach. »Falls du nicht vorhast, mit ihr Pizza zu essen, würde ich dir raten, sie nicht zu ermutigen.«

»Sie ermutigen? Wie bitte schön soll ich sie ermutigt haben?«

»Du hast sie angelächelt und ihr Essen gelobt. Das ist für uns Leute im kulinarischen Gewerbe ein Aphrodisiakum.«

Die rote Beete, die Ash gerade auf ihre Gabel geschoben hatte, landete in ihrem Süßkartoffelpüree. »Äh, ich lächle dich auch jedes Mal an und lobe deine Cupcakes, wenn ich in die Bäckerei komme.«

»Das ist etwas ganz anderes.« Ein schiefes Grinsen kräuselte einen von Sashas Mundwinkeln. »Oder willst du damit sagen, dass du mit mir geflirtet hast?«

»Nein! Und mit Nadia flirte ich genauso wenig. Ich wollte nur höflich sein.«

»Gut.« Sasha machte sich mit Heißhunger über ihr Steak her.

Ash musterte sie. War Sasha eifersüchtig und das möglicherweise nicht, weil sie noch immer an ihrer Ex interessiert war, sondern weil sie Nadias Interesse an ihr nicht mochte?

»Warum grinst du so?«, fragte Sasha.

»Ich grinse doch gar nicht.« *Oder etwa doch?* Ash berührte ihre Lippen. Okay, sie grinste eindeutig. »Ich genieße nur das gute Essen.«

Sasha sah lächelnd zu, wie Ashley sich über den Zimt-Apfelkuchen, den Schokokäsekuchen und die Passionsfruchtmousse auf dem gemischten Dessertteller hermachte. Es war schön, mit anzusehen, wie sie die Freuden des Lebens genoss, statt sich immer zurückzuhalten.

Doch leider schien Nadia Ashleys Enthusiasmus für ihre Nachspeise genauso sehr zu gefallen. Sie beobachtete Ashley von ihrem Arbeitsplatz aus mit einem charmanten Lächeln. Gott, war sie während ihrer Zeit an der Kochschule auch schon so eine unbelehrbare Charmeurin gewesen?

Tja, aber damals hatte Nadia mit ihr geflirtet, deshalb hatte es Sasha nichts ausgemacht.

Schließlich legte Ashley ihre Kuchengabel weg und hielt sich mit beiden Händen den Bauch. »Wenn ich noch einen Bissen esse, explodiere ich.«

Als die Kellnerin kam, um den noch halb vollen Teller abzuräumen, verlangte Sasha die Rechnung.

Doch stattdessen kehrte die Kellnerin nur mit einem Styroporbehälter zurück, in dem sich die Reste des Desserts befanden. »Keine Rechnung. Das Essen geht aufs Haus.«

Sasha gab ihr ein großzügiges Trinkgeld. »Bitte richten Sie der Küche unseren Dank aus.« Sie würde einen Weg finden, sich bei Nadia zu revanchieren.

Die Kellnerin nickte. Auf der Seite des Behälters, den sie vor Ashley abstellte, stand mit schwarzem Stift eine Telefonnummer, die Sasha sofort erkannte.

Ashley starrte darauf hinab. Offenbar wusste sie nicht so recht, wie sie mit der Situation umgehen sollte.

Sie hatte ihre sexuelle Orientierung ihr ganzes Leben lang verheimlicht. Vermutlich war dies das erste Mal, dass eine Frau so offen Interesse an ihr zeigte. Sofort regte sich Sashas Beschützerinstinkt. Sie beugte sich über den Tisch und drückte ihre Hand. »Soll ich mal mit ihr reden?«

Ashley drehte ihre Hand um und erwiderte den sanften Druck ihrer Finger, bevor sie losließ. Einen Moment lang wirkte sie, als wäre sie versucht, das Angebot anzunehmen, doch dann schüttelte sie den Kopf. »Danke, aber ich komme schon klar.« Sie klang, als wollte sie sich selbst überzeugen. »Ich bin gleich wieder da.«

Ashley atmete tief durch, erhob sich dann und ging zu der offenen Küche hinüber, wo Nadia sich gegen die Arbeitsfläche lehnte und ihr entgegensah. Ihr Gesichtsausdruck verriet, dass sie Ashleys gutes Aussehen genauso bewunderte, wie Sasha es tat.

Ashley blieb vor ihr stehen.

Die Hintergrundgeräusche im Restaurant waren zu laut, sodass Sasha nicht verstehen konnte, was sie sagte, doch Ashleys Körpersprache verriet, wie unbehaglich sie sich fühlte.

Nadia antwortete und was immer sie auch gesagt hatte, es führte dazu, dass Ashley sich ein wenig entspannte.

Die beiden interagieren zu sehen, war irgendwie seltsam, so als würden zwei Welten aufeinanderprallen. Doch Sasha musste zugeben, dass die beiden ein schönes Paar abgegeben hätten. Ashleys langes, blondes Haar, ihre eleganten Kurven und ihre akzentfreie Sprechweise standen in einem reizvollen Kontrast zu Nadias zerstrubbelten, schwarzen Locken, ihrer zierlichen Gestalt und ihrem französischen Akzent, der davon herrührte, dass sie ihre Jugend im Heimatland ihrer Mutter verbracht hatte.

Früher hatte Sasha nicht einmal lange genug den Blick und die Hände von Nadia lassen können, um für eine wichtige Prüfung zu lernen, doch jetzt stellte sie fest, dass sie kaum auf Nadia achtete und stattdessen Ashley beobachtete.

Nach einer Weile wurden Ashleys Gesten lebhafter und der helle, klare Klang ihres Lachens drang zu Sasha herüber.

Sasha liebte es, sie so unbekümmert lachen zu hören, doch gleichzeitig fragte sie sich, was Nadia wohl gesagt haben mochte. Versuchte sie, Ashley mit ihrem französischen Charme zu bezirzen? Und hatte sie damit Erfolg?

Schließlich küsste Nadia Ashley links und rechts auf die Wangen.

Ihre Geschäftspartnerin Cassidy sah mit einem Stirnrunzeln zu, das vermutlich dem auf Sashas Gesicht ähnelte. Ihr Messer fuhr mit mehr Schwung als nötig durch eine Stange Lauch.

Aber hallo. Sashas Stimmung hellte sich auf. *Liegt da eine kleine Küchenromanze in der Luft?* Doch die sonst so aufmerksame Nadia schien nichts davon zu ahnen.

Ashley kam zurück zum Tisch und nahm den Dessertbehälter, auf dem Nadias Nummer stand. »Ich bin so weit. Wir können gehen.«

Das war alles, was sie darüber sagen wollte? Sasha wartete auf eine Erklärung, während sie Ashley nach draußen führte und ihr die Beifahrertür aufhielt. Als sie den Wagen startete, hielt sie das Schweigen nicht länger aus. »Nadia ist nicht daran gewöhnt, zurückgewiesen zu werden. Wie hat sie es aufgenommen? Äh, du hast sie doch zurückgewiesen, oder?«

»Natürlich. Was hast du denn gedacht?«

»Ich weiß nicht. Aber die beiden Küsse sahen schon verdammt vertraulich aus.« Sasha schielte zu ihr hinüber, bevor sie wieder auf die Straße blickte. »Also, was hast du gesagt?«

»Ich habe mich für das Essen bedankt.«

»Und weiter?« Sasha stupste sie an. »Sag schon.«

»Ich habe ihr gesagt, dass ich zwar gern jederzeit wiederkomme, um ihr großartiges Essen zu genießen, aber ausgehen werde ich nicht mit ihr.«

»Wow.« Sasha wusste, dass so offene Worte normalerweise nicht Ashleys Stil waren. »Das ist großartig. Ich meine, es ist gut, dass du das klargemacht hast. Wie hat sie es aufgenommen?«

Ashley zuckte mit den Schultern. »Gut. Sie hat einen Witz darüber gemacht, dass ihr Charme nicht mehr das ist, was er einmal war, und dann hat sie gesagt, ich soll dich unbedingt dazu bringen, deinen berühmten Haselnusskuchen mit Karamellmousse für mich zu machen.«

»Interessant.« Sasha hätte nicht gedacht, dass Nadia es so gut aufnehmen würde.

»Was ist? Hast du etwa gedacht, es würde ihr das Herz brechen?« Ashley lachte. »So unwiderstehlich bin ich nicht.«

Sashas Libido war da anderer Meinung und das war der Grund, warum sie sich gleichermaßen darauf freute und Angst davor hatte, sich in Florida ein Zimmer mit ihr zu teilen.

»Und?«, fragte Ashley, als Sasha auf die Überlandstraße einbog. »Wirst du es tun?«

»Werde ich was tun?«

»Deinen berühmten Haselnusskuchen für mich machen.«

Sasha lachte nervös und rieb sich den Nacken, der sich ziemlich warm anfühlte. »Den habe ich manchmal für Nadia gemacht, nachdem wir, ähm, eine Menge Kalorien zusammen verbraucht hatten.«

»Eine Menge Kalorien verbr… Oh!« Ashley drehte rasch den Kopf und starrte aus dem Seitenfenster, so als wollte sie verbergen, dass sie rot wurde.

Gott, sie ist unglaublich süß. Sasha grinste. Es machte Spaß, Ashley zum Erröten zu bringen. Als sie sich wieder auf die Straße konzentrierte, fiel ihr etwas auf und sie erstarrte. Nadia hatte vorgeschlagen, dass Sasha den Haselnusskuchen für Ashley machen sollte. Glaubte sie etwa, dass Sasha mit Ashley schlief oder früher oder später mit ihr schlafen würde?

Und wenn schon. Da irrt sie sich gewaltig. Sie würde keinen Haselnusskuchen für Ashley backen und auf keinen Fall würde sie Karamellmousse von ihrer Haut lecken.

Aber irgendwie hatte ihr Gehirn wohl das *auf keinen Fall* verpasst, denn nun zeigte es ihr Bilder, wie sie Mousse von Ashleys Nippeln leckte und dann dem Karamellpfad ihren Bauch hinab folgte. *Oh Gott.* Sie drehte die Klimaanlage auf volle Leistung und richtete den Luftstrahl auf ihr Gesicht.

Ashley kicherte verlegen. »Na ja, vielleicht ist das mit dem Haselnusskuchen doch keine so gute Idee. Ich sollte lieber bei deinen Vanillecupcakes bleiben.«

Sasha biss sich auf die Unterlippe und sagte nichts. Nach dem Kuss in der Backstube war sie nicht sicher, ob Cupcakes viel besser wären.

Kapitel 14

»Was für ein gottverdammtes Arschloch!« Leos berühmte Popstarstimme klang selbst dann noch gut, wenn sie lautstark Flüche quer über den Supermarktparkplatz brüllte.

Ash, die gerade mit einer Wassermelone aus dem Supermarkt gekommen war, hielt inne. Das klang, als hätte Leo keinen guten Tag. Vielleicht konnte sie ihr helfen. Statt zu ihrem Auto zu gehen, trug sie ihre Melone zu Leos BMW X5 hinüber. »Alles in Ordnung?«

Leo wirbelte herum. Sie umklammerte ihr Handy so fest, dass Ash fast fürchtete, es würde in tausend Einzelteile zerspringen. »Hat das etwa geklungen, als wäre alles in Ordnung?«

Ash machte einen Schritt zurück und schlang die Arme fester um die Wassermelone. »Äh, nein, eigentlich nicht.«

Leo seufzte, schob das Handy in die Hosentasche und rieb sich das Gesicht. »Tut mir leid. Ich wollte meine Laune nicht an dir auslassen. Ich bin einfach nur so sauer.«

»Probleme in der Musikbranche?«, fragte Ash.

»Schön wär's. Dann könnte ich einfach die Diva spielen, allen die Meinung sagen und schon wäre das Problem gelöst.«

»Was ist dann los?« Ash trat näher. »Kann ich irgendwie helfen?«

Leos grimmige Miene wich einem dankbaren Lächeln. »Das ist nett von dir, aber falls du nicht irgendwo einen Veranstaltungsort für die Hochzeitsfeier versteckt hast, glaube ich kaum, dass du uns helfen kannst.«

»Wieso brauchst du einen Ort für die Hochzeitsfeier? Ich dachte, ihr hättet den Ballsaal des Country Clubs gemietet.«

»Ja, das dachte ich auch.« Leo ließ sich gegen das Heck ihres Wagens sinken. »Aber gerade hat man mich angerufen und mir gesagt, dass sie den Ballsaal versehentlich an dem Tag zweimal vergeben haben, deshalb müssen sie mir leider absagen.«

Ash starrte sie an. Sie sah nach links und rechts, um sicherzugehen, dass sie allein waren, und fragte im Flüsterton: »Glaubst du, sie sagen das nur, weil sie keine Hochzeit von zwei Frauen im Haus haben wollen?«

Leo seufzte. »Ich weiß es nicht. Ich würde gern glauben, dass es wirklich nur ein Versehen war. Der Chef hat sich tausendmal entschuldigt, aber das hilft uns jetzt auch nicht weiter.«

»Selbst wenn es nur ein Versehen war, wie können die einfach Jenna Blake rauswerfen?« Diese Entscheidung war wohl von jemandem getroffen worden, dessen Gehirn die Größe einer Erbse hatte.

»Das habe ich jetzt davon, dass ich nicht den Superstar raushängen lassen wollte. Ich hätte darauf bestehen können, dass sie dem anderen Paar absagen, aber das wollte ich nicht.«

Ash lächelte sie an. Das schätzte sie so an Leo. Obwohl sie Millionen verdient hatte und ihre Alben mehrfach ausgezeichnet worden waren, stellte sie ihre Bedürfnisse nie über die von anderen.

»Sieht so aus, als müsste ich herumtelefonieren, um einen anderen Veranstaltungsort zu finden. Das sollte nicht weiter schwer sein, nur eben nicht hier im Ort. Jedenfalls nicht so kurzfristig.« Leo trat nach einem Kiesel, der dann über den Parkplatz kullerte. »Mist. Meine Mutter hatte sich so auf eine Hochzeit in Fair Oaks gefreut. Wir haben sie schon enttäuscht, weil wir uns weigern, in der Kirche zu heiraten, in der mein Vater dreißig Jahre lang jeden Sonntag Orgel gespielt hat. Und jetzt auch noch das.«

Als Kind und Jugendliche hatte Ash fast genauso viel Zeit bei den Blakes verbracht wie zu Hause. Leos Vater hatte ihr das Klavierspielen beigebracht und Leos Mutter hatte sie nach dem Selbstmord ihrer Schwester in den Arm genommen, als ihre Eltern zu sehr mit ihrer eigenen Trauer beschäftigt gewesen waren. »Was wäre, wenn ich …?« Sie zögerte. Wenn sie das jetzt aussprach, gab es kein Zurück mehr. *Komm schon. Tu's für Holly und Leo.* Sie holte tief Luft und atmete durch die Nase aus. »Wenn ich einen Ort hätte, den ihr für die Feier nutzen könnt?«

Leo lächelte müde. »Das ist wirklich nett von dir, Ash, aber ich glaube kaum, dass all unsere Gäste in deinen Garten passen.«

Schon seit Jahren hatte Leo sie nicht mehr Ash genannt. Erst jetzt wurde Ashley klar, wie sehr sie es vermisst hatte. »Ich rede nicht von meinem Garten. Erinnerst du dich noch an die alte Scheune, in der wir immer mit der Band geprobt haben?«

»Du meinst die, in der du mir das Herz gebrochen hast, als ich dich dabei erwischt habe, wie du Brandon geküsst hast?« Leos Augen funkelten amüsiert, was zeigte, dass sie längst darüber hinweg war.

Ashs Wangen wurden warm. »Äh, ja, genau die.« Brandon hatte sie geküsst, nicht umgekehrt, aber das war jetzt nicht wichtig. »Mein Vater bewahrt dort Ersatzteile für seine Traktoren und ein paar andere Werkzeuge auf, benutzt sie sonst aber kaum noch. Vielleicht kann ich meine Eltern überreden, euch die Scheune für die Feier zu überlassen.«

Leo starrte ins Leere, als könnte sie dort bereits die festlich geschmückte Scheune sehen. »Hmm, das könnte funktionieren. Laut meiner Mutter sind alte Scheunen mit ihrem rustikalen Charme gerade total in, was Hochzeiten betrifft. Ich wette, Holly wird begeistert sein.« Sie blickte Ash an. »Aber bist du dir sicher, dass du mit deinen Eltern darüber reden willst? Wie ich die beiden kenne, werden sie nicht gerade begeistert darüber sein, ihre Scheune für eine lesbische Hochzeitsfeier zur Verfügung zu stellen. Meinst du wirklich, dass sie zustimmen werden?«

»Ich habe nicht die geringste Ahnung«, sagte Ash ehrlich. »Aber ich kann ja einfach mal fragen.«

Leo sah sie an, als wüsste sie genau, dass nichts daran einfach für Ash sein würde. »Danke«, sagte Leo schließlich.

»Sie haben noch nicht Ja gesagt und ich kann nicht garantieren, dass sie es tun werden.« Ash wollte nicht, dass Leo sich falsche Hoffnungen machte.

»Ich möchte dir dennoch danken.« Leo griff über die Wassermelone in Ashs Armen und klopfte ihr auf die Schulter. »Kannst du mir bis Ende der Woche Bescheid sagen? Wenn sie ablehnen, muss ich mich sofort nach etwas anderem umsehen.«

Ash nickte grimmig. Sie hatte also vier Tage Zeit, um mit ihren Eltern zu reden. »Meine Eltern haben mich am Sonntag zum Grillen eingeladen. Dann werde ich sie fragen und dich danach sofort anrufen.«

Ash ließ Casper bei ihrer Mutter in der Küche und sagte nur kurz Hallo, bevor sie in den Garten ging, wo ihr Vater seinen geliebten Holzkohlegrill aufgebaut hatte. Sie wusste, dass sie zuerst mit ihm reden musste, denn er traf alle Entscheidungen, die mit den Farmgebäuden zu tun hatten.

Als sie die Glastür aufschob, kam ihr der verlockende Duft von brutzelnden Steaks entgegen. Für gewöhnlich wäre ihr jetzt das Wasser im Mund zusammengelaufen, doch im Moment war sie zu nervös, um hungrig zu sein.

Ihr Vater setzte die Haube auf den Grill und winkte ihr mit seiner langen Grillgabel zu. »Hallo, Schatz. Du kommst gerade richtig. Die Steaks sollten in einigen Minuten fertig sein.«

»Hallo, Papa.« Sie ging zu ihm und gab ihm einen Kuss auf die Wange.

Er schlang einen Arm um sie und ließ nicht los, während er weitersprach, sodass sie gemeinsam am Grill standen. »Ich hoffe, du hast Hunger. Deine Mutter hat genug Ofenkartoffeln gemacht, um eine ganze Footballmannschaft zu versorgen. Vielleicht solltest du ein paar Freunde anrufen und alle zum Essen einladen.«

»Die haben bestimmt schon etwas vor.«

»Aber ein anderes Mal kannst du sie einladen«, sagte ihr Vater. »Es ist lange her, seit du jemanden mit nach Hause gebracht hast.«

Ash unterdrückte ein genervtes Stöhnen. Offenbar hatte ihre Mutter sich bei ihrem Vater darüber beschwert, dass Ash schon lange nicht mehr mit einem Mann ausgegangen war. Das war es sicher, was er andeuten wollte. Aber seine Worte öffneten Tür und Tor für ihr eigenes Anliegen. »Ich würde gern einige Freundinnen hierher einladen. Aber nicht nur zum Grillen.«

»Wenn du dieses Jahr deinen Geburtstag groß feiern willst, nur zu. Wir haben genug Platz.«

»Ich rede nicht von meinem Geburtstag.« Ash scharrte mit den Füßen. Der Arm ihres Vaters um ihre Schultern fühlte sich plötzlich viel zu schwer an. »Ich hatte mehr an eine Hochzeit gedacht.«

Ein Aufschrei und das Splittern von Glas unterbrachen sie, bevor ihr Vater antworten konnte.

Ash drehte den Kopf.

Ihre Mutter stand im Rahmen der Glasschiebetür. Eine Flasche Barbecuesoße war ihr aus der Hand gerutscht und nun bedeckten winzige Glasscherben und Soßenspritzer die Terrasse direkt vor dem Haus. »Du willst heiraten? Das ist ja wunderbar! Aber … aber wen?«

Ash rieb sich die Stirn. Oh Mann. Irgendwie lief die Situation vollkommen aus dem Ruder. »Nein, Mama. Nicht ich werde heiraten, sondern zwei meiner Freunde.«

»Oh.« Ihre Mutter sah enttäuscht aus. »Wer denn? Ich wusste gar nicht, dass es noch eine Hochzeit in Fair Oaks geben wird. Warum bin ich immer die Letzte, die solche Neuigkeiten erfährt? Wir verbringen eindeutig zu viel Zeit auf dem Hof, Tom.«

»Ähm, es ist keine andere Hochzeit, Mama. Ich rede von Leos und Hollys Hochzeit.« Ash zwang sich, weiterzusprechen, bevor sie der Mut verließ. »Der Country Club hat ihnen eben abgesagt und jetzt haben sie keinen Saal für die Hochzeitsfeier. Ich dachte mir, vielleicht könnten sie ja in der alten Scheune feiern.«

Ihr Vater hob die Haube vom Grill und drehte die Steaks, ohne etwas zu sagen.

»Papa?«

Gemächlich setzte ihr Vater die Haube zurück auf den Grill. »Warum möchtest du, dass sie eine solche Hochzeit in unserer Scheune feiern?«

Ash bemühte sich, das Zittern in ihrer Stimme zu verbergen. »Weil sie meine Freundinnen sind.«

Er rieb sich den Nacken. »Ich weiß nicht so recht, Ashley.«

Plötzlich glomm Ärger tief in Ashley auf und loderte heißer als die Kohle im Grill. »Als wir Kinder waren, hat Leo oft auf dem Hof ausgeholfen. Sie hat genauso viel Unkraut gejätet wie ich und sich niemals über die Blasen an ihren Händen beschwert, obwohl sie jedes Mal Ärger mit ihrem Vater bekam, weil sie dann tagelang nicht Geige spielen konnte. Du hast ihr sogar angeboten, dich zu duzen, weil sie fast wie ein Mitglied der Familie war. Und jetzt ist es dir völlig egal, dass sie keinen Ort hat, an dem sie ihre Hochzeit feiern kann?«

»Das ist lange her«, murmelte ihr Vater. »Damals war sie anders.«

»Nein, Papa. War sie nicht. Sie war damals schon lesbisch, du hast es nur nicht gewusst.« Die Worte sprudelten aus Ash hinaus wie ein Fluss, der im Frühling Hochwasser führte.

Ihr Vater wedelte mit der Grillgabel. »Davon rede ich doch gar nicht. Sie ist eingebildet geworden. Jetzt, wo sie berühmt ist, glaubt sie, sie wäre besser als wir einfachen Leute. Und jetzt will sie in unserer Scheune ihre Hochzeit feiern? Teufel, nein! Entweder ist sie eine von uns oder sie ist es nicht. Sie muss sich entscheiden.«

»Ja«, fügte ihre Mutter hinzu, während sie die größten Glasscherben aufsammelte und begann, das Chaos auf der Terrasse zu beseitigen. »Glaub nicht, wir hätten nicht bemerkt, dass sie dich während all der Jahre nicht einmal angerufen hat. Sie hat nicht mal eine Karte geschickt, um dir zu gratulieren, als du den Blumenladen aufgemacht hast. Aus den Augen, aus dem Sinn. Gerade sie hätte doch wissen müssen, wie sehr es dir wehtun würde, noch jemanden zu verlieren, nachdem Melissa … du weißt schon.«

Ihr Vater bohrte die Gabel in eines der Steaks. »Und das erste Jahr, nachdem sie zurückgekommen ist, hat sie kaum mit dir geredet. Schöne Freundin!«

Oh Mist. Ihre Eltern hatten bemerkt, dass zwischen ihr und Leo etwas nicht stimmte, doch sie hatten den Grund dafür völlig missverstanden. »Das hat nichts damit zu tun, dass sie sich für etwas Besseres hält. Dass wir eine Weile nicht miteinander geredet haben, lag an mir. Es war meine Schuld. Ich …« Sie brach ab. Sie konnte ihren Eltern nicht erklären, warum Leo nicht mit ihr geredet hatte. Nicht, ohne sich zu outen. »Ich habe etwas gesagt, das sie sehr verletzt hat. Das ist einer der Gründe, warum ich ihr helfen möchte, einen Ort für die Hochzeitsfeier zu finden. Ich möchte es wiedergutmachen.« Sie umklammerte den Ärmel ihres Vaters. »Bitte, Papa. Gib ihnen die Scheune.«

Sie bat ihn nur selten um etwas, das wussten sie beide.

Ihre Eltern sahen sich über den Grill hinweg an.

»Die Steaks brennen an, wenn wir sie jetzt nicht vom Grill nehmen«, sagte ihre Mutter.

Ihr Vater griff nach dem Servierteller und begann, dicke Steaks daraufzustapeln.

Ash knirschte mit den Zähnen. Noch vor einigen Monaten hätte sie den Kopf hängen lassen und akzeptiert, dass das Thema für ihre Eltern beendet war. Doch die Zeit mit Sasha hatte ihr beigebracht, für sich einzustehen. »Ihr wollt mir also nicht einmal eine Antwort geben? Wollt ihr einfach so tun, als hätte ich nichts gesagt? Ich dachte, was mit Melissa passiert ist, wäre uns eine Lehre gewesen.« Sobald sie es gesagt hatte, bereute sie es auch schon.

Die Haube fiel mit einem lauten Knall auf den Grill.

Ihre Mutter zuckte zusammen, als hätte Ash sie ins Gesicht geschlagen.

»Mama, es tut mir leid. Das wollte ich ni…«

Ihr Vater hob die Hand und unterbrach sie. »Nein, du hast recht. Wir hätten keine Ruhe geben sollen, ehe wir nicht herausgefunden hatten, was mit deiner Schwester los war, anstatt uns einzubilden, das Problem würde sich ganz von selbst lösen, wenn wir es einfach nicht beachten. Hätten wir das getan, müssten wir jetzt nicht mit dieser schrecklichen Ungewissheit leben, ohne zu wissen, warum sie es getan hat. Vielleicht hätten wir es sogar verhindern können.« Dann wurde sein Blick hart. »Aber wenn du das deiner Mutter noch einmal vorhältst …«

»Das werde ich nicht. Es tut mir leid.« Ashs Augen brannten und sie blinzelte mehrfach, um ihre Tränen zurückzuhalten. »Es ist mir einfach nur sehr wichtig und ich wusste nicht, wie ich euch sonst dazu bringen sollte, es zumindest in Betracht zu ziehen.«

Ihr Vater schlang einen Arm um seine Frau, während er mit der anderen den Teller mit den Steaks nach drinnen trug.

Ohne ein Wort zu sagen, holte ihre Mutter eine neue Flasche Barbecuesoße aus der Vorratskammer.

Alle setzten sich an den Esstisch und ihr Vater streckte die Hände aus.

Ash nahm die Hände ihrer Eltern und sah hinab auf ihren leeren Teller, während sie darauf wartete, dass ihr Vater das Tischgebet sprach.

»Sie können die Scheune haben«, sagte ihr Vater stattdessen.

Ashs Kopf schnellte hoch und sie starrte erst ihn, dann ihre Mutter an.

Diese seufzte und nickte schließlich zustimmend.

»Aber wir tun das nur für dich, nicht für Leontyne oder Holly«, fügte ihr Vater hinzu.

Ash sprang auf und umarmte ihn, bevor sie ihre Arme auch um ihre Mutter schlang. »Danke.« Sie drückte ihre Wange gegen die ihrer Mutter und flüsterte: »Es tut mir wirklich leid.«

Ihre Mutter streichelte Ashs Kopf. »Ich weiß.« Sie wischte sich mit dem Handrücken die Tränen aus den Augen.

»Jetzt lasst uns essen«, sagte ihr Vater barsch. »Die Steaks werden kalt.«

Ash setzte sich und atmete aus. Sie hatte ihre Eltern gefragt und sie hatten Ja gesagt. Das Gespräch hatte zu sehr wehgetan, als dass sie sich hätte freuen können, aber wenigstens hatte sie sich diesmal für ihre Freundinnen eingesetzt. Sie nahm sich eine Ofenkartoffel und ignorierte das Zittern ihrer Hände.

Als Ash am Montagmorgen zur Arbeit ging, war sie immer noch ein wenig mitgenommen. Tief in Gedanken versunken ging sie auf die Ladentür zu und wäre fast über eine Schachtel gestolpert, die jemand vor dem Laden abgestellt hatte.

»Was ist das denn?« Stirnrunzelnd beugte sie sich hinab. Erst, als sie die Schachtel bereits in den Händen hielt, fiel ihr ein, dass heute der erste April war. *Oh Mist.* Spielte ihr jemand einen Streich?

Aber die Schachtel explodierte nicht und sie verströmte auch keinen unangenehmen Geruch. Vorsichtig trug Ash sie in den Laden und schaltete das Licht an.

Das Logo von *Ein Stück vom Himmel* zierte den Deckel der Schachtel. Ashs Stirnrunzeln verschwand. Die Schachtel war von Sasha. Diese hatte Sinn für Humor, schien aber nicht der Typ, der anderen Streiche spielte. Hatte sie ihr eine kleine Aufmerksamkeit hinterlassen, die ihr den Start in die neue Woche versüßen sollte?

Wie aufmerksam von ihr! Wenn Sasha irgendwann beschloss, dass sie so weit war, ein Steak haben zu wollen, würde sie eine Frau – oder einen Mann – verdammt glücklich machen. Der Gedanke daran ließ ihr Lächeln verblassen.

Sie hob den Deckel an. In der Schachtel war nur ein einziger Cupcake, natürlich einer mit Vanillegeschmack und Erdbeerbuttercreme. Heute gab es keine Kekse für Brooke. Das Backwerk war für Ash allein. Eine winzige, rote Zuckerblume ragte aus der Buttercreme. Sasha hatte die Blüten einer Nelke perfekt nachgeahmt. Vorsichtig wischte Ash die Creme ab und bewunderte die Zuckerblume von allen Seiten. Sie wusste bereits, dass sie dieses kleine Kunstwerk nicht essen würde.

Dann fiel ihr Blick auf die Karte, die auf der Innenseite des Deckels klebte. Sie erkannte Sashas ausdrucksstarke Handschrift von den Notizen, die sie sich während der Hochzeitsplanung gemacht hatte.

Ash,

mir ist zu Ohren gekommen, was du für Holly und Leo getan hast. Ich kann mir gut vorstellen, wie schwer das für dich gewesen sein muss. Ich habe im Internet eine Seite gefunden, die die Bedeutung einzelner Blumen erklärt, und dort hieß es, rote Nelken bedeuten Stolz und Bewunderung.

Sie symbolisierten außerdem auch Liebe, aber scheinbar hatte die Webseite das nicht erwähnt. Ash warf einen weiteren Blick auf die Zuckerblume, bevor sie weiterlas.

Meinen Stolz und meine Bewunderung hast du auf jeden Fall verdient. Gut gemacht! Lass dir den Cupcake schmecken.

Sasha

Zum zweiten Mal innerhalb von zwei Tagen musste Ash sich anstrengen, Tränen zurückzuhalten. Es bedeutete ihr viel, dass Sasha stolz auf sie war. Es wärmte sie von innen heraus wie eine Tasse heißer Schokolade an einem kalten Wintertag.

Vorsichtig löste sie das Klebeband, mit dem die Karte am Deckel der Schachtel befestigt war, und legte die Karte samt Zuckernelke in eine Schublade, um sie später noch einmal lesen zu können. Grinsend entfernte sie das Papierförmchen von ihrem Cupcake und nahm einen großen Bissen.

Kapitel 15

Am Freitag darauf war es endlich so weit. Nach einigen schlaflosen Nächten flogen sie zum Junggesellinnenwochenende nach Florida. Sasha hatte fast pausenlos darüber nachgedacht, wie es wohl sein würde, ein Zimmer mit Ashley zu teilen.

Ashley beugte sich über die Reling des Bootes, das sie zu der kleinen, der Öffentlichkeit nicht zugänglichen Insel bringen sollte, und sah zu, wie Key West hinter ihnen immer kleiner wurde. Ihre blonden Haare wehten im Wind, was Sashas Blick immer wieder auf sich zog.

»Vorsicht.« Sie trat neben Ashley und schlang einen Arm um sie. »Leo und Holly wollen sicher nicht, dass an ihrem Junggesellinnenabschied jemand über Bord geht.«

Ashley trat von der Reling zurück, wich aber Sashas Umarmung nicht aus.

Sasha beschloss, ihren Arm zu lassen, wo er war. Seit sie in Florida waren, weit weg von zu Hause, schien Ashley viel entspannter zu sein und sich weniger darum zu sorgen, was die Leute wohl denken könnten.

»Das ist alles so wunderschön, dass es fast schon surreal ist, nicht?« Ashley sah auf das türkisblaue Meer hinaus.

Sasha hielt den Blick stattdessen auf Ashleys Gesicht gerichtet. Das fast kindliche Staunen in ihren Augen war einfach bezaubernd. »Ja, das ist es. Ich nehme an, du bist zum ersten Mal in Florida?«

Ashley riss sich vom Anblick des Meeres los, um nach rechts und links zu blicken. Holly, Leo und die anderen Gäste waren auf der anderen Seite des Bootes, wo die winzige Insel nun vor ihnen auftauchte. Ashley beugte sich zu Sasha, als wollte sie vermeiden, dass jemand mithören konnte. »Es ist sogar das erste Mal, dass ich das Meer sehe.«

Sashas Mund klappte auf. »Du warst noch nie am Meer? An irgendeinem Meer?«

Eine zarte Röte überzog Ashleys Wangen. Sie schüttelte den Kopf und sah zu Boden.

»Hey, das ist nichts, weswegen du dich schämen müsstest. Ich weiß ja, dass deine Eltern nicht einfach den Hof zurücklassen können, um Ferien zu machen, und jetzt, da du selbst ein Geschäft hast, ist es auch nicht gerade leichter geworden, wegzufahren. Seit ich die Bäckerei übernommen habe, komme ich auch kaum noch dazu. Dieses Wochenende ist also auch für mich etwas ganz Besonderes.« Sanft stupste sie Ashley mit der Hüfte an, behielt dabei aber den Arm um sie gelegt, sodass Ashley nicht gegen die Reling taumelte. »Zumindest kannst du jetzt sagen, dass du dein erstes Mal mit mir hattest. Du hast praktisch deine Meeres-Unschuld an mich verloren.«

»Gott, du bist echt schlimm.« Ashley boxte sie auf die Schulter, lachte dabei aber. »Wenn überhaupt, habe ich meine Meeres-Unschuld an Leo und Holly verloren, schließlich bezahlen sie diese Reise.«

»Wer verliert seine Unschuld an uns?«, fragte Leo, als sie und der Rest der Gruppe zu ihnen herüberkamen.

Die leichte Röte auf Ashleys Wangen verwandelte sich in ein tiefes Pink. »Niemand.«

»Da all das Gerede über Sex schon jetzt anfängt, möchte ich euch um einen Gefallen bitten«, sagte Holly.

Ashley stöhnte. »Wir haben nicht über … darüber gesprochen. Wirklich nicht.« Sie stieß Sasha an. »Sag es ihnen.«

»Wir haben nicht über Sex gesprochen«, sagte Sasha gehorsam.

»Leute, ich weiß, wir feiern unseren Junggesellinnenabschied, aber können wir bitte vereinbaren, dass es dieses Wochenende keine anzüglichen Witze, keine Stripper, keine Cupcakes mit Nippeln darauf und keine Cocktailröhrchen geben wird, die irgendwelchen Genitalien ähneln?« Holly sah ihre Freundinnen reihum an und Leo schlang in stummer Unterstützung einen Arm um sie. »Ich war schon bei genügend Junggesellinnenabschieden, bei denen ich mich unwohl gefühlt habe. Mein eigener soll nicht dazu gehören.«

»Ach, Mist, jetzt sind meine Pläne für das Wochenende dahin«, witzelte Hollys Cousine Nicole.

Sasha warf Holly einen bewundernden Blick zu. Sie war stolz darauf, dass ihre Freundin für sich einstand. »Das dürfte kein Problem sein, oder, Leute? Kein Sex dieses Wochenende. Äh, ich meine, kein Gerede über Sex.« Mist. Vielleicht hatte sie ihrer Libido in den vergangenen Tagen zu oft immer wieder gesagt, dass kein Sex zu erwarten war.

»Absolut kein Problem«, sagte Hollys Freundin Meg lachend.

Ihre queerplatonische Partnerin nickte nur. Seit sie Jo am Flughafen getroffen hatten, hatte diese außer »Hallo« noch kein Wort gesagt. Sie gehörte wohl zur stillen Sorte.

Die anderen nickten zustimmend.

Das Boot legte an einem hölzernen Steg an. Sasha konnte verstehen, warum sich Ashley mit großen Augen umsah, als Leo und Holly sie zum Strandhaus führten. Sie fühlte sich, als wäre sie plötzlich in einem tropischen Paradies. Palmen wiegten sich leicht in der warmen Brise, die Sonne glitzerte auf dem kristallklaren Wasser und ein weißer Sandstrand lud zum Sonnenbaden ein. Autos waren auf der Insel nicht erlaubt, deshalb durchbrach kein Motorengeräusch die friedliche Stille. Nur das Knarren der Taue, mit denen die Boote am Steg festgemacht waren, war neben dem sanften Rauschen der Wellen zu hören.

»Oh!« Jenny klatschte in die Hände. »Lasst uns schnell zum Haus gehen und uns umziehen. Ich kann es nicht erwarten, zum Strand zu kommen.«

Sie folgten einem Pfad, der am Strand entlangführte, bis Leo stehen blieb und die Hand ausstreckte. »Das ist es.«

Obwohl Sasha natürlich gewusst hatte, dass mit Lauren und Grace zwölf Frauen im Strandhaus Platz finden mussten, hatte sie irgendwie eine gemütliche, kleine Hütte erwartet. Stattdessen lag ein zweistöckiges Haus mit einem weißen Zaun vor ihnen. Die weiß-blaue Farbe der Außenwände wirkte, als wäre sie für ihren Besuch frisch aufgetragen worden. Eine breite Veranda schien um das ganze Haus herum zu führen und in der oberen Etage gab es einen riesigen Balkon.

Leo führte sie durch ein Tor und eine kurze, von Palmen gesäumte Auffahrt hinauf.

Als Sasha eintrat, fiel ihr Blick sofort auf eine hölzerne Wendeltreppe, die spiralförmig hinauf in den ersten Stock führte. Dahinter nahm eine vollständig eingerichtete Küche mit blauen Schränken fast die gesamte Länge des Hauses ein und ging in ein verglastes Esszimmer über. Schiebetüren führten hinaus auf eine riesige Terrasse mit einem Pool, der von tropischen Büschen und bequemen Liegestühlen umgeben war.

»Wow.« Ashley drehte sich im Kreis wie Aschenputtel, die zum ersten Mal auf den Ball hatte gehen dürfen. »Ich glaube, ich möchte am Sonntag nicht zurückfliegen.«

»Warte erst, bis du den Ausblick vom Balkon siehst.« Leo zeigte zur Treppe. »Wenn ihr euch umziehen wollt, könnt ihr gern schon nach oben gehen. Das größte Schlafzimmer ist unseres, aber ansonsten könnt ihr euch eines aussuchen.«

Sofort eilten alle zur Treppe. Cait und Lisa rannten voraus.

Sasha hingegen hatte es nicht eilig. Sie bezweifelte stark, dass es in diesem Haus schlechte Zimmer gab. »Soll ich dir den abnehmen?«, fragte sie Ashley und deutete auf deren kleinen Reisekoffer.

»Nein, danke. Ich gehe auch nach oben.« Ashley ging vor ihr die Treppe hinauf.

Sasha ließ ihre Hand über das mit Schnitzereien verzierte Geländer gleiten. Was für ein wunderschönes Haus! Sie wollte sich gar nicht vorstellen, wie viel Leo und Holly für das Wochenende bezahlt hatten.

Als sie oben ankamen, hatten Jenny und Nicole, Lisa und Cait sowie Meg und Jo sich bereits Zimmer ausgesucht, sodass nur noch die beiden Zimmer am Ende des Gangs übrig blieben.

Ashley warf einen Blick in beide Zimmer und deutete schließlich auf eines. »Das hier ist ein wenig kleiner. Ich denke, wir sollten es nehmen und Grace und Lauren das größere Zimmer überlassen. Vermutlich sind sie an luxuriöse Hotelsuiten gewöhnt.«

Früher hatte Sasha angenommen, dass Ashley nur deshalb so nett und rücksichtsvoll war, um andere zu beeindrucken, doch nun wusste sie es besser. »Einverstanden. Wir werden ohnehin nicht viel Zeit auf unserem Zimmer verbringen.«

Der Raum, den sie sich teilen würden, war genauso eindrucksvoll wie der Rest des Hauses. Die Wände waren in Weiß und Hellblau gestrichen, um das Strandmotiv der unteren Etage fortzusetzen. Die Sonne schien durch das Oberlicht und brachte den frisch gebohnerten Parkettboden zum Glänzen. Glastüren gingen zum Balkon hinaus, von dem aus eine weiße Wendeltreppe hinab zum Pool führte, den Sasha vorhin schon gesehen hatte. An beiden Enden des Pools plätscherten künstliche Wasserfälle über eine Felswand hinab.

Dann fiel Sashas Blick auf das Bett, das mit dem Kopfende an der Wand stand, sodass die Gäste das Meer sehen konnten, bevor sie einschliefen. Es war die einzige Schlafgelegenheit im Raum.

Ashley starrte ebenfalls zum Bett. »Es ist schön breit. Wir können uns das Bett teilen, oder?«

»Ja, natürlich. Kein Problem. Such dir einfach eine Seite aus und ich verspreche, auf meiner Seite zu bleiben.« Sasha grinste sie an. »Es sei denn natürlich, du lädst mich auf deine Seite ein.«

»Hey, keine anzüglichen Witze dieses Wochenende, schon vergessen?«

»Das war kein anzüglicher Witz.« Sasha verlieh ihrer Stimme einen neckischen Klang, aber im Grunde wusste sie genau, dass es wirklich kein Witz gewesen war. Wenn Ashley sie auf ihre Seite des Betts einladen würde, konnte sie trotz aller guten Vorsätze für nichts garantieren.

»Ich gehe mich umziehen.« Ashley öffnete ihren Koffer, nahm ein Bündel Kleider heraus und ging an ihr vorbei zum Bad.

Sasha öffnete die Balkontür und genoss den Anblick des Meeres, bevor sie sich aufs Bett fallen ließ und ein paarmal auf der Matratze auf und ab federte. Gott, sie würde nicht nur ein Zimmer, sondern obendrein auch noch das Bett mit Ashley teilen.

»Die Dusche ist riesig«, kam Ashleys Stimme durch die geschlossene Badezimmertür. »Die hat Platz genug für zwei. Kannst du dir vorstellen, wie groß Leos und Hollys Bad erst sein muss?«

Doch Sashas Vorstellungsvermögen war mit etwas ganz anderem beschäftigt. Sie sah sich mit Ashley unter der Dusche stehen, während heißes Wasser auf ihre nackten Körper herabprasselte. »Hör auf damit.«

»Womit?« Ashley trat aus dem Badezimmer.

Himmel, das war schnell gegangen. Ashley war definitiv keine der Frauen, die stundenlang im Bad brauchten.

Ashley kam um das Bett herum. Sie trug jetzt eine pinkfarbene kurze Hose und ein weißes T-Shirt. Ihre hüftlangen Haare, die sie normalerweise zu einem Pferdeschwanz zurückgebunden trug, fielen ihr offen auf den Rücken.

»Ähm, mit dem Herumhüpfen auf dem Bett«, sagte Sasha. »Sonst denken die anderen unten noch, dass hier oben eine ganz andere Aktivität vonstattengeht.«

Ashley warf die Jeans, die sie vorhin angehabt hatte, nach ihr. »Gott, denkst du eigentlich den ganzen Tag lang an nichts anderes?«

»Nein.« Doch dann verschwand Sashas neckisches Grinsen. Zwar fand sie Ashley attraktiv, aber Sex war längst nicht alles, woran sie dachte. Die Anziehung, die sie empfand, ging über das Körperliche hinaus – und das war das Problem. Eine rein physische Anziehung hätte sie leichter ignorieren können als die emotionale Verbindung, die langsam zwischen ihnen entstand.

Ashley setzte sich auf die Bettkante und sah auf Sasha hinab, die noch immer ausgestreckt auf dem Bett lag. »Alles okay?«

»Ja. Ich versuche nur, mich an all das zu gewöhnen.« Sie beschrieb mit dem Finger einen Kreis, der das Haus und die Insel umfasste.

Ashley schob sich vollends auf das Bett, rollte sich auf die Seite und stützte den Kopf auf die Hand, sodass sie Sasha ansehen konnte. Ihr Gesichtsausdruck war der eines Kindes, das zum ersten Mal in einen Vergnügungspark gehen durfte. »Es ist kaum zu glauben, dass wir jetzt hier sind, oder?« Sie lachte. »Ich fühle mich fast, als wären wir in den Flitterwochen.«

»Kann nicht sein. Wir sind nicht für die Ehe gemacht, schon vergessen? Also können es keine Flitterwochen sein.«

»Stimmt.« Ashley betrachtete sie noch einen weiteren Moment lang, dann gab sie Sasha einen leichten Klaps auf den Bauch und kletterte vom Bett. »Komm, geh dich umziehen. Der Strand wartet.«

Als Sasha im Badezimmer ihr langärmeliges Oberteil auszog, ließ sie ihre Finger kurz auf der Stelle ruhen, die Ashley eben berührt hatte, und sah sich im langen Spiegel über dem Waschbecken an. Kam es ihr nur so vor oder ging Ashley hier in Florida weniger auf Abstand? Lag es an der entspannten Inselatmosphäre oder fühlte sich Ashley inzwischen so wohl mit ihr, dass sie Sasha öfter berührte, statt sich ständig ängstlich zurückzuhalten? Auf jeden Fall würde es ein nervenaufreibendes Wochenende werden.

»Bist du so weit?«, rief Ashley durch die Tür.

Sasha riss ihren Blick von ihrem Spiegelbild los und schlüpfte rasch in ihren Badeanzug, ihre Shorts und das *Ruhig bleiben und Cupcakes essen* T-Shirt. Ein Nachmittag in diesem Inselparadies mit Ashley erwartete sie. Jegliche Gedanken daran, ob ihre Freundschaft sich langsam veränderte, konnten bis später warten.

Gerade als sie das Haus verlassen und zum Strand gehen wollten, klopfte es an der Eingangstür.

Leo ging die Tür öffnen und kehrte mit zwei Frauen zurück.

Ash erkannte die kleinere der beiden sofort. Vor Jahren war ihre Mutter ein großer Fan der Fernsehserie gewesen, in der Grace Durand als Jugendliche mitgespielt hatte. Ihre kurvige Figur und die hohen Wangenknochen waren unverwechselbar.

»Heiliges Einhorn«, flüsterte Meg Holly zu. »Dann stimmt es also wirklich? Ihr seid mit Grace Durand befreundet?«

»Sie ist einfach nur Grace dieses Wochenende«, flüsterte Holly zurück. »Frag sie bitte nicht nach einem Autogramm oder dem neuesten Hollywoodklatsch.«

Ash konnte sich gut vorstellen, dass Grace eine Pause vom Rampenlicht und dem ständigen Schauspielern benötigte. Ihr erging es nicht anders, auch wenn sie für ihre Art des Schauspielerns niemals irgendwelche Filmpreise gewinnen würde.

Grace und ihre Frau umarmten Leo und Holly. Dann umarmte Grace lachend auch alle anderen.

Ash erwiderte die Umarmung und war sofort beeindruckt davon, wie bodenständig und doch freundlich die berühmte Schauspielerin war. Gott, und sie roch himmlisch! Vielleicht war Sasha nicht die Einzige, die ein bisschen für Grace schwärmte.

Sasha wurde als Letzte umarmt. Grace' Kopf reichte gerade bis zu Sashas Schulter, sodass Ash Sashas Gesicht beobachten konnte, als sie Grace in die Arme schloss. Sie wirkte so sehr wie ein verschossener Teenager mit wackeligen Beinen, dass Ash lachen musste.

Ihr Blick begegnete dem von Grace' Frau, die die beiden durch ihre Hornbrille hindurch mit einem amüsierten Lächeln betrachtete. »Hallo.« Sie streckte die Hand aus. »Ich bin Lauren.«

Ash erwiderte den festen Händedruck. »Ich bin Ashley.«

»Ich dachte, ihr wärt sicher schon vor uns hier«, sagte Leo.

Lauren stöhnte. »Unser Flug hatte Verspätung und am Flughafen war die Hölle los. Es hat ewig gedauert, bis wir durchgekommen sind.«

»Ach, wirklich?«, fragte Ash. Ihr war der Flughafen gar nicht so voll vorgekommen.

»Es gibt immer Leute, die dieses wunderschöne Gesicht wiedererkennen, selbst mit Hut und Sonnenbrille, gerade nachdem Grace erst letzten Monat ihren Oscar gewonnen hat.« Lauren strahlte voller Stolz. »Es hat eine Weile gedauert, bis endlich jeder Fan sein Autogramm hatte.«

Holly stupste ihre Verlobte an. »Warum bist du nicht von Fans aufgehalten worden?«

Leo grinste. »Ich habe mich hinter Sasha versteckt. Außerdem habe ich die letzten eineinhalb Jahre nur eine Handvoll Konzerte gegeben und nicht mehr so oft im Rampenlicht gestanden. Es gibt Interessanteres für die Leute als eine Popsängerin, die sich schon halb im Ruhestand befindet.«

»Das sehe ich aber ganz anders.« Holly gab ihr einen sanften Kuss und Ash stellte fest, dass es nicht länger seltsam für sie war, die einzigen beiden Frauen, die sie je geküsst hatte, solche Zärtlichkeiten austauschen zu sehen.

Nicole kniff ihre Cousine in den Arm. »Hey, ich dachte, du wolltest dieses Wochenende keinerlei sexuelles Zeugs sehen?«

Grace griff auf ihr schauspielerisches Talent zurück, um einen entsetzten Gesichtsausdruck vorzutäuschen. »Kein Sex? Das hat Leo aber nicht erwähnt, als sie uns eingeladen hat!«

Alle lachten.

Sasha konnte sich an nur einen einzigen Urlaub mit ihrer Familie erinnern, bevor ihre Mutter sie verlassen hatte. Es war ein Wochenende in Key West gewesen und deshalb weckte der Strandspaziergang so einige Erinnerungen. Überrascht stellte sie fest, dass es überwiegend positive waren.

Sie erinnerte sich daran, wie sie als Kind im seichten Wasser nahe des Ufers nach Muscheln gesucht hatte, so wie Ashley im Moment. Mit jeder Minute war sie immer enttäuschter geworden, denn hier gab es kaum Muscheln. Schließlich hatte ihre Mutter heimlich welche in einem Andenkenladen gekauft und sie für Sasha am Strand verteilt.

Jetzt verstand sie, warum ihre Mutter das getan hatte.

Ashley watete einige Meter vor ihr durch das Wasser. Manchmal machte sie ein paar Schritte ins Meer hinaus, sodass das Wasser bis zu ihren Knien reichte, ohne darauf zu achten, dass die Wellen die Hosenbeine ihrer Shorts durchnässten. Dann kam sie wieder zum Ufer zurück, bückte sich und spähte durch das kristallklare Wasser. Doch jedes Mal, wenn sie nach unten griff, förderte sie nur die zerbrochene Kalkhülle eines Seeigels oder ein Stück Meerglas zutage.

»Hier wirst du keine Muscheln finden«, rief Sasha ihr zu. »Höchstens ein paar Bruchstücke. Die zerbrechen alle am Riff, bevor sie hier angespült werden.«

Ashley lächelte ihr zu, bevor sie ihre Suche fortsetzte. »Ich werde eine finden.«

Grace und Lauren, die sich an den Händen hielten, schlossen zu Sasha auf.

»Du solltest mit ihr schnorcheln gehen«, sagte Lauren. »Da wird sie eine Menge Muscheln finden. Und vielleicht sogar eine Meeresschildkröte zu Gesicht bekommen.«

Vielleicht war das wirklich eine gute Idee. Sasha konnte sich das Staunen in Ashleys Augen gut vorstellen, während sie durch einen Schwarm bunter Fische schwamm.

Ashley stieß einen Schrei aus, der Sashas Herz sofort zum Rasen brachte.

Wasser spritzte zu allen Seiten, als Sasha auf sie zurannte. »Was ist? Bist du in irgendetwas getreten? Blutest du? Zeig her!«

Aber Ashley umklammerte weder ihren Fuß noch ihre Hand. Sie hielt Sasha eine Muschel hin. »Ich habe eine gefunden! Und sie sieht wie eine winzige Hochzeitstorte aus, findest du nicht?«

Sasha nahm die Muschel entgegen und betrachtete sie von allen Seiten. Sie war rund und maß vielleicht zwei oder drei Zentimeter im Durchmesser. Mit ein wenig Fantasie konnte man die Ähnlichkeit zu einer dreistöckigen Torte mit Buttercremeverzierungen erkennen.

»Ja, irgendwie schon. Beiß nur nicht hinein.« Sie gab Ashley die Muschel zurück und diese setzte ihre Suche nach weiteren Muscheln fort, während Sasha zu Grace und Lauren zurückkehrte. »Ash hat tatsächlich eine Muschel gefunden und jetzt ist sie wild entschlossen, weitere zu finden. Vermutlich müssen wir sie bei Einbruch der Nacht hier wegzerren.«

Grace lachte. »Irgendwie süß.«

Sasha hatte Ashley beobachtet und war völlig fasziniert von den Wassertropfen, die auf der nackten Haut ihrer Arme glitzerten. »Wie bitte?«

»Deine Freundin.« Grace nickte in Ashleys Richtung und ihr Tonfall machte klar, dass sie diese für Sashas Partnerin hielt. »Sie ist süß. Ist sie das erste Mal am Meer?«

Sasha wandte sich Grace zu. »Nein. Ich meine, ja, sie ist zum ersten Mal am Meer, aber wir sind nicht zusammen.«

»Oh. Entschuldige. Lauren sagt mir ständig, dass mein Radar für Lesben dringend adjustiert werden muss.« Grace stupste ihre Frau mit der Schulter an. »Ich sollte es besser wissen, als anzunehmen, dass jede hier lesbisch ist, nur weil wir einen Junggesellinnenabschied für zwei Frauen feiern.«

»Na ja, dein Radar täuscht dich nicht komplett. Jedenfalls, was mich angeht«, fügte Sasha rasch hinzu. Es stand ihr nicht zu, Ashley zu outen, insbesondere, da Hollys Schwägerinnen und ihre Cousine ebenfalls aus Fair Oaks stammten.

»Oh, dann bist du also lesbisch?«

Sasha zuckte mit den Schultern. »Man könnte mich als pansexuell bezeichnen, aber ich mache mir nichts aus solchen Etikettierungen.«

»Verstehe.« Grace lächelte sanft und musterte Sasha. Ihre Augen hatten genau denselben Farbton wie das Meer. »Aber du machst dir etwas aus ihr.« Sie blickte hinüber zu Ashley.

Eine solche Unterhaltung mit Grace Durand zu führen, war irgendwie surreal, aber gleichzeitig war Grace so entrückt von Sashas normalem Leben, dass es leichter war, mit ihr darüber zu reden, als mit Holly oder ihren anderen Freundinnen. »Es ist kompliziert.«

Lauren lachte. »Wenn eine Frau im Spiel ist, ist es immer kompliziert.«

»Hey, sprich nur für dich selbst«, sagte Grace. »Ich bin sehr unkompliziert.«

»Oh ja. Sich in den heterosexuellen Star zahlreicher Hetero-Romanzen zu verlieben, die noch dazu meine Klientin war. Meine verheiratete Klientin. Das war kein bisschen kompliziert.«

»Deine so gut wie geschiedene und doch nicht ganz so heterosexuelle Klientin«, sagte Grace. »Obwohl ich für mich selbst solche Etikettierungen auch nicht mag.«

Die Presse hingegen hatte sie natürlich sofort in die Lesbenschublade gesteckt. Sasha konnte sich noch gut an die reißerischen Schlagzeilen über Grace Durands lesbische Beziehung erinnern. Die Paparazzi hatten nach Grace' Coming-out monatelang richtiggehend Jagd auf sie gemacht.

Sasha konnte sich kaum vorstellen, wie das für Grace gewesen sein musste. Selbst ein Outing in einer kleinen, konservativen Stadt wie Fair Oaks war nichts im Vergleich dazu, seine sexuelle Orientierung der ganzen Welt zu enthüllen.

»Sasha, schau!« Ashley eilte auf sie zu. Einen Moment lang schien sie Sasha fast in die Arme springen zu wollen, doch dann stoppte sie sich und zügelte ihre Begeisterung. »Ich habe noch eine gefunden.« Sie hielt ihr eine zweite Muschel hin.

Diesmal war es eine braun-weiße Meeresschnecke, die die Größe von Sashas Daumennagel hatte.

»Ich glaube, die Sorte nennt man Tulpenschnecke«, sagte Lauren.

Das leere Schneckenhaus war in der Tat wie eine geschlossene Tulpe geformt, der Name passte also.

Ashley legte die erste Muschel neben die Tulpenschnecke auf ihrer Handfläche. »Eine Tortenmuschel und eine Tulpenschnecke.« Sie grinste Sasha an. »Irgendwie passend, oder?«

Sasha erwiderte ihr Lächeln. »Ja, irgendwie schon.« Insgeheim verfluchte sie Leo und Holly. Warum konnten sie nicht einfach alle zu einem netten Abend in Kansas City oder einer Maniküre/Pediküre einladen? Diese romantische Inselatmosphäre würde ihr noch den Rest geben.

Ashs Sandburg fiel zum dritten Mal in sich zusammen. »Ups. Gut, dass ich Floristin geworden bin und nicht Architektin.«

Meg legte ihre Schaufel weg und sah sie mit einem amüsierten Kopfschütteln an. »Weißt du, der Trick beim Sandburgenbauen ist, dass man dabei hinschauen muss.«

Ash starrte auf ihren Sandhaufen hinab. »Das mache ich doch.«

»Ach, dann schielst du vielleicht. Ich hätte schwören können, dass du die ganze Zeit zu Sasha hinübersiehst.«

»Was? Nein!«

Meg schob ihre Sonnenbrille auf die Nasenspitze und sah sie über die getönten Gläser hinweg skeptisch an.

Ihre unverblümte, doch freundliche Art erinnerte Ash irgendwie an Melissa oder genauer gesagt an die Melissa, bevor ihre Schwester sich von allen zurückgezogen hatte. »Okay, vielleicht habe ich ab und zu hingesehen. Es ist einfach schön zu sehen, dass sie sich zur Abwechslung mal entspannt, weißt du?«, sagte Ash so beiläufig wie möglich. Es war doch ganz normal, sich um das Wohlergehen einer Freundin zu sorgen, oder? »Sie arbeitet zu Hause viel, deshalb bin ich froh, dass sie dieses Wochenende ausspannen kann.«

Meg lachte. »Wenn sie noch entspannter wäre, würde sie vermutlich in ein Koma fallen.«

»Stimmt.« Ash sah wieder zu Sasha, die ihren langen Körper auf einem Strandtuch ausgestreckt hatte. Sie hatte ihre Sonnenbrille auf ihren Kopf zurückgeschoben und hielt die Augen geschlossen, während sie sich mit Jo unterhielt.

Ash lächelte. Wenn irgendjemand die schweigsame Jo aus der Reserve locken konnte, dann Sasha.

»Lass uns das ganze etwas interessanter machen.« Meg winkte ihrer Partnerin zu. »Hey, Jo, hast du Lust auf ein Sandburgenwettbauen? Die beiden«, sie deutete auf Ash und Sasha, »gegen uns zwei.«

Jo stand sofort auf und joggte durch den Sand auf sie zu. »Klar. Ich bin dabei.«

Sasha stützte sich auf einem Arm auf. »Wieso ich?«

»Na ja, irgendjemand muss Ashley ja helfen, denn die Frau an meiner Seite«, Meg schlang einen Arm um Jo, »hat in Cancún gelebt, bis sie sechs war. Sie hat also ihre besten Sandburgenjahre dort verbracht«, fügte sie mit einem breiten Grinsen hinzu.

Oh, oh. Ash sah Sasha alarmiert an. »Komm schon, Sasha. Du kannst mich nicht allein verlieren lassen.«

»Niemand verliert hier. Wenigstens nicht kampflos.« Sasha stand auf, setzte ihre Sonnenbrille auf und schob ihren geflochtenen Zopf durch die Öffnung, die ihre Baseballkappe am Hinterkopf hatte. Sie wirkte so entschlossen wie eine Kriegerin, die sich auf eine Schlacht vorbereitete. »Aber für einen richtigen Wettbewerb brauchen wir einen Preis. Was bekommen die Gewinnerinnen?«

»Bist du verrückt?«, flüsterte Ash ihr zu.

Sasha tätschelte ihren Arm, als wüsste sie genau, was sie tat. »Also?«

»Hmm.« Meg fuhr sich mit der Hand durch ihre durchgestylte Kurzhaarfrisur. »Wie wäre es, wenn die Verlierer heute Abend die Cocktails machen müssen?«

»Klingt gut«, sagte Sasha. »Wie wollen wir es machen? Wer zuerst mit seiner Burg fertig ist, gewinnt?«

Meg schüttelte den Kopf. »Bei Sandburgen geht es nicht um Geschwindigkeit, sondern um Schönheit. Das Team, das in einer halben Stunde die schönste Burg hat, gewinnt.«

»Und wie beurteilen wir, welche Burg schöner ist?«, fragte Sasha.

Meg deutete auf Holly, Leo und den Rest der Gruppe, die in der Sonne dösten oder im flachen Wasser planschten. »Wir lassen die anderen abstimmen.«

»Einverstanden.«

»Seid ihr bereit?« Meg hielt drei Finger in die Höhe. »Drei, zwei, eins und los!«

Ashs Herz schlug schneller, obwohl es bei dem Wettbewerb nicht um viel ging. Sie begann, Sand aufzutürmen.

»Nein«, rief Sasha ihr zu. »Mach es mir nach.« Sie rannte zum Ufer und begann, feuchten Sand in ihren Eimer zu schaufeln. »Wir brauchen nassen Sand. Wenn er trocken ist, verliert er die Form.«

Das erklärte, warum Ashs Sandburgen zusammengefallen waren.

Obwohl Ash nie zuvor mit einer zweiten Person eine Sandburg gebaut hatte, arbeiteten sie zusammen wie eine gut geölte Maschine: Ash schleppte einen Eimer nach dem anderen, während Sasha den Sand festklopfte und Wasser darübergoss.

Nachdem das Fundament stand, benutzten sie die Eimer, um zwei mittelalterliche Wachtürme zu kreieren.

Immer wieder blickte Ash zu Sashas geschickten Fingern, als diese schichtweise den Sand abtrug, kleine Fenster und Torbögen formte und die Mauern mit Zinnen versah. Die Art, wie sie mit den Fingern über den Sand fuhr, wirkte wie ein zärtliches Streicheln.

Ash wandte den Blick ab und konzentrierte sich wieder auf den Eckturm, den sie gerade baute.

»Oh, sieht gut aus.« Sasha formte auf ihrer Seite der Burg ebenfalls Ecktürme. »Kannst du deine Hand mal kurz hierhinlegen?« Sie klopfte auf den Sand außerhalb der Burgmauer.

Als Ash der Anweisung folgte, schichtete Sasha feuchten Sand auf ihre Hand und drückte ihn sanft fest.

Die Berührung ließ Ash erschaudern.

»Ist der Sand kalt?«, fragte Sasha.

Ash nickte, obwohl sie keine Ahnung hatte. Ihre Aufmerksamkeit galt nicht dem Sand, sondern Sashas Händen.

Sasha stopfte mehr Sand um ihre Hand herum. »Okay. Jetzt zieh deine Finger vorsichtig raus.«

Bildete sie sich das nur ein oder klangen diese Worte wie etwas, das man beim Sex sagte? Nicht, dass Ash viel Erfahrung damit gehabt hätte. Die einzige Frau, mit der sie je geschlafen hatte, war Holly. Ohne ihre Finger zu spreizen, zog sie ihre Hand zurück und starrte hinab auf Sashas neueste Kreation. »Oh! Eine Zugbrücke!« Sie sah Sasha bewundernd an. »Du bist unglaublich gut. Wenn ich es nicht besser wüsste, würde ich annehmen, dass du auch in einer Stadt am Meer aufgewachsen bist.«

Sasha lachte. »Schön wär's. Aber irgendwie ähnelt das Sandburgenbauen dem Backen und Verzieren von Torten, findest du nicht?«

»So habe ich das noch nie gesehen, aber du hast recht.«

»Die Zeit ist um«, rief Meg von der Stelle, wo sie ihre eigene Sandburg errichtet hatten.

Sasha half Ash auf.

Ash hatte der Burg ihrer Rivalinnen während des Wettbewerbs keinerlei Beachtung geschenkt. Erst jetzt sah sie sich deren Bauwerk an.

Die Burg sah gut aus. Sie war auf jeden Fall um Längen besser als die Gebilde, die Ash allein zustande gebracht hatte. Doch ihr fehlten die fantasievollen kleinen Details, die Sasha hinzugefügt hatte, wie die Zugbrücke oder die Zinnen.

»Ich glaube, wir brauchen keine Jury«, sagte Meg lachend. »Ich schätze, Jo und ich machen heute Abend die Cocktails.«

Sasha hob die Hand und ließ sich von Ash abklatschen.

»Ich glaube, ich gehe zurück zum Haus. Ich brauche eine Dusche.« Sasha war ins Schwitzen gekommen, während sie den Sand festgedrückt hatte, und nun glänzte die Haut auf ihren Armen, dort wo sie nicht mit einer dünnen Sandschicht bedeckt war. Sie zupfte an einem Bein ihrer Shorts. »Ich habe Sand an unangenehmen Stellen. Kommst du mit, Ashley?«

»Oh, ja. Äh, ich meine, ja, ich könnte auch eine Dusche vertragen.« Bevor Ash ihr zum Haus folgte, nahm sie noch die wasserfeste Einwegkamera, die Holly bei ihrer Ankunft an alle verteilt hatte, und machte ein paar Bilder von ihrer Sandburg. Doch sie wusste, dass sie diesen Tag auch ganz ohne Fotos niemals vergessen würde.

Jo schob eine Orangenscheibe auf den Rand des Glases und gab es an Meg weiter, die eine Kirsche auf einem Spießchen hinzufügte und Sasha den Cocktail mit einer spielerischen Verbeugung überreichte. »Dein wohlverdienter Cocktail.«

Sasha fischte nach dem Strohhalm und nahm einen Schluck. Der fruchtige Cocktail hatte es in sich. Sie konnte Pfirsichlikör, Orangen- und Cranberrysaft und Wodka herausschmecken. »Oh, wow. Was ist das?«

»Ein Cuddles on the Beach«, sagte Meg.

Sasha lachte. »Kuscheln am Strand?«

Meg grinste sie an. »Na ja, dies ist ein sexfreies Wochenende, deshalb kann ich dir keinen Sex on the Beach servieren. Du musst also mit einem Cuddles on the Beach vorliebnehmen.«

Sasha nahm einen weiteren Schluck. »Ist mir recht. Kuscheln ist toll.«

»Weißt du, was Ashley gern hätte?« Meg sah sich um. »Wo ist sie überhaupt? Ich habe sie seit dem Abendessen nicht mehr gesehen.«

Sasha auch nicht. »Vielleicht hat sie mal eine Minute für sich gebraucht. Macht ihr einfach einen Cocktail, dann finde ich sie schon.«

»Ich mache ihr einfach dasselbe«, sagte Jo. »Ashley wirkt wie eine Frau, die gern kuschelt.«

»Ähm …« Sasha wollte lieber nicht darüber nachdenken, wie es sein mochte, mit Ashley zu kuscheln. Nicht heute, wo sie mit Ashley im selben Bett schlafen musste. Aber wie so oft scherte sich ihr Vorstellungsvermögen nicht darum, was sie wollte. In allen Einzelheiten sah sie vor ihrem inneren Auge, wie Ashley sich an sie kuschelte und ihr Gesicht an Sashas Brust schmiegte. Eine Sekunde lang fühlte es sich so real an, dass Sasha fast ihre Wärme spüren und ihr Parfüm riechen konnte. Sie hatte immer gedacht, Opium, Ashleys Lieblingsduft, wäre zu verwegen und zu würzig, um zu Ashley zu passen, aber inzwischen hatte sie das Aroma lieb gewonnen.

Sasha fischte einen Eiswürfel aus ihrem Cocktail und schob ihn sich in den Mund. Vielleicht würde es ihr helfen, einen kühlen Kopf zu bewahren.

Als Jo ihr Ashleys Cocktail hinhielt, nahm ihn Sasha und trug beide Gläser ins Haus. Die untere Etage war komplett leer. Alle außer Ashley waren draußen am Pool.

Vorsichtig trug Sasha die Gläser die Treppe hinauf, um nachzusehen, ob Ashley sich in ihr Zimmer zurückgezogen hatte. Aber Schlafzimmer und Bad waren beide leer.

Merkwürdig. Langsam begann Sasha, sich Sorgen zu machen. Sie ging zur Treppe, um nach unten zu gehen und die anderen um Hilfe bei der Suche nach Ashley zu bitten, doch eine plötzliche Eingebung ließ sie innehalten. Eine zweite, schmalere Wendeltreppe führte hinauf zum Dach.

Sasha folgte ihrem Instinkt, stieg die Holztreppe hinauf und fand sich auf einer kleinen, quadratischen Aussichtsplattform hoch oben auf dem Dach wieder.

Irgendwie überraschte es sie nicht, Ashley am Geländer stehen zu sehen. Sie wandte Sasha den Rücken zu und blickte hinaus aufs Meer. Die Sonne sank langsam dem Horizont entgegen und der Sonnenuntergang tauchte Ashley in einen warmen, orange- und rosafarbenen Schimmer, der sie wie eine Gestalt aus einem Märchen wirken ließ. Sie sah fast überirdisch schön und zugleich sehr verletzlich aus.

Sasha wagte kaum zu atmen. Der Drang, hinter Ashley zu treten und sie in die Arme zu nehmen, überkam sie mit überraschender Heftigkeit. Sie hatte bereits einen Schritt auf Ashley zugemacht, bevor sie sich dessen bewusst wurde.

Ashley drehte sich um und schien nicht erstaunt, sie hier zu sehen. Sie deutete auf den orangefarbenen Feuerball, der langsam im Meer versank. »Der Anblick lässt mich fast wünschen, ich wäre Malerin«, sagte sie so leise, als wollte sie die friedliche Atmosphäre nicht stören, indem sie lauter sprach.

Sasha konnte den Wunsch verstehen. Sie hätte gern ihre Aquarellstifte zur Hand gehabt, aber nicht, um den Sonnenuntergang zu zeichnen, sondern um Ashleys Gesicht in dem warmen, bernsteinfarbenen Licht festzuhalten. Sie trat näher, bis sie neben ihr an dem Geländer stand. »Cuddles on the Beach?«

»Ähm …«

Gelächter platzte aus Sasha heraus, sodass sie fast die Cocktails verschüttet hätte. »Das war kein Angebot. Das ist der Name des Cocktails.« Sie hielt Ashley ein Glas hin.

Ashley hielt es mit beiden Händen und nahm einen Schluck. Dann schnappte sie nach Luft. »Der ist aber stark. Ich sollte lieber nur einen von der Sorte trinken, sonst springe ich auf einen Tisch und lege einen Striptease hin und Holly wollte ein jugendfreies Wochenende haben.«

Sasha biss sich auf die Innenseite ihrer Wange, um einen Kommentar zurückzuhalten.

Sie lehnten sich nebeneinander ans Geländer. Ihre Ellbogen berührten sich, als sie die Cocktails tranken und den Sonnenuntergang betrachteten.

»Weißt du, warum man solche Aussichtsplattformen Witwensteig nennt?«, fragte Sasha nach einer Weile.

»Keine Ahnung.« Ashley lehnte sich mit einer Hüfte gegen das Geländer und sah sie an. »Sag's mir.«

»Scheinbar kamen früher die Ehefrauen von Seeleuten hier hinauf, um nach ihren Männern Ausschau zu halten.«

»Warum heißt es dann Witwensteig und nicht Ehefrauensteig?«, fragte Ashley.

Sasha schwenkte ihr Glas und ließ die Eiswürfel kreisen. »Weil viele von ihnen vergebens gewartet haben. Das Meer hat viele Fischer und Walfänger das Leben gekostet.«

»Wie deprimierend.« Ashley wandte sich wieder dem Meer zu und blickte auf das Wasser hinaus. »Aber ich schätze, wenn man schon den Rest seines Lebens allein verbringen muss, dann gibt es schlimmere Orte als diesen.« Eine Aura der Niedergeschlagenheit schien von Ashley auszugehen.

Irgendetwas ging ihr durch den Kopf, das konnte Sasha spüren. Dachte sie gerade an ihr eigenes Leben? Doch bevor Sasha nachfragen konnte, schüttelte Ashley ihre betrübten Gedanken ab und lächelte.

»Schau dir das an. Ist das nicht wunderschön?« Unter ihnen tauchte die untergehende Sonne das Meer in goldene, violette und blutrote Farben.

»Wunderschön«, murmelte Sasha.

Langsam verwandelten sich die rötlichen Töne in ein lilafarben angehauchtes Blau, dann ein Tiefblau, bis schließlich nur noch ein dünner Lichtstreifen am Horizont übrig geblieben war. Als hätte die einsetzende Dunkelheit einen Schalter umgelegt, gingen im Pool die Lichter an und die Pfade, die durch den tropischen Garten führten, waren plötzlich beleuchtet. Von oben betrachtet wirkte es magisch.

Selbst nachdem ihre Gläser leer waren, rührte sich keine von beiden von der Aussichtsplattform weg. Sasha hatte es genossen, den Tag mit ihren Freundinnen zu verbringen und neue Bekanntschaften zu schließen, doch diese ruhigen Momente mit Ashley zu teilen, war etwas ganz Besonderes.

Ashley fröstelte und rieb sich die Arme.

Nun, da die Sonne untergegangen war, war es kühl geworden.

Sasha entknotete das Sweatshirt, das sie sich um die Hüften gebunden hatte, und hielt es ihr hin.

»Bist du sicher, dass du das nicht selbst brauchst?«, fragte Ashley. »Wird dir nicht kalt werden?«

»Nein. In meiner Familie sind alle ziemlich heißblütig. Meine Tante sagt, das komme daher, weil die Öfen Teil unserer DNS sind.« Sie schüttelte das Sweatshirt einladend. »Komm, zieh es an. Ich möchte nicht nach Hause zurückkehren und deinen Eltern gestehen müssen, dass ich zugesehen habe, wie ihre Tochter erfriert.«

Ashley schmunzelte. »In Florida? Wohl kaum.«

»Trotzdem.« Sie zog Ashley das Sweatshirt über den Kopf und half ihr, ihre Hände durch die Ärmel zu schieben.

Das Sweatshirt reichte Ashley bis fast zu den Knien und wirkte an ihr wie ein Minikleid. Die Ärmel hingen über ihre Hände. Sie kuschelte sich in das weiche Material, so als wollte sie Sashas Körperwärme in sich aufnehmen.

Gott. Wie konnte ihr altes Sweatshirt nur so verdammt sexy wirken? Es fühlte sich unglaublich intim an, Ashley in ihren Kleidern zu sehen.

Ashley blickte an sich hinab und kicherte. »Ich sehe bestimmt ziemlich albern aus.«

»Ganz und gar nicht. Du siehst …« Sasha stoppte sich, bevor ihr das Wort *sexy* herausrutschen konnte. »Ziemlich niedlich aus. Wie ein kleines Mädchen, das die Kleidung seiner Mutter ausgeliehen hat, um sich zu verkleiden.« In Wahrheit war das so ziemlich der letzte Gedanke, der ihr gekommen war, aber das würde sie Ashley ganz sicher nicht verraten.

Ashley brummte, als gefiele ihr dieser Vergleich nicht, aber jetzt war es zu spät, um es zurückzunehmen. Schließlich schob Ashley ihre Hände in die Tasche des Sweatshirts und sah auf den beleuchteten Pool hinab. »Gefällt es dir hier?«

»Ja«, sagte Sasha. »Sogar sehr. Und dir?«

Ashley nickte. »Mir auch. Ich dachte immer, ich finde es zu Hause am schönsten, aber ich könnte mir durchaus vorstellen, hier ein paar Wochen zu verbringen.«

»Oder ein paar Monate.« Sasha lachte.

Ashley stimmte in ihr Lachen mit ein. »Das auch.« Dann wurde sie wieder ernst. »Irgendwie fühle ich mich hier ganz anders.«

Sasha versuchte, ihr Gesicht auszumachen, aber es war zu dunkel. »Ist das gut?«

»Ich glaube schon. Ich fühle mich hier irgendwie freier. Zumindest, wenn wir beide unter uns sind.«

Das war eine ziemlich beeindruckende Aussage, wenn man bedachte, dass Ashley sich eigentlich niemals vollkommen frei und unbeschwert fühlte. Sasha wusste nicht, was sie dazu sagen sollte.

Bevor ihr etwas einfallen konnte, ließ Ashley ihren Blick ein letztes Mal über die Lichter gleiten, die auf dem Meer schimmerten. Dann wandte sie sich ab. »Wir sollten wieder nach unten gehen, bevor die anderen uns als vermisst melden.«

Sasha nahm die leeren Gläser und folgte ihr die Treppe hinab. Erst als Meg sie neugierig musterte, merkte sie, dass Ashley noch immer ihr Sweatshirt anhatte.

»Da seid ihr ja«, sagte Meg. Zum Glück erwähnten weder sie noch Jo das Sweatshirt. Meg hielt die Flasche mit dem Pfirsichlikör in die Höhe. »Wie wäre es mit noch ein paar Kuscheleinheiten?«

Lachend gab Sasha ihr die leeren Gläser. »Gern.«

Sasha öffnete ihren geflochtenen Zopf, schlüpfte unter die Decke und verschränkte die Arme hinter dem Kopf, während sie den Geräuschen lauschte, die aus dem Badezimmer drangen, wo Ashley ihre Zähne putzte.

»Mann oh Mann«, rief Ashley durch die geschlossene Tür. »Das waren ziemlich starke Kuscheleinheiten. Ich glaube, ich bin ein bisschen beschwipst.«

Sasha lachte. So viel hatte Ashley nicht getrunken, aber da sie sich normalerweise auf ein Bier im Johnny's beschränkte, spürte sie den Alkohol vermutlich mehr. Das war ein weiterer Grund, warum sie heute Nacht nichts mit Ashley anfangen durfte. Aber das hatte sie ohnehin nicht vorgehabt.

Die Badezimmertür wurde geöffnet und Ashley trat heraus. Sie trug ein graues Schlafshirt, das ihr bis zu den Knien reichte.

Sasha bemühte sich, nicht auf ihre nackten Beine zu starren, als Ashley zum Bett ging und auf ihrer Seite unter die Decke schlüpfte. Als sie das Licht auf ihrem Nachttisch ausknipste, wurde es dunkel im Zimmer.

Das Licht vom Pool schimmerte zu ihnen herauf, sodass Sasha dennoch Ashleys Gestalt unter der Decke ausmachen konnte.

»Gute Nacht«, sagte Ashley.

»Nacht«, antwortete Sasha. »Träum was Schönes.« Sie selbst würde sicher nicht so schnell einschlafen können. Obwohl es ein langer Tag mit viel frischer Luft und Aktivität gewesen war, fühlte sie sich hellwach. Ihr Körper vibrierte fast vor Aufregung, Ashley so dicht neben sich zu haben.

Ashley lag reglos da, doch Sasha spürte, dass auch sie noch wach war.

In der Stille im Schlafzimmer konnte sie fast hören, wie Ashleys Gedanken sich überschlugen.

»Weißt du«, flüsterte Ashley so leise, dass Sasha den Kopf von ihrem Kissen heben musste, um sie hören zu können. »Ich habe über das nachgedacht, was ich vorhin gesagt habe. Dass es mir hier gefällt. Das stimmt schon, aber gleichzeitig macht es mich auch irgendwie traurig.«

Nur zu gern hätte Sasha ihren Gesichtsausdruck gesehen, aber sie wusste, dass Ashley sofort verstummen würde, wenn sie das Licht anschaltete. »Ich glaube, das habe ich gespürt. Willst du darüber reden? Ich werde dich für nichts, was du sagst, verurteilen.«

»Ich weiß.« Die Decke raschelte, als Ashley sich auf die Seite rollte, sodass sie Sasha nun zugewandt war. »Ich schätze, es macht mir einfach bewusst, wie viel im Leben ich verpasse. Ich habe noch nie das Meer gesehen, noch nie eine Sandburg gebaut, noch nie …«

»Was hast du noch nie getan?«, fragte Sasha, als Ashley nicht weitersprach.

Ashley seufzte. »Mich hat noch nie eine Frau die ganze Nacht in den Armen gehalten. Es gibt eine Menge Dinge, die ich noch nie getan habe.«

Sasha konnte ihren Schmerz fast körperlich spüren. Ashley war zwar der Liebling aller in Fair Oaks und jeder mochte sie, aber dennoch war sie einsam. Da sie immer einen Teil von sich verheimlichte, war eine Kluft zwischen ihr und allen anderen entstanden.

Sie streckte die Hand aus und streichelte Ashleys Arm. Zumindest hoffte sie, dass es ihr Arm war und nicht ein anderer Körperteil, den sie im Dunkeln dafür gehalten hatte. »Es ist nie zu spät, neue Dinge auszuprobieren, Ash. Nur, weil du es bisher nicht getan hast, heißt das nicht, dass das für immer so bleiben wird. Du verdienst es, alles zu haben, was du möchtest. Du musst nur den Mut haben, dir zu nehmen, was du brauchst.«

Ashley schwieg mehrere Minuten lang. Ihr gehetztes Atmen klang, als föchte sie einen Ringkampf aus. Und vielleicht war das auch der Fall. Schließlich räusperte sie sich. »Würdest du …?«

Sasha hielt die Luft an. Worum versuchte Ashley, sie zu bitten? Schon jetzt wusste sie, dass die Antwort Ja lauten würde, egal, was es war.

Ashley rutschte etwas näher. »K-könntest du dir vorstellen …?« Wieder schien sie unfähig, es auszusprechen.

»Das hier?« Sasha hoffte, dass sie Ashleys Worte nicht missverstanden hatte, überbrückte die verbleibende Distanz zwischen ihnen und zog Ashley in ihre Arme.

Einen Augenblick lang lag Ashley erstarrt da. Dann drückte sie sich mit einem Seufzen gegen Sasha, das fast wie ein Aufschluchzen klang, und vergrub das Gesicht an ihrer Brust, genau wie Sasha es sich vorhin vorgestellt hatte.

Nein, korrigierte sie sich, das hier war viel besser als alles, was sie sich vorgestellt hatte. Ashleys Körper war weich und warm in ihren Armen und sie passten zusammen wie zwei Puzzlestücke, so als hätten sie schon tausendmal zuvor so dagelegen.

»Ist das okay für dich?«, fragte Ashley im Flüsterton. »Ich möchte nicht, dass du denkst, ich würde nur mit deinen Gefühlen spielen oder …«

Sanft berührte Sasha Ashleys Wange mit der Rückseite ihrer Finger. »Ist schon okay. Mehr als okay.« Den ganzen Tag über hatte sie sich darüber gesorgt, dass sie sich womöglich nicht im Griff haben würde, wenn sie mit Ashley das Bett teilen musste, doch jetzt fiel es ihr nicht schwer, ihre Libido zu zügeln. Zwar war sie sich der Anziehung zwischen ihnen noch immer bewusst, aber im Moment empfand sie hauptsächlich Zärtlichkeit und das Bedürfnis, Ashley zu beschützen.

Ashley ließ ihren Atem entweichen und kuschelte sich noch enger an sie, falls das überhaupt möglich war. Sie schlang einen Arm um Sashas Taille und krallte ihre Finger in den Stoff ihres T-Shirts, so als wollte sie nie wieder loslassen.

Sasha platzierte eine Hand auf Ashleys Schulter und spreizte die Finger, um diese Erfahrung in sich aufsaugen, so gut es ging, denn vermutlich würde dies das einzige Mal bleiben, dass sie Ashley in den Armen hielt. Mit der anderen Hand streichelte sie Ashleys Rücken, wobei sie darauf achtete, ihre Hand nicht zu weit nach unten wandern zu lassen. Heute Nacht ging es nur darum, Ashley zu trösten, nicht um irgendetwas sonst.

Schließlich seufzte Ashley leise. »Danke. Das war schön.«

Als sie begann, zurückzuweichen, legte Sasha eine Hand auf Ashleys Hüfte und hielt sie fest. »Die ganze Nacht. Das ist es, was du möchtest, oder? Die ganze Nacht gehalten zu werden.«

»Das m-musst du nicht.« Ashleys Stimme klang, als würde sie mit den Tränen ringen.

»Ich möchte es aber.«

»Wirklich?« Sehnsucht vibrierte in Ashleys Stimme.

Was hatte sie nur so unsicher gemacht, was zwischenmenschliche Kontakte betraf? »Natürlich.« Sasha streichelte wieder ihren Rücken. »Es ist schön, dich zu halten.«

Ashley atmete zittrig aus und schlang den Arm erneut um Sashas Taille. »Ich finde es auch schön«, flüsterte sie. »Es fühlt sich gut an. Aber wirst du schlafen können, wenn ich praktisch auf dir klebe?«

»Kein Problem.« Es spielte keine Rolle. Schlaf wurde überbewertet. Ihr war es wichtiger, Ashley in den Armen halten zu können. Womöglich quälte sie sich nur selbst mit Dingen, die sie nie würde haben können und die sie bisher auch nie gewollt hatte, aber im Moment war ihr das egal. Sanft bettete sie Ashleys Kopf zurück auf ihre Schulter. »Schlaf schön.«

Ashley atmete hörbar ein und aus. »Danke, Sasha.« Sie drückte Sashas Hüfte. »Träum was Schönes.« Innerhalb weniger Minuten verrieten ihre tiefen, gleichmäßigen Atemzüge, dass sie eingeschlafen war.

Sasha stopfte die Decke um sie herum fest, um sie vor der kühlen Brise zu schützen, die durch die offenen Balkontüren ins Zimmer drang.

Ashley stieß einen zufriedenen Brummlaut aus.

Sie in den Armen halten zu dürfen, war ein wundervolles Privileg, doch zugleich klingelten in Sashas Hinterkopf sämtliche Alarmglocken. Ashley so nah an sich heranzulassen, körperlich und emotional, würde nur dazu führen, dass ihr am Ende das Herz gebrochen wurde. *Was zum Teufel machst du da?*

Die Dunkelheit hielt keine Antworten für sie bereit.

Sie schlang einen Arm um Ashleys Rücken und schloss die Augen.

Kapitel 16

Ash erwachte aus dem schönsten Traum, den sie seit Jahren gehabt hatte, nur um festzustellen, dass es gar kein Traum war. Sie lag noch immer in Sashas Armen, wo sie die ganze Nacht verbracht hatte. Inzwischen hatte sie sich sogar noch enger an Sasha gekuschelt und lag nun zur Hälfte auf ihr. Ihr Kopf ruhte auf Sashas muskulöser Schulter, ihr Arm war um Sashas Taille geschlungen und ihre Haare breiteten sich wie eine Decke über Sashas Brust aus.

Sasha lag auf dem Rücken, Arme und Beine von sich gestreckt, völlig offen und ungeschützt. Auf andere mochte sie selbstbewusst und unerschütterlich wirken und das war sie auch, aber Ash wusste, dass ihr Herz so weich und verletzlich wie ihre Buttercreme war.

Du hättest sie nicht bitten sollen, dich zu halten. Damit machst du ihr nur falsche Hoffnungen. Sie wusste, dass es zu nichts führen konnte, so sehr sie sich auch wünschte, es wäre anders. Ständig lügen und ihre sexuelle Orientierung verheimlichen zu müssen, würde jemanden wie Sasha langsam ersticken, genauso wie es jegliche Zuneigung, die Sasha für sie hegen mochte, ersticken würde. Ash hatte gesehen, was das Versteckspielen Holly angetan hatte, und sie hatte nicht die Energie, das noch einmal durchzustehen. Sasha hatte etwas Besseres verdient.

Langsam löste sie sich aus Sashas Armen. Ihr Körper protestierte und wollte den warmen Kontakt wiederhaben, doch sie zwang sich, zum Bad zu schleichen. An der Tür blieb sie stehen und konnte sich einen Blick zurück nicht verkneifen.

Sasha schlief friedlich. Die ersten Strahlen der aufgehenden Sonne verliehen ihrem Gesicht einen goldenen Schimmer. Ash hielt sich am Türrahmen fest und betrachtete eingehend Sashas Gesichtszüge: ihre breite Stirn, ihre dunklen Wimpern und ihre ausdrucksstarken Lippen. Gott, sie war wunderschön. Sie hatte gestern etwas Farbe bekommen und Ash sehnte sich danach, die leichte Röte auf ihren Wangen zu streicheln.

Ein Geräusch drang von unten zu ihr herauf.

Ash riss sich von Sashas Anblick los und ging ins Bad.

Als sie in Shorts, einem T-Shirt und Flipflops zurückkam, schlief Sasha noch immer. Sie hatte die Arme um Ashs Kissen gelegt, so als würde sie unbewusst nach ihr suchen.

Sehnsucht überkam Ash. Sie wollte nichts mehr, als zurück unter die Decke und in Sashas Arme zu kriechen, aber sie sagte sich streng, dass ihr Wunsch bereits erfüllt worden war. Sasha hatte sie die ganze Nacht gehalten. Jetzt war es an der Zeit, sich wieder der Realität zu stellen.

Sie gestattete sich nicht, noch einmal zurückzublicken, als sie zur Tür schlich, sie öffnete und in den Gang trat.

All ihre Sinne waren noch immer darauf konzentriert, wie es sich angefühlt hatte, in Sashas Armen zu liegen, deshalb brauchte sie eine Weile, bis ihr klar wurde, dass sie sich den Duft von Zimt nicht nur einbildete.

In der Küche bereitete jemand Pfannkuchen mit Zimt zu.

Das Aroma versetzte sie sofort zurück in Sashas Arme, wo sie ihre Nase in ihrem weichen T-Shirt vergraben hatte.

Sie hatte erwartet, Holly oder Jenny hinter dem Herd vorzufinden, aber als sie die Treppe hinunterging, war es Grace, die geschickt mit der Pfanne hantierte. Sie trug ein Universität-Boston-T-Shirt, das ihr zu groß war und ständig über ihre Schulter rutschte. Es war ein wenig zerknittert, so als hätte sie darin geschlafen.

Wow. Grace Durand stand in ihrem Schlafzeug vor ihr und machte Pfannkuchen. Dieses Wochenende steckte wirklich voller Überraschungen.

Ash hatte immer gedacht, dass nur das Make-up und sorgfältig gewählte Kameraeinstellungen Schauspielerinnen in Filmen so gut aussehen ließen. Vielleicht traf das auf einige Stars auch zu, doch Grace sah selbst in ihrem zerknitterten T-Shirt und ohne eine Spur Schminke umwerfend gut aus.

Automatisch verglich Ash sie mit Sasha. Obwohl ihr Grace' anmutige Schönheit gefiel, berührten Sashas kräftiger Körper und ihr ausdrucksstarkes Gesicht sie doch viel mehr.

Hör endlich auf, ständig an sie zu denken. Du quälst dich doch nur. Ash ging auf die Kochinsel zu, die die Küche vom Wohnbereich trennte.

Grace sah vom Herd auf. »Guten Morgen. Ich dachte, ich lasse unsere Gastgeberinnen ausschlafen und mache Frühstück für alle. Hat dich der Duft von Pfannkuchen aufgeweckt?«

»Nein. Ich bin es nicht gewöhnt, auszuschlafen.« Ein Blick auf die Uhr an der Wand verriet, dass es Viertel vor acht war. Für eine Floristin reichlich spät und natürlich erst recht für eine Bäckerin.

»Ich weiß, was du meinst. Ich komme gerade von einem Dreh in New York und bin so sehr an einen frühen Drehbeginn gewöhnt, dass ich um fünf hellwach war.« Grace deutete mit dem Pfannenwender in Richtung Treppe. »Schläft Sasha noch?«

Ash nickte und hoffte, dass sie nicht rot wurde. Grace konnte nicht wissen, dass sie Sasha heute Nacht praktisch als Kissen benutzt hatte, also gab es keinen Grund zur Verlegenheit.

Schritte kamen die Treppe herunter.

Ash hielt die Luft an, denn sie wusste nicht, wie sie Sasha nach gestern Nacht begegnen sollte.

Doch zum Glück war es Lauren, die nun die Küche betrat und schnurstracks auf Grace zukam, so als hätte sie ein eingebautes Radar, das ihr verriet, wo sich ihre Frau befand. Sie trat hinter Grace und schlang die Arme um sie, während Grace am Herd stand. »Guten Morgen.« Sie hauchte einen zarten Kuss auf Grace' Ohr.

Grace lehnte sich zurück und ließ den Pfannenwender los, um ihre Arme über Laurens zu legen.

Ash wusste, dass es höflich gewesen wäre, den Blick abzuwenden, aber sie konnte nicht wegsehen. Gott, sie sehnte sich so sehr nach einer Beziehung wie dieser, dass es fast wie ein körperlicher Schmerz war. Die Nacht in Sashas Armen hatte ihr einen Vorgeschmack auf alles gegeben, was ihr fehlte. Das war fast schlimmer, als es niemals auch nur für eine Sekunde gehabt zu haben.

Schließlich ließ Lauren ihre Frau los und wandte sich Ash zu, so als würde sie sich erst jetzt ihrer Anwesenheit bewusst. »Oh, hallo. Entschuldige, ich habe dich gar nicht gesehen.« Sie lachte verlegen und kletterte auf einen Barhocker an der Kücheninsel, um Grace beim Kochen zuzusehen. »Grace und ich verbringen so wenig Zeit zusammen, dass ich einen Tunnelblick bekomme, wenn sie in der Nähe ist.«

»Dafür musst du dich nicht entschuldigen.« Ash bedachte sie mit einem warmen Lächeln. »Ich kann das gut verstehen. Wenn ich eine Frau hätte, würde ich …« Dann wurde ihr bewusst, was sie eben versehentlich gesagt hatte, und sie fügte hastig hinzu: »Nicht, dass ich …« Aber die Lüge wollte ihr nicht mehr über die Lippen kommen. So sehr sie auch wollte, sie konnte ihnen nicht beteuern, dass sie heterosexuell war und natürlich niemals eine Frau haben würde.

Oh Gott. Was war plötzlich mit ihr los? Sonst hatte es ihr doch auch nie etwas ausgemacht zu lügen. Warum brachte sie die alten Ausreden plötzlich nicht mehr über die Lippen?

»Guten Morgen.« Natürlich wählte Sasha ausgerechnet diesen Moment, um nach unten zu kommen. Sie trug Shorts und T-Shirt und sah mit zerstrubbelten

Haaren und verschlafenem Gesichtsausdruck unglaublich süß aus. Ihr Blick streifte Lauren, blieb kurz auf Grace ruhen und richtete sich dann auf Ash. »Gut geschlafen?« Sie musterte Ash mit einer Intensität, die nicht zu ihrer beiläufigen Frage passte.

Da ihr Mund trocken war, nickte Ash nur. Schließlich gelang es ihr zu sagen: »Ja. Und du?« War es für Sasha okay gewesen, sie die ganze Nacht in den Armen zu halten, oder fand sie es nun, am Morgen danach, irgendwie merkwürdig?

Ein sanftes Lächeln umspielte Sashas Mundwinkel. »Ich auch. So gut habe ich schon lange nicht mehr geschlafen.«

Ash versuchte, das strahlende Grinsen zu zügeln, das sich auf ihrem Gesicht ausbreiten wollte. Nur weil es Sasha nichts ausmachte, dass Ash praktisch auf ihr geschlafen hatte, hieß das noch lange nicht, dass sie diese Erfahrung je wiederholen würden.

»Das liegt sicher an der Meeresluft«, sagte Lauren.

Ja, klar. Nur die Meeresluft. Ash wünschte, sie könnte das auch glauben. Sie hoffte, dass alles wieder ganz normal sein würde, sobald sie nach Hause zurückkehrten. Falls nicht, steckte sie wirklich in Schwierigkeiten.

Grace Durand sah verdammt heiß aus in einem Bikini. Doch zu Sashas Überraschung hatte sie den ganzen Nachmittag lang kaum mehr als einen flüchtigen Blick in Grace’ Richtung geworfen.

Sie war viel zu sehr damit beschäftigt, Ashley beim Planschen im Pool zuzusehen. In ihrem blauen Badeanzug sah sie Sashas Meinung nach genauso heiß aus wie Grace. Aber das war nicht der Grund, warum sie Ashley beobachtete.

Sie hätte nur zu gern gewusst, was Ashley gerade durch den Kopf ging.

Gestern Nacht hatte sie sich Sasha gegenüber verletzlich gemacht, indem sie ihr ihre Bedürfnisse anvertraut hatte, doch nun war sie auf Distanz gegangen, hielt sich die meiste Zeit über im Pool auf oder unterhielt sich mit Jo, die als Landschaftsgestalterin in Chicago arbeitete, anstatt sich Sasha zuzuwenden und über gestern Nacht zu sprechen.

Vielleicht hätte Sasha nicht überrascht sein sollen, als sie allein aufgewacht war, doch nach dem intimen Gefühl, Ashley die ganze Nacht in den Armen gehalten zu haben, war es wie ein Eimer eiskalten Wassers, den jemand über ihrem Kopf ausgoss. Wenn sie sich jetzt nicht von Ashley zurückzog, würde ihr in Zukunft sicher noch mehr Zurückweisung blühen.

Holly kniete sich neben Sashas Liegestuhl und berührte sie an der Schulter. »Alles okay bei dir?«

Sasha schob ihre Sonnenbrille nach oben, in deren Schutz sie Ashley unbemerkt beobachtet hatte. Sie setzte ein möglichst überzeugendes Lächeln auf und deutete auf den Liegestuhl am Pool und den im Vergleich zu gestern weniger starken Cocktail in ihrer Hand. »Sieht das etwa aus, als würde ich leiden?«

»Nein, aber du warst heute ziemlich still. Ash auch.« Holly sah zum Pool. »Ihr habt euch doch nicht gestritten, oder?«

»Nicht im Geringsten.« Sie drückte Hollys Hand, die auf ihrer Schulter lag. Trotz Hollys Berührung konnte sie noch immer Ashleys Kopf dort spüren. »Mach dir keine Sorgen. Wir amüsieren uns beide bestens.«

»Erzählst du mir, was los ist, wenn wir wieder zu Hause sind?«, fragte Holly.

Sasha seufzte. Sie hätte wissen müssen, dass Holly sie durchschauen würde. Im Gegensatz zu Ashley war sie nie eine gute Lügnerin gewesen. Doch immerhin hatte Holly bemerkt, dass auch mit Ashley etwas nicht stimmte. Vielleicht war Ashley doch keine so gute Lügnerin. »Ich könnte jemanden zum Reden gebrauchen, aber ich bin nicht sicher, ob ich es kann oder sollte.« Auf keinen Fall würde sie Ashleys Vertrauen missbrauchen, indem sie irgendjemandem davon erzählte, wie verletzlich Ashley geklungen hatte, als sie Sasha gebeten hatte, sie zu halten. »Aber ich kann dir versichern, dass wir die Zeit hier wirklich genießen.«

Holly rieb Sashas Schulter. »Gut. Dann hoffe ich, dass ihr das, was wir für heute Abend geplant haben, ebenfalls genießen werdet. Wir werden ein Picknick und ein Lagerfeuer am Strand machen.«

Sashas Magen knurrte, was Holly zum Lachen brachte.

»Dann hol mal lieber deine Meerjungfrau aus dem Pool, bevor du noch verhungerst.« Holly erhob sich. »Und wenn du doch darüber reden willst …«

»Dann weiß ich, wo ich dich finde.« Sasha nickte ihr zu. »Danke, Holly.«

Als Holly davonging, um dem Rest der Gruppe von dem Picknick zu erzählen, wanderte Sashas Blick wieder zu Ashley hinüber – und schnappte dann zu Holly zurück. Moment mal! Hatte Holly Ashley gerade *ihre* Meerjungfrau genannt?

Ashley stieß ein lang gezogenes Stöhnen aus. Sashas Körper reagierte sofort auf diesen sinnlichen Laut. Unbehaglich rutschte sie auf der Decke umher, auf der Ashley und sie saßen.

»Oh Gott«, sagte Ashley. »Jemand muss mir bitte die frittierten Meeresschnecken wegnehmen, bevor ich platze.«

»Aber gern doch.« Sasha streckte die Hand nach der letzten Meeresschnecke aus, aber Ashley schlug ihr spielerisch auf die Finger, schob sich den frittierten Leckerbissen in den Mund und leckte sich ein bisschen des scharfen Dips von den Fingern.

Himmel. Diese Frau war irgendwann noch ihr Tod. Jetzt war Sasha diejenige, die ein Stöhnen von sich gab. Schnell hielt sie sich den Bauch und tat, als läge es an den beiden Lippfischsandwiches, die sie gerade gegessen hatte.

»Oh, heißt das, ihr beide wollt keinen von den Key Lime Cupcakes, die ich besorgt habe?« Leo hielt mit einem teuflischen Grinsen den Korb mit den Cupcakes in die Höhe.

»Na ja …« Ashley sah zu Sasha. »Möchtest du dir einen teilen?«

»Was? Ashley Gaines möchte einen Cupcake probieren, bei dem es sich nicht um Vanille handelt, und es ist keiner von meinen? Sollte ich gekränkt sein?« Natürlich war es als Witz gemeint, aber dennoch warf sie Ashley einen prüfenden Blick zu. War Ashley so weit, neue Wege einzuschlagen und das nicht nur, was Cupcakes betraf?

»Nein, nein«, sagte Ashley. »Deine Cupcakes sind die besten. Aber wenn man in Florida ist, sollte man wenigstens einmal die berühmten Limetten probiert haben.«

Also war Ashley bereit, neue Dinge auszuprobieren, aber nur, während sie in Florida war. Sasha unterdrückte ein Seufzen. Sie würde diese Seite an Ashley vermissen, wenn sie wieder zu Hause waren. Dann würde Ashley sich nicht mehr an sie lehnen, während sie am Lagerfeuer saßen, und den Kopf auf ihre Schulter legen, so wie sie das jetzt gerade tat, vermutlich ohne es selbst zu bemerken.

Das trockene Holz knackte. Funken stoben in den Nachthimmel und sanken dann langsam zu Boden.

Sasha aß ihre Hälfte des Cupcakes und streckte die Beine zur Seite, um ihre Zehen in den noch immer warmen Sand graben zu können. Ashleys Schulter wärmte sie von der anderen Seite.

»Die Cupcakes sind gut«, sagte Ashley mit vollem Mund. »Aber ich freue mich noch viel mehr darauf, die Hochzeitstorte zu probieren.«

»Ich auch.« Grace seufzte. »Torte ist meine heimliche Schwäche.«

»So heimlich nun auch wieder nicht«, sagte Lauren lachend. »Jedes Klatschblatt im Land hat darüber berichtet, als du am Set von *Lucky* dabei ertappt wurdest, wie du ein Stück Schokotorte gegessen hast.«

Ashley blickte von Grace zu Leo und runzelte die Stirn. »Wie wollt ihr es anstellen, die Paparazzi von eurer Hochzeit fernzuhalten, insbesondere da Grace auch eingeladen ist? Wenn die Presse es schon für eine Schlagzeile hält, wenn Grace ein Stück Torte isst, dann wird die Hochzeit für sie ein gefundenes Fressen sein.«

»Keine Sorge.« Lauren warf ihnen ein James-Bond-Grinsen zu. »Operation Köder ist bereits geplant.«

»Operation Köder?«, fragte Sasha.

»Lauren war früher meine PR-Beraterin und sie hat es geschafft, die Presse von ihrer und Grace' Hochzeit fernzuhalten, deshalb habe ich sie um Hilfe gebeten«, sagte Leo. »Ich möchte Holly genau die Hochzeit ermöglichen, von der sie immer geträumt hat, ohne Paparazzi oder den ganzen Rummel um Jenna Blake.«

Holly beugte sich zu ihr hinüber und küsste Leo auf die Wange.

»Sobald wir abreisen, wird irgendjemand der Presse einen Tipp geben und verraten, dass Jenna Blake gerade das Wochenende in Florida verbracht hat, um sich den Veranstaltungsort ihrer Hochzeit anzusehen«, sagte Lauren. »Die Paparazzi werden über die Florida Keys herfallen wie die Heuschrecken und überall nach dem Ort suchen, an dem die Hochzeit stattfinden wird. Niemand wird vermuten, dass eine Promihochzeit in einer winzigen Kleinstadt in Missouri abgehalten wird. Und wenn sie es dann herausfinden, wird es längst zu spät sein.«

»Danke, Lauren. Ich schulde dir was.« Leo aß ihr kubanisches Sandwich auf, wischte sich die Finger an ihren Shorts ab und nahm ihre Gitarre aus dem mitgenommenen Gitarrenkoffer.

Sasha und Ashley tauschten überraschte Blicke. Normalerweise teilte Leo, abgesehen von Konzerten, ihre Musik nur mit Holly. Einmal hatte sie an Sashas Geburtstag in der Bar gespielt, aber das war in der Öffentlichkeit gewesen, wo sie ihre Jenna-Blake-Maske aufsetzen konnte. Das hier war etwas völlig anderes.

Die anderen verstummten sofort, als Leo ein paar Akkorde anschlug und dann ein Instrumentalstück spielte, das Sasha nicht kannte. Vielleicht hatte Leo es improvisiert. Es passte jedenfalls perfekt zu der entspannten Atmosphäre der Insel.

Ashley lehnte sich noch ein wenig mehr an Sasha, als die letzten Töne des Liedes verklangen. Erinnerte die Musik sie an die Zeit, als sie in Leos Band Keyboard gespielt hatte und eine der Backgroundsängerinnen gewesen war? Sasha widerstand nur mit Mühe dem Drang, einen Arm um sie zu legen, um sie zu trösten.

Das Lied ging fließend in ein anderes über und diesmal erkannte Sasha es sofort. Es war eine Ballade, die aus Leos letztem Album stammte. Sie hatte es in Fair Oaks komponiert und es dann selbst herausgebracht. Leo begann zu singen und alle hörten gebannt zu.

Nachdem Leo einige Lieder zum Besten gegeben hatte, macht sie Anstalten, die Gitarre wegzupacken, doch Holly hielt ihre Hand fest. »Spiel uns noch ein letztes Lied.«

Leo küsste sie zärtlich. »Dein Wunsch ist mir Befehl.«

Lauren lachte. »Sieht so aus, als bräuchtest du meinen Rat nicht, um eine glückliche Ehe zu führen. Du weißt bereits, dass du nur deine Frau zufriedenstellen musst, um ein gutes Leben zu führen.«

Auch die anderen richteten einige neckische Worte an Leo.

Diese lächelte nur und sah Holly weiterhin an. »Irgendwelche besonderen Wünsche?«

Holly schüttelte den Kopf. »Such du eines aus. Ich mag all deine Lieder.«

Eine Weile strich Leo nachdenklich mit den Fingerkuppen über den Hals ihrer Gitarre, als könnte sie sich nicht entscheiden. Als sie schließlich zu spielen begann, schnappte Sasha nach Luft.

Es war das einzige Lied auf Leos neuestem Album, das sie noch nie in der Öffentlichkeit gespielt hatte. In »Drei Dinge« ging es um ihre komplizierte Beziehung mit ihrem verstorbenen Vater. Zumindest hatte Sasha das sofort gedacht, als sie das Lied zum ersten Mal gehört hatte. Warum hatte Leo sich jetzt ausgerechnet dieses Lied ausgesucht?

Doch anstatt die erste Strophe zu singen, wiederholte Leo das instrumentale Intro und sah über das Feuer hinweg zu Ashley. »Eigentlich ist dieses Lied als Duett gedacht, deshalb brauche ich jemanden, der mitsingt. Ash, kennst du zufälligerweise den Text?«

Ashley erstarrte. »Äh, ja, schon, aber ich kann das nicht singen. Ich habe seit fünfzehn Jahren auf keiner Bühne mehr gestanden.«

»Wir sind am Strand, Ash, nicht auf einer Bühne«, sagte Leo. »Du bist hier unter Freundinnen. Niemand wird schlecht von dir denken, wenn du ein wenig eingerostet bist.«

Die anderen nickten zustimmend.

Sasha drückte Ashleys Schulter. »Du kannst das.«

Ashley lehnte sich an sie, als bräuchte sie diesen Körperkontakt, um nicht davonzulaufen. Schließlich nickte sie und hauchte ein fast lautloses: »Okay.«

»Prima.« Leo wiederholte das Intro erneut und begann dann zu singen. Ihre Stimme war wunderschön und ausdrucksstark, sodass es ihr mühelos gelang, dem Zuhörer all die Gefühle zu vermitteln, die das Lied thematisierte.

Als die zweite Strophe begann, nickte sie Ashley zu.

Sasha wagte kaum zu atmen.

Zuerst klang Ashleys Stimme ein wenig zittrig, doch als sie weitersang, wurde sie entweder selbstbewusster oder aber sie vergaß, dass sie ein Publikum hatte. Das Feuer warf flackernde Schatten auf ihr Antlitz und enthüllte die unzähligen Emotionen, die über ihr Gesicht huschten. Als die dritte Strophe begann, war Freude der dominierende Ausdruck. Sie wiegte sich sanft im Takt von Leos Gitarre, als ihr ganzer Körper in die Musik eintauchte.

Sasha hatte Leo schon mit vielen Popstars singen hören, doch für sie war dieses Duett das schönste von allen.

Ashleys hellerer Klang harmonierte perfekt mit Leos unverwechselbarer, leicht rauchiger Stimme. Natürlich konnte sie nicht mit Leos beeindruckendem Tonumfang mithalten, aber das versuchte sie auch gar nicht. Die beiden wetteiferten nicht, sondern ermutigten sich gegenseitig, ihre Stimmen durch die klare Nachtluft klingen zu lassen.

Sie wechselten sich beim Singen ab, sodass das Lied zu einem Zwiegespräch zu werden schien. Beim Refrain vermischten sich ihre Stimmen und sie sahen einander über das Feuer hinweg an, als sie von Vergebung sangen und davon, die Vergangenheit loszulassen.

Sasha lauschte atemlos. Sie hatte das Gefühl, dass das Lied nicht länger von Leo und ihrem Vater handelte, sondern von Leo und Ashley und ihrer komplizierten und zum Teil schmerzhaften Vorgeschichte miteinander.

Als die letzten Töne verklangen, breitete sich Stille über dem Strand aus. Nur das beständige Rauschen des Meeres war noch zu hören.

Überraschenderweise war es Jo, die als Erste das Wort ergriff. »Wow. Das war sehr schön.«

Sasha starrte sie an. Es war so viel mehr als nur *sehr schön* gewesen. Verstand Jo denn nicht, wie einzigartig dieses Duett gewesen war? Aber natürlich konnte Jo nicht ahnen, was Ashley die Musik und Leos Freundschaft bedeuteten. Hier ging es um viel mehr als nur darum, am Lagerfeuer ein Lied mit einer alten Freundin zu singen. Es ging um Vergebung und darum, einen Teil von Ashley wiederzuentdecken, den diese vor langer Zeit aufgegeben hatte.

Ashley sank gegen Sashas Schulter, so als hätte sie sich beim Singen so sehr verausgabt, dass sie nun nicht mehr aufrecht sitzen konnte.

Sasha konnte sich nicht länger zurückhalten; sie schlang einen Arm um Ashley. »Das war wunderschön«, sagte sie leise. *Du bist wunderschön.* Sie hielt sich zurück, bevor sie den letzten Satz laut aussprechen konnte.

Ashley sah sie dankbar an. Sie machte keine Anstalten, sich aus der lockeren Umarmung zu befreien, obwohl Lisa, Cait und Jenny sie von der anderen Seite des Feuers aus beobachteten.

»Siehst du?«, sagte Leo. »Ich wusste doch, dass du es noch kannst. Wir sollten das unbedingt mal wiederholen.«

Ashley nickte und da sie so eng beieinandersaßen, konnte Sasha hören, wie sie schlucken musste. Sie hielt Ashley ein wenig fester.

Schließlich packte Leo ihre Gitarre ein und erhob sich. »Ich glaube, ich gehe jetzt ins Bett. All das gute Essen und die Meeresluft haben mich müde gemacht. Ich danke euch allen für diesen wunderbaren Abend und dafür, dass ihr euch die Zeit genommen habt, mit uns nach Florida zu kommen. Euch alle hierzuhaben, macht es zu einem ganz besonderen Wochenende. Holly und ich haben es in vollen Zügen genossen und zwar nicht nur wegen dieser wunderschönen Insel, sondern vor allem euretwegen.«

»Ich möchte mich auch bei allen bedanken«, fügte Holly hinzu. »Ich glaube, ich spreche für uns beide, wenn ich sage, dass wir sehr dankbar sind, euch in unserem Leben zu haben, und wir freuen uns schon darauf, auch den Tag unserer Hochzeit mit euch zu teilen.« Sie lächelte alle reihum an. »Schlaft gut. Oh, und denkt daran, dass unser Flug morgen um zwölf geht. Wir sollten hier gegen neun aufbrechen.«

Das Feuer war heruntergebrannt, während Leo ihre Freundinnen mit ihren Liedern unterhalten hatte, und nun schaufelten sie Sand über die glühende Asche.

Sasha erhob sich ebenfalls und schüttelte Sand von ihren Shorts. Ashley und sie falteten gemeinsam die Decke und sammelten die Reste des Picknicks ein.

Wie auf eine stillschweigende Vereinbarung hin blieben sie zurück, als alle anderen den Bohlenweg entlang zurück zum Haus gingen.

»Ich glaube, ich brauche einen Moment allein, bevor ich mich wieder zu den anderen geselle«, sagte Ashley.

»Verstehe.« Sasha deutete in Richtung Haus. »Möchtest du, dass ich auch gehe?«

»Nein.« Ashley hielt sie am Arm fest. »Bleib. Ich meinte nicht, dass ich ganz allein sein will. Würde es dir etwas ausmachen, wenn wir eine Weile am Strand entlanggehen?«

»Nein, überhaupt nicht.« Sasha legte die Decke über Ashleys Schultern, damit es ihr in der kühlen Brise nicht kalt werden würde.

Seite an Seite schlenderten sie am Strand entlang. Die Wellen spülten nur wenige Meter entfernt sanft ans Ufer.

Ashleys Hand lag noch immer auf Sashas Arm. Es fühlte sich an, als wären sie ein altmodisches, verliebtes Paar aus dem vorigen Jahrhundert, das zu ungewöhnlicher Stunde spazieren ging. Sasha beschloss, sich ein paar Minuten lang der Illusion hinzugeben, dass sie tatsächlich zusammen waren.

»Das war unglaublich«, sagte sie nach einer Weile und deutete zurück zu der Stelle, wo das Lagerfeuer gewesen war. »Ich meine, ich habe dich und Leo damals in der Schule singen hören, aber heute Abend war es einfach atemberaubend.«

Ashley lachte übermütig. »Wirklich? Gott, ich war so aus der Übung. Ich habe mir ihr Album sicher tausendmal angehört, aber vorhin war ich so nervös, dass ich mindestens zweimal den falschen Text gesungen habe.«

»Spielt keine Rolle«, sagte Sasha. »Ihr habt beide so viel Gefühl in jede Zeile gelegt, dass es mir vorkam, als würdet ihr eine Unterhaltung führen und euch zum ersten Mal seit Jahren aussprechen.«

Ashley blieb stehen und starrte sie durch die Dunkelheit hindurch an. »Das hast du gespürt? Genau so hat es sich für mich auch angefühlt! Glaubst du, dass Leo das Lied absichtlich ausgewählt hat, um mich wissen zu lassen, dass sie mir verziehen hat?«

»Ja, das glaube ich. Sie hat sieben Alben herausgebracht. Sie hätte jedes andere Lied aussuchen können.«

Ashley atmete aus. »Das macht mich unglaublich froh. Ich meine, Holly hat schon vor Monaten gesagt, sie hätten beschlossen, die alten, bitteren Gefühle zu begraben und daran zu arbeiten, unsere Freundschaft zurückzubekommen, und sie haben mich auch zur Brautkleidanprobe und zum Junggesellinnenabschied eingeladen, aber ich war mir nie sicher, ob sie mich wirklich dabeihaben wollen oder ob Leos Mutter sie dazu überredet hat, mich aus Höflichkeit mitzunehmen.«

»Sie haben dich eingeladen, weil sie dich dabeihaben möchten.« *Genau wie ich.* Den zweiten Satz hielt Sasha natürlich zurück.

Sie schlenderten einige Minuten in einvernehmlichem Schweigen am Strand entlang. Sasha versuchte nicht, ein neues Gesprächsthema zu finden, denn sie wusste, dass Ashley ein wenig Ruhe brauchte, um alles zu verarbeiten.

Schließlich drückte Ashley Sashas Arm. »Es ist schon spät. Wir sollten umkehren.«

Sasha seufzte leise. Zwar hatten sie morgen früh noch ein paar Stunden in diesem Inselparadies, aber ihre Zeit in den Florida Keys war bald vorbei und sie fragte sich, wie es zu Hause zwischen ihnen sein würde. Ganz sicher würde Ashley nicht die Hand auf ihren Arm legen, während sie im Park spazieren gingen. Widerwillig führte sie Ashley zurück zum Strandhaus.

Keine von beide schien zu wollen, dass ihr gemeinsamer Abend schon zu Ende war. Ohne sich absprechen zu müssen, schlugen sie einen Umweg ein und wanderten durch den Garten, der von solarbetriebenen Lampen beleuchtet wurde. Ashley nannte ihr die Namen der tropischen Pflanzen, die hier wuchsen: Paradiesvogelblumen, Hibiskus und Bromelien.

Sasha musste grinsen. »Du bist ein richtiger Blumenfreak.«

»Hey, wer im Glashaus sitzt, sollte nicht mit Steinen werfen, Ms. Da-ist-zu-viel-Zucker-in-den-Cupcakes.«

Sasha lachte. Ja, das hatte sie gesagt, als sie vorhin die Key Lime Cupcakes probiert hatte. »Na schön, dann bin ich eben auch ein Freak.«

»Ja, ich glaube, wir passen gut zueinander.«

In diesem romantischen Garten schienen die Worte eine tiefere Bedeutung anzunehmen. Bildete sie sich das nur ein oder spürte Ashley es auch?

Spielt keine Rolle, sagte sich Sasha. Morgen würden sie nach Hause zurückkehren und alles würde wieder ganz normal sein – wie auch immer der Normalzustand zwischen ihnen aussehen würde.

Sie stapfte hinter Ashley die Treppe hinauf. Beide rochen nach Rauch vom Lagerfeuer und nach Meeresluft, deshalb flüchtete sich Sasha ins Bad, öffnete ihren geflochtenen Zopf und nahm eine Dusche.

Dann war Ashley an der Reihe.

Sasha lag im Bett und wartete auf sie. Würde Ashley heute Nacht wieder gehalten werden wollen oder war das eine einmalige Sache gewesen? Sasha wusste nicht, worauf sie hoffen sollte. Eine weitere Nacht mit Ashley in ihren Armen wäre purer Masochismus. Sie brauchte etwas Abstand, nicht noch mehr Intimität. Aber sie wusste, wenn Ashley sie darum bitten würde, dann würde sie nicht Nein sagen.

Verdammt. Wann war sie bloß so schwach geworden? Vor zwei Monaten war sie noch die unabhängige, unbekümmerte Sasha gewesen, die keine feste Bindung wollte. Und jetzt …

Ein keuchender Laut aus dem Badezimmer riss sie aus ihren Gedanken. Sie sprang auf und eilte zum Bad. »Ash?«, rief sie durch die geschlossene Tür. »Alles okay?«

»Oh, ja, ja. Ich habe nur eben das Handtuch über meinen Rücken gerubbelt und dabei bemerkt, dass ich mir einen Sonnenbrand eingehandelt habe.« Ashley schnappte hörbar nach Luft. »Fühlt sich an, als wäre er ziemlich heftig.«

Sasha verzog mitleidig das Gesicht. »Du solltest ein wenig After-Sun-Lotion auftragen. Neben dem Waschbecken steht eine Flasche.«

»Äh, wie ich schon sagte, der Sonnenbrand ist auf meinem Rücken. Da komme ich nicht dran.«

»Oh.« Sasha starrte auf die Tür zwischen ihnen. Sollte sie ihre Hilfe anbieten? Der Gedanke daran, Ashleys nackten Rücken zu berühren und die Lotion auf ihrer weichen Haut zu verteilen, ließ ihre Wangen brennen, als hätte auch sie sich einen Sonnenbrand zugezogen. *Keine gute Idee. Gar keine gute Idee.* Dennoch hörte sie sich sagen: »Soll ich das für dich machen?«

Einige Sekunden lang herrschte Stille, dann sagte Ashley: »Das wäre, ähm, nett von dir.«

Nett. Das war so ziemlich das letzte Wort, das im Moment auf Sasha zutraf. Nervös, verwirrt, übereifrig, aber nicht nett. »Ja, klar. Kein Problem.«

Das war doch kein Problem, oder? Sie würde Ashleys Rücken eincremen, ohne ihre Hände – oder ihre Augen – wandern zu lassen, dann ins Bett gehen und schlafen.

»Okay. Ich komme ins Bad. Bist du angezogen?«

Ein nervöses Kichern drang durch die Tür. »Na ja, so angezogen ich sein kann, wenn du dabei noch an meinen Rücken kommen sollst.«

Sasha versuchte, sich nicht vorzustellen, wie viel oder wie wenig Ashley anhaben mochte. Sie wischte ihre feuchten Hände an ihren Boxershorts ab, griff nach dem Türknauf und öffnete langsam die Tür.

Ashley stand am Waschbecken und wandte ihr den Rücken zu – ihren nackten Rücken. Sie trug lediglich einen Slip und hielt ihr Schlafshirt gegen die Brust gedrückt.

Sasha starrte all die nackte Haut an. Gott, wie sehr sie sich danach sehnte, sie zu streicheln, bis Ashley keinerlei Schmerz mehr spürte.

»Sieht es so schlimm aus?«, fragte Ashley.

Schlimm? Nein, es sieht wunderschön aus. Aber das konnte sie natürlich nicht sagen. Sie riss den Blick von Ashleys Rücken los und sah ihr im Spiegel über dem Waschbecken in die Augen. »Nein. Nur ein leichter Sonnenbrand.«

Langsam trat Sasha näher. Die verbliebende Distanz zwischen ihnen schien mit elektrischer Spannung gefüllt. Sie schluckte und strich sanft Ashleys Haare über ihre Schulter, damit sie aus dem Weg waren.

Ashley hielt still. Atmete sie überhaupt noch?

Sashas Finger zitterten ein wenig, als sie nach der Flasche After-Sun-Lotion griff und ein wenig auf ihren Handteller drückte. Sie rieb die Creme zwischen ihren Händen, um sie anzuwärmen, und ließ ihre Finger dann kurz über Ashleys Rücken verharren, bevor sie sich einen Ruck gab und sie langsam senkte.

Ashley keuchte auf. Ein sichtbarer Schauder durchlief ihren Körper.

Sofort zog Sasha ihre Finger zurück. »Habe ich dir wehgetan?«

Ashley schüttelte den Kopf. »Es war nur einen Moment lang etwas kalt.«

»Okay. Aber sag mir sofort, falls ich dir wehtue.« Zärtlich fuhr sie mit den Händen über Ashleys Rücken, von ihrem Nacken bis hinab zu den Hüften. Ashleys Haut war warm und unglaublich weich unter ihren Fingern. Sie sehnte sich danach, jeden Zentimeter davon zu streicheln und ihre Hände über ihre Seiten gleiten zu lassen, wo die Haut vermutlich noch weicher war, und dann …

Himmel, sie musste aufhören damit. Als ihr Verlangen zu übermächtig wurde, schraubte sie den Deckel auf die Flasche After-Sun-Lotion und wandte sich unter dem Vorwand ab, sich die Hände waschen zu müssen. Hoffentlich würde das kalte Wasser helfen, ihre Selbstkontrolle wiederzuerlangen.

»Fühlt es sich schon besser an?«, fragte sie über die Schulter hinweg, um die unangenehme Stille zu füllen.

Ashley antwortete nicht.

Sasha stellte das Wasser ab, griff nach einem Handtuch und drehte sich um.

Ashley stand noch immer mitten im Badezimmer und hielt das Schlafshirt gegen ihre Brust gedrückt, anstatt es anzuziehen.

»Ash? Hey, alles okay?« Sanft berührte Sasha eine sonnenverbrannte Schulter und zog Ashley herum, um ihr Gesicht sehen zu können.

Ein Mahlstrom turbulenter Gefühle verdunkelte Ashleys Augen. Sie streckte eine Hand aus und krallte die Finger in Sashas T-Shirt. »Nein«, flüsterte sie. »Nichts ist okay. Ganz und gar nicht.«

Sasha berührte sanft Ashleys Gesicht. »Was …?«

Ashley zog verzweifelt an Sashas T-Shirt. Dann bedeckten ihre Lippen Sashas.

Heiliger ... Sämtliche Sicherungen, die Sasha bisher zurückgehalten hatten, brannten durch. Sie ließ ihre Hände über Ashleys mit Lotion bedeckten Rücken gleiten und zog sie an sich, während sie ihren Kuss leidenschaftlich erwiderte.

Ihre Zungen umspielten einander. Ashley schmeckte nach Key Lime Cupcakes, doch diesmal fand Sasha sie überhaupt nicht zu süß.

Ashley vergrub die Finger in Sashas Haaren. Das Schlafshirt fiel zu Boden.

Sasha stöhnte in Ashleys Mund, als deren nackte Brüste sich an sie drückten.

Benommen vor Verlangen sanken sie gegen das Waschbecken.

Ashley zuckte zusammen, als das kalte Porzellan sie berührte, doch sie unterbrach keine Sekunde lang den Kuss.

Sasha schob ihre Hände zwischen das Waschbecken und Ashley, um sie vor der harten Kante zu bewahren. Sie drängte ihre Hüften gegen Ashleys, weil sie unbedingt mehr von ihr spüren wollte. Gott, das war so unglaublich heiß. Aber vielleicht würde Ashley es morgen früh bereuen. Unter Einsatz all ihrer Willensstärke gelang es Sasha zu flüstern: »Ash.« Sie knabberte an ihren Lippen. »Wenn wir jetzt nicht aufhören, weiß ich nicht, ob wir noch aufhören können.«

»Dann lass uns nicht aufhören.« Ashley zog sie in einen zweiten Kuss.

Oh Gott. Sasha gab ihre Versuche auf, sich zurückzuhalten, und küsste sie hart und fordernd. Wenn Ashley sie wollte, zumindest für diese eine Nacht, dann würde sie nehmen, was sie bekommen konnte. »Bett«, keuchte sie dicht an Ashleys Lippen, »jetzt sofort.«

Irgendwie schafften sie es, ins Schlafzimmer zu gelangen, ohne den Kuss zu unterbrechen. Neben dem Bett blieben sie stehen und Sasha wich ein wenig zurück.

Ohne Sashas Wärme fröstelte Ash. Die wenigen Zentimeter zwischen ihnen ließen Platz für Zweifel. *Oh Gott, was machen wir hier eigentlich?*

Doch dann streifte Sasha ihr T-Shirt über den Kopf und entblößte dabei muskulöse Schultern, glatte Haut und straffe Brüste. Nur in Boxershorts stand sie vor Ashley und sah ihr ohne jede Scham in die Augen.

Nicht, dass sie Grund hatte, sich zu schämen. Sie sah atemberaubend gut aus. Ash wollte sofort diese wunderschönen Brüste mit den Händen umfassen, ihren gesamten Körper streicheln und in Sasha hineinkriechen, bis die Welt um sie herum verschwand.

Sasha sah ihr in die Augen, als sie aus ihren Boxershorts schlüpfte.

Ashs Mund wurde trocken. Mit zitternden Fingern folgte sie Sashas Beispiel und streifte ihren Slip ab. Sie widerstand dem Drang, ihre Blöße mit beiden Händen zu bedecken.

Sasha streckte die Hand aus und strich mit einem Finger über die Konturen von Ashs Hüfte. »Gott«, flüsterte sie und klang dabei, als spräche sie ein Gebet. »Du bist so verdammt sexy.«

Das war ein Wort, das Ash noch nie zuvor mit sich in Verbindung gebracht hatte, aber Sashas lodernder Blick ließ keinen Zweifel daran, dass sie es ernst meinte.

Sasha trat näher. Ein Kraftfeld schien sie zu umgeben, das Ashs Körper erfasste und ihn zum Kribbeln brachte. Mit einer Hand auf ihrem Rücken und der anderen auf Ashs Hüfte dirigierte Sasha sie rückwärts aufs Bett. Sie folgte Ash sofort, stützte sich aber auf Händen und Knien ab, sodass ihre Körper nicht in Kontakt kamen.

Das Bettlaken fühlte sich kalt auf Ashs Rücken an und die kühle Meeresluft strich über ihren überhitzten Körper, da keine von ihnen sich die Zeit genommen hatte, die Balkontür zu schließen. Sie fröstelte.

»Ist es dir unangenehm, auf dem Rücken zu liegen?«, fragte Sasha.

Verständnislos starrte Ash zu ihr auf.

»Wegen deines Sonnenbrandes, meine ich«, sagte Sasha.

Sonnenbrand? Ash hätte beinahe laut aufgelacht. Ihr ganzer Körper schien in Flammen zu stehen und es hatte nicht das Geringste mit ihrem Sonnenbrand zu tun, sondern nur mit der Frau, die über ihr verharrte. Sie wollte so viele Dinge gleichzeitig: Sie wollte Sasha überall berühren, von ihren markanten Gesichtszügen bis zu ihren wohlgeformten Wadenmuskeln, bis Sasha unter ihren Händen völlig die Beherrschung verlieren würde. Aber am meisten wollte sie Sashas Körper an ihrem spüren, deshalb umfasste sie ihre Hüften und zog sie sanft nach unten.

Als ihre Körper in Kontakt kamen, keuchte Ash auf. Sashas Gewicht, die soliden Muskeln und die weiche Haut fühlten sich besser an, als sie es sich in ihren kühnsten Träumen ausgemalt hatte. Ihr ganzer Körper zitterte vor Verlangen und vor Nervosität.

»Gott, Ash, du fühlst dich so unglaublich gut an.«

Ash konnte nicht antworten. Sie konnte kaum noch klar denken und das war vielleicht auch gut so. Wenn sie jetzt anfing, nachzudenken, dann würde sie vermutlich aufhören und davonlaufen.

Sasha senkte den Kopf und küsste sie und plötzlich war es Ash egal, ob es sich als schlechte Idee herausstellen würde.

Sie verlor jegliches Zeitgefühl, als sie sich in der Wärme von Sashas Mund verlor.

Sasha küsste sie mit einer Intensität, als ob sie Ash lediglich mit einem Kuss zum Höhepunkt bringen wollte – und wenn sie so weitermachte, würde es ihr vielleicht sogar gelingen.

Als ihre Körper aneinanderrieben, stöhnte Ash in Sashas Mund hinein.

Schließlich unterbrach Sasha den Kuss und starrte mit hungrigem Blick auf sie herab. »Gott, ich will dich so sehr.«

Verlangen überkam Ash mit einer solchen Heftigkeit, dass es ihr fast Angst machte. Diese Worte hatte noch nie jemand zu ihr gesagt. *Ich liebe dich*, ja, aber noch nie *Ich will dich.* Selbst jetzt konnte ein Teil von ihr nicht richtig daran glauben. »Das stimmt wirklich, oder?«

»Und wie. Warum ist das so schwer zu glauben?«

Ashs Wangen brannten. Sie zuckte mit den Schultern.

»Wenn du meinen Worten keinen Glauben schenkst, dann sieh doch einfach selbst.« Sasha nahm Ashs Hand und führte sie nach unten, zu der feuchten Wärme zwischen ihren Beinen. »Fühlt sich das an, als würde ich dich nicht wollen?« Ihre Stimme war rau.

»Oh mein Gott.« Ash schwirrte der Kopf, als sie vorsichtig begann, ihre Finger zu bewegen.

Sasha sog scharf die Luft ein. »Verdammt. Noch nicht.« Sie zog Ashs Hand weg und drückte sie gegen die Matratze. »Zuerst will ich dich berühren. Jeden Zentimeter von dir.«

Ash schluckte und ließ ihre Hände, wo sie waren, als wären sie ans Bett gekettet. Ihr Körper fühlte sich ohnehin an, als wäre er zu schwer, um sich zu rühren, als Sasha ihr Haar zur Seite strich und mit den Lippen einen Pfad an ihrem empfindlichen Hals nach unten beschrieb.

Spielerisch knabberte Sasha an Ashs Schulter, dann an ihrem Schlüsselbein.

Eine Gänsehaut breitete sich entlang Ashs Brust aus. Hilflos krallte sie die Finger ins Laken. Sie hatte nicht damit gerechnet, wie intensiv ihr Körper auf Sasha reagieren würde.

Als Sasha die kleine Mulde unterhalb ihrer Kehle erreichte, ließ sie ihre Zunge hineingleiten und kostete ihre Haut. Ihre Hand folgte dem Pfad ihres Mundes. Sie liebkoste, neckte und erkundete Ash, so als wollte sie, wie versprochen, jeden Zentimeter von ihr erforschen. Jede Berührung entfachte Feuer auf Ashs Haut.

Sie vibrierte unter Sashas Händen.

»Hey«, flüsterte Sasha. »Atme.«

Ash atmete aus und schnappte dann nach Luft. Erst jetzt fiel ihr auf, dass sie das Atmen vergessen hatte.

Sasha streichelte ihre Wange, ihren Bauch, die Kontur ihrer Hüfte und ließ sich dabei Zeit, bis Ash sich entspannte und die Erfahrung genießen konnte.

Dann durchfuhr eine neue Anspannung ihren Körper, als Sasha mit beiden Händen ihre Brüste umfasste und mit den Daumen leicht über ihre bereits harten Nippel fuhr.

Ash vergaß sofort alles um sich herum. Sie schrie auf und bedeckte Sashas Hände mit ihren eigenen, um sie fester an sich zu pressen.

»Pst, leise.« Sasha bedeckte Ashs Mund mit ihrem. »Sonst hören uns die anderen.«

Oh Gott. Ash erstarrte. Wie hatte sie das auch nur einen Moment lang vergessen können?

»Oh verdammt. Jetzt denkst du nur noch an die anderen. Lass mal sehen, ob ich das nicht ändern kann.« Sasha rutschte im Bett nach unten und fuhr mit der Zungenspitze die Kurve von Ashs Brust nach. Immer kleiner wurden die Kreise, die sie zog, bis ihr warmer Atem einen der Nippel benetzte.

Ashs Körper pulsierte vor Verlangen. »Sasha«, flüsterte sie.

Sasha beantwortete ihr Flehen, indem sie den Kopf senkte und einen der harten Nippel in den Mund nahm.

»Oh, das … ja!« Sie umklammerte Sashas Hinterkopf und krallte die Finger in ihr Haar, um sie festzuhalten, aus Angst, dieses wunderbare Gefühl könnte aufhören, sobald sie losließ.

»Keine Sorge«, murmelte Sasha. Ihr Atem strich bei jedem Wort über Ashs feuchten Nippel. »Ich werde nicht aufhören. Nicht, ehe du nicht genug gehabt hast.«

Ash konnte sich nicht vorstellen, dass das je passieren würde. Sie schob den Gedanken beiseite und konzentrierte sich auf die Empfindungen, die Sashas Mund auslöste.

Sasha wechselte zur anderen Brust und leckte den bisher vernachlässigten Nippel, bevor sie sanft daran saugte.

Ash keuchte ihren Namen. Gott, so etwas hatte sie noch nie erlebt. Es lag nicht nur an den erstaunlichen Dingen, die Sasha mit ihren Händen und ihrem Mund tat, sondern hauptsächlich an dem dringlichen Verlangen, das hinter jeder Berührung steckte.

Sasha nahm ihren anderen Nippel zwischen Daumen und Zeigefinger und rieb ihn zärtlich.

Die zusätzliche Stimulation ließ Ash aufstöhnen. Sie biss sich auf die Lippe und doch war es ihr nicht genug. Sie wollte mehr. Ihre Hüften drängten sich auf der Suche nach Reibung gegen Sashas muskulösen Schenkel.

»Langsam.« Sasha hob ihren Mund von Ashs Brust und streichelte ihre Seite. »Ich möchte es auskosten. Dich auskosten.« Doch ihr hungriger Blick entfachte Ashs Leidenschaft nur noch mehr.

»Ich kann nicht.« Ash drückte sich an sie. »Bitte.«

»Ist schon okay.« Sasha küsste sie erneut, während ihre Hand Ashs Körper hinabwanderte und eine glühende Spur auf ihrer Haut hinterließ.

Ashs Bauchmuskeln spannten sich an. Ein Wimmern entfuhr ihr. Sie erkannte ihre eigene Stimme nicht mehr.

Über ihr schimmerten Sashas Augen vor Begierde, als sie einen Finger in Ashs warme Nässe tauchte.

Diese erste Berührung traf Ash wie ein Blitzschlag, der jedes Nervenende prickeln ließ.

Sasha stöhnte gleichzeitig mit ihr auf. »Gott, das ist so heiß. Du bist so heiß.«

Ash konnte nicht antworten. Sie klammerte sich mit beiden Händen an Sasha fest. Ihre Hüften drängten sich gegen Sashas Finger.

Sasha streichelte sie sanft, in einem langsamen Rhythmus.

Doch Ash wollte nicht, dass sie sich zurückhielt. Sie wollte endlich alles erleben, was eine Liebesnacht zu bieten hatte. »Mehr.« Ihr Mund war trocken, ihre Atemzüge gehetzt und Ash fast panisch vor Verlangen.

Sasha sah ihr weiterhin in die Augen, als sie mit zwei Fingern in sie eindrang.

Das Gefühl ließ Ash aufstöhnen. Sie bäumte sich auf, um Sasha noch tiefer in sich zu spüren.

Sasha hielt einen Moment lang still und begann dann, ihre Finger zu bewegen. Bei jedem Stoß rieb ihr Handballen über Ashs Klitoris.

Ash bewegte sich im selben Rhythmus. Ein Rauschen begann in ihren Ohren und ein Druck sammelte sich tief in ihrem Bauch. Sie fuhr mit den Fingernägeln einer Hand über Sashas angespannte Rückenmuskeln, während sie die andere Hand auf ihren Mund presste und sich auf die Knöchel biss, um ihre Lustschreie zu unterdrücken.

Sasha vergrub ihr Gesicht an Ashs Halsbeuge und knabberte sanft an ihrer Haut.

Sie stellte irgendetwas mit ihren Fingern an, das eine Woge der Erregung durch Ash hindurchschickte. Ihre Augen fielen zu und sie sah Sternchen. Wieder biss sie sich auf die Knöchel und bäumte sich Sasha ein letztes Mal entgegen, bevor sie auf das Bett zurücksank.

Ihr Körper pulsierte lange. Sie wollte die Hand auf Sashas Schulter legen und sie dankbar streicheln, doch sie konnte sich nicht rühren. Jeder Muskel fühlte sich träge und schwer vor Befriedigung an.

Sasha ließ ihre Hand zwischen Ashs Beinen ruhen und verteilte zärtliche Küsse auf ihrem Hals und ihrem Gesicht. Schließlich zog sie vorsichtig ihre Finger zurück.

Ein letzter Schauder durchlief Ashs Körper. Sie wollte Sashas Handgelenk umfassen und sie noch eine Weile an sich gedrückt halten, aber bevor sie es tun konnte, hörten die Küsse auf.

Sasha erstarrte über ihr. Ein panischer Ausdruck ersetzte die Leidenschaft auf ihrem Gesicht. »Ash«, flüsterte sie. »Oh mein Gott, was ist mit dir? Ich habe dir doch nicht wehgetan, oder?«

»Wehgetan?«, wiederholte Ash atemlos und benommen.

Sasha berührte mit den Fingerspitzen ihre Wange. »Du weinst.«

Ash hob die Hand zu ihrem Gesicht und spürte die Tränen auf ihren Fingern. Wie konnte sie in einem solchen Moment, einem der schönsten in ihrem Leben, nur weinen? Aber vielleicht lag es gerade daran: Es war fast zu schön gewesen und hatte sie spüren lassen, wie viel ihr sonst fehlte.

Während die Wellen der Erregung langsam nachließen, prasselte weiterhin eine Sturzflut von Gefühlen auf sie ein. Es war, als hätte ihr Orgasmus den Damm durchbrochen, der normalerweise ihre Emotionen zurückhielt. Sie konnte nicht aufhören zu weinen, ohne dass sie überhaupt sagen konnte, warum genau sie weinte. Freude, Dankbarkeit, Angst, Bedauern, Einsamkeit und so viele andere Gefühle tosten so schnell durch sie hindurch, dass Ash sie kaum auseinanderhalten konnte.

Schließlich gab sie ihre letzten Versuche auf, sich zusammenzureißen, vergrub das Gesicht an Sashas Schulter und ließ ihren Tränen freien Lauf.

»Ash«, sagte Sasha besorgt. Sie umfasste Ashs Gesicht mit einer Hand und hob es an, sodass Ash sie ansehen musste. »Was ist denn?« Sie beugte sich vor und küsste eine Träne von Ashs Augenwinkel.

Die Geste war so zärtlich, dass weitere Tränen kamen. Ash versuchte, ihr hektisches Atmen in den Griff zu bekommen.

Langsam ließ der Mahlstrom ihrer Gefühle nach. Ash ließ zittrig ihren Atem entweichen. *Himmel, was war das denn?* Sie rang sich ein beruhigendes Lächeln ab, denn sie wusste, dass sie Sasha vermutlich einen gehörigen Schrecken versetzt hatte. »Es war alles nur etwas überwältigend. Auf eine gute Weise. Eine sehr gute Weise.«

»Bist du sicher, dass das alles ist?« Sanft wischte Sasha mit dem Daumen die letzten Tränen von Ashs Gesicht.

Ash nickte. Sie wollte diese wundervolle Erfahrung nicht verderben, indem sie zu lange darüber nachdachte. Dafür würde morgen noch Zeit sein. Heute Nacht wollte sie fühlen, nicht denken. Sie schlang die Arme um Sasha, zog sie fester an sich und küsste sie.

Sashas Lippen schmeckten salzig. Vielleicht war es auch sie selbst, die so schmeckte. Es spielte keine Rolle. Ash versuchte, all ihre Gefühle in den Kuss zu legen.

Sasha stöhnte in ihren Mund hinein. Ihre Hüften drängten sich an Ashs.

Ash drückte Sashas Schultern von sich weg, um sie auf den Rücken zu rollen, und Sasha gehorchte, ohne zu zögern. Mit einem vollkommen offenen Gesichtsausdruck sah sie zu Ash auf.

Wow. Ash konnte nur staunen über das Ausmaß an Vertrauen und Macht, die sie über Sasha hatte, doch zugleich war es fast ein wenig beängstigend. Sie schluckte mühsam. »Ich bin vermutlich nicht sehr gut. Ich hoffe, ich schaffe es, dich … Du weißt schon.«

Sasha lachte heiser. »Das wird kein Problem werden, glaub mir. Allein zuzusehen, wie du einen Orgasmus hattest, hat mich auch fast kommen lassen.«

Hitze stieg Ash in die Wangen, aber diesmal nicht aus Verlegenheit. Zu wissen, dass sie Sasha antörnte, gab ihr den Mut, ihre Ängste zu ignorieren und sich ganz auf ihre Instinkte zu verlassen.

Als sie ihren Blick über Sashas Körper wandern ließ, verschlug es ihr den Atem. Gott, sie war so wunderschön. Selbst das Wort reichte nicht aus, um sie treffend zu beschreiben. Sashas Haut glänzte unter einer leichten Schweißschicht. Ohne darüber nachzudenken, ließ Ash ihre Hand über die Mulde zwischen ihren Brüsten gleiten, um zu sehen, ob Sashas Haut so weich war, wie sie aussah.

Sie war es. Sanft streichelte Ash Sashas Bauch und spürte fasziniert die Muskeln, die unter ihrer Hand zu vibrieren begannen. Ohne in ihrem Streicheln innezuhalten, senkte sie den Kopf und knabberte an ihrem Hals, so wie Sasha das vorhin bei ihr getan hatte.

Sofort legte Sasha den Kopf in den Nacken, um ihr mehr Platz zu geben. Ihr Puls trommelte wild gegen Ashs Lippen, was Ash bewies, dass sie Sasha sehr wohl erregen konnte.

Mit Händen und Lippen erkundete sie Sashas langen Körper. Ab und zu sah sie in Sashas Gesicht, um sicherzugehen, dass Sasha gefiel, was sie tat.

Jedes Mal begegnete Sasha ihrem Blick mit Augen, die vor Verlangen zu lodern schienen. »Alles«, sagte Sasha keuchend, als würde sie Ashs hartnäckige Unsicherheit spüren. »Du kannst alles mit mir tun, was du willst.«

Ash wollte so viele Dinge, dass sie nicht einmal dann alles hätte tun können, wenn sie sich eine Woche lang in diesem Zimmer einschließen würden. Sie traute sich nicht, das zu tun, was sie am allerliebsten getan hätte, nämlich Sasha zu schmecken. Doch da Sasha reglos und offen unter ihr lag, gab es eine Menge anderer Dinge, die sie tun konnte.

Sie presste ihren Mund auf eine muskulöse Schulter und überzog Sashas Oberkörper mit Küssen. Hin und wieder hielt sie inne, um ihre salzig-süße Haut zu kosten.

Die leisen Laute, die Sasha von sich gab, ließen Ashs Selbstvertrauen mit jedem Moment mehr wachsen. Als sie Sashas Brust erreichte, umfasste sie diese mit einer Hand. Sie passte so perfekt in ihre Handfläche, als wäre sie dafür gemacht.

Vorsichtig massierte sie Sashas Busen, ohne den Blick von ihrem Gesicht abzuwenden.

Sashas Lider sanken immer wieder herab, als fiele es ihr schwer, die Augen aufzuhalten. »Mm, das fühlt sich unglaublich gut an.«

»*Du* fühlst dich gut an.« Ash rieb ihre Fingerkuppe über einen Nippel, der sofort hart wurde. Sie konnte der Versuchung nicht länger widerstehen. Sie stützte sich auf den Ellbogen ab, rutschte im Bett nach unten und nahm den verlockenden Nippel in den Mund.

Sasha gab einen kehligen Laut von sich. Ihre Hüften bäumten sich auf und ihre warme Nässe rieb über Ashs Bauch.

Beide stöhnten auf.

Ash schwirrte der Kopf vor Verlangen. Begierig darauf, Sasha Vergnügen zu bereiten, drückte sie ihr Becken nach unten, um sie noch einmal zu spüren, doch der Winkel war ungünstig.

Sashas Nippel rutschte aus ihrem Mund, als Ash sich zur Seite rollte und sich neben sie legte. So konnte sie Sasha ungehindert berühren und das nutzte sie sofort aus. Sie ließ ihre Hand an Sashas Bauch entlang nach unten wandern und zeichnete die Muskeln in ihrem Oberschenkel mit den Fingerspitzen nach.

Sasha spreizte einladend die Beine. Ihre Wangen waren gerötet und das Verlangen in ihren Augen stieg Ash zu Kopf wie köstlicher Wein.

Die unmissverständlichen Signale, die Sashas Körper aussandte, gaben ihr Mut. Sie ließ ihre Finger über die seidig-weiche Innenseite ihres Schenkels und zwischen ihre feuchten Schamlippen gleiten.

»Oh Gott.« Sasha keuchte auf.

Ashs Blick huschte hinauf in ihr Gesicht. »Ist das okay?«

»Okay?« Ein atemloses Lachen entfuhr Sasha. Ihre Stimme war rau vor Lust. »Es ist perfekt.«

»Wirklich?« Ash begann, ihre Finger zu bewegen. »Oder hättest du lieber, dass ich das hier tue?« Sie umkreiste Sashas Öffnung und schob einen Finger ein winziges Stück in sie hinein. Dort hielt sie inne und sah sie fragend an.

Sasha fluchte unterdrückt. »Gott, ja.« Als könnte sie nicht abwarten, dass Ash weitermachte, griff sie nach unten und drückte Ashs Hand tiefer.

Oh mein Gott! Das Gefühl, in Sasha zu sein, war das Beste, was sie je in ihrem Leben erlebt hatte. Sie musste ihre Schenkel zusammenpressen, um ihre eigene Erregung zurückzuhalten. Für den Moment wollte sie sich nur auf Sasha konzentrieren. Langsam begann sie, ihren Finger zu bewegen.

»Zwei«, stöhnte Sasha nach einigen Sekunden. »Benutz zwei Finger.«

Benommen nickte Ash. Sie zog ihre Hand zurück und drang dann mit zwei Fingern in Sasha ein. Hoffentlich war sie nicht zu ungeschickt, weil sie kaum Erfahrung hatte und ihre Hände vor Begierde zitterten.

Doch Sasha schien keine Beschwerden zu haben. Ihr kräftiger Körper wölbte sich Ash entgegen und beide begannen, sich im selben Rhythmus zu bewegen.

Es dauerte nicht lange, bis Ash herausfand, wie sie Sasha mit jedem Stoß leise Laute entlocken konnte. Als Sasha begann, sich schneller zu bewegen, versuchte Ash, mitzuhalten.

Sasha krallte die Finger in Ashs Hüften und ein heiseres Stöhnen entrang sich ihrer Brust.

Der sinnliche Laut überzog Ashs gesamten Körper mit einer Gänsehaut. Mit anzusehen, wie Sasha sich im Taumel der Leidenschaft verlor, war der überwältigendste Anblick, den sie je gehabt hatte. Sie versuchte, es für Sasha noch besser zu machen, indem sie gleichzeitig ihre Klitoris rieb, doch sie wusste, dass sie nicht sonderlich koordiniert war.

Doch es schien keine Rolle zu spielen. Sashas Hüften schnellten ihr entgegen. »Ja! Genau so. Oh Gott!« Ihre Augen fielen zu.

Ash streckte ihre freie Hand aus und berührte Sashas Wange. »Sieh mich an. Bitte.« Sie wollte jede einzelne, atemberaubende Sekunde mitbekommen und sie wollte, dass auch Sasha alles sah – dass Sasha *sie* sah.

Sofort schlug Sasha die Augen auf und ihre Blicke trafen sich. Die Lust in Sashas Augen zu sehen und zu wissen, dass sie ihr dieses Vergnügen bereitete, war ein unglaubliches Gefühl.

Gott, sie wollte nicht, dass es jemals endete.

Doch nur allzu bald erstarrte Sashas Körper unter ihr. Sasha presste sich einen Handrücken auf den Mund, aber trotzdem war ihr lang gezogenes Stöhnen deutlich zu hören.

Sashas innere Muskeln schlossen sich um Ashs Finger und zogen sie noch tiefer.

Ash hielt ganz still und wagte kaum zu atmen. Doch sie ließ ihre Finger, wo sie waren, denn sie wollte nicht, dass diese wunderbare Verbindung zwischen ihnen endete.

Sasha lag reglos da. Nur ihr Brustkorb hob und senkte sich unter ihren hektischen Atemzügen. Sie hatte die ganze Zeit über die Augen aufbehalten und nun waren sie benommen vor erfüllter Lust. Ihr Haar fiel in wirren Strähnen auf das Kissen und sie sah wild und vollkommen befriedigt zugleich aus.

Ash konnte nicht anders. Sie musste Sasha jetzt einfach küssen. Ihre schweißfeuchte Haut glitt über Sashas Körper und löste ein erneutes Kribbeln in Ash aus, als sie sich im Bett nach oben schob und Sashas Mund mit ihrem eigenen bedeckte.

Sofort kam Leben in Sasha. Sie schlang beide Arme um Ash, erwiderte den Kuss und rollte sich herum, sodass sie oben lag.

Ashs Finger glitten aus ihr heraus und beide stöhnten auf.

»Und du meintest, du seist vermutlich nicht sehr gut.« Sasha biss sie spielerisch ins Ohrläppchen. »Wenn du noch besser wärst, wäre ich jetzt tot. Aber immerhin wäre es die angenehmste Weise zu sterben.«

Ihr Lob brachte Ashs Wangen zum Glühen. Sie war in ihrem Leben für so einiges gelobt worden, aber noch nie für ihr Können im Schlafzimmer.

Sasha küsste sie erneut, doch diesmal sanfter. Sie nahm Ashs Gesicht in beide Hände und musterte sie mit besorgtem Blick. »Möchtest du darüber reden, was vorhin los war, als du geweint hast?«

Ash schüttelte rasch den Kopf. Darüber zu reden, würde nur dazu führen, dass sie ins Grübeln kam und das würde alles ruinieren. Sie würde nicht zulassen, dass ihre Vernunft diese einmalige Nacht zerstörte. »Können wir morgen darüber reden?«

»Na klar.« Der ernste Ausdruck auf Sashas Gesicht wich einem verwegenen Grinsen. »Ich kann mir ehrlich gesagt auch Besseres vorstellen, was wir stattdessen tun könnten.« Sie fuhr mit dem Finger Ashs Bauch entlang nach unten.

Stöhnend zog Ash sie für einen innigen Kuss an sich und tat ihr Bestes, um für den Rest der Nacht ihren Kopf auszuschalten.

Kapitel 17

Ash wurde vom ersten Licht des neuen Tages geweckt. Eine Gänsehaut breitete sich in der kühlen Brise, die durch die offene Balkontür kam, auf ihrer Brust aus, doch ihr Rücken und ein Teil ihres Bauches waren herrlich warm.

Ash spähte über ihre Schulter.

Sasha hatte sich von hinten an sie gekuschelt. Ihr Arm war um Ashs Bauch geschlungen und ihr gekräuseltes Schamhaar kitzelte Ashs Po.

Ash lag in ihren Armen, hin und her gerissen zwischen dem Impuls, wegzulaufen, und dem Bedürfnis, sich umzudrehen und sie wach zu rütteln, damit sie die letzte Stunde auf der Insel damit verbringen konnten, sich erneut zu lieben.

Zu lieben? Ash erstarrte. Nein. Liebe konnte es nicht sein. Sie war einfach nur zu überwältigt von der völlig neuen Erfahrung, begehrt zu werden und ihr eigenes Verlangen ohne Vorbehalt ausleben zu können. Gestern Nacht hatte sie ohne jeden Zweifel den besten Sex ihres Lebens gehabt. Nicht, dass die Konkurrenz groß gewesen wäre.

Doch im Grunde wusste Ash genau, dass sie sich etwas vormachte. Sie wusste, dass es nicht nur Sex gewesen war. Nicht einmal nur großartiger Sex. Wie Sasha ihre Tränen weggewischt und sie dann später in den Armen gehalten hatte, als sie gegen vier Uhr morgens eingeschlafen waren …

Wieso musste Sasha nur so unglaublich nett und rücksichtsvoll sein? Das machte alles nur noch verwirrender. Was sollte sie jetzt nur tun?

Ash presste sich die Faust auf den Mund.

Ihre Knöchel schmerzten. Ash starrte auf ihre Hand hinab und war dabei fast dankbar für die Ablenkung von einem Schmerz, der viel tiefer ging.

Vier langsam verblassende Bissmale zeichneten sich auf ihrer Haut ab, wo sie sich gestern auf die Knöchel gebissen hatte, um nicht laut aufzuschreien. Die winzigen Male waren ein Sinnbild dafür, wie sie sich fühlte: als hätte diese unglaubliche Erfahrung sie gezeichnet.

Doch sie wusste, dass die Bissspuren schon bald vollkommen verschwunden sein würden. Morgen würde nichts davon mehr vorhanden sein und das galt auch für ihre Zeit mit Sasha.

Eine Welle der Trauer überkam sie mit solcher Heftigkeit, dass Ash kaum noch atmen konnte.

All diese Gefühle waren zu viel. Sie musste weg hier, damit sie wieder klar denken konnte. Vorsichtig, um Sasha nicht zu wecken, hob sie deren Arm an und schlüpfte darunter hervor und aus dem Bett.

Sasha murmelte etwas, das wie ein Protest klang, wachte aber nicht auf.

Ash machte sich auf die Suche nach ihrer Kleidung. Gott, ihr ganzer Körper fühlte sich an, als hätte sie ein intensives Training absolviert. Sie errötete bei dem Gedanken daran, wie sie die Nacht verbracht hatte. Sie waren beide unersättlich gewesen und hatten einander stundenlang erkundet. Ash hatte nicht geahnt, dass es so sein konnte.

Nach kurzer Suche fand sie ihre Shorts und zog sie an. Dann griff sie nach dem nächstbesten T-Shirt. Als sie es über den Kopf streifte, fiel ihr auf, dass es Sasha gehörte. Sie hatte es gestern ausgezogen und auf den Nachttisch geworfen. Es roch nach Sasha. Tief atmete Ash ihren Duft ein.

Gott, das war doch verrückt. Sie stand hier und hatte ihre Nase in Sashas T-Shirt vergraben. Sie gab sich einen Ruck und floh zur Tür.

Ihr erster Gedanke war, zum Strand zu gehen und dort zu bleiben, bis es an der Zeit war, zum Flughafen zu fahren. Aber das wäre Sasha gegenüber nicht fair. Ash hatte ihr versprochen, dass sie am Morgen reden würden, deshalb musste sie in der Nähe bleiben.

Geräusche drangen von der Küche zu ihr herauf. Jemand war schon wach und machte Frühstück, doch Ash stand nicht der Sinn nach Gesellschaft.

Die Treppe zum Witwensteig hinauf versprach Abgeschiedenheit. Ash eilte darauf zu, als wäre es ein Rettungsboot auf einem sinkenden Schiff.

Sasha erwachte, weil ihr kalt war. Es überraschte sie nicht, das Bett neben sich leer vorzufinden. Nach einer Nacht in Ashleys Armen allein aufzuwachen, wurde langsam zur Gewohnheit und das ließ tief in ihrem Inneren sämtliche Alarmglocken läuten.

Gott, warum tat sie sich das an? Sie hätte wissen sollen, dass das passieren würde.

Sie rieb sich mit beiden Händen das Gesicht und stöhnte, als ihr dabei Ashleys Duft in die Nase stieg. Rasch ließ sie die Hände sinken, starrte an die Decke und versuchte, sich der Situation klarzuwerden.

Na schön, sie hatten also miteinander geschlafen. Das war nichts Besonderes, oder? Vor einem Monat, als sie und Ashley in der Bäckerei über Beziehungen gesprochen hatten, hatte Sasha gesagt, sie könne sich vorstellen, irgendwann noch einmal einen One-Night-Stand zu haben. Und jetzt war es passiert. One-Night-Stands waren für gewöhnlich am nächsten Morgen vorbei. Wieso wühlte es sie dann so sehr auf, dass Ashley nicht mehr neben ihr lag?

Wenn sie ehrlich war, musste sie zugeben, dass sie die Antwort auf diese Frage kannte. Gestern Nacht war nicht nur ein One-Night-Stand mit einer Fremden oder eine harmlose Uni-Affäre gewesen. Es hatte ihr etwas bedeutet, nur wusste sie nicht genau, was.

Wie Ashley unter ihr gebebt hatte, wie verletzlich und unsicher sie gewesen war, hatte Sasha genauso tief berührt wie ihre zunehmend hemmungslose Hingabe im Laufe der Nacht.

Zwar war sich Sasha nicht sicher, was all das zu bedeuten hatte, aber sie wusste, dass sie nicht bereit war, es einfach hinter sich zu lassen und so zu tun, als wäre nichts passiert.

Sie schwang die Beine aus dem Bett. *Himmel!* Gestern Nacht hatte sie einige Muskeln überbeansprucht, die sie schon lange nicht mehr benutzt hatte.

Bilder von gestern Nacht gingen ihr durch den Kopf, als sie ihre Kleidung zusammensuchte. Ihr T-Shirt war verschwunden. Sie ging ins Bad, aber dort war es auch nicht. Nur Ashleys Schlafshirt lag noch immer am Boden.

Sasha wusch sich die Hände und das Gesicht. Dann hob sie das Schlafshirt auf und hielt es sich an die Nase. *Was soll das?* Langsam wurde es wirklich lächerlich.

Sie faltete das Schlafshirt und legte es neben das Waschbecken, bevor sie ein frisches T-Shirt aus ihrer Reisetasche nahm. Was war mit dem anderen Oberteil passiert? Hatte Ashley es angezogen?

Der Gedanke an Ashley in ihrem T-Shirt war unglaublich sexy und gab ihr Hoffnung, denn derart bekleidet hatte Ashley sich sicher nicht allzu weit vom Haus entfernt.

Als Sasha die Tür öffnete, drang ihr der Geruch von Kaffee entgegen.

War Ashley unten in der Küche, um Kaffee zu machen und ihr vielleicht sogar eine Tasse ans Bett zu bringen?

Aber als Sasha die Küche betrat, stand nicht Ashley hinter dem Tresen, sondern Meg. Ihre kurzen, frech geschnittenen Haare standen in alle Richtungen ab.

»Guten Morgen.« Sasha sah sich unauffällig um. Von Ashley war nirgendwo eine Spur.

»Morgen.« Meg gähnte und schob eine Tasse Kaffee über den Tresen. »Du siehst müde aus. Haben sie dich auch wach gehalten?«

»Wer?« Sasha nahm gierig einen Schluck Kaffee, obwohl er eigentlich noch zu heiß war.

»Ich glaube, es waren Grace und Lauren. Sie haben es die halbe Nacht lang wie die Karnickel getrieben.« Meg grinste. »Gut, dass Holly nur darum gebeten hat, dass wir nicht über Sex sprechen, nicht dass keiner Sex haben darf.«

Sasha hätte beinahe den Schluck Kaffee quer durch die Küche gespuckt. Sie konnte nur hoffen, dass sie nicht rot wurde und sich damit verriet. Waren sie wirklich so laut gewesen? Sie hatte es nicht bemerkt, musste aber zugeben, dass Ashley sie ein- oder zweimal dazu gebracht hatte, total die Kontrolle zu verlieren. »Könnte ich noch eine Tasse für Ashley haben? Sie, äh, konnte auch nicht schlafen und kann das Koffein sicher gebrauchen.«

»Klar.« Meg schenkte eine weitere Tasse Kaffee ein. »Sieht so aus, als hätten Grace und Lauren alle wach gehalten.«

Sasha antwortete nicht. Sie fügte Ashleys Kaffee Milch und Zucker hinzu und floh dann mit beiden Tassen nach oben. Sie ahnte, wo Ashley war. Wie vermutet fand sie Ashley, samt ihres vermissten T-Shirts, oben auf dem Witwensteig.

Ashley sah auf das Meer hinaus. Sie hatte die Arme um ihren Oberkörper geschlungen und kuschelte sich in das viel zu große T-Shirt, um die kühle Morgenluft abzuwehren.

Am liebsten wäre Sasha hinter sie getreten, hätte sie in die Arme genommen und sie gewärmt, aber selbst nach gestern Nacht wusste sie nicht, ob eine solche Berührung willkommen gewesen wäre. Vielleicht sogar *insbesondere* nach gestern Nacht.

Ashley drehte sich um, als könnte sie Sashas Anwesenheit spüren. Das Lächeln, mit dem sie Sasha begrüßte, war seltsam schüchtern, vor allem, wenn man bedachte, dass sie einen Großteil der Nacht damit verbracht hatten, den Körper der jeweils anderen zu erkunden. »Morgen.«

»Guten Morgen.« Sasha hielt ihr eine der Tassen hin. »Ich habe dir Kaffee mitgebracht.« Okay, das war ziemlich offensichtlich, aber sie wusste nicht, was sie sonst sagen sollte. Würde Ashley so tun, als wäre zwischen ihnen nichts vorgefallen?

»Danke.« Ashley nahm die Tasse entgegen.

Ihre Finger berührten sich, was sofort Sashas ganzen Körper zum Kribbeln brachte. Falls sie geglaubt hatte, eine Nacht mit Ashley wäre genug, um ihr Verlangen nach ihr zu stillen, dann hatte sie sich gründlich getäuscht. Die Anziehung zwischen ihnen schien sogar noch stärker geworden zu sein.

Seite an Seite standen sie am Geländer, sahen zu, wie die Wellen an den Strand spülten, und nippten an ihren Getränken, genau wie vor zwei Tagen. Aber seitdem war viel passiert, deshalb fühlte es sich komplett anders an.

Sasha schielte zu Ashley hinüber und ertappte sie dabei, wie sie Sasha aus dem Augenwinkel heraus beobachtete. Gott, das war doch albern. Eine von ihnen musste sich wie eine Erwachsene verhalten, sonst würden sie nach Hause fahren, ohne über gestern Nacht gesprochen zu haben. Sie drehte sich zu Ashley um und nach kurzem Zögern tat Ashley dasselbe.

Zu Sashas Verwunderung war Ashley diejenige, die das Wort ergriff. »Ich bin nicht vor dir weggerannt.« Dann fügte sie hinzu: »Na ja, nur ein kleines bisschen. Ich brauchte Zeit zum Nachdenken.«

Sasha nickte verständnisvoll. »Was hat das Nachdenken ergeben?«

Ashley starrte in ihren Kaffee und fuhr mit dem Daumen über den Rand der Tasse. »Ich weiß es nicht. So etwas wie gestern Nacht habe ich noch nie gemacht. Einfach jemanden zu küssen und dann …« Sie schüttelte den Kopf. »Tut mir leid, falls ich dich damit überrumpelt habe.«

Sasha hob die Hand, um sie zu bremsen. »Habe ich dir gestern Nacht nicht bewiesen, dass ich es genauso wollte wie du?«

Ashleys Wangen färbten sich rosarot. »Ja, das hast du. Aber ich gebe zu, dass ich mich selbst ziemlich überrumpelt habe.« Sie lachte, doch es klang nervös. »Ist es nicht normalerweise die Braut, die am Junggesellinnenabschied irgendwie durchdreht und einen letzten One-Night-Stand hat?«

»One-Night-Stand?«, wiederholte Sasha. Das Wort hinterließ einen bittereren Nachgeschmack als der Kaffee. Sie stellte ihre Tasse weg. »Das ist alles, was es für dich war?«

»Ja. Nein. Ich …« Ashley atmete mehrmals ein und aus, als müsste sie ihren ganzen Mut zusammennehmen. »Es hat sich nicht wie ein One-Night-Stand angefühlt«, flüsterte sie schließlich.

Der bittere Geschmack in Sashas Mund verschwand. »Dann sind wir uns also einig, dass es nicht nur ein Stück Pizza war, was zwar in dem Moment ganz gut schmeckt, aber letzten Endes schnell vergessen ist.«

»Es war mehr als Pizza.« Eine Vielzahl von Emotionen glitzerte in Ashleys Augen. »Aber Steak kann es nicht sein, Sasha. Was zwischen uns passiert ist, wird für mich immer etwas Besonders bleiben, aber es ändert nichts an meiner Situation zu Hause. Ich kann nicht als Außenseiterin leben und ich kann auch meine Eltern nicht verlieren.«

Obwohl Sasha geahnt hatte, dass Ashley etwas Derartiges sagen würde, tat es doch weh. »Was in Florida passiert, bleibt in Florida. Das ist es, was du damit sagen willst, oder?«

Ashley ließ den Kopf hängen. Sie stellte ihre halb volle Tasse ab. »Ich wünschte, es wäre anders, aber ich kann dir nichts versprechen, was ich nicht halten kann.«

»Nein, ich schätze, das kannst du nicht.« Sasha seufzte. Sie konnte es Ashley nicht verübeln, dass sie sich nach einer leidenschaftlichen Nacht nicht sofort outen wollte. Sie hatte gewusst, wer Ashley war und welchen emotionalen Ballast sie mit sich herumschleppte, als sie mit ihr ins Bett gegangen war. Doch all diese rationalen Gedanken konnten nicht verhindern, dass sich eine graue Wolke auf sie herabzusenken schien. »Dann ist das hier«, sie wedelte mit der Hand und zeigte auf das Haus und den Strand, »also alles, was wir je haben werden?«

»Ich glaube, das muss alles sein.« Ashley sah ihr in die Augen, dann zu Boden. »Es tut mir leid, Sasha. Es war nie meine Absicht, dir …«

Sasha überraschte sie beide, als sie einen Schritt vortrat, Ashley heftig an sich zog und sie küsste. Eigentlich hatte sie vorgehabt, sie so fordernd zu küssen, dass der Kuss sich so tief in Ashleys Gedächtnis einbrannte, dass sie ihn niemals vergessen und ihr klar werden würde, was sie verpasste, doch sobald sich ihre Lippen fanden, wurde der Kuss sofort sanfter.

Ashley protestierte nicht und sie wich auch nicht zurück. Sie schob die Finger in Sashas Haar und erwiderte den Kuss.

Es war kein leidenschaftlicher oder verführerischer Kuss. Obwohl sie zusammen nach Hause fliegen würden, fühlte es sich wie ein Abschiedskuss an.

Als der Kuss endete, lehnte Ashley ihre Stirn an Sashas Schulter und Sasha hielt sie ganz fest. So standen sie da und lauschten dem Rauschen des Meeres und dem Herzschlag der jeweils anderen, bis es an der Zeit war, ihre Sachen zu packen.

Sasha umarmte sie ein letztes Mal und Ashley klammerte sich mit unerwarteter Kraft an ihr fest.

»Wir werden unsere Freundschaft nicht verlieren, sobald wir wieder zu Hause sind, oder?«, flüsterte Ashley. »Es mag ein wenig selbstsüchtig sein, aber ich möchte dich nicht komplett aufgeben.«

Vielleicht wäre es besser gewesen, jeglichen Kontakt ein für alle Mal abzubrechen, aber war das in einer Kleinstadt wie Fair Oaks überhaupt möglich? Sie würden sich auf Schritt und Tritt begegnen.

Außerdem wollte auch Sasha Ashley nicht völlig aufgeben. »Ich hoffe nicht.« Sasha rang sich ein Lächeln ab. »Aber wir sollten zukünftig lieber auf die Tortenschlachten und das Übernachten im selben Bett verzichten.«

Ashleys Lachen klang beinahe wie ein Schluchzen. »Und darauf, einander mit After-Sun-Lotion einzucremen.«

»Ja, das auch.« Sasha nickte, aber es fühlte sich an, als würden sie weit mehr aufgeben als nur diese Dinge. Sie drückte Ashley ein letztes Mal und ließ dann los. »Komm, wir müssen uns beeilen, sonst verpassen wir noch den Flieger.«

»Ich muss zugeben, dass mir das im Moment völlig e…« Ashley unterbrach sich.

»Dass es dir was wäre?«

Ashley schüttelte den Kopf. »Ach, nichts.«

»Bevor wir nach unten gehen, sollte ich dir noch etwas sagen.« Sasha nahm ihre Tasse. »Meg hat uns gehört.«

»Wobei hat sie uns geh… Oh!« Ashley wurde so rot, dass sie aussah, als hätte sie sich auch im Gesicht einen Sonnenbrand zugezogen. Dann wurde sie bleich. »Scheiße! Hat sie den anderen davon erzählt?«

Sasha nahm Ashley ihre Tasse ab, denn Ashley zitterte so stark, dass sie diese fast fallengelassen hätte. »Kein Grund zur Aufregung. Sie denkt, es waren Grace und Lauren, und ich habe sie in dem Glauben gelassen.«

Ashley atmete auf. »Gott sei Dank.«

Sasha biss sich auf die Lippe. Ashleys Panik bei dem Gedanken, jemand könnte herausfinden, was zwischen ihnen vorgefallen war, hatte nichts mit ihr zu tun. Ihr Kopf verstand das, doch ihrem Herz waren die Gründe egal. *Ja, und genau darum hat Ashley recht.* Es war besser, es jetzt zu beenden, bevor es noch mehr wehtun würde.

Aber dennoch fühlte es sich falsch an. Alles in ihr sträubte sich dagegen.

Beide schwiegen, als sie die Treppe hinabgingen und ihre Koffer packten. Vielleicht gab es auch einfach nichts mehr zu sagen.

Kapitel 18

Mrs. Beasley plauderte und plauderte, während Ash einen Strauß aus weißen Teerosen, weißen Lilien und gelben Stephanotis zusammenstellte.

Ash nicke an den richtigen Stellen oder brummte zustimmend, doch mit dem Kopf war sie ganz woanders. Schon seit sie vor drei Tagen aus Florida zurückgekehrt war, konnte sie sich nicht auf die Arbeit konzentrieren.

Na ja, irgendwie dachte sie gerade schon an Blumen.

Die Lilien im Strauß ließen sie an den Blütenstaub denken, der vor sechs Wochen an Sashas Oberteil geklebt hatte, und daran, wie sie Sashas Brüste mit dem Tesafilm berührt hatte. Der Gedanke führte natürlich dazu, dass sie sich daran erinnerte, wie sie Samstagnacht Sashas Brüste gestreichelt hatte. Ihr wurde ganz warm.

»… nicht zu fassen, oder?« Mrs. Beasley sah sie erwartungsvoll an.

Oh Mist. Sie sollte einer ihrer wichtigsten Kundinnen wirklich mehr Beachtung schenken. Anhand von Mrs. Beasleys Tonfall und ihrem Lieblingsthema – sich über das unangemessene Verhalten anderer aufzuregen – versuchte sie zu erraten, welche Antwort von ihr erwartet wurde. »Das ist richtiggehend skandalös.«

Mrs. Beasley nickte. »Das ist es. Ich weiß wirklich nicht, was sie sich dabei gedacht hat, zum Gottesdienst in einem Minirock zu erscheinen. Ihre arme Mutter hat sich zu Tode geschämt.«

Puh. Da hatte sie wohl noch einmal Glück gehabt. Ash versuchte, sich auf ihre Arbeit zu konzentrieren, als sie den Strauß band und ihn in Seidenpapier einwickelte.

Mrs. Beasley nahm den Strauß entgegen und fixierte Ash mit einem prüfenden Blick. »Ist mit dir alles in Ordnung, Liebes? Deine Wangen sind gerötet. Du wirst doch nicht krank werden?«

»Oh, nein, alles bestens.« Ashs Hände pressten sich automatisch auf ihre Wangen, die tatsächlich zu glühen schienen, weil sie gerade beim Tagträumen über Sashas Brüste erwischt worden war. »Vermutlich nur der Sonnenbrand vom Strand.«

»Oh, richtig. Du bist mit Leontyne und Holly nach Hawaii geflogen, nicht?«

»Florida.« Ash hätte sich ohrfeigen können, es überhaupt erwähnt zu haben.

»Ich weiß wirklich nicht, was sie sich dabei gedacht haben.« Das schien heute Mrs. Beasleys Lieblingssatz zu sein. »So mit ihrem Geld zu prahlen.«

Erst wollte Ash es einfach ignorieren. Sich mit Mrs. Beasley anzulegen, war keine gute Idee. Früher hätte sie einfach fügsam genickt. Aber jetzt konnte sie das nicht mehr. Der Drang, ihre Freundinnen zu verteidigen, war so stark, dass die Worte förmlich aus ihr hinausströmten. »Sie prahlen nicht. Sie wollten einfach nur ein entspanntes Wochenende mit ihren Freundinnen verbringen und ich finde es ziemlich großzügig von ihnen, dass sie alle eingeladen haben, denn die meisten von uns hätten sich das sonst nicht leisten können.«

Mrs. Beasley starrte sie an. Vermutlich war sie nicht daran gewöhnt, dass Ash – oder überhaupt jemand – ihr widersprach. »Nun, dann hätten sie sich vielleicht einen weniger teuren Ort hier in der Gegend aussuchen sollen, so wie alle anderen auch.«

»Das hätten sie sicher auch, aber viele Veranstalter hier in Missouri sind noch immer nicht erpicht darauf, bei der Hochzeit von zwei Frauen mitzuwirken. Deshalb blieb ihnen nichts anders übrig, als woanders hinzugehen.«

Das stimmte nicht ganz, aber wenigstens brachte es Mrs. Beasley einen Moment lang zum Schweigen.

»Ich habe gehört, dass der Country Club ihnen abgesagt hat«, sagte Mrs. Beasley schließlich.

Hatte sie davon gehört oder ihre Freunde im Country Club dazu ermutigt, den Ballsaal stattdessen dem heterosexuellen Paar zu überlassen? Ash würde es ihr zutrauen.

»Das ist schade für die beiden, aber natürlich hat jeder das Recht, sich seine Kunden selbst auszusuchen«, sagte Mrs. Beasley.

Zu ihrer Überraschung hörte Ash sich sagen: »Eigentlich ist es eher schade für den Country Club.«

Eine tiefe Falte grub sich auf Mrs. Beasleys Stirn ein. »Was meinst du damit?«

»Nun ja, es wird sich nicht gut machen, wenn die Presse Wind davon bekommt, dass der Country Club Jenna Blake abgesagt hat, weil sie lesbisch ist. Es ist nie gut für ein Unternehmen, wenn es wegen Diskriminierung von Kunden in die Schlagzeilen gerät.« Ash lächelte sie freundlich an. »Aber das wissen Sie ja bereits. Natürlich würden Sie und Ihr Ehemann nicht einmal daran denken, so etwas zu tun, schließlich sind Sie professionell agierende Geschäftsleute.«

Mrs. Beasley stieß ein empörtes Schnauben aus. »Natürlich sind wir das.« Sie knallte einen Geldschein auf die Theke, wirbelte herum und marschierte mit ihrem Strauß aus dem Laden.

Die Tür fiel mit einem wilden Bimmeln hinter ihr zu.

Brooke schob den Kopf aus dem Hinterzimmer, wo sie sich versteckt hatte, als Mrs. Beasley den Laden betreten hatte. »Mann, das war total mega!«

Mega? Da war sich Ash nicht so sicher. Selbst wenn sie diesmal als Siegerin aus dem Wortgefecht hervorgegangen war, saß Mrs. Beasley doch am längeren Hebel und konnte sich leicht rächen, falls Ash zu weit ging. »Kannst du hier kurz die Stellung halten? Ich brauche etwas Frischluft.«

»Gehst du beim Bäcker vorbei?«, fragte Brooke mit hoffnungsvollem Blick.

»Vielleicht«, sagte Ash so lässig wie möglich, als würde ihr nicht bei der bloßen Erwähnung der Bäckerei das Herz bis zum Hals schlagen. »Wenn ich an *Ein Stück vom Himmel* vorbeikomme, bringe ich dir was Süßes mit.«

Zumindest hatte sie jetzt eine Ausrede, falls sie bei Sasha vorbeigehen wollte.

Sie zog ihre Floristinnenschürze aus und verhedderte sich dabei fast in den Schürzenbändern, weil sie es plötzlich eilig hatte, aus dem Laden zu kommen. *Mensch, du bist ein hoffnungsloser Fall.* Sie fragte sich, wie lange es dauern würde, bis sie wieder war wie vor der Reise nach Florida – falls das je geschehen würde.

Echte Limetten waren in ganz Fair Oaks nicht aufzutreiben gewesen. Schließlich hatte Sasha murrend die weniger herben persischen Limetten und weniger Zucker verwendet.

Sie kostete die Limettenbuttercreme, bevor sie einen Spritzbeutel damit füllte. Mmm, lecker. Der süßsaure Geschmack versetzte sie sofort an den Strand in Florida, wo sie sich mit Ashley einen Key Lime Cupcake geteilt hatte.

Vielleicht war es doch keine so gute Idee gewesen, Limettencupcakes zu machen. Sie musste endlich vergessen, was in Florida passiert war, anstatt wie eine Masochistin ständig daran zu denken.

Komm schon. Mach die Cupcakes fertig, damit du sie nicht mehr ständig ansehen musst. Sie nahm den Spritzbeutel und verzierte den ersten Cupcake mit einer Buttercremehaube.

Tante Mae schob ihren Kopf durch die Schwingtür und riss die Augen auf. »Meine Güte! Sieht so aus, als hätte der Aufenthalt in Florida bei dir einen bleibenden Eindruck hinterlassen.«

»Nur weil ich Limettencupcakes mache, heißt das noch lange nicht, dass ich an Florida denke«, protestierte Sasha.

Ihre Tante ließ den Blick über die Cupcakes gleiten, die jede zur Verfügung stehende Oberfläche in der Backstube bedeckten. »Das würde ich vielleicht glauben, wenn du nicht so viele gemacht hättest.«

Sasha seufzte. Sie hatte es in dem Versuch, sich in ihrer Arbeit zu verlieren und Ashley zu vergessen, in der Tat ein wenig übertrieben. Vermutlich würden sie die Cupcakes zum halben Preis verkaufen müssen, um sie alle loszuwerden.

»Falls es dich tröstet: Was auch immer vorgefallen ist, ich glaube, sie denkt auch immer noch daran«, sagte ihre Tante. »Als sie eben hereinkam und dich nicht hinter dem Tresen stehen sah, hat sie ein Gesicht gemacht, als hätte ihr jemand den letzten Cupcake vor der Nase weggeschnappt.«

»Ashley?« Sasha drückte versehentlich ein wenig zu stark auf den Spritzbeutel und verwandelte einen der Cupcakes in einen Buttercremevulkan. »Sie war hier?« Seit sie aus Florida zurück waren, hatte Ashley die Bäckerei gemieden.

»Sie ist immer noch hier. Die Espressokekse sind uns ausgegangen, deshalb habe ich ihr gesagt, ich gehe mal nachsehen, ob die nächste Ladung schon fertig ist. Hast du sie schon aus dem Ofen genommen?«

»Ja.« Sasha zeigte auf die Kekse, die sich inmitten der Cupcakes versteckten.

Tante Mae legte einige Kekse in eine Schachtel und hielt sie Sasha hin. »Warum gehst du nicht und bringst sie ihr?«

»Ich? Oh nein. Ich muss noch die Cupcakes fertig machen.«

Tante Mae nahm ihr den Spritzbeutel ab und drückte ihr die Schachtel in die Hand. »Ich mache hier weiter. Bring ihr doch auch ein paar Limettencupcakes. Wir haben weiß Gott genug davon.«

Sasha schüttelte den Kopf. Wenn Ashley die Limettencupcakes sah, würde sie sofort wissen, dass Sasha noch an die Zeit in Florida dachte. Von ihr wurde erwartet, dass sie wieder Sasha, der treue Kumpel, war, nichts weiter. Und genau das würde sie auch tun. Zu dumm, dass es viel schwerer als erwartet war. »Ich wollte die Cupcakes erst mit geriebener Limettenschale verzieren, bevor sie in den Verkauf gehen.«

»Ach, das kann ich doch machen und ihr dann ein paar bringen«, sagte ihre Tante.

»Nein, nein, nicht nötig. Du weißt doch, dass Ashley nur Vanillecupcakes isst.«

Tante Mae musterte sie aus zusammengekniffenen Augen. »Wenn ich es nicht besser wüsste, würde ich sagen, du bist …«

»Äh, ich bringe Ashley jetzt besser ihre Kekse.« Sasha hielt die Schachtel in die Höhe und eilte rückwärts durch die Schwingtür, bevor ihre Tante aussprechen konnte, was sie hatte sagen wollen.

Doch damit hatte sie sich vom Regen in die Traufe befördert, denn Ashley stand an der Theke und wartete auf ihre Kekse.

Durch das Wochenende in der Sonne waren ihre Haare hellblond geworden und ihr Sonnenbrand war einer sanften Bräune gewichen.

Gott, warum musste sie ausgerechnet jetzt noch attraktiver als sonst sein? Das war einfach nicht fair. Wie sollte Sasha je vergessen, wie weich Ashleys Haut sich unter ihren Fingern angefühlt hatte, wenn Ashley so aussah?

Sasha fuhr mit einer Hand über ihre Schürze, um mögliche Krümel oder Mehl zu entfernen. Sie versuchte, möglichst lässig zu wirken, als sie auf Ashley zuging. »Hey, Ash.«

Ashley drehte sich um. Einen Moment lang glaubte Sasha, dieselbe Sehnsucht in ihren Augen zu sehen, doch dann setzte Ashley ihr Das-nette-Mädchen-von-nebenan-Lächeln auf und der Eindruck schwand. »Hallo. Brooke hat mich vorbeigeschickt, um ihr ein paar Kekse zu besorgen.«

War es nur Brooke, die ihre Backwaren vermisst hatte? »Hier sind sie.« Sasha hielt ihr die Schachtel hin. »Frisch aus dem Ofen.«

Sie klangen beide so normal, wie eine Bäckerin und ihre Kundin, obwohl gerade außer ihnen niemand im Verkaufsraum war, der ihr Gespräch hätte belauschen können.

»Danke.« Ashley griff vorsichtig nach der Schachtel, um dabei nicht Sashas Finger zu berühren.

Aus irgendeinem Grund heiterte das Sasha ein wenig auf, denn es zeigte ihr, dass es Ashley ebenfalls schwerfiel, in den platonischen Freundschaftsmodus zurückzuschalten. Wenn sie nichts mehr für Sasha empfunden hätte, dann hätte sie es nicht so sorgsam vermieden, sie zu berühren, oder?

Ashley scharrte mit den Füßen.

»Also«, sagten sie beide gleichzeitig.

Sasha winkte einladend. »Du zuerst.«

»Nein, du.«

Sasha wünschte, sie könnten weiter so unbeschwert wie in Florida miteinander umgehen. Wenn sie sich konzentrierte, konnte sie noch immer spüren, wie Ashley sich am Lagerfeuer an sie gelehnt hatte. »Irgendwie unbehaglich, oder?«

»Ja.« Ashley rieb sich mit der freien Hand den Nacken. »Wie läuft es bei dir?«

»Gut«, sagte Sasha. »Und bei dir?«

»Auch gut.«

Sie sahen einander an.

»Geht es dir wirklich gut?«, fragte Sasha.

Ashley gab einen Laut von sich, der ebenso Ja wie Nein heißen konnte. »Es wird langsam besser. Ich weiß, dass wir nicht einmal achtundvierzig Stunden in Florida waren, aber irgendwie fühlt es sich trotzdem seltsam an, wieder hier zu sein.«

Sasha hätte sie für ihre Ehrlichkeit umarmen können. Da Ashley die ganze Woche nicht in die Bäckerei gekommen war, hatte Sasha angenommen, dass Ashley ihr aus dem Weg ging. Aber scheinbar hatte Ashley nicht vor, sie ganz aus ihrem Leben auszuschließen. »Ich weiß, was du meinst. Ich …«

Tante Mae platzte in den Verkaufsraum. »Ach, du bist noch da. Gut.« Sie ging auf Ashley zu und legte eine zweite Schachtel auf die, die Ashley in den Händen hielt. »Hier. Nimm ein paar Key Lime Cupcakes mit. Sasha hat zu viele davon gemacht.«

Na toll. Sasha warf ihr einen finsteren Blick zu, den ihre Tante jedoch komplett ignorierte.

Ein winziges Grinsen schlich sich auf Ashleys Gesicht. »Key Lime Cupcakes, hmm?«

»Na ja, eigentlich sind es keine Key Lime Cupcakes, sondern nur ganz normale Limettencupcakes«, murmelte Sasha.

»Ich weiß, dass du normalerweise nur Vanillecupcakes isst«, sagte Tante Mae zu Ashley.

»Für die hier mache ich eine Ausnahme«, sagte Ashley.

Eine Ausnahme. Genau wie ihre gemeinsame Nacht in Florida eine Ausnahme gewesen war. Sasha unterdrückte ein Seufzen. Es würde eine Weile dauern, bis die Erinnerung daran verblasste.

»Brooke ist ohnehin nicht wählerisch«, fügte Ashley hinzu. »Sie isst alles, was man ihr vorsetzt.« Sie hielt inne. »Äh, damit will ich jetzt aber nicht sagen, dass eine wählerische Person deine Cupcakes nicht genauso genießen würde. Sie schmecken sicher herrlich. Herzlichen Dank.«

Sasha verkniff sich ein Lächeln. Ashley war einfach niedlich, wenn sie ins Stottern kam.

»Ich gehe jetzt lieber und bringe Brooke ihre Kekse, bevor sie noch anfängt, die Tulpen anzuknabbern.« Ashleys Blick ging zur Tür, dann zurück zu Sasha. »Sehen wir uns am Samstag im Johnny's?«

Eigentlich hatte Sasha vorgehabt, erst dann wieder zu den wöchentlichen Treffen in der Bar zu gehen, wenn sie Ashley über den Tisch hinweg ansehen konnte, ohne sofort daran zu denken, wie es sich angefühlt hatte, sie zu küssen oder zu streicheln. Doch nun, da Ashley sie so erwartungsvoll ansah, kam ihr keine Ausrede über die Lippen. Oder vielleicht wollte sie sich keine einfallen lassen. »Äh, ja, klar.«

»Super.« Ashley drückte ihr einen Geldschein in die Hand, wobei sie wieder sorgsam darauf achtete, Sashas Finger nicht zu berühren, und winkte ab, als Sasha Wechselgeld holen wollte. »Dann bis Samstag.«

Sasha betrachtete es als Fortschritt, als es ihr gelang, Ashley nicht nachzusehen. Sie wandte sich an ihre Tante. »Habe ich nicht gesagt, du sollst ihr keine Limettencupcakes bringen?«

»Und diesem Wunsch hätte ich auch entsprochen, wenn du ihn nicht mit einer fadenscheinigen Ausrede begründet hättest. Es ist doch ziemlich offensichtlich, dass Ashley ihre langweilige Vanillephase überwunden hat und bereit ist, sich auf ein Abenteuer einzulassen.«

Sasha musste husten. *Hör auf, ständig nur an das eine zu denken. Sie redet von einem Cupcake-Abenteuer.*

Tante Mae bedachte sie mit einem wissenden Blick. »Lass mich raten. Du und Ashley hattet ein Abenteuer der ganz anderen Art in Florida. Ihr habt ein paar Cocktails getrunken und seid dann im Bett gelandet.«

»Wir haben Cocktails getrunken, aber in der Nacht ist nichts zwischen uns gelaufen.« Sasha hoffte, dass ihre Tante nicht weiter nachfragen würde.

»Aha! In *der* Nacht!« Tante Mae führte einen Siegestanz auf. »Dann hast du also in der zweiten Nacht mit ihr geschlafen! Ich wusste es!«

Sasha sagte nichts. Sie hatte ihre Tante noch nie angelogen und wollte auch jetzt nicht damit anfangen, nicht einmal Ashley zuliebe.

»Und wie geht es nun weiter? Seid ihr jetzt zusammen?« Tante Mae strahlte bei dem Gedanken.

Wenn doch nur alle hier in Fair Oaks so reagieren würden. Dann hätte Ashley keinen Grund, ihre sexuelle Orientierung zu verbergen. »Nein. Es war eine einmalige Sache. Ashley hat nicht vor, sich zu outen. Ich glaube nicht, dass sie das je tun wird.«

»Ach, Schatz.« Tante Mae nahm sie in die Arme. »Das tut mir sehr leid.« Sie wich ein wenig zurück, um Sasha zu mustern. »Dir liegt wirklich viel an ihr, oder?«

»Ja. Ich dachte immer, ich wäre nur ein wenig in sie verschossen, und mehr als eine Schwärmerei war es eigentlich auch nie, aber dann haben wir begonnen, mehr Zeit miteinander zu verbringen, und jetzt …« Sasha seufzte. »Ich glaube, ich könnte mich in sie verlieben.«

Tante Mae starrte sie an.

Sasha war ebenso schockiert über das, was sie eben gesagt hatte. Verlieben? Das war ihr nie zuvor in den Sinn gekommen, oder? Sie hatte hin und wieder darüber nachgedacht, wie es wohl wäre, mit Ashley auszugehen, aber Liebe war dann doch etwas ganz anderes.

Mist. Sasha rieb sich die Brust. Ihr ganzes Leben lang hatte sie stets sorgsam vermieden, sich zu sehr an jemanden zu binden, und jetzt war eine Frau, mit der sie noch nicht einmal in einer Beziehung war, drauf und dran, ihr das Herz zu brechen.

Tante Mae umarmte sie erneut. »Wenn sie meint, du wärst es nicht wert, dass sie sich für dich outet, dann hat sie dich nicht verdient. Keine Sorge, Schatz. Irgendwann wirst du jemanden kennenlernen, der dich zu schätzen weiß.«

Ja, klar. Sasha glaubte nicht so recht daran. Immerhin zogen nicht gerade viele Leute nach Fair Oaks. Und selbst wenn, ihre Libido – und vielleicht auch ihr Herz – waren total auf Ashley fixiert.

Die Glocke über der Tür klingelte und Derek trat ein.

»Hallo, Sasha.« Er tippte sich an eine imaginäre Hutkrempe. »Hallo, Mrs. Peterson. Ich dachte, ich komme vorbei und überrasche Ashley mit einem süßen Snack.«

Was zum Teufel sollte das denn? Seit wann kaufte Derek Snacks für Ashley? Die beiden waren schließlich kein Paar. Oder hatte Ashley nun doch nachgegeben und zugestimmt, mit ihm auszugehen, um ihre Tarnung als scheinbar heterosexuelle Frau aufrechtzuerhalten? Sasha knirschte mit den Zähnen, aber sie konnte sich schlecht weigern, ihm Backwaren zu verkaufen.

»Woran hattest du gedacht?«, fragte sie so höflich wie möglich.

Derek kratzte sich im Nacken und spähte in die Glasauslage der Theke. »Ich habe keine Ahnung, was sie mag.«

Ja, genau, Kumpel. Ich aber schon. Sasha wusste, dass es albern war. Sie benahm sich wie ein Hund, der seinen Knochen verteidigte, obwohl es gar nicht ihr Knochen war. Aber auf keinen Fall würde sie ihm auch noch helfen, Ashley zu bezirzen, indem sie ihm Ashleys Lieblingssnacks verriet.

»Irgendetwas, was sie aufmuntert«, sagte Derek. »Ihre Mutter meint, sie sei diese Woche ziemlich niedergeschlagen. Vermutlich vermisst sie die Sonne und das Meer. Kann man ihr nicht verübeln. Ich wette, es war toll in Florida. Oder etwa nicht, Sasha?«

Sasha biss sich auf die Innenseite ihrer Wange. »Oh ja. Großartig.«

»Oh, wir haben genau das Richtige für dich.« Tante Mae zwinkerte Sasha verschwörerisch zu. »Sasha hat Key Lime Cupcakes gemacht.«

Diesmal verzichtete Sasha auf jeglichen Protest. Irgendwie hatte es etwas Befriedigendes, sich vorzustellen, wie er Ashley einen Snack brachte, der Ashley an sie erinnern würde.

Derek grinste. »Scheinbar ist Ashley nicht die Einzige, die der Zeit in Florida nachtrauert.«

»Oh ja, Sasha vermisst Florida wahnsinnig«, sagte Tante Mae. »Seit sie zurück ist, schleicht sie nur mit mürrischer Miene hier herum.«

Sasha warf ihr einen warnenden Blick zu.

»Ich hole dir ein paar Cupcakes, Derek.« Tante Mae eilte in die Backstube.

Als sie durch die Schwingtür verschwunden war, lehnte sich Derek an die Theke. »Du und Ash seid befreundet, richtig?«

Worauf wollte er hinaus? Sasha nickte misstrauisch. »Könnte man so sagen.«

»Du wüsstest also, wenn sie mit irgendjemandem ausgehen würde. Ich meine, ihre Eltern sagen, dass sie mit niemandem ausgeht, aber du weißt ja, wie das ist. Die meisten Leute erzählen ihren Eltern nicht alles.«

Das traf auf Ashley definitiv zu. »Ich glaube nicht, dass sie im Moment an einer Beziehung interessiert ist.«

»Also ist sie single? Prima.«

Sasha starrte ihn an. Das war die einzige Schlussfolgerung, die er aus ihren Worten gezogen hatte?

Tante Mae kam mit einer Schachtel zurück.

»Danke.« Derek nahm die Cupcakes entgegen. »Was schulde ich dir?«

Sasha nannte ihm den vollen Preis. Auf keinem Fall würde sie ihrem Rivalen auch noch einen Rabatt gewähren.

Er bezahlte und verließ die Bäckerei mit schwungvollen Schritten.

Tante Mae sah ihm lachend nach. »Ich hoffe, Brooke mag Limettencupcakes. Ich habe so das Gefühl, dass sie heute eine Menge davon essen wird.«

Ash war spät dran für das Treffen mit ihren Freunden. Normalerweise hätte sie sich gefragt, ob es sich überhaupt lohnte, zur Bar zu eilen, oder ob sie diese Woche zu Hause bleiben sollte, aber sie wollte nicht, dass Sasha dachte, sie würde ihr aus dem Weg gehen.

Um ehrlich zu sein, freute sie sich schon die ganze Woche darauf, sie wiederzusehen. Da die gesamte Clique sich im Johnny's traf, würde auch niemand auf die Idee kommen, dass Ash nur wegen Sasha gekommen war.

Sie hastete in die Bar und hielt schnurstracks auf den Ecktisch zu, wo ihre Freunde saßen.

Ihr Blick fiel sofort auf Sasha.

Gott, sie sah gut aus. Zur Abwechslung waren ihre Haare heute nicht zu einem Zopf geflochten, sondern fielen in lockeren Wellen bis auf ihre muskulösen Schultern hinab. Ash konnte sich noch gut daran erinnern, wie es sich letzte Woche angefühlt hatte, ihre Finger in Sashas Haaren zu vergraben.

Sasha hatte die Ärmel ihrer Hemdbluse hochgekrempelt. Ihre Unterarme waren von der Zeit in Florida gebräunt. Sie sah auf, so als spürte sie Ashs Nähe, und ihre Blicke trafen sich. Ein Lächeln erhellte Sashas Gesicht.

Ash zügelte ihr eigenes strahlendes Lächeln, damit niemand auf die Idee kam, sie würde sich ein wenig zu sehr freuen, Sasha zu sehen. Sie winkte dem Rest der Gruppe zu. »Tut mir leid, dass ich zu spät komme, Leute. Ich musste zu meinen Eltern rausfahren. Mein Vater hat heute begonnen, den Mais auszusäen, und meine Mutter liegt mit einer Grippe im Bett, deshalb habe ich ihnen einen Thunfischauflauf gebracht.«

»Kein Problem. Du kommst genau richtig«, sagte Jenny. »Holly und Leo wollten uns eben die Fotos zeigen.«

»Welche Fotos?«, fragte Ash.

»Die von den Wegwerfkameras, die sie uns letztes Wochenende gegeben haben.«

Derek sprang von seinem Ende der hufeisenförmigen Bank auf und bedeutete Ash, sich zwischen ihn und Holly zu setzen.

Ash warf einen sehnsüchtigen Blick zu Sashas Seite des Tisches hinüber, doch sie konnte ihm unmöglich sagen, dass sie lieber neben Sasha sitzen wollte.

Cait hatte sich heute zu ihnen gesellt, deshalb saßen alle dicht gedrängt am Tisch und Dereks Knie berührte Ashs.

Sie versuchte, ihr Bein unauffällig wegzubewegen.

Er winkte der Kellnerin. »Setz Ashleys Getränk bitte auf meine Rechnung.«

Mist. Er hatte ihr bereits Cupcakes vorbeigebracht. Offenbar versuchte er, sie mit Essen und Getränken zu umwerben. Sollte sie die Einladung einfach annehmen, um ein Drama in der Öffentlichkeit zu vermeiden?

Aber sie wusste, dass es langfristig gesehen nur zu Problemen führen würde, und sie hatte sich geschworen, dieses Spiel nicht mehr mitzuspielen. Nur weil sie nicht mit einer Frau zusammen sein konnte, hatte sie nicht das Recht, irgendeinen Kerl unglücklich zu machen, indem sie ihm etwas vormachte.

Sasha sah aus, als würde sie ihr gleich zu Hilfe kommen, deshalb sagte Ash rasch: »Danke, das ist nett von dir, Derek, aber ich bezahle mein Bier lieber selbst.«

Derek hob beide Hände. »Was immer dir lieber ist.«

Travis lachte und griff über den Tisch, um ihm einen Schlag auf die Schulter zu verpassen. »Ich hab's dir doch gleich gesagt, Mann. Bei Ash bist du an der falschen Adresse.«

»Halt den Mund«, sagte Derek. »Wenn Ash ihre Getränke lieber selbst bezahlen möchte, dann heißt das nur, dass sie eine moderne, emanzipierte Frau ist, nicht dass sie … du weißt schon ist.«

Mit glühenden Wangen zwang sich Ash, ihm in die Augen zu sehen. »Und als moderne, emanzipierte Frau mag ich es gar nicht, wenn man über mich spricht, als würde ich nicht danebensitzen.«

»Wow«, murmelte irgendjemand.

Sasha warf ihr einen überraschten Blick zu. Dann kräuselte ein Grinsen ihre Mundwinkel.

Ash war genauso überrascht über das, was sie gesagt hatte. Das passierte ihr in letzter Zeit öfter und das lag hauptsächlich an Sashas Einfluss.

Derek zog den Kopf ein. »Entschuldige. Du hast natürlich recht.«

Die Kellnerin sah zwischen ihnen hin und her. »Was darf ich dir denn nun bringen?«

Ash blickte zu ihr auf. »Ein Bud Light bitte.«

Als die Kellnerin davonging, hielt Holly einen Stapel Fotos in die Höhe. »Wollt ihr die Bilder sehen?«

»Grace Durand in einem Bikini?« Travis grinste. »Teufel, ja!«

»Tut mir leid, Travis«, sagte Leo. »Von Grace haben wir keine Fotos gemacht. Sie steht so oft im Rampenlicht, dass sie uns gebeten hat, sie für dieses eine Wochenende nicht mit einer Kamera zu belästigen.«

Das war gelogen. Grace hatte nicht um eine Sonderbehandlung gebeten, das wusste Ash genau. Aber sie fand es rührend, wie Leo die Privatsphäre ihrer berühmten Freundin beschützte.

Travis gab vor zu schmollen, bis Jenny ihm den Ellbogen in die Rippen stieß.

Sie reichten die Fotos herum und Ash bewunderte einen Schnappschuss nach dem nächsten. Die Bilder waren schön geworden. Aufnahmen vom Strand, dem herrlichen Essen und ihren lachenden Freundinnen weckten eine Menge guter Erinnerungen an letztes Wochenende.

Einige der Bilder zeigten Sasha und sie, wie sie einander abklatschten, nachdem sie den Sandburgenwettbewerb gewonnen hatten, wie sie ihren zweiten Cocktail genossen und wie sie einen Cupcake teilten.

Natürlich waren die schönsten Momente des Wochenendes nicht von der Kamera festgehalten worden. Ash versteckte ihr rotes Gesicht hinter der Bierflasche, die die Kellnerin ihr brachte, und nahm einen großen Schluck.

Dann reichte jemand das nächste Bild an sie weiter.

Ein Tropfen Bier lief Ashs Kinn hinab, als sie den Schluck fast wieder ausgespuckt hätte.

Die Aufnahme war am Strand gemacht worden, während sie am Lagerfeuer gesessen hatten. Obwohl das Feuer die einzige Lichtquelle gewesen war, waren die Einzelheiten doch deutlich zu erkennen. Sasha und sie teilten sich eine Decke und hatten sich einander zugewandt, sodass ihre Knie sich berührten. Funken vom Feuer erhellten ihre Gesichter – oder vielleicht lag es an der Art, wie sie einander ansahen, so als ob niemand sonst auf der Insel oder gar in ganz Florida existierte.

Oh Gott. Ashs Wangen brannten, als würde sie wieder am Feuer sitzen. So sahen zwei Leute, die lediglich befreundet waren, einander nicht an. Das musste jedem klar sein, der auch nur einen flüchtigen Blick auf das Bild warf. Wenn sie das Foto weitergab, würde gleich jeder wissen, was sie für Sasha empfand.

Was empfindest du denn für sie?, fragte eine leise Stimme in ihrem Kopf.

Ash brachte sie sofort zum Schweigen. Die ganze Woche über hatte sie vermieden, darüber nachzudenken, und jetzt war nicht der richtige Moment, damit anzufangen. Eine Panikattacke war schon genug.

Sasha warf ihr einen fragenden Blick zu. »Alles okay? Haben wir doch ein Bikinifoto von Grace gemacht?«

»Gib her!« Travis wedelte mit der Hand.

»Nein. Niemand trägt einen Bikini.« Ash hätte das Foto am liebsten in ihrer Handtasche verschwinden lassen, aber da alle sie ansahen, war das unmöglich. Mit zitternden Händen reichte sie das Foto an Cait auf der anderen Seite des Tisches weiter.

Cait betrachtete es mehrere Sekunden lang, so als würde sie die Personen auf dem Foto nicht erkennen. Vielleicht war das tatsächlich der Fall. Ash hatte sich Samstagnacht selbst kaum wiedererkannt.

»Oh, das war nachdem Ash mit Leo im Duett gesungen hat«, sagte Cait schließlich. »Das Lied war voller Emotionen.«

Ash atmete auf. Sie hatte noch einmal Glück gehabt. Cait hatte die Gefühle, die sich auf ihren Gesichtern widerspiegelten, dem Lied zugeschrieben.

Cait reichte das Foto an Sasha weiter. Diese betrachtete es lange und gab es dann an Lisa weiter, ohne etwas zu sagen.

Was ging ihr gerade durch den Kopf? Hatte sie den Ausdruck auf Ashs Gesicht gesehen?

Während die anderen ein Bild von einem Sonnenuntergang über dem Meer bewunderten, sahen Ash und Sasha sich über den Tisch hinweg an.

»Wow«, flüsterte Sasha ihr mit verblüffter Miene zu. »Hast du das gesehen?«

Sollte sie so tun, als wüsste sie nicht, wovon Sasha sprach? Sie verwarf den Gedanken sofort. Sasha hatte es nicht verdient, dass sie solch kindische Spielchen mit ihr spielte. Sie nickte und hielt sich die kalte Bierflasche an die Stirn.

Wir sind geliefert. Total geliefert. Das zwischen ihnen war weit mehr als nur Pizza. Das Bild ließ keinen Zweifel daran. Die Sache zwischen ihnen hatte das Potenzial, ein Steakmenü zu werden, von dem sie ein Leben lang zehren konnten – falls Ash den Mumm hatte, es für sich zu bestellen.

Und das wollte sie. Aber war sie bereit, mit den Konsequenzen zu leben? Die Leute würden sie anstarren, hinter ihrem Rücken über sie tuscheln und hässliche Kommentare abgeben. Der Gedanke daran ließ ihre Haut jucken, so als hätte sie plötzlich Ausschlag. Aber eine neue Stimme in ihrem Kopf flüsterte ihr zu, dass nicht jeder so reagieren würde. Sashas Tante hatte es nicht getan. Und vielleicht waren all die Blicke und das Getuschel es wert, wenn sie dafür mit Sasha zusammen sein konnte.

Ash sah die anderen Fotos kaum noch und hörte auch nicht mehr, was sonst noch gesprochen wurde. Mehrmals spürte sie Sashas besorgte Blicke auf sich ruhen, doch zum Glück fragte Sasha nicht nach. Ihre Gedanken waren so wirr, dass Ash sie nicht hätte erklären können.

Wie immer waren Ash und Sasha die Ersten, die die Bar verließen. Ihre Freunde waren daran gewöhnt, dass sie früh aufstehen mussten, deshalb schien sich niemand etwas dabei zu denken, als sie gemeinsam aufbrachen.

Gerade als Ash dachte, dass sie gleich allein sein würden und endlich offen sprechen konnten, eilte Derek ihnen hinterher. »Warte, Ash. Ich begleite dich zu deinem Auto.«

Sasha wirbelte zu ihm herum und versperrte ihm mit ihren breiten Schultern den Weg. »Wir sind hier in Fair Oaks, Derek, nicht in der Bronx«, sagte sie mit untypischer Schärfe. »Du musst sie nicht zu ihrem Auto bringen.«

Ash legte die Hand auf Sashas Unterarm. Die Muskeln unter ihren Fingern waren angespannt.

»Schon okay, Ash. Ich weiß ja, dass sie recht hat«, sagte Derek. »Irgendwie trete ich heute von einem Fettnäpfchen ins nächste. Ich schwöre, ich bin kein Macho, der denkt, Frauen könnten nicht ohne Mann zurechtkommen.« Er grinste Sasha an. »Mir ist bewusst, dass jeder Dieb eher vor dir als vor mir davonlaufen würde. Es ist nur …« Seine Wangen färbten sich rot. »Ich wäre gern einen Moment lang allein mit Ash.«

Sasha öffnete die Tür und trat nach draußen. Ihre langen Beine vergrößerten rasch die Distanz zwischen ihnen.

Jede Faser in Ashs Körper verlangte danach, ihr nachzulaufen, aber unter Dereks aufmerksamem Blick traute sie sich nur, Sasha langsam zu folgen.

Als Sasha an Ashs Wagen ankam, drehte sie sich zu ihnen um.

Ash warf ihr einen flehenden Blick zu, denn sie wollte nicht mit Derek allein gelassen werden.

Doch sie wusste, dass sie es nicht für immer vermeiden konnte. Wenn Derek und Sasha sich mitten auf der Straße feindselig anstarrten, würde das nur die Aufmerksamkeit der Anwohner auf sich ziehen.

»Gute Nacht«, sagte Sasha schließlich. »Bis nächste Woche.«

»Nacht, Sasha.« Ash sah ihr nach, bis ihre hochgewachsene Gestalt in der Dunkelheit verschwand.

»Haben dir die Cupcakes geschmeckt?«, fragte Derek.

Brooke hatte die Cupcakes gegessen. Ash dachte auch so schon ständig an die Zeit in Florida und konnte nicht noch etwas gebrauchen, das sie an Sasha erinnerte. »Sashas Cupcakes schmecken immer. Sie sind die besten weit und breit.«

»Das habe ich schon öfter gehört, aber bisher habe ich sie noch nicht probiert. Nur die ihrer Tante, bevor ich aus Fair Oaks weggegangen bin.«

»Dann solltest du Sashas definitiv probieren.«

»Vielleicht treffen wir uns mal in der Bäckerei und du zeigst mir deine Lieblingscupcakes«, sagte Derek.

Ash musterte ihn im Licht der Straßenlaterne. »Bittest du mich gerade um, ähm, eine Verabredung?«

»Ja.« Er sah ihr in die Augen. »Was sagst du dazu? Gehst du mit mir einen Kaffee trinken und Cupcakes essen?«

Ash wünschte, sie könnte sich in ihr Auto flüchten und davonrasen. Aber sie musste sich dieser Situation ein für alle Mal stellen. »Ich finde dich wirklich nett, Derek.«

Er stöhnte. »Jetzt bekomme ich gleich die Aber-nur-als-Freund-Rede, nicht?«

»Ja. Tut mir leid, Derek. Ich mag dich, aber eben nicht auf diese Weise.«

Er starrte hinab auf den mit Schlaglöchern übersäten Gehweg, hob dann den Blick und sah sie an. »Liegt es daran, dass du lesbisch bist?«

Seine unverblümte Frage traf Ash wie ein Schlag in die Magengrube. Panik überkam sie, nicht nur, weil er gefragt hatte, sondern weil sie eine Sekunde lang darüber nachgedacht hatte, mit Ja zu antworten.

Bist du verrückt geworden? Er würde es seiner Mutter erzählen, die es dann Mama, Papa und dem Rest der Stadt sagen würde. »Du hast recht – du trittst heute wirklich von einem Fettnäpfchen ins nächste«, sagte sie schließlich. »Ehrlich gesagt kommt es ziemlich arrogant rüber, wenn du glaubst, dass jede Frau dir nur deshalb einen Korb gibt, weil sie lesbisch ist.«

»Das wollte ich damit nicht andeuten.« Derek rieb sich die Stirn. »Tut mir leid. Ich sollte wirklich nicht auf Travis und seine ständigen Kommentare hören.«

Ash schloss ihren Wagen auf und öffnete die Fahrertür.

»Tut mir wirklich leid, Ash«, sagte Derek.

Sie stieg ein. »Ist schon okay«, sagte sie, obwohl sich im Moment nichts in ihrem Leben okay anfühlte. »Dann bis nächste Woche.« Sie schloss die Tür und drehte mit zitternden Fingern den Schlüssel im Zündschloss. Ihr einziger Gedanke war, möglichst schnell hier wegzukommen.

Als sie an der Bäckerei vorbeiraste, hob sich ihr Fuß wie von selbst vom Gas.

Nein. Sich in Sashas Arme zu flüchten, kam nicht infrage. Sie konnte nicht mit Sasha zusammen sein und gleichzeitig weiterhin ihre sexuelle Orientierung geheim halten. Ohne sich zu gestatten, nachzusehen, ob bei Sasha Licht brannte, fuhr sie weiter.

Kapitel 19

»Bist du sicher, dass das eine gute Idee ist?«, fragte Tante Mae, als Sasha am Donnerstagabend vor der Hochzeit ihre Zuckerblumen in eine Schachtel legte. »Ich dachte, du wolltest dich eine Zeitlang nicht mehr so oft mit Ashley treffen?«

»Ja, schon.« Sasha hatte Ashley in den vier Wochen seit dem Junggesellinnenabschied in Florida tatsächlich kaum gesehen, zum Teil auch deshalb, weil sie beide erst wegen Ostern und nun wegen der Hochzeit und Muttertag in der Woche danach viel zu tun hatten. »Aber hier geht es um die Arbeit.«

»Ach, warum lässt du dann nicht mich oder Tammy die Zuckerblumen vorbeibringen? Es ist ja schließlich nicht so, als hättest du zwei Tage vor der Hochzeit nicht genügend zu tun.«

»Weil … na ja, weil …«

Tante Mae legte Sasha eine Hand auf den Arm. »Ich will dich nicht ständig nerven, Schatz. Aber ich möchte auch nicht, dass dir wehgetan wird.«

Sasha schenkte ihr ein Lächeln, das hoffentlich überzeugend war. »Keine Sorge. Ich bin da wie du. Ich brauche eine Beziehung ungefähr genauso dringend wie ein drittes Nasenloch.«

Tante Mae kniff sie sanft in die Nase. »Lügnerin.«

»Autsch.« Sasha rieb sich die Nase. »Aber mal im Ernst, Tante Mae. Ich bin erwachsen und kann damit umgehen.«

»Na hoffentlich. Sonst muss ich Ashley übers Knie legen.«

Die Vorstellung ließ Sasha loslachen. Gott, das hatte sie wirklich gebraucht. Sie hatte schon seit Wochen nicht mehr unbeschwert gelacht. »Ich werde es Ashley ausrichten.«

Sie klemmte sich die Schachtel unter den Arm und ging damit die Hauptstraße hinab. Es war schon nach sieben, aber als sie sich dem Blumenladen näherte, war sie nicht überrascht, Ashley noch hinter dem Verkaufstresen zu sehen.

Ashleys Anblick versetzte ihr wie immer einen Stich, teils aus aufgeregter Vorfreude und teils aus trauriger Sehnsucht.

Als die Glocke über der Tür klingelte, sah Ashley auf. Das Lächeln, das über ihr Gesicht glitt, wirkte aufrichtig. »Hallo, Fremde. Ich hätte nicht gedacht, dass ich dich vor Samstag zu Gesicht bekomme. Wie läuft es mit der Hochzeitstorte?«

»Bestens. Ich habe sie heute gebacken, sodass ich morgen den ganzen Tag zum Verzieren habe.« Sasha ging auf die Theke zu. »Ich dachte, ich bringe dir die Zuckerblumen vorbei, die du haben wolltest, und schaue mal, ob du Hilfe brauchst.«

Ashley starrte sie an. »Im Ernst? Du willst mir helfen, obwohl du selbst einen langen Arbeitstag hattest und morgen sicher einen noch längeren Tag haben wirst?«

Sasha zuckte so lässig wie möglich mit den Schultern. »Ich habe versprochen, vorbeizukommen und Floristin zu spielen, wenn du mit mir Cupcakes backst, und das hast du, also …« Die Erinnerung daran, wie das gemeinsame Backen geendet hatte, stieg in ihr auf. *Oh nein,* sagte sie sich streng. *Diesmal wird es nicht damit enden, dass wir uns küssen.*

»Die Ansteckblumen und die Brautsträuße mache ich morgen, aber wenn du mir mit den Tischgestecken helfen möchtest …«

»Klar.« Sasha öffnete die Schachtel, die sie mitgebracht hatte. »Willst du die Zuckerblumen in den Tischgestecken verwenden?«

»Das wäre keine gute Idee, denn ich muss meine Blumen immer wieder mit Wasser besprühen, damit sie frisch bleiben. Ich würde vorschlagen, dass wir die Zuckerblumen dazu verwenden, den Tortentisch zu verzieren.« Ashley warf einen Blick in die Schachtel und nahm behutsam eine der Inkalilien heraus. »Oh wow. Sasha, die sehen fantastisch aus. Wie kleine Kunstwerke. Sie wirken so echt!«

Sasha lachte. Sie freute sich über Ashleys Lob. »Ja. Das Beste daran ist, dass sie keine Pollen auf Hollys Hochzeitskleid oder Leos Anzug hinterlassen werden.« Bei dem Gedanken an den Blütenstaub, den Ashley von ihrem Oberteil entfernt hatte, wurde Sasha ganz warm.

Ashley räusperte sich, als hätte sie gerade auch daran gedacht. »Gut, dann lass uns anfangen. Wir sollten früh ins Bett gehen. Äh, natürlich nicht ins selbe Bett.«

Sasha lachte rau. »Natürlich nicht.« Sie sah zu, wie Ashley die Blumen vorbereitete, die Blätter entfernte und die Stielenden kürzte.

»Wie wäre es, wenn ich die Rosen mache und du die Alstroemerien übernimmst?«, schlug Ashley vor. »Dann musst du dich nicht mit Dornen herumschlagen. Ich möchte nicht, dass deinen Fingern etwas zustößt.«

Sasha versuchte, nichts in Ashleys Interesse an ihren Fingern hineinzuinterpretieren. »Ja, klar.«

Sie arbeiteten Seite an Seite, ohne viel zu sagen. Jede konzentrierte sich ganz auf ihre Aufgabe. Sobald alle Blumen vorbereitet waren, begann Ashley, das erste Gesteck zu arrangieren. Zuerst steckte sie den Farn in den grünen Schaumstoff, dann die Rosen und Inkalilien.

Fasziniert beobachtete Sasha Ashleys geschickte Finger. Kleine Kratzer und Schnitte bedeckten ihre Hände und Sasha hätte am liebsten einen Kuss auf jeden einzelnen gehaucht.

»Was ist?«, fragte Ashley, ohne von ihrer Arbeit aufzusehen.

»Nichts.« Sasha wandte den Blick ab und suchte nach einem anderen Gesprächsthema. »Mir ist aufgefallen, dass Derek die letzten beiden Samstage nicht mehr an dir hing wie eine Klette. Hast du ihm gesagt, er soll Leine ziehen?«

»Ich habe es etwas höflicher formuliert, aber ja, ich habe klargemacht, dass ich kein Interesse an ihm habe.«

Sasha wusste, dass sie sich viel zu sehr darüber freute. »Wie hat er es aufgenommen?«

Ashley füllte die Lücken in dem Gesteck mit Grünzeug, das winzige, weiße Blüten hatte. »Er war nicht gerade glücklich.«

»Kann ich mir vorstellen«, murmelte Sasha. »Du bist eine Frau, über die man nicht so leicht hinwegkommt.«

Sie versuchte, es witzig klingen zu lassen, aber Ashley hatte wohl den ernsten Unterton wahrgenommen, denn sie sah von der Glaszylindervase auf, die sie gerade in der Mitte des Gestecks anbrachte.

»Was ist?«, fragte Sasha, in der Hoffnung, dass Ashley ebenfalls mit »Nichts« antworten würde.

»Ähm, du hast einen pinkfarbenen Streifen im Gesicht.«

»Oh. Das ist vermutlich nur ein bisschen von dem essbaren Blütenstaub, den ich verwendet habe, um den Zuckerblumen die richtige Farbe zu geben.« Sasha rieb ihre Hand über beide Wangen. »Weg?«

»Nein. Du machst es nur noch schlimmer. Lass mich mal.« Ashley wischte sich die Hände an ihrer Schürze ab und beugte sich über die Theke. Langsam streckte sie die Hand aus und fuhr mit den Fingerspitzen über Sashas Wange.

Es fühlte sich an wie ein zärtliches Streicheln und Ashley zog ihre Hand nicht zurück, sondern streichelte weiter. Entweder war es der hartnäckigste Farbstreifen aller Zeiten oder Ashley hatte vergessen, was sie eigentlich vorgehabt hatte. Nicht, dass Sasha etwas daran auszusetzen hätte. Sie hielt still und starrte in Ashleys nougatfarbene Augen.

Ashleys Gesicht kam immer näher oder vielleicht war es Sasha, die sich ihr entgegenbeugte.

Eine Gänsehaut überzog Sashas Körper, als Ashleys warmer Atem ihre Lippen benetzte. Das war doch verrückt. Das war ganz und gar … Ohne eine bewusste Entscheidung schlang sie die Arme um Ashley und zog sie an sich.

Ashley leistete keinen Widerstand.

Gerade als ihre Lippen kurz davor waren, sich zu finden, wurde die Ladentür mit einem lauten Bimmeln aufgestoßen.

Beide zuckten zurück.

»Hallo, Ashley.« Es war Betty Mullen, die Besitzerin des Friseursalons nebenan. »Ich habe gesehen, dass du noch arbeitest, und dachte mir, ich komme vorbei und erinnere dich an deinen Termin morgen.«

»Ach, stimmt.« Ashley tat, als wäre sie ganz auf das Tischgesteck konzentriert, aber es wirkte nicht sonderlich glaubhaft. Ihre Stimme zitterte. »Um Mitternacht, richtig? Äh, ich meine, um zwölf Uhr mittags.«

Betty musterte sie, dann nickte sie. »Ja. Du hast gesagt, dass du nur in der Mittagspause Zeit hast.«

»Ja, leider. Die Hochzeit hält mich auf Trab.«

»Dann will ich dich und deine neue Assistentin mal nicht aufhalten.« Betty lächelte und winkte ihnen zu. Dann fiel die Ladentür hinter ihr zu.

Ashley sank gegen die Theke. »Oh mein Gott. Sie hätte fast gesehen, wie wir …« Sie bedeckte ihr Gesicht mit beiden Händen und schielte durch ihre Finger hindurch. »Meinst du, sie hat etwas gesehen?«

»Nein. Sonst hätte sie anders reagiert.«

»Stimmt«, sagte Ashley, begann aber trotzdem, unruhig im Verkaufsraum auf und ab zu gehen.

Sasha hätte sie am liebsten in die Arme genommen, um sie zu beruhigen, doch sie wusste, dass das den gegenteiligen Effekt erzielt hätte. »Wäre es denn wirklich so schlimm, wenn sie uns zusammen gesehen hätte?«, fragte sie leise.

Ashley blieb stehen und streckte die Hand aus, als wollte sie Sashas Arm berühren, doch dann hielt sie inne. »Es geht nicht um dich, Sasha. Ich bin stolz darauf, deine Freundin zu sein.«

»Freundin.« Hinter Sashas Schläfen begann es schmerzhaft zu pochen. »Wir haben versucht, einfach nur Freundinnen zu sein, Ash. Es hat nicht funktioniert. Platonische Freundinnen sehen einander nicht an, wie wir uns auf dem Foto angesehen haben. Sie küssen einander nicht, so wie wir uns eben fast geküsst hätten.«

»Das bestreite ich nicht«, murmelte Ashley.

»Zumindest nicht, solange wir allein sind. Aber du tust es doch, sobald jemand anderer hinzukommt. Du verhältst dich, als würde die Welt untergehen, wenn jemand von uns erfahren würde.« Die Worte taten weh, aber sie wusste, dass sie gesagt werden mussten. »Ich kann mir das nicht länger antun. Dieses Hin und Her tut uns beiden nicht gut. Entweder machen wir es richtig oder gar nicht.«

Ihr Herzschlag dröhnte in ihren Ohren, als sie auf Ashleys Antwort wartete. Ein Teil von ihr hoffte, dass Ashley sich für sie entscheiden würde, doch sie wusste es im Grunde besser.

Ashley ließ den Kopf hängen.

Das schmerzhafte Pochen in Sashas Kopf erfasste nun auch ihre Brust. »Ich glaube, ich gehe jetzt lieber. Ich muss morgen früh raus.«

»Sasha!«, rief Ashley ihr nach. »Warte, bitte. Ich …«

Sasha blieb nicht stehen, um sich anzuhören, was sie zu sagen hatte. Sie wusste, es würden nicht die Worte sein, die sie hören wollte.

Kapitel 20

Ash hatte sich die ganze Nacht hin und her gewälzt, ohne schlafen zu können. Sashas Worte gingen ihr durch den Kopf und sie konnte den Ausdruck auf ihrem Gesicht nicht vergessen, kurz bevor sie aus dem Laden marschiert war.

Ein paarmal döste sie kurz ein und dann träumte sie jedes Mal, sie stände nackt in der Bäckerei und würde Sasha vor allen Anwesenden samt Mrs. Beasley ihre Liebe gestehen.

Jemand warf einen Cupcake nach ihr und rief: »Das ist ekelhaft!«

Selbst ihre ehemalige Mathelehrerin rümpfte die Nase und beugte sich über den kleinen Cafétisch, um ihrem Ehemann etwas zuzuflüstern.

Ashs Eltern erhoben sich mit steinernen Mienen und verließen die Bäckerei, ohne sie zu beachten.

Die verletzenden Bemerkungen hallten noch durch ihre Ohren, als sie aufschreckte. Sie gab den Gedanken an Schlaf auf und beschloss, heute früher zur Arbeit zu fahren.

Als Brooke Stunden später eintraf, hatte Ash bereits beide Brautsträuße gebunden und war gerade dabei, die Blumen für die Ansecksträußchen vorzubereiten.

Brooke band sich eine Schürze um und gesellte sich zu ihr.

Da es schon eine Weile her war, seit sie Ash zuletzt mit Ansteckblumen geholfen hatte, zeigte Ash ihr, was sie zu tun hatte. »Nimm dir eine der Rosen und kürze den Stiel auf etwa zehn Zentimeter.« Sie führte es Brooke vor. »Schneid nicht zu viel ab. Du kannst jederzeit noch ein Stück abschneiden, aber was weg ist, ist weg.«

So wie Sasha, ließ sich ihr übermüdetes Gehirn vernehmen.

Der Gedanke traf sie mit der Wucht eines Traktors samt Anhänger.

Sasha war weg und Ash war schuld daran. Sie konnte nicht erwarten, dass Sasha auch nur mit ihr befreundet sein wollte, wenn sie sich weiterhin weigerte, sich ihren Ängsten zu stellen.

»Er liebt dich, er liebt dich nicht«, sagte Brooke lachend.

Ash schob alle Gedanken an Sasha beiseite und sah sie an. »Wie bitte?«

Brooke schob sich eine Strähne ihres Haares, das diesen Monat kirschrot gefärbt war, aus der Stirn und zeigte auf Ashs Arbeitsplatz.

Ash sah nach unten. Ohne es zu bemerken, hatte sie die Blütenblätter von der armen Rose gezupft und hielt nun nur noch den leeren Stiel in den Händen. Sie ließ ihn fallen, als hätte sie sich daran verbrannt.

»Also, wie sieht's aus?« Brooke grinste. »Liebt er dich nun? Und noch wichtiger: Wer ist er überhaupt?«

»Es gibt keinen Mann in meinem Leben«, sagte Ash barsch, um das Thema zu beenden.

Brooke warf ihr ein neckisches Grinsen zu. »Ach, dann ist es also eine Frau?«

Alles Blut wich aus Ashs Gesicht. Sie wollte vehement den Kopf schütteln, aber ihr ganzer Körper war wie erstarrt. »Ich … ich …«

Brookes Grinsen verblasste. Sie riss ihre mit Mascara schwarz umrandeten Augen auf. »Heilige Scheiße! Ich habe eigentlich nur Spaß gemacht, aber es stimmt, oder? Mann, das ist echt … wow!« Sie pfiff durch die Zähne und sah aus, als hätte sie Wasser im Ohr, das sie loswerden wollte, indem sie immerzu den Kopf schüttelte. »Es ist Sasha, oder?«

Adrenalin schoss durch Ashs Adern. Ihr erster Impuls war, alles abzustreiten, so wie sie das stets getan hatte, wenn Travis seine Vermutungen über sie und Holly geäußert hatte. Aber sie brachte es nicht über die Lippen. Es wäre ein Verrat an allem, was Sasha und sie geteilt hatten. Ihre Stimmbänder versagten ihr den Dienst, deshalb nickte sie nur.

»Ja!« Brooke ballte die Hand zur Siegerfaust. »Das ist total lit!«

Ash schielte zu ihr hinüber. »Äh, lit? Ich glaube, ich brauche einen Übersetzer. Ist das gut?«

Brooke lachte. »Total gut. Das ist in etwa dasselbe wie cool. Ich habe erst gestern zu Logan gesagt, dass ich euch total shippe.«

»Shippen?« Ashs übermüdetes Gehirn kam irgendwie nicht mehr mit. »Du sprichst nicht von einer Schaufel, oder?«

Brooke lachte schallend. »Nein. Ich meine, dass ich mir euch gut als Paar vorstellen kann.«

»Oh.« Ash schwirrte der Kopf. Dann stellten sich ihre Nackenhaare auf, als ihr klar wurde, was Brooke eben gesagt hatte. »Moment mal! Du hast mit dem Sohn der Beasleys über uns geredet?«

»Ja«, sagte Brooke in einem Warum-denn-nicht-Tonfall. »Ich habe nur zu ihm gesagt, dass Sasha uns wohl kaum ständig Cupcakes bringt, weil ich so auf Süßes stehe.«

Ash zog den Hocker unter der Theke hervor und ließ sich darauf sinken. »Bist du sicher, dass er das nicht seinen Eltern erzählt?«

Brooke schnaubte. »Er redet ja die meiste Zeit über noch nicht mal mit ihnen. Wieso sollte er dich erwähnen?«

Ja, warum eigentlich? Scheinbar war es für junge Leute wie Brooke keine große Sache, lesbisch zu sein. Ash wünschte sich plötzlich, noch einmal neunzehn zu sein und von vorn anfangen zu können. »Dann macht es euch beiden nichts aus, dass ich, ähm, lesbisch bin?«

Brooke zuckte mit keiner Wimper. Sie kürzte den Stiel ihrer Rose. »Kein bisschen. Sasha ist klasse. Nicht so langweilig wie Derek. Du magst sie auch, oder?«

Ash starrte auf die Blütenblätter hinab, die sie von der Rose gezupft hatte. »Es ist kompliziert.«

Jetzt war es an Brooke zu sagen: »Ich glaube, ich brauche einen Übersetzer.«

Ash schenkte ihr ein müdes Lächeln und sah wieder auf. »Ja, ich erwidere ihre Gefühle.« *Gott steh mir bei.* »Aber wir sind kein Paar oder so, deshalb würde ich dich bitten, es niemandem zu sagen, okay?«

»Okay, aber es ist echt keine große Sache.«

»Für manche hier im Ort schon«, sagte Ash.

Brooke stöhnte. »Mann, ich kann es wirklich kaum abwarten, bis ich endlich genug Kohle habe, um hier zu verschwinden.«

Ash zupfte neckisch an einer der kirschroten Strähnen. »So sehr ich mich für dich freue, wenn du es endlich schaffst, aber ich werde dich irgendwie vermissen.«

»Oh, keine Sorge.« Ein freches Grinsen glitt über Brookes Gesicht. »Wenn du und Sasha heiratet, komme ich natürlich zu Besuch.«

»Frechdachs!« Ash warf eines der angeschnittenen Stielenden nach ihr und wunderte sich, wie normal sich alles anfühlte, so als wäre es völlig egal, dass Sasha und sie zwei Frauen waren.

Vielleicht ist es tatsächlich egal, sagte die neue Stimme in ihrem Kopf.

Schließlich warf Ash die zerstörte Rose in den Abfalleimer und nahm sich eine neue. »Komm, lass uns weitermachen. Die Ansteckblumen machen sich nicht von selbst.«

Um zwölf war Ash froh, ihrem Laden für ihren Friseurtermin entkommen zu können. Erstens brauchte sie eine Pause von all den Ansteckblumen und zweitens würde der Klatsch und Tratsch im Friseursalon sie vielleicht wieder auf den Boden der Tatsachen zurückbringen, bevor sie anfangen konnte, sich einzubilden, ein Leben mit Sasha wäre wirklich möglich.

Als sie den Salon betrat, saß Karen mit Strähnchenfolien im Haar an der Färbestation. Obwohl sie gerade Großmutter geworden war, schien sie mehr Zeit in Bettys Salon zu verbringen als zu Hause.

Eine der Friseurinnen föhnte gerade Jennys Haare.

Ash grüßte, als Betty sie zu einem der Waschbecken weiter hinten im Raum führte.

»Wirklich alles?«, rief Karen über das Dröhnen des Föns hinweg.

Die Friseurin nickte. »Alles. Selbst seine Unterhosen. Sie waren über den ganzen Rasen verstreut.«

Betty schlang ein Handtuch um Ashs Schultern und stellte die Temperatur des Wassers ein. »Hast du schon gehört?«, fragte sie, während sie Ashs Haare einshampoonierte. »Heather hat Barry beim Fremdgehen erwischt. Zu allem Übel auch noch in ihrem eigenen Bett. Sie hat all seine Sachen über den Rasen verstreut.«

»Geschieht ihm recht.« Sicher hatte Heather die Botschaft hinter dem Nelken-Löwenmäulchen-Strauß nicht verstanden, doch jetzt wusste sie wenigstens Bescheid. Ashs Augen fielen zu, als Bettys geübte Finger ihre Kopfhaut massierten. Einen Moment lang stellte sie sich vor, es wären stattdessen Sashas Finger.

Während Betty das Shampoo aus ihren Haaren spülte, erzählten sie und ihre Angestellten den Kundinnen weiterhin den neuesten Tratsch. Kein Wunder, dass der Friseursalon auch als Hauptquartier der Klatschbasen bezeichnet wurde.

Betty führte Ash schließlich zu einer der Schneidestationen und legte ihr einen Umhang um. »Wie hättest du es heute gern? Wie immer nur die Spitzen? Oder willst du für die Hochzeit mal etwas ganz anderes ausprobieren?«

Karen ließ die Zeitschrift sinken, durch die sie geblättert hatte. »Ach, stimmt. Du bist ja zur Hochzeit eingeladen. Du bist mit der Braut befreundet. Oder vielmehr mit den Bräuten. Oder nennt man eine der beiden anders?« Sie lachte und schüttelte ihren folienbedeckten Kopf. »Eine solche Hochzeit kann ganz schön verwirrend sein, oder?«

Selbst die Friseurin schaltete den Fön aus, um Ashs Antwort nicht zu verpassen.

Jenny rollte mit den Augen und öffnete den Mund, aber Ash wollte nicht länger andere für sich antworten lassen.

»Nein«, sagte sie leise, aber bestimmt. »Es ist überhaupt nicht verwirrend. Ich nenne sie einfach beim Namen.«

»Ich finde eine Hochzeit mit zwei Bräuten klasse«, sagte Betty. »Die Frisuren der Männer sind immer so langweilig. Mit kurzen Haaren kann man nicht viel anfangen.«

Ihr sachliches Argument überraschte Ash. Sie starrte die Friseurmeisterin im Spiegel an.

»Außerdem werde ich sagen können, dass ich Jenna Blakes Frisur für ihre Hochzeit gemacht habe.« Betty formte mit den Händen ein Rechteck, als würde sie sich vorstellen, ein gerahmtes Zertifikat in ihrem Friseursalon aufzuhängen.

Dem konnte niemand widersprechen, deshalb wandte sich das Gespräch wieder Barrys Affäre zu.

Betty fuhr mit den Fingern durch Ashs hüftlanges Haar. »Also das Übliche?«, fragte sie erneut.

Es war dieselbe Frage, die Sasha ihr jeden Nachmittag stellte, wenn sie in die Bäckerei kam, um Cupcakes zu kaufen.

Ash wollte erst nicken und ihr sagen, sie solle nur die Spitzen schneiden. Aber es fühlte sich nicht richtig an. Stattdessen hörte sie sich sagen: »Weißt du was? Lass uns mal etwas anderes ausprobieren.«

»Oh! Du hast jemanden kennengelernt!«

Sofort starrten alle sie an.

Ash wirbelte in ihrem Drehstuhl herum. »Ähm, was?«

»Jeder, der hier hereinkommt und mal etwas anderes ausprobieren will, hat sich entweder erst vor Kurzem getrennt oder jemand Neuen kennengelernt«, sagte Betty. »Und ich weiß, dass es bei dir keine Trennung sein kann. Also?«

»Ich mache das nur meinetwegen, nicht, um jemand anderem zu gefallen.« Ash zuckte unter dem Umhang mit den Schultern. »Ich schätze, es ist einfach an der Zeit für eine Veränderung.«

»Na schön.« Betty fuhr erneut mit den Fingern durch Ashs Haare. »Wie groß soll die Veränderung denn sein?«

Ash erlaubte sich nicht, lange zu überlegen, sondern deutete spontan auf einen Punkt knapp oberhalb ihrer Schultern.

»Das ist eine Menge.«

»Ich weiß«, brachte Ash trotz des Kloßes in ihrem Hals hervor.

»Bist du sicher?«, fragte Betty. »Deine Mutter wird der Schlag treffen.«

»Es sind meine Haare. Ich bin sicher«, sagte Ash, obwohl das nicht stimmte.

Als die ersten Haarsträhnen zu Boden fielen, hielt Ash die Luft an, weil sie erwartete, dass sie gleich ein Gefühl des Bedauerns überkommen würde. Doch stattdessen fühlte sie sich seltsam erleichtert.

»So okay?« Betty hielt eine nun schulterlange Strähne in die Höhe.

Ash starrte in den Spiegel. Noch konnte sie sich ihr Gesicht nicht mit kürzeren Haaren vorstellen, doch sie sagte sich, dass sie sich daran gewöhnen würde. »Ja. Genau so.«

Es war schon nach acht, als Ash den Blumenladen verließ, doch anstatt schnurstracks nach Hause zu fahren, fand sie sich auf dem Friedhof wieder. Die Sonne sank dem Horizont entgegen, als sie den vertrauten Weg zum Grab ihrer Schwester entlangging.

Ein bunter Strauß Pfingstrosen lag auf dem Grab, was Ash verriet, dass ihre Eltern hier gewesen waren. Da Pfingstrosen Melissas Lieblingsblumen gewesen waren, hatte ihre Mutter jedes Jahr welche in ihrem Garten.

Ash setzte sich im Schneidersitz ins Gras, so wie sie sich früher immer auf Melissas Bett gesetzt hatte, wenn sie jemanden zum Reden brauchte. Sie streckte die Hand aus und fuhr über den Namen ihrer Schwester und die eingravierten Worte *niemals vergessen*. Der Granitstein fühlte sich warm an.

»Hallo, Schwesterherz«, sagte sie und schwieg dann eine Weile, denn sie hatte keine Ahnung, wo sie anfangen sollte. Es war schon einige Zeit her, seit sie zuletzt so mit Melissa gesprochen hatte.

Schließlich flüsterte sie: »Ich habe jemanden kennengelernt. Na ja, nicht wirklich neu kennengelernt. Wir sind praktisch zusammen aufgewachsen, aber irgendwie habe ich sie bis vor wenigen Monaten nicht richtig gekannt, wenn du weißt, was ich meine. Es ist Sasha, Mae Petersons Nichte. Sie ist witzig und sie hat ein gutes Herz und wir, ähm, haben mehr als das Zimmer geteilt, als wir in Florida waren, und jetzt glaube ich … ich glaube, ich habe mich in sie verliebt und ich weiß nicht, was ich tun soll.«

Alles platzte förmlich aus ihr heraus. Dann klappte sie den Mund zu und presste die Hand auf ihre Lippen.

Die Grabreihen schienen das Echo ihrer Worte zu ihr zurückzuwerfen.

Ich habe mich in sie verliebt! Der Gedanke sandte winzige Stromstöße durch ihren Körper. Doch sich selbst gegenüber konnte Ash zugeben, dass es die Wahrheit war. Noch nie hatte sie für jemanden so empfunden wie für Sasha. Selbst ihre Liebe zu Holly und ihre Gefühle für Leo waren im Vergleich kaum mehr als harmlose Schwärmereien gewesen.

»Ich glaube, sie empfindet dasselbe, Missy. Aber sie hat gesagt, sie könne das Hin und Her nicht ertragen, und ist gegangen. Und diesmal ist es für immer, es sei denn, ich unternehme etwas, um sie zurückzugewinnen. Aber es müsste ein ziemlich großer Schritt sein. Wenn ich ein Leben mit ihr möchte, dann muss ich mich outen. Doch das würde bedeuten, dass ich Mama und Papa verliere.« Sie wiegte sich vor und zurück. Noch nie hatte sie die Umarmungen ihrer Schwester so sehr vermisst wie in diesem Moment. Sie fragte sich, was Melissa ihr wohl geraten hätte, wenn sie noch leben würde. Hätte sie Ashs sexuelle Orientierung akzeptiert oder die Überzeugung ihrer Eltern geteilt, dass es verwerflich war, lesbisch zu sein?

Ash wusste es nicht. Sie war zu jung gewesen, um jemals über solche Themen mit ihrer Schwester zu sprechen. All die verpasste gemeinsame Zeit tat weh.

Irgendwo hinter ihr erklangen Schritte.

Ash knirschte mit den Zähnen. Konnte sie denn nirgendwo in dieser Stadt ihre Ruhe haben, nicht einmal auf dem Friedhof? Sie drehte den Kopf, um nachzusehen, wer sie störte.

Die Sonne stand jetzt so tief, dass sie die Augen mit der Hand abschirmen musste, um etwas sehen zu können.

Nach einigen Sekunden erkannte sie Leos schlaksige Gestalt. Sie hielt den Strauß weißer Lilien in der Hand, den sie vorhin im Laden gekauft hatte. Als sie Ash sah, zögerte sie, kam dann aber auf sie zu. »Redest du mit Missy?«, fragte sie, als wäre es die normalste Sache der Welt, mit seiner toten Schwester zu sprechen.

Leo hatte schon immer verstanden, was Melissa ihr bedeutet hatte.

Ash nickte. »Und du? Bist du hier, um deinen Vater zu besuchen?«

»Ja. Da wir ja morgen heiraten, dachte ich, es wäre nett, ihm auch ein paar Blumen vorbeizubringen.«

Ash konnte sich nicht vorstellen, wie es wäre, ohne beide Eltern zu heiraten. Aber falls sie jemals heiraten würde, dann natürlich eine Frau und ihre Eltern würden sich vermutlich weigern, zur Hochzeit zu kommen. Eine tiefe Traurigkeit ergriff Ash.

Leo setzte sich neben sie ins Gras. »Hey, du hast deine Haare abgeschnitten!« Sie streckte die Hand aus, als wollte sie die nun schulterlangen Strähnen berühren, zog ihre Hand dann aber zurück.

Ash biss sich auf die Lippe. Es würde eine Weile dauern, bis sie wieder vollständig unbefangen miteinander umgingen. Ash war bereit, daran zu arbeiten.

»Ja. Ich habe mich noch nicht daran gewöhnt.« Ash fuhr sich mit den Fingern durchs Haar. »Meine Eltern wird vermutlich der Schlag treffen, wenn sie mich zum ersten Mal sehen.«

Leo stützte sich mit den Händen ab und lehnte sich zurück. »Gefällt dir die neue Frisur?«

»Ich glaube schon.«

»Das ist alles, was zählt«, sagte Leo. »Die Zeit, wo deine Eltern dir vorschreiben konnten, welche Frisur du haben sollst, ist längst vorbei.«

Ash unterdrückte ein Seufzen. Wenn es doch nur so einfach wäre.

»Ich weiß genau, was du gerade denkst. Wenn irgendjemand verstehen kann, wie es ist, ständig den Erwartungen seiner Eltern gerecht werden zu wollen, dann ich.« Leo sah hinüber zum Grab ihres Vaters. »Glaub mir, es funktioniert nicht. Du musst dein eigenes Leben leben, Ash.«

Ash musterte sie mit dem Anflug eines Lächelns. »Reden wir immer noch über meine Frisur?«

»Ich rede von dir und Sasha.«

Plötzlich war Ash froh, dass sie bereits saß, sonst wäre sie jetzt vermutlich umgefallen. Ein Zittern durchlief ihren Körper. »Oh mein Gott! Erst Brooke und jetzt du! Weiß jeder in der Stadt über uns Bescheid?«

»Nein, natürlich nicht. Du bist zu gut darin, das nette, heterosexuelle Mädchen von nebenan zu spielen.« Ein Hauch von Bitterkeit schwang in Leos Stimme mit. »Aber ich kenne dich und ich weiß, dass es nicht Grace und Lauren waren, die in Florida alle wach gehalten haben. Die beiden sahen am nächsten Morgen als Einzige ausgeruht aus, während du und Sasha auf dem Rückflug geschlafen habt, als hättet ihr euch total verausgabt.«

Hitze schoss Ashs Hals hinauf. Sie verbarg ihr Gesicht an ihren Knien. Wie sollte sie ihren Freundinnen jemals wieder in die Augen sehen?

Leo tätschelte ihr lachend den Rücken. »Keine Angst. Ich glaube nicht, dass sonst jemand Verdacht geschöpft hat. Außer Holly, aber sie möchte nur, dass du glücklich bist.«

»Glücklich«, wiederholte Ash, als wäre es ein Fremdwort für sie.

Beide schwiegen einen Moment lang.

Schließlich, als das Brennen in ihren Wangen nachgelassen hatte, hob Ash den Kopf von den Knien und schielte zu ihrer alten Freundin hinüber.

Leo musterte sie eindringlich. »Du hast nicht vor, dich zu outen, oder? Willst du Sasha wirklich dasselbe antun wie früher Holly? Verdammt, Ash, ich dachte eigentlich, du hättest etwas daraus gelernt.«

»Habe ich auch«, sagte Ash rasch, denn sie wollte nicht, dass Leo glaubte, sie würde Sasha nur hinhalten.

»Dann wirst du also allen sagen, dass du lesbisch bist?«

Ash starrte die Inschrift auf dem Grabstein ihrer Schwester an, als würde sie dort die Antwort finden. »Ich weiß es nicht. Das war so nicht geplant. Ich wollte mich nie wieder verlieben.« Sie flüsterte die letzten Worte.

Ein mitfühlendes Lächeln umspielte Leos Lippen. »Und ich hatte ganz sicher nicht vor, mich in eine Kleinstadtkrankenschwester zu verlieben und wieder nach Fair Oaks zurückzuziehen, nachdem ich so hart darum gekämpft hatte, hier wegzukommen. Aber trotzdem ist es passiert und darüber bin ich verdammt glücklich. Meinst du nicht, dass du eines Tages dasselbe sagen wirst, auch wenn es jetzt schwer ist?«

»Ich würde es so gern glauben, aber …« Ash warf ihr einen verzweifelten Blick zu. »Wie kann ich sicher sein?«

»Kannst du nicht. Und von den Toten wirst du sicher keine Antworten erhalten, Ash«, sagte Leo leise. »Du musst mit den Lebenden reden.«

»Ich glaube nicht, dass ich hören will, was meine Eltern zu sagen hätten.«

»Vielleicht überraschen sie dich. Ich hätte nie gedacht, dass meine Mutter meine sexuelle Orientierung je akzeptieren würde, aber jetzt ist sie völlig aus dem Häuschen vor Freude, weil Holly und ich morgen heiraten werden.« Es waren nicht nur die Strahlen der untergehenden Sonne, die ihre Augen zum Leuchten brachten.

»Ich freue mich sehr für dich«, sagte Ash und meinte es auch so, »aber es hat fünfzehn Jahre gedauert, bis sie an diesen Punkt kam, und meine Eltern werden es vielleicht nie akzeptieren.«

»Dann willst du einfach dein Leben auf Eis legen, bis deine Eltern irgendwann sterben?«, fragte Leo.

Ash zuckte zusammen. »Nein, natürlich nicht. Ich habe ein Leben.«

»Für mich sieht es eher so aus, als ob du so wie ich früher nur eine Karriere aber kein Leben hättest«, sagte Leo. »Wenn du ein glückliches Leben führen möchtest, dann musst du offen für die Liebe sein und das Risiko eingehen, das damit verbunden ist. Klar, vermutlich wirst du ein paar Leute enttäuschen und vielleicht sogar einige verlieren, aber es wird immer Menschen geben, denen deine sexuelle Orientierung egal ist und die dich unterstützen werden.«

Ash seufzte. »Ich weiß, dass du recht hast. Zumindest weiß ich es hier.« Sie tippte sich an den Kopf. »Aber …«

»Kein Aber. Ich weiß, dass es dir Angst macht, aber du kannst keine Lüge leben. Du musst du selbst sein. Nicht Melissas Schwester. Nicht Toms und Donnas

Tochter. Einfach nur Ashley.« Leo erhob sich und ließ ihre Hand kurz auf Ashs Schulter ruhen. »Wir sehen uns dann morgen bei der Trauung.«

Als Leo zum Grab ihres Vaters hinüberging, saß Ash erstarrt neben Melissas Grabstein. Leos Worte gingen ihr durch den Kopf. *Du musst du selbst sein.*

Sie war niemals mehr sie selbst, als wenn sie mit Sasha zusammen war, das wusste sie ohne jeden Zweifel.

Konnte sie sich wirklich der Liebe öffnen und einer Beziehung mit Sasha eine Chance geben, ganz egal, was für Konsequenzen es haben mochte?

Kapitel 21

Das Wetter war perfekt für eine Hochzeit im Freien. Die Strahlen der Nachmittagssonne glitzerten auf dem gurgelnden Bach, aber es war nicht so heiß, dass die Blumen, die Ashley um das Geländer der Brücke geschlungen hatte, verwelkt wären. Ashley hatte sogar Ansteckstrauße an den Anzügen der vier Sicherheitsleute befestigt, die Leo angeheuert hatte. Doch zum Glück waren bislang keine Paparazzi oder ungebetene Gäste aufgetaucht.

Alles sah wunderschön aus – vor allem Ashley.

Sasha hatte sich in die letzte Reihe der Klappstühle gesetzt, die vor dem Bach aufgestellt worden waren, damit sie direkt nach den Ehegelübden davonschleichen konnte, um sicherzugehen, dass die Caterer die Hochzeitstorte nicht ruinierten.

Auch Ashley hatte sich weiter hinten hingesetzt, vermutlich, weil auch sie früher gehen wollte, um letzte Hand an die Blumendekorationen in der Scheune anzulegen.

Während alle anderen versuchten, den ersten Blick auf die Bräute zu erhaschen, hatte Sasha nur Augen für Ashley.

Gott, in ihrem Sommerkleid und den Sandalen mit niedrigen Absätzen sah sie unglaublich gut aus. Und sie hatte ihre Haare abgeschnitten, sodass die einst hüftlangen Strähnen nun kaum noch ihre Schultern streiften. Da ihre Haare nun nicht länger von ihrem eigenen Gewicht nach unten gezogen wurden, kam eine leichte Naturwelle zum Vorschein, die sie noch sexyer aussehen ließ. Die neue Frisur verwandelte das nette Mädchen von nebenan in eine umwerfend attraktive Frau, die für das einstand, was sie wollte.

Lass dich nicht täuschen, sagte sich Sasha. Ashley war trotz des neuen Aussehens noch immer dieselbe Person und würde das tun, was die Leute von ihr erwarteten.

Trotzdem konnte Sasha den Blick nicht von Ashleys Kleid abwenden. Es lag nicht nur an dem Schlüssellochausschnitt am Rücken, der ihr vorhin einen Blick auf ein Stück nackte Haut gewährt hatte. Was Sasha noch viel mehr beschäftigte, war die Farbe des Kleides. Es traf genau den Ton der lilafarbenen Fliege, die Ashley für Sasha ausgesucht hatte. War das einfach nur Zufall?

Sasha glaubte es nicht. Ashleys Arbeit hatte schließlich viel mit Farben zu tun. Sie wusste um deren Bedeutung. Versuchte Ashley, ihr damit irgendetwas mitzuteilen, oder interpretierte Sasha da zu viel hinein?

Sie hatte noch immer keine Antwort auf ihre Fragen gefunden, als zwei ehemalige Kollegen von Leos Vater ein klassisches Musikstück anstimmten.

Begleitet von den sanften Tönen einer Gitarre und einer Flöte gingen Leo und Holly den behelfsmäßigen Gang zwischen den Klappstühlen hinab.

Es gefiel Sasha, dass die beiden beschlossen hatten, gemeinsam diesen Weg zu gehen und sich nicht, wie traditionell üblich, zum Altar führen zu lassen. Nicht, dass es bei dieser Hochzeit einen Altar gegeben hätte.

Leo und Holly lächelten ihren Freundinnen zu, als sie an ihnen vorbeischritten. Die beiden sahen großartig aus, Holly in ihrem Hochzeitskleid und Leo in ihrem maßgeschneiderten, elfenbeinfarbenen Hosenanzug. Sie hielten sich an den Händen und beide trugen einen identischen Brautstrauß. Als sie am Ufer des Bachs ankamen, wo der Standesbeamte wartete, gaben sie die Blumen an ihre Mütter weiter, um sich an den Händen halten zu können.

Während die beiden begannen, ihr Eheversprechen auszutauschen, sah Sasha immer wieder zu Ashley hinüber, die die Trauung mit Tränen in den Augen beobachtete. Waren es Freudentränen? Sasha meinte, in Ashleys Gesicht auch Traurigkeit und Sehnsucht lesen zu können.

Ashley sah zu ihr herüber.

Schnell drehte Sasha den Kopf und wandte ihre Aufmerksamkeit wieder dem Brautpaar zu.

»Ich verspreche, dich zu lieben und zu ehren, genau so, wie du bist«, sagte Leo zu Holly. »Das wird mir leichtfallen, denn für mich bist du absolut perfekt. Ich verspreche, dich so oft wie möglich zum Lachen zu bringen, deine Familie zu lieben, als wäre es meine eigene, und dich beim Xboxspielen immer gewinnen zu lassen.«

Sasha musste lachen, denn sie wusste, dass Leo ohnehin noch nie ein Spiel gewonnen hatte.

Leo sah Holly tief in die Augen, als sie fortfuhr. »Ich verspreche, deine beste Freundin zu sein, deine Kameradin in allen Abenteuern des Lebens und die Person, auf die du dich immer verlassen kannst. Egal, was das Leben auch bringen mag, mein Herz wird immer dir gehören.«

Dann war Holly an der Reihe, ihr Ehegelübde zu sprechen. »Ich verspreche, die Person zu lieben, die du wirklich bist, nicht die, als die die Öffentlichkeit dich sieht, dich stets zu unterstützen, immer ehrlich zu dir zu sein und niemals eine Folge *Central Precinct* ohne dich zu schauen.«

Leo lachte mit Tränen in den Augen und küsste Hollys Hand. »Na, das will ich dir auch geraten haben.«

Holly lächelte. Ihre Stimme zitterte ein wenig, als sie fortfuhr, aber sie sprach, ohne zu zögern, und wandte nicht für eine Sekunde den Blick von Leo ab. »Ich verspreche, deine beste Freundin, dein größter Fan und deine Partnerin fürs Leben zu sein.«

Ein Kloß setzte sich in Sashas Hals fest. Zwar hatte sie immer beteuert, keine feste Beziehung zu wollen, doch plötzlich sehnte sie sich nach jemandem, der ihr dasselbe versprach. Und nicht einfach irgendjemand. Sie schielte zu Ashley hinüber, die sie ebenfalls ansah.

Als ihre Blicke sich trafen, sahen beide schnell woanders hin.

Der Standesbeamte wartete, bis Holly und Leo ihre Ringe ausgetauscht hatten, und nickte ihnen dann zu. »Hiermit erkläre ich Sie kraft meines mir vom Staat Missouri verliehenen Amtes zu Ehefrauen. Sie dürfen einander jetzt küssen.«

Die Gäste jubelten, als Leo und Holly einen zärtlichen Kuss austauschten.

Sasha sah noch einen Moment lang zu und freute sich über das Glück ihrer Freundinnen, bevor sie aufstand und zu ihrem Auto eilte.

Im Rückspiegel erhaschte sie ab und zu einen Blick auf Ashleys Geländewagen. Bald würden sie allein sein und sie würde Ashley nicht aus dem Weg gehen können, da sie zusammen arbeiteten. Der Gedanke erfüllte sie gleichermaßen mit Vorfreude wie mit Nervosität.

Verhalt dich einfach professionell, dann wird schon alles gut gehen. Sie war in ihrer Rolle als Bäckerin hier und Ashley als Floristin, nicht als Privatpersonen.

Aber egal, wie oft sie sich das sagte, ihr Herz schenkte dem keinen Glauben.

Sie parkte neben der Scheune und stieg aus.

Das große Tor war weit geöffnet und mit denselben Blumen geschmückt, die Ashley auch in den Brautsträußen verwendet hatte. Holzfässer mit weiteren Blumen umgaben den Eingang und darüber hing ein Schild mit der Aufschrift *Willkommen zu Hollys und Leos Hochzeit*.

Wie hatte Ashley ihre Eltern dazu gebracht, das alles zu erlauben?

Die Caterer hatten ihre Tische in einem Zelt neben der Scheune aufgebaut. Sasha würde gleich nach ihnen sehen, aber zuerst wollte sie einen Blick ins Innere der Scheune werfen.

Am Eingang blieb sie stehen und sah sich um.

Wow.

Nichts erinnerte mehr an ein Farmgebäude. Traktorenteile und andere landwirtschaftliche Gegenstände waren entfernt worden. Runde Tische waren mit festlichen Leinentischdecken geschmückt. Auf jedem stand eines von Ashleys wunderschönen Gestecken.

Weiße Gardinen hingen von den hohen Deckenbalken hinab und Laternen warfen ein weiches Licht auf die Tische. Lichterketten, die um Balken und Streben geschlungen waren, schufen eine intime, zauberhafte Atmosphäre.

Na toll. Das hatte Sasha gerade noch gefehlt: mit Ashley in einer solch romantischen Umgebung allein zu sein.

Sie spürte, wie Ashley hinter sie trat. Vor Erwartung vergaß sie zu atmen, während sie darauf wartete, dass Ashley sie zur Begrüßung an der Schulter oder am Arm berühren würde. Doch nichts dergleichen geschah. Es war schon fast lächerlich, wie enttäuscht Sasha war. *Du wolltest dich ohnehin von ihr fernhalten, schon vergessen?*

»Gefällt es dir?«, fragte Ashley leise.

Sasha drehte sich zu ihr um. »Es sieht wunderschön aus. Genau wie du«, fügte sie hinzu, bevor sie sich zurückhalten konnte. Aber es war die Wahrheit. Aus der Nähe betrachtet sah Ashley noch schöner aus. Außerdem roch sie nach einem neuen Parfüm, das leichter und blumiger war, mit dem Hauch einer sinnlichen Note. Am liebsten hätte Sasha das Gesicht in Ashleys Halsbeuge vergraben und ihren betörenden Duft eingeatmet. »Ähm, ich wollte sagen, die neue Frisur steht dir gut.«

Ashley wurde rot und zupfte an ihren nun schulterlangen Haaren. »Danke.«

Mit jeder Sekunde, die sie mit Ashley verbrachte, schmolz Sashas Vorsatz, sich von ihr fernzuhalten, dahin wie Vanilleeis auf heißem Apfelkuchen. »Du musst mich jetzt entschuldigen. Ich sollte mal nach der Torte sehen, bevor die Gäste kommen.«

»Ich komme mit«, sagte Ashley. »Die Tische in der Scheune habe ich schon geschmückt, aber die Zuckerblumen auf dem Tortentisch fehlen noch, weil ich warten wollte, bis die Torte aufgestellt wurde.«

Gemeinsam gingen sie zum Cateringzelt, wobei Sasha ihre Schritte automatisch an Ashleys anpasste und sich bereit hielt, rasch zuzugreifen, sollte Ashley in ihren Sandalen in ein Schlagloch treten und straucheln.

Aber Ashley ging zielsicher. Natürlich kannte sie hier jeden Zentimeter, da sie auf dem Hof aufgewachsen war.

Als sie das Zelt betraten, fanden sie die Hochzeitstorte auf einem kleinen Tisch vor.

»Wow«, murmelte Ashley.

Sasha musterte ihre Kreation. Die Torte war mit einem elfenbeinfarbenen Fondant überzogen, das genau zur Farbe von Hollys Kleid und Leos Anzug passte. Statt die oberste Biskuitschicht in der Mitte anzubringen, hatte Sasha sie weiter hinten platziert, sodass vorn Platz war für die Zuckerblumen, die sich an der Torte entlang nach unten rankten. »Gefällt es dir?«

»Gefallen?« Ashley lachte. »Am liebsten würde ich selbst heiraten, nur um auch so eine Torte zu bekommen!«

Sasha biss sich auf die Lippe, bevor sie ihr anbieten konnte, ihr eine Hochzeitstorte zu machen. »Ach was. Du bist nicht der heiratswillige Typ, schon vergessen?«

Ashley seufzte. »Stimmt.« Sie schob sich an Sasha vorbei und begann, den Tisch mit den Zuckerblumen zu schmücken, die Sasha gemacht hatte.

Als sie fertig war, trat sie zurück und sie standen Seite an Seite da und bewunderten ihr Werk wie zwei stolze Eltern.

»Sasha, ich …«

Mehrere Fahrzeuge bogen auf den Hof ein. Autotüren wurden zugeschlagen und die Stimmen der Brautmütter kamen näher.

»Ich gehe wohl besser«, sagte Ashley. »Ich habe Sharon heute Morgen schon zweimal dabei ertappt, wie sie die Blumen in den Fässern umarrangiert hat.«

Sashas Blick folgte ihr, als Ash aus dem Zelt eilte. Es würde ein langer Tag werden.

Die Hochzeitsfeier lief wie am Schnürchen. Dank Laurens Operation Köder war kein Paparazzi aufgetaucht und das Essen war köstlich.

Ash saß mit Jenny, Travis und dem Rest der Clique am Tisch. Natürlich schloss das auch Sasha mit ein. Ash fragte sich, ob Leo und Holly das absichtlich so arrangiert hatten, um sie zu verkuppeln.

Doch Sasha und sie brauchten mehr als einen kleinen Stups von ihren Freundinnen. Ash wusste, dass nun alles von ihr abhing.

Einer von Hollys Brüdern erhob sich und schlug mit der Gabel an sein Glas. Seine Rede endete damit, dass er Leo in der Familie willkommen hieß.

Ash nahm einen großen Schluck Sekt, doch das half nicht gegen den Kloß in ihrem Hals. Wenn ihre eigene Familie doch nur halb so tolerant wie Hollys und Leos gewesen wäre. Ihre Eltern waren der Feier ferngeblieben, obwohl Leo und Holly sie ausdrücklich eingeladen hatten.

Sasha beugte sich zu ihr. »Alles okay?«, fragte sie so leise, dass sonst niemand mithören konnte.

Ash nickte nur, denn sie glaubte nicht, dass sie etwas sagen konnte, ohne dass ihre Stimme zittern würde. Außerdem wollte sie diesen freudigen Anlass nicht damit verderben, dass sie über ihre Eltern und ihre vermutlich negative Reaktion darauf sprach, falls sie sich je outete.

»Meine Damen und Herren, dürfte ich um Ihre Aufmerksamkeit bitten?«, kam die Stimme des DJs aus den Lautsprechern, die hinten in der Scheune, neben der improvisierten Tanzfläche, aufgestellt worden waren. »Es ist Zeit, die Hochzeitstorte anzuschneiden.«

Eine Sorgenfalte bildete sich auf Sashas Stirn, als sie zusah, wie die Caterer die dreistöckige Torte in die Scheune schoben.

Ash legte ihr eine Hand auf den Arm, um sie zu beruhigen.

Leo und Holly gingen zu Sashas Meisterwerk hinüber.

»Schneidet von unten her«, riet ihnen Sasha.

Holly lächelte sie an, bevor sie zum Tortenmesser griff. Leo schlang von hinten die Arme um sie und legte ihre Hände stützend über Hollys. Zusammen ließen sie das Messer durch das Fondant gleiten und hoben schließlich ein Stück Torte auf einen Teller.

Blitzlicht umgab die beiden, als mehrere Gäste und der professionelle Fotograf Bilder machten.

Leo stach mit der Gabel einen mundgerechten Bissen ab.

Holly beobachtete sie misstrauisch. »Du wirst mir Sashas wunderschöne Torte doch nicht ins Gesicht schmieren, oder?«

»Wirst du gleich sehen.« Leo grinste. Sie hob die Gabel an Hollys Lippen und neckte sie dann, indem sie den Bissen mehrfach zurückzog, bis sie ihn schließlich sanft in Hollys Mund schob.

»Hmm, unglaublich lecker«, murmelte Holly mit vollem Mund.

Sasha schien sich endlich zu entspannen. Ein stolzes Lächeln ließ sie noch attraktiver wirken.

Jetzt war Holly an der Reihe, Leo zu füttern.

»Benimm dich«, sagte Leo.

Grinsend nahm Holly ihre Hälfte des Tortenstücks in die Hand und schmierte es Leo ins Gesicht.

Gelächter hallte durch die Scheune.

»Ich wusste, dass du das tun würdest!« Buttercreme lief Leos Gesicht hinab, aber sie lachte, als sie den Rest der Torte vom Teller nahm und sich revanchierte.

Leos Mutter drückte ihnen Servietten in die Hand und die beiden wischten sich gegenseitig mit einer solchen Zärtlichkeit Buttercreme aus dem Gesicht, dass Ash den Blick abwenden musste, weil es ihr vorkam, als würde sie bei einem privaten Moment stören.

Sasha hatte ebenfalls weggesehen und sie lächelten einander zu.

Ihr Blickkontakt wurde unterbrochen, als die Caterer begannen, Torte an die Gäste zu verteilen.

Ash schob sich die erste Gabel voll Torte in den Mund und stöhnte genüsslich. »Gott, Sasha. Du hast dich selbst übertroffen. Die Torte schmeckt genauso gut, wie sie aussieht, und das will etwas heißen.«

Sasha strahlte.

»Meine Damen und Herren«, drang etwas später erneut die Stimme des DJs aus den Lautsprechern, »es ist Zeit für den ersten Tanz unseres Brautpaars.«

Die Melodie von »Hollys Lied«, das Leo für Holly geschrieben hatte, setzte ein, als Leo und Holly zur Tanzfläche gingen und zu tanzen begannen.

Ash drehte sich, sodass sie seitwärts auf dem Stuhl saß, legte die Arme über die Lehne, stützte das Kinn auf ihrem Unterarm ab und sah ihren Freundinnen zu. Die beiden sahen so unglaublich gut zusammen aus. Sie schienen die Gäste und den Rest der Welt vergessen und nur Augen füreinander zu haben, während sie gemeinsam über die Tanzfläche schwebten.

Nach dem ersten Tanz tanzten die Bräute mit ihren Müttern, dann mit der jeweiligen Schwiegermutter. Schließlich eröffnete der DJ den Tanz für alle.

Jenny zerrte ihren Ehemann von seinem Stuhl hoch und winkte Sasha und Ash zu. »Kommt mit! Lasst uns auf der Tanzfläche Spaß haben!«

Sasha schüttelte den Kopf. »Der Person, mit der ich tanze, würde das keinen Spaß machen. Ich bin dafür bekannt, dass ich meinem Partner oder meiner Partnerin die Zehen zerquetsche. Ich bin keine gute Tänzerin.«

Ash bezweifelte, dass es irgendetwas gab, worin Sasha nicht gut war. Dennoch war sie froh, nicht allein am Tisch zurückzubleiben. Sie sahen sich verlegen an.

»Ich glaube, ich gehe mir noch ein Stück von deiner köstlichen Torte holen«, sagte Ash.

Doch bevor sie aufstehen konnte, kamen Leo und Holly auf sie zu. Leos Fliege baumelte offen um ihren Nacken, so als wäre es ihr auf der Tanzfläche zu warm geworden. Sie versperrte Ash den Fluchtweg und hielt ihr die Hand hin. »Darf ich bitten?«

Ash starrte sie an. Zwar hatten sie als Jugendliche zusammen getanzt, aber damals war es darum gegangen, für den Abschlussball zu üben. Als Erwachsene hatte Ash nie mit einer Frau getanzt, weil sie stets Angst gehabt hatte, sich zu verraten. »Was machst du da?«

»Ich fordere eine Freundin zum Tanzen auf«, sagte Leo lässig. Sie winkte mit den Fingern. »Komm schon. Denk nicht lange darüber nach. Schau, selbst unsere Mütter tanzen zusammen und niemand denkt sich etwas dabei.«

Ash sah zur Tanzfläche.

Leo hatte recht. Die beiden Brautmütter tanzen und lachten miteinander und niemand sah auch nur in ihre Richtung.

Holly zog Sasha zur Tanzfläche und ignorierte dabei ihre Warnung, dass sie ihr auf die Füße treten würde.

Sei nicht albern, sagte sich Ash. Nur weil sie mit einer Frau tanzen würde, hieß das noch lange nicht, dass ein rotes L für Lesbe auf ihrer Stirn erscheinen würde. Sie schob ihre leicht schweißfeuchte Hand in Leos und folgte ihr zur Tanzfläche.

Der DJ spielte ein schnelles, mitreißendes Lied, sodass sie nicht eng umschlungen tanzen mussten. Das beruhigte Ash. Schon bald stellte sie sogar fest, dass ihr das Tanzen Spaß machte.

Leo führte sie geschickt über die Tanzfläche, bis sie sich neben Sasha und Holly befanden.

Sasha hatte nicht gelogen. Sie tanzte ziemlich ungeschickt, sah dabei aber so süß aus, dass Ash lächeln musste.

Obwohl das Lied noch nicht zu Ende war, ließ Leo Ashs Hand los und klopfte Sasha auf die Schulter. »Darf ich abklatschen und mit meiner Frau tanzen?«

»Natürlich.« Sofort ließ Sasha Holly los.

Als Holly und Leo davonwirbelten, standen sich Ash und Sasha mitten auf der Tanzfläche gegenüber und starrten sich an.

Sasha sah ihnen nach. »Warum hab ich nur das Gefühl, dass die beiden uns ausgetrickst haben?«

»Weil es so ist«, murmelte Ash.

»Na ja, wir müssen nicht zusammen tanzen, nur weil die beiden uns dazu bringen wollten«, sagte Sasha. »Wenn du nicht mit mir tanzen möchtest, kannst du einfach sagen, du wolltest dir nicht die Zehen brechen lassen.«

Ash zögerte. Sasha bot ihr einen Ausweg an, doch wollte sie überhaupt einen?

Sie sah sich um.

Überall um sie herum tanzten Paare und hatten jede Menge Spaß. Hollys Brüder wirbelten ihre Ehefrauen herum und selbst Travis versuchte, mit Jenny mitzuhalten.

Grace und Lauren tanzten eng umschlungen und sahen einander tief in die Augen, obwohl das Lied dafür eigentlich zu schnell war.

Einige Leute starrten die beiden an, aber der Ausdruck auf ihren Gesichtern ließ darauf schließen, dass sie bloß die berühmte Schauspielerin bestaunten. Niemand schien sich darum zu scheren, dass zwei Frauen eng umschlungen tanzten.

Ash wollte dieselbe Nähe – und zwar mit Sasha. Sie wollte sich nicht setzen und Sasha ein für alle Mal aufgeben. Sie war sich nicht sicher, ob sie bereit war, mit den Konsequenzen umzugehen, aber darüber würde sie später nachdenken. Im Moment wollte sie einen Tanz in Sashas Armen genießen.

Als Sasha sich anschickte, sie von der Tanzfläche zu führen, griff Ash mit zitternden Fingern nach ihrer Hand. »Warte.«

Sasha drehte sich mit großen Augen zu ihr um. »Bist du dir sicher?«

Jeder Muskel in Ashs Körper war so angespannt, dass sie sich fühlte, als trüge sie ein Korsett, das sie am Atmen hinderte. Sie nickte.

»Deine Zehen könnten es bereuen«, murmelte Sasha. »Ich bin wirklich eine schreckliche Tänzerin.«

Ash ging durch den Kopf, was Sasha zu ihr gesagt hatte, als sie zusammen Cupcakes gebacken hatten. »Hab Vertrauen. Überlass dich meiner Führung und alles wird großartig klappen.«

Sasha lachte. »Wenn du mich jetzt schon zitierst, muss ich wohl mit dir tanzen.«

Doch gerade als sie begannen, sich im Takt der Musik zu bewegen, endete das Lied und ein neues begann. Diesmal war es keine schwungvolle Nummer, sondern ein langsames Liebeslied, bei dem die Paare sofort dichter zusammenrückten.

Ash war überzeugt, dass Holly und Leo das ebenfalls geplant hatten. Aber im Grunde war das jetzt egal. Sie hatte beschlossen, mit Sasha zu tanzen, und würde nun keinen Rückzieher machen. Ihr Mund war staubtrocken, als sie die Hand auf Sashas Schulter legte.

Sashas Muskeln fühlten sich an wie vibrierender Stahl. Hatte sie Angst davor, ihr auf die Füße zu treten, oder war sie aus einem anderen Grund so angespannt?

»Möchtest du es?«, fragte Ash leise.

Sasha sah ihr forschend in die Augen, so als versuchte sie herauszufinden, ob Ash vom Tanzen sprach oder mehr damit meinte. Ash wusste es selbst nicht. »Ja«, flüsterte Sasha. Sie verflocht ihre Finger mit Ashs und legte ihre andere Hand auf Ashs unteren Rücken.

Gott, das fühlte sich so gut an, als würde sie nach langer Odyssee nach Hause kommen. Ash merkte, wie sehr sie diese kleine Berührung vermisst hatte. Wieder ging ihr etwas durch den Kopf, was Sasha gesagt hatte: *Manchmal musst du einfach auf dein Herz hören, wenn es dir sagt, dass es sich richtig anfühlt.*

»Ähm, wenn du führst, sollten wir es dann nicht andersherum machen?« Sasha drückte ihre Finger und nickte auf Ashs Hand auf ihrer Schulter hinab.

»Oh. Stimmt.« Ashs Wangen glühten. »Entschuldige. Ich bin nicht daran gewöhnt, mit Frauen zu tanzen.« Außerdem fühlte sich Sashas Hand auf ihrem Rücken viel zu gut an. Sie machte Anstalten, die Position zu tauschen, aber Sasha ließ nicht los.

»Weißt du was?«, sagte Sasha. »Das ist unser Tanz, also machen wir die Regeln. Lass uns einfach so tanzen.«

»Okay.« Ihre Hände zitterten noch immer, als sie Sasha im Takt der Musik über die Tanzfläche führte. Sie spürte Blicke auf sich ruhen, zwang sich aber, nicht nach links oder rechts zu sehen, um festzustellen, ob die Leute sie wirklich anstarrten. Sie würde sich einfach einreden, dass sie sich das nur einbildete.

Schmerz schoss durch ihre Zehen und lenkte sie ab. »Autsch.«

Sasha zog den Kopf ein und streichelte Ashs Rücken, als könnte sie so den Schmerz mildern. »Mist. Tut mir wirklich leid.« Sie lächelte verlegen. »Ich habe dir ja gesagt, dass deine Zehen in Gefahr sind.«

Ash machte sich keine Sorgen um ihre Zehen. Wenn überhaupt, dann war ihr Herz der Körperteil, der in Gefahr war. »Ist schon okay. Wenn ich mir Sorgen um meine Zehen mache, vergesse ich vielleicht, mich darum zu sorgen, ob alle uns anstarren.«

»Wenn man uns anstarrt, dann sicher nur, weil du allen leidtust – oder weil du in diesem Kleid wirklich wahnsinnig gut aussiehst. Entspann dich, okay?« Sasha spreizte die Finger auf Ashs Rücken.

Die beschützende Geste tat gut. »Okay.« Ash ließ ihren Atem entweichen und versuchte, sich ganz auf Sasha und diesen Tanz zu konzentrieren. Sie war es nicht gewöhnt zu führen, aber da sie eigentlich nur hin- und herschaukelten und ihre Füße zum langsamen Takt der Musik bewegten, war es nicht weiter schwer. Bald vergaß sie, über jeden Schritt und jede Drehung nachzudenken. Selbst die anderen Gäste und die Musik nahm sie kaum noch wahr. Dafür wurde das Klopfen ihres Herzens immer lauter.

Ihre Körper schienen eine Einheit zu formen. Obwohl Sasha größer und kräftiger gebaut war, passten sie perfekt zueinander. Sashas Nähe brachte jeden Zentimeter ihres Körpers zum Kribbeln. Der Saum ihres Kleides umspielte ihre Beine und kitzelte ihre überempfindliche Haut. Selbst durch den Stoff hindurch spürte sie die

Wärme von Sashas Hand auf ihrem Rücken. Sashas muskulöse Schenkel streiften ihre bei jedem Schritt und der sanfte Druck von Sashas Brüsten an ihren eigenen ließ ihr den Kopf schwirren.

Der betörende Duft von Zimt und einfach nur Sasha umgab sie. Die Laternen und Lichterketten über ihnen warfen einen Wechsel von Licht und Schatten auf Sashas Gesicht und Ash sehnte sich danach, diese starken Gesichtszüge mit den Fingern zu erkunden und ihre weiche Haut zu streicheln. Sashas warmer Atem streifte ihre Wange. Wenn sie ein wenig den Kopf drehte, würden ihre Lippen sich fast berühren.

Sasha drehte den Kopf.

Ihre Blicke trafen sich. Die Verbindung zwischen ihnen und die Leidenschaft in Sashas Augen waren so intensiv, dass es Ash den Atem raubte. Sie begann zu zittern.

Sasha drückte sie noch enger an sich. Ihre Füße und Ashs bewegten sich nun entweder völlig im Einklang oder aber sie hatten aufgehört, sich zu bewegen. Ash war egal, welche der beiden Möglichkeiten zutraf.

Die letzten Takte des Liedes verklangen und einige der anderen Paare schoben sich an ihnen vorbei, um die Tanzfläche zu verlassen.

Nein, schrie alles in Ash. Sie war noch nicht bereit, diese Nähe mit Sasha aufzugeben.

Keine von beiden ließ los. Sie standen mitten auf der Tanzfläche, dicht aneinandergedrängt, und starrten einander in die Augen.

Schließlich war es Sasha, die zurückwich. »Ash …« Es klang wie ein Stöhnen. »Wir sollten uns besser setzen, bevor wir in aller Öffentlichkeit etwas tun, was du später bereuen würdest.« Sie führte Ash von der Tanzfläche und hielt noch immer ihre Hand, vielleicht ohne es zu bemerken.

Benommen folgte ihr Ash zum Tisch.

Jenny und Travis starrten ihnen entgegen. »Heiliger Bimbam!« Jenny fächelte sich mit beiden Händen Luft zu. »Was war das denn?«

»Ash hat sich erbarmt und sich meiner schrecklichen Tanzkünste angenommen«, sagte Sasha.

Jenny rollte mit den Augen. »Das hat nicht schrecklich ausgesehen – und nach Tanzen auch nicht. Es hat eher so ausgesehen, als würdet ihr euch gleich mitten auf der Tanzfläche gegenseitig die Kleider vom Leib reißen!«

Ash spürte, wie sie rot wurde. »N-nein, nein, w-wir … ich …« Sie schloss den Mund wieder. Es war unmöglich, eine andere Erklärung zu liefern, ohne dabei zu lügen und zu bestreiten, was Sasha ihr bedeutete, und das wollte Ash nicht mehr.

»Hey, wir haben nichts dagegen.« Travis grinste sie an. »Stimmt's, Jenny?« Er winkte dem Rest der Clique zu. »Besonders deshalb, weil ihr mir jetzt alle einen Zwanziger schuldet. Ich habe euch doch gleich gesagt, dass zwischen den beiden was läuft.«

Chris schüttelte den Kopf. »Ich habe nicht dagegen gewettet, also schulde ich dir auch nichts.«

»Ignorier die beiden«, sagte Jenny. »Aber Travis hat recht. Wir haben nichts dagegen. Wir freuen uns für euch.« Ihr Lächeln verblasste. »Aber deine Eltern sahen eben weniger erfreut aus. Sie sind hier rausgestürmt, als wäre der Teufel hinter ihnen her.«

Eiskalte Klauen schienen sich in Ashs Brust zu krallen. »Wie bitte? Meine Eltern waren hier? H-Haben sie uns gesehen?« *Oh mein Gott, oh mein Gott, oh mein Gott!* Alles um sie herum begann, sich zu drehen, und nur Sashas fester Griff um ihre Hand hielt sie noch auf den Füßen.

Sasha rieb Ashs Finger, die klamm geworden waren. »Soll ich mit ihnen reden? Ich könnte ihnen sagen … was immer du auch willst.«

Ash wusste, Sasha würde für sie lügen. Es war verlockend – äußerst verlockend – Sasha ihre Retterin mit Fliege sein zu lassen, aber Ash wusste, sie musste sich der Situation selbst stellen. Sie drückte Sashas Hand. »Danke, aber ich glaube, ich muss selbst mit ihnen reden.« Doch sie hatte keine Ahnung, was sie sagen sollte.

Zögernd ließ Sasha ihre Hand los und nickte ihr ermutigend zu. »Ich bin hier und warte auf dich, okay? Was auch passiert.«

Ash nickte nur, da sie Angst hatte, dass ihre Zähne aufeinanderklappern würden, wenn sie versuchte, etwas zu sagen. Ein letzter Blick zurück zu Sasha, dann eilte sie auf wackeligen Beinen aus der Scheune.

Mist. Sasha sank auf ihren Stuhl und starrte zum offenen Scheunentor. Draußen war es dunkel geworden, sodass sie nicht zusehen konnte, wie Ashley den Hof überquerte. Ihr Kopf schwirrte wie Teig in einer Rührmaschine.

Eben hatte Ashley noch vor all ihren Freunden mit ihr getanzt und jetzt rannte sie ihren Eltern hinterher, vermutlich um ihnen irgendeine Ausrede aufzutischen. Oder würde sie sich doch trauen, sich zu outen?

Travis gab ihr einen kameradschaftlichen Klaps auf die Schulter. »Du und Ashley seid also …?« Er wackelte mit den Augenbrauen.

Sasha war so angespannt, dass sie keinerlei Geduld für Travis' Bemerkungen aufbringen konnte. »Werd endlich erwachsen, Travis. Es geht nicht bei allem im Leben immer nur um Sex.«

Travis schnaubte. »Jetzt hör aber auf. So wie ihr euch eben angesehen habt, erwartest du doch nicht im Ernst von mir, dass ich glaube, zwischen euch läuft nichts.«

»Das habe ich nicht gesagt.« Doch was Ashley und sie verband, war so viel mehr als nur Sex. Als sie auf der Tanzfläche in Ashleys Augen gesehen hatte, schien die Zeit stillzustehen und sie hatte alles andere um sich herum vergessen. Jetzt, da diese Verbindung abgerissen war, war tief in ihr eine schmerzhafte Lücke entstanden.

»Also hatte Travis ausnahmsweise tatsächlich recht«, sagte Jenny. »Ashley steht wirklich auf Frauen, oder?«

Sasha antwortete nicht. Ihre Aufmerksamkeit galt immer noch dem Scheunentor und der Dunkelheit, die sich dahinter erstreckte. Redete Ashley gerade mit ihren Eltern? Und falls ja, was sagte sie ihnen?

Travis stupste seine Frau an. »Sieht doch ein Blinder. Sie steht auf Sasha.«

»Warum hat Ashley uns nie etwas gesagt?«, fragte Jenny. »Wir sind ihre Freunde. Hat sie wirklich gedacht, wir würden sie nicht mehr mögen, wenn sie sich outet?«

»Das müsst ihr Ashley selbst fragen. Ich kann nicht für sie sprechen. Und jetzt müsst ihr mich entschuldigen, Leute.« Sasha erhob sich. Doch bevor sie sich davonstehlen konnte, hielt Leos Mutter sie am Arm fest.

»Oh, nein, jetzt kannst du unmöglich gehen, Liebes. Es ist Zeit für das Brautstraußwerfen.«

Sasha stöhnte. Sie hasste diese alberne, altmodische Tradition. Warum nahmen die Leute immer noch an, dass jede alleinstehende Frau verzweifelt nach einem Ehemann – oder einer Ehefrau – suchte? »Ich dachte, Holly und Leo hätten sich dagegen entschieden?«

Leos Mutter zuckte mit den Schultern. »Beth und ich haben sie dazu überredet.«

»Irgendjemand freut sich bestimmt, wenn sie einen der Brautsträuße fängt, aber ich bin nicht abergläubisch und ich sollte jetzt wirklich …«

»Gleich, Liebes. Es wird nicht lange dauern, insbesondere weil Leo und Holly keine Strumpfbänder werfen werden.«

Sasha blickte ein letztes Mal zum Ausgang, bevor sie sich in ihr Schicksal ergab und sich zu der Gruppe unverheirateter Frauen gesellte, die sich auf der Tanzfläche versammelt hatten.

Leo und Holly standen mit dem Rücken zu ihnen und hielten ihre Brautsträuße mit beiden Händen.

Seufzend versuchte Sasha, sich hinter den anderen Frauen zu verstecken, aber das war unmöglich, wenn man so groß war wie sie. Aber wenigstens würde sie hier hinten nicht im Getümmel feststecken und konnte sofort abhauen, sobald dieses alberne Ritual beendet war. Sie ignorierte die tadelnden Blicke, die Leos Mutter ihr zuwarf.

»Eins, zwei, drei«, zählten Holly und Leo gemeinsam, bevor sie ihre Sträuße über ihre Schultern warfen.

Beide Brautsträuße segelten in einem hohen Bogen durch die Luft. Dutzende von Händen reckten sich ihnen eifrig entgegen, als sie sich dem Boden entgegensenkten. Sasha war die Einzige, die nicht einmal die Arme hob.

Ein Strauß hielt genau auf sie zu.

Oh Scheiße. Sasha sprang beiseite, aber das brachte sie in die Flugbahn des anderen Straußes, der an den ausgestreckten Händen einer anderen Frau abgeprallt war und nun Sasha direkt in die Arme fiel.

Sie starrte auf die Blumen hinab, als wären diese eine Granate.

Hollys Cousine lachte. »Und dabei behauptest du immer, du wärst nicht der heiratswillige Typ. Von wegen!«

Ash hatte den Hof schon unzählige Male überquert, aber noch nie war ihr der Weg gleichzeitig so lang und so kurz vorgekommen.

Sie war noch erhitzt von ihrem Tanz mit Sasha, deshalb fröstelte sie in der kühlen Nachtluft. Oder vielleicht zitterte sie auch aus Angst. Ihr Herz schlug so laut, dass sie die Musik aus der Scheune kaum noch hören konnte.

In der Küche brannte Licht. Normalerweise war ihr Elternhaus immer ein einladender Ort gewesen, doch nun fühlte sie sich, als wäre sie unterwegs zu ihrer Hinrichtung. Sie war sich nur allzu sehr bewusst, dass sie vielleicht zum letzten Mal das Haus betrat, in dem sie aufgewachsen war.

Mit schweißfeuchten Händen klopfte sie an die Hintertür. Auf keinen Fall wollte sie ihren Eltern einen weiteren Schreck einjagen, indem sie einfach unangemeldet eintrat.

Als keine Antwort kam, betrat sie zögernd das Haus. »Mama? Papa? Ich bin's.«

Ihre Mutter saß am Küchentisch, den Kopf in die Hände gestützt, während ihr Vater vor der Spüle auf und ab schritt.

Der Anblick versetzte Ash einen Stich in die Brust. So hatte sie ihre Eltern in den Monaten nach Melissas Tod viel zu oft gesehen. War eine lesbische Tochter für die beiden wirklich genauso schlimm wie eine Tochter, die sich umgebracht hatte?

Mit Tränen in den Augen sah ihre Mutter auf. Auch das war ein viel zu vertrauter Anblick. »Oh mein Gott!« Sie sprang auf, hastete um den Tisch herum und berührte mit zitternden Fingern Ashs Haare. »Das ist mir vorhin gar nicht aufgefallen. Was hast du mit deinen wunderschönen Haaren gemacht?«

Ihr Vater blieb stehen. Sein Gesicht war rot angelaufen. »Glaubst du wirklich, dass ihre Haare im Moment wichtig sind?« Er baute sich vor Ash auf und deutete in Richtung der Scheune. »Was zum Teufel war das?«

»Ich … ich habe getanzt.«

»Mit einer anderen Frau?«, fragte ihre Mutter.

Ash starrte hinab zu der Fliese, durch die ein Riss lief, seit sie mit sechs Jahren eine Tasse hatte fallen lassen. Sie wusste, dass sie jetzt eine Entscheidung treffen musste. Sie konnte ihren Eltern versichern, dass alles ganz harmlos gewesen war, nur ein Tanz unter Freundinnen, weil die Bräute sie darum gebeten hatten. Vermutlich würden ihre Eltern ihr nur allzu gern glauben. Oder aber sie konnte ihnen die Wahrheit sagen und sich outen, auch wenn das bedeuten würde, ihre Eltern womöglich zu verlieren.

Sie sah über die Schulter zurück zur Scheune, wo Sasha auf sie wartete. *Was auch passiert,* hatte sie gesagt. Ash straffte die Schultern und machte sich auf das Schlimmste gefasst. Tausend Gedanken gingen ihr durch den Kopf, als sie nach den richtigen Worten suchte, um ihre Eltern dazu zu bringen, sie zu akzeptieren. Schließlich sagte sie einfach: »Ich bin lesbisch.«

Das Gesicht ihres Vaters nahm ein noch dunkleres Rot an. Seine Zähne knirschten so laut, dass Ash es hören konnte.

Ihre Mutter schüttelte wiederholt den Kopf. »Wieso sagst du so etwas?«

»Weil es wahr ist.« Ashs Stimme zitterte, aber sie zwang sich, es zu wiederholen. »Ich bin lesbisch.«

»Nein, bist du nicht«, sagte ihre Mutter, die immer noch ihren Kopf schüttelte. »Du bist nur verwirrt oder …«

»Ich bin kein Teenager mehr, Mama. Das ist keine Phase, die ich eben erst entdeckt habe. Ich weiß es schon seit fünfzehn Jahren.«

Ihre Mutter schnappte hörbar nach Luft. »Seit fünfzehn Jahren? So lange hältst du das schon vor uns geheim?«

Der Schmerz und die Enttäuschung in der Stimme ihrer Mutter ließen Ash beschämt den Kopf einziehen. »Ich wollte es nicht verheimlichen, ich hatte nur Angst, es euch zu sagen.«

»Aber wir hätten dir helfen können, es zu überwinden.«

»Da gibt es nichts zu überwinden.« Ash hob den Kopf und sah ihren Eltern in die Augen, in der Hoffnung, endlich zu ihnen durchzudringen. »Es ist ein Teil von mir.«

»Nein, ist es nicht. Das kann nicht sein.« Ihr Vater begann erneut, wie ein eingesperrtes Tier auf und ab zu gehen. »Wir haben dich nicht dazu erzogen …« Er wedelte mit der Hand, konnte das Wort aber nicht aussprechen, als würde es dann wahr werden. »… so zu sein.«

»Dazu erzogen?« Ash schüttelte den Kopf. »So funktioniert das nicht, Papa. Man kann niemanden dazu erziehen, heterosexuell zu sein. Entweder ist man es oder man ist es nicht. Und so sehr ich auch versucht habe, es zu sein, ich bin es nicht.«

Ihre Mutter begann zu weinen. »Wie kannst du uns so etwas antun, nach allem, was wir durchgemacht haben?«

Eine Welle der Frustration und Verzweiflung überkam Ash so heftig, dass auch sie fast in Tränen ausgebrochen wäre. Hörten die beiden ihr überhaupt zu? »Ich tue euch überhaupt nichts an. Versteht ihr denn nicht? Das hat nichts mit euch zu tun. Ich habe mich so sehr bemüht, so zu sein, wie ihr mich haben wollt. Ich habe versucht, die perfekte Tochter zu sein. Ich habe versucht, wie Missy zu sein. Heterosexuell. Ich habe alles getan, um euch nicht noch mehr Leid zuzufügen. Aber jetzt kann ich nicht mehr. Ich kann einfach nicht mehr lügen.«

»Dann willst du damit an die Öffentlichkeit gehen?« Ihre Mutter stöhnte in ihre Handflächen hinein. »Oh mein Gott, Ashley! Kannst du dir vorstellen, was die Leute sagen werden?«

»Ja, Mama, das kann ich mir nur allzu gut vorstellen.« Ashs Stimme war rau. »Ich habe gehört, was sie über Leo und Holly gesagt haben, und ich weiß, dass das Getratsche bei mir noch schlimmer sein wird, weil ich nicht wie Leo berühmt bin. Ich weiß, dass es hart werden wird, besonders am Anfang. Deshalb brauche ich jetzt eure Unterstützung mehr denn je.«

Ihre Mutter nahm Ashs Hände und drückte sie so fest, dass es fast schmerzte. »Aber es muss doch niemand davon erfahren. Du riskierst damit deinen Ruf und dein Geschäft! Mrs. Beasley wird ihren Mann und die Leute in ihrem Bibelkreis sicher davon überzeugen, nicht mehr bei dir im Laden zu kaufen.«

»Ich weiß, Mama. Aber ich kann so nicht weitermachen. Dieses ständige Versteckspiel bringt mich um.«

Ihr Vater zuckte zusammen.

»Im übertragenen Sinn«, fügte Ash rasch hinzu. »Ihr müsst keine Angst haben, dass ich mir etwas antue. Das würde ich nie tun. Ich meinte damit, dass es mich innerlich zerreißt.« Sie presste eine Hand auf ihre Brust, als wollte sie verhindern, dass ihr Brustkorb aufplatzte. »Habt ihr auch nur die geringste Vorstellung davon, wie es ist, immer lügen und einen Teil von mir verstecken zu müssen? Ich habe versucht, mir einzureden, dass ich trotzdem ein gutes Leben haben kann, und eine Zeitlang war ich auch nicht unbedingt unglücklich, aber jetzt …«

»Was ist jetzt?«, fragte ihre Mutter, als Ash verstummte.

Wenigstens hörte sie Ash jetzt zu. »Weißt du noch, was Papa vor einigen Monaten gesagt hat? Dass ich jemanden kennenlernen und mich Hals über Kopf verlieben werde, vermutlich, wenn ich am wenigsten damit rechne.«

Ihre Mutter nickte zögernd.

»Ich glaube, genau das ist passiert«, flüsterte Ash.

»Du hast dich in Sasha Peterson verliebt?« Ihre Mutter klang, als könnte sie sich das genauso wenig vorstellen wie ein Raumschiff voller tintenfischartiger Aliens, das auf der Erde landete.

Ash hielt ihrem Blick stand, obwohl es ihr nach jahrelangem Versteckspiel schwerfiel. »Ja. Sie ist wunderbar, Mama.«

»Das bezweifle ich ja gar nicht, Schatz. Sie scheint nett zu sein. Ich habe nichts dagegen, dass ihr befreundet seid. Aber wenn sie deine …« Ihre Mutter wedelte mit der Hand, als hätte sie keine Bezeichnung dafür, was Sasha für Ash sein konnte. »Das könnten dein Vater und ich nicht unterstützen.«

Die Tränen, die schon die ganze Zeit in Ashs Augen gebrannt hatten, liefen nun ihre Wangen hinab. Sie versuchte, sie wegzuwischen, aber es waren zu viele. Zwar war die Reaktion ihrer Eltern nicht überraschend, aber es tat trotzdem weh, es zu hören und zu wissen, dass sie die beiden verlieren würde, so wie sie schon Melissa verloren hatte. »Was bedeutet das? Wollt ihr mich einfach …« Ein Schluchzen drang aus ihrer Kehle und sie konnte den Rest des Satzes kaum beenden. »… aus eurem Leben verbannen und so tun, als wäre ich nicht mehr eure Tochter?«

Ihr Blick huschte von ihrer Mutter zu ihrem Vater, der sich seine ergrauenden Haare raufte, als wollte er sie ausreißen.

Ihre Mutter sank auf ihren Stuhl und vergrub das Gesicht in den Armen. Ihr Schluchzen durchbrach die Stille.

Ihr Vater ging zu seiner Frau hinüber und legte eine Hand auf ihre bebende Schulter. Als er aufsah, hatte auch er Tränen in den Augen und das erschütterte Ash zutiefst.

Sie hatte ihren Vater nur ein einziges Mal weinen sehen – am Tag, als Melissa gestorben war.

Ihr Hals brannte. Sie konnte nicht sprechen. Sie starrte ihn an und wartete auf das Unvermeidliche. Es bestand kein Zweifel daran, dass er sie gleich aus dem Haus werfen und ihr sagen würde, sie solle nie zurückkommen.

Sein Adamsapfel hüpfte auf und ab, als er mehrfach schluckte. »Ich will ganz ehrlich sein. Es gefällt mir nicht, dass du …« Wieder konnte er das Wort nicht aussprechen. »Dass du so bist. Ich bin nicht sicher, ob ich das je akzeptieren kann. Aber dich aus unserem Leben verbannen?« Er schüttelte heftig den Kopf. »Das wäre, als würde ich mir selbst das Herz aus dem Leib reißen. Ich habe bereits eine Tochter verloren. Was auch passiert, ich will nicht noch eine verlieren.«

Was auch passiert. Ohne es zu wissen, hatte er Sashas Worte benutzt. Hoffnung keimte in Ash auf. »D-das wirst du nicht«, brachte sie hervor. »Ich will euch auch nicht verlieren.«

Ihre Mutter sprang auf und hätte Ash mit ihrer verzweifelten Umarmung beinahe von den Beinen gerissen. Ihr Körper zitterte in Ashs Armen.

Ihr Vater kam zu ihnen und legte seine Arme um sie beide. Lange Zeit standen sie mitten in der Küche und klammerten sich aneinander fest.

»Ich will doch nur glücklich sein«, schluchzte Ash an der Schulter ihrer Mutter.

»Ich will auch, dass du glücklich bist, Schatz. Das ist alles, was ich je wollte.« Ihre Mutter wich ein Stück zurück, um Ash die Tränen aus dem Gesicht zu wischen. »Aber muss es denn unbedingt mit einer anderen Frau sein?«

»Ich weiß nicht, warum es so ist, Mama. So bin ich einfach und ich kann es nicht ändern. Ich habe es weiß Gott versucht.«

Ihr Vater seufzte. »Ich kann nicht so tun, als würde mir das gefallen, oder versprechen, dass ich nicht ein paar Leuten die Nase brechen werde, wenn ich höre, wie in der Stadt über dich getratscht wird.«

Es war nicht gerade eine herzliche Annahme ihrer sexuellen Orientierung, aber zumindest war er bereit, sie vor den Klatschbasen in Fair Oaks zu beschützen. Das tat gut, obwohl Ash natürlich nicht wollte, dass er irgendwelche Nasen brach. »Danke, Papa, aber ich glaube, ich bin alt genug, um mich selbst zu verteidigen.«

»Du wirst immer mein kleines Mädchen bleiben, egal, wie alt du bist«, sagte er mit rauer Stimme.

Ash kämpfte erneut gegen Tränen an.

Ihre Mutter fuhr mit den Fingern durch Ashs Haare, als versuchte sie, sich an die neue Länge zu gewöhnen. »Was du vorhin gesagt hast … darüber, dass du versucht hast, wie deine Schwester zu sein … Ich wollte nie, dass du wie Missy bist oder sie ersetzt«, sagte sie im Flüsterton. »Niemand könnte Missy je ersetzen, aber das bedeutet nicht, dass wir dich weniger lieben. Das weißt du, oder?«

Ash nickte, weil der Kloß in ihrem Hals sie am Sprechen hinderte. Dennoch tat es gut, das zu hören. Sie umarmte ihre Eltern ein letztes Mal und ließ dann los. »Ich glaube, ich sollte jetzt zur Feier zurückgehen.« Sie deutete in Richtung der Scheune. »Ich bin einfach rausgelaufen, als mir Jenny gesagt hat, dass ihr da wart. Habt ihr nach mir gesucht?«

»Nein, wir wollten deinen Freundinnen zur Hochzeit gratulieren. Ihr, ähm, Lebensstil mag uns nicht gefallen, aber …« Ihre Mutter zuckte mit den Schultern. »Na ja, immerhin feiern sie in unserer Scheune, da sollten wir zumindest gratulieren. Kannst du es ihnen ausrichten?«

Ash nickte. Ihre Eltern waren keine eifrigen Verfechter der Rechte von homosexuellen Menschen, aber auf ihre eigene Art versuchten sie doch, das Richtige zu tun.

Ihre Eltern begleiteten sie zur Hintertür.

»Du kommst doch morgen zum Essen, oder?«, fragte ihre Mutter. »Ich dachte, ich mache einen Kartoffelauflauf für uns drei.«

Für uns drei, wiederholte Ash in Gedanken. Es war klar, was ihre Mutter damit sagen wollte. Die Einladung galt nur Ash, nicht aber Sasha, obwohl ihre Eltern nun sicher annahmen, dass sie ein Paar waren.

Sie hatten noch einen langen Weg vor sich, aber wenigstens hatten ihre Eltern sie nicht verstoßen. Eines Tages würde ihre Mutter vielleicht einen Auflauf für vier Personen machen.

Okay, das war ganz schön vorschnell. Sie hatte sich noch nicht einmal richtig mit Sasha unterhalten, seit ihr diese vor zwei Tagen gesagt hatte, sie könne das Hin und Her nicht mehr ertragen, und gegangen war.

Sie umarmte ihre Eltern, die sie etwas länger als gewöhnlich an sich gedrückt hielten. Als sie auf den Hof hinaustrat, standen sie im Türrahmen und sahen ihr nach, als wäre sie eine wagemutige Forscherin, die sich anschickte, ein bisher unerforschtes Meer zu erkunden, in dem es vor Haien nur so wimmelte.

Im dunklen Teil des Hofes, wo ihre Eltern sie nicht mehr sehen konnten, blieb Ash stehen und sah zum Nachthimmel hinauf. Unzählige Sterne funkelten auf sie herab.

Sie fröstelte und rieb sich die nackten Arme. Vorhin war sie aus der Scheune gelaufen, ohne ihre Strickjacke von der Lehne ihres Stuhls zu nehmen. Aber die kühle Luft machte ihr nichts aus. Eine seltsame Leichtigkeit überkam sie, als hätte jemand ihr einen Umhang umgelegt, der sie unverwundbar machte. Ihr war klar, dass das Gefühl irgendwann nachlassen würde. Morgen würde der Klatsch und Tratsch in der Stadt vermutlich höllisch wehtun, aber im Moment genoss sie einfach nur diese unglaubliche Erleichterung.

Sasha lehnte sich gegen das Scheunentor, starrte in die Dunkelheit hinaus und versuchte, schemenhafte Bewegungen auszumachen. Würde Ashley überhaupt zurückkommen?

Natürlich kommt sie zurück, sagte sie sich entschlossen. Sie wollte gern glauben, dass Ashley nicht wie ihre Mutter war, die sie verlassen hatte, doch es war nicht leicht, die alten Ängste abzuschütteln, insbesondere nicht, nachdem sie in Florida bereits zweimal allein aufgewacht war.

»Hey.«

Eine sanfte Berührung an der Schulter ließ sie zusammenzucken.

Holly stand vor ihr.

»Hey«, sagte Sasha. Da sie den ganzen Tag über mit letzten Vorbereitungen für die Hochzeit beschäftigt gewesen war, hatte sie kaum Zeit gehabt, mit ihrer besten Freundin zu reden. »Hab ich dir schon gesagt, wie wunderschön die Trauung war und wie hübsch du aussiehst?«

»Danke. Du siehst aber auch toll aus.« Holly zupfte an Sashas Fliege. »Mir ist aufgefallen, dass die Fliege dieselbe Farbe hat wie Ashs Kleid.«

»Ähm, ja.« Sasha verlagerte ihr Gewicht von einem Bein auf das andere. Kurz überlegte sie, ob sie behaupten sollte, es sei nur ein Zufall, aber es fühlte sich einfach falsch an. Sie wusste genau, dass es so viel mehr als ein Zufall war, und sie hatte Holly versprochen, ihr zu sagen, wenn in ihrem Liebesleben je wieder etwas Aufregendes passierte. In Florida hatte sie Holly hingehalten, aber jetzt war es an der Zeit, ihr Versprechen zu halten. »Ich hatte dir ja versprochen, dass ich Bescheid sage, wenn sich in meinem Liebesleben etwas tut. Ähm, jetzt habe ich dir etwas zu sagen. Ich glaube, du hast es dir schon selbst gedacht, aber ich wollte trotzdem, dass du es von mir erfährst.«

Holly lächelte. »Danke, dass du es mir sagst. Was genau läuft zwischen dir und Ash?«

Ein Seufzer entfuhr Sasha. »Wenn ich das mal wüsste. Vor zwei Tagen hat sie mich einfach gehen lassen, als ich ihr gesagt habe, dass ich diese Versteckspielchen nicht mehr mitspiele, und heute hat sie vor der halben Stadt mit mir getanzt.«

»Das hat mich überrascht. Ich hätte nicht gedacht, dass sie es tut, nicht einmal nachdem Leo und ich sie dazu ermuntert haben.« Holly sah ihr in die Augen. »Ich hoffe, wir haben da keinen Fehler gemacht. Ich möchte nicht dazu beitragen, dass dir wehgetan wird.«

Sasha drückte Hollys Arm. »Keine Sorge. Ich bin schon ein großes Mädchen und kann auf mich aufpassen.«

»Ein großes Mädchen mit einem weichen Herzen«, sagte Holly. »Normalerweise hätte ich mich nicht eingemischt, aber wenn ich euch zusammen sehe … Die Ash, die mit uns in Florida war und die heute mit dir getanzt hat, das ist nicht die Ash, die sich mitten in der Nacht aus meinem Haus geschlichen und sich geweigert hat, allzu oft mit mir in der Öffentlichkeit gesehen zu werden.«

Der Gedanke an Ashley und Holly als Paar machte Sasha eifersüchtig. Doch zugleich konnte sie sich die beiden nicht zusammen vorstellen. »Ich glaube, sie hat sich seit damals ganz schön weiterentwickelt«, sagte sie leise. »Ich weiß nur nicht, ob es ausreicht.«

»Wozu?«, fragte Holly.

»Um sich für mich zu entscheiden. Für uns und gegen die vertraute Sicherheit in ihrem hermetisch verschlossenen Hetero-Versteck.«

»Ich glaube, so hermetisch verschlossen ist es nicht mehr.«

»Holly«, rief Beth von drinnen, noch bevor Holly mehr sagen konnte. »Die Mitchells möchten gehen. Kommst du bitte und verabschiedest dich?«

Holly sah über die Schulter. »Tut mir leid. Die Pflicht ruft.«

»Schon okay. Geh nur.«

Holly umarmte sie kurz. »Nur fürs Protokoll: Ich finde, sie wäre dumm, wenn sie sich nicht für dich entscheidet.«

»Na ja, dich hat sie auch gehen lassen.«

»Ja, aber das war besser so«, sagte Holly. »Ash und ich waren nie dafür bestimmt, mehr als Freundinnen zu sein, aber ich glaube, sie und du könntet wirklich gut zueinander passen.«

Sasha hatte immer gedacht, dass nur eine unbekümmerte, spontane Person für sie infrage kam, doch nun musste sie Holly zustimmen. Jemand, der so verantwortungsbewusst und rücksichtsvoll wie Ashley war, passte besser in ihr Leben. Sie konnte nur hoffen, dass Ashley das auch so sehen würde.

Die Hochzeitsfeier war immer noch in vollem Gang, als Ash den Hof überquerte, obwohl es ihr vorkam, als wäre es eine Ewigkeit her, seit sie die Party verlassen hatte.

Als sie näher kam, sah sie eine hochgewachsene, schemenhafte Gestalt wie ein stummer Wächter vor dem Eingang stehen. Die Laternen in der Scheune beleuchteten die Person von hinten, sodass ein Lichtkegel um deren Kopf und breite Schultern entstand. Das Gesicht lag im Dunkeln.

Es hätte jeder sein können, vielleicht einer der Sicherheitsbeamten oder ein Hochzeitsgast, der nach draußen getreten war, um eine Zigarette zu rauchen oder frische Luft zu schnappen, doch Ash spürte sofort, wer es war.

»Sasha?«

»Ich bin hier.« Sashas ruhige Stimme war wie ein rettender Leuchtturm, der Ash in die richtige Richtung führte.

Mit zwei langen Schritten hatte sie Sasha erreicht.

Beide drehten sich zur Seite, sodass das Licht aus der Scheune sie nun im Profil traf und sie einander sehen konnten.

»Ash!« Sasha schnappte nach Luft und ließ den Strauß fallen, der unter ihrem Arm geklemmt hatte. »Hast du geweint?«

»Ist schon okay.« Ash rieb sich mit einer Hand das Gesicht.

»Nein, ist es nicht.« Sasha legte die Strickjacke, die sie von Ashs Stuhl genommen haben musste, um Ashs Schultern und wischte ihr behutsam die Tränen aus dem Gesicht. »Was ist passiert?«

»Ich habe meinen Eltern gesagt, dass ich lesbisch bin.« Ash konnte es selbst kaum glauben. Sie hätte nie geglaubt, dass sie sich je outen würde – oder dass sie hinterher trotzdem noch eine Familie haben würde.

Sasha erstarrte. »Wow. Das ist … Wow!« Sie nahm Ashs Gesicht in beide Hände und musterte sie im fahlen Licht. »Ich nehme an, sie haben nicht gut reagiert?«

»Ja und nein. Erst wollten sie es nicht glauben, dann haben sie geweint. Es war ein ziemlicher Schock für sie, den sie sicher nicht so schnell verdauen werden. Ich war mir sicher, dass ich sie verlieren werde, sobald ich es ihnen sage.«

»Aber das ist nicht passiert?«

»Nein, ist es nicht.« Ashs Stimme vibrierte voller Freude und sie versuchte nicht, es zu unterdrücken. »Sie hadern ziemlich damit. Sicher werden sie lange brauchen, um es zu akzeptieren. Aber sie haben gesagt, dass sie mich immer noch lieben. Das mag nicht viel sein, wenn man es mit deiner Tante vergleicht, aber es ist mehr, als ich je erwartet habe.«

»Gott, ich freue mich so für dich!« Sasha umfasste Ashs Hüften, hob sie hoch und wirbelte sie herum.

Lautes, unkontrolliertes Gelächter drang aus Ashs Brust. Zum ersten Mal in ihrem Leben war es ihr völlig egal, was die Leute denken würden. Sie schlang die Arme um Sashas Hals und hielt sich an ihr fest, als die Welt sich um sie herum drehte. »Lass mich runter«, rief sie, lachte aber noch immer.

Sasha gehorchte und setzte sie sanft ab.

Das Gefühl, an Sashas kräftigem Körper nach unten zu gleiten, löste bei Ash eine Gänsehaut aus, die nichts mit der kühlen Nachtluft zu tun hatte.

Sashas warme Hände ruhten noch auf Ashs Hüften und Ashs Arme waren um Sashas Hals geschlungen. So verharrten sie und starrten einander an.

Ash konnte nicht sagen, wer den ersten Schritt machte. Es spielte auch keine Rolle.

Ihre Lippen trafen sich zu einem Kuss, der die Welt um sie herum wieder verschwimmen ließ. Sie klammerte sich an Sasha fest, als ihre Zungen sich erkundeten, streichelten und sich wieder miteinander vertraut machten.

Als der Kuss endete, fühlte sich Ash, als hätte sich jeder Knochen in ihrem Körper in eine wabbelige Masse verwandelt.

»Sollen wir gehen?«, flüsterte Sasha dicht an ihren Lippen. Ihre Stimme war atemlos.

Ash wollte nichts lieber, als mit Sasha allein zu sein. »Ja. Lass uns gehen und uns von Leo und Holly und den anderen verabschieden.«

Wortlos hob Sasha den Strauß auf, den sie vorhin fallengelassen hatte, und legte Ash eine Hand auf den Rücken.

»Ähm, Sasha?«, sagte Ash, als Sasha sie zurück in die Scheune führte. »Warum hast du einen der Brautsträuße?«

Sasha lachte. »Weil ich mich nicht schnell genug geduckt habe.«

Die Hauptstraße war wie ausgestorben, als Ash ihren Wagen vor der Bäckerei parkte und ausstieg.

Sasha hatte ihr Auto bereits abgestellt und wartete am Fuß der Treppe, die hinauf zu ihrer Wohnung führte.

Ash eilte ihr entgegen, doch dann sah sie zurück und zögerte. Wenn sie den leidenschaftlichen Ausdruck in Sashas Augen richtig gedeutet hatte, würde sie bei Sasha übernachten. Sie wollte es auch.

Doch das würde bedeuten, dass ihr Auto die ganze Nacht hier stehen würde, wo jeder es sehen konnte. Ihr Magen krampfte.

Als Ash zu ihr aufschloss, machte Sasha keinerlei Anstalten, sie nach oben zu führen. Sie sah ihr in die Augen, als wüsste sie genau, was ihr gerade durch den Kopf ging. »Bist du dir sicher, dass du das willst? Dass du *uns* willst?«, fragte sie leise. »Zum ersten Mal in meinem Leben könnte ich mir vorstellen, eine langfristige Beziehung mit jemandem zu führen – mit dir, Ash. Aber ich kann nicht die Einzige sein, die bereit ist, alles dafür zu geben. So sehr ich dich auch begehre, wir werden nicht nach oben gehen, wenn du mir nicht versprichst, dass ich morgen nicht allein aufwachen werde.« Ihr Blick war völlig offen und verletzlich. Sasha ging ein großes Risiko ein, indem sie auf Ashs Wort vertraute, obwohl Ash schon zuvor davongelaufen war.

Ashs Herz schlug schneller. Sie wusste, wie angsteinflößend die Situation für Sasha sein musste. »Du wirst nicht allein aufwachen. Ich werde da sein. Direkt neben dir.« Sie zog Sasha an sich und küsste sie, als wollte sie damit das Versprechen besiegeln. Diesmal war es ihr egal, ob Sashas Nachbarn sie sahen. Sie hatte sich geoutet und wollte endlich ihr Leben leben – und es mit Sasha teilen, aber vermutlich war es zu früh, um ihr das zu sagen.

Sasha ließ eine Hand auf Ashs unterem Rücken ruhen und vertiefte den Kuss.

Hitze sammelte sich tief in Ashs Bauch. Keuchend unterbrach sie den Kuss, nahm Sashas Hand und zog sie die Treppe hinauf.

Sashas normalerweise ruhige Hände zitterten, als sie die Tür aufschloss. Sobald sie eingetreten waren, stieß Sasha die Tür mit dem Absatz zu und presste Ash mit ihrem Körper an die Wand.

Die Art, wie Sasha ihren Hals küsste, brachte Ash um den Verstand. Zum ersten Mal in ihrem Leben zog sie ernsthaft in Betracht, den Blumenstrauß in Sashas Hand einfach irgendwo abzulegen, ohne ihn ins Wasser zu stellen. Aber vielleicht wäre es gut, wenn sie es ein wenig langsamer angingen. Sie wollte sich für den Rest ihres Lebens an jeden Moment dieser Nacht erinnern.

»Wasser«, flüsterte sie, doch es hörte sich mehr wie ein Stöhnen an, denn Sasha knabberte jetzt an der empfindsamen Stelle unterhalb ihres Ohres.

Sasha hob den Kopf. »Hmm? Hast du Durst?«

»Nein.« Ashs einziges Bedürfnis war das nach mehr von Sashas Berührungen. »Die Blumen aber schon.«

»Oh.« Sasha starrte auf den Strauß in ihrer Hand hinab, als hätte sie ihn völlig vergessen. Dann schritt sie rasch zur Küchenzeile und öffnete einen Schrank.

Ashs Blick folgte ihr. Sie beobachtete fasziniert, wie selbstbewusst Sasha sich bewegte. Dann blinzelte sie, als sie feststellte, dass das Gefäß, das Sasha mit Wasser füllte, nicht etwa eine Saftkaraffe oder ein Messbehälter war. »Du hast eine Vase gekauft.«

Sasha lächelte. »Offenbar verbringe ich zu viel Zeit mit einer bestimmten Floristin.«

»Zu viel Zeit? Das geht überhaupt nicht.«

Ohne hinzusehen, stellte Sasha die Blumen ins Wasser. Ihr Blick war eindringlich auf Ash gerichtet. »Ach nein?«

»Nein. Ich möchte mehr Zeit mit dir verbringen.« Ash hatte ihre Wünsche und Bedürfnisse selten so offen ausgesprochen, doch ihr Mut wurde belohnt, als ein Lächeln Sashas Gesicht erhellte.

»Das möchte ich auch. Angefangen damit, dass wir die nächsten vierundzwanzig Stunden zusammen im Bett verbringen.«

»Vierundzwanzig Stunden?«, quiekte Ash. So viel Zeit hatte sie niemals zuvor mit jemandem im Bett verbracht.

Sasha nickte entschlossen. »Das ist das Minimum. Hast du ein Problem damit?«

»Ähm, na ja …« Ash konnte kaum noch klar denken, insbesondere nicht an einen Grund, Sashas Arme je wieder zu verlassen. »Äh, ich bin morgen bei meinen Eltern zum Mittagessen eingeladen.«

»Du könntest sie anrufen und ihnen sagen, dass du nach einer leidenschaftlichen Nacht mit mir zu schwach bist, um dich zu rühren«, schlug Sasha vor.

Ihre Worte und das Lodern in ihren Augen sandten eine Welle der Lust durch Ash hindurch. »Ich glaube, wir sollten jetzt aufhören, über meine Eltern zu reden.«

»Am besten hören wir gleich ganz mit dem Reden auf.« Sasha küsste sie fordernd. Ohne den Kuss zu unterbrechen, dirigierte sie Ash rückwärts durch eine Tür und schaltete das Licht ein.

Irgendwie fiel Ashs Strickjacke zu Boden und die Hitze von Sashas Hand durchdrang den dünnen Stoff ihres Kleides.

»Wie kann man das Kleid …?«, murmelte Sasha an ihren Lippen. Ihre Hände glitten über Ashs Rücken und streiften dann die äußere Rundung ihrer Brüste, was ein Prickeln durch Ashs Körper sandte. »Reißverschluss?«

Ash war so abgelenkt, dass sie sich kaum daran erinnern konnte. »Nein. Es hat einen Knopf.«

Sasha fand ihn. Dann waren ihren Lippen wieder auf Ashs.

Sie unterbrachen den Kuss gerade lange genug, sodass Sasha das Kleid über Ashs Kopf streifen konnte. Irgendwie schaffte sie es sogar, Ashs BH zu öffnen, während sie sich küssten.

Ash versuchte, ihre Sandalen auszuziehen, aber eine der Schnallen weigerte sich zu kooperieren.

Sasha kniete sich hin, öffnete die winzige Schnalle und zog ihr die Sandalen von den Füßen.

Nun trug Ash nur noch ihren Slip, während Sasha noch immer voll bekleidet war. Normalerweise hätte sie sich viel zu verletzlich gefühlt, doch sie vertraute Sasha ihr Herz und ihren Körper an.

Aus ihrer knienden Haltung sah Sasha zu ihr auf. Bewunderung lag in ihrem Blick. Dann hauchte sie Ash einen Kuss auf den Bauch, genau oberhalb ihres Slips.

Ashs Atem ging schneller.

Langsam und ohne ihren Blickkontakt zu unterbrechen, zog Sasha den Slip über Ashs Hüften nach unten. Erneut beugte sie sich vor und küsste zart das gekräuselte Haar dort, wo Ashs Schenkel sich trafen.

Ein atemloses Keuchen entfuhr Ash. Sie musste sich mit beiden Händen an Sashas Schultern festklammern, um nicht zu Boden zu sinken.

Als Sasha sich erhob, glitt sie dabei Ashs Körper hinauf und verteilte heiße Küsse auf ihrer Haut, bis sie wieder bei ihren Lippen ankam. »Gott, du fühlst dich so unglaublich gut an.« Sasha streichelte ihren nackten Rücken, dann ihre Hüften und zog sie noch näher.

»Ich will dich auch spüren.«

Als Sasha die Knöpfe an ihrem Hemd öffnen wollte, schob Ash ihre Finger beiseite. »Lass mich das machen.«

Obwohl sie größer und stärker war, ließ Sasha zu, dass Ash sie rückwärts drängte. Als ihre Beine gegen das Bett stießen, sank sie auf die Bettkante.

Ash trat zwischen ihre gespreizten Beine und öffnete Sashas Fliege, ließ sie aber um ihren Hals baumeln. Langsam zog sie die Hosenträger über Sashas kräftige Schultern. Gott, es war unglaublich heiß, eine Frau in Männerkleidern auszuziehen, besonders weil sie sich an jedes einzelne Detail des äußerst weiblichen Körpers darunter erinnern konnte.

Sasha hielt still und beobachtete sie mit einem Gesichtsausdruck, der Ash ganz atemlos machte.

Ashs Finger zitterten vor Verlangen, als sie sich zwischen Sashas Schenkel kniete und das Hemd aus ihrer Hose zerrte. Sie zog die offene Fliege aus dem

Hemdkragen und öffnete erst einen, dann einen zweiten Knopf. Nach jedem hielt sie inne und küsste jeden Zentimeter der Haut, die sie eben entblößt hatte. Es fühlte sich an, als würde sie ein lange ersehntes Geschenk auspacken. Schließlich war das Hemd offen und gewährte ihr einen Blick auf die inneren Rundungen von Sashas Brüsten, die überraschenderweise von einem Spitzen-BH bedeckt wurden.

»Gott«, flüsterte Ash dicht an Sashas Haut. »Du siehst aus wie ein Model.«

Sasha lachte. »Ich? Ich bin nicht gerade zierlich.«

»Das ist es gerade, was dich so wunderschön macht. Ich würde die Klamotten, die du modelst, auf jeden Fall kaufen.«

»Die wären dir viel zu groß«, sagte Sasha mit heiserer Stimme.

»Ich würde sie nicht für mich kaufen. Es würde mir Freude bereiten, dich darin zu sehen – und sie dir dann langsam auszuziehen.« Ash erkannte sich selbst nicht wieder. So etwas hatte sie noch nie zu jemandem gesagt.

Doch Sashas Stöhnen und das leidenschaftliche Feuer in ihren Augen verriet, dass sie es heiß fand.

Obwohl sie gerade davon gesprochen hatte, Sasha auszuziehen, tat Ash es noch nicht. Erst wollte sie diesen Anblick noch eine Weile genießen. Schließlich zog sie das Haargummi aus Sashas Zopf, löste die miteinander verflochtenen Strähnen und ließ ihre Finger durch das weiche Haar gleiten. »Das wollte ich schon seit einer ganzen Weile tun.«

Sasha hielt bereitwillig still. »Im Ernst?«

»Mm-hmm. Und das hier auch.« Ash schob ihre Hände in das offene Hemd und umfasste Sashas Brüste durch den BH hindurch.

»Oh Gott.« Sasha schwankte und hielt sich mit beiden Händen an Ashs Schultern fest, als würde sie sonst aufs Bett zurückfallen. Ihre Finger fuhren Ashs Nacken hinauf, was sofort eine Gänsehaut auslöste.

Ash beugte sich vor und presste ihren Mund auf den Ansatz der linken Brust. Sashas wilder Herzschlag vibrierte unter ihren Lippen.

Irgendwie fühlte sich das alles anders an als die Nacht in Florida – genauso gut, aber noch intimer. Das hätte Ash nicht für möglich gehalten.

Durch das seidige Material des BHs hindurch rieb sie die Daumen über Sashas harte Nippel und lächelte, als Sasha aufstöhnte. Langsam schob sie das Hemd über Sashas Schultern und ihre Arme hinab, bis die Manschetten Sashas Hände praktisch an ihre Seiten fesselten.

Erotische Möglichkeiten gingen Ash durch den Kopf. Bisher war sie nie der Typ gewesen, der im Bett neue Dinge ausprobierte, aber der Gedanke daran, wie sich Sasha hilflos vor Verlangen unter ihr wand, ließ sie nach Luft schnappen.

Aber das war keine Sache für heute Nacht. Heute Nacht wollte Ash, dass sie einander ohne Einschränkungen berühren konnten.

Sie nahm die Manschettenknöpfe ab, legte sie auf den Nachttisch und zog die Ärmel über Sashas Handgelenke.

Sobald Sashas Hände freikamen, vergrub sie die Finger in Ashs Haaren und zog ihren Mund zu ihrem, um sie innig zu küssen.

Ash konnte die Hitze zwischen Sashas Beinen selbst durch den Stoff ihrer Hose hindurch an ihrem Bauch spüren. Sie stöhnte auf. Plötzlich konnte sie es nicht abwarten, sie zu spüren. Sie griff um Sasha herum und schaffte es nach kurzem Herumfummeln, ihren BH zu öffnen.

Die Träger des BHs glitten Sashas Arme hinab und enthüllten ihre festen Brüste und helle Haut, die Ash sofort schmecken wollte. Sie streckte die Hand aus, um auch die letzten Hindernisse zwischen ihnen zu beseitigen. Mit zitternden Fingern öffnete sie Sashas Gürtel und den Knopf ihrer Hose. Das Ratschen des Reißverschlusses klang übermäßig laut in ihren Ohren.

Sasha schlüpfte aus ihren Schuhen und schaffte es sogar irgendwie, ihre Socken loszuwerden. Sie ließ sich aufs Bett zurückfallen und hob die Hüften an, sodass Ash ihr die Hose ausziehen konnte, sowie den spitzenbesetzten Slip, der darunter zum Vorschein kam.

Gott, ein sexy Slip unter einem Anzug war genauso unerwartet wie heiß.

Dann lag Sasha nackt vor ihr. Ihre Beine baumelten über die Bettkante. Der Anblick von Sashas Körper, so kraftvoll und doch verletzlich, raubte Ash den Atem. Während sie noch immer vor Sasha kniete, stützte sie sich mit beiden Händen auf Sashas Schenkeln ab, um nicht das Gleichgewicht zu verlieren. »Sasha«, flüsterte sie. »Ich … ich will …«

»Du sollst alles bekommen, was du willst«, antwortete Sasha, ohne zu zögern. »Sag mir, was.«

Eine Mischung aus Verlegenheit und Verlangen wärmte Ashs Wangen. »Ich möchte mit dir Liebe machen.« Es war schwer, Sasha weiterhin in die Augen zu sehen, als sie leise hinzufügte: »Mit meinem Mund.«

Ein merklicher Schauder durchlief Sasha, so als würde Ash sie bereits berühren. »Gott, ja. Das will ich auch.«

»Aber ich … ich habe das noch nie zuvor getan.« Jetzt gewann Verlegenheit die Oberhand und sie senkte den Blick auf das Laken neben Sashas Kopf.

»Du … wow. Noch nie?«

Ohne sie anzusehen, schüttelte Ash den Kopf.

Sasha setzte sich auf. Sie nahm Ashs Hände und zog sie aufs Bett, bis sie Seite an Seite lagen, ohne sich dabei zu berühren. Sie streichelte mit den Fingerspitzen Ashs glühende Wangen. »Du musst das nicht tun.«

Ashs zwang sich, ihr in die Augen zu sehen. »Ich möchte es aber. Ich wollte es schon in Florida, aber ich wusste nicht, ob du das zulassen würdest.«

»Zulassen?« Sasha lachte ungläubig. »Allein der Gedanke daran, dass du … Gott!« Sie küsste Ash so leidenschaftlich, dass Ash sich fühlte, als würde sie gleich Feuer fangen. »Aber ich bin trotzdem froh, dass wir damit noch gewartet haben«, murmelte sie, als der Kuss endete. »Denn jetzt, wo es nicht nur ein Stück Pizza für den schnellen Hunger zwischendurch ist, wird es noch viel besser sein.«

Ashs Verlegenheit schwand. Sasha sprach so offen über ihre Bedürfnisse und das, was sie antörnte, dass Ash sich traute, dasselbe zu tun. Sie nahm Sashas Gesicht in ihre Hände. »Heute Nacht wird gar nichts schnell sein. Ich möchte jeden Zentimeter deines Körpers küssen, streicheln und schmecken.«

Ein lang gezogenes Stöhnen entwich Sashas Kehle. »Gott, du hast vor, mich um den Verstand zu bringen, nicht?«

»Nein. Ich habe vor, dich zu lieben.« Die Worte hingen zwischen ihnen und schienen plötzlich eine neue Bedeutung anzunehmen, aber Ash weigerte sich, sie zurückzunehmen – oder allzu lange darüber nachzudenken. Das konnte bis später warten. Viel später.

Sie bedeutete Sasha, sich auf den Rücken zu legen, stützte sich auf einem Ellbogen über ihr auf und küsste sie ausführlich. Gott, Sasha zu küssen, war eindeutig ihr neues Lieblingshobby.

Sasha stöhnte in ihren Mund hinein und zog Ash auf sich, bis ihre Körper sich von Kopf bis Fuß berührten, nackte Haut auf nackter Haut.

Ashs Atem ging keuchend. Sie nutzte den Moment, in dem ihre Münder den Kontakt verloren, um ein wenig tiefer zu rutschen und ihre Lippen gegen Sashas Hals zu pressen. *Oh, wie herrlich.* Sie knabberte an der Haut unterhalb von Sashas Ohr und leckte dann probehalber daran.

Sasha fuhr mit den Fingern durch Ashs Haar. Es war nur ein ermutigendes Streicheln, kein Versuch, sie zu kontrollieren. Sie schien damit zufrieden zu sein, Ash ihren Körper in ihrem eigenen Tempo erkunden zu lassen, und das nutzte Ash dankbar aus.

Sie folgte mit den Lippen der Wölbung ihrer Rippen, lächelte, als Sasha sich unter ihr wand, und knabberte dann vorsichtig an der Unterseite ihrer Brüste. Sanft küsste sie erst den einen, dann den anderen Nippel, die beide sofort hart wurden.

Wunderschön. Sie könnte eine Ewigkeit damit verbringen, Sashas Brüste zu verwöhnen. Sie beschloss, etwas Neues auszuprobieren, und fuhr mit der flachen Zunge über einen Nippel.

Sasha bog den Rücken durch, um ihre Brust noch enger an Ashs Mund zu pressen.

Nie zuvor hatte Ash die Freiheit gehabt, eine Frau im Bett ohne Einschränkungen zu berühren. Sie kostete es aus, indem sie Sashas Reaktion auf neckisches Züngeln, langsames Kreisen und sanftes Knabbern austestete.

Sasha schien alles gleichermaßen zu gefallen. Sie atmete schwer und drückte Ash mit beiden Händen an sich.

Ash hauchte einen letzten Kuss auf Sashas Brust, bevor sie sich an ihrem Körper nach unten schob. Sie verteilte liebevolle Küsse auf Sashas vibrierendem Bauch. Ab und zu setzte sie auch ihre Zunge ein, um ihre leicht salzige Haut zu schmecken. Sashas Duft, ihr Geschmack, die Wärme ihrer Haut und die leisen Laute, die sie von sich gab, berauschten ihre Sinne.

Mit vor Erregung zitternden Fingern streichelte Sasha Ashs Schultern. Als Ash die Rundung ihrer Hüfte küsste, bäumte Sasha sich unter ihr auf. »Gott, du machst mich ganz wahnsinnig.«

Ash hob den Kopf und sah in Sashas gerötetes Gesicht.

Ihre Blicke trafen sich. Sashas Augen schienen vor Begierde förmlich zu glimmen. Völlig offen lag sie vor Ash, bereit, ihr ihren Körper anzuvertrauen – und womöglich auch ihr Herz. Blankes Verlangen stand ihr ins Gesicht geschrieben. Verlangen nach Ash.

Der Anblick verschlug Ash den Atem. Sie hätte nie gedacht, dass es möglich war, gleichzeitig eine grenzenlose Zärtlichkeit und dieses brennende Verlangen zu empfinden.

Als Ash sich tiefer schob, spreizte Sasha ihre Beine noch mehr und hieß Ashs Berührungen willkommen.

Ash kuschelte sich zwischen ihre muskulösen Beine und drückte die Wange an die Innenseite ihres Schenkels.

Wie unglaublich weich ihre Haut war! Sie rieb ihr Gesicht daran und platzierte einen zarten Kuss auf der empfindsamen Stelle, wo Sashas Hüfte in ihr Bein überging.

Stöhnend drängte Sasha sich ihr entgegen.

Mit zitternden Fingern berührte Ash das dunkle, sauber gestutzte Schamhaar und lehnte sich ihr entgegen.

Der köstliche Duft ihrer Erregung stieg Ash in die Nase und sie atmete ihn tief ein. Einige Sekunden lang verharrte sie reglos. *Oh mein Gott. Ich kann nicht glauben, dass ich gleich …*

»Bitte.« Sasha wand sich unter ihr. »Ash.«

Das verzweifelte Flehen in ihrer Stimme ließ Ash nicht länger zögern. Sie wollte Sasha alles geben, was sie brauchte. Sie schob eine Hand auf Sashas Bauch, um ihnen beiden einen Ankerpunkt zu bieten, senkte dann den Kopf und berührte mit der Zunge Sashas feuchte Schamlippen.

Sasha stieß ein kehliges Stöhnen aus und hob ihr die Hüften entgegen.

Ash streichelte sie erst zögernd und unsicher, doch die Laute, die Sasha von sich gab, verliehen ihr rasch mehr Selbstvertrauen.

Es fühlte sich unglaublich gut an, in der Lage zu sein, Sasha ein solches Vergnügen zu bereiten. Sie schob ihre Zunge tiefer in Sashas feuchte Hitze. Ihr salzig-süßer Geschmack stieg ihr zu Kopf wie ein köstlicher Wein.

»Oh Gott, Ash. Das ist so gut.« Sasha schob ein Bein über Ashs Schulter und umfasste mit einer Hand ihren Hinterkopf, um sie fester an sich zu drücken.

Ash verlor ihre Unsicherheit nun vollends und strich mit der Zunge versuchsweise über Sashas Klitoris.

»Ah!« Sashas Hüften bäumten sich ihr entgegen und ihre Beine schlangen sich fester um Ash.

Ash streckte ihre freie Hand aus, fand blindlings Sashas Finger und verflocht sie mit ihren eigenen, während sie Sasha weiterhin mit Zunge und Lippen verwöhnte.

Doch nur allzu bald begannen Sashas Schenkel um sie herum zu zittern. »Ash. Ashley.«

Ash sah auf. Der Anblick, der sich ihr bot, ließ ihr den Kopf schwirren. Nie hatte sie etwas Schöneres gesehen.

Sasha rollte unruhig den Kopf auf dem Kissen hin und her. Ihre Wangen waren gerötet und ihr Mund leicht geöffnet, während sie keuchend nach Luft schnappte. Ihre Augen waren offen, sodass sie Ash zwischen ihren Beinen beobachten konnte.

Der Ausdruck völliger Hingabe und Selbstvergessenheit auf Sashas Gesicht sandte einen Schauder der Erregung durch Ashs Körper. Sie liebte die Art, wie Sasha sich ohne Hemmungen ihrer Lust hingab.

Mit einer Hand streichelte Ash Sashas Bauch, der unter ihren Fingern bebte, während sie erneut den Kopf senkte und Sashas Klitoris mit den Lippen umschloss.

Ein heiserer Aufschrei, der Ashs Namen glich, entfuhr Sashas Brust. Ihre Finger krallten sich in Ashs Haar und ihre Bauchmuskeln spannten sich unter Ashs Hand an, als sie in ihrem Mund kam.

Ash hielt still und streichelte zärtlich Sashas Bauch, bis deren Beine ihren Griff um Ashs Schultern lockerten und das Festkrallen in ihren Haaren zu einem sanften Streicheln wurde.

»Himmel, Ash«, flüsterte Sasha mit rauer Stimme. Sie zog an Ashs Hand, die immer noch ihre eigene hielt. »Komm her.«

Ash hauchte einen letzten Kuss auf Sashas pulsierende Mitte, wischte sich dann den Mund ab und schob sich an Sashas Körper entlang nach oben, bis sie in ihren Armen lag.

Sasha nahm ihr Gesicht mit einer solchen Zärtlichkeit in ihre Hände, dass Ash beinahe zu weinen begann. »Wenn du das schon beim ersten Mal so machst, dann wirst du mich früher oder später wirklich um den Verstand bringen.«

»Wirklich?« Ashs Wangen glühten, doch diesmal mehr aus Stolz denn aus Verlegenheit.

»Ja, wirklich.« Ein teuflisches Funkeln trat in Sashas dunkle Augen. »Aber wenn du dir noch immer nicht sicher bist, wie viel Vergnügen du mir eben bereitet hast, wie wäre es, wenn ich jetzt dasselbe mit dir mache, damit du dich selbst davon überzeugen kannst?« Ohne Ashs Antwort abzuwarten, rollte Sasha sie beide herum, sodass sie oben lag. »Wäre das okay?«

»Ja«, hauchte Ash.

Dann fanden Sashas Lippen ihren Mund und alles, was Ash tun konnte, war, sich an ihr festzuklammern und zu versuchen, nicht auf der Stelle zu kommen, als Sasha sie fordernd, gleichzeitig aber auch fast ehrfurchtsvoll küsste und streichelte.

Eine gefühlte Ewigkeit lang widmete sie sich Ashs Brüsten. Sie massierte, knabberte, leckte und saugte, bis Ash sich in ein zitterndes, stöhnendes Bündel des Verlangens verwandelt hatte. Ihre Haut brannte, wo immer Sasha sie berührte. Sie rieb sich an Sashas muskulösem Schenkel. »Kannst du … mich berühren? Bitte.«

»Wo denn?«, fragte Sasha lächelnd. »Hier?« Sie küsste erneut ihre Brust, dann eine Stelle dicht oberhalb von Ashs Bauchnabel. »Oder hier?«

Schwach hob Ash den Kopf vom Kissen. »Ja. Nein.«

»Nein? Dann vielleicht … hier?« Sasha rutschte an ihrem Körper nach unten. Sanft drückte sie mit ihren breiten Schultern Ashs Beine auseinander. Ihre Haare kitzelten die Innenseiten von Ashs Schenkeln und machten sie ganz verrückt vor Erwartung.

Ash hatte das Gefühl, dass Sasha eigentlich vorgehabt hatte, sie noch ein wenig länger zu necken, indem sie einen Kuss auf ihrem Bein platzierte, doch stattdessen sog sie hörbar die Luft ein und schien ihr kleines Spielchen zu vergessen. Ihre Nasenflügel vibrierten und sie stieß ein genießerisches Brummen aus, das ihren warmen Atem über Ashs warme Nässe schickte.

Sie schauderte und stöhnte hilflos.

Mit glühendem Blick sah Sasha zu ihr auf, bevor sie den Kopf senkte. Ihre warme Zunge glitt zwischen Ashs Schamlippen.

Das Gefühl war so intensiv, dass Ash aufschrie. Sie biss sich auf die Unterlippe, um nicht laut aufzustöhnen.

»Nein«, sagte Sasha energisch. »Halt dich nicht zurück. Ich will dich hören.«

Als sie Ash mit ihren Lippen umfasste und zugleich zwei Finger in sie schob, war es um Ashs Zurückhaltung ohnehin geschehen. Keuchend bäumte Ash sich ihr entgegen und krallte sich an Sashas Haaren fest, an ihren Schultern und an allem anderen in Reichweite.

Sashas Finger und Zunge passten sich dem Rhythmus von Ashs Hüften an.

Viel zu schnell spürte Ash, wie sich eine Spannung tief in ihr aufbaute. Ihre Beine begannen, unkontrolliert zu zittern. Alles verschwamm um sie herum und die Welt reduzierte sich auf das Vergnügen, das Sasha ihr bereitete. Sie hob Sasha ein letztes Mal ihr Becken entgegen und schrie dann ihren Namen, als ihr gesamter Körper sich der Ekstase hingab, die durch sie hindurchpulsierte.

Sasha hielt still, während Ash dicht an sie gedrückt bebte. Als die letzten Wellen ihres Höhepunkts schließlich abflauten, zog Sasha behutsam ihre Finger zurück und schob sich an Ashs Körper entlang nach oben.

Ashs Hals war trocken und sie schluckte mühsam. Sie hob ihre Arme, die sich angenehm schwer anfühlten, und schlang sie um Sasha.

Liebevoll küsste Sasha Ashs Schulter, ihren Hals und ihre Stirn. Sie nahm Ashs Gesicht in ihre großen Hände und streichelte mit den Daumen ihre Wangen. »Schon wieder?«

Benommen starrte Ash sie an. Wollte Sasha wissen, ob sie schon für die nächste Runde bereit war? Ash stöhnte, teils aus Enthusiasmus, teils als Protest. »Oh Gott. Ich glaube nicht, dass ich schon wieder … Gib mir einen Moment, um mich zu erholen. Das war ziemlich intensiv.«

Sasha lachte, aber ihr Blick war besorgt. »Nein, das meinte ich nicht. Ich wollte sagen, du weinst schon wieder.«

Ash hob die Hand und berührte ihr Gesicht, das tatsächlich feucht war.

Sasha nahm ihre Hand, hob sie an ihre Lippen und küsste die Tränen von ihren Fingerkuppen. »Geht's dir gut?«

»Ja. Sehr gut sogar. Ich weiß auch nicht, warum mir das ständig passiert. Ich verspreche, dass es nicht immer so sein …«

Sasha unterbrach sie mit einem langen, innigen Kuss.

Sich selbst auf Sashas Lippen zu schmecken, jagte einen neuen Wirbel der Lust durch Ash.

»Entschuldige dich bloß nicht«, sagte Sasha. »Ich möchte, dass du all deine Gefühle zulässt, wenn wir zusammen sind. Kein Verstecken und kein Zurückhalten.«

Ash erwiderte ihren Kuss. »Ich glaube kaum, dass ich bei dir irgendetwas zurückhalten könnte, selbst wenn ich es wollte. Und ich will es nicht.«

»Gut.« Sasha rollte sich auf den Rücken, zog Ash halb auf sich, deckte sie beide zu und schaltete das Licht aus.

Ash kuschelte sich an sie. Sie schob ein Bein über Sashas und legte ihren Kopf auf ihre Lieblingsstelle auf Sashas Schulter. Jeder Teil ihres Körpers war angenehm warm und träge. Zum ersten Mal in ihrem Leben war sie sich sicher, dass sie nach einer leidenschaftlichen Nacht ohne Zweifel, Reue und Kummer würde einschlafen können.

Sashas Herzschlag unter ihrem Ohr verlangsamte sich zu einem beruhigenden Rhythmus und das zärtliche Streicheln über Ashs Rücken wurde erst behäbiger und hörte schließlich ganz auf.

Auch Ashs Augenlider wurden schwer, aber sie kämpfte gegen den Schlaf an, denn so zufrieden sie auch war, etwas regte sich in ihrem Inneren und sie würde keine Ruhe finden, ehe sie es nicht aussprach. »Sasha?«, flüsterte sie in der Dunkelheit.

»Hmm?«

»Ähm, wäre es sehr klischeehaft, wenn ich dir sage, dass ich dich, glaube ich, liebe?«

Das friedliche Atmen unter ihrem Ohr setzte aus. Dann schnappte Sasha nach Luft. Sie tastete hektisch nach dem Lichtschalter. Als das Licht anging, starrte sie Ash mit großen Augen an.

Oh Mist. Ash starrte zurück. Offenbar hatte Sasha nicht mit einer Liebeserklärung gerechnet. »Ich meine, ich weiß, dass es vermutlich viel zu früh für so etwas ist, und es ist auch nicht gerade originell, es zu sagen, nachdem wir … du weißt schon, aber …«

Sasha lächelte. »Tja, dann bin ich wohl genauso wenig originell, denn ich liebe dich auch.«

»Du … du liebst mich?«

»Ja.« Sasha sah ihr tief in die Augen. In ihrem Blick lag so viel Liebe, dass Ash beinahe erneut zu weinen begann. »Ich glaube, ich liebe dich schon seit Florida – seit der ersten Nacht, nicht erst der zweiten – aber ich wollte es erst nicht zugeben, nicht einmal mir selbst gegenüber.«

»Ich glaube, ich habe mich sogar noch früher in dich verliebt«, gab Ash mit einem Lächeln zu. Nun, da sie ohne Angst darauf zurückblicken konnte, war es leicht zu erkennen.

Sasha streichelte wieder ihren Rücken. »Wann denn?«

»Als wir zusammen Cupcakes gebacken und uns dann gegenseitig mit den Zutaten beworfen haben. So etwas Verrücktes hatte ich nie zuvor gemacht. Und dann dieser Kuss …« Ash stöhnte leise. »Ich glaube nicht, dass ich je wieder einen Cupcake essen kann, ohne daran zu denken.«

»Hmm. Ich habe im Moment keine Cupcakes im Haus und das könnte ein Problem sein, denn du«, Sasha rollte sie beide herum und küsste sie innig, »wirst das Frühstück verpassen.«

»Ach ja?«, brachte Ash keuchend heraus. Ihre Hüften bewegten sich rhythmisch gegen Sashas Bein.

Sasha nickte und senkte den Kopf, um an Ashs Hals zu knabbern. »Das Mittagessen womöglich auch.«

Das war das Letzte, was eine von ihnen für eine lange Zeit sagte, abgesehen von »oh Gott«, dem atemlos gekeuchten Namen der anderen und geflüsterten Liebeserklärungen.

Kapitel 22

Sonnenlicht drang durch Sashas geschlossene Lider. Blinzelnd öffnete sie die Augen und stellte fest, dass sie auf der Seite lag. Ihr Wecker zeigte elf Uhr an. So lange hatte sie schon seit der Uni nicht mehr geschlafen.

Ihr Blick fiel auf die leere Stelle im Bett neben ihr.

Sasha erstarrte.

Dann spürte sie die Wärme an ihrem Rücken.

Im Schlaf hatten sie die Positionen gewechselt und nun war Ashley von hinten an sie gekuschelt. Ihr Bein ruhte zwischen Sashas und ihre Wange war zwischen Sashas Schulterblätter gedrückt.

Erleichterung durchströmte Sasha. Sie atmete scharf aus und merkte erst jetzt, wie besorgt sie noch immer gewesen war, selbst nach Ashleys Liebeserklärung und dem Versprechen zu bleiben. Offenbar saß ihre Angst, verlassen zu werden, tiefer, als sie gedacht hatte, doch sie vertraute darauf, dass Ashley und sie diese Furcht gemeinsam überwinden würden.

»Morgen«, murmelte Ashley hinter ihr und presste schlaftrunken ihre Lippen gegen Sashas Rücken.

Sasha drehte sich um, nahm sie in die Arme und küsste sie. »Guten Morgen. Hmm, ich liebe es, mit dir aufzuwachen.«

Ashley sah ihr in die Augen und Sasha spürte, dass Ashley die tiefere Bedeutung erkannte, die sich hinter ihren Worten verbarg. »Ich habe es dir versprochen.«

»Ja, das hast du.« Sasha streichelte ihre Wange und Ashley schmiegte ihr Gesicht in die Berührung. Ihre Augen fielen zu. »Aber das heißt nicht, dass es leicht für dich wird. Die Leute werden reden und ich weiß, dass das eine Menge schmerzhafter Erinnerungen in dir auslöst. Wenn du unsere Beziehung lieber noch nicht öffentlich machen willst …«

»Danke.« Ashley nahm Sashas Gesicht zwischen ihre Hände und küsste sie zärtlich. »Ich weiß, welche Überwindung es dich kostet, mir das anzubieten. Aber ich glaube nicht, dass wir uns verstecken sollten. Es wird ohnehin nicht funktionieren. Die Hälfte der Hochzeitsgäste haben vermutlich gesehen, wie wir uns gestern vor dem offenen Scheunentor geküsst haben, und Brooke hat schon vor Tagen erraten, dass ich in dich verliebt bin.«

»Im Ernst?« Bei dieser Unterhaltung hätte Sasha wirklich gern Mäuschen gespielt. »Wie hat sie reagiert?«

»Sie hat gesagt, sie würde uns shippen, was immer das auch heißt.«

Sasha lachte. »Sie hat Geschmack. Ich shippe uns auch.« Dann wurde sie ernst und musterte Ash. »Kommst du damit zurecht? Damit, dass die Leute von uns erfahren, meine ich.«

Ash lehnte den Kopf gegen Sashas Schulter und seufzte. Ihr warmer Atem benetzte Sashas Haut und verursachte eine Gänsehaut. »Es wird mir schon schwerfallen, den Teil von mir nicht zu verstecken, den ich jahrelang geheim gehalten habe. Es fühlt sich an, als könnten mich plötzlich alle nackt sehen.«

»Nein.« Sasha ließ ihre Hand über Ashleys nackte Seite gleiten. »Nur ich habe dieses Privileg.«

Ashley lächelte. Die Sorgenfalten auf ihrer Stirn verschwanden. »Bist du womöglich ein wenig besitzergreifend?«, fragte sie mit neckischem Ton.

»Vielleicht ein wenig.« Sasha hielt Daumen und Zeigefinger einen Zentimeter weit auseinander. »Ist das okay?«

»Ja. Denn ich möchte auch nicht, dass jemand anderes dich nackt sieht.«

Sasha küsste sie. »Keine Sorge. Wir beide essen Steak miteinander und sonst wird niemand zum Essen eingeladen. Aber wenn du eine Zeitlang lieber ganz im Privaten speisen willst, dann ist das für mich in Ordnung.«

»Wie ich schon sagte, ich glaube, das ist ohnehin keine Option mehr. Bis Montag wird ganz Fair Oaks Bescheid wissen. Ich werde mich schon daran gewöhnen. Es ist nur …«

»Was?« Sasha strich mit den Fingern durch die Haare an Ashleys Schläfe. »Sprich bitte mit mir.«

»Ich mache mir Sorgen wegen Mrs. Beasley. Alle anderen können höchstens meine Gefühle verletzen, aber sie könnte meinem Laden schaden. Was, wenn sie ihren Ehemann und ihre Freundinnen überredet, ihre Blumen woanders zu kaufen?«

Sasha schüttelte energisch den Kopf. »Dein Blumenladen ist der beste im Ort.«

Ashleys Mundwinkel hoben sich zu einem flüchtigen Lächeln. »Er ist der einzige Blumenladen im Ort.«

»Ja, aber er wäre auch der beste, wenn er nicht der einzige wäre«, sagte Sasha mit Überzeugung. »Und das sage ich nicht nur, weil ich voreingenommen bin. Ja, vielleicht wirst du ein paar Kunden verlieren, aber ich glaube, die meisten werden dir treu bleiben. Die meisten Leute kaufen am liebsten bei jemandem ein, den sie kennen. Und außerdem hast du Freunde in Fair Oaks. Leos Mutter ist im Chor und Hollys Mutter hat sämtlichen Haustierbesitzern in der Stadt schon mal geholfen. Außerdem kenne ich eine charmante kleine Bäckerei, die gern mit dir ein paar tolle Werbeaktionen starten würde. So was wie: Kaufen Sie einen Blumenstrauß und Sie bekommen einen kostenlosen Cupcake dazu. Die Möglichkeiten sind endlos.«

»Endlos, hmm?« Ashley sah sie so zärtlich an, dass Sasha ganz warm ums Herz wurde. »Hab ich dir schon gesagt, wie sehr ich dich liebe?«

»Nicht während der letzten«, Sasha warf einen Blick auf den Radiowecker, »fünf Stunden.«

»Wie nachlässig von mir. Das geht natürlich gar nicht.« Ashley küsste Sasha auf beide Mundwinkel und knabberte dann an ihren Lippen. »Ich liebe dich.«

»Ich liebe dich auch.« Diese Worte zu hören und sie sagen zu können, ließ Sashas Herz noch immer höher schlagen und sie glaubte nicht, dass sich das in nächster Zukunft – oder überhaupt jemals – ändern würde.

Ihre Lippen trafen sich zu einem langen Kuss.

»Du hast recht«, sagte Ashley, als der Kuss endete. »Ich werde es schon überstehen, egal, was auch passiert. Selbst wenn es eine Weile schwer werden wird, uns wird schon etwas einfallen.«

»Das gefällt mir«, sagte Sasha leise. »Wir.«

»So möchte ich von nun an alles handhaben. Gemeinsam. Das ist auch der Grund, warum ich nicht im Alleingang entscheiden kann, ob wir den Leuten von uns erzählen. Was möchtest du?«

Sasha dachte darüber nach. »Weißt du, ich bin auch nicht der Typ, der alles an die große Glocke hängen will. Warum entscheiden wir nicht ganz spontan und machen einfach, was sich im Moment richtig anfühlt?«

Ashley lächelte und kuschelte sich an sie. »Hmm. Einfach machen, was sich richtig anfühlt. Klingt gut. Denn das hier«, sie ließ ihre Hände über Sashas nackten Rücken wandern, »fühlt sich sehr richtig an.«

»Ja«, hauchte Sasha, als sich Ashleys Bein zwischen ihre Schenkel schob, »ja, das tut es. Aber ich glaube, du solltest erst deine Eltern anrufen und ihnen sagen, dass du nicht zum Essen kommst.«

Ashley hob den Kopf und starrte über Sasha hinweg zum Radiowecker. »Oh Mist. Ich wusste gar nicht, dass es schon so spät ist. Sasha, es tut mir leid. Ich möchte nichts lieber, als den ganzen Tag mit dir im Bett zu bleiben, aber meine Eltern haben ohnehin schon Probleme mit meiner sexuellen Orientierung. Wenn ich deinetwegen das Mittagessen absage, wird das ihnen nicht gerade helfen, meine Sexualität oder deine Rolle in meinem Leben zu akzeptieren.«

So gern Sasha auch den Rest der Welt ignoriert und das ganze Wochenende mit Ashley im Bett verbracht hätte, sie wusste, dass Ashley recht hatte. Sie warf die Decke zurück und schwang die Beine aus dem Bett.

»Du musst nicht aufstehen«, sagte Ashley.

»Doch. Denn ich werde dich jetzt in die Freuden eines Quickies in der Dusche einweihen.«

Ashley sprang so schnell aus dem Bett, dass Sasha lachen musste.

Am frühen Montagmorgen sang Ash lautstark eines von Leos Liedern mit, das gerade im Radio kam, während sie zum Hof ihrer Eltern fuhr. Zweimal unterbrach ein Gähnen ihr enthusiastisches Singen.

Die letzten beiden Nächte hatte sie wenig geschlafen und heute war sie mit Sasha aufgestanden, als um vier Uhr früh deren Wecker geklingelt hatte. Nun war sie müde, aber zugleich fühlte sie sich besser als jemals zuvor.

Vielleicht konnte sie an ihrer guten Laune festhalten, indem sie sich in die Scheune und dann wieder vom Hof schlich, ohne dass ihre Eltern es bemerkten.

Die Atmosphäre während des gestrigen Mittagessens war ziemlich angespannt gewesen. Ihre Eltern hatten es vermieden, Sasha, die Hochzeit oder Ashs Coming-out auch nur zu erwähnen. Scheinbar hatten sie entschieden, ihre sexuelle Orientierung einfach zu ignorieren.

Ash hatte es erst einmal zugelassen. Aber in Zukunft würde sie versuchen, Sasha ins Gespräch einfließen zu lassen, so oft sie konnte. Das würde ihr nicht weiter schwerfallen, denn im Moment konnte sie kaum an etwas anderes denken als an sie.

Die Sonne ging gerade auf, als sie ihren Wagen neben der Scheune parkte und begann, ihre Tischgestecke und Vasen einzusammeln, die sie bei der Hochzeit verwendet hatte.

Die Caterer hatten ihr Zelt abgebaut und auch die weißen Gardinen und die Lichterketten waren verschwunden.

Im offenen Scheunentor blieb Ash stehen und starrte umher. Sie konnte kaum fassen, dass dies derselbe magische Ort war, an dem sie all ihren Mut zusammengenommen hatte, um mit Sasha zu tanzen.

Eine Alstroemerie aus Zuckerpaste lag noch auf dem Fass neben dem Tor. Ash nahm sie und hob sie an ihre Nase. Dann musste sie über sich selbst lachen. Natürlich hatte die Zuckerlilie keinen Duft, auch wenn sie noch so echt aussah.

Doch ihre Nase nahm einen Hauch von Zimt wahr.

Mmm. Ash schloss die Augen und atmete tief ein.

»Guten Morgen«, ertönte die Stimme ihrer Mutter hinter ihr.

Ash drehte sich um und versteckte automatisch die Zuckerblume hinter ihrem Rücken. Dann merkte sie, was sie eben getan hatte, und sie zog ihre Hand wieder hervor. Verstecken galt jetzt nicht mehr. »Morgen, Mama. Du bist aber früh auf.«

Ihre Mutter warf ihr einen verwirrten Blick zu. »Du weißt doch, dass Landwirte mit den Hühnern aufstehen. Was führt dich schon so früh hierher?«

Bäcker stehen auch mit den Hühnern auf, hätte Ash fast geantwortet, aber trotz ihres Vorsatzes, sich nicht mehr zu verstecken, wollte sie ihrer Mutter auch nicht unter die Nase reiben, wo sie die vergangenen Nächte verbracht hatte. »Ich dachte, ich hole meine Sachen ab, damit Papa die Scheune zurückhaben kann.«

Ihre Mutter nickte und half ihr, die Gestecke zum Auto zu tragen. Sie arbeiteten schweigend, bis alle Blumen im Wagen verstaut waren. Ash vermisste das lockere Plaudern, das sonst zwischen ihnen herrschte. Es würde vermutlich eine Weile dauern, bis es zwischen ihnen wieder normal lief. Aber wenigstens bemühte sich ihre Mutter und zeigte ihr nicht die kalte Schulter.

Behutsam legte Ash die Zuckerblume in eine Ecke des Kofferraums, wo ihr nichts passieren würde.

»Sehr hübsch«, sagte ihre Mutter leise.

»Die hat Sasha gemacht.«

»Ich weiß.« Das Gesicht ihrer Mutter wirkte wie aus Stein gemeißelt.

Ash schloss die Heckklappe. »Ist es okay, wenn ich Casper jetzt mitnehme? Übrigens noch danke, dass ihr das ganze Wochenende auf ihn aufgepasst habt.«

»Das ist doch selbstverständlich. Du weißt doch, wie gern wir ihn bei uns haben.« Ihre Mutter seufzte und fügte hinzu: »Wo er doch unser einziges Enkelkind bleiben wird.«

Ash biss sich auf die Lippe. Auf dieses Thema war sie nicht gefasst gewesen. Sie hatte sich nie gestattet, über Kinder nachzudenken, und sie hatte keine Ahnung, ob Sasha Kinder wollte. Für solche Gespräche war es noch viel zu früh. Deshalb tat sie so, als hätte sie die leisen Worte ihrer Mutter nicht gehört.

Beide schwiegen, als sie den Hof überquerten und das Haus betraten. Ash war froh um Caspers aufgeregtes Winseln, als er sie sah. Sie begrüßte ihn und sah sich dann nach seiner Leine um.

Ihre Mutter lehnte sich gegen die Spüle und beobachtete jede von Ashs Bewegungen, so als würde sie das, was sie sah, mit der Ashley vergleichen, die sie geglaubt hatte zu kennen. »Willst du zum Frühstück bleiben? Dein Vater und ich haben schon gegessen, aber ich habe noch Kartoffelauflauf von gestern übrig, der auch gut zum Frühstück schmeckt.«

Ashs Magen ließ ein begeistertes Knurren hören und nahm ihr das Antworten ab. Sie presste eine Hand auf ihren Bauch und versuchte, nicht rot zu werden, als sie daran dachte, was sie seit zwei Tagen vom Frühstück abgehalten hatte. »Danke, sehr gern.«

Sie setzte sich auf ihren üblichen Platz am Tisch und machte sich mit Heißhunger über den Auflauf her, während ihre Mutter an ihrem Kaffee nippte und sie beobachtete.

Außer Ashs gemurmeltem »Hmm, lecker« sagte keine etwas, bis Ash den Teller leer gegessen hatte.

Erst als Ash das Geschirr in die Spülmaschine räumte, sagte ihre Mutter sanft: »Du siehst gut aus. Anders, aber gut.«

Ash hielt ihr weiterhin den Rücken zugewandt, um zu verbergen, dass sie rot geworden war. Sah sie wirklich anders aus? Sie fühlte sich jedenfalls anders.

Als sie sich langsam umdrehte, streichelte ihre Mutter ihr über das Haar, so wie damals, als Ash noch klein gewesen war.

Ach so. Sie spricht von meinen Haaren. Ein wenig befangen berührte sie die nun kürzeren Strähnen. »Danke. Mir gefällt es.«

»Na ja, ich muss zugeben, mir hat es besser gefallen, als deine Haare noch länger waren.«

»Du wirst dich schon daran gewöhnen«, sagte Ash.

Ihre Mutter musterte sie einige Sekunden lang, bevor sie seufzte. »Ja, vermutlich.« Sie brachte Ash zur Tür und küsste sie auf die Wange.

Ash spürte ihren Blick auf sich ruhen, als sie zum Wagen ging. Mit Casper auf dem Beifahrersitz fuhr sie in die Stadt. Als sie an der Bäckerei vorbeikam, konnte sie nicht widerstehen und hielt an. »Casper, bleib. Ich hole uns etwas Leckeres.«

Aber ihr wahrer Anreiz war natürlich, dass sie Sasha sehen würde.

Als sie die Straße überquerte, konnte sie Sasha hinter dem Tresen stehen und ihre leckeren Backwaren verkaufen sehen. Ihr Anblick ließ Ashs Herz schneller schlagen.

Begierig nahm sie Sashas hochgewachsene Gestalt in sich auf, ihre selbstbewusste Haltung, ihr unbekümmertes Lachen und die Art, wie sie aufrecht dastand, ohne sich zu ducken, obwohl sie durch ihre Größe aus der Menge ihrer Kunden herausragte.

Bevor sie die Ladentür öffnen konnte, sah Sasha auf und ihre Blicke trafen sich durch das Glas hindurch.

Ein breites Lächeln ließ winzige Fältchen um Sashas Augen herum entstehen.

Der Kunde vor dem Tresen drehte sich um, wahrscheinlich, weil er sehen wollte, wer Sasha auf diese Weise zum Lächeln gebracht hatte.

Oh verdammt. Es war Mr. Beasley. Ash schluckte gegen den Kloß in ihrem Hals an und zwang sich, die Tür zu öffnen.

Vor dem Tresen hatte sich eine Schlange gebildet, wie fast jeden Montagmorgen, und Ash glaubte zu spüren, wie sich die Blicke aller auf sie richteten, als sie sich ebenfalls anstellte. Cindy Kaufman, die Leiterin des Kirchenchors, beugte sich über einen der kleinen Tische, um einer Freundin etwas zuzuflüstern.

Die Situation begann langsam, einem von Ashs Albträumen zu ähneln.

Sie versuchte, alles andere zu ignorieren, und hielt ihren Blick auf Sasha gerichtet und auf ihre geschickten Finger, die Donuts und Cupcakes in weiße Schachteln legten.

»Guten Morgen, Ashley.« Mr. Beasley blieb auf dem Weg zur Tür vor ihr stehen. »Die Blumen haben wunderschön ausgesehen.«

»Oh, Sie meinen sicher den Kranz für Mr. Kamps Beerdigung am Mittwoch.«

»Nein, ich spreche von den Blumen für die Hochzeit.« Mr. Beasley deutete über die Schulter zurück. »Sasha hat mir eben ein paar Bilder auf ihrem Handy gezeigt. Die Tischgestecke sahen wunderschön aus und der Strauß, den sie gefangen hat, ebenfalls. Sieht so aus, als wäre unsere Sasha die Nächste, die heiratet.«

Hitze schoss Ashs Hals empor und brachte ihre Ohrläppchen zum Glühen.

Mr. Beasley tätschelte ihren Arm und nickte auf die Schachtel in seiner anderen Hand hinab. »Ich gehe wohl besser. Meine Frau wartet auf ihr Frühstück.« Die Glocke über der Tür klingelte, als er die Bäckerei verließ.

Ash starrte ihm nach. Wusste er, dass Sasha und sie nun ein Paar waren? Nein, das war nicht möglich, sonst hätte er doch nicht diesen beiläufigen Kommentar darüber gemacht, dass Sasha als Nächste heiraten würde, oder? Aber wenigstens schien er es ihr nicht übelzunehmen, dass sie die Tischgestecke für die Hochzeit von zwei Frauen gemacht hatte. Das war immerhin schon einmal etwas.

Sie atmete auf und wartete geduldig, bis sie an der Reihe war.

»Hallo.« Sie sah hinauf in Sashas warme, braune Augen. Der zärtliche Ausdruck in ihnen ließ sie vergessen, was sie hatte bestellen wollen.

Zum Glück winkte Sashas Tante den beiden Kunden hinter ihr zu und bedeutete ihnen, zu ihrem Ende des Tresens zu kommen, sodass Ash und Sasha sich kurz unterhalten konnten.

»Lass mich raten«, sagte Sasha. »Zwei Espressokekse mit Schokosplittern, einen Beagle-Bissen und einen Vanillecupcake mit Erdbeerbuttercreme. Da hast du Glück gehabt.«

Ash lächelte. »Ich weiß. Ich bin auch glücklich.«

Sie sahen einander in die Augen.

Sasha räusperte sich. »Ich meinte eigentlich, weil es auf die Vanillecupcakes heute fünfzig Cent Rabatt gibt.« Sie deutete auf die Tafel über dem Verkaufstresen.

»Na, so ein Pech aber auch. Heute möchte ich nämlich gar keinen Vanillecupcake.«

»Wirklich nicht?«

»Nein«, sagte Ash. »Heute nicht.«

»Wow. Ashley Gaines hat sich endlich dazu durchgerungen, einen meiner anderen Cupcakes zu probieren.« Sasha presste sich eine Hand auf die Brust und machte ein übertrieben geschocktes Gesicht, doch ihre Augen blickten ernst und verrieten, dass sie verstanden hatte, was Ashs Abweichen von ihrer Routine zu bedeuten hatte. »Was möchtest du denn haben?«

»Ich hatte an einen süßen Kuss gedacht.«

»Du hattest doch schon einen«, flüsterte Sasha so leise, dass nur Ash sie hören konnte.

Erneut wurden Ashs Wangen warm. Sie hatte heute Morgen schon alle möglichen Küsse bekommen, manche süß, andere eher leidenschaftlich. »Ja, aber ich brauche noch einen weiteren.«

Sasha schenkte ihr ein Lächeln, das ein Kribbeln in Ashs Bauch auslöste. »Nur einen?«

»Für den Anfang.«

Lachend legte Sasha einen der Schokocupcakes mit Karamellcreme in die Schachtel zu Brookes Keksen und drückte Ash einen weiteren Cupcake direkt in die Hand. »Den musst du gleich an Ort und Stelle essen. Ich möchte sehen, was du für ein Gesicht machst, wenn du den ersten Bissen nimmst.«

Ash löste das Papierförmchen und biss von dem Cupcake ab. Schokolade und Karamell trafen auf ihre Geschmacksknospen, sodass ihr ein genießerisches Stöhnen entfuhr.

Hitze glomm in Sashas Augen. »Schmeckt es dir?«, fragte sie mit heiserer Stimme.

»Oh ja«, antwortete Ash mit vollem Mund. Sie kaute und schluckte. »Es ist Liebe auf den ersten Biss.«

»Tatsächlich?«

»Mmm, ja.«

Ash wollte Geld auf den Tresen legen, aber Sasha winkte ab. »Geht aufs Haus.«

»Hallo, Ash.« Travis trat hinter ihr an den Tresen und unterbrach damit ihren Blickkontakt. »Seid ihr mit dem Flirten fertig? Einige andere Leute möchten sich auch noch einen süßen Kuss abholen, bevor sie zur Arbeit müssen, weißt du?«

Dann such dir deine eigene Bäckerin, hätte Ash beinahe geantwortet. Sie legte den Rest des Cupcakes in die Schachtel zu den anderen Leckereien. Dann zögerte sie, denn sie wusste, dass sie den Rest des Tages keine Zeit mehr haben würde, mit Sasha zu reden. Da Muttertag vor der Tür stand, würde es für sie beide eine stressige Woche werden.

Ihr Blick huschte von Sashas Augen zu ihrem Mund. Sollte sie …?

Warum entscheiden wir nicht ganz spontan und machen einfach, was sich im Moment richtig anfühlt?, hatte Sasha gesagt. Und das hier fühlte sich genau richtig an, deshalb ignorierte Ash das unbehagliche Prickeln, das ihr sagte, dass jeder im Laden sie beobachtete, beugte sich über den Tresen und hauchte einen kurzen, sanften Kuss auf Sashas Lippen.

Dann wandte sie sich mit brennenden Wangen ab und ging, ohne nachzusehen, ob jemand sie angewidert anstarrte.

»Wow«, hörte sie Travis hinter sich murmeln. »Ich schätze, mein süßer Kuss wird ein anderer sein als der, den sie bekommen hat.«

»Darauf kannst du wetten«, antwortete Sasha. Ihr Ton war freudig überrascht. »Diese Sorte süßer Kuss ist von jetzt an nur für Ashley reserviert.«

Dann fiel die Tür hinter Ash zu und sie traute sich endlich, kurz zurückzuschauen.

Ihr Blick traf Sashas und als Sasha sie anlächelte, war es Ash egal, wie die Leute sie ansahen.

Falls Ihnen dieses Buch gefallen hat, könnte Sie auch Jaes Roman *Perfect Rhythm – Herzen im Einklang* interessieren, in dem sich Holly und Leo kennengelernt haben.

Um Leos frühere PR-Beraterin Lauren und die Schauspielerin Grace geht es in dem Roman *Im Scheinwerferlicht*.

Über Jae

Jae wuchs im Weingebiet Süddeutschlands auf. Schon als Kind war sie immer mit der Nase in einem Buch anzutreffen, was ihr den Spitznamen »Professor« einbrachte. Im Alter von elf Jahren begann sie dann mit dem Schreiben eigener Geschichten. Seit 2006 schreibt sie hauptsächlich auf Englisch.

Bis im Dezember 2013 arbeitete sie als Psychologin, gab dann aber ihren Beruf auf, um Vollzeitschriftstellerin und Teilzeitlektorin zu werden. In ihrer Freizeit liest sie nach wie vor gerne, frönt ihrem Eiscreme- und Schreibwarenfaible und schaut viel zu viele Krimiserien.

KONTAKT:

Webseite: www.jae-fiction.de
E-Mail: jae@jae-fiction.de

Ebenfalls im Ylva Verlag erschienen

Tintenträume

Jae

ISBN: 978-3-96324-117-8
Umfang: 254 Seiten (89.000 Wörter)

Susanne ist wenig erfreut, als sie vorübergehend nach Freiburg ziehen soll, um den Schreibwarenladen ihres Onkels vor dem Bankrott zu retten.

Dessen Angestellte Anja findet ihre neue Chefin auf Anhieb unsympathisch.

Doch dank einer aufdringlichen Katze, einer Schreibwarenmesse und einer Flotte Papierschiffe entdeckt Susanne, wie sexy Papier, Tinte und eine gewisse sture Angestellte sein können.

Eine Diebin zum Verlieben

Ina Steg

ISBN: 978-3-95533-809-1
Umfang: 246 Seiten (65.000 Wörter)

Robin ist eine Diebin, doch wie ihr Namensvetter verteilt sie ihre Beute an Bedürftige.

Obwohl Kriminaltechnikerin Hanna sie verdächtigt, ein wertvolles Buch gestohlen zu haben, ist das Knistern zwischen den beiden Frauen nicht zu leugnen. Während Hanna damit hadert, Robins Schuld beweisen zu müssen, verstrickt diese sich zunehmend in Lügen.

Kann es in diesem Katz-und-Maus-Spiel überhaupt Gewinnerinnen geben?

Liebe im Trinkgeld inbegriffen

Alison Grey

ISBN: 978-3-95533-459-8
Umfang: 334 Seiten (95.000 Wörter)

Sherry lebt mit ihrem Sohn in einem Trailerpark. Mit Aushilfsjobs versucht sie, sich über Wasser zu halten.

Madison hingegen führt ein sorgenfreies Leben als Partygirl – bis ihre reiche Großmutter sie zu enterben droht, falls Madison nicht endlich erwachsen wird.

Als Madison auf Kellnerin Sherry trifft, kommt ihr eine Idee, die beider Leben auf den Kopf stellen wird.

Popcorn Love
Das Glück ist so nah

KL Hughes

ISBN: 978-3-95533-649-3
Umfang: 365 Seiten (112.000 Wörter)

Geschäftsfrau Elena hat kaum Zeit für die Liebe, doch eine Freundin überredet sie: Wenn sie einen Babysitter für Elenas kleinen Sohn findet, muss Elena sich auf Dates einlassen.

Studentin Allison ist nicht nur ein guter Babysitter, sie muntert Elena auch nach jedem miesen Date auf. Elena wird klar: Allison ist die Frau, die sie sucht, doch die soziale Kluft zwischen ihnen ist schwer zu überbrücken.

Bibliografische Information der Deutschen Bibliothek
Die Deutsche Bibliothek verzeichnet diese Publikation in der Deutschen Nationalbibliografie; detaillierte bibliografische Daten sind im Internet über www.dnb.de abrufbar.

1. Auflage
Taschenbuchausgabe Juni 2019 bei Ylva Verlag, e.Kfr.

ISBN: 978-3-96324-218-2

Dieser Titel ist auch als E-Book erschienen.

Lektorat: Andrea Fries
Coverdesign: Streetlight Graphics

Kontakt:
Ylva Verlag, e.Kfr.
Inhaberin: Astrid Ohletz
Am Kirschgarten 2
65830 Kriftel
Tel: 06192/9615540
Fax: 06192/8076010
www.ylva-verlag.de
info@ylva-verlag.de
Amtsgericht Frankfurt am Main HRA 46713

Printed in Poland
by Amazon Fulfillment
Poland Sp. z o.o., Wrocław

51251755R00200